可爱多少钱一斤

【上册】

栖见 著

江苏凤凰文艺出版社
JIANGSU PHOENIX LITERATURE AND ART PUBLISHING, LTD

图书在版编目（C I P）数据

可爱多少钱一斤 / 栖见著 . -- 南京 : 江苏凤凰文艺出版社 , 2018.10
ISBN 978-7-5594-2239-2

Ⅰ . ①可… Ⅱ . ①栖… Ⅲ . ①长篇小说－中国－当代 Ⅳ . ① I247.5

中国版本图书馆 CIP 数据核字 (2018) 第 121508 号

书　　名　可爱多少钱一斤
作　　者　栖　见
选题策划　李文峰　崔　悦
责任编辑　姚　丽
责任校对　李玮然
特约编辑　崔　悦　吴梦婷
装帧设计　李红艳
责任监制　刘　巍　江伟明
出版发行　江苏凤凰文艺出版社
出版社地址　南京市中央路165号，邮编：210009
出版社网址　http://www.jswenyi.com
印　　刷　三河市良远印务有限公司
开　　本　880毫米×1230毫米　1/32
字　　数　320千字
印　　张　16.5
版　　次　2018年10月第1版，2018年10月第1次印刷
标准书号　ISBN 978-7-5594-2239-2
定　　价　55.00元
影视版权抢订热线　13911704013

目录
CONTENTS

上册

目录
CONTENTS

第一章

香草可爱多

初栀被楼上的装修声吵得睡不着觉。

从清晨天刚蒙蒙亮开始，刺啦的声音就此起彼伏又连绵不断地响着，偶尔安静一段时间让人放松下来，刚昏昏欲睡，又毫无预兆地响起，吓得人梦里一哆嗦。

就这么折腾了不知道多久，初栀终于忍无可忍地闷闷叫了一声，抓着被边把严严实实扯过头顶的被子拉下来，扑腾着坐起来。

眼圈深深、长发散乱、一脸昏昏欲睡的初栀直勾勾地盯着四柱床床尾发了一会儿呆，想着要不要去楼上敲门提醒一下。

她想想还是算了，装修工人好辛苦，那么早就要起来干活。

初栀烦躁地抓了抓头发，够过枕边的发绳随便绑了个马尾，又小动物似的不情不愿哼哼唧唧两声，一头重新栽倒进枕头里。

敲钉子的声音再次哐哐哐地从她的头顶传来。

初栀认命地爬下床去。

A 大新生报到分好几天，初栀一直在家里睡懒觉磨蹭到最后一天才去。因为家在本地，她东西带得不多，一个拉杆箱和一个书包就装好了需要的全部家当。

到学校的时候接近正午太阳最大的时候，初栀在学校门口下了出租车，拖着行李走到校园方位示意图前停住，慢吞吞地将拉杆箱立在身旁，空出一只手来拉了拉滑下肩头的书包带，才抬起头仔细地辨认报到处和女生寝室的大致位置。

旁边一个女生跟在家长后面和她擦肩而过，停了几秒，语气惊奇："妈，你看，还有那么小一个的新生啊，像个高中生一样。"

"……"

怎么就小个了，四舍五入有个一米六了好吧！

初栀不服地抬起头来。

那姑娘和她父母已经走远了，瘦瘦一个，长发又黑又直地披散着，背影看起来高得可以做模特，至少有个一米七，往上多少无法断定。

对于初栀来说，那个高度的领域神秘莫测，连空气质量都是陌生的。

行吧。

初栀那点儿不服气顿时全吞回肚子里了，继续研究面前的校园平面示意图。

她方向感一直不太好，前一天晚上，邓女士跨国电话打了三个小时，事无巨细一样一样嘱咐，最后还是不放心，开始扯着嗓子让老初给她订回国的机票。

老初也是个女儿奴，本就觉得女儿上大学是人生大事，正想着法儿地想往回蹿，一接到命令立马准备开电脑，最后还是被初栀以"就算现在订机票也来不及了"为理由拒绝，并且再三保证自己一个人也没问题。

虽然她现在开始觉得，小问题还是有一点的。

肩膀一垮，初栀皱皱鼻子，转过身来，四处张望了一圈。

对面树荫下临时支了个小棚子，三两个穿着橘黄色志愿者 T 恤的学长学姐正站在下面，不断有新生过去问路。

最外面的小板凳旁站着个学长，看上去最闲，比起做志愿者更像是来凑热闹的，正在跟旁边的人说话。

那人一副完全没在听的样子，懒洋洋地靠在临时搬出来的木桌桌沿喝可乐。

黑卫衣、深牛仔裤，他没穿志愿者的衣服，看起来也不太像新生，脸被一听可乐遮了大半，只留一双眼睛，刚好视线也停在她身上。

两人四目相对，也只是一瞬间的事。

下一秒，一个高挑漂亮的女孩子走到他旁边，有点害羞地递出自己的手机，说了些什么。

他移开视线，垂下眼去，安静地听着面前女孩子说话，而后笑了。

可乐被放到了旁边的桌子上，初栀也终于看全他的脸，被漂亮小姐姐要手机号，也不是没有原因的。

他随手接过女孩递过来的手机，垂头输入，人依然靠在桌沿，一副漫不经心的样子。

女生又小心地凑近一点，跟他说了些什么，他也没说话，只把手机递还回去，好看的桃花眼微挑，薄薄的唇勾出一个轻佻又寡淡的笑，散漫得毫不在意。

初栀第一次见到一个人能笑得这么负心汉，还能负出一股子撩拨的味道来。

她眨眨眼，还没反应过来，刚刚一直在跟他说话的那个学长已经朝这边走了过来，穿着橘黄色的志愿者 T 恤，像一个移动的胡萝卜，走到她面前。

初栀转回视线，微微侧仰着头看他。

“胡萝卜”咧嘴一笑，阳光又帅气：“学妹需要帮助吗？”

“胡萝卜”是那种情商很高的学长，尤其是在见到漂亮学妹的时候，他会格外风趣、幽默、绅士、健谈，言行举止恰到好处，让人有种如沐春风般的舒适感。

他陪着初栀找到报到处和寝室楼，一上午的时间，两个人已经交换了姓名、学院、专业、班级，顺便留了个电话号码。

报到日最后一天，新生多，初栀领了军训服装到寝室已经下午一点，她的寝室分在二楼拐角的位置，四人寝，有独立的卫浴和小阳台。

寝室里面其他三个人已经到了，她是最后一个，好巧不巧，上午在学校门口碰到的那个“黑长直”刚好是她的室友。

初栀当时没看见她的正脸，还是对方先认出她来。

“黑长直”的脸和她的背影一样美，一脸惊喜地看着初栀自我介绍道：“你好，我叫林瞳，没想到你竟然是我的室友，真是好有缘啊。那个啥，我上午不是说你矮啊，我是想说你这个身高好可爱啊哈哈哈。”

“……”

你还是别解释了吧。

初栀说了名字，又没忍住补充道：“我有 160cm 的，”她顿了顿，声音放低，有点底气不足，“穿鞋……”

这下不仅林瞳，剩下的两个人也笑了。

初栀郁闷地吹了口气。

矮子捍卫一下尊严不行吗！矮子的内心可是很脆弱的！

林瞳是成都人，性格爽朗讨喜，很有新意地送了她们每人一堆火锅底料作为见面礼，麻辣的底料封在透明的塑封袋子里面，色泽鲜亮看得人食欲暴增，于是四个姑娘大腿一拍，决定下午班会结束一起去吃火锅，顺便拉近一下彼此之间的距离。

第二天就要开始军训，都要早起，大家也没跑远，就在学校附近找了家火锅店。

两层的店面装修得古色古香，木制桌椅，雕花隔断，空气中弥漫着浓郁的火锅味，辛辣鲜香。

蘸料是自助式的，中间一个长方形台子，上面一层一层玻璃大碗盛着各种调料，下面是架子，放满空碟，旁边还有水果和蔬菜沙拉。

点完了锅底和菜品，初栀坐在位置上看东西，等着室友们盛完蘸料回来，才站起来去挑蘸料。

在吃火锅这件事情上，尤其是蘸料，南北方差异还是挺大的，初栀是个南北“混血”，小学也是在南方读的，所以她一般吃火锅会准备两碗蘸料。

北方火锅蘸料有经典“老三样”，芝麻酱、韭菜花和腐乳汁一碟。南方油碟清透，加点蚝油蒜末，撒上葱花香菜，亮晶晶的像琉璃水晶。

初栀弄好蘸料，一手端着一个小碟准备回去，结果不知道什么时候，她身边多了个人。

那人蹲在她脚边，正在拿下面的空碟子，无声无息，不知道啥时候出现的，初栀根本没看见他，一回头转身，刚好绊了一下。

她低低惊呼出声，一个趔趄，身子完全无法保持平衡，大脑也根本跟不上思考，手下意识就想去抓旁边的什么东西稳住身形。

左手的油碟直接啪一下掉下去，右手的芝麻酱也洒了大半。

初栀低下头去，整个人僵住了。

蹲在她脚边的那男人似乎也没反应过来，长臂还伸在架子里，手里拿着个空碟子，初栀的油碟此时倒扣在他的脑袋上。

而在这生死攸关的一瞬间，初栀的意识竟然还有点放空，她愣愣地看着他，不知道怎么的突然就想起新疆羊肉串的烧烤店，烤羊肉串的伙计就会戴一个这种小小的白色帽子，站在路边边烤边吆喝。

直到塑料碟子滑落，掉在地砖上发出清脆响声，她的意识才回笼。

“帽子”掉了的烤羊肉串的男人抬起头来，没什么表情地看着她，头发上油光锃亮的，发丝间还掺杂着葱花、蒜末、香菜根，看起来五颜六色很是斑斓。

男人高鼻梁、薄唇、桃花眼，初栀认出他来，呆呆地啊了一声，是今天上午喝可乐的时候被漂亮小姐姐要了联系方式的那个人。

只不过他此时完全没了上午被妹子撩拨时的样子，黑发被打湿，软趴趴地垂着，黑睫上还挂着油珠，看起来狼狈不堪。

满满一碟全数洒在他脑袋上的清油此时已经顺着发丝渗下来，滑过眉骨，沿着眼角往下淌，汇聚在下颌，滴答滴答，一滴一滴地滴落下来。

透亮的细细几条，像是两行清泪，源源不断地缓缓滑过他面无表情的脸。

火锅店人声鼎沸。

洗手间的洗手台传来持续不断的流水声，“蒜香油碟”弯着腰，将脑袋塞在水龙头下面洗头。

从里面卫生间进进出出的人无一不觉得怪异，瞥上两眼，又很快移开视线走开。

初栀小脸煞白，不安地站在旁边看着面前的人。

原本五分钟前，她甚至以为自己大限将至，小命今天可能就要搁在这火锅店里了，结果没想到这个男人脾气比她想象中要好得多，即使她把满满一碟清油扣他脑袋上了。

初栀以为他也会将她的脑袋按进旁边的芝麻酱里，甚至做好了憋气的准备。

可是对方越是这样，她就越觉得不安，愧疚感越发强烈。

哗啦啦的水流声有点空旷地回荡，初栀站在男人身后，看着他低低压出弧度的宽阔背脊，声音弱弱地提醒："左边头发那里还有根香菜。"

对方沉默了几秒，侧了侧脑袋，让水流冲刷着左边鬓角："谢谢你。"

初栀肩膀一缩，觉得这声"谢谢你"绝对没有感激的意思。

洗手台的高度对于男人来说实在是低了点，他窝在那里怎么看怎么不舒服，初栀手足无措地看了一会儿，犹豫着要不要帮他洗，再次开口："那个……"

他听见了，动作顿了一下，单手撑着台面抬起头来。

头发湿湿地向下滴着水串儿，脸上和脖颈上全是水珠，黑色卫衣领口的一圈也湿得彻底，双眼阴沉沉的，薄唇微微抿着。男人没回头，通过面前巨大的镜子面无表情地看着她，等着下文。

他那副表情实在算不上友好亲切，气场极足，像是强忍着才没发脾气，仿佛眼神就能把她脱一层皮，盯得人紧张到头皮发麻。

初栀咽了咽口水，视线落到大理石台面上放着的洗手液上。

"我觉得这样冲不干净的，你要不要挤点洗手液呀？"初栀试探性地开口。

男人看起来像是被她气笑了："要不你去后厨帮我要瓶洗洁精？"

初栀惊讶地看着他："要吗？"她直起身子，一副马上就要去给他拿的样子。

"……"

他不理她了，重新打开水龙头垂下头去。

两个人一个在火锅店洗手间里洗头，一个看着对方洗头，来来回回收获了无数注目礼。

没人说话，气氛安静得有点尴尬。

初栀突然想起之前看过的一部日剧，男主角是个和尚，和女主角第一次见面的时候，女主角把骨灰扣在了正在做法事的男主角头上。

结果男主非但没弄死她，甚至还就这么看上她了，像个小狼狗一样每天跟在女主后面撒欢。

不知道后来女主是怎么道歉的，有没有在灵堂帮男主洗头，初栀有一搭没一搭地想着。

她靠在墙边天马行空地走神，再回过神来发现男人已经抬起头来，从镜子里看着她。

他大概觉得脑袋上的蒜末、葱花什么的都冲干净了，也没抱什么希望能洗掉油，抬手关掉了水龙头，突然开口：“你想要什么？”

初栀站在他身后，靠在墙边看着他。

男人身上那件黑色卫衣也已经脏了，上面的油渍看上去比周围深了一圈，off-white 的 logo，也不知道他身上这款现在还买不买得到了。

她注意力没放在他到底说了些什么上，恍惚应声：“嗯？”

男人迈开长腿，走近了两步，垂头看着她，挑眼勾唇道：“你想要什么，可以直接说出来，不用这么麻烦。”

即使是现在这种狼狈样子，他的颜值都没被拉低，火锅店里暖色的光线下皮肤依然是无法被浸染似的冷感的白，眼形狭长，内勾外翘，双眼皮很深，眼角微扬，有点像桃花眼，又有点像丹凤眼。

人明明是笑了，却完全让人没有走心的感觉，轻佻中带着点漫不经心的痞气。

不知道是不是心理作用，初栀觉得他一靠近，空气中隐隐飘着一股子蒜香味。

别说，这家火锅店的蘸料味道还挺正。

她抿唇想了想，掏出手机来，软声问：“能把你的联系方式给我吗？”

他翘着唇，气音悠长缓慢地呵了一声，报了一串电话号码。

初栀认认真真地一个数字一个数字按下来，拨过去。

男人裤袋里有铃声响起。

她挂断，仰起脑袋来，刚要说话，手里的手机又响了，林瞳打过来的，问她跑到哪里去了。

一时间说不清楚，初栀一边简单解释了两句，一边看着男人垂眼看着自己的衣服，眉头皱起。

罪恶感一蹦一跳地蹿到临界值，初栀挂了电话，哭丧着脸看着他一块一块油渍的黑卫衣，咬了咬嘴唇，仰起脑袋，表情突然严肃，开始自报家门：“我是 A 大大一广告二班初栀。”

小姑娘看着他，郑重又认真地说，“今天做了对不起你的事，真的很抱歉，你不用担心，我会负责的。”

“……”

初栀的想法挺简单的，人家开开心心来吃个火锅，本来都好好的，突然，脑袋上就让人飞一油碟。

她又想起白天那个跟他聊天的漂亮小姐姐，万一人家是来约会的呢？顶一脑袋蒜末回去了，跌份。

飞来横祸全是她的责任，初栀觉得自己怎么也该赔件新衣服给人家，也为了让对方放心自己绝对不会赖账，所以干脆电话名字什么的全告诉他了。

不过第二天新生就开始军训，为期半个月，初栀暂时没时间想这个，每天从早到晚累得手指都不想抬一下，早上七点就开始站在太阳下像咸鱼干一样被晒，晒完 A 面晒 B 面。

一个星期以后，陆嘉珩也差不多把这事情忘得七七八八了，直到某天一群人通宵回来，刚好路过操场看见新生军训。

“军训的时候最能看出这届选手整体素质水平差异，尤其是一个礼拜以后，妖魔鬼怪该现原形的也都现了原形，仙女们依旧是仙女，”程轶侃到一半，咦了一声，抬手指着操场上站军姿的队列前头一军训服穿得前凸后翘风情万种的姑娘，回头看向陆嘉珩，“这是开学跟你要微信的那个？”

陆嘉珩昨天一晚上没睡，此时困得眼睛发涩，敷衍地瞥了一眼：“好像是吧。”

旁边林柏杨顺着程轶指的方向看过去，一脸不忍：“陆嘉珩你暴殄天物啊。”

程轶一脸怅然：“我想用我对床十年狗命换阿珩走心地撩一次妹。”

林柏杨：“去你大爷啊程轶。”

程轶还在那边碎碎念，陆嘉珩左耳进右耳出，不经意间扫过眼前一排排清一色的绿，视线定住了。

穿着军训制服的少女站在队伍的最末尾，上午阳光焦灼，一片云过去，从她往前的所有人都被笼罩在阴影下，只有她一个人孤零零地沐浴在阳光里。

陆嘉珩眼一眯，步子停住了。

一个礼拜了她竟然奇异地没被晒黑，宽大的军训服装显得整个人又小又单薄，抿着唇，洁白圆润的耳郭露在帽子外面，被晒得红红的，手露在外面，纤细手指软软地搭在裤缝线上，被教官看见，啪一巴掌拍上去：“夹紧了！没吃饭啊？”

教官下手没轻没重，小姑娘白嫩嫩的手背上顿时泛起了浅浅一点红印子。

陆嘉珩皱了皱眉，突然想起，这姑娘好像火锅店那天以后根本没给他发过一个标点符号。

费半天劲儿要到了他的联系方式，怎么就沉寂了？

这跟说好的不一样啊。

他侧着头，出了树荫走过去，站在操场铁网入口门边，不远不近地看着她。

操场上全是穿着军训制服的新生和军官，偶尔有老师，陆嘉珩往门口一站就显得异常显眼，旁边的几排队伍全部朝他看过去。

他就像没感觉一样，视线落在站在阳光下的少女身上，微微倾着身，手撑住膝盖，高度压低，想要看清她藏在帽檐下的眼睛。

她大概又在发呆，过了好一会儿才终于有所察觉似的看过来。

视线对上，她愣了愣，眨眨眼，长长的睫毛在帽檐的阴影下扑闪扑闪的，看得人心痒痒。

陆嘉珩勾起嘴角，等着她的反应。

一秒、两秒、三秒，少女皱了皱鼻子，移开目光，就像没看见他一样。

陆嘉珩：“……”

他挑了挑眉，不急不缓地站起来，重新靠回铁网上，懒洋洋地弯着唇，就好像看她一动不动站军姿也是一件特别有意思的事情。

九月初日头正盛，露在外面的发丝和衣服都是滚烫的，初栀被晒得迷迷糊糊的，没有精力去注意是不是有人在不懈地看着她。

又过了一会儿，教官终于喊了两声，把队伍拉到树荫下休息。

初栀抬头朝操场门口的方向看去，“蒜香油碟”还靠在那里，阳光下黑发像是被过滤了颜色，浅了一层。

初栀现在其实完全不想动，只想坐下来喝水休息一会儿，但是她还欠着人家一件四位数的卫衣。

她耷拉着脑袋慢吞吞地朝他走过去，像棵被太阳晒得水分流失蔫巴巴的小植物，缓慢挪动到他面前。

“小植物”才到他胸口，仰起脑袋，眼巴巴地看了他一会儿。

她还不知道他叫什么名字，停顿了一下，乖乖叫了声“学长好”。

她嗓子有点哑，唇瓣也干干的，睫毛又长又密，一双鹿眼黑白分明，明润干净，白皙的耳郭被烈日晒得通红，细细的皮肤下仿佛能看到透着的血丝。

像是被下了个蛊似的，陆嘉珩毫无预兆突然抬手，修长的手指伸到她耳畔，轻轻触碰她通红的耳郭，薄薄的、软软的触感，带着热度熨烫着冰凉的指尖。

小姑娘耳郭温度很高，和他冰凉的指尖对比鲜明，被晒得红红的，轻轻碰了碰，她就下意识缩起脖子，低低唔了一声。

陆嘉珩收回手来，身子向后倾了倾。

小姑娘圆溜溜的大眼睛看着他，似乎在问他干啥呢。

她单纯好奇的样子，好像完全没介意刚刚一个一共只跟她见了三次面的异性碰了她的耳朵，还不躲不闪，很是坦然放松地站在他面前，没一点防狼意识。

陆嘉珩弯腰，把视线和她放在同一高度上，平视着她，无比真诚地对刚刚的逾越行为做出解释：“晒伤了，有个水泡。”

他简明扼要道，因为通宵，声音有点沙哑。

初栀原本只觉得耳朵被晒得热热的，还有点痒，听他这么一说才了然，直接抬手想去摸，又因为看不到不太敢，生怕把水泡弄破会疼。

于是纤细手指捏住白嫩嫩的耳垂往下拽了拽，她也不敢往上摸，就那么皱着眉有点苦恼地看着他，软绵绵地啊了一声。

陆嘉珩眼皮一跳。

这有点可爱吧。

他舔了舔唇，直起身来。

两人身高差距大，他站直的时候，初栀有种被男人居高临下地俯视的感觉。

她清了清嗓子，捏着耳垂的手松了松，仰着小脑瓜看他：“你怎么在这儿啊？”

问完，她又啊了一声，八成是因为自己一个礼拜音信全无，“蒜香油碟”觉得自己准备跑单了。

她刚想解释一下最近因为军训实在没什么空，等军训一结束就把卫衣赔给他，结果还没来得及，男人先开口了。

答案挺简单的——“晒太阳。”

初栀点点头：“所以你长得高。”

他坏心眼道：“我本来就长得高。”

初栀蔫巴巴的，眼里那点仅剩的小希望破灭了。

看来身高真的是天生的，强扭的瓜不甜，不是自己的怎么也强求不来。

她忧郁地叹了口气，摘下帽子，小心翼翼地把耳朵上方的发丝拉松一点，微微垂下来盖住耳朵，防止被太阳直射到。

被打湿的额发弯弯曲曲地黏在额头上，少女一边拽头发，一边抬眼问他：“你晒了这么久太阳不口渴吗？”

陆嘉珩盯着她额头上细细的汗珠看了一会儿，缓慢道：“渴啊。”

初栀把耳朵盖好，扭过头去，视线扫了一圈，也没看见教官的影子。

她将手伸进口袋里，摸出几张零钱，回过头来：“那我去给你买瓶水吧，你想喝什么？”

对嘛，这才是正常的展开模式。

这不是挺热情挺上道的吗？

陆嘉珩笑了，故意把声音压低了点儿：“你的。”

操场上有的班级还没有休息，正步的声音整齐厚重，口号声响亮。

初栀没听清，人走近了两步，靠近他：“什么？”

闷燥的空气流动，带起女生身上淡淡的香味，像香草味的奶昔。

陆嘉珩垂眼：“你带水了吗？”

初栀一愣，老实巴交地点点头。

她当然带水了，只不过一上午的军训休息的几次已经喝掉不少，现在应该还剩下不到三分之一。

“油碟”懒洋洋勾唇，笑容看起来有点恶劣：“我要喝你的。”

初栀反应了几秒，眨眨眼：“可是——”

“我晒了好久的太阳，口渴。”

“但是——”

“你不想给我吗？”

“不是，但是——”

你怎么能用我的杯子呢，我喝过的呀。

初栀觉得这个要求简直让人太为难了。

她抓抓下巴，又皱了皱鼻子，站在原地艰难地抉择了好一会儿，才叹了口气，一副特别发愁的样子。

“那你等一会儿。”

最终，她无奈妥协，转身小跑到树荫下，去找自己的杯子。

树荫下休息的同学早就围观了一会儿，只不过因为距离有点远，听不见他们在说什么，此时看见女主角回来，开始眉飞色舞地起哄。

有个男生响亮地吹了声口哨：“怎么回事儿啊，老三的小美人看来就这么得了啊。”

他旁边另一个男生长臂一伸，一巴掌拍到他的脑袋上。

初栀心里正忙着和她即将逝去的最后一点水告别，也不怎么关心这群人乱哄哄在说些什么。林瞳看着她翻出杯子来，挤眉弄眼道：“你这个情况完全突如其来毫无预兆啊，那个帅哥是谁啊？”

初栀忧郁地看着她：“油碟。”

林瞳：“啊？”

“债主。”

“……”

“四位数。”

“……”

初栀再叹，没再说话，拿着自己藕粉色的小水杯走过去了。

“四位数”还站在那里，脸帅得没什么瑕疵，身形颀长，一双大长腿跟模特儿似的，比例看起来无限接近 0.618。

她慢吞吞地走过去，将藕粉色的水杯递给他。

她的杯子是透明的，里面还剩大概不到三分之一的水，“四位数”接过去拧开杯盖，在小姑娘提心吊胆的灼热注视下倒是也没直接喝，仰着头，杯沿悬空没和嘴唇接触。

杯中透明的液体缓缓倒入口中，脖颈拉得柔韧修长，喉结随之滚动。

初栀身后广告二班发出一阵地动山摇的起哄声。

初栀没理，他没直接喝，她只觉得松了口气，松完又觉得哪里不对。

她的水都被喝光了，那一会儿她喝什么？

初栀眼巴巴地看着她宝贵的水资源全部进了男人的肚子，舔了舔干干的嘴唇，欲哭无泪的样子。

陆嘉珩喝完水，一低头，就看见少女一脸委屈巴巴地看着他。

杯子里还有点水，他没喝完。

陆嘉珩不紧不慢地在她的注视下拧上杯盖，因为是用倒的，唇边挂着点水珠，他伸出舌尖一点，舔掉了。

这个动作被他做得还挺色气挺有诱惑力的，但是初栀现在注意力全放在她的水杯上。

男人骨节分明的大手拿着她藕粉色的杯子，只剩下浅浅一层水随着他的动作晃啊晃，晃啊晃。

食指钩着杯盖上的粉色带子，"四位数"把杯子捏在手里把玩，漫不经心道："杯子挺好看。"

审美得到了肯定，初栀挺开心。

"可以送给我吗？"

"……"

初栀大惊失色。

你连我的最后一点水都不放过吗！

"或者我买下来也可以。"男人卷着带子玩，看着她的表情又补充道。

"不用不用，"初栀连忙摆手，苦哈哈地看着自己的杯子，以及那最后一点水，闭了闭眼，大义凛然、视死如归，"送给你了！"

他垂着眼，看了她好一会儿，翘起嘴角："那就谢谢你了。"

"不用谢……"初栀有气无力地晃悠着脑袋，看着"四位数"心满意足地拿着她的水杯离开，她开始怀疑他是故意的了。

她摸了摸口袋里的零钱，正准备去自动贩售机买瓶矿泉水，身后教官的集合口哨声清脆响起。

"……"

太残忍了吧。

初栀认命地小跑过去归队。

一个水杯而已，一点水而已。

马上就午休了，我不渴。

我一点也不渴。

我不渴！

教官组织着大家走正步，虽然很热，但是能动起来总是要好过站军姿的，初栀不断给自己洗脑，努力忽略掉火烧火燎的喉咙。

正步一排一排地分解走，初栀是最后一排，第一排合格，站到了她们的后面。

班里最高的男生都站在第一排，初栀正口中念念有词地小声嘀咕着"般若我不渴心经"，就感觉到身后阴影笼罩。

她下意识回过头去，广告二班身高担当的男同学们站成一排，小山一样伫立在她身后。

教官的注意力都放在前面了，后面的人也就可以偷偷摸摸开开小差，刚刚吹口哨的那个男生就笑眯眯地看着她："初栀同学，刚刚那个是你男朋友吗？"

初栀记得他叫周明，摇摇头："不是。"

"熟人？"

初栀顿了顿，又摇头："不熟的。"

周明哦了一声，不怀好意地笑起来："那初栀同学有没有男朋友啊？"

"没有呀。"

无论问什么初栀都认认真真地礼貌回答，声音也绵绵的，像是包了红豆沙馅的糯米团。

周明继续嘿嘿嘿，拽了拽身边的男生："那你看萧翊怎么样？这身材、这脸、这成熟稳重的气质，三观端正作息时间规律无不良嗜好，听说高中还跟你同校，又是学霸，以后有什么不会的问题都可以问他。"

被他热情洋溢不遗余力地推销着成熟稳重的萧翊同学，突然被拉入话题里，成熟稳重的萧翊同学成熟稳重地红了耳根。“我没什么能教她的，初栀的高考成绩是我们学校文科第一名。”萧翊低声说。

周明恨铁不成钢地狠狠瞪了他一眼，又扭头看向初栀，表情凝重沧桑得像个老父亲，语重心长地提议道：“那要不这样，你来教他吧，萧翊这个成绩真是太让我操心了，学习怎么能烂成这样？我真的怀疑他的高考成绩不是买来的就是抄来的，到底怎么进的这所学校？”

萧翊：“……”

初栀：“……”

晚上，军训结束，几个人回到寝室。

初栀摘了帽子脱掉迷彩外套，突然想起之前“四位数”跟她说耳朵晒伤了的事情，连忙把林瞳叫过来：“瞳瞳，你帮我看看耳朵。”

林瞳撩起少女的长发别在耳后，看着她白白嫩嫩泛了点红的小耳朵：“嗯，被晒得有点红，一会儿拿冰毛巾敷一敷？”

“那水泡破了没？”初栀紧张地问。

林瞳左左右右前前后后地仔细端详了五分钟，指尖抵着耳郭翻来覆去地看，茫然了：“什么水泡？”

“就，耳朵上晒伤的水泡。”

“哪来的水泡？”

初栀：“没有吗？”

林瞳：“没有啊。”

“……”

初栀也茫然了。

九月初正是最热的时候，北方的太阳又毒又辣，军训如火如荼地进行着。

十天过去，男生倒还稍微好一点，一个个细皮嫩肉的女孩子简直苦不堪言，防晒霜就塞在军训外套口袋里，见缝插针地涂。

自从那次周明和初栀搭上话，并且有意无意地给她和成熟稳重的萧翊同学牵线搭桥以后，初栀就慢慢跟他们熟悉起来。

初栀对于和萧翊高中同校这件事毫不知情，对他没什么印象，但是这也并不妨碍初栀觉得他是个好人。

萧翊是那种比较典型的乖宝宝型小学霸，人帅话不多，却很温柔好脾气，一身军训服穿得板板正正，又站在第一排，军姿正步方阵都是打头的一个，军训这段时间下来隔壁班已经有女孩子过来搭讪了。

他的回答非常统一，一律是“对不起”。

这个时候，周明和林瞳就会站在旁边瞎起哄，不知道在兴奋个什么劲儿。

不知道怎么着，初栀突然想起第一次见到“四位数”的时候，男人被搭讪，给联系方式时那副漫不经心的样子。

再看看萧翊同学十分抱歉地郑重给被拒绝的女孩子道歉，初栀眨眨眼，觉得人和人之间的差距怎么好大好大的。

“四位数”自从那天突然出现晒太阳，并且顺手顺走水杯以后就再次消失，一连好几天没再出现过。

初栀心里悄悄地松了口气，希望这少爷就这样等着她还债就好，不要再出现了，要求稀奇古怪的，真的有点麻烦，而且她又不太好拒绝。

军训后半段，每天晚上结束之前，学校里都会有社团过来团宣。

夕阳西下，一排排绿油油的“小油菜”席地而坐，三两闲聊，其实也没多少注意力分给社团，除非是那种自己特别感兴趣的。

林瞳个子高，原本站在女生最前面一排，此时偷偷摸摸地换了位置，蹭到她们旁边聊天。

女孩子的友谊说简单也简单，一个多礼拜的魔鬼军训下来，几个女孩子已经很熟了，聊得正开心，突然有人叫初栀名字。

她一抬头，高大的少年逆光站在她面前，微微一笑，有点惊喜：“真的是你啊。”

初栀也不是没被男生追过。

她长了一张好看的脸，一眼看上去就让人完全讨厌不起来，性子软绵绵的，呆萌好说话，家境殷实，教养良好，还是个小学霸，男女生缘都极好。

从小到大，明里暗里喜欢追求过她的男孩子不知道要排到哪条街去了，可惜初栀没什么恋爱脑。

初中的时候玩得好好的男孩子突然有一天跟她表白，她就笑嘻嘻地回应人家说“谢谢，我也喜欢你呀”，男生以为小美人同意了，欣喜若狂地送她回家，被初父看见了，顺着二楼阳台窗户直接就飞一扫帚到男孩头上，夹杂着破口大骂。

中二时期的小男生胆子大，狂得不行，一脸不服气地说：“我送我女朋友回家怎么了！”

初栀背着小书包眨眨眼，一脸茫然：“我又不是你女朋友。”

初父以为女儿被骚扰了，举着拖把追到小区门口，把男生赶得哇哇跑。

那时候她上初中，是真的青春期的小果实开得晚。

后来高中学习压力大，她心思也没往那边歪，整个人无懈可击得让人无从下手，男孩们一个个败下阵来。

但是好歹十七岁的少女，也不是真的什么都不懂。

高考结束的那个漫长暑假，班草开始找她出去玩。

班草长得白皙清秀，一米八的个头，阳光帅气热爱锻炼，挺拔的身材在同龄人当中也是十分出类拔萃。

游乐园摩天轮上，班草跟初栀告白了。

夏季天黑得晚，浅紫色的天空坠着星月，游乐园彩灯星星点点，像是藏在灌木丛里的小精灵悄悄露出了头。

摩天轮升到最高点，初栀感觉自己的少女心被那简单的“我喜欢你”四个字打动了。

她接受了班草的告白，两人迅速坠入爱河飞速发展，并且很新鲜、很热情高涨地在三天内筹备了第一个五年计划。

直到一个星期以后，初栀不小心撞见班草和校花站在酒吧门口，两个人纠缠在一起相互啃着对方。

初栀淡定地蹲在不远处，掰着手指头给他俩数秒数，竟然有五十多秒。

牛啊！

一分钟过去了，班草和校花终于发现蹲在旁边撑着脑袋瓜一脸敬佩的少女。

恋情告终，初栀伤心了三秒钟，当场和班草分手。

一段连手都没来得及牵的初恋维持了不到两个礼拜，初栀觉得从那以后自己也是个有故事的人了。

结果没想到，他竟然也报考了 A 大，还真就考上了。

初栀这会儿坐在地上，男孩站着，依然是她仰着脑袋看他，和两人最后一次见面她蹲在酒吧门口看着他的场景出奇相似。

他逆着光，初栀被刺得微微眯了眯眼，认出他来，啊了一声。

尹明硕倒是笑得英俊潇洒坦坦荡荡，没有一点见到前女友，还是被自己劈腿了的前女友的心虚样子。他上下左右把女孩瞧了一遍，觉得有点可惜。

其实尹明硕觉得自己挺委屈的，之前他和小姑娘告白，是真的觉得她可爱，小小一个，软绵绵的，想想都觉得可爱。

校花那事儿，完全就是个意外。

高考结束大家终于解放了，他和几个朋友去酒吧玩，他是叫了初栀的，小姑娘当时说太晚了，没来。

事先他也不知道，校花也跟着来了。

校花家里有钱，但是成绩不太好，青春期精力全在别的地方，学籍是放在其他学校的，上的是“借读班”。

尹明硕和校花之前也是有过一段不得不说的故事的，那天大家都喝了不少酒，有点上头，再加上前男女朋友这种暧昧的关系，灯光晦暗，他就很容易和前女友发生无法控制的意外。

尹明硕觉得自己有点倒霉，怎么就好巧不巧让初栀给看见了。

他叹了口气，看着面前穿着军训服的小姑娘，蹲下来，声音也十分温柔：“好久不见了，你还好吗？”

初栀歪了歪脑袋：“我好呀。”

尹明硕恍若未闻：“我知道你也过得不好，我也是，这两个月都浑浑噩噩的，每天都在想你。”

感情史这种东西是女生寝室夜聊的必备话题，林瞳早有耳闻，听到这话没忍住在旁边抖了抖肩膀，一脸受不了地翻了个白眼。

尹明硕假装没注意到，也不在意，笑了笑，对初栀道：“我有点话想跟你说。”

初栀点点头，很认真地看着他：“你说吧。”

他低低咳了两声：“一起去买水吗？”

初栀想说她有水，下午刚买的，还没喝完呢。

她犹豫了一下，还是点点头，手掌撑着地面站起来，往前走了两步离人群远了一点，拍了拍裤子上沾着的灰尘。

傍晚霞光红艳，少年和少女并肩走出操场，少年时不时垂下头温柔地注视着身边的女孩子说些什么，场面美得像幅画。

尹明硕挺会讨女孩子欢心的，尤其是他跟初栀同班三年，虽然只交往了不到两个礼拜，但是好歹也出来约会过两次，对于她的喜好也十分了解。

他没去自动售卖机，而是转去小卖部，给少女买了一支香草味的可爱多。

初栀皱了皱眉，觉得两个人已经分手了，要给他钱。

尹明硕执意不收，初栀干脆支付宝转账给他了。

他有话想说，有意领着她往多媒体楼那边走，无奈地说："你就当高中同学请你吃个冰激凌不行吗？"

初栀眨眨眼，一本正经地看着他："你如果只是高中同学不是前男友的话就行。"

"……"

尹明硕有时候觉得这姑娘是真的天然呆，有时候又觉得她其实什么事情都明白得很，只是在装傻。

初栀不知道他在想些什么，她就很单纯地这么想的，所以就这么说了，说完没再看他，开开心心地撕了可爱多的包装纸，垂着眼，伸出舌尖，慢吞吞地舔着奶白色的雪糕。

尹明硕看着她的动作，咽了咽唾沫，心里想这个好我和定了！

两个人已经走到多媒体楼那边的空地，旁边是个露天网球场，拦网里面有几个人在打球。

他直勾勾地看着她，决定打直球。

尹明硕清了清嗓子，开口解释："上次酒吧门口的那件事情是个意外。"

初栀舌尖舔掉一层冰激凌卷进嘴里，没头没尾地说："我觉得你挺厉害的。"

尹明硕一愣："什么？"

"我都帮你计时了，你们俩亲了五十八秒呢，"初栀神情真挚，"你憋气真厉害。"

"……"

尹明硕往前走了两步，两人距离倏地拉近，初栀还没反应过来，旁边传来两声笑。

周围实在太安静了，就连远处网球场上传过来的嬉笑声都显得空茫茫的，像是隔了云端，这笑声就格外突兀又清晰。

两个人一起转过头去，多媒体楼门口自动贩售机旁边站着个人，吊儿郎当地斜斜靠在机器上，懒洋洋勾着笑看着他们，也不知道是什么时候站在那里的。

尹明硕皱了皱眉，对于谈话被不速之客打断有点不满。

不速之客直接无视掉他，慢吞吞地直起身，走过来站到两人旁边。

初栀看到男人走到她面前，往后小小蹭了两步拉开一点距离，想到男人之前拿走自己水瓶的残酷行为，几乎是下意识地小手一背，直接把手里舔了一半的可爱多藏到了身后。

果然，面前的男人愣了一下。

下一秒，初栀反应过来，觉得自己这个行为实在是好抠门、好没礼貌、好没家教。

她羞愧地涨红了脸，伸回手来，垂下头去:"对不起，我不是这个意思……"

他没反应。

初栀咬咬唇抬起头来，试探性地弥补："你想吃吗？这个我吃过了，我可以再给你买一个。"

他垂眼看着她，还是没说话。

就在初栀以为他被惹生气了，有点不知所措的时候，他突然低笑了声。

男人扫了一眼她手里的可爱多，桃花眼微挑，缓慢地舔了下嘴角："你是吃这个长大的？"

不速之客显然和初栀是认识的，尹明硕似乎也不太想在其他人在的时候和初栀讨论某些话题，他脸色不悦，侧头，敌意满满地看了一眼旁边的男人。

陆嘉珩没什么心思理尹明硕，他此时此刻的注意力全在眼前的这只小可爱身上了，眼皮子都没掀一下。

尹明硕深吸口气，调整了一下面部表情，重新转头看向初栀："那我先走了，过两天等我电话，好吗？"

初栀的注意力也不在他身上，也没注意他说了些什么，摆了摆手，跟他说再见。

这手不摆还好，一摆，啪一声，她刚舔没两口的香草冰激凌直接脱离蛋卷，圆圆一坨掉在了地上。

"……"

初栀欲哭无泪。

"你喜欢香草味吗？

"我觉得樱桃味也挺好吃的。

"这家还有杧果酸奶。

"还是巧克力？"

小卖部里，穿着军训服的少女趴在冰柜前，看着里面各种味道的可爱多，完全拿不定主意。

她身后，高大的男人就站在那里，也不说话，看着她纠结。

少女军训的帽子已经摘了，头发被压了一整天有点乱，扎头发的皮筋也松松垮垮的，小小一束马尾软趴趴地耷拉下去，鬓角的碎发全跑出来了，像个小疯子。

小疯子纠结了五分钟，终于不满地转过头来问他："你到底要哪个味道呀？"

"都行啊。"陆嘉珩嘴角一勾，手插着口袋斜斜往旁边货架轻轻一靠，结果货架摆太满，上面堆着的几袋软糖全掉地上了。

陆嘉珩："……"

他刚要蹲下，初栀操心地叹了口气，走过去帮他全捡起来了。

"小油菜"蹲在他面前卷成一团捡软糖，变成了一颗"卷心菜"。

全捡起来后，"卷心菜"站起来，一袋一袋重新塞回到货架上。

他侧着身，她就站在他面前，还不到他的肩膀，小胳膊举起来都没他高。

初栀一边放好糖，一边仰着脑袋侧头看他："那给你买樱桃味的啦？"

陆嘉珩心思有点飘，心不在焉地点点头，淡淡嗯了一声。

初栀去付钱，小卖店的老板娘笑眯眯地看着她，悄悄凑过去小声说："你男朋友这种，现在叫什么来着，傲娇？"

初栀愣了愣，脖子也伸过去和老板娘咬耳朵：“阿姨，他不是我男朋友，而且这个不叫傲娇。”

老板娘显然是误会了，依然笑眯眯的：“那你要加把劲儿啊，喜欢就再主动点。”

初栀赶紧摇头：“不是的，我对他也没有那个意思。”

阿姨显然不相信，一脸“小姑娘就是脸皮薄咋还不好意思上了呢”的表情，把冰激凌递给她。

初栀拿了可爱多走到门口，举到他面前。

陆嘉珩没接，就垂眼看着。

初栀小手抖了抖，催他：“快吃呀，一会儿化了。”

男人慢悠悠哦了一声，伸手接过来，唇一弯，缓声开口：“刚才想了想，还是想吃香草味的。”

初栀：“……”

初栀回身进去又给他买了个香草味的出来以后，站在门口的人手里那支樱桃味的已经剥开了，粉红色的蛋卷包装纸被撕掉三分之一，露出里面的冰激凌。

见她出来，男人接过她手里香草味的那支，顺手把樱桃味的递过去：“刚刚那个不是掉了？”

说到这个，初栀还是有点不好意思，垂着脑袋：“我刚刚真的不是那个意思，主要是——”

“主要是？”

初栀犹豫了下，声音压得低低的：“你之前太吓人了……”

陆嘉珩撕开蓝色的可爱多包装纸，没忍住笑了一声。

是欺负得太狠了？

他反思了一秒钟，又觉得并没有啊。

两个人一人拿着一支可爱多不紧不慢地沿着网球场铁网走，路过之前的多媒体楼，陆嘉珩才开口：“刚刚那个是你男朋友？”

初栀卷着樱桃味雪糕：“前男友。”

他舔着唇垂眼笑：“看来我打扰他自证清白了。”

初栀摇摇头，咬了一口蛋卷，咔嚓一声，声音清脆：“我又不是傻子。”

陆嘉珩挑眉，没说话。

“事情不是你想的那样，你听我解释，我最爱的还是你——”初栀语气没什么起伏，慢吞吞地嘟哝，“这种八点档肥皂剧台词好老土。”

陆嘉珩不知道为什么心情挺好，很赞同地点点头：“是老土。”

“不过他和他前女友竟然能啃那么久，”初栀咔嚓咔嚓咬着蛋卷感叹，“真是厉害。”

身边的小姑娘蹦蹦跳跳地跟他吐槽，没心没肺的样子让人甚至忍不住开始同情她那个前男友了。

怕她跟不上，他特地把步子放得很慢，每一步都像是慢动作，竟然还没有丝毫不耐烦。

陆嘉珩觉得自己的耐心前所未有地好，可能是因为今天晚上温度适宜。

冰激凌凉凉地停在舌尖，甜香味渗入味蕾，给人一种空气中都飘着淡淡香草味道的错觉。

操场上军训的新生早就散了，只有零零星星的人在跑步聊天，走到一半，陆嘉珩的电话响了，他接起来。

那边声音有点大，甚至初栀都能隐隐约约听到有声音，果然，男人嫌弃地皱了下眉，将手机拿远，等了一会儿，才重新放回耳边，十分敷衍道：“听见了。”

初栀：“……”

学长，您听见什么了？

“嗯，我一会儿带个人。”

“……”

他挂了电话，低下头，初栀嘴巴里还叼着个蛋卷，注意到他看过来的视线，也仰起头来看他。

陆嘉珩将手机捏在手里把玩：“吃饭了吗？”

初栀摇摇头：“回寝室换个衣服就去。”

他点点头，无比自然地开口：“跟我一起吗？”他顿了顿，补充道，“有个朋友过生日。”

其实这问题也就是走个过场，陆嘉珩想，毕竟她应该也不太可能拒绝。

初栀啊了一声，有点为难："可是，我跟室友说好了要一起吃的。"

"……"

陆嘉珩脑子里瞬间蹦出个小人，啪地给了他一巴掌。

"嗯，行，那你去吧。"陆少爷没什么表情地点点头。

初栀还有点无措："那，祝你朋友生日快乐。"

刚被打脸还没来得及颓丧的陆少爷闻言顿了一秒，突然倾了倾身。

两人距离倏地拉近，他桃花眼黑漆漆的，眼角习惯性地挑着，盯着她笑："怎么祝？"

初栀想不到他会问这个问题，有点没反应过来，呆呆地啊了一声。

他也不急，语速放得很慢地重复，似乎体贴地在给她消化和思考的时间："你准备怎么祝我朋友生日快乐？"

然后，他看着她露出了一个苦恼的表情。

这实在是有点难为人。

虽然初栀觉得今天遇见他后两人已经熟悉很多了，但实在是还划不进"熟人"的范畴。

他朋友过生日，跟她关系好像就更不大了。

初栀鼓了一下腮帮子，先是翻了一下军训服外套的口袋，里面只有一点零钱、手机，还有一支防晒霜。

她耷拉着肩膀，在男人玩味的注视下皱着眉想。

过了好一会儿，她突然指了指他手里的手机："能把手机借我用一下吗？"

他眉梢一挑，倒是没说什么，把手机递给她。

男人的手机没设置密码锁，初栀接过来，直接滑开，慢吞吞地找了一会儿，然后点开了语音备忘录。

陆嘉珩垂着眼，就看着她打开语音备忘录以后，白嫩纤细的指尖点了一下红色的录音键，然后将手机微微拿近一点，开始唱歌。

陆嘉珩完全愣住了。

他当然知道自己这个要求有多难为人，她根本没法子。

他就是想欺负她一下，看看她不知所措的样子，逗逗她，然后再顺理成章地摸摸那颗小脑袋，撩一撩，安慰安慰。

晚上六点半，太阳一寸寸藏下地平线，天还没完全黑下去，校园里路灯已经亮了起来。

小姑娘站在他面前，手里拿着他的手机，认认真真地清唱了一首《生日快乐》，声音软软的，眼睫低垂，又长又密的睫毛覆盖下来，像两把毛茸茸的小刷子。

她唱得很慢，每一个音都像是颗软软的椰子味牛奶糖，在巧克力酱里滚了一圈，再撒上白色的糖霜，递到他面前。

陆嘉珩眼一眨不眨地盯着她，嗓子突然开始发痒，喉结不自觉地滚了滚。

初栀完整地唱完了一首《生日快乐》，暂停，输入了“生日快乐歌”五个字，存储成了新的语音备忘录。

做完这些以后，她把手机重新递还给他，似乎觉得这样太敷衍了，还有点不好意思。

他没说话，盯着手机里那段不到半分钟的录音看了好一会儿。

初栀歪着脑袋，由下至上看着他，鹿眼干净清澈：“学长，那我先回去了。”

学长抬起眼来看着她，眼神有点深。

小姑娘没看出来，晃着手臂笑嘻嘻地和他道别，转身一蹦一跳地走了。

陆嘉珩看着她的背影消失，把手机锁屏捏在手里，人站在原地没动。

就这么站了三分钟，他肩膀突然微塌，笑了一声，声音低低哑哑的，有点困惑，有点挫败：“这不对劲啊……”

说是朋友过生日，其实这“朋友”也只是跟着程轶过来，见过两次面而已。

陆嘉珩到的时候气氛已经炒起来了，他人一进来，上一秒手还搭在一姑娘肩膀上拿着麦、手牵手肩并肩高声号叫着的程轶直接从沙发上翻下来，眼睛直勾勾地往他身后瞧。

空无一人。

程轶不死心，伸长了脖子往外瞅。

确实没有。

这真是宇宙级奇闻啊，简直太新鲜了，陆少爷警告似的提醒他们说要带个人来，程轶觉得这分明就是个暗示，于是无比健康地直接挥退一群大白腿，大家健康无害地唱唱歌喝喝酒，结果人家一个人来的。

程轶又去看他的表情。

没有想象中那种被拒绝了的表情，反而十分微妙。

至于有多微妙，程轶眼睛一眯，凑到他面前，嘶了一声，有点不解："我咋觉得你这表情娘们兮兮的呢？"

"……"

"不知道为啥，就是有种微妙的娘感。"

"……"

程轶摸了摸下巴："你上回拿一个粉水杯回来我就觉得不对劲了，你不是真要走心撩妹吧？别了吧，林柏杨的十年狗命可都在你手里。"

林柏杨远离人群坐在门边小沙发卡座里安静无害地吃着不知道是谁的生日蛋糕，刚好能听见他俩的对话，翘着小拇指，塑料叉子往蛋糕上一插："程轶你大爷的。"

程轶迷茫了："你咋也娘们兮兮的了？"

陆嘉珩显然不太在状态，理都懒得理他，直接进了包厢，走到林柏杨坐的那块小沙发卡座坐下。

林柏杨和他们大学才认识，关系虽然不错，但是人家品行是带都带不歪的那种，是个出口成"脏"的暴躁纯情男，平时出去玩从来都是待在一边安安静静吃吃东西、玩玩手机。

今天，陆嘉珩也加入了他。

包厢最里面两排半圆卡座气氛高涨，满地骰子和洒了的酒液，有人看见他过来喊他，他也不怎么理，遗世而独立地和林柏杨并排坐在门口角落里，长腿前伸交叠，掏出手机来。

程轶觉得有点不能接受。

他目瞪口呆地看着陆少爷跟旁边的林少爷要了个耳机，插上手机戴上，人跷着二郎腿懒洋洋地瘫进小沙发里，安静了差不多半分钟，然后——露出了迷之微笑。

程轶简直怀疑他是不是大庭广众之下在听什么肮脏龌龊的东西。

他从后面绕过去，脑袋伸到陆嘉珩颈边，往他手机屏幕上瞧："好东西要分享啊珩哥。"

男人反应极快，啪一下将手机扣上，头一偏，手伸出来抵着他的脑门推开："离我远点。"

程轶挣扎："怎么着呢？"

"你女人堆里爬出来的？一身香水味熏得我想吐。"

程轶："……"

初栀一回寝室就遭受到了"严刑拷打"。

几个姑娘朝夕相处十多天，比较浅层次的感情史早就被没有任何距离的夜聊聊出来了，林瞳表示恨铁不成钢："你怎么就答应跟他走了呢？那就是个渣男！有什么好聊的？！"

寝室老二顾涵痛心疾首："你这孩子傻了吧唧的，他说两句甜言蜜语，再改过自新表示表示，给你送两天早餐，你就又栽他手里了。"

老三最后淡定地做出总结："初栀同志，组织对你很失望。"

"……"

初栀挣扎着解释："我们俩才谈了不到十天，我没什么感觉的，也没啥嫌好避，而且毕竟也是三年同学。"

顾涵瞪大了眼睛，完全不放心："万一他把你拉到人少的地方'强取豪夺'呢？"

初栀："没事呀，我学过三年空手道。"

顾涵的表情从意想不到到敬佩："看不出来啊，小阿栀。"

初栀咧嘴笑，露出整齐的小白牙："还是白带。"

顾涵："……"

顾涵是个东北姑娘，平时喜欢研究些塔罗牌、星座、五行八卦之类的东西，有的时候会突然兴起，拉着人神神道道念上一段。

林瞳不相信这些玩意儿，寝室老三薛念南是个标准学霸，每天晚上军训结束别人打手游她背四六级词汇那种，顾涵的唯一忠实粉丝只剩下初栀。

晚上十一点半黑灯瞎火众人爬上床玩手机闲聊，顾涵开了手机电筒盘腿坐在床上，隔着朦朦胧胧的白纱蚊帐看着对面的初栀神神道道："想知道你和他的缘分吗，说出你和他的名字，如郭靖、黄蓉，马上了解你们之间的缘分有多少。"

初栀紧张极了："我和吴彦祖。"

“……”

顾涵：“好的，你和尹明硕的缘分指数是零，不过照他的面相来看这个人是个烦人精没跑了，缠人缠得厉害，接下来他要对你出招了，从送早餐开始，到吃夜宵结束。”

初栀：“……”

初栀觉得顾涵确实是有两把刷子的，因为第二天一大早，尹明硕真的出现了。

她当时还没睡醒，身上的军训服外套没拉，敞着怀一边扎头发，一边跟着室友出寝室楼，去买了早餐边往操场走边吃。

一个豆沙包吃完刚好走到操场，初栀拧开豆浆咬进嘴巴里，一抬头，就在操场铁网门口看见尹明硕站在那里，手里拎着个袋子。

他不是一个人来的，旁边还跟着两个男生，应该是他的室友，看见初栀她们过来，笑得让人浑身不舒服。

初栀还没来得及反应，尹明硕已经跑过来了，朝她笑：“早。”

初栀嘴巴里还叼着豆浆，含含糊糊道：“唔，枣（早）……”

“已经吃过了？早上只喝豆浆哪能饱，要晒一上午的太阳呢，我给你买了雪菜鸡丝粥，离集合还有一会儿，你先吃点？”

顾涵看了林瞳一眼，那眼神就像是在说：我说什么来着？

林瞳性格像个炸药包，还是自燃的那种，不用点就能着，二话不说一把将初栀拉到自己身后，眼一眯，御姐气场十足：“我说，既然已经分手了，你就别缠着人家姑娘了行吗？要点脸吧。”

尹明硕笑容没了，神情微变，却还是好脾气道：“这是我和初栀之间的事情，你可能不了解，她对我有点误会。”

“你真是想太多了，”林瞳轻蔑地哼了一声，“你去厕所对着马桶水照照就明白了，跟你分手还需要什么狗屁误会吗？”

尹明硕还没说话，他身后的两个男生先不乐意了，其中一个看起来很壮实的直接爆了一句粗，往前走了两步：“说话客气点，你以为老子不打女人？”

上一秒还在和初栀掐指一算的顾涵闻言也不跟她开玩笑了，抿着唇走过去，警惕地看着他们。

尹明硕看起来还有点尴尬，手搭在旁边男生的肩膀上，安抚似的拍了拍。

清晨的操场门口穿着军训服的男生女生陆陆续续进来，看到这一幕都不由得侧目多看上两眼。

三个高大的男生对上几个女孩子，女生无论怎么看都占不到便宜，前面两位战斗系室友小辣椒似的完全上头，薛念南从英语单词的世界里短暂地回过神来，开始迅速分析现在的情形怎么处理最好。

不过她也没多害怕，因为觉得男生真的会打女生的可能性还是太小了。

所以当她看见那个高大的男生直接一把扫开尹明硕的手过来挑衅似的推了林瞳一把的时候，完完全全呆住了。

男生对女孩子动手，对于她来说这完全是无法想象的事情。

顾涵站在旁边直接怒了，一声“三字经”咆哮而出，一把抓住他的手臂张嘴一口狠狠咬了下去，一直站在旁边没什么反应的初栀嘴巴里咬着的豆浆已经捏在手里，吸吸果冻似的豆浆袋子，小姑娘高高举起手臂，攥着一捏，乳白色的豆浆像一道水柱，咻的一下全喷到了男生的脸上。

男生下意识闭上眼睛，一边胡乱推了两把一边往后退，再一睁开眼已经完全怒了，满脸豆浆滴答滴答渗进衣服里，眼睛直喷火，愤恨地紧紧盯着她们。

他刚气势汹汹地往前冲了两步，又被人一拳捶上后脑勺。

周明不知道什么时候跑到后面去了，捶完嗷嗷叫了两声，手背通红，疼得嘶嘶吸气，还不忘装横：“欺负我们班的女生，你问过我们班男生了吗？”

战场气氛焦灼，剑拔弩张、一触即发。

周明他们寝室四个人，虽然一个比一个苗条，看上去都没对方壮，但是胜在人多，还有女生帮忙，虽然挂彩，但是也并不占下风。

所谓法不责众，打架就要打群架，寝室规模的架还是差了点。

教官和辅导员过来的时候，初栀正把尹明硕给她买的雪菜鸡丝粥往对方脸上倒，男生被林瞳和顾涵一起摁着被烫得嗷嗷叫，熬得又黏又糯的粥顺着脸往下淌。

几个教官咆哮着跑过来把人分开，男生基本都挂了彩，最开始动手的那个男生最惨，脸上、头发上、衣服上，又是粥又是豆浆的。女孩子看上去倒是都没什么事情，除了衣服和头发有点乱外。

辅导员看上去快要气疯了，看着他们唾沫横飞：“一会儿系主任就过来！

你们就等着吧，我们班还没开学就出名了！”

初栀老实巴交地站在最末尾，一抬眼，就看见系主任已经远远走过来了，后面还跟着一个人。

“四位数”今天穿了件奶白色的卫衣，配着牛仔裤，一双微微上挑的桃花眼一排扫过去，停在她面前，似笑非笑。

那眼神就像在说：牛啊。

初栀一愣，可怜巴巴地眨眨眼。

男人嘴角一勾，跟在系主任后面走过来，看着辅导员和系主任在不远处说话，不动声色地站到了初栀旁边。

“哪些是你的手笔？”他声音压低，语气玩味，视线没看她，漫不经心地扫过前面几个挂彩的男生。

“粥，”初栀犹豫了一下，小声补充，“还有豆浆……”

她说完，他就笑了。

喉间溢出两声轻笑，他垂眼，看着她小脑袋低低垂着，看似老实巴交，乖得不行的样子，低声调侃她：“粥多没劲，你兜里怎么不备俩油碟呢？”

第二章

椰子牛奶糖

初栀他们系主任姓贺，可能是因为平时操碎了心，长相看起来至少比他真实年龄老十岁，一笑起来眼睛弯弯，慈眉善目的，是个比较典型的笑面虎。

尹明硕是经管的，系主任是个“面瘫”，头发梳得一丝不苟，一副精英教育者的模样，看起来也不像是个好说话的。

果然，两位一碰面，眼神在空中交会，噼里啪啦火花四射。

“面瘫”战斗前，看了一眼自己那几个被粥和豆浆混合物糊了一脸的学生，有点不忍直视，朝陆嘉珩摆了摆手：“先带他们回去把身上弄干净了再过来。”

陆嘉珩站在初栀旁边，手插着口袋懒洋洋地掀了掀眼皮子：“听见了？听见了自己去吧，还得学长教你们怎么穿衣服吗？”

他语气懒散，唇边挂笑，一副“我就是来看热闹的”的肆无忌惮样，将系主任交代下来的话都当耳旁风，任何尊重感都不带有的。

“面瘫”咳了两声，竟然没说什么。

林瞳扭头，偷偷地看了一眼男人的侧脸，用胳膊肘捅了捅旁边的初栀，压低声音道：“这不是你那个——”

顾涵：“这不是你那个——”

我那个债主。

初栀心道。

薛念南面无表情：“你那个粉水杯，抢你水，还抢你水杯，他还有什么不能抢的？”

初栀：“……”

好像哪里不太对。

“粉水杯”离得挺近的，也不知道是不是听见了她们说的话，转回视线，似笑非笑地瞥她。

初栀还保持着乖巧等着挨骂的表情，微微侧头看了一眼跟“面瘫”说话的笑面虎，朝旁边侧了侧脑袋靠近了一点，低声问他：“你今天也来晒太阳吗？”

小姑娘头发有点乱，几缕从皮筋里散出来的头发随着她的动作垂下来，细小的发尾晃来晃去。

陆嘉珩手指发痒，指尖藏在口袋里微微抬了抬，盯着她耳朵后那块细细软软的头发有点出神，淡淡嗯了一声。

初栀眨眨眼，抬起头来看看天，又看看他：“可是今天阴天。”

陆嘉珩：“……”

“天气预报说今天晴天。”

初栀啊了一声，了悟地点点头，刚想说什么，辅导员已经神情严峻地走过来，她赶紧闭嘴，一脸乖巧地垂下头。

不知道为什么，陆嘉珩莫名地有种松口气的感觉。

打架这事儿说大不大，说小不小，大家都是血气方刚的年纪，按照初栀他们系主任的话来说，年轻人嘛，一时热血很正常，千万不要扼杀了他们的激情。

初栀琢磨着这系主任应该是中文系的才对。

如果是学院或者系内都还好说，不同院的两拨，处理起来还是挺麻烦的。

就像小孩子淘气，关起门来家长可以随便教训，但是如果自家孩子在外面被别人欺负了，那家长肯定是第一个不乐意。

笑面虎和“面瘫”你不让我我不让你，轰轰烈烈地舌战了一番也没什么结果，最后大家协调一下各退一步，互相道个歉，给个警告处分，再每人一份检讨，这事情就算过了。

轮到初栀的时候，小姑娘规规矩矩地对着尹明硕鞠了个躬：“对不起，我不该往你们身上洒粥，”她的语气饱含歉意，无比真诚，“虽然那是你给我买的。”

尹明硕：“……”

不知道为啥，这话听着让人有种“你活该”的感觉。

打架事件就这么告一段落，军训的最后几天，别的同学练习正步，初栀他们罚站。

第一天，大家还都排排站，趁着没人看着的时候嘻嘻哈哈地聊聊天，罚站罚得开心得不得了，觉得这惩罚太好了，刚好还可以逃过军训。

很快，教官就发现了这现象，直接把几个人都分开了，隔着偌大的操场遥遥相望。

九月正是换季的时候，月初还天天骄阳似火烈日当空，等到了月中军训接近尾声，天气已经凉下来了。

初栀被发配到了“边疆”，连续几天从早上站到下午，从下午站到晚上，站得膝盖发酸还不能动，每次想偷偷靠着身后的铁网休息一会儿的时候，就能看见少爷似的懒洋洋晃悠的“四位数”。

少爷最近天天晒太阳，有太阳要晒，没有太阳制造太阳也要晒。

初栀心想他真是爱锻炼啊。

两个人隔着一个四百米跑道人海茫茫中对视了一眼，初栀远远地看着他好像是模糊地笑了一下，然后就走过来了。

他走到她面前，抬起手臂，修长好看的手捏着瓶宝矿力垂在她面前。

初栀一愣，没接。

他微微向前倾了倾身，语气玩味：“拿着，之前不是抢了你的水嘛。”

初栀：“……”

他之前果然听到了……

初栀觉得挺不好意思，有种背后说人还被抓包的心虚感，还是没接：“没事呀，反正就那么点水。”

他也没再说什么，直接俯身，弯腰，垂头，长臂伸下去，将水放在她脚边。

初栀垂头，看着半透明的水瓶子，小声道谢：“谢谢。”

他就站在她旁边，少女一垂头，军训的外套领子后面露出一小片白嫩嫩的后颈，藏在发丝后面，白得晃眼。

陆嘉珩盯了一会儿，没说话。

少女抬起头来。

他移开视线，表情没什么变化，喉咙又开始发痒。

初栀没注意，俯身把水捡起来抱在怀里，想起那天他和两个系主任一起过来，好像还和经管那个“面瘫”挺熟的样子，抬眼问他：“学长，你是经管的吗？”

陆嘉珩侧身靠在铁网上：“嗯，金融。”

“哇。”初栀十分捧场地说。

“哇什么？”

“没什么，我就哇一下。”

他笑了一声：“你学新闻？”

“广告啊，”初栀眨眨眼，“我之前就告诉过你了。”

闻言，男人沉默了一下。

他大脑飞速过滤仔细回忆了一下她是什么时候告诉自己的，结果没什么收获。

他早忘了。

“名字也告诉过你的。”初栀说。

陆嘉珩：“……”

“还有电话号码。”

陆嘉珩想起来了。

可是当时她语速太快，他心里又觉得有点烦，只觉得自己满脑袋韭菜花味，压根没怎么注意听，也不太关心她都说了些什么。

陆嘉珩久违地生出了点懊恼的情绪。

果然，小姑娘看着他的表情微微瞪大了眼睛：“你不记得了吗？”

那黑漆漆的眼明亮干净，此时写满了难以置信，还有点责备的味道。

他刚想道歉，就听她继续道：“你怎么不记着呢，万一我是个坏人就这么跑了不赔你衣服怎么办？”

“……”

原来她在意的是这种事情？

陆嘉珩舔了下唇珠，低笑了一声，气音短促：“不用你赔，”他顿了顿，嗓音微压，磁性低沉，黑眼盯着她，“坏人也没事，你别跑就行。”

初栀根本就没在听，此时正忙着从军训外套口袋里把手机掏出来，解了锁递给他：“我只存了你的号码，你打一下名字。”

她说着，另一只手在他面前摊开，掌心冲上。

小小的一只手，白皙纤细，掌心的纹路干净细腻。

他垂眸片刻，接过她的手机，把自己的也递给她。

初栀之前用过一次他的手机，通讯录什么的也找得快，她输入自己的号码查找了一下，果然没存。

初栀用胳膊夹着宝矿力，快速把自己的手机号和名字存上去，递回去。

男人接过来，单手拿着她的手机打字。

初栀一边拧着宝矿力的瓶盖一边感叹着手指长就是好，她单手拇指根本够不着键盘，人家还能游刃有余地打字。

结果拧了半天，手心都疼了，也没拧开，她手往里缩了缩，又甩了甩袖管，用袖口的布料包住了拧，还是没开。

初栀小脸一垮，不太开心。

刚好男人那边打完字，退出界面，锁了屏幕递过去。

初栀没手去接，她还在和手里的水瓶奋战，整个人忘我地投入其中，拧得前仰后合，长长的马尾辫垂到前面来，小脸都憋红了，袖口的布料被她垫在掌心和瓶口之间，攥得皱巴巴的。

陆少爷垂着眼，看她那副费劲儿的可爱小样子勾了勾嘴角，夹着手机轻飘飘塞到她面前，好看的手指扣住硬塑料瓶瓶口，轻轻从她手里将其抽出来。

初栀顺从地松手，接过手机揣进口袋，人往前两步，小脑袋凑过去等着，崇拜的表情都已经摆好了。

陆嘉珩的表情挺从容的，浑身都透着一股子漫不经心的慵懒劲儿，手指也是懒洋洋地搭在瓶盖上，整个人的姿态就像拧个瓶子跟吹口气一样轻松。

两人之间短暂地安静了一瞬，一秒、两秒、三秒……

陆嘉珩面上一僵，他也没拧开。

他若无其事地抬了下眼，小姑娘正仰着脑袋，眼巴巴地看着他，满脸期待。

陆嘉珩：“……”

这什么破水？以后再也不买了。

初栀的那瓶水无疑是特例，虽然盖子最终还是被他给拧开了，但是小姑娘第一时间那一脸了然的样子让陆嘉珩觉得，自己男人的尊严简直被踩在地上碾得稀碎。

有那么一瞬间，他对自己产生了一点怀疑，他觉得自己这么多年的运动都白做了，肌肉全是奶油充的，虽然也仅仅那么一秒钟而已。

少爷从未受到过如此奇耻大辱，他决定找回场子。

于是当天下午，程轶和姑娘视频聊天聊一半，就听见有人在外面踹门。

两人都盘腿坐在沙发上隔着屏幕看对方嗑瓜子儿，边嗑边聊天，还聊得挺“嗨”，满口油腔滑调的段子伴随着一声比一声重的踹门声。

程轶叹了口气，把手里的瓜子袋子放在茶几上，朝镜头里的姑娘抛了个飞吻：“可能是阿珩忘带钥匙了，我去开个门。”

他趿拉上拖鞋走到门口打开门，就看见陆嘉珩手里抱着两个摞在一起的大箱子，面无表情地站在门口。

程轶挑眉：“没带钥匙？”

“带了。”

“那你敲个屁门啊。”

“没手。”陆嘉珩瞥他一眼，那眼神就好像在说“你瞎吗”。

程轶跟着他走进去，才把注意力放在他手里那两个箱子上。

宝矿力水特，运动水饮料。

那个广告怎么打的来着，点点电解质，滴滴入身透？

程轶抬了抬眉，看着男人捧着两箱水回来，往旁边地上一放，一屁股坐进旁边的懒人沙发里，拆开一箱，捏着一瓶抽出来，打开。

程轶刚想继续和美人聊天，就看见陆嘉珩打开那瓶水以后，放到桌子上，然后又俯下身去，从箱子里抽出一瓶，又拧开了。

程轶以为这是给他开的。

他简直受宠若惊到毛骨悚然，以为这少爷上午出门被开光了，无比狗腿子地凑过去。

然后，他就看着第二瓶也被放在桌子上了。

紧接着，少爷又抽出第三瓶，就跟开啤酒似的，两秒一瓶，坐在那里开了大半箱，也不喝，在桌子上摆成一排。

程轶一脸茫然：“老哥，你干啥呢？”

陆嘉珩没看他，嘴角动了动，微微向下耷拉着，露出了一个不太愉悦的表情，冷冷笑了一声：“报仇。”

程轶：“……”

男人有些时候就是会有那种既幼稚又神奇的点，让人无法理解，其实原本没什么的事情，他们会无比在意，并且在意好久。

直到新生军训结束，初栀都没再见过某人晒太阳。

其间发生了一件事，隔壁班有个姑娘给教官塞了小字条，结果被发现了，第二天他们班就换了个教官，姑娘被通报批评，还没开学就红了，那个被塞字条的教官也会被部队惩罚。

据说那姑娘被抓包以后哭着跟营长求情，说都是她的错，那个教官完全不知道。

初栀完全震惊了，不知道这才半个月，怎么就喜欢上了。

林瞳倒是完全理解的样子，抱着一包浪味仙咔嚓咔嚓往嘴里塞：“你看看现在那些个男生，一个个不是歪瓜裂枣就是奶油小生，要么就瘦得跟竹竿似的，要么就二十出头小肚腩还秃顶，弓背猫腰跟做贼似的，瓶盖都拧不开。平时也就算了，毕竟都一个德行，这一军训，和兵哥哥们笔直的身板、胸肌、腹肌、背肌、二头肌一对比，那爱情的荷尔蒙分分钟就被激发出来了。”

初栀吃着橘子点点头，觉得她说得有道理，又觉得哪里不对。

学长也差点没拧开瓶盖儿，但是她清楚地记得，那人奶白色的卫衣袖口卷到手肘时，露在外面的小臂上有线条流畅好看的肌肉。

军训最后一天上午有个汇报表演，下午大家一起送教官离校。

初栀他们班的教官是个很年轻清爽的小伙子，看上去也没比他们大几岁，训练的时候脸板得一丝不苟，但是其实性子也很活泼，休息的时候经常会跟大家玩在一起，聊聊天，感情非常好。

朝夕相处了半个月，临走那天大家都有点伤感，有几个女生还小声哭了。

初栀被那气氛搞得也有点伤感，军训的时候大家每天都在哭天抢地地盼着这段恐怖日子赶紧过去，等到真的结束了，又开始觉得舍不得。

半个多月的摧残折磨过去，大家基本上都黑了一圈，林瞳她们拖着初栀站着，看着她那张白嫩的小脸各种不解她为什么好像没被晒黑，初栀眨眨眼，二话不说撸起袖子露出一截白得跟豆腐似的小胳膊，放在脸旁边做对比："没啊，我也晒黑了的。"

顾涵瞬间就面无表情了："明白了，人家晒黑了以后的色调和我涂完粉底液一个色儿。"

第二天周末，初父和初母欧洲游了一圈终于回来了，一大早就来接她。

在校门口，她又碰见了陆嘉珩。

她出来得早，初父车还没到，她拖着小箱子走到路边，人坐在箱子上等，一抬眼，就看见他站在对面。

初栀啊了一声，想跟他打招呼，手臂都抬起来了，突然想起，认识半个月了，她还不知道他的名字。

天光被梧桐树遮了大半，分割成小小的色块细细碎碎洒在他身上，他好像没看见她，背靠在树干上懒洋洋站着，头微垂，眼神有点散，像是在发呆。

初栀举了一半的手停在半空中。

他看起来好像不太开心。

初栀皱了皱眉，正犹豫着，一辆黑色的车子缓缓开进来，在路边停下。

他抬起头来，脸上没表情地走到车边。

后座车门被打开的一瞬间，他抬眼，看见了路边的少女。

初栀和他对视，眨眼笑了一下，朝他摆摆手。

他桃花眼漆黑，脸上也没什么表情，看见她微微抿了抿唇，视线稍微停顿，眼神很淡，像风无声从她面前一扫而过。

初栀愣了下，看着他钻进车子里。

黑色的轿车绝尘而去，初栀侧着头，回忆了一下他刚刚的眼神和表情。

他确实不太开心。

原本周末初栀是准备宅在家里睡上一天回回血，结果不知道怎么着，到家却无比精神，毫无困意。

初母一看见她眼泪都快下来了，拉着她左瞧瞧右瞧瞧："我家宝贝是不是瘦了啊，还黑了。"

初父相对来讲比较淡定，笑呵呵地跷着二郎腿看报纸："现在的小姑娘都时兴减肥，一个个的腿还没胳膊粗呢，减什么肥啊。"

初栀想了想那画面，诚恳道："爸，腿没胳膊粗那还挺吓人的。"

"哦，我是说没我胳膊粗。"

初母拉着初栀的手没放，眼神有点鄙夷地看着他："比你的胳膊粗那太难了，人家的腰都没你胳膊粗。"

初父也不恼，依然优哉游哉的样子，眼睛弯弯，笑得像个傻白甜："你连腰都没有。"

邓女士冷笑了一声："你浑身上下全是腰。"

"你脖子比腰粗。"

"初云飞你就是想气死我找小老婆是吧！"

"我想找小老婆还用气死你吗？"

两个人乒乒乓乓又是一阵唇枪舌剑，初栀习以为常，淡定地松开母亲的手，拐进厨房去倒了杯牛奶，加了两勺糖，放微波炉转了两圈，又翻了麦圈出来倒进碗里。

等她一碗麦圈吃得差不多，客厅里的人已经重新进入如胶似漆状态，邓女士抱着初先生的胳膊，两个人依偎在沙发里，像连体婴一样黏在一起看旅行杂志，研究着去哪里玩。

初栀想着自己欠着的那件天价卫衣，叹了口气，走过去，乖巧地坐在母亲大人旁边。

"妈妈，"她清了清嗓子，抬手指指窗外，"你看天上飘着的云，像不像你给我加的五千块钱零花钱？"

邓女士有点诧异，自家女儿一直是个乖宝宝，以前的生活费或者零花钱都是他们随便给的，也从来没见她主动要过。

"是要买衣服吗？"

初栀犹豫了一下，想想好像没错，觉得也没有必要把这种小事告诉他们，就点点头。

"行，辛辛苦苦养的小白菜终于长大了会花钱了，"邓女士十分感动，直接掏出副卡塞给她，“随便刷，多买点，挑贵的，别像你那个死爸一样，自己买回家的衣服都像破麻袋似的，还美滋滋地觉得自己眼光特好。”

手臂还被媳妇抱着的初父：“……”

初栀一件衣服欠了人家半个月，内心的愧疚值已经达到顶峰，于是一得到资金援助，下午没什么事情就直接去给债主买衣服了。

结果她找了半天，没找到债主的那款。

周末下午商场人很多，初栀拿着杯奶茶站在店门口，掏出手机来准备给债主打个电话。

那天她让他存了名字，初栀通讯录里没什么人，她不怎么爱存电话，父母、大学室友还有几个闺密加起来也就十几个号码，男人的手机号码就挺好找。

最后，初栀在通讯录中间段找到了那个号码。

姓名备注——“陆哥哥”。

初栀：“……”

陆嘉珩人到家的时候是上午十点，陆家宅子里一片沉寂。

空旷的客厅空无一人，水晶吊灯开了一盏，影影绰绰晃在光可鉴人的大理石地面上，冷冰冰的毫无人气。

楼梯上坐着个小男孩，听见开门声抬起头，一看见他进来丢下手里的小汽车唰地蹿起来，兴高采烈地跑过来，“哥哥！”

男孩四五岁的样子，小胖腿噔噔噔跑到他面前，仰着张胖乎乎的小脸看着他，表情又开心又怕：“哥哥。”

陆嘉珩嗯了一声，环视一圈：“爸呢？”

“爸爸给懿懿和哥哥赚钱。”小朋友奶声奶气地说。

陆嘉珩按着脖颈点点头，走进去。

“下午回来。”小朋友继续道。

陆嘉珩步子一顿，按在后脖颈的手也停了停。只微微僵了一瞬，就继续往前走。

男孩子似乎想叫他，又不敢，犹豫地跟在他后面上了两级楼梯，终于抬起手来，扯了扯他的裤子。

陆嘉珩停下脚步，回过头来，站在比他高一级的台阶上，居高临下地看着他。

小男孩的表情依然怯怯的，被他看得缩了缩脖子，还是认真道：“哥哥别和爸爸吵架，爸爸喜欢哥哥，”他小手扯着他的裤子，声音软绵绵的、小小的，又低又弱，“懿懿也喜欢哥哥。”

陆嘉珩有点僵硬，随即短暂地笑了一声，嘴角勾起嘲讽的弧度：“他只喜欢你。”

男孩不自觉地想要靠近他，身子往前倾了倾，又很快缩回去，有点手足无措地看着他。

小朋友年纪小，还没长开，一双眼滴溜溜的，黑漆漆的瞳仁很大，明亮透彻，脸颊带着婴儿肥，委屈无措地盯着他。

陆嘉珩突然就泄了气，有点无奈地抬手，敷衍地揉了揉他的头顶，没再说什么，转身上楼了。

当天下午，陆泓声果然回来了。

陆嘉珩的房门虚掩，他听着下面的说话声权当有屁被风吹散了，嘴里叼着根棒棒糖盘腿坐在长绒地毯上打游戏，飞速敲击着机械键盘的手顿了顿，从旁边一把捞过耳麦来戴上。

果然，又过了一会儿，他房间的门被陆泓声一脚踹开。

陆嘉珩眼睫毛都没眨一下，就好像没感觉到也没看到陆泓声一样，手指敲着键盘打游戏，拖腔拖调道：“没技能，先撤吧。”

陆泓声直接走过来，一脚踹翻了他放在地毯上的小桌子。

陆嘉珩是个很会享受的人，他房间的装修风格和他这个人一模一样，到处都是软绵绵的毯子和垫子，让人觉得这个房间里任何地方都可以让人躺着睡一觉。

桌子上的东西应声全数掉在了长绒地毯上，几乎没发出任何响声，上面一杯滚烫的咖啡也跟着洒下去，不偏不倚，全数洒在了陆嘉珩的手上。

白皙修长的手背顿时红了一片，上面滚满了咖啡的棕褐色液体，从手背一路流淌下去，顺着指尖滴答滴答滴落进地毯里。

陆泓声一时气得上头，也没看到他桌子上还放着一杯咖啡，见状也是愣了一下。

他也只是愣了一下而已。

手背通红，倒是没有什么无法忍耐的痛感，只是有种火烧火燎的热，耳麦也连着被扯下去，因为扣得太紧，被力道拉下去的时候勾着耳朵，扯得他耳骨生疼。

陆嘉珩依旧微垂着眼，眼珠都没动。

半晌，他毫不在意地从旁边抽了张纸巾出来，擦掉手背上的咖啡，双手撑着地毯，身子向后仰了仰，懒洋洋地抬起头来。

陆泓声居高临下地看着他，抿了抿唇，因为刚刚一点小意外而稍微克制的怒意似乎又被他漫不经心的表情和行为重新点燃。

陆嘉珩就跟没看见似的，挑眉扬眼，依然一副吊儿郎当的样子："老板，还有什么吩咐？"

陆泓声气得脸色涨红，抬手指着他的鼻子："什么叫还有什么吩咐？说的这是什么话！我怎么生了你这么个儿子！你看看你一天天像个什么样子！"

陆嘉珩挑着眼梢嘲讽勾唇，歪了歪头，似乎有些不解他为什么会问出这种问题："一个有娘生没娘养的纨绔，你想让我像什么样子？"

这回，陆泓声那张微红的脸像是颜料扫过，血色一寸一寸褪得干干净净，脸色煞白，气得半天说不出话来。

陆嘉珩依然懒散地坐在地毯上，嘴巴里的棒棒糖被他咬碎了，跟跳跳糖似的噼里啪啦响。

两人就这么无声对视良久，陆泓声指着他的手颤抖着放下，他认输似的深深看着他，最终没说什么，转身走了。

房间门被咔嗒一声关上，陆嘉珩嘴角的弧度保持了太久，已经有些僵硬。

他缓慢地垂眼，视线很散，空茫茫地看着深灰色的地毯。

手边的手机恰好响起。

陆嘉珩好半天才抬手，从地上摸索出手机，抓过来接起。

他的一声"喂"还没来得及出口，那边小姑娘的声音就软绵绵地顺着电流爬过来了："你怎么电话号都不好好存呀，你叫哥哥吗？"

陆嘉珩怔了怔，垂眼看着左手通红的手背，突然笑了，低低哑哑地啊了一声："是啊，姓陆名哥哥。"

少女大概是没想到他会干脆坦然地这样说，也可能被他的厚脸皮和流氓程度给惊到了，沉默了一下，才又继续道："我刚刚在看衣服，但是没找到你的那件啊，我给你挑一件同等价位的别的款行不行啊？"她和他商量着，似乎还怕他不放心，赶紧补充道，"我的眼光还可以的，你如果不放心我买之前拍给你看看？"

陆嘉珩停顿了一秒，然后撑着床边直接站起来："你在哪里？"

他语速有点快，小姑娘愣了一下："嗯？"

陆嘉珩已经逃似的飞速走进洗手间，抬手掰开水龙头，将通红的手背放在冰凉的水流下冲。

空荡的水声回荡在洗手间里，他垂着眼，缓慢重复："你在哪里？我去找你。"

初栀捧着杯奶茶坐在商场二楼休息区的长木椅上，身子微倾，手机垫在奶茶杯杯底，手肘支在大腿上撑着下巴等人。

半个小时前，某神秘不知名陆姓男子在电话里跟她说："待在那儿别走，我现在过去。"

然后她就等了半个小时。

初栀咬着吸管左看看右看看，寻找着对方的身影。

周末的商场里到处是人，一对对小情侣、小姐妹嬉嬉笑笑地走过来走过去，直到她一杯奶茶喝得见底，她才看到熟悉的人。

他从一头的扶梯上来，刚好抬起眼来，看向对面。

两人隔着商场巨大的天井对视，初栀朝他摆了摆手。

距离离得稍微有点远，只能模糊看到他五官的轮廓，男人沿着天井边缘朝她走过来。

初栀也站起来，拿着已经空了的奶茶杯子走过去迎。

好像她之前在学校见到他的时候，他都是穿卫衣的，各种颜色、各种牌子的天价卫衣，今天他倒是难得穿了件衬衫。

北方九月下旬天气转冷，昼夜温差也大，到了晚上温度会骤降，他外面还加了一件薄薄的风衣外套，衬得肩宽腿长，个子极高，几乎是一出现在二楼就引得众人的视线往他身上瞄。

因为邓女士的工作，初栀从小到大认识或者见过的帅哥实在不算少，即使如此，这人在里面也能拿个前三甲。

一身散漫轻佻的少爷气质，再加上那张可以轻轻松松靠颜值吃饭的脸，第一次见到他的时候就是在被搭讪还是有原因的。

初栀一边朝他走过去一边晃着空空的奶茶杯子里仅剩的两颗珍珠有一搭没一搭地想着。

两个人绕着商场圆形天井走向对方，距离拉近，隔着差不多十来步的距离，初栀旁边突然快步走过一个女孩子。

女孩子身上有淡淡的香水味道，很好闻，捏着手机，走到男人面前，羞涩地开口："你好，请问能给我你的微信吗？"

她说着，将手机递过去。

事情就发生在她眼前，近在咫尺，初栀觉得就这么盯着人家有些不礼貌。

她眨眨眼，扭头背过身去了。

旁边刚好就是洗手间，初栀一杯奶茶下肚，刚好想去厕所，于是也没多想，一猛子扎进去了。

等她洗完手从洗手间里出来，少爷不知道什么时候已经结束战斗，正倚靠在女厕所门口的墙壁上等着她。

初栀不爱用烘干机，手上还挂着水珠，边甩边朝他走过去："我来了我来了。"

少爷手揣在风衣口袋里，垂眼瞧着她笑："跑什么？"

初栀眨眨眼，表情无辜又茫然："上厕所呀。"

他又笑了一声，直起身来往外走："走吧。"

初栀就乖乖甩着手在他后面跟着。

两人不紧不慢地绕着二楼走了一圈，初栀是有任务在身的，每走过一家看起来还可以的店就把人拉过去，认认真真地挑了衣服按到他身上比对。

小姑娘个头小，手臂抓着衣架，衣领的位置要高高举到他的脖颈，每次她人一靠过来，他就低下头去看她。

初栀几乎是全部注意力都放在衣服上，每一件都挑得认真又仔细，不想让对方质疑自己的审美水平。

她高举着衣服比在他身上，仰着脑袋，由下而上看着他问："这件呢？"

陆嘉珩垂眼。

两个人之间这距离已经极近了，是一个和异性之间绝对不太对劲的距离，他甚至能够看清她挺翘的小鼻尖上细细软软的绒毛。

她却依然没察觉到任何不对劲，清澈的鹿眼认认真真地看着他。

这姑娘被家里养得实在太好了，好到仿佛对人一点防备之心都没有。

像是山涧泠泠的泉，水皆缥碧，一眼看下去水底游鱼细石一览无余，人生和品性毫无杂质。

她对谁都这样吗？

陆嘉珩突然无端生出一种微妙的不爽来。

他没说话，直接抬手抓过少女手里的衣服挂在架子上，转身往外走。

初栀有点莫名，本来还看得好好的，这人怎么转身就走了呀？

三楼差不多的店基本上也被他们逛遍了，结果这少爷好像心思根本就不在这上面，一件都看不上。

这样下去要买到什么时候呀，初栀哭丧着脸，耷拉着脑袋跟在后面。

结果走在前面的男人突然停下脚步。

初栀垂着头，来不及反应，轻轻撞了下他的背，力道不大，只觉得额头触到的地方硬邦邦的，初栀抬起头来，小声说了句对不起。

她这边说着，男人已经转过身来，薄薄的嘴唇微微抿着，桃花眼一眯，突然开口问她："你到底是怎么长这么大的？"

初栀觉得他这个问题有点没头没尾，怎么买着衣服就变成她的成长史了？她茫然地唔了一声。

陆嘉珩看着她那迷迷糊糊的样子正要发作，想告诉她防人之心不可无，给她好好上上课，以后别随便就把衣服直接往异性身上比，还盯着别人的眼睛看，还突然就跟男人靠那么近。小姑娘倒是歪着脑袋看着他："这件事情说来话长，一时讲不清楚的。"

陆嘉珩长这么大，从没见过这种脑回路的人。

初栀在家里待了两天，周末晚上的时候回了学校。

其他三个室友两个是外地的周末不离校，薛念南本地的，下午就已经回来了，还带了一袋子麻将。

初栀进门的时候三个人正盘腿坐在泡沫板上打三人麻将。

一看见她，林瞳开始啪啪拍小方桌：“我栀快来！就等你了！”

初栀提着从家里带来的咖喱鸡垂到宜家买回来的小方桌上方，静止了一下，三个人嗷的一声，痛痛快快地把麻将推下去给至高无上的咖喱鸡腾位置。

天大地大，吃的最大，尤其还是肉。

邓女士一手咖喱鸡做得惊天地泣鬼神，鸡肉炖得软烂，一口咬下去，汤汁顺着流，外面咖喱的酱汁金黄浓稠。

四个姑娘最后吃到打嗝，垃圾桶里一堆鸡骨头，人直接瘫在泡沫板上聊天。

薛念南先啊了一声，想起什么，说：“对了，初栀，你那个‘粉水杯’——”

初栀靠着椅子腿玩手机，唔了一声，没抬头。

薛念南抓着桌子腿坐起身：“我今天去学生会送资料的时候在体育馆那边碰见他了。”

初栀顿了顿，还没来得及说话，林瞳扑腾着坐起来，一脸兴奋雀跃迫不及待：“他让你给阿栀带情书了？”

薛念南摇摇头说：“他没看见我，在跟人吵架，吵得挺凶的，好像是他爸，说昨天晚上他们家有什么事情，然后他没去。”

初栀一愣，手机里的小人死了，她抬起脑袋来：“昨天晚上？”

薛念南点点头。

初栀皱了皱鼻子。

昨天晚上他和她在一起啊。

好不容易买了衣服，因为那件衣服和他那件天价卫衣价格还有点差，初栀又请他吃了饭，他也完全没说自己家里晚上有事情。

是忘记了吧？

她退出游戏，打开通讯录，看着里面那个叫“陆哥哥”的备注，有点犹豫。

她想想还是算了，这种事情去问人家好像有点尴尬。

初栀站起身来，把桌上装咖喱鸡的饭盒洗干净装好，然后去洗澡。

吹头发的时候林瞳给她送手机过来，说她有电话。

初栀接过，关掉吹风机接起来，喂了一声。

洗手间门又被关上了，声音一出，有点空荡荡的感觉。

电话那头，某陆姓不知名神秘男子道：“想不想吃冰激凌？”

初栀将手机拿下来，看了一眼时间，七点半。

她重新把手机扣回耳边：“现在吗？”

“嗯，”他懒洋洋道，“我买了两个，吃不完。”

初栀穿着睡衣，头发还滴着水，她单手把头发撩到一边用毛巾攥着发梢说道：“那你给你室友吃吧，我就不下去了，我刚洗——”

她说到一半，那边直接打断她：“快点儿，一会儿化了，你寝室几号楼？”

初栀：“……”

“嗯？”

“三号。”

“行，我五分钟后到。”

初栀：“……”

她挂了电话，还有点蒙地看着手机屏幕，又看看镜子里披头散发穿着条白裙子像个女疯子的自己。

这人怎么回事儿啊！开始自说自话了啊！

初栀也顾不得仔仔细细吹头发了，随手抓起吹风机开到热风对着头发一顿狂轰滥炸，随后拿了件长毛衣外套披上，脚上踩着熊猫拖鞋准备下楼。

顾涵看见她，抬眼随口问：“小宝贝儿，你干啥去啊？”

初栀拽了拽半湿的刘海：“陆学长叫我下去拿冰激凌。”

“陆学长是谁？你什么时候又认识了个陆学长？抗拒从严坦白也不从宽。”

“‘粉水杯’。”初栀言简意赅地说。

林瞳露出一个恍然大悟的表情。

顾涵却惊恐了：“你就这样下去见帅哥吗？”

初栀垂眼，看着自己身上随便披着的深红格子毛衣和脚下的拖鞋，觉得好像确实不太妥当。

林瞳摸了摸下巴，嘿嘿笑了两声：“这样其实也挺好的，我们阿栀怎么都好看，外套扣子扣好就行了，别这么快就便宜了他。”

初栀干脆地扭头回去，走到自己柜子前打开柜门，换了毛衣和牛仔裤下去。

她没耽误几分钟，下楼的时候陆嘉珩已经在下面等着了，七点半寝室楼下还很热闹，因为这边是女生寝室区，男生高高一道身影站在那里显得格外扎眼。

不过他在哪里都扎眼，逛个街都有女孩子过来要联系方式，像一只鲜艳的大扑棱蛾子，完全不知道低调该怎么写。

初栀一边脑内想了想一只长着男人脸的飞蛾流连在花丛里，左飞飞右飞飞，把整个花丛里的蜜蜂都扇跑了的猎奇画面，一边走过去，老实巴交道："陆学长。"

陆学长垂下眼来："叫我的名字就行。"

初栀："……"

什么名字，陆哥哥吗？

她偷偷摸摸地、不动声色地翻了个小白眼，以为对方没看见的时候，却听到他突然笑了。

初栀又抬起头。

男人扬眉看她，语气懒散："嫌我的名字难听？"

初栀赶紧摇头："没有没有。"

我都不知道你的名字到底是什么。

"那叫我的名字。"

初栀："……"

"叫啊。"

"……"

他舔着唇笑，突然弯下腰来。

两个人的距离一瞬间拉近，寝室楼下昏黄暗淡的灯光给他有点寡淡冷情的五官染上了一层温柔的颜色，睫毛也泛着柔软的棕色。

他俯身平直盯着她，压低嗓子，声线被刻意压得又低又磁，尾音带着柔软的气音："小栀子，你叫一声给哥哥听听，哥哥请你吃冰激凌。"

初栀愣愣地看着他近在咫尺的脸，眼睛微微瞪大了一点。

陆嘉珩也不动，甚至身体又往前倾了倾，鼻音含糊："嗯？叫啊。"

距离太近，初栀甚至能够感觉到他浅浅淡淡的鼻息，还有他身上好闻的味道。

这么直白赤裸、极其具有攻击性的动作，终于让她缓慢地反应过来，三秒钟后，一张白嫩的脸全红了。

陆嘉珩自始至终盯着她，突然开始笑，笑声低沉缓慢，桃花眼弯起，和他以往那种寡淡又漫不经心的假笑不太一样，这次带上了真切的愉悦。

小姑娘觉得自己被取笑了，这下子连脖子都红了。

她直直往后小小退了一步，和他拉开了点距离，通红的小脸皱在一起，明亮的鹿眼瞪着他。

男人还在笑，手撑着腿微微低下头，额发垂下来，长长的睫毛跟着一颤一颤的。

初栀恼羞成怒，抬手用力推他，又推不动。

她气得直接啪一巴掌拍在他的脑门上："你怎么这样呀！"

初栀力气不大，本意就是想推开他，结果拍的那一声还挺清脆。

初栀把它归结为他皮肤好。

她哎呀一声，那点小脾气来得快去得也快，赶紧收了手，又抬眼去看他的额头。没红，看起来也没什么事。

初栀这才松了口气。

她刚才就胡乱招呼了一下，也拿不准自己用了多大劲儿，万一不小心弄疼他了，那就太惨了，白天刚被他爸骂，晚上又被人拍脑门儿……

初栀想着，小心翼翼地去看他的表情。

因为正弯着腰看她，男人此时的高度和她是平的，倒是没有生气的样子，反而好像有点发愣。

他没有站直的意思，初栀就自动自觉地往后退，边退边给他道歉。

陆嘉珩回神，终于缓慢地直起身来。

初栀看着他终于站直了，想着弯了那么长时间的身子，他腰都不酸吗？

想着想着，她就问出来了："你腰疼不疼？"

陆嘉珩似笑非笑："不疼。"

初栀点点头，想要岔开话题，尽量不让人想起那一巴掌的事情，于是由衷地赞叹道："你腰可真好，我有的时候在家里洗碗弯时间长了都会有点酸。"

陆嘉珩上下扫了她一眼，看起来好像有点诧异：“你洗碗还用弯腰？”

“……”

初栀又开始瞪他，表情看起来像只被踩了尾巴冲着人龇牙的小奶狗，一脸的“我超凶”。

陆嘉珩低低笑了两声，不逗她了，才把手里的袋子递过去，半透明的塑料袋子里面装着一支可爱多，蓝色的，香草味。

初栀抿了抿唇，没马上接。

陆嘉珩抖了抖手：“快点，一会儿化了。”

她才接过来，脸上的红还没褪干净，小声道谢。

人家来请她吃冰激凌，特地送到寝室楼楼下了，还不介意她拍了自己巴掌，再加上之前她扣了他油碟他也没恼没发火，欠了半个多月的衣服也没催，后来还说让她不用在意。

虽然他也多多少少做了一点奇奇怪怪的事情，比如莫名其妙就拿了她的水杯什么的，倒也都没啥。

初栀在心里最终给他下了定义——一个虽然很能招蜂引蝶但是脾气好、心地善良的好人。

她一边撕开外面的包装纸一边想来想去，她很容易神游，经常不知道哪个点戳到她就陷入自己的脑内小剧场里面去了，乱七八糟想一大堆，有的时候还会把自己逗笑。

这一会儿陆嘉珩也没说话，就站在小姑娘面前，垂着头看着她不急不缓地撕开蛋卷。

晚上虽然温度不高，但是两人也在外面站了一会儿了，再加上他走过来的时间，里面的冰激凌也确实有点化了，初栀撕了一半，一边的香草雪糕微微流了下来。

她怕淌下来，赶紧凑过去把那化了的冰激凌舔掉。

陆嘉珩突然别开眼，往旁边靠了两步，斜着身子倚在旁边墙上，单手遮住了右眼。

初栀抬头：“你怎么啦？”

“没事。”他揉了揉眉骨，没看她，声音低低的，“上去吃吧，晚上冷。”

刚刚还没什么，吃着冰激凌似乎确实有点冷了，初栀缩了缩脖子，点点头："那我上去了，学长晚安。"

她转身往寝室楼走，陆嘉珩才抬眼，透过指间缝隙看着小只的姑娘吃着冰激凌进了寝室楼。

刚刚有那么一瞬间，他脑海里几乎不受控制地闪过了某些不堪的画面。

他放下手，叹了口气，表情有点狼狈。

陆嘉珩，你做个人啊。

大一的课业量相对来讲还不算太重，各种活动也多。

正式开始上课，薛念南从军训期间的临时班长升官正式上任，男生里的班长没什么悬念是萧翊。

这两个人可能班长这活儿已经从幼儿园开始干到现在了，业务熟练度非常高，品学兼优性格也十分靠谱，人生中唯一的污点大概就是军训的那次打架事件了。

其实初栀觉得薛念南班长还挺委屈的，因为那次她压根没怎么动手，好像也就撩了几回阴脚吧。

薛念南和林瞳都去了学生会，顾涵本来也准备去，在寝室里洋洋洒洒发表了三千字以《等我成为学生会长》为主题的演讲，结果一听还要写书面材料，直接没有任何斗志地爬上床睡午觉去了。

初栀对这些也没什么兴趣，她的性格特别不适合管事儿，属于当个课代表作业都收不上来几本的那种。面试那天，她和林瞳、薛念南一起出门，去了旁边的图书馆等她们。

A 大最不缺的就是学霸，图书馆、自习室灯亮到后半夜是常有的事情，位置也全靠战斗和运气，初栀运气挺好，一进来刚好靠窗边的一个男生走了。

她抱着书走过去，安静无声地拉开椅子坐下，一抬头，愣了下。

她对面坐着一个娃娃脸的少年，唇红齿白，完全不像是大学生的年纪，看起来最多也就十六七岁的样子，正在对着她微笑，一颗虎牙露出小尖尖。

初栀想着可能是谁的弟弟跟着哥哥来学校了，眨眨眼，也朝他笑了。

男孩没说什么，重新埋下头去写东西。

初栀也低头，翻开书本看了一会儿，面前突然多出一张纸来。

虎牙少年将纸推到她面前，字迹稚嫩清秀："姐姐是新生吗？"

初栀接过来，也写道：“是呀。”

“姐姐学什么的呀？”

“广告。”

少年看见，抬起头来瞧着她笑，讨喜的小虎牙露在外面，笑得好看狡黠。

他垂下头，继续写，很快，纸又推到她面前：“姐姐参加什么社团了吗？有没有兴趣跟我去话剧社看看？”

初栀惊奇了，最近社团都在招新，恨不得把宣传单塞到新生的被窝里，这小弟弟应该也是哥哥姐姐在话剧社。

他还挺费心思的呢。

初栀侧头想了想，反正不是社团就是学生会，怎么也得进一个，便干脆写道：“好呀。”

少年好像很开心，好看的大眼睛瞧着她笑，睫毛比女孩子还要长，呼扇呼扇的。

他把那张字条夹进书里，收拾好东西当即站起来，初栀椅子还没坐热就跟着也站起来。

两人出了图书馆自习室的门少年才开口：“我本来还担心你会不理我，果然漂亮的姐姐脾气也很好。”

他的声音朗润舒服，带着一股少年气，太阳下发质偏黄，不老实地翘在头顶，整个人给人一种暖洋洋的感觉，像是带着一团阳光在身上。

少年看上去好像经常来 A 大玩，初栀开学半个月也只记住了日常要去的地方怎么走，他则是路认得比初栀熟悉多了，步伐轻快，又照顾着她的速度不急不缓。

初栀亦步亦趋地跟着他走，两个人边走边聊，一路走到活动室，少年推开门走进去。

外面的阳光很足，活动室里相比暗了一些，初栀只扫了一眼里面大致的物品摆设，还没来得及看清楚，一道黑影忽然以极快的速度猛扑过来。

初栀吓得差点喊出声来，心想这别是什么潜伏在学校里的绑架团伙吧，就听见一道凄厉的尖叫：“社长！”

初栀定睛一看，一个高大的男生挂在走在她前面的虎牙少年身上，胳膊死死地环住他，整个人八爪鱼似的黏在上面不撒手：“社长你走得好早啊！”

初栀："……"

虎牙少年被他勒得脸色发白，看着都快翻白眼了，单手扯他又扯不开的时候，"八爪鱼"终于看到了站在后面的初栀，又是一声凄厉的尖叫，猛地放手，双脚落地，噔噔噔跑出去老远。

初栀被他吓得又是一个激灵，几乎是下意识往面前的虎牙少年身后藏了藏，只留了半颗脑袋露在外面看着他。

"八爪鱼"突然抬臂，食指指着她，就那么不停地颤啊颤，一脸崩溃，额角都快暴出青筋了。

他指指初栀，又指了指她面前的虎牙少年："社长，你竟然有女朋友！"

初栀："哎……"

不是这样的。

虎牙少年露出一口灿烂的大白牙，高兴地说："是啊！漂亮吧！"

初栀："那个……"

你们理理我啊。

"八爪鱼"听到他竟然承认了，瞬间脸色灰白，痛不欲生地捧心，一把鼻涕一把泪地道："辞郎！我等了你这么久！你当初明明说好跟我一生一世一起单的！而现在！你竟然背着我找了女朋友！我明明这么爱你！有我你难道还不够吗？！"

"辞郎"咧嘴一笑："不够啊！"

八爪鱼："……"

初栀："……"

她觉得现在终于可以确定，自己确实是在话剧社了。

"八爪鱼"在对他们社长一顿痛苦沉痛地质问过后，终于西子捧心状堪堪冷静下来。

他的"辞郎"无情极了，无论他问什么样的问题都毫不犹豫地怼他，脸上笑得像太阳花，清新阳光又可爱，但说出来的话可以说是毫不留情了。

"八爪鱼"像是个深陷热恋中却被负心汉劈腿的少女，掩面做哭唧唧状，想想可能觉得还没玩够，又准备继续号叫。

"辞郎"笑眯眯道："行了啊。"

“八爪鱼”的表情瞬间没了，就跟换了个人一样，整个人拉闸一般唰地安静了下来，他肩膀一塌，平静道：“哦。”

初栀跟看戏似的，差点忍不住给他鼓掌。

她觉得事情好像也和自己想象中的不太一样。

这个看起来也就只有十五六岁，她原本以为可能就是来找哥哥姐姐玩的少年，怎么还是个社长啊？

初栀瞪大了眼睛，从他身后走出来，扭头：“你是话剧社社长呀？”

少年哈哈一笑，又露出一颗讨喜的小虎牙：“对啊！”

初栀眨眨眼，表情惊异：“那你是大一吗？”

大一是不可能做社团社长的，但是初栀又实在不觉得这个少年会比她还要大，至少是完全看不出来的。

虽然她自己长得也像个高中生。

虎牙少年眼睛一弯：“我大三啊！”

初栀：“……”

见初栀没说话，虎牙少年脑袋往前凑了凑，眼神期待地看着她：“那姐姐，来话剧社吗？”

“……”

初栀抓着手指头哎了一声，心情十分复杂：“学长，你别叫我姐姐了……”

少年还没说话，旁边“八爪鱼”嘿嘿笑着凑过来：“小妹妹是大一新生？”

初栀点点头。

“八爪鱼”也点头，抬手指了指她旁边的少年：“那叫姐姐其实也没错了，你旁边这个怪物的大三和我们不太一样，他十五岁就上大学了。”

“……”

初栀从小到大学习一直挺好，虽然老师都说她认真，但是其实她自己心里知道，她也只不过是该听的课都认真听了，也没太刻苦。

她曾经高中闺密还给她起了个外号叫小天才栀子点读机，哪里不会点哪里。

勉强算是个小学霸的初栀此时觉得自己仿佛是站在如来佛祖面前的孙悟空，十分渺小。

十五岁读大学，今年大三，那不是才十七吗，叫姐姐好像确实也没错。

可是人家也大她两届。

初栀想起自己一路上一直叫人家小弟弟，还问他读高中开不开心，还语重心长地告诉人家高中时期是最开心的时候了，一定要好好学习好好珍惜啥啥啥的。

她后知后觉地长长叹了口气。

此时她已经签了名，长期卖身在话剧社，也见到了其他社员，正坐在之前“八爪鱼”坐的那张桌子旁边发呆。

话剧社二十来个人，活动室很大，一排排架子上堆满了各种箱子和瓶瓶罐罐的道具，里面两排挂满了各种服装，看起来还有点像秀场后台。

如来佛祖小虎牙姓原，单名一个字辞，初栀又想起之前“八爪鱼”喊出来的那两声撕心裂肺的辞郎，忍不住打了个哆嗦。

此时在的人没有几个，初栀打了一圈招呼，原辞就噔噔噔跑过来，一脸很感兴趣的样子：“姐姐，你是学广告的吗？”

初栀现在听着他那一声姐姐还是有点无措，她长这么大，实在是没有体验过当“姐姐”是什么滋味。

犹豫了几秒钟，她皱了皱眉，表情有点纠结：“学长，你还是叫我的名字吧。”

原辞露着小虎牙笑，表情很无辜，还有点疑惑：“可是你确实是小姐姐啊。”

“八爪鱼”在旁边听着两人一个学长一个姐姐的有点无语，凑过头去幽怨道：“社长啊，我还比你大好几岁呢，你咋不叫我哥哥呢？”

原辞拍着他凑过来的脸往旁边推了推：“哎呀娘子你这是在说什么大逆不道的话呢？”

“八爪鱼”：“……”

原辞是个很随性又好说话的社长，并且丝毫没有社长架子，话剧社一般情况下也挺闲的，自己玩自己的，一个月来个几次，有活动的时候参加一下就行了，没有什么强制性要求。

比起每天在学生会累死累活的林瞳和薛念南，初栀还挺满意的，就这么又上了一个礼拜的课，直到国庆节长假，她才再次看见陆嘉珩。

初栀觉得这位陆学长挺神奇的，有些时候他经常会连续几天出现在她面前和她在偌大的 A 大校园里不断偶遇，简直巧得不行，然后又突然无声无息消失好几天，连他的一根头发丝都瞅不见。

国庆放假前一天下午基本上没什么课了，校园里到处是拖着小箱子往校外走准备回家的人，顾涵早早就飞奔去了机场，林瞳则没回去。

初父和初母去了埃及玩，说是要过两天才回来，初栀想了想，一个人回家还不如在寝室里和林瞳做个伴。

国庆长假有七天，也不能天天在寝室里蹲着种蘑菇，林瞳又是第一次到离家这么远的地方，两个小姑娘计划着一起出去玩。

纠结着选了半天，林瞳决定去个山清水秀的地方洗涤一下被学生会那些狗腿子学长玷污的心灵，最后选了苍岩山。

林瞳是风风火火说办就办的性格，两个人当即花了一下午的时间订下火车票，又看了不少攻略，直接决定第二天出发。

初栀是第一次和朋友一起出去旅行，整个人都有点亢奋，等看了好多攻略和介绍以后，又拉着林瞳一起去超市买要带的零食。

两人从学校大门出去，初栀一边拉着林瞳一边掰着手指头算："我要买果冻。"

林瞳表示不屑："你多大了还吃果冻？"

初栀眼睛睁大了一点："多大了和吃果冻有关系吗？"

她正说着，旁边晃晃悠悠走过来一个小朋友。

他低垂着头，没看见她们，慢吞吞地走了两步，又抬起头，乌溜溜的大眼睛茫然地瞧了四周一圈，刚好对上初栀的视线。

小朋友眨眨眼，看着她。

初栀也眨眨眼，看着他，心里还有点新奇。

她好久没见到过小孩了，所以也就好久没有过低头看人的经历。

小男孩和她对视了一会儿，突然歪了下脑袋，奶声奶气地道："果冻好吃的。"

初栀被赞同，一脸"你看吧"的骄傲表情看了一眼旁边的林瞳，也不知道在骄傲些什么。

校园里此时满是离校的学生，小男孩孤零零地站在那里，像是在等人。

初栀走到他面前蹲下去，没忍住拉了拉他的小胖手："你在等人吗？"

小朋友点点头。

初栀还是有点不放心，又问他：“你知道家长的电话号码吗？要不要打个电话？”

小朋友摇头：“不要，哥哥马上就来找我了，”他又顿了顿，眼睫垂下去，委屈巴巴地道，“哥哥不喜欢跟懿懿打电话。”

他这句话声音实在太小了，初栀没听清，只听见了不喜欢什么的。

她捏了捏那只胖乎乎的小手：“那你小心一点呀。”

小朋友又点点头，不说话了，乖得不行的样子。

A 大地理位置极好，后街是小吃街和夜市，正门出去是商圈，旁边就是超市。

此时差不多是下班时间，车流量很大，两个人也就没打车，一路晃晃悠悠走过去的，等走到也差不多用了小半个小时。

林瞳推车，初栀走在旁边，一边扫着货架一边找果冻。

她们的购物车里面已经放了酸奶、巧克力、薯片什么的，从买巧克力的那排货架绕过去两排货架，初栀还没找到果冻。

她鼓了一下腮，抬手从前面拉着车，一边往后面的货架走，一边叫林瞳：“我编了一首《果冻之歌》，你想听吗！”

林瞳表情比较冷漠：“不想听。”

初栀没回头，眨眨眼欢快地说：“你想听呀，那我唱了啊。”

林瞳哎了一声。

初栀就当这是个开始信号，刚要开口，手指突然被人抓住了，软软的温温热热的触感。

初栀也哎了一声，垂头。

之前那个在校门口遇见的小朋友也不知道是从哪里钻出来的，此时正站在她脚边，仰着脑袋瞅着她，大眼睛黑葡萄似的，踮了踮脚，小胳膊往上抬，手里拿着个圆形的、晶莹剔透的东西，直直往她怀里塞：“果冻。”

初栀愣了愣，下意识接过来。

小朋友满意了，好像很高兴的样子，奶声奶气道：“哥哥给姐姐买。”

淡绿色的透明果冻里包着几颗水晶葡萄，手指碰一碰塑封皮儿，里面的果冻就跟着动一动。

小男孩直接干脆地将果冻塞进她怀里，初栀还没反应，他已经噔噔噔又跑不见了。

初栀手里拿着个果冻，眨眨眼，又看看林瞳。

林瞳也一脸诧异："这是刚刚站在学校门口那孩子吧？"

"是吧……"

林瞳不解："他刚刚说什么？他哥哥请你吃的？"

初栀歪了歪头："可是我又不认识他哥哥。"

林瞳点点头："不管你认不认识，如果真是他哥让他给你的，那他哥别是个傻子吧，哪有这么泡妹的啊，这是在超市里，最后结账的时候还不是要你自己掏钱？"

"啊，是这样吗，"初栀慢吞吞地恍然大悟了，把手里的果冻丢进小推车里，语气欢快地说，"那就行了，但是一个又不够，而且我想吃黄桃的。"

她说着，拉着推车前端绕过一排架子，刚走到架子中间的位置，衣角又被人从后面拉住了。

初栀再次回过头去，刚刚那个小男孩仰着小脑袋看着她，怀里捧了一个果冻，黄桃的。

初栀："……"

眼看着他又要把果冻塞给自己然后跑路，初栀叫了他一声。

小男孩犹豫了一下，还是站住了。

初栀怕他又跑了，赶紧俯下身去拉他的手："你是跟哥哥一起来的呀？"

小朋友点点头。

初栀温声说："那你就乖乖地跟着哥哥，别自己乱跑。"

小朋友有点无措的样子，小脑袋垂下去，两只肉肉的小手抓着一个果冻不安地搓啊搓的，半晌抬头，表情还颇有鱼死网破的味道："哥哥让我给姐姐，要偷偷的，不能被发现，"他又垂下头去，声音闷闷的，"懿懿什么事情都做不好。"

初栀："……"

这要怎么才能不被发现？

初栀茫然了，觉得这个哥哥怎么为难小孩子呀，干脆问道："那你哥哥在哪儿呢？”

叫懿懿的小朋友皱了皱眉，最后下定决心似的，扯着她的手回头就走。

这小朋友小小一个，力气还不小，胖嘟嘟的小手攥着她的两根手指头，两个人边走边聊天，绕过两排零食货架，在一大堆散装巧克力饼干柜子前停下。

初栀抬手指了指，低声问：“这个吗？”

小朋友点点头，美滋滋地道：“这个，最帅的。”

初栀心情复杂，又抬起头来看过去。

某不知名神秘陆姓男子就侧对着他们站在不远处，低垂着头，旁边是一排排散装软糖架子，装在透明的亚克力格子里。

他手里拿着一个袋子，另一只手拿了个夹子，正挑挑拣拣地往袋子里面夹软糖，各种造型的半透明橡胶糖果混合在一起，五彩斑斓看起来十分好看，像是一颗颗琉璃水晶，直到装了差不多半袋，他才把夹子挂回去，去旁边称重量。

黑衣黑裤，站在一群阿姨中间老老实实地排队，前面的那个阿姨的大葱太长，被她抱在怀里，直接从耳畔横过来，他脑袋一侧，直接戳到鼻尖。

初栀远远站在那里看着，没忍住笑出声来。

男人没说话，只皱了下眉，往后退了半步，结果又撞在身后阿姨捧着的两颗大白菜上。

初栀牵着小朋友的手笑，笑够了，对身旁的小人比了个“嘘”的手势。

小朋友非常上道地秒懂，另一只小手啪地捂住了自己的嘴巴。

两个人特地绕了一圈，从后面悄悄走过去，初栀站在他后面，抬手戳了戳他的背，男人没反应。

初栀又抬手戳了两下，没等他反应，脑袋从侧面伸过去：“陆学长，好久不见。”

这一声突如其来，又近在咫尺，陆学长僵了一下，转过头来。

小朋友手里还牵着个小朋友，动作十分统一地微微歪着脑袋，两双葡萄似的大眼睛滴溜溜看着他，连眼神都十分相似。

陆嘉珩看看大的，又看看小的。

小的立马低下头去，不敢看他了。

初栀倒是笑眯眯的："这是你弟弟呀？"

陆嘉珩嗯了一声，刚好前面抱着大葱的阿姨终于称完重量，轮到他。

他把手里的软糖递过去，初栀站在他旁边，边等边跟他说话："我刚刚还看到他在学校门口，没想到是在等你。"

陆嘉珩垂眼，看了一眼小脑袋还埋得低低的那孩子："他自己偷跑过来的。"

小朋友突然有点紧张似的，抓着初栀的手紧了紧，"不是的，懿懿不是偷偷跑出来的。"

陆嘉珩淡淡别开视线："一会儿送你回家。"

小朋友瞪大眼睛，突然扭头死死抱住初栀的腿，脑袋深深埋下去，声音闷闷的："不回家。"他停了停，头又偷偷抬起来一点，露出半只眼睛，小心翼翼地看着旁边的男人，"哥哥跟懿懿一起回家吗？"

陆嘉珩接过软糖袋子，没看他："不回。"

初栀围观半天，终于意识到哪里不对了。

这陆学长对他弟弟的态度，是不是有点冷淡？

应该说今天他整个人看起来都有点冷淡。

小朋友又很失落地紧紧抱着她的腿，脑袋重新埋下去，蔫巴巴地蹭了蹭。

冷淡的陆学长手里提着袋水果软糖走过来，居高临下地看着不停蹭啊蹭的小男孩，突然开口："陆嘉懿。"

他声音很淡，隐隐带着一点不易察觉的不耐烦和警告，听得初栀一愣。

她从来没听过他用这样的语气说话。

初栀明显感觉到刚刚还黏糊糊缩在她怀里的孩子不动了，半晌，他小手臂松开，慢吞吞地放开初栀，往旁边蹭了蹭。

陆少爷面无表情，陆宝宝委屈巴巴，气氛十分不对劲，初栀站在两个人中间，有点不知道该怎么办。

这种情况下是不是不说话比较好？

但是他表情看起来真的好吓人啊。

初栀抬手捏了捏耳朵，哎了一声："学长，你的名字是横竖撇捺的横吗？"

陆嘉珩："……"

刚刚走过来的一路上，小朋友不仅自我介绍了一番，就差把他能记住的所有亲戚的名字都告诉初栀了，于是两个人认识一个月后，初栀终于知道了陆学长的名字。

陆嘉珩还没说话，陆嘉懿在一边摇了摇头，小奶音慢吞吞的，却严肃又十分认真地看着她："哥哥是君子如珩，"他顿了顿，又指指自己，"懿懿是嘉言懿行的懿。"

他刚刚那点小委屈来得快去得也快，说完又高兴起来，好像自己的名字只是和哥哥的放在一起说就能让他很开心。

他那么郑重地介绍，初栀当然也就十分认真地点点头，指指自己，皱着眉费劲想了半天，实在想不到什么，干巴巴地说："栀子花的栀。"

陆嘉懿眼睛亮晶晶的，超捧场道："哇。"

陆嘉珩："……"

他垂下眼去看着她，嘴角无声牵起。

刚刚那会儿的凝滞气氛没了不少，三个人一起往回走，林瞳已经找到放果冻的货架，一看见初栀过来低低吹了声口哨，拍拍购物车："老板，果冻妥了，还有——"

她说到一半，看见后面跟着的陆嘉珩，挑了挑眉，意味深长地看着他："你好你好，久仰大名，"林瞳笑眯眯地走过去，"'粉水杯'。"

陆嘉珩："……"

林瞳语重心长地继续道："'粉水杯'，妹子可不能这么追啊，你让你弟弟把果冻拿过来，不是还得我们花钱？"

"……"

陆嘉珩没买什么东西，陆嘉懿也是极乖地就跟在哥哥旁边走，也不像同龄的小朋友一样什么东西都要，结账出来以后，初栀给了他一个黄桃果冻。

他不敢接，下意识仰头看向自家哥哥。

初栀见状，十分干脆地挤到两人之间，想把两人隔开，不让他看。

没奈何她高度实在不够，于是陆小朋友就看着自家哥哥那张脸完整地从面前的小姐姐脑瓜尖上露出来。

他缩着手，依然不敢接。

初栀一回头，发现了问题所在，于是突然转过身来，和面前的男人面对面，奋力一跃，挡住他一瞬。

滞空的那个瞬间，她和他高度相当，几乎是眼睛对着眼睛，嘴巴对着嘴巴。

陆嘉珩一愣。

0.5 秒后，初栀落地，皱着眉抬起头来，不满地看着他："你别看了。"

他垂眼半晌，没说话，还是缓慢地转过身去。

初栀满意了，转过身来重新把果冻塞给陆嘉懿。

小朋友还是有点犹豫，悄悄地看着她身后的人，声音小小的："姐姐，你这样掩耳朵铃。"

初栀没听懂："嗯？"

男孩子一本正经地重复了一遍："掩耳朵铃。"

初栀反应了一会儿道："掩耳盗铃？"

男孩子严肃地点点头："掩耳朵铃。"

初栀笑眯眯的，小声和他咬耳朵："没事儿，我施了个魔法，这个果冻现在已经隐身了，除了你别人都看不见。"

林瞳："……"

四个人出了超市一齐往回走，陆嘉懿一只手拉着初栀，另一只手里面捧着那个果冻，果冻太大，他手小，一路都小心翼翼的，像捧着个宝贝似的。

外面天已经黑了，路灯亮起，初栀领着陆嘉懿走在前面，一步一步踩着路灯的光线玩，两个人都咯咯笑。

几人就这么走到学校门口，还没等进校门，突然传来一声女人的尖叫。

初栀刚跳到最近的那个路灯下，整个人被吓了一跳，本能地扯着手里的小男孩往后退了两步，还没反应过来，已经有一个女人朝她冲了过来。

高跟鞋踩在柏油路上发出清晰的声响，那女人一边尖声喊了些什么，一边冲过来一把抱住初栀手上牵着的陆嘉懿。

孩子也被她吓了一跳，手里的果冻没拿稳，掉在地上滚到女人脚边，小男孩好半天才嗫嚅道："妈妈……"

女人呢喃着他的名字，紧紧地把他抱在怀里，半晌才松了松手臂，一垂眼，忽然把他推开，人猛地站起来。

她侧身，走到旁边的陆嘉珩面前，人还没站稳，扬手就是一巴掌。

清脆的啪的一声，女人恶狠狠的，几乎歇斯底里地尖叫："陆嘉珩！你怎么能这么坏！他那么喜欢你！你为什么这么恶毒啊！”

第三章

夜莺与玫瑰

林瞳原本还跟在后面一边发微信一边叼着根巧克力棒吃，听到这一声整个人都愣住了。

初栀也呆了。

她刚刚离得近，听见了孩子的那声妈妈，本来刚放下心来，结果女人站起来直接就开始撒泼，简直像疯了一样。

初栀家里一直不赞同教育孩子就是要打这种观点，从小到大初父初母从来没打过她，最凶也是被气到不行骂她一顿，骂完又心疼，对于这种二话不说就打人的家长，初栀觉得简直不可理喻。

更何况陆嘉珩什么都没做，他甚至从头至尾一句话都没有说。

可是毕竟是人家的家事，她一个外人又能说什么？初栀往前走了一步，然后硬生生止住了，站在原地心惊胆战地看着男人缓缓转过头来。

他的表情太可怕了，阴郁又暴戾，漆黑的眼阴沉沉的，唇瓣抿成一条僵硬的线。

然而下一秒，他却又毫无预兆地笑了。

初栀今天一见到他就觉得哪里不对劲，此时那种不对劲终于消失。

紧绷的冷漠没了踪影，取而代之的是另一种情绪。

陆嘉珩舔了舔嘴唇，冰冷嘲讽的轻笑声一层层荡开，刺得人浑身发抖。

“平时装得不是挺好的吗，”他漫不经心似的，“怎么陆泓声不在这儿就装不下去了？”

“他在这里我也会这样。”女人咬牙切齿道。

她长得很美，而且十分年轻，只是看起来确实状态不太对劲，头发有些凌乱，表情甚至有些歇斯底里了，眼睛发红。

她唇瓣颤抖发白，目光近乎怨毒地看着陆嘉珩，深吸了口气，似乎是强行找回了理智，半晌才开口：“你恨我、针对我、不能接受我都可以，有什么事情都冲我来，嘉懿有什么错？他才四岁，他多喜欢你，每天都盼着能见到你，一听说你要回来就那么开心，”她声音不受控制地渐渐拔高，“我知道你恨不得我死，连带着讨厌他也算了，你就当他不存在不行吗！为什么还要故意把他带走？为什么给他吃这个！上次你给他吃桃子结果变成什么样了？你当时可能是因为不知道，这次呢？你还不知道吗？！你明明知道他过敏！是不是我们母子俩死了你才高兴？”

陆嘉珩扬唇又笑，吊儿郎当地斜睨她：“你这不是挺明白的吗？”

他旁边的陆嘉懿开始哭，拉了拉女人的裙子，声音压得低低的，小声抽噎：“妈妈，妈妈，不是哥哥，懿懿也不吃的，懿懿就是拿着，妈妈别凶。”

这么一番话下来，初栀当然也明白过来陆嘉珩这家庭构造是怎么一回事，这女人为什么一上来就像疯了一样。

她以为陆嘉珩明知道弟弟过敏还故意给他吃桃子，可能还觉得孩子是被他偷偷带出来的，简直太坏了。

可是那个黄桃果冻，明明就是她给的。

从天而降一口锅，他偏偏还完全没有要解释的意思，就准备这么替她背了。

也顾不上什么别人家的家事，初栀连忙往前走了两步，刚要开口，被陆嘉珩极快地一把拉住。

男人垂着眼看她，表情很淡，看不出什么情绪。

抓着她手腕的力度很大，紧紧地箍着她，近乎粗暴地把她拉到自己身后。

初栀错愕了一下，很快反应过来，急切道：“不是——”

陆嘉珩手上力度再次加大，她吃痛低呼，已经到嘴边的话被打断了。

他不想让她说。

虽然不知道为什么，初栀还是暂时闭嘴了，他依旧死死拉着她挡在前面，失控一般的力道攥得她手腕生疼。

她没挣扎，皱眉抿了抿唇，抬起另一只手，安抚似的轻轻抚了抚他的背。

陆嘉珩身体僵了僵，半晌，拉着她手腕的那只手才缓慢放松了点。

初栀悄悄松了口气，手下的动作没停。

黑色的卫衣料子很好，是那种写满了“我摸起来就很贵”的触感，面前的人温热的体温透过衣料渗透出来，沾上掌心。

陆嘉懿哭得一抽一抽的，边哭边拉着女人拼命往后扯：“懿懿再也不找哥哥了，妈妈，妈妈。”

女人心疼地把他抱起来，一边哄着一边抬起头来，恶狠狠瞪了陆嘉珩一眼，抱着孩子走了。

车子绝尘而去，上一秒还无比热闹的校门口倏地寂静了。

林瞳朝初栀挤了挤眼睛，指指自己，而后两根手指伸出来，做了个走的动作。

初栀点点头，林瞳又把手举到嘴边，做了个拉拉链的动作，悄悄地绕路走了。

她很快拐过马路，校门口只剩下初栀和陆嘉珩两个人。

初栀被抓着的手腕悄悄动了动，她从他身后探出脑袋来，仰起头来看他。

男人垂着头，似乎是在发呆，长睫低垂，刚刚那点笑早没了踪影，嘴角向下耷着。

初栀说不清楚他现在到底是一副什么样的表情。

非要说的话，就仿佛浑身的力气都被抽干了一样，像是放弃了挣扎的溺水者，有着空茫茫的无力感，虽然也只有一瞬间而已。

初栀不知道自己现在是说话好还是保持安静更好一点，就算说，对于这种完全没遇到过的情况她也不知道要说些什么，只是拍着他的背的动作不敢停。

两个人就这么站着，少女安抚小动物似的一下一下拍着他，还没拍两下，陆嘉珩突然侧过头来，垂眼看她，桃花眼微扬，若无其事地说：“送你回寝室？”

他这么一副毫不在意的样子，初栀突然就开始替他觉得有点委屈。

这完全不能理解。

男人抓着她的手腕的手松了，初栀悄悄揉了揉手腕，抬眼小心翼翼地看着他。

两个人一路走着一路沉默，长假前夕的校园安静得无声无息，走到一半，初栀终于还是忍不住。

她垂着眼看着地面往前走，慢吞吞地开口：“学长，对不起，我不知道他对桃子过敏……”

陆嘉珩懒散地嗯了一声：“没事，那小子精着呢，给他他也不会吃的，他很喜欢你，想拿着玩玩而已。你也没有什么好对不起的，和你没什么关系，不用道歉。”

现在，他的语气听起来好像又不像是讨厌那个小朋友了。

初栀踢着路上的小石子，依旧替他委屈：“你怎么不让我解释呀，说清楚不就好了，”她皱了皱眉，“无论如何也不能这样就打人啊，应该让她道歉。”

小姑娘的表情看起来有种别样的正义感，还有点生气的样子，特别认真地在为他抱不平。

陆嘉珩脚步放缓，微微侧头看着她：“你还挺气。”

初栀闻言，腮帮子一鼓，音量突然提高了一点：“如果不是你拦着我！我就——”

陆嘉珩挑眉。

“我就要问问她怎么问都不问清楚就突然这样呢，太不讲道理了……”她干巴巴地撇撇嘴，声音含糊，“你也是，被误会了也不在意吗？”

陆嘉珩笑道：“嗯，好像不怎么在意。”

怎么可能，你是神啊你。

两个人已经快走到寝室楼门口，剩下的小半段路初栀都在转移话题，乱七八糟天花乱坠地聊，似乎是打定了主意想要让他忘记之前的事情。直到看见三号寝室楼，初栀才安静一会儿。

走到楼门口，她又突然仰起脑袋，想了想，组织了一下语言，才缓慢地问：“学长，你十一都待在学校吗？”

陆嘉珩抬眼，还没来得及回答，就听她又赶紧继续说：“我十一要去苍岩山，你要不要一起去？”

“……”

陆嘉珩眼神十分诡异地看着她：“和你一起去？”

初栀浑然不觉，特别郑重地点了点头，黑漆漆的鹿眼认真看着他：“我想让你和我一起去。”

“……”

“真诚地邀请你。”

“……”

陆嘉珩捕捉到关键词，并且快速在脑子里捋了一遍。

孤男寡女，苍岩山，旅行，想让你一起去。

他其实十分想问，你知不知道邀请一个非朋友的异性一起旅行是什么意思？

想了想还是算了，他突然觉得这一巴掌挨得好像也不赖。

相比而言，初栀的想法其实简单多了，长假黄金周前夕和家里人闹成这样，她觉得陆嘉珩八成是不会回家了。

黄桃果冻是她给的，结果最后被打的是他，倒霉的是他。

这太惨了。

初栀甚至已经脑补出陆嘉珩一个人在寝室里面蜷缩七天，室友全部回家，他孤独地躺在床上默默发霉的画面。

而且他们现在怎么说应该也能算得上是朋友了。

初栀于心不忍。

她站在寝室楼台阶上两级，和面前的人身高差距一下子缩小不少，这个认知让她莫名地突然开心起来，见男人迟迟没有回应，她将手插进衣服口袋，原地跳了两下催他：“去不去呀？”

陆嘉珩意味深长地盯了她一会儿，低笑了声。

他那双眼睛很好看，比桃花眼略长，眼尾尖锐，不笑时带着冷淡的凉薄感，笑的时候又会稍稍弯起，桃花满天飞，轻佻又多情。

即使看过这么多次，初栀依然忍不住觉得，他笑起来真的太像个负心汉了。

而此时“负心汉”笑得很开心的样子，于是负心指数直线飙升，他懒洋洋地眯眼：“去啊。”

多了一个同行旅友，初栀挺开心的，当即约定好时间，回去找林瞳报到了。

林瞳没什么意见，虽然和这位“粉水杯”一共没说过几句话，但是对他的印象也还挺好的，而且旅行这种事，多个男孩子一起好像安全指数也一下子提高不少。

只剩下票的问题，现在买票不知道还来不来得及。

初栀问了陆嘉珩的身份证号，正想着要不要给初先生打个求助热线，对方的短信就回过来了，说托了朋友去买，问她是哪列火车。

陆嘉珩以前从来没和妹子单独出去过，一般是男男女女一大群，而且什么苍岩山这种听起来就山清水秀鸟语花香的地方，那群疯子根本想都不会想到要去。他其实对于这种活动一直热情度不高，不过这次还挺期待的。

一段时间相处下来，陆嘉珩终于意识到初栀这小姑娘确实没有其他方面的意思，应该是说，她脑子根本不往这方面想，没有这玩意儿。

但是旅行这种暗示，太赤裸、太清晰了，又让人不由自主地就会稍微想多。

是以，陆嘉珩觉得这旅行应该还是挺带劲儿的。

第二天一早，陆嘉珩简单装好东西，往校门口约好碰头的地方走。

他倒是真心实意出来玩，也没打算真的不当人，但是心情莫名就挺好。眼看着 A 大宏伟的校门将近，小姑娘手里拿着个小箱子，一个人远远地站在路边等着他，陆嘉珩吹了声口哨，手插在外套口袋里走过去。

还没等他走近，小姑娘手里抓着的那个拉杆箱后面突然又蹦出个人。林瞳看见他，十分热情地欢呼状招手，声嘶力竭地喊他：“‘粉水杯’！”

陆嘉珩：“……”

这可真是太带劲儿了。

到苍岩山要高铁转汽车，高铁坐过去一个多小时，初栀她们买票的时候因为已经晚了，只剩下商务座，陆嘉珩的票好像是朋友帮忙买的，和她们的位置隔着几排。

几个人一起上了车，陆嘉珩顺着号码找过去，眼一抬，就看见座位旁边已经坐了个人。

程铁跷着二郎腿坐在那里，正歪着头看着他上来。

陆嘉珩一顿，站住了。

程铁咧嘴冲他贱兮兮地笑，视线越过他看向走在后面的人。

此时初栀刚好也看过来，眨眨眼，又眨眨眼。

初栀：“啊。”

程铁：“啊。”

初栀本来就有点兴奋，一路上和林瞳聊个不停，看见程铁反应了一会儿，认出人来。

就是到校第一天那个带她在校园走了一上午的志愿者学长。

初栀对这个人印象很好，尤其对他胡萝卜一样的橘黄色志愿者T恤记忆犹新，印象深刻，也算是她步入大学校园以后认识的第一个人。

程铁对她印象也挺好，他对所有漂亮妹子的印象都好，此时一看见人，脸上就洋溢着灿烂的笑容。

“学长！”初栀惊奇道。

陆嘉珩下意识回过头来看向她，还没说话，程铁在那边也惊奇道：“学妹！”

“……”

陆嘉珩磨了磨牙，唰地转过头来，垂眼看向坐着的程铁。

商务座这边没什么人，初栀隔着两排位置继续隔空喊话：“这么巧，你也出去玩啊？”

程铁假装没看见旁边某只磨牙的人形生物，笑得跟朵太阳花似的：“是啊！巧吧！”

那边林瞳似乎拉了拉她的手，让她小点声，初栀笑眯眯地道：“那学长跟我们一起呀。”

“好啊！”

“……”

陆嘉珩更不爽了，声音轻飘飘的：“你俩对唱山歌呢。”

程铁倒是美滋滋的，刚刚伸了老长的脖子缩回来，靠在窗边看着陆嘉珩在他旁边坐下，露出了一个老父亲一般慈爱的笑容。

陆嘉珩成功被他恶心到了，挑眉微微拉开一点距离：“干什么？”

他的冷淡丝毫没有影响到程铁的激情，程铁反而越靠越近，整个人都快贴上去了，神秘兮兮道："我原本是真心实意地好奇，到底是什么样的力量让你拒绝了我们赛马赛车一条龙活动的热情邀请，选择去山里看一堆破石头。"

他顿了顿，又一脸了然："结果现在才发现，原来你不是为了看石头去的。"

陆嘉珩笑了声："不是，我就是为了看石头。"

程铁毫不留情地呸他："你是为了看个屁的石头。"

陆嘉珩吊儿郎当地瘫进座位里，轻描淡写地推着他的脑门儿把他推开："好好说话，别总把屎尿屁挂在嘴边。"

程铁继续呸："真想让学妹看看你现在这幅德行。"

陆嘉珩不理他，自顾自地闭上眼睛养神。

程铁消停了一会儿，又闲不住，一起的两个姑娘，他也拿不太准是哪一个。

别人就算了，至少还有个喜欢的类型之类的可以作为参考，但是陆少爷没有。

程铁和他也算是发小了，中二时期不打不相识，两个人一架打完在医院病房里当了一个礼拜邻居，从此程铁一路娘里娘气地常伴太子左右，太子考来 A 大，他就花钱进。

程铁连他穿裤子习惯先穿哪条腿儿都知道，他对于妹子的审美自然也是清清楚楚的——好看就行。

"喜欢的类型"这种玩意儿，这个人根本没有。

昨晚陆嘉珩让他帮忙搞张票的时候，程铁费劲想了好久也想不明白为啥他这么积极地要去看破石头，当即一群狐朋狗友拉了个小讨论组，组名就叫"陆少爷遇到爱不懂爱从以前到现在"，深刻地探讨到凌晨两点，最后确定了这里面有猫腻。

于是一大早，程铁代表组织正式出动火速赶赴前线，发现陆嘉珩真的不是为了破石头，而只是为了撩妹。

程铁觉得陆嘉珩会主动撩妹这真是匪夷所思惊世骇俗天下奇闻啊，他捂嘴看着标准"京瘫"在旁边闭目养神的陆少，斟酌片刻，低声开口问道："珩哥，你觉得贫乳好还是大波好？"

陆嘉珩唰地睁开了眼。

商务车厢座位之间间隙很大，他长腿前伸，懒洋洋交叠在一起，看了程铁几秒，重新闭上眼睛，薄唇轻动："离我远点。"

"怎么了，你告诉我怎么了？

"我们不是兄弟吗？我的事情你都知道，你自己的你就屁都不放一个，过分了啊陆嘉珩。

"我关心关心你都不行吗？我兄弟的终身大事呢，多么重要啊。

"哎，你理理我啊。

"理理我啊。

"珩啊，珩！"

直到高铁到站，程铁还在他耳边蜜蜂一样不厌其烦地碎碎念，陆嘉珩完全不想理他，等车子停稳，人站起来整了整衣服，又是挺拔的人模狗样，刚刚"京瘫"在椅子里那副没骨头似的懒散困倦样子没得干干净净。

车上旅客排着队下车，初栀和林瞳不紧不慢地走在最后面，陆嘉珩和程铁两个人先下车，站在门口等着。

程铁叨叨了一路没有得到回应，仍然不死心，回忆了一下一上车陆嘉珩的反应，不确定地猜测道："陆嘉珩，你喜欢平的？萝莉？"

"……"

陆嘉珩忍无可忍地转过身来。

他原本是站在高铁旁边等，此时被程铁闹得烦了，人一转，面向他，背对着车站，也就没看见刚好从上面下来的初栀。

初栀跟在林瞳后头，死死抓着把手，迈开小短腿一级一级下车，踩上了站台地面才抬起头来。

她的陆学长正好站在她面前，背对着她看不见脸，但整个人高大挺拔，宽肩窄腰长腿，背影帅极了。

声音也好听，他低低笑了声，不紧不慢道："我喜欢女装大佬。"

初栀："……"

苍岩山是国家级风景名胜区之一，有著名的十六景，景景入胜，并且山里还有很多名寺古刹，有不少影视作品都是在这里取景拍摄的。

初栀知道这个地方，也是因为《卧虎藏龙》里玉娇龙的那悬空寺纵身一跃。

下了火车换乘中巴，车票每个人三十块钱。

刚好赶上十一黄金周，车站人多得像是下饺子，出来玩的鱼贯穿行熙熙攘攘，上了巴士才终于能喘出口气。

一行四人直到上了巴士，都保持着一种诡异的安静气氛。

初栀本来是话很多的那个，一路上和林瞳说个不停，包括刚刚在高铁上也一直兴致勃勃，此时却小脸苍白，耳朵倒是红扑扑的，大眼睛滴溜溜看看这个，看看那个，不说话。

程轶唠叨了一路，此时也安静下来，默默地坐在巴士上。

四个人两两一起坐，一上车，程轶就死活不要跟陆嘉珩坐一起了，一阵鬼哭狼嚎浮夸又做作地嚷着换位置。

初栀想了想，觉得胡萝卜学长这惊恐的反应也不是不可以理解，颇为善解人意地主动提出和他换座位。

于是初栀就坐在靠窗位置看看风景，又看看坐在自己身边的人。

陆嘉珩现在脸色不太好。

他脸色简直太差了。

有好几次，她在偷偷看他的时候都被发现了，他一转头，四目相对，初栀就赶紧以迅雷不及掩耳之势瞬间扭头，嘴巴微张，视线朝上，仰着脑袋假装看向车顶棚或者望天，也就错过了陆嘉珩一脸欲言又止的表情。

然后过一会儿，她又偷偷看过去，又想到什么似的，唰地捂住自己通红的耳朵开始疯狂甩头。

陆嘉珩：“……”

大约三个小时巴士才停下，下车已经是下午，大家先找了景区里的宾馆放行李。

房间开了两间，东西暂时放到同一间房里。

虽然她们要的是最好的房间，但是也没人抱多大期待，结果进去一看房间意外地还算可以了，雕花四柱双人木床，竟然还有种古色古香的感觉。

程轶目光挑剔地来来回回扫，片刻后缓缓发言：“这房间，用我们太子殿下的话来说，那就是——”

陆嘉珩：“挺好。”

程轶："……"

初栀原本还在包里翻吃的，听见这话，突然抬起头来，看看那张双人床，白净的耳朵又红了。

她手里拿着袋牛奶，看看陆嘉珩，又看看程轶，犹豫道："要不再开一间房吧？"

"不用，"陆嘉珩嘴角勾出一个阴森森的笑容，看着程轶，声音故意压低了，"这样就行。"

程轶："……"

东西放好，初栀把书包里的吃的分给大家，又背在身上，自己叼了袋牛奶小跑出了房间。

林瞳他们一下去，就看见她撅在大堂和酒店的前台摆了摆手，然后走过来。

她走起路来有种神奇的跳跃感，尤其是走得快的时候，人直往上一蹿一蹿，像只蹦蹦跳跳的小兔子。

"小兔子"蹦蹦跳跳地走过来，兴奋道："刚才前台那个小姐姐说我们可以坐索道上山！那上面拍照很好看！但是下的时候可能就要走下来了，因为晚上不知道会不会停电，她说景区这边经常会停电的。"

初栀拉着林瞳摇头晃脑率先出了宾馆，看起来已经从之前"我好像知道了什么不得了的大秘密"的冲击里缓过神来，叼着牛奶走在前面，程轶和陆嘉珩跟在后面。

路上人太多，程轶凑到陆嘉珩旁边继续贱笑："太子爷，您这萝莉看来误会颇深，这怎么整呢？臣真是罪该万死啊。"

陆嘉珩哼笑了声，斜睨他："那赐你个常伴先帝左右？"

程轶嘴一咧："别啊，我帮你啊。"

他这一路看着陆嘉珩想说点什么又不知道怎么开口的憋屈样子快开心死了，也通过他的反应确定了，不是大波，不是御姐，还真是这萝莉小学妹。

他立马打开了"陆少爷遇到爱不懂爱从以前到现在"讨论组，大吼了一声："兄弟们！太子殿下喜欢平的！"

四个人来到苍岩山索道，明黄色的缆车被钢索串着，像是小葫芦一个个被穿成串挂在湛蓝的半空中。

缆车是全封闭的，四面玻璃，不大，对着两个位置，一车里面坐两个人。

初栀和林瞳正要上去，程轶一看，反应奇快无比，当即收了手机一脸瑟瑟发抖，表情十分沉痛地坚决道："我死也不跟陆嘉珩坐一车！"

"……"

陆嘉珩翻了个白眼。

林瞳其实早在军训的时候就看好初栀和这位"粉水杯"了，立马非常上道地乐呵呵朝他招了招手："行啊，那你跟我一车。"

初栀依然表示理解，也完全没什么意见，看着林瞳和程轶上去，坐进了他们下面的一个车厢。

陆嘉珩跟着上来，两个人面对面坐好，缆车的门啪嗒被关上。

这缆车本就偏小，她一个人上去觉得还挺宽敞，结果陆嘉珩一上来，再关上门，空间就好像瞬间变得狭窄了点。

初栀垂头，看着自己的膝盖顶着男人的小腿，头一次这么真切地感受到了身高的差距。

她接受现实，伸出一只手来，比画了一下从他的膝盖到自己膝盖的长度，比着抬到眼前给他看，语气轻快道："学长，你看，你光小腿就比我长了这么多。"

陆嘉珩也跟着她的视线垂下眼去，视线定在她的长腿袜上两秒，然后移开，淡淡嗯了一声。

陆嘉珩觉得，他要努力控制着点，不要让自己看起来太像一个变态。

索道缓慢前行，越升越高，悬空寺、公主祠等全景尽收眼底，古树参天，山体页岩在下午的阳光下泛出温暖的柔光。

初栀的注意力完全被吸引过去，额头抵在玻璃上向外看，看了好一会儿，才想起来拍照，忙翻手机。

初栀这边手机还没翻出来，一直雕像一样坐在那里的陆嘉珩突然动了。

他倏地伸出手来，一把抓住了她的手腕。

初栀错愕地抬头，看着他眨眨眼："怎么了？"

陆嘉珩没说话，只皱着眉往外看。

初栀也跟着往外瞧。

刚刚索道虽然一直行得极其缓慢，但是确实是在缓缓往斜上走的。

此时，却好像丝毫没动，就这么把他们吊在了半空中，突然停住了。

很快，反应过来的人就不止他们了。

两排索道一排上山，一排下山，开始传来喧嚷声。

有的人在尖叫，有些人在哭泣，还有的大声谩骂，声音此起彼伏。

初栀刚刚觉得这索道看起来像是一串葫芦，然后现在，她真的就被串葫芦似的挂在上面下不来了。

她再三确认了几遍，索道确实没再动，竟然就这么停电了。

虽然临出来之前宾馆的前台确实跟她说过苍岩山景区这一块经常会停电，但是初栀也没想到真的会在他们人还在索道上的时候就停。

这得是有多倒霉啊。

四面玻璃的缆车吊在半空中，下面全是山岩峭壁古树檀林，刚刚一眼看过去觉得美不胜收的景色此时在如此不确定因素的影响下却已经显得格外吓人了。

初栀透过玻璃往外看了几眼，又匆匆收回脑袋，腿已经有点发软。

她老老实实缩回到位置中间一动不敢动，抓着书包的手渐渐用力，纤细的指节泛白。

刚开始，她没说话，唇微微抿着，漆黑的眼里透着点不安，一眨不眨地看着坐在对面的陆嘉珩，四下瞄都不敢瞄一眼。

陆嘉珩就这么任由她盯着。

四下声音乱糟糟的，挂在上面的游客随着时间的推移变得越来越焦躁不安，初栀他们后面上去的是两个女人，此时透过玻璃窗能够看见，她们正抱在一起号啕大哭。

此时他们已经挂了半个多小时，除了山山水水什么都看不见，什么消息都听不到，除了空茫茫地等待以外什么事情都做不了。

下面那个离她最近的缆车里两个女人哭得肝肠寸断、惨绝人寰，一声高过一声，听得初栀小心肝都跟着一颤一颤的，本来还没觉得有那么夸张，在周围环境气氛的渲染下就不由自主地觉得越来越恐怖。

初栀拼命克制着不让自己多想，想说说话转移一下注意力，看向坐在自己对面的人。

陆嘉珩看上去倒是依然懒洋洋的，只在最开始的时候皱了皱眉，之后仿佛就没受什么太大的影响了，十分放松地坐在初栀对面。

察觉到她的视线，陆嘉珩微微侧过头来看着她，嘴角微弯，安慰似的朝她笑了笑，刚要说话——

初栀唰一下伸出手来，一把抓住陆嘉珩，她的手小，抓着他的手腕一圈都圈不住，指尖冰凉。

“陆学学学学长你你你别害怕，一会儿就好了！”初栀哆哆嗦嗦口齿不清地说。

陆嘉珩：“……”

少女的手柔软冰凉，像是刚刚从冰箱的保鲜层里拿出来的布丁，软绵绵地贴着他温热的肌肤。

手下力度不算小，紧紧抓着他，手心有薄汗。

陆嘉珩垂下眼去，视线落在她的手上，皮肤近乎苍白，在阳光下能够看清手背上的血管纹路。

“那怎么办？”他低声说，“我很害怕，等不了一会儿了。”

初栀抓着他的手紧了紧，人颤啊颤的：“别怕！没没没没事的学长！”

陆嘉珩唇色本身就淡，此时长眼一垂，锋芒被柔和掉了不少，嘴角微抿，看起来还真的莫名就有点苍白的脆弱感。

苍岩山这缆车很小，初栀在里面也根本站不起来，她看着他这副和往常有点不一样的模样，又想起从上了这缆车开始，他就一直这样很安静地坐在对面，一动也不动，顿时有点担忧：“学长，你是不是有点恐高呀？”

陆嘉珩微微愣了愣，缓慢地眨眨眼。

他似乎思考了几秒钟，然后一本正经地点点头：“对，我有点恐高。”

初栀一脸果然如此的样子，屁股小心翼翼地往前挪了挪，抓着他手腕的手松开了。

陆嘉珩有些遗憾，干巴巴地看了看自己上一秒还被抓着的手腕，结果还没等反应过来，面前的小姑娘突然身子前倾，两只小胳膊直接环着他把他抱住了。

陆嘉珩一僵。

两人之间还隔着腿，她手又短，其实只能扣在他身体两侧，但是上半身却实实在在地整个倾下来，直截了当压在了他的大腿上。

腿上有软绵绵的触感紧紧贴合上来，带着少女的体温，还有淡淡的甜香味道，像是香草奶昔，又像奶油蛋糕。

陆嘉珩大脑瞬间一片空白，就跟被人格式化了一样，茫然了三秒。

然后他回神，脑子里第一个念头就是去反驳程轶。

谁说萝莉都是平的了。

陆嘉珩僵着身子，一动不敢动，手指屈起，平生第一次体会到了什么叫手足无措。

他想推开她，又不想推开她。

翠鸟啼鸣，云高而淡，天空是饱和度很高的蓝色。

陆嘉珩喉结滚了滚，就任由自己被女孩抱着，一动不敢动。

停滞在几百米的高空，也不及她一个拥抱来得让人觉得惊心动魄。

他缓慢地垂眼，看着面前的少女低垂着头，长发也跟着散下去，露出一段白皙的后颈。

她也不抬头，明明自己怕得要死，像鸵鸟一样脑袋死死埋下去，却偏偏做出一副保护者的姿态，紧紧抓着他的胳膊环上去不放，软软的一把嗓子轻声安抚着他："学长，你别怕，别怕啊，没事的，只是停一下电，马上就好了。"

陆嘉珩没说话。

初栀以为他是因为恐高才不说话，一边松了一只手轻轻拍了拍他的小臂，一边抬起头来。

他眼睛一眨不眨地盯着她，漆黑的眼里有幽暗的光。

初栀偷偷地往外瞥了一眼，刚要说话，手机响起。

林瞳在他们上面的那个缆车里正往下瞧，他们在前面，高度比初栀他们要高一些，不过此时也没什么区别。

初栀放开手直起身来，摸了半天才摸出手机，僵硬着手指接听起来，林瞳的声音一传过来，初栀就哭丧着脸道："瞳瞳……"

她一边跟林瞳说话，一边扭身跪在座位上，回头抬眼往上瞧，这么一动，不知道是不是错觉，缆车轻微动了一动。

初栀一僵，又不敢动了。

她跪坐在座位上跟林瞳讲电话，煞白着一张小脸勇敢道："放心，我会保护好学长的。"

陆嘉珩轻轻笑了一声。

半空中手机信号实在不算好，初栀又断断续续和林瞳说了一会儿话，才挂掉电话，重新小心地转过身来坐正。

她一挂电话，陆嘉珩立马凑过来，自然地伸手，抓过她的一只手拉在手里。

初栀眨眨眼。

陆嘉珩一只手紧紧抓着她，手指修长好看，掌骨微微突起，血管淡青，睫毛垂着，声音低低的："我害怕。"

初栀一听，瞬间就坚强起来，顿时觉得有山一般厚重的使命感压上了她的肩膀，还带着点神奇的母性光辉。

她一个不恐高的被这么挂着都怕死了，别说陆学长了。

可能他本来就不想坐这个，但是又不好意思让他们因为自己费劲儿爬山。

她当即抽手，反手把他的一只手包进掌心，一只手包不下，她就用两只手握住："别怕！不要怕！我给你讲个故事吧，学长。"

陆嘉珩抬眼，抿着唇点了点头。

初栀身子微微前倾，双手抓着他的一只大手，讲了个《夜莺与玫瑰》。

她声音软糯，却又不显得黏腻，清透又干净，说起话来有种沁人心脾的舒服感。

初栀本来也害怕，也不安，心里没底得很，一旦陷入这种境地，她脑内活跃的小剧场就会尤为糟糕，比如她会开始脑补索道失控，刺啦刺啦向下滑，撞上山体撞个粉碎。或者挂着的钢索断了，缆车整个掉下去之类的场景。

也是因为这个，所以她从来不坐游乐园的过山车，总觉得安全带会脱扣。

但是现在身边有一个人更需要安慰，她便强鼓起勇气来，结果没想到，故事讲着讲着，她自己也差不多把这事儿忘了，反而不怎么害怕了。

《夜莺与玫瑰》这故事可以说是家喻户晓了，年轻的学生为了请心爱的姑娘和自己跳舞需要找到一朵红玫瑰，夜莺听见以后让玫瑰树的刺刺穿了心脏，与月光为伴吟唱。清晨，鲜血染红了玫瑰，夜莺却悄无声息地死了。

学生拿着玫瑰去找喜爱的姑娘，姑娘却依然嫌弃他贫穷而拒绝了他，学生气愤不已，将玫瑰丢在马路上，被马车的车轮碾压而过。

讲到最后，初栀眼睛都红了，一只手放开陆嘉珩拼命揉了揉眼睛，嘟哝道：“夜莺太傻了。”

陆嘉珩倾身，一只手前伸，任由她抓着自己的一根手指，另一只手肘搁在腿上撑着下巴，挑了挑眉，对这个傻白甜会这么说有点诧异：“怎么傻了？”

“它怎么能死呢，别人谈不谈恋爱关它什么事啊，就这么死了也太不值得了。”

陆嘉珩指尖敲了敲下颌，懒洋洋道：“‘死亡的代价是巨大的，然而爱情比生命更珍贵。’”

初栀撇撇嘴，声音很小：“放屁呢，也不是它自己的爱情……”

陆嘉珩被她这一句“放屁”惊到了，而后失笑：“行，那再讲一个高兴一点的。”

初栀点点头：“那《小王子》吧。”

《小王子》这故事也是众所周知，少年、青少年必读物之一，初栀娓娓道来，最后讲完皱着眉做出总结：“这个小王子是个脑子有毛病的，狐狸对他那么温柔，他怎么还是喜欢那个刺儿头玫瑰呀？受虐狂吧他。”

陆嘉珩：“……”

接下来的两个小时里，初栀分别又给他讲了三个故事。

她是个非常适合讲故事的人，语速不快不慢，娓娓道来，语音语调柔软舒服，语言也很有她的个人特点。

除了故事结尾，都会总结一些很奇妙的“毒鸡汤”。

几个小时下来，陆嘉珩对她看问题的奇特角度有了新的了解。

刚开始，他还会说上一说，试图挣扎一下，比如——

“不是的，小王子不是这样的。”

或者——

“小栀子，灰姑娘不是傻子，后妈也不傻。”

以及——

“朱丽叶的家长也不是因为她只有十三岁才不让她跟罗密欧谈恋爱的，不是因为不让她早恋。”

初栀一本正经道：“可是朱丽叶才十三岁，罗密欧放在现在是个喜欢萝莉的变态，严重点是要判刑坐牢的。”

好像横空一箭飞来，噗一声，陆少爷下意识摸了摸自己的膝盖。

他撑着下巴沉吟片刻，缓慢道：“他可能只是想先暂时柏拉图一下，慢慢等朱丽叶长大。”

初栀皱眉：“那他也是个渣男，他一开始喜欢的是罗萨兰，看见朱丽叶好看才想追她的。”

陆嘉珩哑口无言：“你说得对。”

这感觉很新奇，就好像本来以为是一只小白兔，结果突然有一天，发现这只兔子还会变身成超人。

到最后，初栀说话说得嗓子都哑了，从书包里又抽出两袋牛奶来，两个人一人一袋。

就这么在空中吊了三个多小时后，终于恢复供电，救援消防和民警全部站在索道头和尾，确认了索道上所有旅客全部下来了。

缆车一停，车门打开，初栀首先跳下去，然后又去搀扶陆嘉珩，帮助他下来。

程轶在旁边看着，觉得自己这顿惊吓受得太值了，太子殿下和他的小萌妹关系飞速发展、突飞猛进。

他咧嘴一笑，还是忍不住屁话：“哎哟，我们小学妹这么体贴啊。”

初栀扭过头，表情认真：“学长恐高。”

程轶一愣：“啊？”

陆嘉珩牵着初栀伸过来的手无比坦然地弯腰出了缆车，像个下花轿的新娘子，点点头，一本正经道：“我恐高。”

程轶：“……”

你恐个屁的高。

这三个小时一挂也没人有心思玩了，北方十月白日短，天光暗淡，他们下了索道还是山顶，要自己走下去。

初栀和陆嘉珩还好，初栀书包里一大堆吃的，在缆车里面也吃了点，林瞳和程轶已经饿到意识模糊，一人抓着两个蛋黄派一阵狼吞虎咽。

一趟折腾下来程轶和林瞳也算混熟了，程轶一手拿着个蛋黄派一手拿着袋牛奶，口齿不清道：“这绝对是我二十多年来最有意义的一次出游，让我充分体会到了生活的疾苦。”

苍岩山景区不大，下山的路上几人刚好看见了悬空寺，夜幕即将降临，桥楼殿立于拱桥之上，上是雾海云天，下是峭壁断崖。

两层的古建筑，翼角飞扬，此时殿内已经点上了暖黄色灯光，被窗棂一格一格阻断开来，影影绰绰渗透出来，相较于白天又是另一种景色。

回到宾馆四个人已经是身心俱疲，初栀一顿晚饭几乎是打着哈欠在吃的，吃了没几口，她跟林瞳要了张房卡，上去也不想洗澡了，倒在床上就睡。

原本她只是想着睡上一个小时，结果这一觉醒过来，就是晚上将近九点。

她醒的时候房间只开了盏小灯，手胡乱往旁边伸了伸，摸到一个温热的玩意儿。

初栀打着哈欠睁开眼，眯着眼看过去。

陆嘉珩正靠坐在床头另一端，似笑非笑地看着她。

他那边的灯开着，不是很亮，被他的身子遮了一半，刚好挡住初栀枕头的这一块。

初栀茫然地侧过头去。

林瞳手里捏着一副牌坐在床尾，床上还铺着一堆扑克，看见她醒了，林瞳甩出两张牌：“醒了？对 K。”

程轶拉了个把椅子坐床边：“哇，大佬你看看你的下家，农民，我是个农民！咱俩一伙儿的！对面那个才是地主！你倒是放我两张牌啊！对 A。”

初栀打着哈欠撑住床面坐起来，伸头去看旁边陆少爷的牌。

陆嘉珩收回视线，捏着牌的手往旁边侧了侧，方便她看。

初栀靠坐在床头，抹了抹眼角，哇了一声。

林瞳和程轶顿时眼神一紧，进入戒备状态。

陆少爷修长的手指慢悠悠地滑过一张张纸牌，甩出四张 Q，轻飘飘道：“炸。”

“……”

“对 2。”

“……”

此时陆嘉珩手里还剩五张牌，程轶冷笑了声：“你接着装啊。”

陆嘉珩没说话，突然安静了，动作顿了顿，把着扑克牌的手往初栀那边一斜。

初栀眨眨眼，意味不明地看着他。

陆嘉珩轻笑了声，声音低柔："你来。"

程轶翻了个白眼。

初栀闻言，乖乖伸出一只手来，就着他手里的那把牌，指尖捏上牌头。

她靠坐在他身边，胳膊贴着他的手臂伸过来，人刚睡醒，眼角还沾着水汽，耳垂压得粉嘟嘟的，动作也有点慢吞吞的，一张一张地往外抽。

陆嘉珩也不急，微微侧着身子又靠过去一点，捏着牌的手就举在她面前，耐心地等着她抽完。

她抽出一张来丢在床上，他就念一张，不急不缓，像是在凌迟。

"7。

"8。

"9。

"10。

"J。"

刚好五张。

"……"

程轶绝望地把牌往床上一扔，半眼都不想再去看床上的那对狗男女："拉闸。"

程少爷嘴上说着不战不战，靠在椅子里躺尸一会儿后又扑腾起来，最后却是越败越战越战越勇，拉着他们斗地主斗到半夜，直到被杀得片甲不留分文不剩，才被陆嘉珩拉着依依不舍地回屋睡觉。

第二天一大早，几人睡足了觉，整理好东西再次出发。

前一天发生的事情实在太多，他们也没什么心思到处看，上午把没看过、没玩过的地方走了个遍，下午拖着行李退房出来，车已经停在路边等了。

初栀原本已经准备好去坐大巴车了，结果小姑娘拖着小箱子才往前走了两步，被人拎小鸡似的拽着衣领拉回来了。

陆嘉珩挑眉："哪儿去？"

初栀指了指已经快要坐满的巴士：“坐车呀。”

陆嘉珩微微俯身，从她手里接过那只小小的拉杆箱，往对面一直安安静静停在那里的一辆深灰色私家车仰仰下巴：“上这个。”

那辆车车窗上贴着反光膜，从外面看完全看不到里面的样子，而且看起来阴森森、死气沉沉的。

初栀瞧了一圈，扭过头来，表情严肃：“不行的，学长，不能坐黑车。”

陆嘉珩扬起嘴角，拖着小箱子就往那边走：“没事，这黑车司机刚才被我打了一顿，现在乖得很。”

他话音刚落，驾驶座车窗缓缓降下来一半，林柏杨黑着一张帅脸毫无素质地爆粗：“陆嘉珩！老子听见了！”

初栀：“……”

程轶一脸贱笑地走过去假装惊喜道：“哎呀！我的对床！你怎么在这儿呢我的对床！”说着拉开副驾驶的门一屁股就坐了上去。

陆嘉珩开了后备厢，将初栀的拖杆箱和书包塞进去。

后排陆嘉珩和林瞳一边一个，初栀个子小，十分自觉地坐在中间。

其实初栀还挺喜欢坐中间的，她觉得中间的位置视野开阔，可以看见前面的路。

被初栀误以为是黑车司机的这位男同志也是个话痨，只不过他话痨起来还伴有间接性的暴躁，经常说着说着一言不和就开始不耐烦，或者程轶贱兮兮地说的不知道哪句话触碰到了他的怒点。

总之一路的中心思想大概就是——你们自己出去玩就算了我还要来接你们，然后再回去，我是你们家司机？你们给我开多少钱？

初栀觉得确实挺不好意思的，毕竟这活动是她们组织的，这俩人也是她拉来的，连忙解释道歉表达感谢。

林柏杨原本就是在骂程轶，也没想那么多，听初栀一说，反而有点不好意思。

小姑娘端端正正坐在中间，上身微微前倾，漆黑的眼从倒车镜里看着他，特别真诚地道谢。

林柏杨一向是极其不会和女孩子打交道的人，被这么长久又炽热地一盯，浑身上下哪里都开始不对劲起来，耳根迅速发烫变红，并且还有往上蔓延的趋势。

但是很显然，他对初栀的印象还不错，回复她的语气难得地平和：“没事，这两个人就是能折腾人，我已经习惯了。”

初栀刚要说话，忽然左边肩膀一沉。

她话到嘴边收了，侧头看过去。

陆嘉珩下巴搁在她的肩头上，微微扬着眼睫看她，耷拉着眼角，抿着唇，瞳仁漆黑，唇瓣色淡，声音蔫巴巴的，漫不经心的样子十分做作：“没事，有点晕车。”

程轶：“……”

林柏杨：“……”

你在赛道上灵魂漂移的时候也没看你晕车。

程轶围观了全过程，此时一脸懵懂地乖乖举手发言：“你们谁吃老坛酸菜牛肉面了？我怎么觉着这车里有股子酸味呢？”

初栀脑袋一转，两人直接来了个脸对脸。

距离极近，她甚至能看清他漆黑眼底自己的影子。

小姑娘愣了一下，眨眨眼，又眨眨眼，仔仔细细盯了他几秒钟，忽然开口：“学长，你的睫毛好长啊，你用什么牌子的睫毛增长液？”

程轶这戏原本看得十分过瘾，听到这句，没忍住扑哧一声就笑出来了。

他扭过头来,看着陆少爷上半身都快叠在人家姑娘身上了,挑着眉道:“他不用那玩意儿的，我们家少爷天生丽质难自弃，就差一朝选在君王侧了。”

陆嘉珩下巴还搁在小姑娘的肩膀上，程轶一侧头，就能看见少爷眯着桃花眼，目光凉凉地看着他：“要不你下车？”

他伸着个脑袋，豆腐吃得好不惬意，得了便宜还要卖乖。

程轶又翻了个白眼，只觉得自己这两天白眼翻太多了，现在眼眶生疼。

陆嘉珩下巴搁着，整个人也就这么自然而然地从斜侧后方贴上来，带着一点点压迫感和温热体温，喉结凸起，隔着衣料贴在她的肩头，说话的时候初栀能够感受到喉结传过丝丝缕缕的震颤，吐息间也有热气染上耳郭。

初栀耳朵发痒，下意识缩了缩脖子，却没推开他。

陆嘉珩抬了下眼，脑袋移开了，人重新坐回去，动作慢吞吞的。

他倚进座位里，脑袋靠着头枕，头微微侧着看她，目光沉沉的：“所以你别跟他们说话，他们俩太吵了，我想吐。”

“……”

林柏杨也加入了程铁的翻白眼大军，一个白眼横空翻出去，上了高速，油门一脚，嗖地蹿出去了。

陆嘉珩吊儿郎当地瘫在椅子里，懒洋洋道：“开慢点，有点晕。”

“……”

林柏杨的牙磨得嘎吱嘎吱响。

本来自驾就要比坐高铁用的时间久，车上又有个“病恹恹”的少爷，全程都是一副“你开超过八十迈我就要死了”的样子，等一行人回去已经是晚上了。

林瞳一上车就睡，断断续续睡了好几觉，初栀到后面也睡着了，她坐在中间，本来后面就是没有头枕的，人睡过去了，小脑袋直接仰过去，面朝着车棚顶仰着头，雪白的颈子绷成直线。

车内一片安静，陆嘉珩抬臂过去，单手托着她的后脑引到自己这边来，搁在肩头，动作轻缓。

程铁看着，脸上的表情空白了起码半分钟。

陆嘉珩这人，表面上不主动不拒绝，你搭讪我就给号码，潇洒散漫又温柔的样子，其实内心真实的想法非常残忍刻薄，对于异性向来缺少尊重和耐心。

虽然他绝对不会让你看出来就是了。

性子确实垃圾了点，但凡事有因就有果，他那个家庭情况，能让他只歪了这么一点，程铁觉得已经很不容易了。

更何况，他们这一群人除了林柏杨这傻白甜，谁性格没个缺陷，谁家没点不堪入耳的辛辣秘史？

程铁本来还不是很明白为什么陆嘉珩会突然对一个姑娘这么热情，大晚上让他帮忙搞一张高铁票。

一张高铁票，听到的时候程铁惊呆了。

这人还知道什么是高铁？！

他确实好奇死了，于是冒死跟过来瞧瞧，发现这姑娘确实不太一样。

程轶从来不相信这个世界上会有人没有阴暗面，人性都是多面的，有光的地方就一定会有阴影。

但是初栀好像就是没有。

她看起来实在是太纯粹、太开心了，浑身上下都是正能量，好像只要听着她说话，就能让人跟着开心起来。

他开始有点理解陆嘉珩为什么对她感兴趣。

他也一直觉得，就是感兴趣而已。

程轶虽然一直跟看戏似的，还给他助攻，但是说归说闹归闹，心里也没怎么认真考虑过这个状况。

陆嘉珩会真的喜欢上谁这听起来就和宇宙无敌超级直男林柏杨突然有一天变成了 gay 一样，基本上是并列位于三大不可能发生事件之首的。

此时两个小姑娘都睡着了，程轶看着这一系列动作，也终于没了那一脸贱笑，挠了挠眉角，嘶了一声："阿珩，你这到底怎么回事儿啊？"

感受了一下颈间暖烘烘的重量，陆嘉珩身子往下滑了滑，调整了一下高度，让靠在他肩膀上的小姑娘能睡得舒服点。

他垂着眼没看他，不怎么在意的样子，嗓子压的很低："什么怎么回事儿？"

程轶更呆了，木讷讷地道："林柏杨真要折寿十年了啊？"

林柏杨瞥了他一眼，竟然罕见地没有说话。

汽车过收费站时，林柏杨打开车窗，有风灌进来，吹得初栀额前细细的碎发蹭到了鼻尖上。

她可能觉得有点痒，在睡梦中微微皱了下眉，闭着眼抬手胡乱抓了抓鼻子，脑袋贴着他肩膀上的衣料蹭了蹭，又往里面拱了拱，像某种毛茸茸、软乎乎的小动物。

陆嘉珩勾起嘴角，声音又轻又淡，尾音飘散："不知道啊。"

初栀觉得自己可能是被饿醒的。

车子进了市区没多一会儿，她就醒了，脑袋靠在林瞳的肩膀上，腿占了陆嘉珩一半的位置，整个人几乎是四十五度角倾斜睡了个天昏地暗，就差没横过来躺这俩人身上了。

初栀半合着眼，哈欠打得眼睛里直冒水花，她慢吞吞地坐直身子，抬手揉了揉脖子。

她明明是靠在林瞳的肩膀上睡着的，却不知道为什么，总觉得脖子一往右偏就有点酸酸的。

坐在位置上缓了一会儿，她按着脖子扭过头去。

陆嘉珩好像还是她睡着之前那个姿势，看起来没变过似的，手很随意地搭在腿上，脑袋懒洋洋地靠着车窗窗框，眼睛看着外面。

晚上七点多，夜幕低垂，窗外车水马龙，车辆高速行驶，车头的探照灯和路边的霓虹彩灯、昏黄路灯一齐拉出一道道光带。

光线明明灭灭，水流般一段一段将他安静的侧脸刷上色彩，看起来有点像某种文艺电影里的画面。

初栀抬手揉了揉眼角，嗓子发干，声音微沙："学长，你还晕车吗？"

陆嘉珩转过头来，还没说话，前边程轶快速接道："你学长晕，你学长得吃一桶老坛酸菜牛肉面才能好，"程轶语气十分真诚，"酸的东西最管用了，他以前一晕车就吃这个。"

林柏杨难得搭他的腔："那得两桶。"

"真的吗？"初栀扭过头来，认真地看着陆嘉珩，"学长，你要吃吗？"

陆嘉珩："……"

初栀没回学校，准备直接回家去。

出去一趟几天下来，没回来的时候还觉得没什么，现在看见车窗外熟悉的景色疲惫感陡升，她只想回家痛痛快快地洗个澡然后躺在自己的大床上翻滚。

从这边过去刚好顺路，初栀报了个地址，程轶咦了一声。

陆嘉珩也侧过头来："你家住这儿？"

初栀点点头。

陆嘉珩高深莫测地盯了她好一会儿，扬起唇角，懒洋洋拖着声："哦。"

他这副样子很是意味深长，让初栀有点困惑："怎么了吗？"

"没事，"陆嘉珩轻飘飘地移开视线，"挺巧的。"

路过学校把林瞳放下以后，车子往初栀家开去。

车停在小区正门口，初栀下车，陆嘉珩也跟着下来了。

他步子不大，走得也慢，又是后下来的，初栀几乎是一路小跑到车后厢准备拿自己的拉杆箱出来，结果陆嘉珩三两步就先她一步走过去，开了后备厢把箱子和书包提出来。

初栀突然想起之前两个人坐在缆车里，他比她长了那么一截的小腿，忍不住叹了口气。

他们俩拿下了行李，刚拖到一边去，初栀正准备道个谢，说个再见，身边的灰色私家车嘀嘀拍了两下喇叭，一脚油门绝尘而去。

眨眼的工夫，林柏杨已经开着车上道融进了车流中，初栀没反应过来，看了看身边的陆嘉珩，有些迟疑："他们不要你了吗？"

"是啊，我很可怜。"陆嘉珩勾唇，看着她半真半假道。

初栀眨眨眼，觉得他有点可怜，又觉得他不可能是真的被丢在这里不管，一时间不知道该说什么好。

陆嘉珩无声笑了笑，把她的书包放上拖杆箱，没抬头："走吧。"

初栀跟在他后面进了小区，绕过喷泉和圆形花坛，右转走了没两步，回过头去，看看他。

走两步，她又看看他。

陆嘉珩神色淡然，一手拖着箱子，一手插进口袋里，懒洋洋地跟在她后面走。

拖杆箱的滚轮轧过地面，发出咯噔咯噔的声响，长久而不急不缓地响动着。

初栀抓了抓头发，转过身来，慢吞吞地道："学长，到这里就可以了，我自己也行的。"

陆嘉珩垂眼，手里的箱子和书包没有给她的意思："没事，我顺路。"

她没辙了，加上这会儿天确实很黑了，虽然路灯光线很足，但是让她一个人走还是有点怕，于是她再次慢吞吞地转回过身来，继续往前走。

只是这次，她停了两步，站到陆嘉珩身边，跟他并排往前走。

初栀家这小区也是新建的，环境很好，绿化充足，此时树影摇曳，在昏黄路灯下投出黑漆漆的影，风过影动，哗啦啦地响。

太安静了，稍微有一点点尴尬。

初栀揉了揉被风吹得有点发凉的鼻尖，开口说了句什么。

陆嘉珩只听着旁边的小姑娘小声嘟哝了一句什么，没听清，他侧头垂眼："嗯？"

初栀仰头，将刚刚说的话重复了一遍。

他还是没反应。

初栀等了一会儿。

陆嘉珩就这么低垂着头，看着她，然后突然笑了。

初栀一脸茫然。

路灯光线从他侧后方打过来，桃花眼全隐匿进了阴影里，只看得见那双黑眸中亮晶晶的光，还有嘴角上扬的弧度。

男人低低笑了几声，人毫无预兆地靠过来，朝她倾了倾身子。

这下，藏在阴影里的眼也看得清了，黑漆漆的，含着笑，眼尾狭长，一眨不眨地看着她。

上次他这么看着她的时候，也是在晚上，寝室楼下，手里拿着一支可爱多，撑着膝弯腰平视着她，绞尽脑汁地想让她叫一声陆哥哥。

有点熟悉的画面重叠在一起，初栀耳郭微微发红，下意识地就想后退。

"你太小了。"他突然开口。

初栀还没来得及向后退的步子顿住，茫然仰着头："嗯？"

"你太小只了，那么小声说话，我听不见。"

"……"

"所以下次说话的时候，你要离我近一点。"

陆嘉珩舔了舔唇，唇边笑意愈深，脊背微弓，垂头弯腰，拉近了距离看着她，"或者我离你近一点。"

小姑娘反应了三秒，眼睛睁大了瞪着他，耳朵发烫。

她抬手啪地捂住了一边的耳朵，又马上被烫到了似的放开手，想不到该怎么反驳，憋了好半天才憋出一句："我不小！我有一米六！"

陆嘉珩哦了一声，懒洋洋挑了挑眉："有吗？"

"四舍五入！"

他轻笑出声，终于直起身来，点点头："行吧，你说的都对。"

初栀本来想问问他一会儿是回学校还是回家的，结果被他这么一搞，什么都不想问了，两个人继续往前走，眼看着走到自家门口了，她还是忍不住问：“学长，你一会儿回学校吗？”

她刚说完，又想起了什么似的，认真地往他旁边靠了靠，仰头又问了一遍。

陆嘉珩又开始笑。

不知道为什么，初栀总觉得自己被耍了。

好在这次他是听见了的，笑够了才道：“不回。”

初栀想起之前的事情，连呼吸都放轻了一些，悄悄注意他的表情：“那你回家去吗？”

“不回，”似乎是察觉到了她语气里的小心翼翼，他看了她一眼，慢悠悠道，“你这小姑娘怎么总爱胡思乱想？”

初栀垂下头去，声音低了一点：“因为果冻是我给的……”

初栀家庭关系非常好，这样的情况她以前从来没有接触过，当时那个情况她完全不知道要怎么办。

她应该解释的，不应该看着他被误会、被骂，但是这毕竟是他自己家里的事情。

他阻止了她两次，明确地告诉她不让她说，那么初栀便听他的，什么都不说。

矛盾不是一天两天就会激化成这样的，她只是个外人，不会知道事情到底是怎么样的，是不是有什么前因，话讲出来又会不会真的是好的。

有些时候，恰恰就是因为外人自以为是的善意和帮助，反而让情况变得更糟。

初栀当时觉得是应该尊重他的想法和选择，所以闭嘴了，可是毕竟很大一部分原因，也是因为那个果冻。

这感觉就像是让别人帮自己背了个黑锅一样，实在是不怎么好。

她还想说什么，再一抬头，刚好看见陆嘉珩的手唰地从她的正上方收回去了。

他动作很快，而且十分自然，看不出一点异样，仿佛就是随便抬了抬手，初栀甚至没来得及反应。

陆嘉珩别开视线，一边继续慢悠悠往前走一边散漫道：“放心，陆嘉懿会解释清楚的。”

初栀怔怔地抬起头来，委屈巴巴的表情还没来得及收回去。

她才只说了一句话，他却好像全知道。

陆嘉珩冷淡地勾勾唇，不急不缓继续道："果冻是谁给的都不重要，只要有那个东西，它就会是我给的。"

初栀完全愣住了，迅速消化理解了一下他话里的内容，人无意识地跟着他在走。

走着走着，陆嘉珩突然停下了脚步。

初栀还在发呆想事情，也跟着他停住，眼睛直勾勾地盯着面前的单元门。

半晌，她才回过神来，一抬头，就看见陆嘉珩歪着脑袋懒洋洋看着她。

他也不急的样子，就垂眼看着她，耐心地靠在安全门上等。

看她发完呆，他才缓慢扬眉："小栀子，你跟到我家楼下了。"

初栀下意识抬眼看了一下单元号，咦了一声。

她眨眨眼，看看陆嘉珩："你家住这栋吗？"

"嗯。"

陆嘉珩慢悠悠地从口袋里翻出一串钥匙，丁零当啷好几把，他犹豫了一下，挑了一把插进安全门锁孔，一声轻响，门开了。

陆嘉珩松了口气。

他这房子也是刚买的，因为在家里实在待不下去准备搬出来住，交给装修公司装修，他除了买的时候一次也没来过，也不确定钥匙对不对。

初栀拉开门走进去，帮他抵住，犹豫道："你又打算回家了吗？"

陆嘉珩进来，两个人走到电梯门口，他沉默了一会儿，突然开口："我自己住。"

初栀的表情瞬间就变得柔软了，像是看到了路边流浪的小狗。

陆嘉珩心一横，干脆一条道走到黑，抿了抿唇，脆弱地说："没事，我也习惯了。"

初栀的表情看起来像是已经下定决心把小狗抱回家养了。

初先生和邓女士不知道又跑到哪里去"嗨皮"，一开门家里就是一股久不住人的干燥感，初栀把箱子和书包放在门口，开始打开冰箱找吃的。

水果什么的她已经不奢望能有可以吃的了，毕竟家里这么久没人，能找到点麦圈、牛奶、方便面也是好的。

结果翻箱倒柜半天，还真被她找到了半袋麦圈和两包方便面，一袋红烧排骨面，还有一袋，老坛酸菜牛肉面。

初栀手里捏着两袋方便面，想起之前电梯里男人那两句“我自己住”“我也习惯了”，蹲在厨房柜子前有点纠结。

陆嘉珩就住在她家楼上。

这是初栀之前完全没想到的。

初栀哎呀了一声，把红烧排骨那袋放到流理台上，拿了老坛酸菜那袋，抓起钥匙穿着拖鞋就出门了。

一人一包，反正她一个人也吃不掉两包，初栀一边想着，一边上楼，按响了楼上的门铃，等了差不多半分钟，门开了。

初栀随意扫了一眼，到嘴边的话咽了回去。

陆嘉珩的家，说是尘土飞扬完全没有可以落脚的地方其实也不为过，地上脏兮兮的全是木屑，地板铺了一半，墙纸一卷一卷立在旁边，空气中弥漫着一股甲醛的味道。

初栀突然想起，刚开学那会儿，她家楼上每天从清晨到黄昏刺啦刺啦的电锯电钻声，恍然大悟地啊了一声。

陆嘉珩站在门口，水泥灰沾了一裤子，神情有些复杂。

他垂眼，看清她手里拿着的东西，表情变得更复杂了。

一袋深紫色的老坛酸菜牛肉面，上面印着的那张汪涵的灿烂笑脸仿佛在对他进行着无声却残忍的嘲笑。

第四章

海豹色你猜

初栀按响门铃的时候，陆嘉珩正在观察这个房子有哪里是可以睡人的地方。

卧室倒是都装修好了，但是枕头、被子、床单统统没有，睡的话只能睡木板。

陆嘉珩跟着初栀回来的时候，完全没有考虑到这些，他甚至觉得这房子里应该一尘不染设备齐全，等着他拎包入住就可以了。

所以，陆嘉珩在开了门以后，看见少女从疑惑到恍然大悟的表情转变，觉得还是挺尴尬的。

初栀手里拿着袋方便面，汪涵的脸印在上面，随着她的动作抖啊抖，两个人就站在门口对视了好一会儿，陆嘉珩有点迟疑，不太确定要不要让她进来。

新装的防盗门上塑料薄膜还没完全撕掉，一半从上面耷拉下来，像一朵悠然的云，飘荡在两人之间。

即使身后房子里乱七八糟，陆嘉珩看起来依旧像是站在皇家酒店门口似的，裤子上的水泥灰不是水泥灰，而是米兰著名设计师设计的印花。

男人身子微微侧了侧，从容道："进来吗？"

这次迟疑的变成初栀了。

她想了想，还是小心地看着脚下走进来，绕着一地的东西走。

这一排的房子全部是错层的格局，楼上的格局也和他们家是一样的，然而初栀家是三口人加上一只猫，爷爷和奶奶有时候也会来他们家小住上一段时间，空间完全绰绰有余。可陆嘉珩一个人住这么大的房子，想想空荡荡的还挺吓人的。

她扫了一眼厨房的方向，果然，完全惨不忍睹。

初栀打消了准备继续往前走的欲望，扭头看向跟在后面的陆嘉珩："学长，你饿不饿？"

陆嘉珩没说话。

初栀觉得自己问了个蠢问题，上了车一直到现在都没吃东西，怎么可能不饿。她说完当即点点头，继续道："要么我们叫个外卖吧，刚好我爸妈也不在家，我们可以一起吃。"

她一边说一边往门口走，开了口，站在门口转过身来，似乎在等着他。

陆嘉珩看着少女无比自然的一系列行为，又反应了一会儿她刚刚说的话，有点发愣。

他站在原地，半晌缓慢开口："去你家吗？"

声音一出，他才发现嗓子有点不易察觉的哑。

初栀点点头，很诚恳地邀请道："要来吗？"

陆嘉珩觉得这不太对。

他的心脏似乎都猛跳了两下，有点开心，可是又莫名其妙地不开心，他有点想发火。

房子里灯倒是装好了，客厅的灯亮度很高，将整个空间照得明亮，陆嘉珩依旧站在那里没动，露出了一个又好气又好笑，还有点无奈的表情："小栀子，你不可以在父母都不在家的时候，晚上邀请一个男人去你家。"

初栀眨眨眼，一手把着门把，看着他歪了下脑袋："没事儿呀，因为是你我才让的。"

陆嘉珩眼皮痉挛似的一跳。

"学长是个好人。"初栀继续道。

陆嘉珩心情复杂地看着站在门口的小姑娘，抬手按了下眉骨，低低叹了口气，走过去："走吧。"

初栀看他拿上钥匙，关了灯又关了门，边往楼下走边回头，有点好奇地问：“学长，你到底想不想去我家呀？”

陆嘉珩没直接回答：“怎么了？”

“你看起来好像想去，又不太想去。”初栀迈着小短腿跳下最后两级台阶，欢快地说道。

陆嘉珩一顿，抬起眼来看她，没说话。

初栀此时已经站在门口开门了，她人进去，一边蹲在鞋柜前给他翻拖鞋一边问道：“学长，你想吃什么呀？”

初栀家装修十分简单，没有太多装饰物，素色的壁纸和家具，干净温馨。

陆嘉珩顺手关上门，垂眼，看着蹲在自己脚边放了双男式拖鞋给他的小姑娘，那种懊恼烦躁的感觉有点控制不住。

他没换鞋，而是趁着初栀还没来得及站起来的时候，突然也蹲下了。

两个人面对面蹲在玄关处，即使如此，他还是比她要高上一截。

陆嘉珩抿了抿唇，缓慢开口：“初栀。”

他第一次认真叫她的全名。

不知道为什么，初栀听着有些怕的感觉。

这种感觉就好像是小的时候被老师点名站起来回答问题，或者在家里的时候犯了什么错误，妈妈就会心平气和地叫她的名字，先把她骗过来——“初栀，你过来，妈妈不打你。”

初栀无意识地咽了咽口水，神情有些紧张。

陆嘉珩眼睫微垂，漆黑的眼直直盯着她：“以后不许让别人到你家来。”

初栀张大了嘴巴，仰着脑袋瞅着他：“啊？”

陆嘉珩微眯了下眼：“点头。”

初栀点点头。

陆嘉珩牵起嘴角，似乎终于满意了点：“说好。”

初栀：“噢，好。”

她这副软绵绵的样子看起来实在是太乖了，陆嘉珩从刚刚开始一直莫名其妙的那点不爽就这么简单地消失得无影无踪了。

初栀站起来，走进屋，突然又转过来：“学长。”

“嗯？”

“为什么别人不能到我家来？”

陆嘉珩笑了：“你还想让谁来？”

初栀想了想：“瞳瞳，下个周末想让她来玩。”

陆嘉珩哦了一声，穿着拖鞋走进来：“男生不行。”

初栀松了口气：“我本来就不会让男生随便到我家来呀，我只带你回来的。”

陆嘉珩顿住脚步，肩膀突然一塌。

他站定在客厅中央垂头看着她，长长地吐出一口气来，声音很低，带着点挫败感：“你怎么这么……能磨人。”

初栀完全没当回事儿，语气欢快道：“学长，你是霸道总裁吗？哦你这个磨人的小妖精！”

陆嘉珩：“……”

初栀肚子已经饿扁了，叫了送餐用时最短的一家麻辣香锅，多加土豆和海带结。

外卖一送来，香味飘散，一直紧闭着的里面卧室门被轻飘飘地打开了一条缝。

陆嘉珩把里面的塑料餐盒拿出来放到桌子上，退后一步，腿上碰上了什么热乎乎的玩意儿。

他一垂头，一只猫正站在他脚边，毛茸茸的大尾巴一扫一扫的，毛量很足，“围脖”漂亮，脸上一坨海豹色的毛。

小猫湛蓝湛蓝的大眼睛滴溜溜地瞧着他，小脑袋仰得高高的，奶声奶气地喵了一声。

无论是声音还是那小眼神，都和某个小姑娘一模一样。

初栀拿来了勺子和筷子，一边摇头晃脑地走过来，一边和它聊天：“我回来这么久你都缩在房间里没声音的，一闻着吃的就出来啦？这个你不能吃，这个是辣的，你喵也没用的，不能给你吃这个。”

她说着，放下筷子开了盒罐头放在脚边，那脸上一坨黑的小猫颠颠跑过去，开始舔罐头。

不知道是不是错觉，陆嘉珩觉得这猫舔罐头的时候也有点摇头晃脑的。

他看得觉得有意思，勾勾嘴角，随口问："这猫叫什么名字？"

初栀眨眨眼："你猜。"

陆嘉珩失笑："我怎么猜。"

初栀："他叫你猜。"

陆嘉珩："……"

你猜吃东西很快，初栀和陆嘉珩饭吃到一半，它的罐头已经没了，于是又颠颠地跑过来，蹭着初栀的腿喵喵叫。

初栀也差不多吃饱了，把它抱起来抱进怀里，随手拿了旁边的营养膏拧开，挤出一点来放到它嘴边。

猫咪粉嫩嫩的小舌头伸出来，围着那管开始舔，舔没了就顺着舔舔初栀拿着营养膏的那只手的指尖提醒她，初栀就再挤出一点来给它。

少女笑吟吟的，抱着猫轻声和它聊天，好像这小家伙什么都能听懂似的，那画面神奇得让人心底一片柔软。

餐厅的灯光光线温柔，空气中弥漫着食物的香味，陆嘉珩突然觉得，自己的人生中没有哪一刻比现在更有家的感觉。

他手里捏着筷子抬眼看着对面的小姑娘，那猫突然不舔营养膏了，扭过头来，湛蓝的眼直勾勾看着他。

陆嘉珩视线从初栀身上移开，黑色的眼对上蓝色的眼，你猜突然咧开嘴，朝他喵了一声，哪还有刚刚的萌样子，看起来完全凶巴巴的。

陆嘉珩："……"

初栀惊喜道："它喜欢你！"

陆嘉珩觉得这凶巴巴的样子，怎么看都不像是喜欢他。

果然，下一秒，你猜突然在初栀腿上站起来，扭过身去，用屁股对着陆嘉珩，小脑袋往初栀怀里一扎，扎完了还不过瘾，一拱一拱的，不停地在她怀里蹭来蹭去。

初栀被蹭得有点痒，一边笑一边摸它。

那猫就那么蹭啊蹭，呼噜呼噜地撒了好一会儿娇，直到初栀把它托起来，它才不情不愿地抬头，慢吞吞地转过身来，湛蓝的大眼睛再次看向对面的陆嘉珩。

又是一人一猫隔着一桌子麻辣香锅对视了三秒，你猜示威似的又朝陆嘉珩喵喵叫了两声，然后长了一坨海豹色毛的脑袋傲慢地扭开了，用它的鼻尖蹭了蹭初栀的下巴。

毛茸茸的小爪子突然抬起来，啪叽一下，拍在了初栀的胸口上。

陆嘉珩嘴角扭出了一个毛骨悚然的笑容，磨了磨牙，声音也像是从牙缝里挤出来的：“它是只公猫？”

初栀正搞不懂为啥这猫今天突然变得这么黏人了，从猫毛里一脸神奇地抬起头来：“是呀，你是怎么看出来的？”

陆嘉珩：“呵呵。”

陆嘉珩和你猜进行了一场旷日持久的激烈战斗。

陆嘉珩吃完推了椅子，人刚站起来，只见电光石火之间，你猜奋力一跃，直接跳到了沙发扶手上，毛茸茸的大尾巴颇为有气势地来回一扫一扫，湛蓝的猫眼盯着面前的人，喵呜一声，看上去蓄势待发。

陆嘉珩不屑地轻笑了一声，懒洋洋地抬手，按着那颗像是被糊了一脸的海豹色小脑袋轻飘飘一推，把它推倒了。

你猜从沙发扶手上摔下来，四仰八叉地栽倒在沙发上，愣了一秒钟，飞快地反应过来，蹬着腿一骨碌爬起来，继续冲着陆嘉珩龇牙咧嘴。

它大概是觉得自己刚刚低估了对手的战斗力，没有想到敌人竟然如此强势，这次，它半蹲下，肉乎乎的身子扎扎实实地定在沙发上。

陆嘉珩俯身抓着它的两条前腿，轻微使力，毫不费力就把它抓起来了。

你猜直接被提起来，悬在对手面前，不甘心地胡乱蹬着腿。

陆嘉珩上上下下扫了它一圈，侧了侧头：“这猫绝育过了？”

初栀刚好从厨房进来，给陆嘉珩倒了杯果汁放到茶几上：“除了在有资格证书的猫舍买种猫，不然布偶都要绝育以后才可以接回家里来的，或者主人自己带去绝育，然后提供直播视频。”

陆嘉珩看着手里活蹦乱跳的小东西挑眉，笑得有些恶劣，还有点幸灾乐祸：“哦。”

你猜疯狂地在他手里扑腾着：“喵喵！”

陆嘉珩仿佛找到了乐趣似的，逗着你猜玩了一会儿，把那猫气得直咬他。

临近九点，陆嘉珩帮忙把外卖的盒子都收起来装好，准备走人。

初栀把人送到门口，还是没忍住问："那你上去睡哪里呀？"

陆嘉珩也沉默了，站了一会儿，干巴巴道："卧室装好了。"

初栀瞪大了眼睛，完全想不到那个看起来惨不忍睹的房子里卧室达到了装好了能住人的水平。

她点点头，随口问了句："有被子的吗？"

陆嘉珩："……"

初栀："……"

"枕头呢？"

"……"

"床？"初栀试探性问道。

"有床。"陆嘉珩立刻回答。

初栀叹了口气："学长，你今天晚上打算睡木板吗？"

陆嘉珩没说话。

其实他原本打算睡酒店。

见他好半天没说话，初栀以为他默认了，再叹，很有家长风范地朝他摆了摆手："你等一下。"

她说着走进屋，过了一会儿又出来了，手里捧着一床被子，还有一个枕头。

小姑娘小小一个，松软的被子上面叠着枕头，一直到她鼻子左右的高度，她整个人都被藏在了被子和枕头后面，只留出一双眼睛来。

走近了他才看清，是两床被子，一层薄的和一层厚的，大概是分冬夏季用。

她晃晃悠悠地捧着几乎人高的被子走到他面前，陆嘉珩伸手接过来，初栀抱过来像是捧了一坨铁饼，他抱着像拿棉花。

初栀把被子都塞到他手里，还正了正上面的枕头："被子和枕头都是我的，不过被单和枕套都是新换过的，你别嫌弃。"

陆嘉珩垂眼，怀里抱着的被子和枕头软乎乎、暖烘烘的，粉白色的被单，上面是印花的小动物，边角花边毛茸茸的，布料柔软，带着淡淡的洗衣液香味，还有一点点香草的味道。

他扬眉，看着她缓缓道："不换也可以。"

初栀耳朵又开始发烫了。

她抬手搓了搓耳朵，小声嗫嚅道："不换不行的……"

陆嘉珩轻轻笑了一声，怀里抱着被子和枕头：“行，谢谢。”

初栀探身过去，帮他开了门，鹿眼亮晶晶的，笑得弯弯的：“学长晚安。”

十月的风有点冷，楼道的窗开着，穿堂风呼啦啦地灌进来。

陆嘉珩抱着粉粉白白的被子，站在门口垂着眼，长睫低低覆盖下来，看起来莫名有些乖，像是某种凶猛的大型动物被驯服了似的，眼神柔软又无害。

他安安静静看了她一会儿，老老实实地点点头：“晚安。”

初栀是被开门声和说话声吵醒的。

她这一觉睡得很沉，出去玩了几天也确实是累了，一大早，卧室外传来说话的声音，你猜喵喵叫着轻巧地跳上床，拿鼻子蹭着初栀的脸。

初栀闭着眼迷迷糊糊地推它，这猫被养得太好，胖得几乎快让人推不动，初栀眼睛不情不愿睁了条缝。

她还没坐起来，卧室门被打开了，邓女士从外面进来，身上还穿着波西米亚风长裙，不知道去哪里玩了，晒得肤色健康得过了头，依然十分有精神的样子。

只是此时，邓女士大惊失色：“宝贝，妈妈的被子和枕头去哪里啦？”

初栀打着哈欠，双手撑着床，慢吞吞地坐起来。

她还没睡够，懒得说话的样子，抓着被角晃了晃身上盖着的被子，示意她在这里。

邓女士咦了一声：“那你的被子呢。”

初栀揉着眼睛：“唔……”

她慢吞吞地唔了半天，还没说出话来，门铃响起。

初栀继续揉眼睛，又打了个哈欠，眼眶里全是水汽。

三秒钟后，她唰地放下手，瞪大眼睛，看看站在床边的邓女士，人清醒了一半：“妈？！你们回来了？”

“早上回来的呀——”

初栀没听完她说什么，飞快地蹦下床，连拖鞋都来不及穿，光着脚丫啪嗒啪嗒踩在地板上，飞也似的跑出房间，伴随着惨烈的号叫：“爸——”

初父那边衣服也没来得及换，手里拿着个水杯站在门口，伴随着她的号叫声，几乎是同时打开了门。

陆嘉珩手里抱着粉白色坠着花边的被子和枕头，站在门口，和初父对视。

两个男人大眼瞪小眼，面对面互相看了十秒钟，没有人说话。

二十秒钟后，初父将手里的水杯举到唇边，不紧不慢地喝了口水，友善道："小伙子，我们不买。"

初栀："……"

她还没来得及反应，初父咣当一声，把门关上了。

一回头，初父就看见瞪大了眼睛站在客厅呆若木鸡的少女："起来了？去把鞋穿上再出来，地上凉。"

初栀哆哆嗦嗦地道："爸爸爸爸……刚刚那个是……"

初父乐呵呵的："没事儿，推销的吧，现在床上用品都有这种上门推销的啦？你别说，那小伙子长得还挺帅，有点我当年的意思。"

初栀有点一言难尽，不知道怎么解释，干脆直接走到门口，犹豫了一下，重新打开了房门。

陆嘉珩还没走，保持着刚刚的那个姿势站在门口，一脸若有所思的样子。

听见开门声，他转过头来。

初栀觉得有点尴尬，胡乱捋了两把被她睡得乱糟糟的头发，对于刚刚自家老爹把人家当成推销的关在门外这事儿不好意思极了。

初栀思索再三，刚要说话，陆嘉珩垂眸扫了她一眼，平静道："去把鞋穿上，地上凉。"

初栀："……"

这么一会儿的工夫，初父已经进卧室里把拖鞋给她拿过来了，一看门又开了，他咦了一声，十分耐心地看着陆嘉珩："小伙子，我们真不买，你走吧。"

初父走过去，把拖鞋放到初栀脚边，直起身来，咣当一声，又把门关上了。

初栀："……"

陆嘉珩："……"

关于这件事情，初栀完全不知道要怎么解释，最后还是陆嘉珩反应快，说他是楼上的邻居，看见下面晒着的被子掉了，帮忙捡上来的。

初栀小鸡啄米似的点头："对对对，我昨天晒的。"

初父像个傻白甜一样一脸恍然大悟的样子，还跟陆嘉珩道歉。

邓女士却一脸疑惑："你怎么知道这被子是我家的？"

初栀紧张极了，虽然她也不知道自己为什么紧张，明明她什么亏心事都没做，也不知道为什么自己下意识就配合着他说了谎，明明她——

什么亏心事都没做……

陆嘉珩表情丝毫没变，平静到找不出一点破绽，他微微一笑，淡定道："不知道，我一户一户问上来的。"

住在十六楼的初栀："……"

接下来的几天时间，初栀全部用来宅在家里看电影、看小说、吃零食打发度过。

十一结束，开学的前一天晚上，她回了学校。

薛念南也带了吃的回来，初栀带了满满一盒的红烧排骨，几个人晚上叫了奶茶和炸鸡，吃了顿丰盛的晚餐，开始边搓麻将边聊天。

林瞳讲到她们去苍岩山的时候索道停在半空中三个多小时的事情，顾涵一手捏着个旺旺雪饼一手码牌，听得表情一惊一乍的。

薛念南一直没说话，就又吃又碰地码了一排，林瞳说到"粉水杯"也跟着她们一起去了苍岩山的时候，她顺手摸了张牌，终于啊了一声。

初栀眨眨眼："你自摸和了？"

薛念南摇摇头："我只是突然想起来，我今天下午去学生会的时候，又看见你那个'粉水杯'了。"

顾涵比较不在意，随口道："怎么了，他又被他爸骂了？"

"不是，我看见他被一个美艳惊人的大胸小姐姐要微信号。"

林瞳算是看初栀和陆嘉珩互动比较多的，看了一眼初栀，不确定地问："他给了？"

"没给，他说——"薛念南清了清嗓子，声音压低了点，懒洋洋地拖腔拖调模仿道，"'不行啊，我有女朋友了。'"

薛念南不愧是学霸，学习能力无与伦比，无论是言语表情还是语音语调都十分到位，把陆嘉珩的那副散漫样子几乎学了个八九不离十。

顾涵本来以为这帅哥小学长是对初栀有点什么特别意思的，听她这么一说也有点惊讶，下意识看了初栀一眼。

果然，初栀捏着一张牌的手顿住了，一脸完全呆滞的样子。

下一秒，她瞪大了眼睛，手指就那么抖啊抖的，表情看起来甚至有些惊惧了。

顾涵觉得还挺纳闷的，难不成这是伤心欲绝了？

可是她们也没觉得她喜欢这“粉水杯”呀。

只有林瞳不太相信的样子，有点讶异，扭头问道：“他是这么说的吗？”

薛念南点点头：“千真万确。”

林瞳一脸若有所思，没再说什么。

十一过后，没两周就是运动会。

大学的运动会比初中、高中的都要随意很多，也并不需要每个班里每个人都到场，不过毕竟是步入大学第一年第一次参加，大一新生们对于运动会的热情还是很高涨的。

萧翊和薛念南分别负责男生和女生组的报名，男生组还好，基本每个项目都有人报名，女生组相对来讲就困难许多了。

女孩子们对运动项目没什么热情，比起在十月中旬的秋日骄阳下在塑胶田径跑道上汗流浃背地撒丫子狂奔，她们更想化个两个小时的妆，优雅地打着一把小阳伞坐在赛场旁边欣赏学长以及男同学们新鲜的肉体和满场飘散的荷尔蒙。

那一个礼拜里，广告班的全部女生看见薛念南比看见高中教导主任跑得都快，说是避如蛇蝎也完全不为过。

别的同学避得开，初栀、林瞳和顾涵是完全没办法的了，三个人肩负着广告二班女子组成绩一大半的未来，晚自修的时候甚至还被辅导员表扬了。

初栀报了二百米和接力，接力赛男女混合，一男一女穿插，一共四个人，每人一百米。

初栀报名的时候，所有人看着她的小短腿都还挺怀疑的，体委笑得前仰后合的，坐在萧翊的桌子边看着她：“不是我说，小白兔，你这看起来就软绵绵的能跑吗？接力还是挺需要爆发力的。”

“小白兔”眨眨眼：“能呀。”

大家都笑嘻嘻的，也没当真也没信，就当玩儿了。

结果运动会那天，初栀一个女子二百米预选赛跑完，全班都鸦雀无声了。

初栀被分在第八道，枪声响起，少女嗖一下就蹿出去了，仿佛脚下生风，瞬间就把身后的其他人甩开了老远的距离。

她穿着一套白色的运动服，脚上一双小白鞋，软软的长发高高扎成马尾，随着她的步子在脑后晃来晃去，看上去真的就像是一只动作敏捷的小白兔。

“我的个乖乖哟，”周明目瞪口呆，看着那道白色的影子闪电似的一晃而过，抬手拍了拍旁边萧翊的肩膀，话里有话，“班长，你这小妹妹一般人追不上啊。”

萧班长正在做男子四百米的热身运动，没说话，咧嘴朝他笑了一下，下了看台往检阅处跑。

温柔又有些腼腆的大男孩此时换上了运动装，露出流畅的手臂肌肉线条，和平日里给人的形象截然不同，雄姿英发朝气蓬勃，浑身上下都充满了无限的自信。

看台上女孩子们的视线就自然而然被吸引了，顾涵撑着下巴摇头晃脑：“我以前怎么就没发现班长竟然还有这种别样的健气少年感呢？”

薛念南推了推眼镜：“这就是运动的魅力啊。”

初栀二百米预赛刚结束，正好往回走，和萧翊在下面打了个照面，“小兔子”看起来完全没有累的意思，气都不喘，应该是刚才那么快的速度跑完身体甚至还处于亢奋状态，她原地蹦了两下，跳着跟萧翊击了个掌。

周明站在看台上，趴在铁栏杆上冲着他们俩站的方向长长地吹了个流氓哨。

顾涵迅速站队：“其实我觉得班长比‘粉水杯’好啊，看着就是对女朋友好的类型，那‘粉水杯’看着就不像是专一的人。”

她们此时都趴在看台前面的栏杆上，顾涵看着初栀那边的方向说完，身边就传过来一道懒洋洋的男声：“我很专一的。”

顾涵吓得差点叫出声来。

她猛地跳起来后退了两步，陆嘉珩正趴在她旁边的栏杆上，单手撑着下巴，懒懒散散的样子。

他也没看她，视线落在不远处跳着和萧翊击了个掌的少女身上，小姑娘笑得弯着眼，高大的男生站在她面前，她可能是脸上沾到了什么东西，少年抬起手来，朝她嘴角的位置指了指。

从这个角度看，他食指指尖几乎贴上少女的嘴角。

陆嘉珩眯了眯眼。

顾涵此时终于缓过劲儿来，心惊肉跳道：“学……学长？你什么时候过来的？”

“就刚刚，你说到班长比‘粉水杯’好的时候。”他漫不经心道，视线依然半点没偏，看着下面的小姑娘蹦蹦跳跳地跑回来了，轻快地爬上看台，被体育委员一巴掌拍在肩膀上：“行啊你小兔子！你这跑起来真的像兔子一样啊！”

体委人高马大，看起来十分结实，力道控制得也不怎么精准，初栀被他拍得后退了一步，也没怎么在意，依然笑嘻嘻的。

陆嘉珩又眯了眯眼，依然没骨头似的趴在栏杆上看着。

那个体育委员又拉着初栀说了会儿话才走，初栀走过来，一侧头就看见最前面立在那里的陆嘉珩，眨眨眼，有点意外：“陆学长早。”

陆嘉珩没穿运动服，依然是他平时穿衣服的风格，而且初栀觉得他看起来也不像是热衷于参加运动会的人。

他没说话，趴在看台防护栏杆上面，侧着头看着她，薄薄的唇微微抿着。

那眼神有种别样的意味，就像被人戴了绿帽子似的，说不出的诡异。

十一过后，初栀确实没再见过陆嘉珩了。

A 大校园那么大，两个人一个大一一个大三，又不同系，平时活动范围差得也远，在学校还真的不怎么碰得见。

除了有天在体育馆附近看见他一次，当时程轶正在跟他说话，男人垂着头往前走，初栀以为他没在听的时候，却看见他突然扬唇抬起头来。

陆嘉珩当时正要说话，却刚好看见她站在对面。

初栀站在原地犹豫了一下，觉得还是不打扰他们比较好，最后深深地看了程轶一眼，心情复杂地转身走了。

她虽然对程轶不太了解，但是接触下来觉得这位胡萝卜学长实在不太像个女装大佬。

初栀突然想起以前好像翻到过一个鸡汤微博，里面有一条大概的意思就是：你现在看到的每一个人的样子其实都是伪装的，最真实的一面只有在心爱的人面前才会展露出来。

初栀想了想，开始觉得这矫情的鸡汤可能还是有点道理的。

也许程轶和学长独处的时候就是喜欢穿小裙子呢！

在爱情面前，任何牺牲都可以是甜蜜的！

初栀这边自己脑补出了一脸的大彻大悟，脑内排练了三百场戏，并且成功地被程轶的深情打动了。

她觉得这爱情真是太凄美了！

初栀回过神来，侧头瞧了瞧陆嘉珩身后，没看见人，忍不住问道："学长，程轶学长怎么没跟你一起来啊？"

陆嘉珩刚刚目睹了小姑娘被人又击掌又戳嘴角又拍肩膀的，现在见了听了哪个异性都觉得不爽，眼皮子一垂，唇线抿着，脸色看起来黑了点："嗯，他没来。"

初栀敏锐地感觉到了他的情绪波动，眨眨眼："你们吵架了吗？"

陆嘉珩一愣："什么？"

初栀仔细斟酌了片刻，试探性问道："他不肯穿吗？"

陆嘉珩迷茫地眯了下眼睛。

初栀四下看了一圈，走到看台最边缘没人的地方，陆嘉珩直起身来，跟着她走过去。

小姑娘往上多上了一级，人一下子就拔高了好大一截，纵向距离和他拉近了，开始温声细语地给陆嘉珩灌鸡汤。

她到底都说了些什么，陆嘉珩一句都没听见。

她刚跑完步回来，虽然看起来体力没怎么消耗，不过额头上还是带着薄薄的一层汗珠，高高束起的长发中也有几缕碎发从橡皮筋里跑出来，随着风晃啊晃。

一缕黏在脸颊边，发梢细细地扫在她的嘴角，嫣红柔软的唇瓣扫着那缕碎发发梢。

十月上午的阳光温柔又澄澈，远处的赛道上不知道又有什么比赛，枪声砰的一声传过来。

初栀舔了舔唇瓣，做出总结：“所以，学长，你要大度一点。”

这句话，陆嘉珩倒是听见了。

他低垂着眼看着她，目光幽深，直直盯着她的唇瓣，随口嗯了一声：“怎么大度？”

初栀想了想，慢吞吞地说：“就有些不重要的事情好像也不用太在意——”

“都很重要。”

陆嘉珩突然打断她道。

初栀还没来得及反应。

他突然抬起手来，拇指落在她的嘴角，指腹顺着嘴角缓慢地蹭到下唇中间，柔软湿润，温凉的触感。

那一缕始终不老实的发丝隔在唇瓣与指腹之间，沙沙地随着他的动作摩擦而过。

陆嘉珩视线从她的唇瓣上缓慢移上去，对上那双瞪得大大的，已经呆滞了的清黑鹿眼。

他声音有点哑，低低沙沙的，却又清晰柔软，语速很慢，尾音平滑低缓：“这些事情都很重要，你想要我怎么不在意、怎么大度？”

初栀：“啊？”

陆嘉珩垂手，眼神十分温柔，看起来似乎是已经自顾自地陷入了某种情绪里：“嗯？”

初栀抬手蹭了蹭嘴唇，有点茫然：“你说啥呢？”

陆嘉珩：“……”

初栀站在检录处发呆。

下午，各个项目的决赛结束，最后是接力。

初栀的女子二百米最后拿到了第二名，和第一名也只差一点点，她被安排在女生第一棒。

接力赛大概是最受大家关注的比赛之一了，几个人围在一起听着体育委员传授接棒的小技巧，初栀微垂着头，不知道在想什么。

忽然，她抬起手，指尖碰了碰自己的嘴角。

软软的触感，上面似乎还残留了谁手指上的温度和味道。

两个人面对面的时候好像没觉得什么，人一走，她就开始有点奇怪。

嘴唇上的皮肤薄薄的，又敏感，他的手指温度很低，凉凉的，贴合着发丝摩擦有种丝丝沙沙的感觉。

初栀迷茫地感受了一下自己的心跳，觉得是不是刚刚二百米的时候跑得太快了，怎么心率这么久了还是有点不正常？

接力赛差不多快要开始，初栀调整了一下呼吸，又摸了摸有点烫的耳朵，感觉状态差不多了，一回身，又远远对上一双漆黑的眼。

陆嘉珩站在检录处斜后方看台下面，背靠着看台墙壁，歪着头看着她。

初栀缩缩脖子，耳朵又开始发烫。

她视线一顿，还没来得及反应，有人在喊她。

那是一道清亮的少年音，干净又明澈："姐姐！"

初栀回头，原辞一路小跑过来，朝她挥了挥手。

程轶一大清早被陆嘉珩两脚踹醒，不情不愿地赖到中午，慢吞吞洗了个澡才人模狗样地爬出门。

等他人出来，陆嘉珩早就不见影子了，电话打了两三个，那边才接起来。

程轶站在宿舍楼楼下，插着腰对着电话，像个泼妇："陆嘉珩你大爷啊，你把我踹起来了自己干屁去了？"

陆嘉珩懒洋洋道："参加运动会啊。"

程轶呆了，没反应过来："啥？"

"运动会。"

"运动会？"

"嗯。"

程轶假惺惺道："哇，少爷，你太棒了啊，这可真是积极、阳光、活力、热情的人生啊！"

陆嘉珩没搭理他，突然陷入了沉默。

程轶也没在意，挂了电话往运动场那边走。

结果一进门就看见陆少爷站在看台下的一片阴影里，正暗暗地看着某处，面无表情，目光阴郁。

程轶顺着他的视线看过去，乐了。

陆少爷家的软妹穿着一身清新可爱的白色小运动服，正跟一少年说话，笑得可爱极了。

再看看陆嘉珩，脸色好像更差了。

程轶笑容十分灿烂，心情挺好，嘚嘚瑟瑟地走过去了：“哟！少爷，这么巧啊！”

陆嘉珩看都不看他，眼睛长在了初栀身上。

半晌，他低低啧了一声，看起来已经极度不爽了。

程轶看得新奇：“阿珩，您这妹妹有点抢手啊。”

陆嘉珩冷淡道：“还不止。”

他说着，又想到什么，皱了皱眉。

程轶一挑眉：“你就这么看着，人也不会自己跑过来，你要先下手为强，奋勇直追啊，太子殿下。”

陆嘉珩轻飘飘瞥了他一眼，竟然也没否认，舔舔嘴角：“你会追？”

程轶就沉默了。

要说撩妹，他肯定是会的，并且能写出一套真题全解带详细解析答案的那种。

但是追姑娘和撩妹，这完全是两回事儿了，认认真真追小姑娘这档子事儿和他们这群人完全是八竿子打不着边儿的。

撩妹和调情的那些招数程轶不敢说，毕竟兄弟这次好像是认真的，可能会被他打死。

程轶也很认真地想了想，结合着自己对初栀不多的了解分析了一下：“我觉得，你栀妹妹这种类型，太委婉的说法应该是没什么用的，她很有可能听不懂。”

陆嘉珩心道这不用你说，我今天已经知道了。

“所以你要直白点，直截了当地让她知道你喜欢她，”程轶顿了顿，依然有点不确定道，“你真喜欢她啊？”

陆嘉珩没说话。

程轶仍然不死心，或者说有点难以置信：“真喜欢她啊？”

那边接力赛已经开始了，枪声响起，少女几乎是同时嗖的一下蹿出去，唇瓣微微抿着，长发一晃一晃的。

她下一棒是上午又击掌又差点戳到她嘴唇上那男生，两个人一个一边往前跑一边接，一个递送上去，配合极其默契，暂时位列第一位。

陆嘉珩抿着唇，黑眸微抬了下，忽然开口："怎么直白？"

程轶："……"

"怎么算直白？"

陆嘉珩认真地觉得自己之前的行为已经足够直白，以前他甚至连话都不用说，都是女孩子自由发挥的。

程轶按了按太阳穴，头疼道："别吧少爷，要手把手教地吗？约出来玩，告白，也别光用说的，要让对方看见你的诚意，用实际行动让她感觉到你有多喜欢她。"

他说到这里，程轶又忍不住多问一句："你到底多喜欢这姑娘啊？"

陆嘉珩想说，不知道，又想说，没多喜欢。

话在嗓子里滚了两圈，他却不知道为什么，说不出来。

广告二班运动会拿了个不错的成绩，体委领了奖金回来又询问了得到名次的，最后决定拿着这笔钱大家一起出去吃一顿。

辅导员也是个刚走出大学校园的年轻人，带的头一届学生，看他们兴致高涨也大手一挥，豪迈表示钱不够回来找他，他给报销。

众人欢呼一声，撒丫子跑到自助烤肉店，占了最里面一整排的位置，吃到商家快要哭了。

运动会过后没两周，初栀随便进的打酱油的话剧社也开始忙起来。

十二月初，A大校庆，话剧社例行是要出节目的。

初栀原本以为，自己作为一个打酱油的新人在幕后帮帮忙、打打杂，就可以继续做她的小透明，结果第二天，社长大人开会的时候笑眯眯地朝她招招手："姐姐，你过来一下。"

初栀已经习惯了原辞叫她姐姐，放下手里的道具走过去："学长，怎么了？"

"八爪鱼"他们也习惯了这两个人日常一个"姐姐"一个"学长"，无限的吐槽欲望被万能的时间消磨，几个月下来甚至觉得还有点别样的趣味。

原辞递了个剧本过去，初栀接过来。

原辞咧嘴一笑，小虎牙白亮亮的：“姐姐，你演不演女主角？”

初栀瞪大了眼睛。

原辞抓抓鼻子，一脸拜托拜托的表情：“姐姐，你不演的话，女主角就得我演了。”

初栀眼珠子都快瞪出来了。

她觉得自己之前十八年的人生明明都挺正常的，为什么一个大学上过来，女装大佬这个词就开始频繁地出现在她的世界里，都快成为她生活中的一部分了。

旁边的“八爪鱼”闻言，又一把抱住了原辞，开始声情并茂地号叫：“辞郎！女主角不好吗？！去年你不也演了贝儿公主吗！反响不是很好吗？！”

他演技卓越，连眼珠子都红了，撕心裂肺地表达着爱意，场面一度十分刺激。

辞郎抬手毫不留情地拍开他，假笑道：“我再也不想跟你谈恋爱了。”

“八爪鱼”松了手，一脸意味深长：“哦，你想跟别人谈了。”

原辞不搭理他了，眼巴巴地看着初栀。

初栀以前从来没演过节目，初中高中班级组织的类似这种节目里她也没演过活的东西，初栀拿着剧本，有点不知所措：“我可以吗？我只高中的时候演过一次话剧，没什么经验……”

原辞眼睛亮了亮：“演过就行啊，已经很厉害了，我高中都没演过话剧。”

“真的吗？”

“真的啊，”原辞朝她鼓励似的笑笑，“姐姐演过什么？”

初栀大喜道：“盆栽。”

原辞：“……”

“八爪鱼”：“……”

准备时间不多，十一月走得飞快，秋天转眼间就要过去了。

初栀这剧本的女主角有大量的台词，初栀感觉自己生平第一次被委以重任，整个话剧社的荣耀一半压在她身上了，她完全不敢懈怠，每天一下课就往话剧社跑，恨不得把自己分成两份来用，一份吃饭上课睡觉写作业，一份背台词。

她的同学们也都很忙，萧翊甚至已经开始准备找寒假的实习公司了，用他的话来说，这些东西一定要早早积累，也要尽量在实习期就做出一点东西来。

每天不务正业的似乎就只有陆嘉珩。

运动会过后，陆学长好像比以前更闲了，三天两头就不知道从哪里冒出来一下，有时候就打个照面刷一下存在感，偶尔会给她带一支冰激凌，往女生寝室楼下那么一站，不顾四面八方过来的各种视线旁若无人地等着她下来。

初栀不要，他就一律用“多买了一个，吃不下，你不吃也要丢”作为理由。

前几次初栀都是一个人被叫下去，顾涵她们就偷偷趴在阳台上围观，后来有一次几个小姑娘刚好准备去图书馆，就一起下去了。

陆嘉珩靠在墙边树下，闲闲散散的样子，看见初栀出来，微微勾了下唇。

初栀走过去，皱了下眉：“你又买多了冰激凌吗？”

陆嘉珩轻轻笑了一声：“是啊。”

林瞳她们没过去，往前走了一段等，过了一会儿，初栀拿着个冰激凌回来。

顾涵觉得有点无法理解了：“这人到底怎么回事啊，他不是有女朋友的吗？”

林瞳在旁边懒洋洋地打了个哈欠：“没有啊，我问他朋友，”她顿了顿，看向初栀解释道，“就是程轶。”

顾涵扭过头来，一脸惊异：“咦，没有吗，可是上次阿南不是听见他说自己有女朋友了吗？”

林瞳笑嘻嘻道：“谁知道啊，可能是这样那样的原因，就不想给别人号码呗。”

初栀走在旁边安静地听着，慢吞吞垂头撕着冰激凌的包装纸。

撕到一半，她突然停住脚步，小幅度回了下头。

陆嘉珩还没走，依然靠在那边，垂着头，在按手机，整个人看起来懒洋洋的，有点吊儿郎当。

初栀舔舔唇，犹豫了一下，把手里的冰激凌塞到林瞳手上：“你们先去帮我占个位置，我一会儿过来。”

顾涵抬手：“哎，你干啥去啊？”

林瞳啪的一下，抬手拍掉了她的手。

初栀没说话，转身往回跑。

她寝室楼下刚好有个奶茶小铺，初栀跑过去要了一杯热的乌龙奶盖，时不时回头看看不远处的人走没走。

他一直在垂着头按手机。

又过了两分钟，他把手机揣进口袋里，终于站直了身子。

初栀有点着急，不停地催着："阿姨阿姨，麻烦快一点！"

卖奶茶的阿姨连忙扣好盖子，初栀也等不及装袋了，直接接过来飞快道了谢转身就跑，陆嘉珩已经往前走了一段，初栀追着他喊了两声。

陆嘉珩回头。

初栀连忙跑过去，站到他面前。

他似乎完全没想到她会回来，有点讶异的样子。

初栀长长地出了口气，略微调整了一下呼吸，仰起头来看着他。

北方的十一月底，天气又冷又干燥，小姑娘穿着厚厚的毛绒外套，帽子上面缝着两条长长的兔子耳朵，帽子前面还坠了两颗小毛球，整个人看起来就暖洋洋的。

圆圆的鹿眼看着他，她也没说话，手臂高高举起来，把手里的乌龙奶盖递到他面前。

陆嘉珩一怔，没接。

初栀微微踮了踮脚，把手里的乌龙奶盖又举高了一点。

她抿了抿唇，认真地看着他，语气有点严肃，像是在跟调皮的小朋友讲道理："学长，现在天气这么冷，你不要再吃那么多冰激凌了。"

陆嘉珩虽然叱咤江湖多年，狐朋狗友众多，然而真的交心的朋友，其实也就那么几个。

发小的话程轶算一个，一个美利坚给自己镀金花边儿去了，还有一个比他们都小，但是性格恶劣程度完全不输，两个人相看两生厌十几载，属于有事儿少联系，过年过节也不忘互相给对方烧个纸钱的关系。

但是她算是陆嘉珩唯一的女性朋友。

女孩子分析女孩子，肯定怎么也比程轶那屁比话多的靠谱。

是以，陆嘉珩拉下老脸，从通讯录里一大堆都不知道是哪位小姐姐的ABCD里翻出那个蒙尘的微信，想了想，问她："如果我现在要追你，你想要什么？"

"想要你立刻嗝儿屁。"林语惊秒回道。

陆嘉珩瘫回懒人沙发里，手机往桌子上一丢，冷笑了一声，觉得自己可能是脑子被门给挤了，想起来问这个人。

陆少爷选择百度。

论坛上其实有些话看起来还挺有道理的，比如说追女孩子要有耐心，不能上来就一个猛子扎过去，腼腆的可能会被直接吓跑。

简单来说，就是要循序渐进，要潜移默化，要投其所好。

先让她适应你，习惯你的存在，对你产生好感和依赖。

甚至还有类似于每天都给她送什么东西连续多少天，然后突然有一天搞个失踪看看她的反应这种骚操作。

投其所好，潜移默化，循序渐进，要有耐心。

陆嘉珩确实对初栀的喜好知之甚少，唯一知道的，就是她真的喜欢吃可爱多。

终于，他等来了一杯乌龙奶盖。

陆嘉珩垂手接过来，暖融融的一杯烫着掌心，把刚刚看短信时那点负能量全部驱散了。

他垂眼，指尖摩擦着纸杯杯壁，语速很慢，意有所指："你回来，就为了给我送这个？"

说完，陆嘉珩忍不住偷偷地扬起嘴角。

初栀点点头，又犹豫了一下，抬眼问道："你没有女朋友？"

陆嘉珩愣住："我什么时候有的女朋友？"

"那——也没有男朋友？"初栀有些艰难地开口。

陆嘉珩太阳穴一跳，深吸口气，有点无奈："小栀子，我不喜欢男人。"

初栀了然："我知道的，你喜欢——"

"不喜欢。"陆嘉珩没听她说完，面无表情地打断了，"我那天在火车站瞎说的，假的，我不喜欢。"

初栀眼睛瞪大了点，不知道为什么好像松了口气，肩膀一塌，又突然觉得有点心虚，也不知道自己在心虚些什么。

偷偷看了陆嘉珩一眼，结果他刚好也在看着她，初栀不知道他是不是一直在看她，总之四目相对，偷瞄一瞬间就被抓包了。

初栀一愣，这下视线挪开也不是，不挪也不是。本来天气就冷，她鼻尖冻得有点红，这下连耳朵都红了，脸蛋却白白嫩嫩的，像个小雪人。

陆嘉珩看着她手足无措的样子，眉梢微挑："你怎么不继续问了？"

初栀垂下头去，声音低低的："问什么……"

陆嘉珩垂眸，那颗小脑袋一点点埋下去，他也跟着微微俯身靠近了点："问问看我有没有喜欢的人？"

初栀不说话。

陆嘉珩就舔着唇勾起嘴角，笑容看起来有点恶劣，声音却越发低柔："问问看那个人是谁？"

初栀慢吞吞地抬起头来："你有。"

陆嘉珩一愣："嗯？"

初栀继续慢吞吞道："你谁都喜欢。"

她声音很低，又垂着头，陆嘉珩没听清楚。

十一月底天气有点冷，在外面站了一会儿，初栀手已经有点僵了，她手指往袖子里缩了缩，指尖藏进袖口里。

眼前突然出现一只手，捏着个奶茶杯子。

陆嘉珩又把乌龙奶盖递还给她。

初栀抬起头。

他直起腰来："懒得拿了，你一会儿再给我。"

初栀哦了一声，接过来。

饮料还热乎乎的，初栀双手贴在上面，一点点暖和起来。

于是之前的话题中断，两个人一起往图书馆方向走。

小姑娘好像又陷入了自己的小剧场里，明显是一副不在状态的样子，就跟着他一路往前走，直到走到图书馆门口，她眼睛直勾勾地就要进去。

陆嘉珩抬手，一把抓住她毛绒外套帽子上面的兔耳朵，把人拖回来了。

初栀像被拎小鸡似的拖回来，回过神来，仰起脑袋，一脸茫然。

陆嘉珩朝她伸出手来："还我。"

初栀依然茫然："啊？"

他的手白皙好看，手指修长，掌心摊开在她面前抖了抖，执着地重复了一遍，像个讨糖吃的小朋友一样："乌龙奶盖，还我。"

"……"

初栀一进自习室就看见顾涵在朝她疯狂招手。

周五下午人比起平时要稍微少一些，下午没课的基本这个时候都回家了，林瞳她们坐在角落里的长桌上，最靠窗的位置空着。

初栀整了整刚刚被陆嘉珩拽歪掉的外套帽子，走过去坐下。

她往外抽出书时，顾涵那边脑袋就伸过来了。

她像是听到了什么神奇的八卦一样，两眼冒着光，极其兴奋地看着初栀。

初栀上次看见她这种表情，是她手里捏着一把塔罗牌要给自己测和萧翊的缘分指数有多少的时候。

果然，顾涵清了清嗓子，表情神神道道的："我栀，我感觉你的星盘出现异象，跟感情方面有关，恐怕你这一宫已经出现了什么异动。"

初栀大惊失色。

顾涵继续道："赶紧，把你现在脑海里出现的第一个名字告诉我。"

初栀吞了吞口水："吴彦祖。"

顾涵充耳不闻："对，没错，你的感情宫里突然冒出了一只粉色的水杯！"

初栀："……"

顾涵再接再厉，一边翻着白眼一边抖腿："我栀，这个'粉水杯'对你的感情很深啊。"

初栀脱掉外套挂在椅子上，不怎么在意的样子。

初栀对于陆嘉珩的第一印象其实有一点点差。

当时校园门口，男生懒洋洋地站在路边，那女生来跟他要号码的时候，他看都没怎么看人家。

轻飘飘扫了一眼，号码就给了。

初栀觉得，女孩子主动和喜欢的男生要号码，是一件很需要勇气的事情，那么男生无论是给女孩子号码还是拒绝，都应该给对方一点起码的尊重，不应该是这样随随便便，完全没把人当回事儿似的态度。

初栀军训打架罚站那会儿，陆嘉珩经常会往操场这边逛逛，初栀也无意间看到过几次女孩子去要微信什么的。

反正是长得好看的，他全给了。

后来接触多了熟悉起来，初栀觉得这个人其实挺好的，除了对女孩子习惯性轻佻，有点负心汉的意思。

顾涵那边还在翻着白眼抖腿，压低了声音神秘道："我栀，我感受到了！'粉水杯'的波动相当强烈。"

初栀歪了歪头，凑近了点，平静地看着她说："涵涵，你斗鸡眼了。"

顾涵："……"

酒吧灯光昏暗暧昧，柔软的半圆形卡座里三三两两坐着几个人。

陆嘉珩把了个边儿，整个人吊儿郎当懒洋洋地瘫在沙发里，长腿架在前面的茶几上，手里捏着杯奶茶。

耳边音乐声和喧闹声轰隆隆的，他戴着耳机，仿佛没受影响似的，直勾勾看着某处发呆。

旁边坐着的一男一女抢着个杯子在那里你喂喂我我喂喂你，吵吵闹闹间，男人被推了一把，没稳住，人往陆嘉珩这边倒。

陆嘉珩正发着呆，男人突然一下撞过来，力道不小，他没稳住，整个人被撞得往旁边一斜，一只脚落了地，手里的半杯乌龙奶盖脱手而出。

奶茶的纸杯子掉在暗色地面上，轻微一声响，淹没在沸腾背景音里几乎听不见。

整个卡座里的人却像是同时被按了静音键一样，纷纷看过来。

陆嘉珩垂眼，看着已经洒光了蔓延到脚边的一摊液体，扯掉耳机闭了下眼，侧过头来看向撞过来的方向，黑眼沉沉，看不出什么情绪，嘴角微微向下垂着，气压有点低。

程轶捏着酒杯的动作一顿，龇了龇牙，又缩了缩肩膀。

眼见着这气氛不太对，旁边终于有人忍不住凑过来问他："阿珩今天晚上干啥呢，端一奶茶过来，还跟宝贝似的捧了一晚上。"

程轶觉得有点难解释，将手里的杯子放下，抬手指了指掉在地上那奶茶杯子的残骸："那个——他祖宗给他的。"

那人一愣："谁？"

"心肝儿，我猜的，不过也八九不离十。"

那撞了他的男人喝上头了有点"嗨"，原本也没怎么当回事儿，结果一看见对方那表情，脸色变了变，连忙道了个歉。

陆嘉珩看着他，没说话。

程轶见状，连忙举起一个酒瓶子，大吼一声："珩仔！祝你早生贵！子！啊！"

他这一声声音极大，辨识度极高，又离得近，穿透吵吵嚷嚷的音乐声震得陆嘉珩耳膜直跳。

陆嘉珩扭过头来，用看弱智的眼神看了他一眼，另一条架在茶几上的腿也放下了，慢悠悠把耳机揣进口袋里，抓过外套站起来走人。

出了酒吧，玻璃门一关，里面乌烟瘴气的喧嚣就被隔绝了个干干净净，外面冷气清冽，市中心的夜晚灯光亮如白昼，街道上车水马龙。

陆嘉珩套上外套一边沿着马路往前走，一边掏出手机来拨了个号码。

响过几声以后，那边接起。

初栀的声音依然不紧不慢，软绵绵的，听起来没脾气似的："喂。"

陆嘉珩停了一下。

对面也安静，过了一会儿，她叫了他一声："学长？"

陆嘉珩站在街口，停下脚步，看着对面商场的巨大 LED 广告屏幕，酝酿了一下情绪，才缓缓开口，语气淡淡的，听起来却好像不太开心。

"小栀子，我的奶茶没有了。"

初栀一愣："啊？"

他压低了嗓子，声音闷闷的，又莫名显得有点委屈、有点乖。

"我的乌龙奶盖，刚刚被别人撞掉了。"

初栀呆了呆，下意识看了下墙上的挂钟："你还没喝完吗？"

其实都不用看时间，他们下午在学校碰的面，此时夜幕降临，初栀已经回到家吃完了晚饭。

中间隔了不知道多少个小时，那奶盖早就冷透了。

初栀看了一眼窗外，把手机放到耳边耐心地说："掉了就掉了吧，冷了也不好喝了。"

她说完，陆嘉珩又不说话了。

他应该是在外面，背景有一点点乱，汽车鸣笛和夜晚街道上的声音透过电话传过来，陆嘉珩静了一会儿，才啊了一声，继续干巴巴道："我好可怜。"

初栀："……"

"奶盖没有了。"

"……"

"我的乌龙奶盖。"

"……"

你到底想说个啥？

初栀不知道该怎么回应，费解地抓了抓头发："那你再去买一杯？"

陆嘉珩顿了顿："那不一样。"

"乌龙奶盖的味道应该都差不多吧。"

"不一样。"他固执地说。

"……"

"学长，你喝假酒了？"初栀小心翼翼地问。

陆嘉珩："……"

在家休息的两天，初栀一直在准备话剧的台词。

大页大页的 A4 纸台词，其中一半都是女主角的，全部要脱稿完成，还要配合着表演，对初栀来说难度不是不大。

虽然她因为性格，其实很少紧张或者怯场，因为往往在她开始紧张的时候，就已经结束了。

剧本改编自《女店主》，讲的是一位旅馆老板娘拒绝了富有伯爵和世袭侯爵的纠缠，并且引诱、戏弄了虚伪自大且对女性毫无尊重可言的骑士，最后选择和一位普通仆人结婚的故事。

初栀一拿到剧本就觉得自己跟老板娘这个形象完全不符，加个角色演她女儿还差不多。

而且，她还得去"勾引"骑士。

初栀目瞪口呆。

周末初栀起了个早，她最近沉迷于自己的新老板娘形象，每天都觉得自己风情万种，网上查了一大堆的文章分析人物性格，研究到很晚，梦游似的爬起来吃了个早饭，抱着你猜迷迷糊糊地窝在沙发里剥橘子，手机突然响了。

初栀手上沾着黄色的橘子皮汁，她撅着屁股脑袋凑过去，用下巴滑开接听，脑袋侧过去趴在茶几上听电话："喂？"

陆嘉珩那边挺安静的，不时有男人说话的声音："今天回学校？"

初栀嗯了一声。

她怀里的你猜动了动耳朵，就跟听出来是谁了似的，唰一下从初栀怀里蹿下了地，站在茶几旁边龇牙咧嘴地喵了一声。

初栀乐了："学长，你猜跟你打招呼，问你早上好了。"

陆嘉珩一噎，完全不觉得那色猫会想跟他说什么早上好，又问她："你现在有空吗？"

初栀眨眨眼："有的，怎么了？"

陆嘉珩那边安静了一下，才道："装修的事情，程轶的品位太差了，想问问你的意见。"

初栀有点惊讶："我吗？可是我的眼光也不怎么好……"

"挺好的。"陆嘉珩轻轻笑了一声，"你挑的衣服，也很好看。"

初栀想了一会儿，才想起来他说的是之前一起去商场的时候给他挑的衣服。

她认真道："那是因为你本身就是个衣架子，无论穿什么都好看。"

那边又安静了。

初栀觉得这个人最近经常会说着说着就突然陷入到一种诡异的安静里。

她耐心地等了几秒，那边缓缓低声问道："那能上来一下吗？现在。"

初栀啊了一声，直起身来，一边剥橘子一边出门上楼。

陆嘉珩家门没关，初栀一进去，果然比上一次来的时候好了太多。

里面基本已经干净，地面和壁纸都已经弄好了，客厅里空荡荡地只放了一张巨大的沙发，陆嘉珩上身微弓，双臂撑在厨房隔断的小吧台前，正在跟面前的一个装修工人说话。

装修工人点点头，走了，初栀走进来，陆嘉珩微微侧了侧头，看见她，对她勾勾手。

她走过去，手里的橘子刚好剥好，她撕掉了一点橘子上白色的丝，一根一根捏在手里，走到他旁边，递了过去：“吃吗？”

陆嘉珩垂眼，看着她手里的小橘子，抬起手来朝她晃了晃，给她看掌心。

他的手上有点脏，沾了一点木屑和灰尘。

初栀哦了一声，默默地掰开橘子，塞了一半在嘴巴里。

“这就不给我了吗？”陆嘉珩突然说。

初栀仰起头来，愣了愣：“你不是不吃吗？”

陆嘉珩眉梢一挑：“我什么时候说过不吃了？”

“你不是——”初栀一手拿着橘子，学着他刚刚的动作，两根小胳膊伸出来，举到他面前晃了晃。

她人小手也小，白白嫩嫩的掌心在他眼前一晃而过。

陆嘉珩看着她的动作，垂着眼睫笑了一下，眼角也跟着微微向上一扬，声音压低了，带点不怀好意：“这是不吃吗？这是，你喂我——的意思。”

那三个字被他吐得很软，轻轻柔柔，尾音拉得长长的，有股缱绻的味道。

他还跟着低了低身子，人凑过来，配合着她的高度，十分体贴地等着的样子。

初栀手里捏着小橘子，连忙往后退了两步，别开眼，耳朵有点红：“那你别吃了……”

陆嘉珩哦了一声，拖腔拖调的：“可是我想吃啊。”

初栀抬起头来，看着他：“那你去洗个手回来吃，我给你留着。”

她表情看起来耐心又诚恳，写满了“我保证不会偷吃”似的，脾气极好地跟他商量。

陆嘉珩缓慢地勾起嘴角，依旧不依不饶：“不行啊，我不相信你，肯定我一走橘子就没了。”

初栀忍无可忍，哎呀了一声：“你烦死了呀！不给你吃了！”

她生气的样子也完全没有威慑力，眼睛瞪得大大的，脸颊鼓了鼓，像只小仓鼠，反而有点可爱。

陆嘉珩笑出声来。

初栀又瞪他。

陆嘉珩清了清嗓子，乖乖道歉：“对不起，我想吃。”

初栀发现对这个人有的时候脾气好没什么用，自以为凶巴巴道："洗手！"

"好。"陆嘉珩就点点头，乖乖跑去厨房水池洗手，一边洗一边又想笑，这小姑娘怎么脾气越来越大了呢。

陆嘉珩家的面积和初栀家是一样的，但是他一个人住，直接把主卧和客厅打通，装了隔断，整个房子就显得大了好多。

他倒是真的来找初栀帮忙的，初栀帮他挑了书房的壁纸，又选了各个房间的窗纱、窗帘，最后挑到家具。

女孩子对于软装这方面的兴趣好像都十分高涨，初栀选得津津有味，看到好看的就给陆嘉珩看看，挑的东西一会儿变一个风格。

陆嘉珩这个房主好像什么意见都没有，跷着腿斜歪着身子倚进沙发里，手肘撑着沙发扶手，撑着下颌侧头，懒洋洋地看着她。

"学长，你觉得地中海风格怎么样，最近很流行的。"

"嗯。"

"北欧风格好像也挺好，不过有一点点冷淡，但是很干净。"

"好。"

"学长，你喜不喜欢欧式啊，我感觉你会喜欢哎，你这么浮夸。"

陆嘉珩懒散地抬了抬眼皮子："我怎么浮夸？"

初栀："……"

一上午过得很快，直到中午肚子开始叫，邓女士打了个电话过来，问她在哪里，几点回学校，午饭是不是不回家吃了。

初栀看着"京瘫"在沙发里的陆嘉珩，犹豫了一下，还是嗯了一声："应该不回去吃了。"

她一边挂掉电话，一边问道："学长，你中午吃什么？"

陆嘉珩像一条死鱼一样，长腿前伸，有气无力地瘫成一片："随便吧，吃点不浮夸的。"

初栀："……"

她刚刚其实只是随口一说，没想到这个人好像还挺在意的。

初栀正纠结着要不要干脆直接叫他到家里去吃，反正就下个楼，陆嘉珩的手机振动了起来。

他只看了一眼屏幕上的来电显示，就把手机丢到一边去了。

初栀歪了下头。

那手机就在沙发里不停地振动，陆嘉珩垂着眼看了一会儿，捡起来，长腿收回，从沙发里站了起来，转身走进厕所。

过了好一会儿，他才出来，一边将手机塞进口袋里，一边走过来，站到初栀面前："小栀子，我出去一下。"

初栀啊了一声，仰着脑袋："你干吗去？"

他站着，她坐着，他看起来就更高了，巨人一样站在她面前，初栀头仰得高高的，白皙的脖颈拉成直线，嘴巴微张。

她问完才反应过来，自己好像管得有点宽。

问题就这么自然而然脱口而出了，初栀有点尴尬，连忙摆了摆手："对不起对不起，你去忙。"

陆嘉珩却好像没觉得有什么不对，平静道："我回个家，你先回去也行，刚刚阿姨不是叫你回家吃饭？"

初栀啊了一声，表情有点不安："学长……"

陆嘉珩好笑地看着她："干什么？"

初栀舔舔唇，没说话。

陆嘉珩却突然问："你跟阿姨说了来我家吗？"

初栀摇摇头。

陆嘉珩挑眉："哦，那你一会儿回去怎么说，帮邻居晒被子去了？"

"我不回去了，"初栀抿了抿唇，皱着眉看着他，"我就在这儿等着你回来，行吗？"

第五章

珊瑚绒兔子

陆家老爷子年近古稀却依然精气神十足，平日里也不跟他们一起住，一个人一个小保姆住在郊区的宅子里，没事儿和邻居的老头们养养花、逗逗鸟、下下棋，日子过得好不滋润。

从市里开车过去也要一个多小时，陆嘉珩到的时候已经快两点了，推了小院的门一进去，就看见老爷子在花园里逗鸟。

那是只虎皮鹦鹉，一看就是被养得极好，毛色鲜艳，黑豆一样的圆眼睛滴溜溜的，十分神气地看着他。

也许动物是真的有灵性的，陆嘉珩对小动物是一丁点耐心都没有的，所以从小到大他都不怎么招小动物喜欢，那虎皮鹦鹉陆老爷子养了也很多年，陆嘉珩高中的时候经常抓着玩，此时一看见他，本来扑腾得正开心，一下子就闭嘴了，扑棱着翅膀往陆老爷子身后藏："来了！来了！"

陆嘉珩看着那绿油油的小东西拼了命往后藏，故意不怀好意地哼哼笑了两声："二狗，想不想我？"

那只被称作二狗的虎皮鹦鹉站在陆老爷子的肩头，把脑袋藏到老爷子的头发后面去了，完全不看他，看起来怕极了。

陆嘉珩继续哼哼，他哼一声，那鸟就抖一抖。

陆老爷子在旁边笑骂了声："你这臭小子，让你来一趟就这么不容易？"

陆嘉珩不逗鸟了，走到老爷子旁边，乖乖垂头叫了声爷爷："容易得很，这不您一个电话我就来了。”

陆老爷子斜了他一眼：“那怎么你爸的电话没用？”

陆嘉珩翘起嘴角，轻声道：“没用啊。”

二狗脑袋从后面伸出来偷偷看了一眼，陆嘉珩站在小花园石桌边，漫不经心地斜歪着身子：“他又来跟您告状了？”

老爷子伸出一只手来：“说你两个月没回家了，电话不接信息不回。”

陆嘉珩眉一挑：“他把那个叫家？也对，那是他家。”

陆老爷子不说话了。

陆嘉珩就也没说话，安静了一会儿，老人又开口问道：“房子住着还习惯？”

陆嘉珩笑了：“什么都瞒不过您。”

“你不是也没想瞒我，”陆老爷子也笑了笑，垂头看着他冬天光秃秃的小花园，摆弄着枯枝，“大三了。”

陆嘉珩嗯了一声。

“有什么打算？”

陆嘉珩静了静，低声道：“没什么打算。”

陆老爷子叹了口气。

“阿珩，爷爷等不了你多久了。”

房子的门突然被人打开，陆泓声走出来：“爸，您快进来吧，外面现在冷，”他看见旁边的陆嘉珩，脸色一沉，“你还知道回来？”

陆嘉珩似笑非笑：“回哪儿？这是陆老板您家？”

陆泓声厉声道：“你就这么跟你爸说话！你看看你混得像什么样子！每天跟你那些狐朋狗友混在一起，几个月几个月不回家，课不上，正事儿没有，吃喝嫖赌倒是占了个全，就你现在这个样子——”

陆嘉珩被他吼得脑壳疼，烦得不行，皱了皱眉，不耐烦地打断他：“我寒假回公司实习。”

陆泓声被噎了一下，很快反应过来：“你说什么？你别以为来实习是那么简单的事情，你会什么？公司的事情你了解吗？你说来我就让你来？”

“不了解啊，这不是准备去了解了解嘛，”陆嘉珩没忍住乐了，“公司还不是你的呢，你得意个什么劲儿啊？”

陆老爷子也不参与，淡定地摸了摸二狗绿油油的小脑袋。

二狗立刻尖声道：“不是！不是！”

陆泓声气得涨红脸，憋了半天，看向一言不发的陆老爷子，眼神有点慌乱：“爸，我不是这个意思——”

陆老爷子没说话，侧头看向陆嘉珩：“寒假？”

陆嘉珩嗯了一声。

陆老爷子笑呵呵的：“怎么突然不偷懒了？”

陆嘉珩垂着眼，没说话。

他突然想起你猜被糊了一脸黑的大脑袋全都塞到罐头里，风卷残云没一会儿就是一罐，还吃不够。

他勾了勾嘴角：“想养猫，太能吃了，不赚钱养不起啊。”

回去的路上，陆嘉珩飙了一路的“侠盗飞车”，用时被他缩短了一大截。

即使这样，他到家的时候也已经黄昏将近，他停好车上楼，站在门口，盯了门铃的按钮几秒，有点犹豫。

过了几秒，陆嘉珩掏出钥匙，开了门。

一抬眼，他就看见初栀趴在沙发上，手扒着沙发扶手，下巴也搁在上面，只露出一双大眼睛，眨巴眨巴地看着他：“学长，晚上吃什么？”

陆嘉珩一愣。

他没说话，看着她沉默了好一会儿，突然靠在门边笑了。

屋子里没开灯，夕阳暖红的光线透过巨大的落地窗一片一片地映进来。

玄关很暗，陆嘉珩微微垂着头，眉眼被阴影隐了半边，只能看见他嘴角弯起的弧度和丝丝缕缕溢出的低低笑声。

初栀松了口气。

看来这次没有发生什么糟糕的事情。

说不定和好了——初栀乐观地想。

但是看之前的那个架势，好像不是那么容易就能和好的关系——初栀又萎了。

她歪着脑袋，头靠在沙发背上，看着陆嘉珩走进来，将手里的钥匙串丢在茶几上：“你想吃什么？”

初栀没说话，看了那串钥匙几秒，突然问道：“学长，你开车去的？”

陆嘉珩嗯了一声，俯身顺手从沙发旁边的箱子里抽了瓶矿泉水出来，仰头喝水，黑黑的眼睫微垂，颌骨线条瘦削好看。

初栀盯着他随着喝水的动作上下滚动的喉结，偷偷看了一会儿，别开视线，悄悄抬手捏住了耳垂：“你不是晕车吗……”

陆嘉珩一顿，转过头来平静地说：“晕车也可以开车。”

“能吗？”

“嗯，没什么影响，而且主要是上次林柏杨的车开得太不稳了。”陆嘉珩一本正经道。

初栀回忆了一下，没想起那车开得稳不稳，不过当时她睡得倒是真的挺稳就是了。

她侧着脑袋重新滑进沙发里，有点心虚，有点懊恼。

她现在的姿势实在不太优雅，整个人跪趴在沙发上，两只手臂前伸，扒在沙发扶手上。

初栀没太意识到这个问题，因为这个姿势其实很舒服，她平时也习惯了，脑袋往膝盖里一埋，偷偷摸摸感受了一下自己的心跳，有点快。

可是她今天也没有再跑二百米了，缩在沙发里翻滚了一下午来着。

她皱了皱眉，正想着，就感觉到衣领子被一股力道拽着往上扯，初栀顺势抬起头来，陆嘉珩单手拉她，站在沙发旁边挑着眉看她：“你这是什么姿势？”

初栀仰着脑袋，呆呆地说：“你要学吗？我可以教你，很舒服的。”

陆嘉珩眼皮一跳：“起来，吃晚饭了。”

一整天都没出门，初栀脚上还穿着毛茸茸的粉色珊瑚绒小兔子袜子，在家里穿的那种，两只长长的耳朵垂下来，耷拉在沙发上。

她回家去换了双袜子，邓女士和初先生在厨房烧饭，初栀小心翼翼地蹑手蹑脚溜回房间。你猜趴在床边，听见她进来，抬起了高贵的脑袋，轻飘飘瞥了她一眼，又趴下去了。

初栀顺手要去摸它，你猜不开心地叫了一声，轻盈地跳下床蹿出去了。

还不让她摸了。

初栀好笑，换了衣服打了招呼，初父手里拿着一根胡萝卜："晚上吃咖喱饭呢，你不在家吃啊？"

初栀背好书包："我直接回学校了，你们吃吧。"

"爸爸送你？"

"不用了。"初栀穿好鞋打开门，"那我走啦！"

防盗门砰的一声被关上，初父皱了皱眉，看起来有点忧郁："闺女现在都不让我送她去学校了，她小时候我不送她她都不高兴呢。"

邓女士手里捏着把菜刀干净利落地咔嚓咔嚓切土豆，头也不抬道："你老了，太丑了，丢人。"

初父："……"

初栀下楼去的时候陆嘉珩已经坐在车里等了，陆嘉珩车也有几辆，他特地选了辆成熟稳重的SUV，虽然没有跑车拉风，但是低调奢华有内涵，丁点不浮夸。

果然，初栀看见咦了一声："学长，你有点成熟。"

陆嘉珩面上不动声色，挺淡定的："嗯，还行吧。"

他们刚出小区，陆嘉珩的手机响了。

程铁的大嗓门初栀都能隐约听见，陆嘉珩有点嫌弃地皱了皱眉，戴上蓝牙耳机听着，时不时应两声。

对方说了好一会儿，陆嘉珩啊了一声，转过头来，看向初栀："有几个朋友叫。"

"那你去，没事，我自己也可以。"初栀连忙道。

"我的意思是，你要不要一起来？"

"哎？"

程铁那边还在喊些什么，陆嘉珩没理，很耐心地看着她："一起吧。"

初栀慢慢地眨眨眼："好啊。"

陆嘉珩转回头去，一只手松松垮垮地把着方向盘："先吃饭，我带个人。"

不知道程铁说了些什么，陆嘉珩缓慢勾起嘴角。

红灯亮起，车子停在人行道前，他突然转过来，整个人面对着初栀，漆黑的眼看着她，倾身靠近。

“别动。”他低声说道，手臂紧跟着伸过来，指尖穿过发丝探到耳际，两只手伸到她耳边，死死捂住她的耳朵。

初栀的世界瞬间安静了，所有的声音都被他的手远远地隔断开来。

陆嘉珩垂眼，看着面前一颗黑漆漆的小脑袋，愉悦感不断地攀升。

他歪了歪头，懒洋洋道：“什么谁？当然是我老婆。”

原本是准备着拉陆嘉珩出来玩的，结果他这么一说，程轶当即取消活动，把一帮人全部轰走，最后选了自家的海鲜楼。

金光灿灿，金碧辉煌，用来请奥地利皇室都合适的那种。

陆嘉珩和初栀到的时候包厢门还没关，顺着走廊走过来就能听到里面乒乓作响，伴随着此起彼伏的咆哮声。

两个人走过去，服务员推开虚掩着的包厢门，陆嘉珩进去的一瞬间，整个屋子瞬间安静了。

偌大一个包间，程轶坐在一头，林柏杨坐在另一头，除他们俩之外，房间里没有第三个人了。

此时，这两个人正一人拿着一根筷子隔着大桌子怒目而视，食物的香味飘散，气氛紧张，战斗看起来似乎一触即发。

初栀也不知道为什么明明只有两个人，这一顿饭就好像已经让他们吃出了点兵荒马乱的味道。

她站在后面一点，露出个头来：“好久不见？”

程轶瞬间站起来了，脸上狰狞的表情变成了洋溢的热情，看起来恨不得马上冲上去抱着初栀跳个华尔兹，他笑嘻嘻道：“好久不见好久不见，小学妹，祝你早生贵子、百年好合啊。”

初栀：“……”

林柏杨冷笑了一声，放下筷子，随手捏了个螃蟹，嘎嘣一声，螃蟹钳子被他干脆利落地掰掉了：“傻子。”

程轶不知道为什么突然心情大好，一副完全不想跟他一般见识的大度样子，笑眯眯地看着初栀：“学妹喜欢吃海鲜吗？”

初栀不怎么挑食，除了几样蔬菜以外基本上别的都吃，而且她小时候在南方，也是海边长大的，所以还是挺喜欢海鲜的。

程铁家里刚好也是做餐饮的，两个人聊得挺开心，主要还是程铁在说，初栀就负责听和吃，还有给他捧场。

程铁从小跟陆嘉珩一个沙坑里滚出来的，当然觉得他之前说的那个“我老婆”是在吹牛，现在一看两个人这个反应就更确定了，所以话倒是也没乱说，安安分分地努力给陆嘉珩堆人设。

“我们家阿珩也特别喜欢吃海鲜啊！小时候经常跑去我们家酒店蹭吃蹭喝。

“陆嘉珩吃螃蟹巨厉害，那个腿儿，他能剥得像机器剥的一样，他有一次一个人吃了一桌子螃蟹，后来胃不舒服住院了。

“你别看他现在是这副样子，小的时候也是个活泼又讨人喜欢的少年，从大堂到后厨，没有一个小姐姐不喜欢他。”

初栀倒是听得津津有味，赞同道：“他现在也没有小姐姐不喜欢他。”

程铁意味深长道：“小姐姐没用啊，他又不喜欢小姐姐。”

陆嘉珩吊着眼梢冷淡地瞥了他一眼。

初栀瞪大了眼睛。

陆嘉珩现在对于她的脑回路已经有了一点了解，无比从容、无比自然地把剥了一半的螃蟹放到她的盘子里，漫不经心道：“我也不喜欢小哥哥。”

初栀舔了舔嘴唇，表情看起来还挺遗憾的：“哦……”

天气渐冷，十二月的第一天夜里，下了今年冬天的第一场雪。

据说南方人基本上就没见到过落地不化的雪，看到雪都会兴奋到尖叫，冬天最大的盼头就是能下场雪，能让人在雪中漫步一圈，鞋子踩上去嘎吱嘎吱那种。

林瞳也不例外，一大早起来，兴奋地飞奔出寝室，立誓要在雪地里和自己的大学第一春来一场浪漫的相遇，结果出去没十分钟，冻得鼻尖通红屁滚尿流地回来了。

初栀盘腿坐在椅子上，手里捧着剧本，她还深陷在自己老板娘的角色扮演里，用一种咏叹调一样的语气道：“哦，瞳瞳！外面冷吧！”

林瞳搓了搓手，凑过来看她的剧本，刚好瞄到两行字，瞪大了眼睛：“这啥？”

“话剧社剧本。”初栀老老实实道。

“我知道是剧本，但是——”林瞳指着上面的字，“你还得倒在他怀里？这个什么玩意儿？骑士？”

“不是的，是我倒在床上，他把我抱起来。”初栀认真地纠正她。

林瞳血都要吐出来了：“你们还得倒床上？”

初栀耐心地给她讲：“对，因为我要勾引骑士，但不是那种勾引，就是很纯洁、很文艺的勾引。”

林瞳一瞬间安静了：“谁演骑士？”

初栀：“啊？”

“骑士，谁演啊？”

“一个学长，”初栀想了想，又道，“但是比我小，他十五岁就上大学了。”

一直在那边涂指甲油的顾涵兴奋地哇了一声：“天才少年！这个人设我喜欢。”

林瞳猛地拍了她一下，大红色的指甲油顺着戳到指甲盖外面，顾涵惨叫一声，连忙改口：“这个人设也太不怎么样了吧！”

初栀：“……”

校庆是周五，刚好下午结束以后双休日放假，初栀这整个礼拜宛如真的被老板娘附体，说话都用咏叹调。

顾涵还兴致勃勃地也要给她涂个红指甲油，说这样可以显得她更像个老板娘。

几个人去上课，顾涵带着指甲油来，拉着初栀坐在教室最后一排墙角，翻出一瓶红的和一瓶宝蓝色的：“你喜欢哪个？”

薛念南是班长，一般都会坐到第一排，此时后面只有她们三个，林瞳坐在最外面的位置，从刚刚在寝室里开始她就一直在玩手机。

初栀想了想：“红色是不是看起来更像老板娘？”

“麻将馆老板娘？”顾涵一边说着，一边抽出红色的那瓶，拧开。

指甲油的味道有点刺鼻，好在她们坐最后一排，也传不到前面老师那边去，初栀翻出剧本继续背台词，顾涵就扯着她的手拉到自己面前来。

指甲油凉凉的，一接触到指甲，初栀忍不住缩了缩手：“哎呀，凉。”

“别动，涂花了就不好看了。”

“好凉呀。”

“我给你画朵花咋样？我画画很好的。”

两个人就埋着脑袋在那里专注地研究，涂完一只手，初栀小心翼翼地拿远了，垂着头还看着顾涵涂另一只，涂好的一只手就缩回去，在旁边扇啊扇。

没扇两下，她的手腕突然被人扣住了。

初栀吓了一跳，第一反应是老师来了，条件反射一缩，唰地抬起脑袋扭过头去。

陆嘉珩不知道什么时候坐在了她旁边的那个空位置上，单手扣住她的手腕，侧着身子。

初栀和顾涵玩得太投入，完全没发现旁边坐了个人，初栀一脸惊讶：“学长？”

陆嘉珩抬眼。

初栀的手腕被他抓着，手上涂着的红色指甲油还没干，大红色衬着她手上的皮肤白得触目惊心，只是微微向上抬着的样子，像是课堂上在举手。

初栀刚想问他怎么在这儿，前面的选修课老师笑吟吟的声音就响起：“那位女同学，就你吧。”

一时间，整个教室里所有的视线都往初栀他们的方向看过去。

陆嘉珩闪电一般松了手，人缩回到墙边靠着墙坐，脑袋唰地贴上桌面，藏到前面一排的人后面，开始装透明人。

初栀愣愣地转过头去，没反应过来。

选修课的教授继续笑眯眯道：“哎呀，好久都没见到这么积极举手回答问题的同学了，好高兴啊。”

初栀仍然在状态外，呆呆地站起来，试探性道：“选……选 C？”

教室里传来低低的笑声。

初栀手足无措。

教授显然也有点没想到，轻轻咳了两声：“同学，这道是简答题。”

她啊了一声，脸红了，低低垂下头小声道歉。

“坐吧，坐在最后一排也要好好听课啊。”

初栀面红耳赤地坐下，微微弓着身子，唰地转过头来，愤怒地看着陆嘉珩。

这个人竟然还在笑。

小姑娘脸皮薄，从小到大课堂上也没有过这种事情，顿时觉得这已经是很大的难堪了，整个人气得腮帮子鼓鼓的，又不敢大声说话，大眼睛瞪着他，声音压得低低的："你干什么呀！"

陆嘉珩舔着唇笑，表情看起来挺无辜的，也压低声音："你的指甲油，刚刚差点蹭到我脸上了。"

初栀看了一眼自己手上还没完全干透的指甲油，恍然大悟，那点因为觉得难堪冒出来的小脾气来得快去得也快，很快没了踪影。

她小脸还红着，撇撇嘴："那你也不用抓着我的手举那么高……好丢人。"

陆嘉珩轻轻笑了一声，懒洋洋地靠在墙边，手撑着下颌，微微侧着脑袋，薄薄的唇瓣翘起，黑漆漆的眼专注含笑，直勾勾地盯着她。

"嗯，我错了，对不起。"陆嘉珩乖乖地道歉。

他压着嗓子说话的时候声音有种沙沙的质感，又低又磁，轻轻浅浅落下来，像柔软的羽毛，挠得人有点痒。

初栀缩了下脖子，抬手捏了一下耳垂，别开眼："也不用道歉……"

陆嘉珩看着她的小动作，挑了挑眉。

小姑娘眼神躲闪，白嫩嫩的耳朵也染上绯红，长长翘翘的眼睫毛像两把小刷子，有点不安地刷来刷去。

他别开视线，抬手点了点她桌上的剧本："你是话剧社的？"

初栀依然垂着脑袋，心不在焉地嗯了一声。

"你演女店主吗？"

初栀抬起头来，眨眨眼："你看了？"

"嗯，你刚刚研究着在指甲上画朵花的时候。"

他修长的手指一下一下敲在白纸黑字的剧本上，缓慢又有节奏感。

等了几秒，他状似漫不经心地道："你还要勾引个骑士？"

他的语气很平淡。

教室里暖气给得还挺足的，但是不知道为什么，初栀突然觉得有点冷。

她缩了缩脖子，弱弱道："我也不知道算不算勾引，就是，要让他喜欢我。"

陆嘉珩淡淡道："那就是勾引。"

"啊，那就是勾引吧。"初栀顺从道。

他又不说话了。半晌，他轻笑了一声：“你会吗？”

“啊？”初栀眨眨眼，“剧本上面都有台词……”

“话剧不能只靠台词，既然是话剧那表情和动作都很重要，只凭着台词是肯定不够的。”

初栀觉得他说得好有道理，有点苦恼：“那果然还是要早点去找学长对戏的。”

陆嘉珩手上动作一顿，指尖点在剧本上：“我可以教你啊。”

初栀愣愣地抬起头来：“啊？”

陆嘉珩敛睫看着她，眸光幽暗：“我可以教你怎么勾引。”

初栀觉得这个话题好像哪里不太对，可是又没有哪里不对。

她完全不怀疑陆嘉珩是个中翘楚，但是也确实从来没看到过他主动就是了，更别说勾引。

初栀眨眨眼，好奇地凑过去一点：“怎么勾引？”

两个人缩在教室最后一排的角落里，陆嘉珩坐靠墙边的那个位置，初栀就坐在他旁边。

教室里坐满了人，他们俩声音很小，旁边涂完指甲油的顾涵倒是听见了。

顾涵目瞪口呆，想把初栀拉过来说点什么，又拿不准这事儿她到底该不该管。

她拍拍旁边的林瞳，指指这边：“这两个人怎么回事儿啊，这‘粉水杯’怎么过来的啊，他不是大三吗？大一的选修课他跑来干什么啊？”

林瞳看起来不太在意：“哦，我叫他来的。”

顾涵大喝：“你这个叛徒！”

林瞳正经道：“我是坚定的‘粉水杯党’。”

顾涵皱了皱眉，压低声音和她小声道：“但是我感觉他不太适合阿栀啊，有点，怎么说……不太正经？万一阿栀真的喜欢上他被欺负了怎么办？”

林瞳单手撑着下巴看着前面老师慷慨激昂的演讲：“嗯，我本来也觉得。”

“什么叫本来？”

林瞳没说话，看起来像是在发呆。

十一去苍岩山之前，林瞳本来也是这么觉得的。

而且她当时甚至根本没觉得陆嘉珩对初栀有什么其他方面的意思，最多也就有点好感，或者比较感兴趣。

结果几天围观群众当下来，她觉得事情好像和她想的有点出入。

尤其是回来的时候在车上，林瞳其实全程没睡着。

她想着，咧嘴乐了："你别操心了，咱们家这小丫头又不傻，你别看她那副没心没肺的样子，最后谁被谁欺负还不一定呢。"

顾涵面无表情："我要投素未谋面的天才少年学长一票。"

陆嘉珩说是帮忙看剧本，就真的很正经、很认真地在帮初栀看剧本，一丝不苟心无旁骛，两个人从女店主的第一场戏开始，每一句台词大概应该是什么样的表情，他都会帮忙分析。

初栀下午没课了，选修课下课的时候刚好说到骑士和女店主的对手戏，初栀准备看完这段直接去话剧社，和林瞳、顾涵道了别。

教室里暖气给得很足，初栀穿着藕粉色的马海毛毛衣，人趴在桌子上，整个人看起来毛茸茸的一团，手指指着剧本："那这儿我要娇羞吗？"

陆嘉珩顿了顿，也趴下了，语气不怎么热情："不要。"

初栀不解："不要吗？"

"嗯，这里你要表现得冷漠一点，骑士这种类型的男人完全就是给点颜色就灿烂，其实话剧也不用完全照本宣读，演员有一点自己的理解和发挥效果会更好。"

初栀一脸云里雾里。

"比如这一段——"陆嘉珩指着剧本上的一段，一本正经地继续道，"这里，骑士准备离店，女店主假装十分悲痛昏倒在床上，被骑士抱起来，骑士明白自己的心意，这就太假了。你要勾引骑士，就不能太主动，要满不在乎，让他有一种走了以后怅然若失的感觉。"

初栀虚心受教："那要改吗？"

"改，"陆嘉珩磨了下后槽牙，皮笑肉不笑道，"让他滚，赶紧给老子离店。"

初栀叹了口气，忧心忡忡："学长，那样好像就不算勾引了。"

陆嘉珩哦了一声，看着她询问意见："那你打算怎么来？"

初栀皱着眉认真想，没说话，一时间一片安静。

陆嘉珩等了一会儿，突然道："反正你也说不出来，来试试看。"

初栀抬起头来："啊？"

他突然身子一塌，背垮下来，整个人懒洋洋往后一靠："你现在就把我当成骑士。"

长腿侧着一伸，陆嘉珩毫无预兆地倾身靠近，扬眼勾唇，压低嗓子意味深长道："来勾引我试试看？"

距离突然拉近，他黑漆漆的眼直勾勾盯着她，初栀下意识地上半身往后倾了倾，脸又红了，之前运动会时候的二百米后遗症紧随其后跟着发作了。

她唰地抬起手来，捂住左边的耳朵，又马上放下。

陆嘉珩紧紧盯着她，笑意加深。

前一段时间他就发现了，她不好意思或者心虚的时候就会无意识地拽一拽自己的耳垂，或者摸摸耳朵。

连小动作都这么可爱。

他舔舔嘴唇，低低笑了一声，不退反进变本加厉，她越往后他就越往前，声音轻缓："小栀子，你最近是不是越来越容易害羞了？"

初栀本来就是面对着他侧身坐在位置上，他往前一点她就往后一点，上半身越来越后倾，她死死抓住桌沿，为了保持平衡不倒下去，肩膀都开始抖了。

她低低呜了一声，声音细细的，急急道："你别往前了……"

此时已经下课好一会儿，教室里人都走光了，空空荡荡的大教室里只剩下他们两个人在最后一排。

窗外皑皑白雪，像是在巧克力蛋糕上撒了一层薄薄的糖霜，教室里暖气充足，温暖得让人觉得连心里都开始发烫。

初栀一手抓着椅背一手抓着桌沿，想推他也空不出手来，感觉快哭了。

就在她以为自己下一秒就要直接躺在椅子上的时候，陆嘉珩微启唇，突然浅浅呼出一口气，伸出手臂，穿过她身侧托住她的背。

他掌心温热，强有力地稳稳托在她背后，托着她往前轻轻一捞，人也终于跟着重新靠回到椅子里。

初栀松了口气，缓过劲儿来以后红着脸气哄哄地皱了皱眉，刚要说话，手机就响了。

她翻出来看了眼来电显示，一接起来就是一声脆生生的“学长”。

陆嘉珩垂着眼，耷拉着嘴角。

等她挂了电话，他才抬了抬眼皮：“要走了？”

初栀一边理东西，一边点点头。

陆嘉珩瘫在座位上，看起来懒懒的：“哦。”

初栀不太想理他，把剧本和书装进书包里，又站起来抓起外套抖开，想了想，还是应该道谢：“学长，今天谢谢你。”

陆嘉珩转过身来，侧身靠在桌沿看着她慢吞吞地穿外套，抬手抓过旁边椅背上搭着的白色羊毛围巾递过去，顺势也站起来：“去话剧社？”

“嗯。”初栀接过围巾围上，围巾有点长，她绕了好几圈，垂着头把围巾往上拽了拽，整理了一下，让围巾遮住下巴尖。

她今天没扎头发，长发披散下来，白色的羊毛围巾一圈一圈缠上去，上面的发丝被箍出蓬起的弧度，像颗小蘑菇。

陆嘉珩跷着的二郎腿放下，人也站起来，一把抓起外套：“走吧，我送你，排练可以看吗？”

初栀已经把自己包得鼓鼓的全副武装起来，又将围巾往上拽了拽，遮住了嘴巴和鼻子，只露出一双眼睛在外面。

这个人刚刚故意逗她玩，现在又一副若无其事的样子，实在是很过分。

初栀把鼻尖藏进围巾，闷声道：“不可以。”

陆嘉珩像《Bleach》里准备正面迎击敌人战斗的主角一样，外套犹如羽织，帅气一抖，衣袂飞扬地穿上了，自顾自道：“没事，可以看。”

初栀：“……”

这个人怎么这么自说自话的！

初栀不走了，站在教室后门门口瞪着他：“学长，你这样是不对的。”

陆嘉珩轻轻笑了一声，表情乖巧无辜又困惑：“嗯？”

“你以后能不能不要总是这么——”初栀皱着眉，想了好半天，也想不出合适的、能表达出自己意思的词来。

他肯定对好看的女孩子都这样。

觉得好玩了就逗着玩一玩，然后又一副什么事情都没发生过的样子，脸不红心不跳就靠得那么那么近。

怎么会有这么浑蛋的男人。为什么会有这么过分的男人。

小情绪积累下来，不断膨胀，初栀蹭了蹭围巾，长长的眼睫垂下去，不开心的样子，声音很小，闷闷的："陆嘉珩王八蛋。"

陆嘉珩："……"

保龄球馆休息区，陆嘉珩靠在沙发里无精打采地直勾勾看着前面发呆。

程轶手里拎着颗球，风骚地站在球道前投球区旋转跳跃，垂手送出，全中。

程轶耶了一声，继续风骚地旋转跳跃谢幕退场，蹭到陆嘉珩身边，一把勾住了他的肩膀："我珩最近有些低迷，天天发呆，魂儿被什么勾走了？"

旁边一个男人走过来，按了下手机屏幕，上面秒表计时器跳动的阿拉伯数字停止："八分多钟，他就这么盯着那颗球盯了八分多钟，眼睛都没眨几下。"

"你怎么知道他没眨。"

"我一直盯着呢。"

"那你也挺无聊的。"程轶无语，啪啪拍陆嘉珩的肩膀，"殿下，有什么心事吗，跟我讲讲呗。"

程轶本来以为陆嘉珩会高贵冷艳地无视他，或者说"你很闲"啥的。

静了几分钟，他淡淡开口："我被骂了。"

掐秒表计时那个正站在旁边喝水，闻言一口水全喷出来了，晶莹剔透的水柱在半空中划出完美的弧线，洋洋洒洒落在了林柏杨的胳膊上。

林少爷暴躁地爆粗了，一边问候亲戚一边跳出两丈远，面部表情因为愤怒而扭曲。

"秒表计时器"一边胡乱给他擦着衣服袖子，一边瞪大了眼睛："谁啊，男的女的？骂啥了？还活着吗？"

陆嘉珩没答，抿了抿唇，露出了一个略微困惑的茫然表情。

程轶轻咳了一声，凑到陆嘉珩旁边坐下，低声道："你的小学妹骂的？"

陆嘉珩心不在焉："嗯。"

"骂你什么了？"

"王八蛋。"

程轶大惊失色："陆嘉珩你对人家小姑娘干了什么禽兽不如的事儿

了？！”

陆嘉珩理都懒得理他。

他本来觉得，事情都在往好的方向发展。

比如最近一段时间，只要他一靠近，初栀就会害羞，会不敢和他对视，会有点惊慌地移开视线。

这种情况以前都是没有的。

结果他就被骂了。

不仅被骂，那天以后连续这几天，初栀电话不接，短信石沉大海，连他的小战友林瞳都悄无声息了。

想到她要排话剧，要和不知道哪位的“学长”对戏，又不知道因为什么生气了，陆嘉珩烦得不行。

这种自己的情绪完全被一个女孩子牵动着、影响着的感觉，他以前从未有过。

他没骨头似的瘫在沙发里，长腿微屈，皱着眉，薄薄的唇抿成线。

程轶掐着嗓子尖声道：“我们太子殿下颓起来都这么帅！”

林柏杨翻了个白眼：“傻。”

两个人你来我往地又是一场激战，秒表计时的那人听了半天也听出是因为妹子，毫发无伤穿过战场，撅着屁股凑到陆嘉珩身边，掰着手指头老神在在道：“珩哥，你看，女人看男人看中的无非也就老三样，房子、票子——”

他故意顿了顿，半晌，意味深长道：“命根子。”

陆嘉珩：“……”

初栀的戏服很有讲究。

《女店主》故事发生在十八世纪中叶的意大利，洛可可风格的服装文化处于鼎盛时期，裙撑第二次使用，与其搭配同时使用的是紧身胸衣。

女主角米兰多琳娜并非贵族，衣着上其实也简化了很多，那身长裙暗红色，简洁干净，看起来并不繁复。

直到话剧社的学姐抽了件紧身胸衣递给她。

初栀惊恐万分，结结巴巴道：“我、我、我也要穿这个东西吗？”

学姐一本正经：“仪式感，学妹，仪式感是个多么重要的东西！放心，不会系很紧让你不舒服的。”

女孩子在里面的房间换衣服，初栀藏在临时挂的更衣室帘子后面，戏服又长又多，完全没办法一个人穿，负责服装的学姐便进来帮她。

初栀上半身几乎没衣服，小脸涨得通红，低低垂着脑袋，任由女孩子在后面帮她弄衣服。

她这副样子看得那学姐好笑：“你怎么这么害羞啊，南方人？”

初栀声音低低的，赤裸的肩头不自在地缩了缩：“本地人。”

“啊，我还以为你是水乡小软妹呢，我有个室友是南方人，我第一次带她去澡堂的时候她也是这样，红着脸死活不肯脱衣服，完全不能接受北方的大澡堂文化，”学姐声音轻快，垂头拉着初栀身上的紧身胸衣的带子边系边啧啧出声，“你这个腰，我感觉这玩意儿穿你身上都肥，再勒一下好像要断了。”

衣服折腾完，又换了个学姐给她化妆，林瞳和顾涵也化妆，但是一般就是简单的淡妆，涂个粉底描描眉什么的，这种舞台妆初栀还真的是第一次近距离接触，不由得再次目瞪口呆。

化妆品真是个神奇的东西，初栀原本是十分圆润的鹿眼，此时多了眼线和眼影以后，她整个眼睛的轮廓被拉得又深又长，面部阴影有些尖削，鼻梁高挺，唇线扩出，红唇微厚。

略锐利又成熟的妆容刚刚好起到中和的作用，没有显得过头，反而还有一种异常和谐的明艳感。

原辞一身骑士的装扮，此时也刚好走进来，从镜子里看着她，愣了愣。

初栀也从镜子里看见他了，晃了晃脑袋算是打招呼。

原辞眼睛微微瞪大了一点，走过来站在她身后，对着镜子里的人细细看了一会儿：“姐姐这样好看的。”

初栀有点不好意思。

旁边的学姐眼一斜，调笑道：“什么叫这样好看？”

原辞咧嘴笑了笑：“平时也好看。”

初栀也觉得自己变化实在是挺大的，由衷地赞叹道：“学姐，你实在太厉害了。”

那学姐还在往她脸上扫阴影：“去年社长演贝儿公主也是我化的，你没看到他当时，真是沉鱼落雁、闭月羞花。”

原辞在旁边弄头发，无奈道：“过去的就过去行不行？我今年可是演帅哥啊。”

“司马昭之心的帅哥。”“八爪鱼”拽着个假发从后面晃过，看着初栀提着裙子出去准备道具去，提议道，“其实你继续反串女店主，让阿栀也反串，岂不美哉？”

原辞：“比骑士高一头的女店主吗？”

“八爪鱼”：“……”

校庆的最后一个节目一般是合唱，话剧社的节目按照往年也都是被排在倒数第二个压轴，初栀在后台最后看了一会儿台本，探头悄悄往外瞧。

现在正在表演的是街舞社，街舞社的节目一向是非常受欢迎的，小哥哥小姐姐们一个个逆天帅气，热裤下的美腿翘臀带起空前高涨的气氛。

初栀垂头，看了一眼自己拖到地上的长裙，只觉得到时候不要冷场就好了。

因为她是偷偷站在后面看的，视野有限，下面的人全都看不到，初栀拖了个小板凳默默地坐在旁边，看着舞台上的小姐姐们旋转跳跃，发起呆来。

陆学长应该也在下面看的。

比起无聊的话剧来说，他肯定更喜欢街舞这种吧，也许看得目不转睛呢。

初栀脑补了一下陆嘉珩斜歪在椅子里，看着舞台上小姐姐们笑，懒洋洋地说：“不错啊……”

画面太过于真实生动，而且十分符合此人人设，也许他现在就是这样的。

初栀被自己的脑补气到了，单手托着下巴，重重地哼了一声。

她还没哼完，被之前给她化妆的那个学姐拽起来了：“别托着脑袋，粉都蹭掉了！”

初栀吓得赶紧把手放下了，搬着板凳重新回了后台坐下，腰板挺得笔直，下巴微仰，生怕衣领子蹭到粉底。

她靠着边儿坐，手边是深红色的幕布，幕布后面是隔断墙板，再往里面是临时搭成的给女孩子用的试衣间。

说是试衣间，其实就是里面的更衣室空间不够，就在墙角的位置斜着拉了几块幕布，隔出一块一块的空间来，临时换衣服用。

板凳没椅背，初栀坐了一会儿觉得累，就转过身来，靠着墙坐。

结果人一转，余光就瞥见身侧的人。

陆嘉珩也靠在墙边，就站在她身后，不知道站了多久。

她一回头，正对上他沉沉的眼。

看见她转过身来，陆嘉珩动都没动，眼都不带眨，依然专注地看着她。

初栀开始怀疑这个人是不是根本就没认出来她是谁。

毕竟她的这个妆的变化确实很大，舞台妆本身就非常浓，她自己看到的时候都惊讶了一下。

初栀站起身来。

她穿了很高的高跟鞋，又有厚厚的防水台，现在不知道能有个一米六几，一站起来，和陆嘉珩的身高差缩短得十分明显。

虽然依然是差了那么——一大截就是了。

但是初栀依然充满了自信。

从小到大她还从来没这么高过！

虽然觉得至少也应该打个招呼，也想问问他为什么跑到后台来了，但是果然还是不想理他。

初栀下巴一仰，不太熟练地踩着高跟鞋，准备跟他来个擦肩而过。

别说，她这一条红色大长裙配上浓妆，还挺有那么点傲慢冷艳的意思。

陆嘉珩眉一挑，看着她一步步走过来，靠近，和他并肩。

即将擦身而过的瞬间，他一把抓住她的手腕，力道很轻，却带着点不容置疑的味道，轻轻拖着她的腕子往自己身前一带，把人拉回来了。

初栀猝不及防，被这一下拉着往后退了一步。

她高跟鞋穿得还不太熟练，险些没稳住步子，抬手啪的一下撑住墙面才站稳。

初栀站定，抿了抿唇，微微垂着头，没说话。

不知道为什么，她其实不太愿意陆嘉珩看见她现在的样子，感觉这个妆看起来，好像有点凶。

可是她现在不就是需要凶一点吗？

初栀脑袋里小剧场疯狂运转，想到之前这个人一直那么过分，小恶魔迅速抓起三叉戟两叉子戳飞了小天使，龇牙咧嘴地掌握了指挥权。

凶他，凶他！

初栀想着，又抬起脑袋，凶巴巴地瞪着他，看起来应该还挺有杀伤力的。

她本来以为对方至少也要稍微愣一下，或者错愕一下吧？

这可是她花了一个小时的时间化的舞台妆！

结果陆嘉珩连眼睛都没眨一下。

不仅没眨眼，他甚至笑了。

他看起来似乎是被她逗笑了，嘴角上扬，垂着眼不慌不忙地和她对视："长高了。"

初栀："……"

她这个御姐妆，为什么对他一点作用都没有，明明连原辞见了都愣了好半天来着。

初栀十分挫败。

刚刚那点气充出来的凶恶被放了个精光，手腕还被他攥着，初栀轻轻挣了两下，没挣开。

陆嘉珩不理她的小动作，反而抓得更紧了点儿。

"你生气了？"他低声问。

"……"

"为什么生气？"

"没生气。"

陆嘉珩眼一眯："撒谎。"

她又重新耷拉下脑袋，有点底气不足，往回抽手："你先放开我……"

"为什么生气？"他不依不饶道。

初栀快气死了。

这个问题要怎么回答啊！

前面街舞社的那群人刚好表演结束，下台回来，后台本来人就多，此时更是人满为患，从里面隐隐传来有人喊初栀名字的声音。

初栀听见了，刚想应声，被陆嘉珩空着的那只手一把捂住她的嘴巴。

初栀瞪大了眼睛。

原辞一边喊她一边从里边出来，初栀他们站在墙边，前面站着街舞社的人，刚好挡住了他们的位置，原辞一身骑士的装扮，视线左右瞟了一圈，往这边走靠近他们。

陆嘉珩回头看了他一眼，舔了舔唇，抓着初栀的手一松。

她还没来得及反应，他长臂将她捞过来扣在腋下，直接把她整个人提起来了。

双脚忽然悬空，初栀差点惊呼出声。

陆嘉珩侧头看了一眼马上就会走过来看到他们的原辞，手臂微屈，像提着个娃娃似的提着她就往前走。

初栀瞪大眼睛，耳朵红了，蹬了两下腿，像只被抓着耳朵拎起来的小兔子，急急道："你干什么呀！放我下去啊！"

陆嘉珩没理她，拎着她穿过暗红色幕布，走向尽头那几个临时搭成的试衣间。

他走到最里面的一间，身子一侧，带着她直接闪进去，放下人，回手拉上帘子，挂上挂钩。

初栀目瞪口呆。

她站在那里走也不是不走也不是，完全被这个人的行为惊住了。

其实刚刚他只是把她抓起来了而已，两个人的身体没有任何接触，连拥抱也算不上。

明明他除了手哪里都没有触碰，初栀却觉得火烧火燎，整个人浑身上下都烫得不行。

外面是热闹的人声笑闹，被一层暗红色帘子隔开，里面是一片安静。

初栀话都不敢大声说，生怕外面路过的人听见。

她后退了两步，背靠上墙壁，抬起头来，亮晶晶的眼含着不知道是羞还是怒的光。

她的妆很重，这么近的距离看她眼线斜飞眼角挑上去，勾了一点点媚气出来；唇膏向外涂出去了一些，显得略厚，嫣红又饱满。下唇被洁白的牙齿轻轻咬住一点点，红白的对比鲜艳到刺目；脖颈修长，锁骨的线条流畅好看，再往下是被裙子包裹住的纤细腰肢。

陆嘉珩刚刚提起她的时候有一瞬间的慌神。

这么小的一只，轻飘飘的，比他想象中还要轻。

手下的骨骼细得就好像他再用一点力气，她就会碎掉一样。

陆嘉珩是小心翼翼、近乎虔诚地把她带进来的。

外面吵闹声渐近，隔壁进了个姑娘，应该是正在换衣服，只隔了两层帘子，衣料摩擦的声音细微，却清晰得仿佛近在咫尺。

他垂眼看着她。

她背靠着墙壁，他站在她面前，居高临下，仿佛把她整个人圈在面前。

后台温度不低，并且好像还在持续升高，空气仿佛都掺杂了点别的东西。

陆嘉珩往前走了一步。

初栀又往后蹭了蹭，看起来紧张极了，气都不敢喘的样子。

他刚要说话。

初栀瞪大了眼睛，反应极快地唰一下抬起手来，捂住了他的嘴。

隔壁那人还在换衣服，衣料声窸窸窣窣。

初栀指指隔壁，朝他摇摇头，脸颊绯红。

虽然她什么坏事都没做，但是一男一女偷偷地藏进换衣间里这种事情……

初栀耳朵红得像是要滴出血来，高高举着手臂捂住他的嘴巴不肯放。

陆嘉珩一动不动，任由她捂着。

半晌，他缓慢地抬起手来，抓着她的手拉下来，一只脚往前半步，俯身垂头，唇瓣凑到她耳畔。

他轻轻呵出一声笑来，气音带着热度喷洒，嗓音压低地耳语，音色如沙：“小栀子，问你个事儿。”

初栀感受着他极具压迫感的靠近，吐息间灼烧耳郭，人僵在原地，只呆呆地看着前方瞪着眼。

她喉咙里发出一点点细微的声音，像是一声呜咽。

陆嘉珩低垂着头虚虚悬在她颈窝上方，头抵着墙面，还没说话。

帘子突然被人扯了两下，伴随着一个女孩子有些急切的声音：“里面有人吗？我马上要上场了请问能快一点吗！”

第六章

最讨厌

帘子被人拉动了两下，因为挂着挂钩，没拉开。

初栀被突如其来的声音吓得一哆嗦，猛地推开了面前的人。

陆嘉珩后退了两步，表情写满了被打断的不满。

外面声音嘈杂，如果初栀没记错的话街舞社的表演是排在中段，下一个节目是什么来着？

小品吗？还是民族舞来着？

初栀紧张地看了陆嘉珩一眼，手指举到唇边做了一个“嘘”的手势，结结巴巴道：“对、对、对不起！这个衣服有点难穿，您去旁边看看！”

女孩焦急道：“旁边的也都有人啊！”

“那、那稍等一下！”

她看看面前的人，手足无措，完全不知道怎么办才好。

初栀悄悄走到门口，耳朵贴在帘子上听了一会儿，又走回来，重新靠回墙边。

临时换衣间里面空间很小，一个人已经有点挤了，进来两个人几乎没什么移动的空间。

更何况，他还那么大一只。

初栀悄悄抬头看了一眼陆嘉珩。

他看起来却依然一副不紧不慢的样子，直起身来微微侧着头，等着她发话似的。

她们在最后面一个更衣间，右手边有人在换衣服，左手边到了尽头，贴着墙面。

初栀朝他勾了勾手。

陆嘉珩听话地凑过头来。

她附在他耳边悄声问："怎么办？"

陆嘉珩也配合着她低声咬耳朵："直接出去。"

初栀满脸惊慌地瞪着他。

她指指自己，又指指他，一言难尽的样子："我们不能就这样出去的呀……"

陆嘉珩挑眉，看起来似乎有点想笑："为什么不能？"

他低低垂头，目光沉沉的，声音压低了以后有微沙的质感，婉转低柔："你做什么坏事了？"

初栀脸烫得像是在烧，说不出话来。

这根本不是做没做什么的问题。

即使这样，两个人就这么大摇大摆地出去也肯定是不行的呀。

初栀纠结死了，咬着嘴唇想了半天，想不出办法来。

外面的女孩子好像真的很急，等了她一会儿听里面还没声音，又道："不好意思，我能进来跟你一起换吗？"

初栀大惊失色，连忙道："不行！"

她贴着墙边站，像只热锅上的小蚂蚁，脸上全是焦急无措的神色。

陆嘉珩调整了一下姿势，悠闲散漫好整以暇地看着她。

想了一会儿，初栀凑过去，尽可能地踮起脚："要不然我一会儿想个办法分散一下她的注意力，你趁机偷偷爬出去，我可以用裙摆稍微帮你做一下掩护。"

初栀牵着裙子拉起来，她戏服的裙摆拉起很宽，一个人如果趴在后方地上的话确实可以挡住一些。

陆嘉珩脸上懒散悠闲的表情没有了，嘴角似乎抽搐了一下："爬出去？"

初栀十分认真地点点头。

陆嘉珩被她给气笑了："你是想让我，这么爬出去？"

他这一笑阴沉沉的，眼神看起来侵略感和杀伤力也实在太强，初栀弱弱地缩了缩脖子，细声道：“那也没有其他办法了呀……”

陆嘉珩深吸口气：“直接出去。”

“不行不行！”

陆嘉珩不耐烦了。

他皱了皱眉，露出了一个有些不耐的表情。

初栀可怜巴巴地看着他，下唇唇瓣上的唇膏看起来快被她吃掉了，上面沾了一点口水，亮晶晶的。

陆嘉珩深吸口气，太阳穴跳了跳，妥协道：“我来想办法，不会被发现的，但是你要补偿我。”

初栀现在还哪管那些，只要不被发现怎么都行，虽然她只能想到让他爬出去。

她赶紧小鸡啄米似的猛点头。

小姑娘的样子看起来可以说是十分迫不及待了，陆嘉珩垂眸看着她这反应，眼一眯。

两个人说话的声音都极小，初栀始终仰着脖子，还好她穿着高跟鞋，比平时高了不少，倒也不是很累。

陆嘉珩也十分配合她地弓着身，为了保持平衡，他单手撑着墙，凑到她耳畔：“你就是不想被人看到和我在一起？”

对对对。别人看到会被怎么想啊。

初栀继续疯狂点头。

点完了，她才觉得哪里不对劲，赶紧停住，但是好像已经来不及了。

陆嘉珩低低哼了一声：“行。”

这一声和之前，好像都不太一样了，有种寡淡的凉薄感，没什么情绪波动。

轻轻的一声，初栀脑子里有根弦瞬间一下子紧紧地绷了起来。

她都还没来得及反应，陆嘉珩突然直起身来。

他没再说话，冷冷勾了勾嘴角，看都没看她一眼，直接转身抬手，修长食指勾着挂住的帘子拉过去，整个人无比自然，不急不缓地走出了换衣间。

暗红色的帘子随着他出去被掀起一瞬又放下，视线再次被阻隔。

初栀一个人呆呆地站在试衣间里。

外面那个一直在催促、焦急地走来走去的姑娘也停住了。

十几秒钟后，初栀反应过来。

外面的女孩子也犹豫了一会儿，才小心翼翼地拉开一点点帘子，涨红着脸，不确定地朝里面看了一眼。

她怀里抱着一堆衣服，看看初栀，又赶紧移开视线："那个……"

她看着初栀的眼神十分难以形容，初栀只堪堪扫了一眼，完全没有勇气去分辨那里面的含义。

她急急地垂下头去，低低道了一声对不起，匆匆出去了。

女生看着她的背影闪过人群消失，恍然大悟。

她回忆了一下刚刚出去的那个面无表情的男人，感觉他有点眼熟，应该是在哪里看到过的，可是一时间又想不太起来。

再想想刚刚那个姑娘一闪而过羞耻到极点的脸，女生顿时有一种自己是不是坏了人家好事的罪恶感。

下一个节目就轮到她了，那姑娘赶紧晃晃脑袋，不去想这些，匆匆拉上帘子换衣服。

狼狈。初栀从小到大，从没觉得自己有这么狼狈的时候。

她几乎是落荒而逃，急匆匆地从更衣室出来，一路都深深埋着头，不敢看周围。

身边全是乱糟糟的人声，说话声和笑闹的声音，后台嘈杂而匆忙，她低垂着脑袋飞快地从人群中闪过。

她甚至觉得身边的每一个人都看见了刚刚的那一幕，每一个人都在偷偷地打量她，议论着她，说她竟然在公共场所和一个男人偷偷躲在狭小的更衣室里，说她不知羞。

他竟然就这么丢下她，一个人走了。

留下她一个人，他就这么走掉了。

浑蛋。

讨厌鬼，烦人精。

陆嘉珩这个王八蛋。

初栀咬紧了嘴唇，瞪大眼睛，努力压下眼眶中泛起的酸涩。

她回到话剧社的准备区时，原辞也刚好回来，一看到她，连忙快走了两步叫她。

初栀回过头来，眼睛有一点点红。

原辞本来不知道是要叫她说什么的，此时看见她的表情就是一愣，连忙问道："你怎么了？"

初栀垂下头去："没怎么……"

原辞走近了一点，垂着头看她："到底怎么了？"

初栀撇撇嘴，眼睛湿漉漉的，不知道为什么，就是觉得委屈。

好委屈。

她深吸口气，摇摇头，用指尖轻轻蹭了一下眼角，小心翼翼地防止蹭掉妆，声音低低弱弱的，有点哑："没什么，就是有点担心，我怕我演不好。"

原辞闻言，微微皱了下眉，明显不太相信的样子。

但是很快，他的眉心重新舒展开来，他浅浅地对她笑了，露出小半颗虎牙："姐姐别怕，我带着你呢。"

初栀快哭了，声音都带上了点哭腔，满腔的情绪终于找到了一个合理的借口发泄出来似的："我只演过盆栽……会不会拖后腿啊……"

原辞手忙脚乱、语无伦次："盆栽好啊，盆栽多难演，哎，姐姐你千万别哭啊。"

接下来的一段时间里，初栀始终坐在化妆台前没动过。

之前给她化妆的小姐姐跑过来给她补了被她吃得差不多的唇膏，又千叮咛万嘱咐让她千万不要再咬嘴唇了。

初栀乖乖地应了，将剧本摊开在面前看了一会儿，手机微信提示音响起。

今天周五，下午校庆演出结束就放假了，是初父的微信，问她下午几点结束，要不要来接她。

初栀回完消息，退出对话框，刚好看到下面的那个人名。

陆嘉珩之前几天也给她发了几条微信，她都还没有回，只是读完了就放在那里。

其实本来初栀都没再觉得生气了。

她就是那种什么都来得快去得也快的性格，虽然觉得陆嘉珩之前的行为有一点过分，不太想理他，可是也都过去好几天了，他给她打了好几个电话，也发了信息。

但这也是本来。

初栀看着那名字，用力地鼓了鼓腮帮子，点开来备注，输入。

她气鼓鼓地放下手机，重新开始看剧本。

看了几分钟，她又拿过手机来，滑开解锁，点出微信，将人加入黑名单。

她再也不想理他了！

陆嘉珩回到前面去的时候，程轶正咔嚓咔嚓吃着薯片。

台上小品刚刚退场，紧接着是民族舞，程轶歪着脑袋："你这回来得正是时候啊。"

陆嘉珩嘴角向下耷拉着，没说话，重新窝回位置里，微微抬了抬眼，看向前面台上的表演。

舞台上十几个姑娘，轻盈灵巧如百灵鸟，伴随着乐声翩翩起舞，澄黄色大摆长裙上露出纤细的腰肢和白皙的小腹。

程轶中肯地评价道："不愧是专业的，这身材比刚刚街舞的那群带劲儿多了。"

陆嘉珩目光冷淡，没什么表情。

又过了两个节目，才是话剧表演。

刚开始，程轶还在悠闲地吃薯片，慢慢地，他觉得身边的人气压越来越低，越来越低。

直到台上演到骑士离店之际，执起女店主的手凑到唇边，单膝下跪，承诺要娶她为妻。

"啧。"陆嘉珩低低地发出一声。

他盯着台上一身银甲的男人，眸光冷锐，充斥着的全是暗沉沉的烦躁和戾气。

那么怕被人看见和自己在一起，却和别的男人相处得很开心，还有空旷的教室里，小姑娘接起电话来，脆生生的那一声"学长"。

还有不知道什么原因，莫名其妙就生气了也还没解决，不仅没解决，感觉好像还越来越糟糕了。

陆嘉珩只觉得胸口堵着一口气，烦得不行。

十几分钟后，话剧结束谢幕，他掏出手机来，点开对话框，垂眼飞快地打字："那么喜欢骑士？"

他盯着那行字看了一会儿，删掉了，又打："就那么讨厌和我扯上关系？"

这句打完，他也没发。

沉默了一会儿，陆嘉珩仰起头来，看着礼堂里黑漆漆的天花板闭了闭眼，长长地、无奈地、认输般叹出一口气来。

胸口堵着的那一团气就好像被扎破了的气球，砰的一声破掉了，七零八落碎成好多块，洋洋洒洒飘下来。

他垂下头，重新一字一字删掉了，再次输入："对不起。"

"对不起，我错了。"

绿色的会话气泡前瞬间弹出一个红色的感叹号，伴随着下面一行黑色的小字。

"消息已发出，但被对方拒收了。"

陆嘉珩："……"

陆嘉珩呆愣了三秒，眼睛一点一点瞪大了。

他难以置信地看着绿色气泡前的鲜红感叹号，人生在世二十余载，第一次感受到被人拉黑的滋味。

他被拉黑了。

竟然被拉黑了？！

他绞尽脑汁费劲想了好半天的道歉，竟然连出生的机会都没有，就这么夭折了。

陆嘉珩二话不说，直接拨通了初栀的手机号码，没有平日里那声软软糯糯的"喂"，甚至没有前几天连续等待的嘟嘟嘟声。

平淡的女声冷冰冰地响起："您好，您拨叫的用户正忙，请稍后再拨。"

手机号码也被拉黑了。

陆嘉珩爆炸了，唰的一下站起来，二话不说直接朝后台方向走。

他刚刚在椅子里瘫了好一会儿，此时最后一个大合唱已经开始了，不少人也在偷偷溜走，程轶在后面小声叫他："阿珩，你又干吗去？"

陆嘉珩理都没理，绕进后台，里面全是人，他找了一圈，才找见人。

初栀之前高高盘起的长发此时已经拆掉了，软软地披散下来，厚厚的舞台妆用卸妆湿巾擦掉，整个人看起来干净又清爽，鹿眼又大又圆，睫毛卷翘，垂眼的时候低低覆盖下来，打下柔软的阴影。

似乎是有所感觉，初栀抬起头看过来。

陆嘉珩站在原地看着她。

四目相对，他漆黑的眼看起来阴沉沉的，唇瓣紧紧地抿着，眉心微锁。

只一瞬，初栀就不着痕迹地轻飘飘移开视线。

原辞在旁边叫她，她侧过头去，和那男生说话，眼神平静而淡然，动作无比自然，就好像她刚刚视线扫过的地方根本没站人一样。

陆嘉珩愣在原地，有些没反应过来。

其实就在刚刚看见她的一瞬，他原本心里所有的那些理所当然早就消失得一干二净、无影无踪了。

此时，他却才猛然反应过来。

他来是干什么的？

他一直都在干些什么？

陆嘉珩薄唇僵硬地抿着，第一次生出了某种类似于慌乱的情绪。

前面那男生说了些什么，女孩子安静地听着，弯起嘴角笑，颊边一个浅浅的梨窝，眼睛也跟着一弯，像轮下弦月。

初栀站起来，边说话边和她的“骑士”一起走过来，一步一步，距离慢慢拉近。

他似乎想叫她，手指微抬，喉结动了动，却没发出声音来。

初栀和他擦着肩膀过去，从始至终没看过他一眼。

她旁边，原辞正在讲“八爪鱼”专业课上发生的趣事，从后门出去，初栀轻轻地出了口气。

原辞侧了侧头：“姐姐，你很紧张？”

初栀呆愣愣地抬起头来：“啊？”

“你刚刚看起来好像有点紧张，”原辞咧嘴笑，“刚刚那个人是谁？你认识的吗？”

是个王八蛋。

她重新垂下脑袋，将自己的半张脸都藏进温暖的围巾里，闷闷地说："不认识。"

原辞啊了一声，没再说话。

冬天的白日很短，下午四点多，天色微暗。

两个人一起出了礼堂，外面雪不知道什么时候下起来的，洁白雪花绵绵地坠落，地面积了薄薄一层。

初栀站在礼堂后门门口停住了脚步，依然垂着头："今天辛苦了。"

原辞愣了一下，而后俯下身来，笑眯眯地看着她："姐姐，如果有人欺负你，你就跟我说。"

初栀点点头，又摇摇头，慢吞吞地说："没人欺负我。"

"行，那我走了。"

"嗯。"

少年灵巧地跳下台阶，站在三级台阶下朝她摆了摆手，走出去几步，又回过头来朝她摆了摆手，才离开。

初栀鼻尖蹭着围巾的边缘，又抬起手来往上拽了拽。

嘴巴和鼻子都被围巾捂着，哈出来的热气顺着缝隙往上蹿，在她眼睫上挂出一颗颗小水珠。

初栀原地站了一会儿等着初父来接她，外面的天气有点冷，初栀垂着眼想了想，还是决定进去等。

一回头，她就看见陆嘉珩站在她身后，靠在礼堂后门门口看着她。

这个人今天几次三番地站在她身后，都不出声音的，也不知道站了多久，像个背后灵一样。

初栀重新扭过头转回身去，打消了进去等的念头。

算了，冷就冷吧，我就喜欢冷！

她干脆深深埋下头，把眼睛也都藏在围巾里眼不见为净，竭尽所能地装雕像不动，全当后面的人不存在。

可是不知道是一回事，知道后面站了个人一直在盯着她看又是另外一回事，初栀难受死了，浑身都不自在，烦躁地抬起头来，跳下台阶，沿着礼堂准备绕到前门去。

结果她动，他也动。

身后鞋子踩上去有轻轻的嘎吱嘎吱的声音不断传来，不远不近地跟着她。

初栀深吸了口气，停下脚步来，身后的人就也停住。

顿了顿，她接着走，结果还没走两步，就听见身后传来一声低低的叹息。

下一秒，身后的人加快步子，初栀的手腕被抓住。

陆嘉珩抓着她，长腿迈开，两步就走到她面前去了，他太高了，抓她的手都需要低着身，所以视线此时基本是跟她相差无几的高度。

初栀垂着眼，睫毛上面挂着水汽，发际处细碎的发丝也沾了水汽，有点湿漉漉的，眼睛以下全部藏在围巾里，只剩一双眼睛露在外面，长长的眼睫低低地覆盖下去，一眨不眨地盯着地面，就是不看他。

这是在生气，大概气死了。

两人僵持了一会儿，初栀最先忍不住，低低道："松手……"

他没反应。

她用力地往回抽手："你松手……"

他还是紧紧抓着，不说话，也不放，人反而往前半步，靠得更近了一点。

她一抽，他的手指就从她手腕处的衣料往下滑，触碰到她的手背，有些冰，却又好像热得烫人。

她的手太冷了，绵软冰凉，没骨头似的，陆嘉珩指尖无意识地在她的手背上轻轻摩擦了一下。

初栀一颤，使劲儿往回抽手。

从小到大，她从来没见过这么无赖的人，任性妄为、举止轻浮，脾气烂，还自以为是，完全不会为别人考虑。

初栀气极了，原本已经被她一个话剧表演的时间压下去的东西又重新冒出来，脑海里飞快地过了一遍台词，想象了一下这个场景应该如何痛骂他一顿。

她正想着，陆嘉珩低低地叹息了一声。

他往前走了两步，靠近她，眼珠漆黑，声音低低的，气息微沉："对不起。"

他抿着唇，弓身垂头，眼睛一眨不眨地看着她，表情蔫巴巴的，语气有点小心翼翼："初初，我错了。"

初栀没说话，一直在拼命往回缩的手也不动了。

一时间没人说话，她就那么低低垂着眼看着地面，没有反应。

突然，啪嗒一下，一颗水滴滴落下两人之间的雪地上。

轻飘飘的一滴，无声落下，紧接着又是一滴。

初栀眨了下眼，浓密的睫毛下泪水珠串儿似的一串串往下掉。

陆嘉珩整个人僵在原地。

她哭得无声无息，安安静静地掉眼泪，声音细细的，轻不可闻，带着一点点模糊："你松手……"

初栀脑袋低垂着，泪水越来越凶，小小的身子轻轻颤着往回缩，声音委屈，细细弱弱的，带着呜咽："你别碰我……"

陆嘉珩松开手。

初栀连忙缩回来，整个人快速往后退了一点点，从刚开始的无声掉泪到抽抽噎噎。

她哭得越来越凶，泪水根本止不住，连着肩膀都在颤抖。

陆嘉珩紧抿着唇，薄薄的唇片颜色苍白："我不碰你。"

他手悬在她面前，声音放得极轻、极柔地开口："我不碰你了，对不起，对不起，你别哭。"

他慌了神，也心疼极了，有点不知所措，什么话也说不出来了，只会说对不起。

初栀也不想哭的。

她原本想要很帅气地骂他一顿，最好还能再踢他一脚，然后扬长而去，从此以后再也不要理他。

可她就是很委屈，就是好难过，原本憋得好好的情绪，一看见这个人，就像是洪水决了堤。

哭兮兮的样子，肯定一点也不帅气，一点也不潇洒，跟她刚刚想象排练过的场景完全不一样。

可是她控制不了，一看见他，一想到今天下午发生的事情，她就委屈得控制不了。

他今天怎么能那样。

他怎么能在做出了那些事情以后，又擅自把她带进更衣间里去，然后又在明知道外面有人的情况下把她一个人丢在里面，自己就这么走了。

真的好过分。

她当时有多无措，有多狼狈，有多羞耻，有多难堪。

他怎么能这么做。

初栀终于抬起头来，哭得眼睛都红了，像只倔强的小兔子。

她抬起手来，手背用力地蹭了一下眼睛，委屈却抑制不住地宣泄而出，眼泪擦掉了又有新的涌出来，源源不断，啪嗒啪嗒砸下去，掉在积雪的地面上。

“陆嘉珩，你真讨厌……”

初栀抽了抽鼻子，声音哑哑的，带着浓浓的哭腔：“我不要原谅你，我最讨厌你。”

周六初栀起了个大早。

她从昨天晚上一回来就开始睡，一直睡到今天清晨六点多，睁开眼，盯着天花板发了十分钟的呆。

初栀不知道自己是什么时候离开的。

她接了个电话，初父打来的，告诉她到学校门口了。

她一句话没说，转身就走了。

这次陆嘉珩没有拉住她，也可能是因为他不想再理她了。

他终于觉得腻味了。

他觉得她太麻烦了，又事儿多，好像没有想象中有趣。

初栀干巴巴地想。

她昨天下午哭得太凶了，此时只觉得眼睛酸酸涩涩的，还有点胀，肚子也饿，咕噜咕噜叫着狂刷存在感。

楼上悄无声息，装修的声音都没有了，安静得让人不确定上面有没有人在住。

不过已经过了很久，他的房子应该也早就装修好了。

毕竟还是上下楼的邻居，不知道以后碰见了会不会有点尴尬。

初栀双手撑着床面坐起身来，她睡了快一个对时，突然一坐起来还有点晕乎乎的，她甩了甩脑袋，缓了一会儿，慢吞吞地爬下床洗漱，出了房间。

客厅里也静悄悄的，初栀踩着拖鞋走进厨房，拿了盒饼干，又倒了一杯牛奶出来，端着回房间。

有些昏暗的房间里，你猜像只小精灵一样，轻巧地跳到床上来。

似乎是察觉到了初栀的情绪有些低落，你猜轻轻地叫了一声，毛茸茸的小脑袋贴着他蹭了蹭。

初栀把它抱过来，脑袋埋进它柔软厚实的绒毛里。

“陆嘉珩是个浑蛋。”初栀整张脸埋在里面，声音听起来低低的。

“喵。”你猜赞同道。

初栀抬起头来，捏着它糊了一坨黑毛的脑袋揉了揉：“你知道他是哪一个吗？”

“喵。”

“就是上次来家里一起吃麻辣香锅那个。”

“喵。”

“他可讨厌了，下次再见到他，你就咬他。”

你猜可积极了：“喵喵！”

初栀填饱了肚子，又睡了几个小时才迷迷糊糊地爬起来。

她整个人横着躺在床上睡对角，怀里的你猜也四仰八叉的，一人一猫睡得天昏地暗，断断续续差不多十四个小时都沉浸在梦乡里，她的意识已经有点黏糊糊的了。

初父饭已经弄好了，熬得细细糯糯的皮蛋瘦肉粥，因为不知道她什么时候起，所以在锅里没有盛出来。

初栀洗漱好，蹭进厨房，给自己盛了一碗粥端到餐桌前。

初父在落地窗前的小摇椅上看报纸，一看见她这么早起，惊讶地挑了挑眉：“今天醒这么早啊？”

初栀看了一眼表，已经十点了。

“唔。”初栀无精打采地垂着眼坐下。

她昨天眼睛红通通地回来，一声不吭就回房间了，今天看起来情绪好像也有点低落。

初父和坐在沙发上的邓女士对视了一眼，邓女士用口型道：“怎么回事儿啊？”

“我哪儿知道啊。”

你猜蹲在她脚边懒洋洋地舔着爪子，初栀慢吞吞地喝着粥，想起昨天初父说要去海南避寒这事儿，抬起眼来：“你们什么时候走呀？”

其实她这个问题问得有点多余，邓女士连裙子和草帽都穿戴好了。

果然，邓女士没说话，观察着她的样子微微皱了皱眉：“宝贝，你也跟爸爸妈妈一起吧？”

初栀摇摇头：“我要上课呢。”

“妈妈给你请假。”

初栀还是拒绝：“过段时间马上要期末考试了，现在的课不能缺的。”

邓女士和初父对视了一眼，还想说些什么，门铃突然响了。

初父利落地放下手里的报纸起身去开门。

门打开，初父定睛一瞧，特帅气的小伙子。

小伙子没穿外套，一件干净简单的白衬衫，身形高大挺拔，一张漂亮不女气的脸。

见到陆嘉珩，初父也笑眯眯的，和善道：“小伙子，今天下雪，我们家没晒被啊。”

陆嘉珩停了两秒，视线落在放在门口的行李上，很快反应过来。

“不是，我是想问一下，您知道物业电话吗，我刚搬过来没多久，楼上好像有点漏水。”

他一开口，背对着门坐的初栀肩膀僵了僵。

她没回头，把面前的粥一推，垂着脑袋站起来往房间走，小声道：“我吃饱了。”

邓女士还在跟她商量：“现在也不是旺季，下午直接去机场买票也来得及，你就跟爸爸妈妈一块儿去？”

初栀抱起猫，闷闷道：“不要，我要上课。”

初父是那种脾气特别好的傻白甜性格，见了谁都笑呵呵的，说话不紧不慢，做什么事情也都十分有耐心。

初父很热情地帮助这个刚搬来不久家里漏水不知道该怎么办、颇有他年轻时候的风采的英俊小伙子找到了物业的电话，陆嘉珩道谢，转身上楼。

一边上楼，一边想笑，他终于知道初栀这个性子到底像谁了。

他无意识地弯起嘴角，开门进屋，坐回到沙发里。

房子已经装修好一段时间，靠垫是她挑的，窗帘是她挑的，家具多数也是她挑的。

结果他把人惹哭了。

陆嘉珩笑不出来了。

他瘫在沙发里，一闭上眼，脑海里全是一张白皙的脸，明亮清澈的黑眼睛又圆又大，唇瓣红润，长长的睫毛又卷又翘，一笑起来两颊挂出梨窝和酒窝，眼睛弯弯的像月亮一样，说话永远轻声细语，慢吞吞的，软软糯糯，像豆沙包里甜甜的红豆沙馅。

被他给弄哭了。

有那么一瞬间，陆嘉珩觉得自己就像是失去了什么资格。

最糟糕的是，他还是觉得她可爱，哭起来的样子怎么也那么可爱，简直好看死了，他的心都化了。

陆嘉珩单手撑住眉骨，长长地叹了口气。

他自顾自地窝在沙发里，颓丧了一会儿，程轶打电话过来。

电话那头有人在鬼哭狼嚎，听得出战得正酣，程轶的大嗓门震天动地，悲戚哀泣，听起来像是遭受到了什么惨绝人寰的对待："陆少！"

"嗯。"陆嘉珩捏着手机凑到耳边，继续瘫着。

程轶："殿下！出！来！玩！啊！有妹子啊！"

陆嘉珩面无表情地把电话挂了，站起身走进卧室的浴室，打开浴缸水龙头，放了满满的冷水，脱掉衣服。

泡了十分钟，他抬了抬手指，又打开花洒淋了一会儿，才迈出浴缸，坐在床角安静地等。

他赤身裸体等了半个小时，好像没什么感觉，体质这么好的吗？

陆嘉珩好气啊。

他挫败地套上衣服，走进浴室，单手抓了条毛巾扣在还没干的脑袋上，胡乱揉了揉湿漉漉的头发，想了想，又重新回到洗手间，走到洗脸台旁，堵上水池的塞子，水龙头扭到热水的那边。

陆嘉珩放了满满一池热水，转身出了洗手间，翻箱倒柜翻出医药箱，最后在最边缘抽出了一根细细长长的东西。

他捏着那东西重新走回客厅，抓起手机，给程轶打电话。

程轶那边很快接起来了：“殿下！我就知道你会来的！我们在——”

陆嘉珩打断他：“你现在帮我买个东西过来。”

程轶咦了一声，似乎是换了个地方，噪音小了一点：“什么东西？”

“粉底液。”

程轶蒙了：“啥玩意儿？”

“粉底液，要最白的色号，越白越好。”

程轶目瞪口呆了一下，然后像是明白了什么，问他：“你要送给小学妹的？”

程轶心想这个人还挺上道啊。

“不是，”陆嘉珩淡淡道，“我自己用。”

程轶：“……”

初父和邓女士把晚上的饭菜都弄好了才走。

初栀肚子不饿，陪着你猜玩了一会儿，做了作业，从柜子里翻出一盘哆啦A梦的光盘，趴在沙发上看。

晚上六点多，初栀看完了两集，一直乖乖趴在她旁边的你猜突然动了动耳朵，前腿支起来。

初栀没当回事儿，抬手摸了摸它的小脑袋，下一秒，敲门声响起。

那声音太轻了，几不可闻，刚开始初栀根本没听到。

她把动画片按了暂停，又等了一会儿，细细地听，等了十几秒，声音又响起，连续不断，很轻的敲门声。

冬天的晚上六点，外面天已经完全暗下来了，初栀头皮发麻，鸡皮疙瘩都泛起来了。

她咬着嘴唇，静悄悄地踩上拖鞋，走到门口。

她没说话没应声，只偷偷地打开猫眼的搭扣往外看了看。

陆嘉珩垂着眼站在门口，穿着薄薄的衬衫，没穿外套。

初栀肩膀一塌，长长地松了口气。有点奇怪他为什么没按门铃，还用这么小的力气敲门。

她站在门口没动，停了一下，转身重新回到客厅，一屁股坐进沙发里。

门口安静了。

几分钟后，初栀重新站起身来，又走到门口，往猫眼外面瞧，看见他还站在门口。

她眼睛刚凑上去，他又敲了两下，极轻极弱的敲门声，声音小小的，听起来有点有气无力。

初栀咬了咬嘴唇，犹豫了一下。

又过了几分钟，敲门声第四次响起。

每次都是轻轻细细的两声，也不多敲，有点小心翼翼，好像怕吵到谁的样子。

初栀深吸了口气，调整了一下面部表情，拧开里面的反锁，打开了门。

她板着脸，用自以为凶神恶煞的眼神瞪着他，凶巴巴地开口："干什么？"

小姑娘穿着粉白色的棉质裙子，裙摆裹着荷叶花边，露出一截纤细白皙的小腿，声线还是绵绵的，像只小奶猫，好像没什么气势。

初栀觉得是不是因为自己声音太小了，想着一会儿说话是不是还是要大声点。

嗓音高还是低显得比较凶？好像要稍微尖一点吧？

她正想着，脚边的你猜嗖的一下就蹿出去了，一口咬住陆嘉珩的裤管，喉咙里发出呼噜呼噜的声音，尖尖的爪子也露出来了，拼命地往上抓，湛蓝的眼睛仿佛都具象化出仇恨的光。

初栀："……"

她没想到你猜凶得这么积极，好像还一副"终于能动手了"的样子，怪高兴的。

脚边一只猫发疯似的拼命刨他，陆嘉珩却不为所动，低低垂下眼帘，有点乖的样子。

他安静了一会儿，低低地开口，声音哑得吓人，气息很弱，游丝一般，软绵绵的："我生病了。"

初栀狐疑地看着他。

刚刚没注意到，此时她仔细地打量了一下，才发现他看起来确实有些不对劲，漆黑的发有点乱，额发随意抓了抓，湿了几缕，而且脸色差极了。

虽然他唇色本就很淡，但是此时已经完全不是淡，白到吓人，像是涂了层颜料在上面，毫无血色，连带着显得整个人都有些憔悴。

初栀抿了抿唇，语气不自觉地放缓了一点："你怎么了？"

陆嘉珩眼睫一颤，抿着苍白的唇，手指捏着一支体温计递过去，漆黑的桃花眼湿漉漉地看着她："我发了很厉害的烧，现在好虚弱，连抬手按门铃的力气都没有。"

初栀低头一看，体温计上面的水银柱已经飙到头了。

初栀："……"

这可真是烧得太厉害了。

水银体温计最高刻度是四十二度。

水银到头，应该有个四十三度了。

初栀垂眼看着手里的体温计，水银柱就端端正正地停在四十二上面一点点的位置，再往上走点，可能这体温计就要炸掉了。

初栀呆了一下，没说话，皱了皱眉，抬起头来，又看了他一眼。

此时面前的男人看起来是不太一样，平日里那种散漫慵懒的感觉都不见了，确实是一副虚弱极了的样子，湿漉漉的眼，微微垂着的嘴角，低着脑袋看着她，整个人显得安静又无害。

初栀抿了抿唇，把手里的体温计递给他，别过眼去。

陆嘉珩慢吞吞地抬手接过来。

初栀后退了一步，砰的一声，房门在他面前被砸上。

陆嘉珩还没反应过来，整个人沉浸在疾病的折磨里，甚至已经觉得自己真的开始浑身发烫，意识模糊了。

下一秒，初栀的声音闷闷地从门后传出来："你发烧了找我干吗，你找消防员吧。"

"……"

陆嘉珩错愕了，一时间没说出话来。

初栀背靠着防盗门等了一会儿，外面静悄悄的，完全没声音，她想了想又转过身来，从猫眼里往外看。

他还站在那里，垂着头，有点模模糊糊的一个轮廓，和刚刚的姿势一样，一动不动，像只被人遗弃了的小猫小狗什么的，也不太像是装的。

而且装病这种事情，有什么必要。

但是什么人能烧到四十二度啊！

体温计坏掉了吧。

不知道为什么，初栀陡然生出了一种罪恶感。

她咬着嘴唇，犹豫了一会儿，还是打开了门。

陆嘉珩听见她开门的声音，抬起头来，黑漆漆的眼一下子就亮了。

初栀看他一眼："你真的生病了吗？"

陆嘉珩眼底闪过一丝挣扎，沉默了一下，嗯了一声。

初栀别开视线："那你快点回家去吧，或者去医院，别穿那么少站在这里了，外面又没有暖气。"

"我家也没有暖气，"陆嘉珩低声道，"我刚搬过来，还没来得及去交取暖费。"

初栀愣了几秒，才想起来这回事儿。

已经是十二月中旬了，现在这个天气家里没有暖气，那真的要出事情的，不感冒才怪。

初栀在门口站了几秒。

陆嘉珩也不急，就安安静静地等着她。

半晌，她低低地叹了口气，有点无奈的样子，身子往后撤了撤，给他让出位置："你先进来吧。"

几乎是初栀话音落下的同时，他就进来了，顺便还带上了房门。

初栀此时已经转身进屋了，提高了一点的声音从客厅传来："你吃退烧药了吗？"

你猜锋利的爪子挂在他的裤子上，凶神恶煞地叫："喵喵喵喵！"

陆嘉珩一把将它拎起来，举到自己面前。

一人一猫对视，你猜湛蓝的眼睛盯着他，前腿拼命地往他脸上扑腾着。

陆嘉珩嘴角微扬，对着那张脸上一坨黑的猫脸露出了一个平静的笑容。

"没有。"陆嘉珩虚弱地说。

你猜气到吐血："喵喵喵！"

初栀在客厅里一边继续翻翻找找，一边说话："你那个体温计是不是坏了，我家有电子的，你进来再测一下体温，如果高的话你就去医院吧。"

“……”

陆嘉珩脸上的笑容消失了。

他放下猫，站在门口，轻轻咳了一声：“不用了，这种东西串着用是不是不太好。”

初栀：“没事呀，都消过毒的。”

她侧过身来，从里面探头看他：“你先进来吧。”

陆嘉珩虽然想进门，但是他非常非常不想量体温。

而刚被他放下的你猜则是死死地抓着他的一条腿，咸鱼一样赖在原地，妄图不让他动，把他阻止在门口。

陆嘉珩艰难地向前拖行着，左腿拖着一只猫，一只瘫成一把拖布条一样的猫。

初栀蹲在电视柜前，从药箱里抽出电子体温计，抬手递给他。

等了半天，没人接，初栀疑惑抬眼：“给你啊。”

她还板着张小脸儿，看起来并没有消气的样子，并且表情已经极尽可能地凶巴巴了，语气也实在不怎么好。

可是即使这样，陆嘉珩看着她也还是觉得可爱。

他深吸了口气，缓慢地抬手接过来，捏着那只体温计看了看，垂死挣扎道：“其实我刚刚在家里吃了一片退烧药，不知道现在退没退烧。”

初栀蹲在地上，仰着小脑袋看着他，表情有点狐疑，就好像是在说：“那你还来我家干什么？”

陆嘉珩顿了顿，认命地把体温计塞好，又补充道：“不过那药过期了，可能不管用。”

初栀：“……”

冬天没暖气，退烧药过期，你这么多年一个人过的到底都是些什么日子？

初栀跪坐在地上，看着他塞好体温计，垂下头去，从药箱里慢吞吞地拿出几盒药。

一时间整个客厅里一片寂静，气氛有点尴尬，唯有你猜愤怒的呼噜声断断续续响起。

它还死死地扒着陆嘉珩的裤腿，初栀见状，朝它招了招手。

你猜不情不愿地松开了爪子，傲慢地踩着猫步走到初栀面前，大尾巴在地板上一扫，窝进她怀里，小爪子往初栀身上一搭，瞅着陆嘉珩喵了一声。

陆嘉珩夹着个体温计站在电视柜前，垂着眼看着直接坐在地上的人，哑声开口：“地上凉。”

初栀怀里抱着猫，不太想看他的样子：“地热。”

又是一阵沉默。

初栀别着脑袋，正纠结着想要抬起头来，就听见沙沙的一阵轻微声响。

初栀回过头来，就看见陆嘉珩也干脆席地而坐，直接坐在她面前。

初栀皱了皱眉，双手撑着地面，人微微往后蹭了蹭，和他拉开一点距离。

陆嘉珩也不动，安安静静坐在原地，微微垂着眼看着她。

他今天格外乖，也不随随便便地就靠过来，说些奇奇怪怪的话了。

初栀抿了抿唇，冲他伸出手来，语气好了一点点：“体温计。”

陆嘉珩顺从地从衬衫领口抽出体温计，递给她。

他穿着白衬衫，领口扣子开了几颗，因为刚刚的动作有些乱，领子不乖地翻着，露出胸口一小片白皙的皮肤和线条好看的锁骨。

初栀耳朵有点红，连忙垂下眼去，看着手里的体温计。

“三十八度，”她悄悄地瞥了他一眼，打消了心里最后一点怀疑，“你们家的体温计确实坏了。”

陆嘉珩有一瞬间的诧异，看来这个冷水澡反应得有点慢。

他很快回过神来，完全不心虚，调整了一下面部表情，一脸无辜又脆弱的样子：“也可能过期的退烧药也还是有一点用处的。”

“那也不能吃过期的药，你想中毒吗？”初栀将手里的药推到他面前，“退烧药和感冒药，按照说明书吃，多喝水。”

陆嘉珩没接，侧身靠在电视柜前，微微侧着脑袋，漆黑的桃花眼看着她，声音哑哑的：“对不起。”

初栀动作一顿，垂着头，没说话。

“对不起，我昨天不该冲你发脾气。”

初栀缩了缩肩膀，脑袋越来越低。

陆嘉珩抿了抿唇，声音低软：“我知道错了，你别生气。”

有些时候就是很奇怪。

比如说初栀本来之前都觉得没那么难过了，但是只要他一出现，以诱哄似的语气妥协认错，他软绵绵的嗓音压低了叫她的名字，当时的委屈就瞬间翻了千倍万倍，一股脑地溜出来了，也不知道之前是藏到哪里去了藏得那么好。

有点矫情，又有点奇怪。

初栀抬起头来。

他靠坐在那里，有些濡湿的黑发垂下来，他皮肤很白，此时脸颊有一点点绯红，唇色苍白，看起来有点可怜。

沉默了一会儿，初栀轻轻开口："你这个人真的好过分。"

陆嘉珩低声认错："我错了，我好过分。"

初栀眼圈又有点红了："你怎么能真的走了，你好过分，你就把我一个人丢在那里。"

"是我不好。"

"陆嘉珩王八蛋。"

他低低笑了一声："嗯，陆嘉珩是王八蛋。"

初栀吸了吸鼻子，瞪着他："以后要是再这样——"

她没想到后面威胁的话要怎么说才能更有力度一点，听起来更凶狠一点。

他已经收了笑，跟她商量似的柔声道："以后我要是再这样，你就骂我，怎么骂都行，打我也行，但是你别不理我了，行吗？也别哭，"他抿了抿唇，声音很轻，叹息似的，"你一哭我就不知道怎么办。"

初栀瞪了瞪眼睛，脸慢慢变红了，她猛地站起来，低头看着他结结巴巴道："你、你好好说话！我还没原谅你呢！"

这下他坐着，她站在他面前，变成了她低垂着头看着他。

这感觉新奇而前所未有，从上面看，陆嘉珩仰着头看着她，有一点眼巴巴的样子。

初栀顿时有一种掌握了主导权的感觉。

她居高临下地看着他，颇有气势地鼓了鼓脸颊："你先起来把药吃了，然后回家去睡觉，睡醒就退烧了。"

陆嘉珩坐在原地，一动不动，眨眨眼，乖乖地看着她，半晌，慢吞吞地开口："我站不起来，我好虚弱，没力气。"

"……"

初栀抿了抿唇，挣扎了一下，把手伸过去一点。

陆嘉珩扬着眼睫，盯着她白白嫩嫩的手心看了一会儿，抬手握住。

他的手修长，温度滚烫，抓上去将初栀的手整个包住，就这么一动不动地握了几秒，才假模假样地借力站了起来。

他站定在她面前，手没马上放开。

初栀轻轻地往外抽了抽。

陆嘉珩松开手，捡起她递给他的药，突然道："我家里没有暖气。"

初栀反应了一会儿，明白过来他的意思，眼睛瞪大了一点儿："可是……"她说不下去了。

陆嘉珩低垂着眼看着她，脸颊大概是因为有点发烧而变得绯红，薄唇轻启，低低地喘了口气，强调似的重复道："初初，我家里好冷。"

北京时间晚上八点半，陆嘉珩手里抱着一床电热毯站在初栀家防盗门门口，黑发濡湿，微微抿着唇，像是一只被主人抛弃了的小狗。

初栀也站在门口，犹犹豫豫地看着他。

她一边观察着他的脸色，一边小心翼翼道："电热毯也挺管用的哦？"

"……"

陆嘉珩嗯了一声。

初栀有点手足无措，想了想，又噔噔噔跑回屋子里去，乒乒乓乓好一会儿，拖出一个电暖气，推到他面前来："我爷爷奶奶有的时候来会用这个，也借给你好了，你把它放在床边，就像有暖气一样了。"

陆嘉珩无话可说。

就在刚刚，初栀甚至还给他翻出十好几张暖宝宝，还有一个暖手宝、一个热水袋。

这实在是很贴心了。

初栀抬眼看看他，又看看他，内心不安极了。

现在十二月中旬，昨天还下了雪，可以说是目前为止最冷的时候，这个天气没有暖气，房间里实在是很可怕的，而且这个人也确实发烧了。

初栀有点于心不忍。

陆嘉珩倒是没说什么，很安静地接过她递过来的电热毯和电暖气，拖到门口。

楼道里没有暖气，防盗门一开，冷风灌进来，初栀只穿了件棉质睡裙，被吹得忍不住缩了缩肩膀，直打哆嗦。

陆嘉珩面带潮红，微微颔首："那你也早点睡，晚上盖好被子，别也感冒了。"

"……"

初栀的良心好痛啊。

她皱着眉，十分犹豫纠结地站在门口，觉得自己内心饱受煎熬。

男人微微垂着头，拖着电暖气走出门，楼道里安静无声，冰冷的大理石地面光可鉴人。

陆嘉珩往前走了两步，没回头，听见身后有防盗门轻微的响声，紧接着是微微的阻力。

他回过头来。

初栀一条腿迈出门，一手把着门把，一手拉住了电热器的电线，微微偏着头不看他，露出一侧通红的耳朵，"你还是进来吧。"

陆嘉珩没说话，侧头看着她，很慢地眨了下眼睛。

安静片刻，初栀转过头来，黑眸在走廊有些昏暗的灯光下显得亮晶晶的，有些羞恼的样子："你进不进呀。"

陆嘉珩明知故问："叔叔和阿姨——"

他不提还好，一提起来，初栀的耳朵更红了，就好像自己真的做了什么坏事似的："不在家……"

陆嘉珩抿了抿唇，抱着电热毯又拖回到了房间里。

他自己作了一下午，现在货真价实地发了烧，虽然不算很高，但是确实觉得头脑有点发胀。

他回手关上门，站在玄关处，垂眼看着她。

房间里安静极了，只有你猜毛茸茸的大尾巴扫在地毯上的轻微沙沙声响。

初栀垂着眼，声音轻轻的："只今天。"

陆嘉珩看着她柔软的发顶，在灯光下泛着一点柔软的绒毛感。

"嗯。"他轻声应声。

“你明天去交暖气费。”

陆嘉珩笑了：“我明天就和你一起回学校了。”

明明是很正常的一句话，不知道为什么，初栀却觉得有说不出的怪异感，脸烫得像是也被传染了在发烧一样。

初栀觉得自己越来越奇怪了。

她清了清嗓子，拖着电暖气重新回到房间。

初栀家里三室一厅，一个房间平时空着，偶尔爷爷奶奶过来，房间里久无人住，虽然平时也一直在打扫，但还是有一点旧旧的、灰尘的味道。

陆嘉珩坐在沙发里，微微仰着头，看着初栀怀里抱着被子枕头什么的，一趟一趟进进出出地折腾。

他手肘支在沙发扶手上，单手撑住眉骨：“你在干吗？”

“帮你换被套，”初栀从这屋折腾到那屋，看都没看他，“还有床单。”

她手里抱着粉白的一床被子，从一个房间搬到另一个房间，严肃地皱着眉教育他，一本正经道：“发了烧还穿那么少站在门口，这么冷的天气不交暖气费，退烧药都是过期的，你这个人怎么回事呀？”

陆嘉珩撑着下颌看着她忙来忙去的小身影，懒洋洋地笑了笑：“嗯，就不小心。”

初栀瞪了他一眼，抱着枕头走了。

她刚走，陆嘉珩的手机振动起来，程轶的大嗓门依然有极强的杀伤力，雷霆万钧，仿佛能够穿透耳膜：“陆嘉珩你大爷的，你到底回不回来了？！”

陆嘉珩喉间带着一点不适的灼烧感，声音也不太对，语气听起来却带着种悠闲的愉悦：“不，你自便。”

程轶还没来得及反应，陆嘉珩已经挂了电话。

程轶看着被挂断的电话目瞪口呆：“这人外套也不穿，到底跑哪儿去了？”

程轶之前送初栀回来过一次，知道她家也在这个小区，虽然具体在哪里不知道，但是基本也想得到陆嘉珩是去找她了。

他缩着肩膀冷得嘶嘶的，出门摔上陆嘉珩家房门，一边下楼一边大骂着陆嘉珩这个重色轻友的人渣。

隔着一层天花板和一层地板的陆嘉珩打了两个喷嚏，还没打完，初栀从房间里出来，走回到灯光下。

陆嘉珩微张着嘴，看着她绕过沙发，走到他面前来，单手撑着沙发扶手，倾身靠近，柔软微凉的小手轻轻覆盖住他发烫的额头。

她在他上方一点的位置，遮住了客厅的灯光，阴影覆盖下来，看上去像是把他整个人圈在了沙发上。

陆嘉珩仰坐在沙发上，肌肉微绷，一动都不敢动。

初栀摸摸他的额头，细细地试了一会儿，又摸摸自己的，似乎觉得没有办法分辨，皱了皱眉，头抬起一点来："好像还是有点热。"

陆嘉珩喉结滚了滚，眼睫微扬，从下至上看着她："嗯。"

他声音低哑，听起来和平时很不一样，掺杂着一点点什么别的东西似的。

初栀垂下眼来，刚好撞进他黑漆漆的桃花眼里，眼角带着一点薄红，漆黑深邃，眼底幽暗，视线像是带着具象化的温度，把他此时因为发烧偏高的温度通过眼神全释放出来了。

初栀才意识到自己靠得有点近了，看上去就好像是她把他压在沙发上一样。

她连忙收回手，直起身来，匆匆后退了一步。

后面就是茶几，她一退，膝盖弯撞上茶几，闷闷一声响。

硬质的原木茶几被撞得微微往后蹭了一点，这么一下撞得不算轻，初栀吃痛叫出声来，疼得泪花都快出来了。

好像是刚好撞到了腿窝哪根筋上，她左腿膝盖一弯，钻心的疼伴着一阵麻。

陆嘉珩反应极快，一下子就直起身来，虚虚张开手臂，锁眉看着她："疼不疼？"

初栀没说话，垂着头屈腿，站在原地缓了一会儿，等着那股疼劲儿缓慢减轻。

其实也就刚撞的那一下格外疼，缓过那会儿就好了很多，初栀摇了摇头，膝盖慢慢弯了弯："还行，不是很疼。"她说着直起身来，"我去给你倒杯水，你把药吃了然后睡觉。"

陆嘉珩叹了口气，没等她走两步，抬手抓住她的手臂把人拉回来："我自己去，你坐一会儿，"他站起身来，一手抓着她的手腕，一手扣住肩膀把她按进沙发里，低垂着眼，有点无奈的样子，“怎么冒冒失失的？”

初栀揉着腿窝，仰着脑袋不服气地瞪着他：“还不是因为你靠那么近！”

她说完的一瞬间，就反应过来了，这次和他实在是没什么关系，是她自己靠过去的。

陆嘉珩挑眉，对这从天而降的一口锅毫无疑义地就背起来了，轻轻笑了一声，乖乖地认错道歉：“嗯，对不起。”

初栀脸涨得通红，不知道要说什么好，抬手抓了抓耳垂，别开视线：“你快点睡觉去吧……”

陆嘉珩没动。

静了一会儿，她忍不住重新抬起头来，轻声催他：“你快去啊。”

他站在她面前，低垂着眼，眸色沉沉，却依然一动不动。

初栀还要开口，只来得及吐出一个“你”字，陆嘉珩突然俯下身来，伸出长臂，抵住沙发靠垫，长腿屈起，膝盖跪在她身侧的沙发上，整个人低低地躬下身来，将她圈在自己和沙发之间。

初栀吓了一跳，腿也不疼了，下意识抬手抵住他的胸膛。

他体温很高，胸膛处的皮肤温度隔着薄薄的白衬衫衣料熨烫着她的手心，初栀一个激灵，又急匆匆地把手伸回来。

你猜早就已经气鼓鼓地溜回房间耍小脾气去了，安静的客厅里一片寂静，两人距离极近，只能听见彼此的呼吸声。

初栀呼吸都滞住了，心跳甚至仿佛跟着停了一拍。

她小手悬在他的胸口，推也不是，放也不是，颤着眼睫急急道：“你干什么呀！”

陆嘉珩微微垂着头：“落实罪名。”

初栀一愣：“什么？”

他上身又往下压了压，整个人靠得更近了，身上带着灼热滚烫的气息铺天盖地地压下来：“落实靠近你这个罪名。”

他敛下眼睫看着她，胸腔微震，低低地笑：“我道了歉，不能不做事。”

她全身都红了，从脸颊到耳郭，再到修长纤细的脖颈，甚至裸露在睡衣领口外的一点纤细锁骨。

也许是因为此时过于暧昧和敏感的地点，也许是近在咫尺的距离，她黑眼瞪得大大的，软绵绵的小手抓着他胸口的衬衫布料，推他的力道小得可以忽略不计。

陆嘉珩目光愈深。

他从记事起就好像没生过病了，对于发烧感冒的感觉十分陌生，此时觉得思路有点模糊，又仿佛无比清晰，冲动感比起平时也更加强烈。

他微微闭了闭眼，头压得更低，唇瓣又烫又干，也顾不上之前往嘴巴上涂了什么，他舔了舔唇，隐忍而克制地低低呼出一口气，像是在做什么准备似的。

灼热的气卷着他的气息，烫得身下的人轻轻颤了颤，缩着身子往后躲。

陆嘉珩另一只手也穿过她的耳畔抵在沙发上，膝盖往前蹭了一点，缓慢道："之前有个问题没来得及问完。"

他声音微绷，低垂着眼看着她，眸底藏着一点不易察觉的小心和紧张："小栀子，你想不想试试看做我的女朋友？"

初栀出生至今，第三次被表白了。

她从小就长得水灵漂亮，成绩又好，乖巧可爱讨人喜欢，但是不知道为什么，从小到大其实她觉得自己并没有被人追过。

除了很小还不大懂事的时候的那次乌龙、高考完以后的班草，陆嘉珩是第三个。

客厅里顶灯没开，落地灯光线昏黄，陆嘉珩倾身悬在她上方，又遮住了大半的光亮。

他紧抿着唇，一动不动，垂首等着她的回答，脑海里有什么东西紧紧地绷着，似乎有某种前所未有的陌生情绪将他包围起来了。

初栀整个人被笼在他的身影之下，有片刻的呆滞。

她抓着他衬衫领子的手松了松，眼睛瞪大，反应了好一会儿。

她有点怀疑自己刚刚是不是听错了，或者理解错了他的意思，不自觉地仰起头来，视线落在他染着薄红的眼角和幽深的眸上。

他的状态看起来不太好，唇微启，还在轻轻喘着气，每一次的喘息都带着灼人的温度，在两人之间掀起热浪。

初栀心跳如擂鼓，甚至感觉心脏下一秒就要从嗓子里蹦出来似的，浑身上下仿佛都有火在烧，她甚至觉得自己也发烧了。

这种感觉，至少尹明硕和她告白的时候她是绝对没有的。

像是一只烧开了的小茶壶，初栀感觉有蒸汽从自己的耳朵里喷出来，发出哔哔的响声。

她微微张着嘴，颤着嗓子结结巴巴“你你你我我我”了半天。

初栀深吸口气，微微皱着眉，抓着他衬衫的手倏地松了，软绵绵的小手直接拍在他脸上：“你在说什么呀！”

她挣着往后缩，踢掉拖鞋脚踩上沙发，翻了个身，脑袋往他手臂下的缝隙拱，试图钻出去，在沙发上手脚并用地往前爬。

棉质的睡裙因为这个动作被蹭得有些乱了，裙摆微微往上蹭了一点，露出一截白嫩嫩的大腿。

这个姿势有点糟糕。

初栀极快地蹭出去，飞快地往沙发另一端爬，结果半个身子还没出去，又被人抓着脚踝拖回来了。

初栀惊叫一声，毫无还手之力地又被重新拖回他的桎梏中。

她只来得及翻了个身，手腕就被人死死压住了。

初栀平躺在沙发上，乌黑的眼因为羞恼亮晶晶的，整个人红了个透，又急又怒地挣扎着想坐起来。

陆嘉珩单膝挤进她腿间，压住了一点点睡裙裙摆的布料，手死死地扣着她的手腕，像一座巨大的山，任由她在身下像一尾鱼一样扑腾依旧岿然不动。

她的腿不时蹭到他的裤子，衣料摩擦，陆嘉珩微微闭了闭眼，哑声道：“别乱动。”

初栀抓着沙发靠垫往上蹿，气到不行：“那你倒是起来呀！”

陆嘉珩抿唇垂眸：“试试看。”

初栀扑腾了一会儿，发现完全没用，干脆放弃了，挺尸一样躺在沙发上，没好气道：“我不试啊！”

“你讨厌我吗？”

初栀红着脸，声音细细的，极小：“不讨厌……”

“那喜欢？”

“……”

陆嘉珩扣着她的手腕往上拖了一点，身子下压，重复问道："喜欢吗？"

初栀匆匆地别开头去："不喜欢。"

他不说话了。

初栀侧着头不敢动，太近的距离，她一转过头就几乎是鼻尖贴着鼻尖。

半晌，他低低叹了口气，压着她手腕的手松开，人缓慢地直起身来。

初栀连滚带爬地翻腾起来，急匆匆下地，兔子一样蹿过茶几，站到老远的地方。

她双手捂着通红的脸，亮晶晶的眼狠狠瞪着他，气呼呼道："陆嘉珩你是不是变态！王八蛋！流氓！"

她一脱离危险范围就像活过来一样，整个人生龙活虎，绞尽脑汁地想尽了自己毕生以来能够骂出口的最凶的话骂他。

陆嘉珩翻身重新靠回沙发里，听着她在那里软绵绵地骂，低低笑了一声："对不起，有点忍不了。"

初栀气到想跺脚："你怎么这么不正经！你别做梦了！我不是那种人！"

他抬起眼睫："哪种人？"

初栀说不出口，噎了好一会儿，深深吸了口气，调整了一下情绪，皱着眉看着他："陆嘉珩，你不要这样逗着我玩。"

陆嘉珩皱了下眉。

"你对女孩子不能一直这样的态度，"她抿了抿唇，乌黑的眼黯了黯，长长的睫毛垂下去，"以后遇到真心喜欢的女孩子，你这样会把人吓跑的。"

陆嘉珩没说话。

初栀低垂着眼，没去看他是什么表情。

客厅里悄无声息，安静了好一会儿，他才缓缓开口，声音轻得像是耳语，低低地叹："会吓跑吗……"

初栀重重点了点头，不说话。

一想到他以后会遇到喜欢的女孩子，她就鼻尖发酸。

他以后也会遇到这样一个女孩子，他会小心翼翼地对她好，会用心追求，会认真呵护，而不是像现在对待她这样随便又轻浮。

初栀皱了皱鼻子，压下心里泛起的阵阵涩意，声音轻轻的："你吃了药早点睡吧，睡一觉就会退烧了。"

她说着往房间里走。

陆嘉珩依然保持着原来的姿势，一动不动。

初栀绕过茶几，走过沙发，他倏地抬手，一把抓住了她，手劲很大，攥得她的手腕都有些疼了。

初栀皱眉转头，刚想说话，陆嘉珩坐在沙发里，仰头看着她。

他唇色刚刚苍白得可怕，此时却像是着了色，带着种不正常的红润："你别跑。"

初栀愣了下，有点不明所以。

"我以前没追过女孩子，不知道应该怎么办，大概是吓到你了。"陆嘉珩漆黑的眼认真而专注地盯着她，压抑地轻咳了声，声音低低哑哑的，"你现在不喜欢我也没事，哪里不好我都会改，可能会有点慢，你再等等我，别跑太远，好不好？"

初栀一整晚几乎没怎么合过眼。

她觉得陆嘉珩的脑子大概是烧坏掉了，做了很奇怪的事，说了很奇怪的话。

可能之前那个四十二度的体温计没有坏，他真的当时就烧到了那么高。

第二天一大早，初栀醒的时候他人已经不知道什么时候走了，被子叠得整整齐齐，仿佛他从没来过。

唯一能够证明他存在的东西，是餐厅桌上放着的早餐，透明的几个圆形外卖盒子，水晶虾饺、粉蒸排骨、一份凤爪、一碗粥。

她走过去摸了摸粥，还温热的。

初栀纠结了一会儿，还是坐下吃完了早餐，在家里无所事事晃悠了一上午，装好东西，梦游似的坐地铁回学校。

再两个礼拜就是圣诞节，寝室里洋溢着欢乐的气氛，薛念南不知道从哪里搞来了四个圣诞帽，林瞳在网上买了一大堆很长的花花绿绿的袜子，一个人给她们发了一双，要求她们挂在床前，挂个俩礼拜，会有圣诞老人往里面塞礼物的。

初栀是那种宁可信其有不可信其无的傻白甜，十八年的人生里每年圣诞节早上都会在圣诞袜里发现礼物，虽然是初父塞的。

但是她还是兴致勃勃地挂上了，并且床头床尾挂了好几个。

几个姑娘叽叽喳喳研究着圣诞节要搞个什么活动好，初栀短暂地忘记了陆嘉珩的事情，十分热情地加入到讨论当中。

学期末将近，各门课也已经进入划重点阶段，所有人都变得勤奋起来，初栀她们第二天起了个早，买了早餐路上吃着往教室走，准备占个前排的好位置。

她们已经到得够早了，结果一进门，大半个教室的位置已经没了。

初栀她们没辙，咬着包子挑了中间有些靠后的一排位置。

又过了没几分钟，教室里人基本已经来齐了。

初栀从没见过哪节大课来过这么多人。

她们“马哲”是和广告三班一起上的，初栀坐在边上，最边缘的地方还空出一个位置来，她们刚坐下没一会儿，桌面被人敲了两下。

初栀当时正咬着包子垂头玩手机，听见声音抬起头来。

萧翊逆着光站在那里，问她：“这里有人吗？”

初栀嘴巴里还叼着个豆沙包，眨巴着眼，摇摇头。

班长大人冲她笑了笑：“那我坐了啊。”

初栀把嘴巴里的豆沙包咀嚼了吞下去，也笑了：“你坐呀。”

“这不是要征求一下你的同意嘛。”萧翊开玩笑道，把书放到桌上，刚准备坐下，被人拍了两下肩膀：“喂。”

萧翊和初栀同时转过头去。

陆嘉珩站在那里，背了个双肩书包，还挺有那么点乖学生的意思：“这是我的位置。”

他伸手把萧翊刚刚放在桌面上的书拿起来递给萧翊，懒洋洋道：“不好意思，能让让吗？”

虽然是询问的语气，他却没有任何询问的意思。

萧翊皱了下眉，人没动。

两人就站定在桌边对视，身高相差无几，陆嘉珩比萧翊高一点点，初栀本来就是坐着，仰头仰到脖子都酸了，也只能看到他们的鼻孔。

两座山伫立在那里，有点显眼，周围的人纷纷往这边看。

电光石火电闪雷鸣，无声的战斗持续了好一会儿，萧翊先开口：“三班的？”

萧翊是班长，又在学生会，对于系里同级的就算不认识也多多少少有点印象，他心知肚明对方根本不是广告系的。

“不是啊，”陆嘉珩大大方方承认，漂亮的桃花眼微扬，散漫地拖腔拖调道，“来陪喜欢的女孩子上课。”

书包一背，陆嘉珩仿佛瞬间从狗变成了人。

此时还没上课，萧翊和陆嘉珩这两个人又都显眼，教室里不少人已经看过来了，听到他这话，视线不由自主地落在旁边的初栀身上。

初栀还在发愣，完全没想到他会这么说。

教室里开始有人起哄，女孩子低呼笑闹，有男生又长又响亮的流氓哨吹过来，还有人拔高了嗓音笑：“怎么是喜欢的，不是女朋友啊？”

“还没追到呗！”有人接道。

初栀趴在桌子上，脑袋深深埋进臂弯里，露在外面的耳朵通红。

林瞳挺诧异，笑嘻嘻地凑过来，小声问她：“你们这是什么发展啊？”

初栀自己都是蒙的，哪里知道现在到底是什么情况。

她微微抬起头来，旁边两位还站在那里，似乎谁都不肯让。

教室里广告二班和三班的人都在看热闹，初栀甚至觉得不断听到自己的名字被小声提起，也不知道是不是错觉。

她深吸口气，微红着脸抬起头来，把桌上的几本书拍在旁边的位置上，轻轻的一声，却十分清晰，陆嘉珩和萧翊同时垂下头来。

初栀仰着脑袋瞪着他们两个：“这儿有人了，你们换个位置吧。”

陆嘉珩：“……”

萧翊：“……”

萧班长没说什么，看着也没有任何异常，只笑着开玩笑道：“那我只能跟周明坐了吗，这么可怜。”

初栀有点同情周明了：“你这么说周明，周明才更可怜一点。”

萧翊拿着东西走到右前方一排，周明一把揽过他的肩膀，看见初栀看过来，咧嘴笑了笑，朝她比了个剪刀手，萧翊也依然是往常的样子，笑得腼腆又温和。

初栀松了口气，转过头来。

她本来以为，跟陆嘉珩说话还得费上一点力气。

结果没想到，他已经在她后面一排的位置坐下，将肩上的书包摘下来放在旁边的空座上，毫无怨言，老老实实的样子。

见她回头，他狭长的桃花眼眼微微扬起，唇边勾出一抹笑来，看着她低声问道："怎么了，后悔让我坐后面了吗？舍不得我了吗？"

他旁边坐着的两个女生听见，忍不住低低地笑，小声咬耳朵："好帅啊。"

初栀重重地瞪了他一眼，扭回头去。

她早餐还没吃完，现在豆沙包也吃不下了，重新趴回桌面上，下巴埋下去只觉得后背僵硬，一动不敢动，感觉似乎怎么都有点不对劲，脑子里还回荡着刚刚后座的女孩子小声嘀咕的声音——"好帅啊。"

初栀悄悄地抬起手来，捏了捏热乎乎的耳垂。

好像是有一点点帅。

教室里的人往这边看了一会儿，看着没热闹可看了，注意力也就被分散掉了，没一会儿，老师进来。

初栀把手机丢进桌肚里，翻出书本和记号笔，准备划重点。

她上课的时候很专注，也很少开小差，今天却不知道是怎么了，总觉得哪里不太对劲，注意力也很难集中起来。

好在不是主课，划重点也不需要很集中精神，她就跟着老师的页数翻，整篇的知识点就在书页上折个角。

因为临近期末考试，几乎所有人都十分认真的样子，除了前面老师的说话声和同学偶尔的交谈声，偌大的大教室没什么其他声音。

差不多又过了六七分钟，手机振动声从初栀的桌肚里传出来。

金属材料的桌肚，手机放在里面，振动的声音有点清晰，至少她们共用着这张桌子的寝室里剩余几人都听见了。

林瞳和顾涵十分整齐地看着她，唯有薛念南，仿佛沉浸在知识的海洋里，没有任何来自外界的嘈杂纷扰能够影响到她。

初栀由衷地希望她剩下的这两个室友也能达到这样的境界。

她小心地看了一眼前面同样忘我的老师，放下笔，身子微微往后靠了靠，动作幅度很小地抓过手机垂头看，果不其然，是陆嘉珩的信息。

“陆哥哥：把早餐吃完。”

“……”

初栀没回，不动声色地把手机重新塞进桌肚里，抓起笔来，继续听课。

两分钟后，又是一声清晰的振动声。

初栀吓了一跳，单手飞快地抓起手机，停了停，才靠回椅背上，放下笔解了锁看。

“陆哥哥：快点吃，豆浆要凉了。”

初栀小心地压低身子，侧了侧头，回过头去看他。

陆嘉珩懒洋洋地撑着脑袋垂眼看着她，见她转过来，朝着旁边放着的那杯豆浆微微仰了仰下巴，摆出口型，没出声音——“要凉了。”

初栀抬手，摸了摸豆浆的杯子。

教室里暖气给得挺足的，豆浆依然温热，初栀收回手来，垂头打字：“现在在上课呢！”

为了强调，她敲了个感叹号上去！

这次她没把手机放到桌肚里，而是用手拿着，前面老师已经说完了两页，初栀来不及看，匆匆先在书页上折了个角。

果然，没一分钟，她的手机又响了。

“陆哥哥：喝个豆浆也没事，冷了伤胃。”

初栀愣了下，手指停在屏幕上。

她下意识就想回头去看看，他打出这句话的时候是什么样的表情。

初栀低垂着眼，把手机默默静音，然后重新塞回到桌肚里。

她捏着记号笔，画了几页，想了想，侧头看了看旁边放着的豆浆，拿过来慢吞吞地扭开来，小口小口喝。

豆浆的醇香味道在口腔里蔓延，A大女寝楼下小卖部卖的豆浆是甜的，初栀嗜甜，平时都觉得味道淡，今天好像有些甜。

她看着透明袋子里的乳白色液体，微微挤了挤，水位线往上升了一点，可能糖放得有点多。

她安安静静地把整袋豆浆喝干净了，垃圾装进袋子里放到旁边的空位置上。

那里还放着两本书，空空的豆浆包装袋，从后面看刚好也能看见。

她特地放在了那两本书旁边，就好像准备给谁看一样。

初栀饭量不大，早餐的豆浆她从来没喝这么干净过。

不知道为什么，就有种很幼稚的自豪感油然而生，她侧了侧头，看向身后的人，轻轻抿着嘴角，乌黑的大眼睛亮晶晶地看着他，好乖好乖的样子。

有点像你猜成功在他的手臂上抓了两道红印子以后颠颠颠跑到她怀里，湛蓝的猫眼巴巴看着她的时候的表情，像是在求表扬似的。

陆嘉珩敛下眼睫，舔着唇无声地笑了一下。

真是可爱。

圣诞将至，提前一个礼拜，学校里就已经有很多卖苹果的。

红艳艳的蛇果，用好看的透明包装纸包着，上面绑着丝带，卖十几甚至几十块钱一个，而且还真的有很多人会去买的。

初栀目瞪口呆地看着那一个个冤大头二三十块钱买一个苹果回去，一般多数是男孩子买给女孩子，后者还笑眯眯地一脸幸福的样子，觉得有点不能理解。

三十块钱去水果超市可以买一筐了，初栀觉得这些小情侣的浪漫她实在是看不懂。

顾涵也看不懂，平安夜的前一天，周五最后一节课，初栀和室友照旧早了一会儿到教室，挑好了位置，她一边玩着手机一边听顾涵吐槽。顾涵平时讲话十分犀利，跑起火车来无人能敌，初栀被她逗得不行，两个人距离极近，肩膀对着肩膀笑成一团，软趴趴地靠在一起笑。

两个人聊得正开心，顾涵已经脑补出了一整套一个平安夜蛇果引发的血案，初栀桌前突然落下一道阴影。

初栀的第一反应是，老师来了。

结果她一抬头，是一个不认识的女孩子。

女孩子不知道为什么红着脸，笑嘻嘻的，手里捧着一捧大花束，极大的一捧，几乎要抱不住了的样子。她微微欠了欠身，将手里的花束送到初栀眼前。

初栀垂眸，才发现那一捧不是花，全是苹果，数不清多少，按照花的包装看，每一个苹果都通红饱满，单独被包在包装纸里，是像一枝枝花朵似的蛇果。

还真的有人追人送这么大一捧苹果的。

顾涵哈哈大笑，林瞳一脸惨不忍睹地别过头去。

初栀愣住了，就看着那一大捧苹果被塞进自己怀里，意料之外地沉，她连忙下意识揽进怀里，堪堪抱住。

她长得小，那巨大的一捧一到她那里显得更大了，初栀回过神来，下意识往教室门口瞧。

“冤大头”微屈着腿，靠在教室门口的门框上。

初栀的不少同班同学都认出这是周一“马哲”课扬言陪喜欢的女孩子上课的那位，于是起哄声此起彼伏，十分热烈。

体育委员嗓门尤其高，极其愤怒地嗷嗷叫唤着：“不同意！不同意！肥水不流外人田，我们广告的小可爱咋能就这么让人拐跑了？！”

初栀被闹得脸颊绯红，有点吃力地把满怀的苹果放到桌上，硬着头皮往教室门口走。

身后体育委员还在高声呼喊着“回来吧我的爱”，初栀低低垂着头，几乎是小跑着出了教室。

陆嘉珩靠在门口看着她跑出来，十分配合地直起身来，跟着她走。

初栀往前走了好长一段，一直到教学楼走廊尽头，她终于停下脚步，似乎完全不能理解似的看着他，比起疑问更像是叹息：“你到底在干什么呀……”

陆嘉珩觉得自己的苹果花这主意帅极了，舔了舔嘴角，眯着眸看着她，微微侧了侧头：“不明显吗，我在求欢啊。”

“……”

初栀被他震住了，好半天没缓过神来，微张着嘴巴仰着头，眼睛瞪大了看着他。

“不是，我是想说，求爱。”

第七章
苹果花

初栀快要死了。

从教学楼走回寝室也要好一段路，她吃力地捧着一大捧蛇果，大大的一坨几乎抱不住，走到一半，手臂就感觉像是快要断掉了。

路上路过之前看到的那些卖平安夜苹果的人已经不见了，初栀默默垂头，看着自己怀里的这一捧苹果。

一个三十块钱，这得多少钱啊！

从小在初父勤俭是美德的熏陶下的初栀小同学觉得很是肉痛。

一到寝室，初栀把那捧苹果扔在桌子上，抽了一个干净的布袋子出来，坐在椅子上剥开层层叠叠的包装纸。

她一颗一颗地把苹果拿出来，放到袋子里，机械地重复着这个动作，竟然有点发呆。

她直勾勾地看着那一袋子鲜红的蛇果，突然开口道："我们去卖苹果吧。"

林瞳："……"

顾涵："……"

薛念南仰着脑袋背"马哲"："首先，资本主义经济的发展为马克思主义的产生和发展提供了经济、社会历史条件——"

顾涵不可思议地看着她："我本来以为'粉水杯'追妹子送苹果已经够奇葩了，你居然想卖了？"

初栀眨眨眼："可是这么多，我们也吃不完，很浪费呀。"

林瞳手里捧着个热水袋走过来，啪叽一下，将热水袋拍到初栀的脑门上：“不是我说，小栀子，你和你这陆学长到底怎么回事啊现在？”

初栀叫了一声，抬手接过热水袋抱在怀里，转过身来，下巴搁在椅背上，有点困惑地皱了皱眉：“我也不知道。”

林瞳：“他在追你吗？”

顾涵：“他在追你吧。”

薛念南：“无产阶级反对资产阶级的斗争日趋激化，对科学理论的指导提出了强烈的需求——”

初栀揉着手里的热水袋，低垂着眼声音小小地道：“是吧……”

薛念南终于抬起头来，微笑道：“不是的，他连着陪你上了一个礼拜的课只是因为接了个广告系期末代考。”

初栀瞪大了眼睛：“真的吗？”

“……”

顾涵长长地叹了口气：“我突然觉得这‘粉水杯’学长也挺可怜的是怎么回事啊？”

林瞳皱着眉，从抽屉里抽了把水果刀出来，朝初栀扬扬手：“那你怎么想，什么感觉，喜欢还是不喜欢，接受还是不接受？”

初栀也皱眉，顺手从布袋子里掏了个蛇果出来隔空给她抛过去：“我也不知道呀，总觉得有点——”

她说不下去，不知道该怎么表达。

初栀觉得这个人这种事情好像信手拈来，三分的真心说得出七分情话，不知道他哪句话能相信，哪句话不能信。

虽然他那天晚上说着让她别跑太远，然后就真的始终保持着不逾越的距离，每天给她带早餐，看着她吃完，也不多话，安安静静坐在她后面一排陪她上课，每天看起来闲到初栀都开始怀疑他是不是被学校给开除了。

但是她也不知道这是不是他的一时兴起。

初栀长这么大，好像也从来没有喜欢过哪个男孩子。

就算是有故事的那段和尹明硕的“初恋”，分手以后她也连一丁点感觉都没有，甚至还觉得校花很好看，两个人啃在一起的时候跟韩剧似的，挺唯美挺搭，由衷地想向这两个人的肺活量致敬。

那么如果换个角度想，她会愿意带尹明硕回家里去吗？

好像是不愿意的。

假如尹明硕，或者其他任何人生病站在她家门口，她会同意他留宿吗？

好像也不会。

假如是其他人做出了和陆嘉珩一样的事情，说了和他一样的话呢？

初栀觉得自己可能会报警。

但是那个人换成陆嘉珩，不知道为什么，一切就都不一样了。

好像因为是他，就怎么样都可以了。

她在不知道自己到底是他那里的多少分之一之前，他在她这边就好像已经抢先变得有哪里不一样了。

想到这里，初栀皱了皱眉，哭丧着小脸，长长地叹了口气："那我这苹果到底还要不要卖啊……"

平安夜当晚，陆嘉珩回了家。

陆泓声和蒋阮都在家，他进门前，一片欢声笑语，一进门，客厅里就安静了。

只有陆嘉懿一如既往，亮晶晶的大眼睛看着他。

小朋友忍不住咧嘴笑，蹬着胖胖的小腿笨拙地爬下沙发，软糯糯地喊他："哥哥！"

蒋阮在后面追着他："懿懿！穿鞋！"

陆嘉懿不理她，自顾自跑到陆嘉珩面前，突然像想起什么似的，转过头去，抬手推她："妈妈离哥哥远一点，妈妈别打哥哥。"

蒋阮脸色微变，连忙低声呵住他："懿懿！你瞎说什么呢！"

陆嘉珩眉梢微挑，抬眼似笑非笑地看着她。

陆泓声已经听见了，坐在沙发上抬起头来，皱了皱眉："怎么回事？"

蒋阮抿了抿唇，脸色微变："没什么，是我误会他了。"

陆嘉珩勾勾嘴角，换了鞋进屋，没说话。

蒋阮已经在陆泓声的追问下磕磕巴巴轻描淡写地解释了一下，陆泓声这个人，觉得自己是世界中心，是一家之主，所有的事情必须在他的掌控下，所有的事情他都必须知道，所有人都得听他的，此时脸色自然是不大好的。

陆嘉珩窝进沙发里有一搭没一搭地听着，仿佛事不关己，长腿前伸交叠，眼睫低垂着，一副对什么都不太感兴趣的样子。

他等了一会儿，那边还没有消停的意思，蒋阮眼睛已经有点红了，声音拔高："我当时找孩子已经找了一下午！一看到他就是这种情况，我心里有多担心？他之前也不是没给懿懿吃过桃子，谁知道他是不是故意的！就算不是他给的，明知道懿懿过敏，他当时为什么不阻止？"

她这话说得还挺有道理的，陆泓声一时间也没有说话。

陆嘉珩掀了掀眼皮子，瞥了眼演戏似的这一家三口。

陆嘉懿缩在墙角啜泣了一声，小小的脑袋低低垂着，泪眼巴巴，惊慌又无措的样子。

陆嘉珩抬眼，看了下墙上的表，不到六点。

初栀五点钟下课，她现在应该已经下课有一会儿了。

陆嘉珩指尖敲了敲沙发扶手，一手捏着靠垫上的穗子把玩，漫不经心开口："你如果觉得你儿子是个傻子，刚吃过住了院的东西，再给他吃他也会吃，那你就当我是故意的吧。"他斜了斜眼，看向旁边角落里的小朋友，"你是傻子吗？"

陆嘉懿抽了抽鼻子，小脑袋摇得像拨浪鼓："懿懿不吃的，懿懿不是傻子。"

陆泓声眉头紧锁，又转过头来看着陆嘉珩厉声道："你能不能好好说话？谁教你说话阴阳怪气的？"

"反正你没教过，"陆嘉珩视线停在表面上，有点不耐烦了，"你到底有什么事？"

他这个语气实在不太好，按照平时，陆泓声可能直接就爆炸了。

今天他却明显在克制隐忍，半天没接话，深吸口气，语调异常心平气和："你寒假回公司实习？"

哦，是这么个事儿。

陆嘉珩舔了舔唇，缓慢地勾起嘴角："对啊。"

"老爷子怎么跟你说的？"

陆嘉珩差点没忍住笑出声来。

他懒洋洋地耷拉着眼："说你让他有点失望啊。"

果然，陆泓声表情微变，但只一瞬，就又恢复到原来的样子。

陆嘉珩微眯着眼，不动声色，仿佛能够看清陆泓声高速运转着的大脑。

陆老爷子今年已近古稀，陆泓声是独子，陆嘉珩和他虽然关系恶劣，但是无论如何也是父子。

更何况，他这个大儿子在圈子里是出了名的纨绔，不学无术，年年挂科，每天只知道跟一帮狐朋狗友鬼混，哪个会所的女人最美可能一清二楚，公司里的事情恐怕半点不知。

想到这里，陆泓声又释然了，整个人都放松下来。

陆嘉珩弯唇，觉得颇为讽刺。

视线再次落回表盘上，陆嘉珩把手里的沙发靠垫一丢，站起身来："没别的事了？没别的事我走了，晚上约了朋友。"

陆嘉珩刚走到女生寝室楼下，就看见初栀手里抬着个布袋子走出来。

那袋子看起来挺重的，她两只手拎着，身子微微后倾，手臂绷得笔直，袋子放到脚面上，走一段就停下，像一只笨拙的小企鹅。

陆嘉珩举着电话微微侧身，往旁边树后藏了藏："我一会儿过去。"他没等那边的程轶回答，直接挂了电话，朝初栀走过去。

"小企鹅"刚下了寝室楼前的台阶，正摇摇晃晃地往前走，一边走还一边小声嘟哝着什么，红润的唇轻轻动着，声情并茂摇头晃脑的。

陆嘉珩无意识地勾起嘴角，放慢了步子，走到她面前。

前面堵着个人，初栀仰起头来，呆呆的样子，一看是他，像是受到了什么惊吓似的往后退了两步。

之前因为马上要上课了，两个人也没来得及说两句话。

最后的对话内容还是他求这个求那个的，明明是他说出的话，初栀却觉得有点羞耻，低垂着眼没看他，干巴巴道："学长好……"

陆嘉珩垂眼，看着她脚边的那袋子："这是苹果？"

初栀点点头。

"我给你的？"

初栀再点。

陆嘉珩挑了挑眉："你准备还给我吗？"

初栀摇头，老实巴交道："我准备卖掉。"

陆嘉珩以为自己听错了：“什么？”

初栀缩了缩肩膀，勇敢地重复了一遍：“我打算卖掉……”

陆嘉珩气笑了：“你打算把我送你的苹果，卖掉？”

“然后我把钱还给你呀，”她的声音软绵绵的，脑袋也低垂着，似乎还是在埋怨他，“哪有你这样的冤大头啊，花那么多钱买这么多，吃又吃不完，好浪费。”

陆嘉珩没说话。

半晌，他轻轻叹了口气：“我听见他们说平安夜送一个苹果给喜欢的人，就可以佑她一整年都平安快乐。”

初栀愣了下，仰起头来看着他。

他低垂着眼，似乎也觉得有点幼稚，淡淡地笑了一声，漆黑的眸平静而专注地看着她：“我就想把当时能买到的这些都给你。”

从第一次见到那件四位数卫衣开始，初栀就觉得陆嘉珩这个人浑身上下都写满了“老子有钱”“老子超有钱”“老子浑身上下全是钱”。

并且他还浪费，奢侈得流油，一看就是从小没过经济压力的。

平安夜的晚上，初栀提着一袋子蛇果，扯着陆嘉珩跑到校门口。

她从口袋里翻出另一个布袋，平铺在地面上，然后将苹果一颗一颗拿出来，整整齐齐摆在上面。

陆嘉珩也跟着她蹲下，看着她摆苹果：“你干什么？”

“卖呀。”

陆嘉珩长出了口气，单手撑着地面，身子往后一倾，被她气得直笑，重复道：“这是我买给你的。”

初栀摆好了袋子里的最后一颗苹果，扭过头来，很认真地看着他，开始给他灌鸡汤：“陆嘉珩，钱都不是大风刮来的，浪费可耻。”

“……”

陆嘉珩点点头，妥协了：“行，那卖了吧。”

初栀抬手拽着他的袖子，把他往前拉了拉：“你也要跟我一起卖的。”

“……”

太子震惊了，太子从没想过自己也有摆地摊的一天。

陆少爷活到这么大，第一次有机会体会一下在路边摆摊是什么感觉，还是卖苹果。

如果是别人，陆嘉珩可能会直接把人掀进花坛里去，顺便帮她埋上土，插朵花啥的。

但这不是别人，这是初栀。

好像不经意间，她就已经占据了他太多太多的第一次，成为陆嘉珩人生中最大的意外和例外。

最糟糕的是，他还心甘情愿，甚至甘之如饴。

陆嘉珩蹲在路边，手臂搭在膝盖上，单手捂着一只眼睛，有点无奈地舔着唇笑了："行，你说你想怎么卖？"

初栀也是第一次干这活儿，有点兴奋，跃跃欲试道："是不是应该先定价？我们卖多少钱一个？三块吧！"

陆嘉珩有点懒散地撑着脑袋看着她，笑出声来："我三十块一个买回来的。"

初栀一副十分为难的样子："可是卖三十块钱一个，那不就是坑人了吗？"

她蹲得有点累了，回头看了一眼，轻轻扫掉了花坛瓷砖上薄薄的一层积雪坐在上面。

陆嘉珩侧头，直起脑袋来，把脖子上的围巾摘下来，拍拍她的腿："起来。"

初栀以为他也要坐，往旁边蹭了蹭。

他没多说什么，直接站起来，把围巾对折好几折，叠成一块，弯下腰去，放在她刚刚坐的那块花坛瓷砖上放好，仰仰下巴："坐这个。"

初栀愣了下，连忙摆手："不用，你围着呀，今天晚上好冷。"

陆嘉珩重新蹲下身去，意味不明地勾了勾唇："我不冷啊，我现在热得很。"

初栀完全没听出来他的话外音，坚持道："你到时候又要感冒了。"

陆嘉珩想说我身体好得很，泡了半个小时冷水澡又光着屁股吹了半个小时冷风才烧了个三十八度。

他挑了挑眉："那我抱着你坐？"

他话音刚落，小姑娘脸一红，一屁股坐在他的围巾上。

柔软的羊毛围巾，叠得厚厚的，上面还带着他的温度，坐上去又暖又舒适。

初栀手肘撑着膝盖，双手托着脸颊看着他："那我们卖多少钱啊？"

陆嘉珩蹲在她面前，抬手摆了摆布袋子上的苹果：“就三块吧。”

初栀秀气的眉纠结地皱在一起，既不想卖得太黑心，又不想让他亏那么多：“要么五块吧？”

陆嘉珩低低笑了一声：“行，那就五块吧。”

初栀点点头，从羽绒服的口袋里慢吞吞地掏出一张白纸。

那白纸被她叠得板板整整，她戴着手套，动作显得有点笨拙地展开它，抚平上面的折痕，又从口袋里掏出一支黑色记号笔，一笔一画写着：“平安果——”

薄薄的白纸直接被她垫在腿上，不太平整，字也歪歪扭扭的，有点丑。

初栀皱眉，抬起眼来看着陆嘉珩：“你转过身去。”

他没说话，安静转身，背冲着她。

初栀把白纸拿起来，放在他的背上，伏上去写。

陆嘉珩微微侧过头去。

小姑娘轻轻伏在他背上写字，手里的记号笔发出轻微的沙沙声响，她微微垂着头，侧脸安静，细碎额发垂落，长长的睫毛覆盖下来，细细密密的。

背上传来轻微的压力，像是穿透了背脊直接压上心尖。

初栀写完了，盖上笔帽，托着下巴欣赏了一下，不是很满意。

条件艰苦，字写得有点丑。

陆嘉珩侧着头，突然道：“再写一会儿。”

初栀注意力全放在手上的纸上，没注意听，微张着嘴抬起头来：“唔？什么？”

“没什么，”陆嘉珩转过头去，“写好了？”

初栀重新把笔揣进羽绒服口袋里，站起身来，把写好的纸摆在那一堆苹果前，用一个苹果压住。

她站在前面插着腰欣赏了一会儿，地摊上一堆苹果，后面还蹲一个帅哥，黑衣黑发白皮肤，长眼薄唇，唇边带笑，路灯下周身仿佛被裹了层金光，像个误入凡尘英俊倜傥的神。

初栀颇为满意，蹦跶着重新绕回到后面，坐好，双手撑着脸颊期待地等着顾客上门。

平安夜的晚上，也正是校园里人流量最大的时候，情侣和朋友成群结队地走过，也许是因为前面站着个颜值担当，也许是因为他们这个平安果卖得实在是便宜，没一会儿，苹果就没剩下几个了。

初栀兴奋极了，五块钱五块钱地收，小手捏了整整齐齐一沓，蹦跶到陆嘉珩面前蹲下，眼睛发亮，献宝似的："我们赚了这么多钱！"

陆嘉珩轻轻笑了一声，没忍住抬手揉了揉她的脑袋，声音低柔："初初真厉害。"

初栀正数钱数得开心，动作一顿，微微愣了下，心跳生生地漏了一拍。

他们摆摊的路灯下的对面，已经有女孩子三三两两地站在一起，一边偷偷往这边看，一边小声议论。

此时看到这一幕，终于有几个忍不住走过来。

四个女孩子看起来像是同一个寝室的，其中一个穿着毛茸茸的粉白色外套，圆脸大眼，蹲下身来，拿了个苹果，声音也温柔软糯："请问这个是五块钱一个吗？"

初栀回神，侧过头去，朝她笑："是呀，"她朝女孩比了个手势，"不过因为只剩下几个了，可以卖给你三块！"

她瞪大了眼，很认真在做生意的样子，颇有小老板娘的风范，还带甩卖的。

陆嘉珩蹲在那里，看着她声情并茂的样子，手背掩在唇边，无声地笑。

那女孩子哎呀了一声，干脆地掏出一张五块钱，拿了一个苹果："五块钱已经很便宜了啊，没事！就五块吧！"

初栀觉得这个姑娘人简直太好了，兴高采烈地收了钱，刚想感谢一下，就听见她又问道："那个，请问你们两个是情侣吗？"

初栀一愣，抬起头来。

女孩子偷偷地瞥了一眼蹲在后面的陆嘉珩，脸颊上带着点不自然的红晕。

初栀捏着一把零钱的手指紧了紧，连忙摇了摇头："不是的。"

和女孩子一起过来站在那里等的其他几个女生发出了一点起哄似的笑声，那女孩子也松了口气，红着脸，看向陆嘉珩，鼓起勇气小心道："那请问可以交换个手机号码吗？"

初栀眨了眨眼，低低垂下眼去。

她戴着毛线手套，粉色的手套上面缝着一个毛绒小熊，她捏着手里一沓零零散散的钱，一张一张心不在焉地数着。

数到多少张了来着？

初栀深深埋着脑袋，皱了皱眉。

真是烦人，烦透了。

她超级想把这张五块钱还给那女孩，再把女孩手里的苹果抢回来，大声地说："我不要卖你啦！再给我五块我也不卖！快点走开！"

初栀闷闷地等着陆嘉珩报号码，心里又有些微小的期待。

她也不知道自己到底在期待些什么。

他们已经在外面待了好一会儿，外面天气冷，初栀鼻尖红红的，冻得鼻子发堵。

她吸了吸鼻子，安安静静地垂着头不说话。

陆嘉珩安静了一瞬，初栀只能听见面前几个女孩子的笑声和耳语声。

"不能。"她听见他说。

初栀数钱的动作顿了顿。

陆嘉珩停顿了片刻，垂下眼眸，看着小姑娘埋得深深的小脑袋，缓慢开口："对不起了，我有喜欢的女孩子了，是单恋，现在正在追。"

初栀一愣，抬起头来，扭头看他。

她有点没反应过来，扬起卷翘的长睫毛看着他，眼睛睁得大大的，有一点呆头呆脑的样子。

她鼻尖冻得有点红，乌黑的眼看起来湿漉漉的，眼睫上还挂着薄薄一层霜。

陆嘉珩微微弯起嘴角，视线微微侧了侧，随意地落在那个女孩子身上："虽然有点难追，但是喜欢得要命，非她不可，所以对不起了，号码好像不能给你。"

他的声音低柔带笑，漫不经心似的，一双好看的桃花眼漆黑明亮，语气七分懒散，眼神却全是满满的认真。

初栀长睫一颤，心里有一片一直轻飘飘悬在半空中的羽毛，忽然重重地落了下来，像是船舶归港，像是终于有什么东西尘埃落定。

初栀也不知道自己刚刚到底在期待些什么。

现在想想，大概是在等着他的这句话。

苹果最后还剩了两个。

初栀没有卖了，把写了价格的白纸折好，重新塞进羽绒服口袋里。

她理东西的空，陆嘉珩接了个电话。

初栀心不在焉，没注意他在那边说了什么，手里捏着一沓钱，怀里抱着两颗苹果，低垂着脑袋不知道在想些什么。

她想等他打完电话，跟他说一声谢谢，把钱给他，而且好像也还没跟他说平安夜快乐。

初栀慢吞吞地翻出手机，看了一下时间，晚上八点半。

陆嘉珩刚好挂了电话，走过来。

初栀像一只小乌龟一样，小小的脸全缩在围巾里，只露出一双眼，还低垂着，让人看不见里头的情绪。

陆嘉珩把手机放回口袋里，抬起手来，帮她把围巾往上拽了拽："冷不冷？"

他的动作很小心，缓慢地拉着边缘，把软趴趴垂下去的围巾向上拉，盖住她红红的鼻尖。

也不知道是什么愉悦到他了，陆嘉珩突然毫无预兆地低低笑了一声，捏着围巾继续往上提，直到把她的眼睛也盖进去。

初栀闷闷地唔了一声，抬起脑袋来，脸被围巾围了个严严实实。

她手里拿着东西，怀里还有两个苹果，空不出手来，就晃悠着脑袋想把围巾连带着他的手往下甩。

他那条浅灰色的羊毛围巾被初栀在屁股下面垫了一晚上肯定是没办法戴了，此时也正被她抓在手里。

初栀晃了一会儿脑袋，发现这个人像是找到乐趣似的更来劲儿了，拽着围巾陪她玩，死死挡着她的眼睛。

围巾遮了光，眼前一片黑暗，初栀静了一会儿，皱了皱眉："陆嘉珩，你幼稚不幼稚。"

陆嘉珩哦了一声，停了几秒，才慢吞吞地把她的围巾往下拉了拉。

他穿着黑色羽绒服，面料挺括，没扣扣子，吊儿郎当地敞着，露出里面的浅色毛衣。

初栀一直觉得男生穿毛衣比穿衬衫好看，毛衣这种东西男生想要穿得好看，比衬衫还要困难一点。

而这种觉得，在看到陆嘉珩的时候，通常会达到顶峰。

他穿毛衣真的好好看。

他没有围巾戴了，初栀抬眼，看着他修长的脖颈，那里有一颗微微突起的小小喉结，再往上是下巴尖，形状优美棱角分明的下颌，微微弯起的薄薄嘴唇。

初栀猛然回过身来，匆匆垂头，不知道为什么，突然不敢再往上看了。

她把那一沓钱捏好，递给他，又递给他一个苹果。

“这些先给你。”她低声道。

陆嘉珩没接。

初栀想了想，心下了然。

他三十块钱一个买回来的苹果，被她五块钱一个卖了。

他赔了好多钱哦。

初栀想着陆嘉珩肯定是不太开心的，也觉得他大概是不会接了，把另一个苹果塞进布袋子里挎在手臂上，空出一只手来，甚至都没弯腰，就抓着他的手腕拉过来。

陆嘉珩任由她拉着，手顺从地伸展开，掌心向上。

初栀把那一沓皱皱巴巴的零钱放在他手上，上面压着那个蛇果。

红到发紫的蛇果，因为是最后剩下的，形状并不是那么好看，有点歪，勉勉强强才在他的手心站稳。

小姑娘已经摘了手套，细白的小手把着他的手腕，在户外待得太久，手指冰凉凉的，却仿佛火烧火燎熨烫着他的皮肤。

她把苹果和钱都给他，哄小孩似的耐心地哄着，声音细软绵柔，像是巧克力糖浆：“哎呀，你不要不开心了呀，剩下的钱我也会还给你的——”

她的“的”字刚落地，面前的人另一只空着的手臂突然伸过来，修长的手扣住她的后脑，轻微用力，往前按过来。

初栀毫无预兆地往前趔趄着走了两步，脑门直直撞在他的胸口。

他的毛衣料子柔软，带着他的体温，混着干净的洗衣液味，还有一点点熟悉的他的味道。

那味道辨识度极高，独特又冷冽，和他整个人的气质又搭又不搭。

初栀瞪大了眼睛，一动不动。

他最近一段时间太乖了，乖到初栀甚至都已经忘记了他的攻击性。

她没挣扎，安安静静地趴在他的胸口，感受着他随着呼吸微微起伏的胸膛，感受着他扣在她脑后的手传来的柔软压力，眨了眨眼睛，软软开口："你干什么呀？"

这句话初栀对他说过很多次，语气有愤怒的、羞恼的、迷茫的、疑惑的。

初栀却感觉这一次，好像有哪里是不一样的。

陆嘉珩的动作却紧了紧，他的声音悬在她的头顶，微哑，有点小心翼翼的紧绷感："对不起，我就抱一下，你别动，一分钟就好。"

初栀抿了抿唇，脑袋微微动了动，侧过去了一点点，眼前终于不是一片黑暗了，路灯的光线从缝隙间渗透一点过来。

初栀空着的手微微抬了抬，半悬在他的背后，咬了咬嘴唇，最终还是落下去，只指尖轻轻拂过他羽绒服的衣料，像是羽毛，轻得让人无法察觉。

她有点挫败地叹了口气，垂下头去，闷闷道："你这也算耍流氓的。"

"对不起。"

初栀更郁闷了："你今天是不是只会说对不起？"

陆嘉珩长长吐出一口气来："我怕吓到你，怕你跑了，拼了命地在克制。"他的声音低低的，语速很慢，有点无奈，"所以你别老对我动手动脚的，给我增加难度。"

初栀这才想起，他的另一只手手腕还被她抓着。

手心里一沓零钱和一个蛇果隔在两人之间，是他们唯一的距离。

初栀脸红了，抓着她的手闪电似的缩回去了，心怦怦地跳，一声高过一声。

她脸红得滴血，庆幸着此时脑袋是被他按在怀里的，他轻轻动了动，声音小小地嗫嚅道："谁会跑呀……"

她刚说话，陆嘉珩手一松，人后退两步，放开了她。

初栀惊慌了、失措了，她觉得他是听到了，但是自己还没做好心理准备。

她唰地抬起头来，大眼躲躲闪闪的，红着脸有点紧张地看着他。

陆嘉珩微微侧头，垂眸。

初栀吞了吞口水，深吸了口气，鼓起勇气坚定地看着他。

陆嘉珩："嗯？"

"……"

初栀松了口气。

却又不知道为什么，有一点点失望。

她垂下头去，盯着自己的鞋尖，小声嘟哝道："没什么……"

陆嘉珩的电话第二次响起。

他没什么表情，就任由口袋里的铃声响，好像不打算理的样子。

初栀仰头："你接呀。"

那铃声锲而不舍地响，陆嘉珩嘴角微微向下撇了一点，有点不耐烦，懒洋洋地敛着睫："又干什么？"

电话那端，程轶没马上说话，停了几秒，他才道："殿下，吃饭了没？"

陆嘉珩刚要挂电话，程轶紧接着又道："没吃吧，小学妹饿不饿啊？"

陆嘉珩动作一顿，侧眸看了初栀一眼，没说话。

程轶就跟有千里眼，完全猜到了似的，哼哼着笑了两声，报了个地名："带小学妹来一起过圣诞吧，你绝对猜不到，今天谁回来了。"

陆嘉珩兴致缺缺："哦，我猜不到。"

"林语惊回来了。"

"……"

程轶有点纳闷儿："你怎么没反应啊？"

"我得有什么反应？"

"你多少也给我点反应吧，"程轶突然猥琐地哦了一声，"我是不是打扰你的好事儿了？不过也不应该啊，你现在应该还是处于痛苦的追逐阶段，你跟学妹干啥呢？"

陆嘉珩垂眼，看着手里的一个蛇果、一沓零钱，漫不经心道："摆摊。"

程轶没反应过来："啥？"

"刚刚在摆摊，现在在数钱。"陆嘉珩勾唇，语气颇为愉悦，"我们赚了一百多块钱。"

程轶："……"

陆嘉珩发小四人组里，只有林语惊一个女孩子，而且比他们都要小。

正常来说女生是比较受照顾的那个，但是林语惊不是。

她是领头的那个。

林家小姑娘，无恶不作、为害一方，但是偏偏长了一张极为乖巧的脸蛋儿，乖巧到她闯了任何祸，只要安安静静、委委屈屈往旁边一站，所有的家长都会理所当然地认为她是无辜的，所有的锅都归陆嘉珩、程轶他们背。

再后来，林家父母分开，林语惊跟着母亲去了南方，一别多年没再见过。

聚会地点还是选在程轶家的酒楼。

这次不是海鲜，大概是因为照顾着林语惊在南方生活多年，换了一桌子本帮菜。

初栀和陆嘉珩到的时候已经快九点了，包厢里面热火朝天，已经坐满了人。

初栀跟着陆嘉珩进去，进门之前，男人轻轻抬手，不动声色地拍了拍她的背。

初栀手里捧着个苹果，仰起脑袋来。

陆嘉珩低低垂头，轻声对她道："今天人可能有点多。"

初栀有点不明所以。

她有点茫然地歪了歪头，刚想问他然后呢，就听见一道轻轻柔柔的女声："哎呀，阿珩。"

初栀转过头去，看向声音的主人。

女人小脸，薄眼皮，杏眼微翘，皮肤很白，漂亮得辨识度很高。

柔软的白衬衫有垂坠感，细高跟皮靴，铅笔裤包裹着纤细修长的腿。

林语惊视线轻飘飘扫过陆嘉珩，微歪着头，淡色薄唇勾出一个柔和又亲切的笑弧："好久不见，想不想妈妈？"

"……"

初栀觉得陆学长的妈妈真是年轻。

陆嘉珩和林语惊特别不对付。

这份不对付从记事起就开始了。

他们俩算是半斤八两的同类人，陆嘉珩小时候也皮，但是长得白净秀气，小的时候更是漂亮，好看得像个女孩子，也不像他那个年纪的男生似的调皮捣蛋，话也不多。

总之就是也长了一张不粘锅的脸。

也许是同类人之间属性相互排斥，林语惊和陆嘉珩经常给对方使坏，常年致力于让对方扑街的事业，风雨不动，尽心尽责。

虽然到最后，很多时候都是程轶给他们背锅。

当年大家都是熊孩子，大了以后自然就不会那么幼稚了，不过小的时候结下的梁子，那就是一辈子的梁子，平时微信、微博各种联系方式里互怼就不说了，林语惊离开帝都六七年，再见面竟然也没有太生分的感觉。

今天的人确实很多，除了林语惊还有两三个女孩子，初栀坐在陆嘉珩旁边，有一搭没一搭地听着他们扯淡，安安静静地垂头吃东西。

她确实饿了，从下午到现在只啃了一个苹果。

初栀点了一碗米饭，吃得专注又投入，完全没怎么注意到饭桌上的风起云涌，一头闷在自己的米饭里，还有松鼠鳜鱼、糖醋排条、黄焖栗子鸡。

程轶家酒店的厨师手艺简直好极了，尤其是这道松鼠鳜鱼，炸好的鳜鱼浇上酱汁，外面酥脆酱汁酸甜，鳜鱼细嫩鲜香。

一桌的人初栀都不认识，她也不好意思主动动手，刚开始，她就耐心地等着这道菜被其他人缓慢地转过来，然后她再趁着它停留在自己面前时那一会儿时间夹一点点，然后继续等。

后来，不知道从什么时候开始，初栀发现那盘松鼠鳜鱼停在自己面前了。

转桌纹丝不动地停着，整张桌的人，就吃着自己面前停着的菜，没有一个转桌子的。

初栀很开心地吃了一会儿鱼，等着别人转桌子，好让她能夹一块对面的毛蟹炒年糕。

她等了好久好久，还是没人动，初栀咬了咬自己的筷子尖儿，没辙，默默地扒了两口米饭。

还是没人动，初栀好苦恼啊。

大家为什么都只吃自己面前的那个菜啊？每人一道吗？

她放下筷子，想了想，手从桌子上抽下去，在桌下悄悄地戳了戳陆嘉珩的胳膊。

陆嘉珩侧过头来，垂眼看她："怎么了？"

初栀往他那边凑了凑，压低了声音："他们怎么都不转桌啊？"

陆嘉珩一愣，勾起嘴角："不知道啊，可能他们都没有想吃的菜。"

程轶坐在陆嘉珩旁边，听见了贱兮兮地笑了一声："对啊，也不知道是因为什么。"

陆嘉珩没理他，也放下筷子，伸出手臂，指尖按在转桌的玻璃转盘上，朝她偏着头："不想吃松鼠鳜鱼了？"

"想吃那个，毛蟹年糕。"初栀单手扒着他的手臂，小声凑过去和他咬耳朵。

陆嘉珩顿了顿，慢悠悠地转着转桌的玻璃转盘，把毛蟹炒年糕转到她面前。

她微微倾身，手轻轻地搭在他的手臂上，脑袋凑过去和他说话。

一桌子的人都在似有若无地往这边瞥，初栀没有注意别人，舔舔嘴唇，重新抓起筷子，夹了一块年糕在碗里。

众人自然都是好奇的。

饭桌上的人也大多是平时和陆嘉珩走得比较近的，从来没见过他主动带妹子过来，还恨不得捧在手里照顾着。

看见人家小姑娘喜欢吃松鼠鳜鱼，谁在她夹鱼的时候转桌，冷飕飕的眼一瞬间就瞥过去了，搞得到后面完全没人动。

哪有这样的人？周幽王转世，商纣王附体吗？

一时间饭桌上风起云涌，眼神从四面八方窜来窜去，唯有三个人丝毫不受影响——林语惊八风不动喝喝果汁喝喝茶，初栀专注地吃饭吃菜填饱肚子，陆嘉珩担任她的转桌工，时不时问问她想吃什么，不紧不慢地给她转桌。

于是太子殿下那个"遇到爱不懂爱从以前到现在"的微信群又炸了——

"咋回事儿啊，殿下变御用转桌工了啊。"

"换口味了？"

"这个群名是不是可以改了？"

"别吧，这种清汤寡水的小白兔，我赌个三天。"

"你见过他以前干这事儿？"

"我吓得赶紧把我的股票都卖了，感觉这股明天要破产。"

程轶老神在在地嘿嘿笑，一副“我什么都知道但是我什么都不说”的表情。

这群里人没几个，饭桌上不少也没在群里，其中还有个女人不知道是谁带来的，笑呵呵地看着初栀：“这是陆少的新女友吗？”

她的声音其实不大，但是一瞬间，包厢安静了。

林语惊单手撑着下巴，意味不明地勾了勾嘴角。

陆嘉珩桃花眼微扬，轻飘飘瞥了一眼过去。

只有当事人初栀，完全没注意别人都在说些什么，再加上陆少这个称呼对于她来说是完全陌生的，是被排除在和她有关的敏感词以外的。

她像是一只辛勤耕耘的小仓鼠，埋头拨着碗里的米饭粒儿，吃啊吃，吃啊吃。

诡异的寂静持续了好一会儿，初栀终于意识到场面过于安静了，一抬头，桌上所有的人都看着她，就好像是在等着她的什么答案似的。

初栀一脸茫然：“啊？挺好吃的。”

“……”

一片寂静里，林语惊哈哈的笑声打破沉默，她弯着眼侧过头来，第一次认真地看了初栀一眼。

陆嘉珩低低地笑出声，抬手端起装着杧果汁的玻璃扎，又给她倒了一杯，声音低柔：“那多吃点。”

于是太子殿下的“遇到爱不懂爱从以前到现在”微信群又爆炸了——

“这是真的假的啊？”

“微信群怎么改名？我找了半天没找到啊。”

“对不起，刚刚是我武断了，这次我就赌个五天吧。”

“五个屁五，怕是打得你脸都肿了。”

“这么一看清汤寡水也有清汤寡水的魅力，怎么办，这小迷糊有点可爱啊，心动。”

“你怕是狗腿要被太子打折成三截棍。”

初栀慢吞吞地把鱼塞进嘴里，大眼睛滴溜溜地瞧了一圈，觉得气氛不太对劲，又放下筷子，悄悄地戳戳陆嘉珩的手臂，小声道：“他们刚刚在说什么？”

陆嘉珩低垂着眼，头靠近过去：“在说程轶家松鼠鳜鱼做得好吃。”

初栀狐疑地看了他一眼。

他唇边含着笑，没什么不对劲的样子。

她点点头，哦了一声："是蛮好吃的啊。"

陆嘉珩一只手臂懒洋洋地搭在她的椅背后面："那让他们再点一盘。"

初栀重新拿起筷子，戳了戳还剩下小半碗的米饭，想了想，还是忍不住道："对面坐的那个人怎么总看你啊。"

陆嘉珩挑眉："哪个？"

初栀低垂着脑袋，也不抬头，小声道："就是我对面那个，她是你的前女友吗？"

从他们一进来开始，初栀为数不多的几次抬眼，都能看见那女人看过来的视线，不是看着她就是看着她旁边的陆嘉珩，那眼神实在是让人觉得不太舒服。

初栀已经脑补出一百多集的爱情连续剧。

陆嘉珩眼都没抬，侧着头看着她，有点无奈："我哪儿来的那么多前女友。"

"你就是有，你谁都喜欢。"初栀闷闷道。

陆嘉珩没吭声了。

初栀没有勇气抬头看他的表情。

他的沉默有点像是默认，有股突如其来的火莫名其妙就蹿上来了，初栀把椅子往后蹭了蹭，站起身来，皱着眉，低低道："我去洗手间。"

小姑娘低垂着脑袋蹭出了门，有点无精打采的。

如果有具象化出来的兔子耳朵，此时她的耳朵已经是蔫巴巴地耷拉下来了。

包间里面都是有洗手间的，初栀没注意到，整条走廊穿过去才看见洗手间。

她慢吞吞地走进洗手间，走到最里面的一个水池洗手。

水池是感应的水龙头，初栀把手沾湿，挤了洗手液搓出泡沫，又玩了一会儿，直到手上的泡沫少了一些，她才重新把手送到感应水龙头下面，等着出水，等了一会儿，水龙头却没有反应。

初栀眨眨眼，沾满了泡沫的手就在那下面晃啊晃的，晃了半天，尝试了各个角度也没出水。

初栀俯身侧头，斜着脑袋对着那个红外线的感应器瞧。

她瞧了半天也没看出什么来，手在下面扑腾得正起劲，一只白皙的手轻飘飘地从她的手和水龙头之间掠过。

那只手又白又细，手指修长，指甲带着一点长度，修得整齐又好看，涂着薄薄一层指甲油。

微凉的水流随着她的动作倾泻而出。

初栀愣了下，侧头去看她。

林语惊单手扶着洗手台，微微侧着脑袋，平静地看着她。

初栀道了谢，冲干净手上的泡沫，从镜子下面抽了张擦手的纸。

林语惊依然站在那里看着她。

初栀擦完手，把纸巾丢进垃圾桶里。

林语惊依然靠站在那里看着她，一动不动。

初栀清了清嗓子，觉得她的眼神有点吓人，像是那种 X 光一样，扫过去一眼有种被穿透的诡异感觉。

她已经知道这个人是陆嘉珩的发小，好像关系很好的样子，放在小说里的角色的话，就是那种青梅竹马的关系。

两个人就这么在女厕所对视了一会儿，场面有点诡异，初栀刚想说话，又一个人进来了，是之前一直和初栀对上视线的那位。

初栀觉得女厕所真是热闹啊。

这么冷的天，那女人还穿着薄到几乎透肉的袜子，裙子很短，上面坠着不知道是什么动物的毛皮，黑色衬衫领口开着几颗，露出白嫩嫩的胸脯和事业线。

初栀看着她裙边的柔软动物毛，皱了皱眉。

那女人走进来，站到初栀旁边的那个水池，从小手包里翻出口红，慢条斯理地涂起来。

涂到一半，她才一副刚刚看到初栀的样子，精致的眉讶异地挑起："呀，这不是陆少的新女朋友吗？"

林语惊不知道什么时候进了里面的隔间，此时这地方只有初栀和她两个人，她声音有点尖，语气让人很不舒服，说出来的话听起来没什么问题，却又让人觉得更不舒服。

初栀视线从她的裙边别开："我不是他的女朋友。"

女人抿着唇笑得意味深长，又有点抱歉的样子："哦，对不起，我以为是新女友呢，没想到是那种关系啊。"

她边涂口红，边从镜子里看初栀："陆少那方面怎么样，应该很厉害吧？而且看起来出手也很大方。"

"什么？"初栀愣了十几秒，很慢地反应过来她在说什么，难以置信地瞪着她："不是的！我们什么关系都没有！也不是那种、那种——"

女人轻轻瞥了她一眼，发出一声短促的嘲笑："妹妹，羞什么呀，这种事情很正常的，你习惯就好了。"

初栀根本说不出话，白皙的脸涨得通红，羞耻又愤怒的样子："我们不是那种关系！"

陆嘉珩有点心不在焉。

初栀一走，桌上的人都沸腾了，大家终于不用绷着，开始无所不用其极地八卦，他等了一会儿，初栀还没回来。

陆嘉珩正准备出去看看，手机微信提示就响了，来自林语惊，是一段语音。

陆嘉珩不是很想听，又觉得林语惊会给他发语音，简直是世界奇闻，毕竟他们俩上次的对话还是"我希望你死"。

他刚想把手机放回去，又一条消息过来。

"林语惊：十二点钟方向走廊尽头女洗手间，有人欺负你妹子。"

陆嘉珩黑眼一沉，点开那个小气泡，放到耳边听。

是女人尖利又有些刻薄的轻蔑调笑："陆少那方面怎么样，应该很厉害吧？而且看起来出手也很大方。

"你害羞什么呀，这种事情也是双方享受的，又有钱拿，我也明白的，不会乱说。"

还有女孩子羞怒至极，无措到几乎要哭出来的反驳："我没有！我们不是那样！你怎么、你怎么能——"

陆嘉珩猛地站起身来。

他听不下去了，紧紧捏着手机的手指骨节泛白，一脚踹开椅子，转身往外走。

第八章
初初

林语惊一直觉得自己看人挺准的。

她第一眼看见初栀，就觉得这个姑娘不太适合陆嘉珩，太单纯了，软绵绵的，像一团棉花糖，一看就是从小到大没受到过丁点挫折，被爸爸妈妈捧在手心里小心翼翼呵护大的那种女孩。

所以林语惊本来以为她一定会被欺负，她本来想出去的，想了想，还是打开微信，当了回好人。

其实最主要的是，她还是比较好奇陆嘉珩会有什么样的反应。

林语惊被自己的善良感动了，靠在洗手间隔间门上一边等着，一边陷入了自我陶醉之中，外面的女人说话越来越难听，战斗越来越激烈，她正陶醉着，外面终于发出一声尖叫。

林语惊一震，担心陆少爷带来的这只小白兔真的被欺负狠了，也顾不得看戏，连忙开了隔间门往外走。

她刚迈出两步，就停了步子。

陆少爷的这只小白兔手里拿着瓶洗手液，一手把着瓶身，一手压着上面的泵，两条胳膊举得高高的，越过头顶，对着那女人的脸一通狂按。

洗手液淡蓝色的透明液体喷出一道道完美的弧度，那女人的眼睛里看来是也进了，大概迷了眼，死死闭着眼，满脸的洗手液滴滴答答往下淌，两只手胡乱地往前抓着。

林语惊惊了，目瞪口呆、难以置信地看着小白兔红着眼，紧咬着嘴唇往比她高了大半头的女人脸上喷洗手液。

她看起来是真的被欺负得狠了，眼圈通红，却倔强极了，乌黑的大眼睛死死瞪着对面的人。

“你、为什么、这么、讨厌！”

她紧紧咬了咬嘴唇，软绵绵、毫无攻击性的嗓音跟着手上动作的频率吐出字眼，一个断句就是一道洗手液，在空中划过，然后完美地落在女人的头上。

林语惊好害怕，本来以为陆少爷的这只小白兔是家养的，没想到是野生的，还会吃人。

她默默地往后退了两步，避免被误伤，再一抬头，陆嘉珩也到了。

大理石台阶上去两级，左边是男厕，右边是女厕，他扫了一眼，直接拐进女厕这一边。

程轶匆匆跟在他后面，原本是完全不知道发生了什么的，然而一走到门口就听见女厕里的尖叫声，大概也猜到个八九不离十。

他看着陆嘉珩毫不迟疑就要进去，哎哟了一声，站在门口拉住他的胳膊："少爷，冷静，冷静——"

陆嘉珩被他扯着，步子一顿，回过头来。

程轶看清了他的表情，愣了一下，哎了一声，有点无奈地皱了皱眉，松了手。

洗手台的位置是开放式的，没有门，林语惊面朝着门口站在初栀后面，最先看到了陆嘉珩。

初栀手里高高举着她的“武器”战得正酣，完全没心思注意谁进来了谁出去了。

她先下手为强，洗手液喷了那女人眼睛里都是，那女人此时根本睁不开眼睛，只能胡乱往前扑腾着尖叫着骂她。

女人骂得很难听，多脏的话都往外跑，初栀气得脸颊微红，唇瓣煞白，抿着唇不说话，一边躲着她一边又捞起一瓶洗手液来，一侧头就看见陆嘉珩走进来。

初栀没想到他会过来，怔了怔，手下动作停了，手臂不自觉地往下低了一点。

陆嘉珩的五官其实长得颇有攻击性，尤其是一双狭长的眼，锐利寡淡，平时懒洋洋的，笑的时候微弯，那份尖锐的冷感被柔和，显得风流多情。

此时，他嘴角向下耷拉着，眼眸微眯，不带半分笑意，漆黑眼底有暗沉沉翻腾着的暴戾。

他扫了一圈，视线落在初栀身上，长睫微垂，走到她面前，目光放柔了：“她打你没？”

初栀红着眼睛仰头看着他，没说话，摇了摇头。

陆嘉珩抬手，拇指指尖轻轻地蹭了蹭她微红的眼角，湿漉漉的，沾了点水。

他压着嗓子，声音又低又醇：“碰到你了没？”

她像个小拨浪鼓似的摇着脑袋，眼眶里水汽汇聚。

就在上一秒，初栀一手拿着一瓶洗手液，感觉自己像是个勇敢的女战士，所向披靡，无所畏惧。

这一刻，她却感觉自己像是突然之间被人把气全放光了，委屈又狼狈。

就像小时候在学校里和同学打架的时候一滴眼泪都不会掉，回到家里就只想钻进爸爸妈妈怀里哭。

初栀掩饰似的匆匆垂下头去，长睫向下压，紧紧咬着嘴唇，吸了吸鼻子。

她的声音哑哑的，难过又委屈，带着一点点细细的抽噎：“我再也不想跟你出来了……”

像是有一只手穿透身体，将他的心脏紧紧地攥住了，陆嘉珩唇线僵直，微微抿了抿，垂眼，把她手里的洗手液拿过来，放到旁边的洗手台上。

她之前按得太用力了，白嫩嫩的手心被塑料洗手液泵压出了几个红色的印子，陆嘉珩拉过她的手，忽然俯下身去，把她抱了起来。

不是公主抱，他一只手环住少女的膝弯托住大腿，另一只手稳稳地扶在她的背部，竖着将人抱了起来，像是抱着个小朋友似的。

初栀唰地抬起眼来，条件反射地抬手勾住了他的脖颈，轻轻叫了一声，挣了挣。

陆嘉珩微微侧了侧头，声音低似呢喃：“对不起。”

初栀不动了，一连串的眼泪啪嗒啪嗒砸在他的颈间，泪珠顺着滑下去，消失在毛衣里。

那女人从听见陆嘉珩说话的瞬间就安静了，此时她胡乱地抹掉了眼睛上糊着的洗手液，勉勉强强睁开眼来。

陆嘉珩抱着初栀，转过身去，淡声道："谁带你来的？"

初栀此时背对着他们，只能看见后面站着的林语惊，看不见陆嘉珩和那个讨厌鬼的表情，只能听见她喊了声陆少，哆哆嗦嗦地说了些什么，不太清楚。

好半天，他才开口，声音里带着冷冰冰的戾气："滚。"

初栀从来没听过他用这样的语气说话，只觉得有种浑身血液都被冻住的错觉，忍不住往他怀里缩了缩。

陆嘉珩安抚似的轻拍了拍她的背，没再说话，手臂往上抬了抬，转身走出洗手间。

程轶正站在门口等着，看着他们俩这么出来，表情有点呆。

陆嘉珩侧头看了他一眼，程轶立马心领神会，麻利又熟练地去给太子殿下善后，整理一下烂摊子，等着殿下日后发落。

初栀有点不好意思，脑袋匆匆埋进他的颈间。

他的味道十分干净，初栀原本以为他肯定吸烟，结果并没有烟草味，清冽体香混着洗衣液的味道萦绕鼻尖，她不自在地动了动，抬手偷偷地掐了他一下："你先放我下来，我自己能走……"

陆嘉珩吃痛嘶了一声，也不知道是真疼还是假疼："别动，要掉下去了。"

初栀勾着他脖颈的手臂连忙紧了紧，用另一只手的手背抹掉眼泪："你就会说对不起，你真烦人。"

陆嘉珩一下一下抚着她的背，声音低柔："是我不对，总让你受委屈。"

初栀下巴搁在他的肩头蹭了蹭，闷闷地道："你欺负我，连你前女友也欺负我。陆嘉珩，你怎么什么样的都喜欢，你眼光真差。"

陆嘉珩哭笑不得："我根本不认识她。"

初栀才不信："她喊你陆少呢，还一副对你很熟悉的样子。"

她话音落地，陆嘉珩顿了顿脚步。

她们刚刚在洗手间里的对话，她自然是理所当然觉得他不知道。

那么不堪的话，初栀一点也不想让他知道。

陆嘉珩停了半秒："她在胡说八道，"他顿了顿，收回手来，声音又轻又柔，"我只喜欢过你。"

初栀的耳朵红了。

她悄悄抹掉眼角沾着的眼泪，抬手抓着耳垂："瞎讲，我第一次见到你的时候，你就在勾搭小姑娘。"

陆嘉珩安静片刻，似乎也想起来了："我也没主动勾搭过别的小姑娘。"

"你给她留了号码，我看见了。"初栀平静地阐述事实。

"……"

陆嘉珩沉默了。

"还有之前在商场，你也留了联系方式。"初栀继续道。

"……"

陆嘉珩无法反驳，抬起手，手指插进她柔软的发丝抓了抓她的后脑："明天手机给你，你随便删。"

初栀警惕地抬起脑袋来："为什么要明天？你是不是今天打算把她们都转移到另一个号码上面？"

陆嘉珩终于忍不住笑了一声，缓缓叫了她一声："初初。"

他声音磁性，叫着她的名字的时候尾音又软又轻，两个字吐出来，让人耳朵发痒，从头麻到尾。

初栀僵了一瞬，忍不住缩了缩脖子。

她刚缓过来一点，又听他开玩笑似的含笑继续道："你这是准备好做我女朋友了？"

"……"

初栀环着他的脖子，脑袋深深埋进他的颈窝，极小声地嘟哝："你为什么要问废话啊……"

这次僵的变成了陆嘉珩。

他眼睛微微睁大了一点，猛地停住步子，连呼吸都漏了一拍。

此时两个人已经走到包厢门口，陆嘉珩站定在原地，托在她大腿处的手臂不自觉地紧了紧。

初栀抬起头来，单手撑着他的肩膀拉开了一点距离。

他抱着她，她比他要稍微高上一些，初栀垂着眼，长长的睫毛覆盖下来。

陆嘉珩不说话，抿着唇，漆黑的眼定定看着她。

两个人距离极近，初栀被他这么直直盯着看了一会儿，原本还只是耳垂，此时整个人都红了。

她急匆匆地重新勾上他的脖子，脑袋再次埋进他的颈窝。

陆嘉珩喉结滚了滚，手臂收紧了一瞬，又瞬间放开一点。

他想要抱紧她，想把她勒进自己的身体里，又怕她那么纤细小小的一个，好怕轻轻用一点力气她就碎掉。

陆嘉珩嘴角无声勾起，弧度一点一点上扬，越来越大，几乎无法控制。

他长长地吐出一口气来，嗓子有点哑："初初。"

初栀静了一会儿。

好半天，她应了一声，声音又糯又软："干吗呀？"

他终于低低笑出声来，小心翼翼地抱着怀里的小姑娘，声音轻轻的，继续唤她："初初。"

初栀没说话了，脑袋回应似的动了动，鼻尖蹭着他脖颈间赤裸的肌肤，呼出来的热气暖洋洋的，像只柔顺的小奶猫。

陆嘉珩心化得一塌糊涂。

两个人的外套什么的都在包厢里，陆嘉珩抱着她在门口站了一会儿，直到程轶和林语惊走过来。

程轶一脸纯天然的好奇："老哥，你站这儿干吗呢？"

见有人过来，初栀有点羞耻，蹬了蹬腿儿，人往下滑想要跳下去。

这次，陆嘉珩顺势把她放下了，原本海拔一米九的初栀瞬间缩了三十多厘米，她又得仰着脑袋看他了。

陆嘉珩低垂着眼，抬手揉了揉她的脑袋："吃饱了吗？"

初栀就算没吃饱折腾了这么一遭也饱了，点了点头。

他俯下身来："那你在这里等我一会儿，不用进去了，我马上出来。"

初栀有点迟疑，侧过头去，看见程轶身后跟着的那女人，那人看起来十分狼狈，洗过了脸，妆花得脏兮兮的，衣服上也全是洗手液，样子有点可怜。

初栀刚刚确实是被气坏了，她长这么大从来没有遇见过这样的人，从来不知道那样漂亮的一个人竟然能够说出这么恶毒的话。

可是女人现在表情又惊又怕，唇膏洗了个干净，嘴唇煞白，被陆嘉珩瞥上一眼就吓得魂不守舍的样子，初栀看着又有些心软。

她悄悄抬起手来，扯了扯陆嘉珩的毛衣袖子。

陆嘉珩正要进去，感受到袖口的拉力，侧身垂眼，问道：“怎么了？”

初栀皱了皱眉，一本正经道：“女人之间的战争已经结束了，是我赢了，你们男人不要插手。”

陆嘉珩低笑了一声：“行，我不插手，我去拿外套。”

里面一群人初栀没一个认识的，而且对他们也已经生出了点心理阴影，她也不是特别想进去，点点头，放开了他：“那你去吧。”

于是陆少爷屁颠屁颠进去拿外套去了。

程轶他们跟在后面，初栀看着，不知道为什么，觉得有点像那种电视剧里缉拿犯人上刑场的画面。

林语惊倒是没进去，兴趣缺缺地靠在初栀对面墙边，低垂着眼，不知道在想什么。

包厢门关上的一瞬间，陆嘉珩低沉的嗓音传了出来：“人谁带来的？”

初栀：“……”

砰的一声，门关上了，挡住了里面的一片血雨腥风。

林语惊倒是笑了一声。

初栀回过头来，见她懒洋洋地靠在墙边，微侧着头，看起来像是个有故事的人。

那副吊儿郎当的样子和陆嘉珩有个几分相似。

初栀没问她之前为什么藏起来，两个人没人说话，安静得有点尴尬，初栀想了想，硬生生憋出一句：“刚刚谢谢你。”

林语惊有点惊讶，心道她怎么知道是自己把陆嘉珩叫来的？

她眉一挑：“谢我干什么？”

初栀真诚地道谢：“谢谢你刚刚帮我弄好了水龙头，我试了半天呢。”

“……”

林语惊觉得自己看人奇准无比的能力今天好像失效了。

她奇异地看着初栀：“你跟陆嘉珩在一起了？”

初栀没说话，脸红了。

林语惊微仰了仰下巴，杏眼微挑，看起来像个来砸场子的正宫娘娘：“你觉得他喜欢你吗？”她的语气不紧不慢，“我跟你说实话，我见到你的时候就觉得你们俩其实完全不合适，陆嘉珩不适合你，你们俩根本就不是一个世界里的人。”

初栀愣了，觉得陆嘉珩这个青梅竹马怎么一会儿一变的，刚刚感觉对她还没有什么敌意，现在说的话又像是把她当作情敌一样。

初栀颇为苦闷地叹了口气，真是想打陆嘉珩一顿，他这个桃花开得是不是也太旺盛了。

她有点赌气，鼓了鼓腮帮子：“他不喜欢我难道还喜欢你吗？”

林语惊愣了一下，然后看着初栀开始笑。

她笑得特别开心，笑得极其投入，笑得初栀觉得莫名其妙的。

“对不起，我开玩笑的，祝你和陆嘉珩百年好合，以后最好能把他按在地上揍。”林语惊笑够了，眼弯弯地看着她，“我本来还觉得你看起来像是那种被动型的，结果看来是我想多了啊，对嘛，遇到喜欢的人就是要冲上去搞他啊！”

“……”

初栀张大了嘴巴，还没来得及说话，陆嘉珩就出来了。

他手里拿着外套，看见她们俩在说话，眼一眯，看着林语惊：“你跟她说什么了？”

林语惊笑眯眯道：“说我小时候把你按在地上揍。”

陆嘉珩笑了一声，眼神很是轻蔑，看起来完全懒得理她，手里拿着初栀的外套和围巾走过来：“等急了？”

初栀摇摇头：“没有。”

太子殿下终于有了正大光明的理由，迫不及待地伺候他的太子妃，他把手里的小外套抖开，举过去：“伸手。”

初栀有点别扭，觉得他像照顾小朋友似的，但还是背过身去，乖乖地伸了条胳膊过去，自己拉着另一端穿好。

她一回身，他一手拉着她的围巾一端已经顺势套在了她的脖子上。

初栀没来得及反应，他圈着她往自己身前拉了拉，两人距离拉近，陆嘉珩俯下身，手里抓着围巾一端，一圈一圈缠上去。

像是做贼似的，初栀抬眼偷偷看他。

他躬身垂眼给她整围巾，睫毛覆盖下来，鸦羽似的又黑又密。

神情温柔又专注，好看得能够让每一个女孩子心动。

初栀心怦怦跳，红着耳朵，匆匆垂下眼去。

陆嘉珩拉着围巾边缘往上扯了扯，松手直起身来："走吧。"

她晃了晃脑袋，把被藏进围巾里的下巴尖露出来，朝他伸出手，五指张开，掌心朝上冲他伸过去，眨巴着眼仰头看着他。

陆嘉珩一怔，没有想到她会这么主动，眼神变得柔软起来。

他抬手，刚想过去，就听见初栀道："我的苹果给我啊。"

陆嘉珩："……"

林语惊："哈哈哈哈哈。"

陆嘉珩二话不说直接拽过伸到自己面前的小手往外走："冷不冷？"

一直待在室内手热乎乎像个小火炉的初栀觉得他这个问题问得莫名其妙的："不冷啊。"

陆嘉珩手指微动，轻而易举就把她的手整个包进掌心里了，她的手小小的，软绵绵的，没骨头似的，他轻轻捏了捏，忍不住勾唇："我的宝宝手这么小。"

初栀脸红红的，手轻轻往外抽，另一只手抬起，揉了揉耳朵："谁是你的宝宝呀……"

陆嘉珩轻笑出声，抓着她不放。

此时已经是晚上十点多了，回学校差不多要一个小时，寝室门早就锁了。初父和邓女士在海南避寒还没回来，初栀出来得急，也没带钥匙。

陆嘉珩开了车过来，两个人上了车，初栀开始思考何去何从的问题。

她手里还捧着她的宝贝蛇果，没有洗，她也没办法吃，就抱在怀里捧着，像是抱了个娃娃。

车子里开了空调，没一会儿就热起来了，初栀把苹果放在腿上，慢吞吞地摘掉了围巾，还是热，又扯掉外套。

初栀把围巾和外套板板正正地叠好，放在腿上，陆嘉珩侧头看了她一眼，抬手抓起她的衣服和围巾放到后座去了。

她也没什么反应，任由他放。

初栀还思考着要不干脆还是回寝室，给林瞳打电话，让她帮忙偷偷下来开个门的时候，陆嘉珩的车子已经开了。

初栀扭头看他：“我们回学校吗？”

陆嘉珩手搭在方向盘上，即使是在开车，他看起来也依然散散漫漫的，目光看着前面，侧脸线条分明，懒洋洋道：“回家。”

初栀刚想说，我没带钥匙，下一秒，她突然就反应过来了。

他家就在她家楼上。

那他说的回家……

初栀眼睛睁大了点。

她不是没去过陆嘉珩家，但是没在那里过过夜。

准确地说，初栀大学以前除了全家人一起出去旅行，从来没在外面过过夜。

高中的时候她去当时玩得很好的朋友家玩，晚上很晚，朋友和她家里人都让她留下明天再回去，初父却无论如何不同意，开了一个小时的车去接她回家。

她的朋友可以到她家里来过夜，但是她不可以去别人家不回来。初栀开始的时候还很不理解，后来时间久了也就养成习惯了。

更何况，陆嘉珩现在是她的男朋友了。

虽然之前他生病也在她家里过夜了，但还是有哪里是完全不一样的。

交往第一天，就去男朋友家里住什么的，初栀心理压力表顿时飙升。

她抠了抠指尖，看看他，移开视线，再看看他，有点迟疑：“我们不回学校吗？”

陆嘉珩打方向盘，转弯上桥：“门禁，期末了，管得很严，会扣你学分。”他顿了顿，不紧不慢地补充道，“而且这个时间舍管阿姨应该也没睡，你也没办法让室友帮你开门。”

唯一的办法被堵住了，初栀皱着眉，神情有些沮丧：“那还有没有别的办法呀？”

“有。”

初栀的眼睛亮了亮。

陆嘉珩侧过头来，舔了舔唇，表情看起来带着一点意味深长：“去酒店开个房。”

初栀：“……”

陆嘉珩转过头去，漫不经心问道：“不想跟我回家？”

不是去我家，而是跟我回家。

他这个话说得怎么听怎么好像有点奇怪，初栀脸微红，别开眼，声音很小：“没有不想……”

陆嘉珩哦了一声，轻轻笑：“那就是想？”

“……”

这个人就是在逗她玩。

初栀羞恼地抬眼：“陆嘉珩你怎么还这样啊！”

他笑声沉沉的，一手把着方向盘，空出一只手伸过来揉了揉她的脑袋：“我家宝宝怎么这么可爱啊。”

初栀鼓着腮帮子推开了他的手：“谁是你家宝宝！”

她要起小脾气来也是软乎乎的，一点威慑力都没有，乌黑的大眼瞪着他，从耳尖红到耳垂，粉嫩嫩的脸颊微鼓，像只气鼓鼓的小仓鼠。

陆嘉珩抬手，捏了捏她鼓鼓的脸颊，声音低柔地诱哄：“那你来选？嗯？去我家还是去酒店？”

初栀：“……”

怎么听怎么不对劲。

这个人好像就是拥有把任何话都说得很让人脸红心跳的本事，像是在暗示着什么。

可是他又是一副十分坦荡闲散的样子，就好像显得她很那个似的。

初栀半天没出声。

好半天，她嘴巴一松，鼓着的腮帮子瘪了下去，噗一口气吐出来，一脸视死如归的表情道：“你家吧。”

平安夜的晚上十分热闹，街道亮如白昼，各种店面前摆着圣诞树，到处挂着圣诞节的装饰品和彩色的LED灯串，《圣诞歌》欢快的曲调从外面传进车里。

初栀坐在副驾驶的位置，侧着头靠在车窗框上看着外面。

开到一半，她有点困，打了个哈欠，小朋友似的用手背揉了揉眼睛，又赶紧晃晃脑袋，保持清醒。

车子拐进小区，停在楼下，熄火，陆嘉珩拔了车钥匙，偏过头来，盯着她的侧脸看了一会儿。

初栀眼珠骨碌碌地乱转，就是假装没注意到，不看他。

她这全程出奇安静，一声不吭，眉心微皱，头发别在耳后，只有露在外面的圆润耳朵可疑地红着。

陆嘉珩眸色渐深，人凑过去。

初栀一侧头，眼前正好是他一张放大了的脸，近在咫尺，近得初栀觉得自己差点对眼儿了。

她连忙往后蹭了蹭脑袋，小区暗淡的光线从车窗外渗透进来，她眼睛亮晶晶地看着他。

“初初。”他低声道。

“干吗呀……”初栀垂下头去，小声道。

陆嘉珩没说话，舌尖微微翘起，缓慢地扫过唇珠，漆黑的眼幽暗深沉地盯着她。

半晌，他突然倾身，温软的唇印在她光洁的额头上。

初栀睫毛颤了颤，眼睛瞪大了点，抬手抵着他的胸膛，下意识就想推开他。

还没等她有下一步动作，陆嘉珩抬手，一把抓住了她的手腕。

“别动，”他声音低哑，嘴唇翕动间轻轻地摩擦着她额头上的皮肤，“我就亲一下，泄个火。”

车刚熄了火，整个车子里暖气的热度还没散去，暖洋洋的，从外到里烘着人。

陆嘉珩一手撑着副驾驶椅背，一手抓着她的手腕，头微垂，微凉的唇贴着她的额头。

事情好像不太妙。

小姑娘软乎乎、香香的，身上有淡淡的香草味道，有点甜，小小一只被他半圈在怀里。

陆嘉珩觉得自己简直就是搬起石头砸自己的脚。

初栀一动不敢动，眼睛睁得大大的，借着小区里幽暗的路灯光线，目光所及是他微微凸起的喉结。

半晌，他喉咙滚了滚，极轻极低的一点吞咽声在寂静的车子里响起，有点性感。

初栀手抵在他的胸口，手指软软地蜷起。

她垂下眼，声音轻不可闻："你亲完没有呀？"

陆嘉珩缓慢地后撤，拉开一点距离，低低吐出一声喘息。

初栀僵着身子，脸颊绯红，微微低垂着眼，抬起手来，纤细白皙的指尖摸了摸刚刚被他亲到的额头。

他嘴唇的温度明明是低的，她却觉得烫烫的，还有点酥酥麻麻的痒。

初栀秀气的眉皱了皱，没忍住，用指尖轻轻挠了两下。

陆嘉珩看着她自然又有点幼稚的动作，突然笑了，声音低低的，有点哑。

初栀抬起眼来。

他眼睛一眨不眨地盯着她，眸底有暗沉沉的光，薄薄的唇片轻轻抿着，嘴角很柔软地微微垂着。

初栀回忆了一下刚刚额头上被碰触到的触感——微凉、湿润、柔软。

嘴唇的触感原来是这样的。

初栀懵懵懂懂地看着他，微微启唇，身子往上直了直，单手抵着他的胸口，整个人往前靠了靠。

陆嘉珩眼眸微眯："干什么？"

初栀没听见似的，手臂慢吞吞地伸过去，食指试探性地小心戳了戳他下唇唇瓣，软软的，用力向下压一压，仿佛能够感受到口腔里牙齿的坚硬阻隔。

陆嘉珩浑身顿僵。

初栀只轻轻戳了一下，就小心翼翼地收回手来。

她刚刚来得及抬起眼，视线还没和他对上，手腕上的力道倏地一松，陆嘉珩飞快地解了安全带，开车门下车，动作连贯，逃似的，连外套都没穿。

初栀眨眨眼，探身过去，手撑着车座从车窗往外看。

车门开了一瞬，外面的冷气钻进车子里，初栀打了个哆嗦，看着陆嘉珩只穿着毛衣背靠着车门站在那里，低垂着眼，不知道在想些什么。

初栀看着都冷。

她从后座把两个人的外套拽过来，将自己的套上，把他的抱在怀里下车，从车头绕过去走到他面前。

羽绒服又厚又蓬松，他的又大，初栀抱了个满怀，一边拽着袖子小心地不沾到地上薄薄的一层雪，在他面前站定，抿了抿唇，手里的衣服往他怀里送："外面好冷。"

陆嘉珩垂头，漆黑的桃花眼隐匿在阴影里，看不清情绪。

停了几秒，他抬手接过来，也没穿，长长地吐出一口气来："我不是说了，你别老对我动手动脚的。"

初栀抿着唇，像个做错事情的小朋友，想了想，又有些不服气，闷闷道："是你先亲我的。"

他有点无奈的样子，俯身帮她拉了拉衣服领口："我不冷，你扣子扣好。"

初栀懒得扣了，拽着外套裹了裹，缩了缩脖子，像个小老头："那我也不冷。"

陆嘉珩舔着唇笑了一声，单手抓着她的小脑袋往前推："那快进去。"

电梯停在十七楼，初栀慢吞吞地出来，站在门口等着他开门。

这算是她第三次来他家。

房子已经装修好了，格局原本应该和初栀家相差无几，主卧打通空间显得大了好几圈，卧室和客厅之间只有中间两道隔断，白色长绒地毯，巨大落地窗从客厅一直延伸到床尾，浅灰色的窗纱半掩着，棉布窗帘拉到一边。

有点意料之外的是，陆嘉珩家整体装修风格比初栀想象中要柔和不少，一眼扫过去家具多是她当时选择的风格，甚至床尾窗边懒人沙发上还摆着个长耳朵小兔子的玩偶。

这玩意儿怎么看怎么都不像是他会买来摆在家的东西。

初栀看了一眼，脱掉外套，站在客厅中间。

和前两次都不太一样，这一次，初栀觉得自己的手脚都不知道往哪里摆了，感觉怎么都别扭。

少女沉寂了十八年的某种意识终于迟钝又缓慢地冒出了头。

初栀看了一眼他那张在隔断和纱帘后隐隐约约的大床，脸上刚刚褪下去的红又浮上来了，垂着眼，有点不敢看他。

她作息时间一向十分规律，平时十点多早已经洗好澡躺上床了，此时折腾了一晚上，又到了生物钟时间，初栀困得眼皮有点重，却有种无比精神的感觉。

她悄悄抬眼，看了陆嘉珩一眼，结果正对上他似笑非笑的视线。

初栀鼓了鼓腮帮子，想了想，慢吞吞地说："我饿了。"

陆嘉珩："……"

家里没什么吃的，两个人研究了一会儿叫了个外卖，吃外卖的工夫，陆嘉珩挑了部电影。

他的客厅没装电视，而是直接挂了个电影幕布，占了整面墙。

有点意外，他挑了部《穿越时空的少女》，很老的一部动画电影，初栀特别喜欢，看过好多遍，她咦了一声，看了陆嘉珩一眼。

他侧头："不想看这个？"

初栀摇了摇头："没有。"

她只是没想到他会挑一部动画电影来看，真是把人当小朋友来看了哦。

外卖吃完已经十一点了，初栀已经比刚刚自在不少，精神放松下来，人开始犯困。

她揉了揉眼睛，抱着抱枕看电影。

客厅的灯关了，投影仪映出的晦暗光线幽幽映在她的脸上。

初栀打了个哈欠，歪歪斜斜地靠在沙发上，蜷着膝坐，脑袋搭在膝盖上，困得蔫巴巴的。

陆嘉珩坐在沙发另一端，单手撑着沙发扶手，侧头看了她一会儿，轻轻笑了一声。

初栀扭过头来，因为刚打过哈欠，乌黑的眼湿漉漉的。

"困了？"

初栀怕他觉得她是不喜欢他挑的电影，连忙摇了摇头。

陆嘉珩勾唇，朝她招了招手："过来。"

初栀思维有些迟钝，慢吞吞地抱着靠枕蹭过去，挨着他坐。

她身上带着淡淡的甜香味，整个人热乎乎的，像个小火炉似的贴着他。

陆嘉珩人又有点发僵。

"小火炉"刚开始还坐得好好的，连续打了两个哈欠以后，整个人又斜过来了，软绵绵地靠着他的手臂揉眼睛："陆嘉珩。"

陆嘉珩垂下眼去，看着她低低覆盖下去的眼睫："嗯？"

"我们明天回学校吗？"

她的声音本就软，此时揉了倦意，绵绵的，带着一点点媚，奶猫一样的声音勾得人心里酥麻酸痒。

陆嘉珩嗓子发干：“明天再说。”

初栀点点头，心里还惦记着：“陆嘉珩。”

“嗯。”

初栀没说话，突然仰起头来，大眼睛直勾勾地看着他：“你给谁买的兔子？”

“……”

陆嘉珩茫然了一下：“什么兔子？”

她抬手，指指对面卧室窗边的懒人沙发：“那个兔子。”

他微怔了下，失笑，身子往后靠了靠。

初栀抿了抿唇，一副很在意的样子。

陆嘉珩愉悦勾唇，手搭在沙发靠背上，人凑过来，倾身靠近：“嗯，有那么个姑娘。”

“……”

初栀一下子瞌睡虫跑了一半，扑腾着起来，跪坐在沙发上瞪着他，一边的腮帮子鼓了鼓。

好半天，她闷闷道：“我才不关心是谁呀。”

陆嘉珩轻轻笑了，抬臂捞着她拽进怀里，下巴搁在她的发顶：“是我抱着的这个。”

她唔了一声，找了个舒服的姿势，掰着手指头又开始跟他翻旧账：“你以前有那么多桃花，嘴巴又那么会讲，我怎么知道你哪句话是真的。”

他抬手，指尖缠着她的长发发梢，耐心地道：“跟你说过的话都是真的。”

初栀撇撇嘴，低声嘟哝：“这也是渣男的必备金句。”

她的声音小小的，像是在说他的坏话，陆嘉珩微微挑起眉，没说话，只玩着她头发的动作停住了。

话题戛然而止，两个人之间突然安静下来，只剩下电影里的背景音乐声。

初栀等了一会儿，没等到回复，仰起头来，正正好好撞进陆嘉珩漆黑的眼底。

他看着她，眸色深深，眼微眯。

初栀脑海中下线了好一会儿的危险小雷达再次嘀嘀嗒嗒地响了起来，她不自觉地咬了咬嘴唇，下意识往后缩了缩身子。

陆嘉珩扣着她腰肢的手臂紧了紧，死死箍着不让她动，抱着她翻了个身。

两个人的位置瞬间就颠倒了，他单手撑着沙发靠背，低垂着眼看着她，嘴角勾起，笑得有点恶劣："渣男？你对渣男有什么误解？"

初栀身子往下滑了一点，半坐半躺在沙发上，脖子窝着，有点不舒服。

他注意到了，单手托着她的后颈往上抬了抬，舔着唇凑近。

他牙齿咬得很紧，气息也有些重，又隐忍又放肆，含着一点低沉的警告，嗓音喑哑："小姑娘，渣男不会靠说的，一般是直接做事情。"

巨大的落地窗外夜幕低垂，坠着星光点点，银月皎洁的光透过浅灰色的窗纱淡淡倾斜进来。

房子里面很安静，电影的声音仿佛都被屏蔽掉了，唯有男人缓慢微沉的呼吸声。

黑夜迷人心智。

陆嘉珩垂眸，发梢垂落，眸底暗色比窗外夜幕深浓。

初栀整个人缩成一团平躺在沙发上，脑袋被他托着，姿势奇异，不太舒服，人一点一点往下滑，再滑下去就要掉下去了。

初栀不得不抬手抓着他。

昏暗的光线下她眼睛晶亮，一只手下意识地抵在他的胸膛上，另一只手却紧紧地抓着他，明明是无意识地在排斥，却又好像全然地信任着他，依赖着他的模样。

陆嘉珩交了暖气费，地暖暖气给得很好，此时温度更是不断攀升。

初栀快滑下去了，半个小屁股悬在沙发边缘，她死死地抓着他背后的衣料，攀着他往上蹭，腿移动，膝盖就轻轻地刮着他腿内侧裤子的布料上。

陆嘉珩低低地嘶了一声，哑声道："别蹭了。"

初栀不敢动了，却哭丧着小脸，表情皱巴巴的，有点委屈："陆嘉珩，我快掉下去了。"

身下的少女腰肢纤细，身上带着清淡的甜香味道，声音细软得像丝丝缕缕的羽毛，让人不由自主地开始幻想她就这么躺在下面，纤细的指尖抓着他的背，带着哭腔喊点别的。

他咬住牙，重重地闭上眼，单手扣着她的腰把人提起来，动作近乎粗暴地把她丢在沙发上，人猛地站了起来。

沙发垫又厚又软，人坐进去几乎能陷进去，初栀倒没觉得摔着，甚至还弹了两下。

她立马屈起腿来，脚丫踩在沙发上，下巴藏在膝盖后面，只露出一双明亮乌黑的眼，懵懂又怯怯地看着他。

他站在沙发前，微眯着眼，逆光背对着电影幕布，看不见表情，只感受得到居高临下的压迫感和带着侵略性的气息。

初栀虽然没有接触过，但是某些事情也是懵懵懂懂知道的，她慢吞吞地拖过刚刚抱着的那个抱枕，露出来的脚尖也往后缩了缩，确定整个人都藏在后面了。

她悄悄抬手捏了捏耳朵，小声说道："陆嘉珩，我一月的生日，周岁还没有到十八岁……"

"……"

陆嘉珩唰地抬起眼皮，低低地骂了声脏话。

他以为她至少成年了。

大一一般不都十八岁？

怎么回事啊，怎么回事啊？

刚刚脑海中想象的画面不受控制地不停往外蹿，陆嘉珩额角青筋一蹦一蹦的。

虽然他本来就只是想吓唬她一下，根本也什么都没打算做，但是此时，似乎仅仅是想象，都让人罪恶感瞬间爆棚，有种自己做了什么不可饶恕的事情的感觉。

陆嘉珩觉得自己是个畜生。

他单手捂住一只眼，干净的手背也暴着青筋，筋骨脉络分明。

客厅里一片寂静，只有电影里柔软的日语传出。

半晌，他垂手，哑声吐字："我没打算干什么。"

初栀还不放心，又伸着胳膊拉过来一个抱枕，竖着堆到刚刚那个抱枕上面，这下连脑瓜尖儿都藏到后面去了，半点看不见。

她像是稳稳地举着一个盾牌，两个抱枕左右晃了两下，跟摇头表示不相信他似的。

“……”

陆嘉珩忍无可忍地往前两步，一手抓着上面的那个抱枕丢到一边，恨不得把埋进沙发靠枕里的小姑娘捞出来，垂眼：“去洗澡，睡觉。”

初栀缩了缩脖子，像只小乌龟似的：“我睡哪儿呀。”

他没说话，按着她的脑袋往卧室那边转。

她还不放心，吞了吞口水，怯生生地看着他：“那你睡哪儿？”

她刚刚已经看过了，他家一间主卧，另一间是书房，没有客房。

整个房子里没有第二张床，就好像是在说“我们家只是我一个人的私人空间，不欢迎任何人来做客所以不需要客房也不需要床”一样。

陆嘉珩眼皮直跳：“沙发。”

他家主卧没有门，隔断挡了床的位置，只露出一点床边，淡灰色纱帘拉上，后面的卧室隐约而朦胧。

初栀心大得很，虽然刚开始还有点不安，但是他的床实在是太舒服了，再加上她一整天累得要死，困极了，没几分钟就毫无防备地沉沉睡过去。

她睡觉不太老实，在家里就是，属于那种有多大的床就能怎么扑腾的类型，初父、邓女士也已经习惯了，在学校的时候寝室单人床小，她没地方发挥，还睡得乖乖的，此时横着竖着无论怎么转头和脚都沾不着床边，到了后半夜，她的头已经睡到床尾了。

陆少爷洗了个冬日里寒冷刺骨的冷水澡顺便黄金右手解决了一下问题，睡着沙发，还帮她捡了一宿的被子，像个劳心劳神的老父亲。

他站在床边，垂着头，看着床上四仰八叉睡得香香的少女。

她身上他的睡衣被当成睡裙穿，露出雪白纤细的腿，一只手臂高高举过头顶，抱着枕头，发丝散乱在床单上。

刚刚想错了，他本来以为她比刚认识的时候进步了很多，至少防备他的苗苗已经开始冒出来了。现在看来完全就是错觉，防狼意识这种东西，这姑娘依然半点没有。

陆嘉珩抬手，胡乱往后抓了抓头发，第一次发现自己还是个正人君子。

他开始反思他为什么要绞尽脑汁地把人往家里带，诱拐成功了还美滋滋的。

这可真是自己狠狠坑了自己一把。

圣诞节过去就是考试周，A 大里虽然基本是品学兼优的好学生，平日里也很努力，但是期末无疑是整个校园学习气氛最浓郁的时候。

各科的课程基本上已结束，所有的内容都是复习，自习室里通宵的人也变得多了起来。

初栀学习还不错，在 A 大这种人群中随便拽出来一个都是省重点高中第一考场选手的地方，成绩也能排上个中等偏上。

所谓大学期间如果你不能拿奖学金，那么及格就约等于满分，但是义务教育加高中三年养成的习惯，及格就行这种意识在初栀脑子里是没有的，所以她整个考试周都用在了心无旁骛地学习上。

和陆嘉珩谈恋爱这件事情，初栀没告诉别人。

倒也没有故意瞒着的意思，她只是没分出心思来思考这件事，而且没人问起，好像也没有特地说起的必要。

而且陆嘉珩这段时间好像也很忙。

初栀原本以为他也是在忙着准备考试，毕竟他平时闲得看起来像是辍学了一样，这段时间想要不挂科肯定是要玩命学习的，经管学院离他们又远。

两人除了每天晚上图书馆自习室里风雨无阻的一杯奶茶，基本没其他时间见面。

他不进来，也不会叫她，就站在门口等着她发现自己，每次她一抬头看见他，放下手里的笔跑过来的时候，他就会愉悦地弯起嘴角，笑得轻轻淡淡，也不知道是个什么情怀。

初栀这些天来养成了习惯，就挑面对着门口的位置坐，时间差不多了就隔几分钟往门口瞧一瞧。

他今天来得有点晚，初栀来来回回张望了好几次，直到夜幕降临才看见他。

天寒地冻的一月初，男人穿着件深色迷彩外套，依旧习惯性地不拉拉链，倚靠在自习室门口，歪着脑袋凝视着她。

初栀一抬头，正对上他沉沉的眼。

一看见他，小姑娘眼睛不自觉地亮了。

视线对上，他也笑了，站在原地朝她缓缓张开双臂。

初栀笑眼弯弯，丢下笔，小心不发出声音地缓慢推开椅子站起来，小步朝他跑过去。

她回头看了一眼身后灯火通明的自习室，还有点不好意思，拉着他往旁边的石柱后走了走，在他面前站定。

自习室里暖气给得足，初栀没穿外套，只穿着毛衣，门口冷风嗖嗖地吹过来，她打了个哆嗦，缩着脖子小小地跳了两下。

陆嘉珩轻笑了声，一只手拿着奶茶袋子，单手扯着她把她拉过来，拉开外套把她整个人包进去抱在怀里。

他的外套好大，能把她整个人包进去，怀抱暖洋洋的，初栀鼻尖蹭了蹭，费劲地仰起脑袋，下巴尖抵着他的毛衣看着他："你今天来晚啦。"

陆嘉珩沉默着，外套包着她又往怀里带了带。

初栀敏感地察觉到好像有哪里不太对劲。

她歪了歪头，下巴蹭在他肋骨下方一点点，抱着他的腰左右晃啊晃，晃啊晃，突然叫了他一声："学长。"

陆嘉珩垂眼："嗯？"

"你今天不开心吗？"

陆嘉珩怔了片刻："为什么这么问？"

初栀很认真地说："你今天看起来正经了不少，好像变可靠了。"

陆嘉珩似笑非笑："看来我平时给你留下的印象不怎么可靠。"

小姑娘大眼睛眨巴眨巴地看着他："你平时总是耍流氓。"

陆嘉珩低低地笑了，抱着她的手臂紧了紧："初初，我之后很长一段时间可能都会有点忙。"

初栀心道能不忙吗，你平时闲得大概是连专业课教授长什么样都不知道。

她点点头："没事呀，我也要复习呢。"

陆嘉珩没说话，抱着她侧了侧身子，背对着风口挡住冷风，声音低低的，近乎叹息："如果我以后什么都没有，养不起你怎么办？"

他话音刚落，初栀脑子里警钟突然被敲响了。

难道他旷课太多挂科太多，要被学校劝退了吗？

大学没毕业被强制退学，那确实是挺严重的事情，以后可能也不好找工作。

但是他家条件应该还是挺好的，毕竟穿四位数的卫衣。

他看起来确实在烦恼着，初栀也不敢说“那你让你爸给你走个后门呀”，她小手抵在他的腰腹间，开始想象他父母会是什么样子的，他长得像爸爸还是像妈妈。

初栀脑内小剧场久违地再次重新活跃起来，思维开始有点飘。昨天晚上在寝室里和林瞳、顾涵她们表情包斗图斗了一晚上，此时关键词被触动了，她没过脑子就随口道：“没事，我偷电动车养你。”

“……”

陆嘉珩难得生出的那点沉重情绪瞬间就没有了。

期末考试最后一科临考前一天晚上，初栀她们寝室里为了庆祝半个学期的结束以及相识半年纪念，仪式性地进行了一次久违的熄灯后深夜情感畅谈。

顾涵高中的时候谈过恋爱，大学以后男生去了南方的大学，两个人和平分手。林瞳倒是没谈过，不过她声称自己是情感大师、感情专家，对于这方面的话题回回分析得头头是道。

初栀原本想借此机会说一下自己谈了恋爱这事儿，还没等她想到怎么开口，顾涵她们已经聊到男女朋友之间的称呼这件事情上。

顾涵首先表示：“我真的受不了男生叫女朋友宝宝那种的，你们知道吧，每次听到就想一个白眼翻死他。”

初栀一顿，轻轻问道：“为什么呀，因为不好意思吗？”

“不是啊，他们男人叫宝宝方便啊，你想想，每一任女朋友都统一了称呼，就不会发生叫错人这种事儿了啊，多省事儿。”

林瞳做出总结：“渣男都这样的。”

初栀沉默了。

“也不能一竿子打死一帮人。”薛念南说出了不同意见。

初栀眼睛亮了亮，小心道：“我也觉得。”

薛念南：“万一人家只是为了方便同时脚踏几条船呢，清一色宝宝肯定不会发生小红叫成小丽这种事情。”

初栀："……"

最后一门考试一结束，初栀被掏空了两个礼拜的身体终于重新填装完毕。

话剧社早在一个月前就没活动了，最后一科考试结束以后，话剧社微信群里"八爪鱼"搞了个 @ 全体成员，张罗着放假之前大家一起搞个聚餐，庆祝一下又一个学期的结束。

初栀收拾了东西，叼着一袋酸奶从考场里出来，看着他们在群里热火朝天地讨论着去哪儿吃。

原辞一直没说话，"八爪鱼"最后提议吃火锅的时候，他才突然冒出来，小窗单独戳了下初栀。

原辞学长："能吃辣吗？"

初栀咬着酸奶晃了晃脑袋，回道："能呀，我挺喜欢吃辣的！"

原辞发了个惊讶的表情包："你看起来像是清汤锅，或者番茄锅爱好者。"

初栀低垂着脑袋，一边靠着脑门上的第三只眼往前走着，一边咬着酸奶皮儿笑："我深藏不露吧！"

她摇头晃脑地回着信息，也没看路，沿着林荫路往寝室走。她一般走路玩手机的时候余光其实可以瞥到前面有没有人，有阴影笼罩过来她会往旁边侧一侧，像长久养成的条件反射一样。

冬天，树木光秃秃的，上面压着积雪，初栀一边走路一边玩手机，面前有人和她同一直线走过来，初栀往右躲了躲，结果那人也往右。

她没在意，又往左，面前的人也跟着往左。

初栀字打了一半，抬起头来。

陆嘉珩垂着眼，眉梢微挑："走路玩手机？"

初栀呀了一声，也顾不上回消息，眨眨眼，认真道："我走路玩手机的时候会自动开启第三只眼，你考完试了呀？"

"嗯，"陆嘉珩长睫低敛，视线有意无意地落在她手机屏幕的微信界面上，"跟谁聊天，这么开心？"

初栀毫无防备："话剧社的学长。"

她话音刚落，陆嘉珩的笑容没有了。

她还没注意到，一边回原辞的消息，一边还兴致很高涨地给他介绍着：

“就是他拉我去话剧社的，人很好的！”

陆嘉珩没说话，径直迈开腿往前走。

他腿长，即使已经放慢了步子，一步还是有她两步多大，初栀迈着大大的步子，蹦蹦跳跳地走在他旁边。

她刚刚考完试，整个人都很开心，话也多了起来，有点兴奋地跟他说她的话剧社学长：“他年纪比我还小呢，好像十四岁还是十五岁就上大学了，是个天才，今年已经大三了，厉害吧。”

“……”

“说起来你也大三哎，他跟你同级。”

“……”

“我今天考了广告概论，题有点难，”初栀不开心地皱了皱鼻子，不过很快又重新高兴起来，“但是最后大题那里的知识点我昨天刚好复习到，应该可以拿到满分！

“你怎么这么快就考完了，你是不是没好好答题，你不要挂科了，明年还要补考。

“陆嘉珩！陆嘉珩！陆嘉珩！”

陆嘉珩沉沉地耷拉着嘴角，淡淡地扫了她一眼，语气不是很温柔，不愉快得有点明显：“你是只小鹦鹉？”

初栀眼睛睁大了一点：“你喜欢鹦鹉吗？”

“……”

陆嘉珩感觉自己心脏被一把锤子狠狠锤了一下，有闷闷的一声在身体里回荡。

初栀皱了皱眉，认真道：“那怎么办，我家有你猜了，以后你要养鹦鹉的话，你猜会不会吃了它呀？”

她的话说得自然，表情看起来有些苦恼，就好像是很理所当然地在思考他们的“以后”一样。

陆嘉珩的心脏被那锤子锤了个稀巴烂，软成一摊。

她的两句话，他什么气、什么恼、什么想凶的念头都没得干干净净。

脾气其实很差的陆少爷长长地叹了口气，一把扯过她抱在怀里，声音有一点闷，还有一点莫名的丧气：“你是哪里派过来搞我的妖精？”

他微微俯着身，手臂从后面环着她，初栀任由他抱着，单手抓着他搂过来的手臂，一步一步同手同脚慢吞吞地往前走，跟背着他似的。

她还很认真地纠正他："我没有在搞你。"

他下巴压在她的头顶，跟着她的节奏小步走，两个人就这么叠在一起往前走："行，你不搞，那我搞。"

初栀扭过头来瞪他："陆嘉珩，你以后好好说话行不行啊。"

他压着她低低地笑，喉结胸腔震颤："你现在胆儿越来越肥了，以前还是学长，现在就直接陆嘉珩陆嘉珩地叫。"

初栀愣了愣："因为你现在是我男朋友了呀。"

陆嘉珩听着那三个字，嘴角弧度加深了："谁跟你说男朋友就可以直呼其名了？"

初栀被他唬得一愣一愣的："那我叫你什么呀？"

陆嘉珩心里有无数称呼呼啸而过，想了想，他还是怕把她吓跑了，不动声色道："你现在给我的手机号码备注是什么？"

"……"初栀不说话了。

"嗯？"

陆嘉珩微微侧着脑袋，看着她洁白的耳尖慢慢地红了。

"你烦死了呀。"初栀小声道。

陆嘉珩下巴蹭了蹭她的脑瓜顶，摩擦得发丝有轻轻的沙沙声，嗓子压得很低，半哄半骗道："宝宝来，叫一声陆哥哥，就一声。"

初栀弓着身从他怀抱下面钻出去，跳出去两步转过身来，脸涨得通红地瞪着他。

原本一夜过去，再加上上午的考试已经被她忘掉的那场昨晚关于"称呼"的夜聊就自然而然地被再次想起来了。

初栀抿着唇，细眉紧紧地皱在一起："你别这么叫我。"

人在家中坐锅从天上来还浑然不知自己已经被扣了两个屎盆子的太子殿下，只当他家小姑娘又不好意思了。

她小河豚似的鼓着嘴巴，真是无论什么样子都可爱得要命，让人想拉过来抱在怀里一辈子不撒手。

初栀自顾自地想象着陆嘉珩三五个手机在茶几上摆成一排，每一个聊天窗口都是不同的小姑娘，上面称呼清一色“宝宝”，自己把自己气到了，鼓着腮帮子瞪他：“陆嘉珩，你要是敢背着我跟小红、小丽说话，我就——”

她顿了顿，想不到什么听起来有力又凶狠的威胁。

陆嘉珩眉心微皱，低低垂眼：“谁？”

初栀干脆破罐子破摔：“你为什么叫我宝宝？”

他还没说话。

“你是不是怕把我和你微信里的其他小姑娘弄混？”

她问得有点小心翼翼，有点期盼，又有些不安。

“……”

陆嘉珩悟了，眉间褶皱一松，轻轻啊了一声。

然而此时在初栀看来，他这一声啊就跟承认了似的。

初栀不可思议地睁大了眼睛，完全没想到他竟然就这么坦然大方，干脆又利落地承认了。

初栀第一场恋爱持续了一周，约会两三次，最终以看见男朋友和他前女友抱在一起啃作为终结。

第二次恋爱维持了两周，初栀觉得它此时正处于摇摇欲坠的悬崖边缘。

她眼睛红了，眼眶却干干的，不知道为什么，一点眼泪都没有。

初栀抬起手来，手背用力地蹭了一下眼睛，声音哑哑的：“陆嘉珩，你真讨厌，你怎么还是那么讨厌。”

其实这看起来是件很莫名其妙的事情，就因为一个称呼的问题，多么幼稚，多么不可理喻，又矫情又作。

但是只有初栀知道，这根本不是这个称呼的问题，就像是一个小小的导火索，一下子，她心底深埋的所有不安全感都被点燃了。

和陆嘉珩谈恋爱这件事，初栀鼓足了勇气，甚至大概是她这辈子目前为止做过的最勇敢的事情。

他这个人太不适合做男朋友了。

无论是第一次见到他的时候，还是后来一次一次撞见和相处，都在告诉她这个人不行。

但是他后来对她那样好，真挚又耐心，没有哪个女孩子会不心动，会不心怀希冀。都会忍不住觉得自己可能会成为特别的那一个。

她不知道他对她的喜欢能够持续多久，也不知道他目前表现出的这份喜欢里有几分是真实的，又有几分只是他的习惯。

太不安，太忐忑，太让人没有安全感了。

大灰狼自称自己吃素了，来到小兔子的家门口，说小白兔，我喜欢你，你跟我走好不好呀？

小兔子最开始不相信他，紧锁门扉，说什么也不给他开。

大灰狼耐心极了，也温柔极了，他每天给她送来盛开的鲜花，他用荷叶装满晨露，他为她采最大、色彩最鲜艳的胡萝卜。

小兔子防备了他一天、两天、三天，最终还是没办法，她不小心喜欢上大灰狼了。

虽然他脾气差，还喜欢欺负她。

小兔子想，大灰狼这么坏的一只狼，怎么可能突然变好了，他肯定是想把我骗出去，然后吃了我。

那我就暂且开门跟他走吧。

谁让我那么喜欢你，我把心脏剖开来给你呀。

火锅店是“八爪鱼”选的，最后敲定还是学校旁边的那家火锅店。

听到的时候，初栀愣了一下，对于那个有故事的火锅店心里有点阴影，不过还是没说什么。

晚上，初父和邓女士从海南回来，刚好来接初栀回家。

她原本就隔周回一次家，东西不多，开学来的时候一个书包一个行李箱，走的时候还是那些。

海南阳光明媚，初父来比走的时候黑了不止两个色号，初栀一上车，车门开了冷风灌进去，邓女士在后座裹着个羽绒服哆嗦。

她一边哆嗦一边扑过来抱住初栀：“我的宝贝儿想不想妈妈？我就说让你跟我们一起去你偏偏不要，今年咱们去海南过年吧？啊？”

初栀任由她抱着，低垂着眼抿了抿唇：“我不想去海南过年。”

邓女士敏感地察觉到女儿情绪不高，有点诧异：“怎么了，考试没考好？”

初栀摇头。

“跟同学吵架了？”虽然这么问，但是邓女士也有些疑惑，自家女儿的性格她最清楚了，实在不太会发生和同学吵架之类的事情。

果然，初栀还是摇了摇头。

邓女士顿了顿，最后还是试探道："有男朋友了？"

她这句话一问出来，前面驾驶座上的初父顿时警惕起来，眼睛从后视镜看过来，目光明亮。

"……"

初栀感觉自己从没见过初云飞同志这么犀利的眼神。

她微微抿着唇，小动物一般天然的求生意识使她认真地想了好几秒，停顿片刻，最终还是心虚地摇了摇头。

邓女士见状，露出了一个失望的表情，初父倒是松了口气的样子，一边开着车一边悠然道："这么小谈什么恋爱，怎么也得等到大学毕业吧。"

邓女士一脸不可思议地看着他："初云飞你是多老的一个古董啊你？哪儿有大学毕业才让谈恋爱的，现在不下手，到时候优秀的男孩子都被人挑没啦！"

初父恬淡又与世无争地说："不等着我女儿跟别的小姑娘跑了的男人都是睁眼瞎，这种人里面还有什么好挑的？"

"你说得真有道理，想当年我就是睁眼瞎，放着那么多追我的高富帅不要，嫁给了你这个青年谢顶的。

"你还喜欢穿麻袋。

"上个世纪的老古董别跟我说话。"

初父笑呵呵道："呵呵。"

初栀："……"

原辞比她晚一天，要第二天最后一科才考完，于是火锅约在第二天晚上。

初栀回家当天晚上手机放书房充电，一个懒觉睡到日上三竿才爬起来洗漱，结果手机被短信和电话刷爆了。

"陆哥哥"三个字铺天盖地的。

初栀手指一颤，有点不敢回。

现在冷静下来想想，她觉得昨天的行为好像是有点幼稚、有点冲动，也有点莫名其妙。

平心而论，自他对她说过喜欢以后，他并没有做过什么错事，甚至连之前那种有些出格的事情都没有，他实在不应该为她的不安全感埋单。

她刚刚洗漱完，长发散乱地垂着，赤脚蹲在书房的地板上，发梢扫过白皙的脚背。

初栀把手机重新丢回地上，跪坐在地板上有点苦恼地挠了挠下巴。

手机再次振动起来，嗡嗡的声音在地板上显得格外清晰，初栀犹豫了一会儿，抓起来看了一眼。

短信就两个字，连标点符号都没有——“关门”。

初栀愣了愣，没反应过来他在说什么。

她歪了歪脑袋，拿着手机靠在墙边，一抬头，就看见书房阳台上面垂下来两条腿。

只两条腿，没有身子，从她家阳台上面垂下来，一荡一荡的。

初栀手机啪一声丢在旁边，吓得差点叫出声来，第一反应就是冲出书房喊人。

还没等她喊出来，那人剩下的半个身子也露出来，他手臂抓着上面的栏杆，做引体向上似的，手臂上的肌肉因为用力而偾张，衣摆随着动作往上移，露出腹肌和劲瘦的腰线，人鱼线向下隐没在睡裤里。

他手臂缓慢伸直，终于缓慢地露出了线条利落好看的下颌。

初栀认出他来，抖着手连滚带爬地从地上爬起来，也顾不得关书房的门了，跑到阳台唰地拉开门。

冬天的早上，外面有薄薄一层积雪，门一开，寒风呼啸，初栀只穿了件棉质薄睡裙，冻得不受控制，整个人痉挛着抖，牙齿疯狂打战。

她扑到阳台边缘，手指抓着冰凉积雪的栏杆，瞪大了眼睛往上看，低低呼出声：“你疯啦？！你干什么呀！”

陆嘉珩两只手还抓着他家阳台最后栏杆末端。

十七楼高层，他挂在上面，整个人像是一张迎风飘摇的旗，看得初栀浑身冷汗直冒，腿软得几乎站不住。

她几乎带着哭腔：“你快点下来！”

陆嘉珩甚至还垂头朝她安抚似的笑了笑。

他低低吐出口气来，吐息间哈出的热气飘散在空中，伸出舌尖舔了舔下唇，身子不停地往前荡，看准了时机，松手。

初栀的心几乎提到了嗓子眼。

他稳稳地落地。

初栀眼睛都吓红了，不知道是因为冷还是别的，整个人都在抖，手指抓着阳台栏杆，手上沾了一层雪。

他垂下眼去，看了一眼她身上薄薄的睡衣和露在外面的半截腿，皱了皱眉："进去。"

初栀脚还软着，步子有点虚。

进了屋她才反应过来，连忙跑到书房门口，啪一声关上书房房门，想了想，反手落锁。

初栀深深吸了口气，整个人缓过来一点，睡裙背上被冷汗打湿了一层，紧紧贴着背。

陆嘉珩跟在她后面进来，反手关上了阳台门。

她猛地转过头来，眼眶发红湿润，气得说不出话来地瞪着他。

初栀怒不可遏。

初父和邓女士不知道是在客厅还是卧室，她不敢大声说话，低低地压着声音，气得气儿都喘不匀："你是疯了吗？你知不知道这是几楼？"

陆嘉珩站在阳台门口，走过来抬手，想给她顺顺毛。

初栀唰地偏过头去，躲开了，依然怒视着他。

是真的气急了。

他在外面挂了一会儿，手指冰凉，身上也带着凉意，指尖擦过她的脑侧，她人一激灵。

陆嘉珩收手，抿了抿嘴角："你不理我，不接电话不回消息，也不听我解释。"

他身上还穿着睡衣睡裤，整个人气质看起来柔软又服帖，让人也不自由自地软下来。

可是初栀还是很生气，现在想想他刚刚的样子都是一阵后怕，依然没好气地瞪着他："你不会敲门呀？你非要这么下来？"

"我昨天看见你跟叔叔阿姨一起回来的。"

"那就当自己蜘蛛侠吗！"

陆嘉珩笑了一下：“我是你的超人啊。”

初栀脸红了，垂头嘟哝：“你脸皮怎么这么厚。”

陆嘉珩再次尝试着想要摸摸她的脑袋，缓缓探手过去，这次初栀没有躲了。

她睡相不好，这点他已经知道了，此时她头发乱糟糟的，披散着垂下来，发丝又细又软，让人忍不住想要揉啊揉，上瘾了似的。

初栀抬手啪一下拍在他的手背上。

陆嘉珩听话地收回手来，垂眼看着她，突然道：“我很高兴。”

初栀原本还不自在地低低埋着脑袋，听到他这么说，一时间有些愣神，呆呆地抬起头来，不知道说什么好。

他的声音轻轻的，缓慢低柔地重复道：“你昨天跟我发脾气，我很高兴。”

初栀缓过劲儿来了，用很神奇的眼神看着他，就好像是在看一个傻子。

“我没喜欢过别人，之前很怕控制不好自己，把你吓跑了，也怕你不喜欢我，担心你其实根本不知道自己对我到底是不是喜欢就答应了，然后突然发现自己其实不喜欢我，就偷偷跑掉，或者是发现比起我来还有更喜欢的人，觉得我照顾不好你，觉得我对你不好，然后就不要我了。”陆嘉珩轻轻笑，“所以你昨天发脾气，我真的很高兴。”

他长睫微垂，沉黑的眸底有幽微的光：“所以其实我和你没什么不同，你怕的事情，我也在怕。”

初栀怔住。

他俯身，单手抓过她的手腕，将她的掌心贴在自己的胸口上。

他的心跳沉稳，一下一下，清晰而有力地透过温热的躯干，传递到她手掌的每一个神经末梢。

有那么一瞬间，初栀觉得他的心跳似乎和自己的重合了，无比合拍地一同跳动着。

初栀有点恍惚，下意识想收手，又不想，只听他沉着嗓子缓缓道：“初栀，这里，早就全是你的了，你想怎么样都行。”

初栀眨眨眼，眼眶湿润。

原来他们是一样的，一样小心翼翼，一样忐忑不安，甚至也许，他比她更甚。

她吸了吸鼻子，又揉揉发红的眼角："才不一样的。"

陆嘉珩没说话。

初栀继续道："我可以发脾气，你不行，你要是跟我发脾气，我就把你按在地上揍。"她抬起头来，凶巴巴的样子，"你见过我打架吧？我打架很厉害的。"

"……"

陆嘉珩愣了两秒，直起身，上半身往后仰了仰，笑出声来。

初栀鼓着腮帮子瞪着他，对于他的反应不满极了，抬手拧了一下他的手臂："你还笑啊。"

他穿着衣服的时候看不出来什么，身上该有的还什么都有，小臂上的肌肉有点硬邦邦的，都掐不太动。

陆嘉珩笑够了，桃花眼低垂，含笑看着她，"就按在地上揍吗？"

"……"

这个人怎么好像还想要求换地方的样子？

初栀认真地想了想："按在墙上揍也可以。"

陆嘉珩缓慢悠长地哦了一声，嘴角缓慢勾起，上一分钟的正经认真已经没了踪影，笑容看起来恶劣又暧昧："地上、墙上都行，你挑，还有没有别的喜欢的地方？"

初栀蒙蒙地看着他，有点似懂非懂，过了好一会儿，慢吞吞地脸红了。

她抓着耳朵急匆匆地后退了两步，瞪着他，刚要说话，书房门把转动的声音响起，紧接着是邓女士的声音："宝贝儿，出来吃饭，你在里面干什么哪，还锁门啊！"

初栀："……"

陆嘉珩："……"

第九章

见不得光

初栀家书房不大，而且平时很少有人进来。

初父和邓女士都是工作不带回家里的人，初栀自己房间里有书桌，书房基本上算是半个摆设，不过因为有大阳台，光线很好，邓女士有时候也会抱着平板或者手机在书房沙发里窝个一下午。

初栀没有锁门的习惯，上次锁门还是因为陆嘉珩那天发烧来她家里住。

妈妈，我不是故意锁门的，我只是因为藏了个男人。

初栀小脸又白了，上一秒才因为他当蜘蛛侠耍杂技提起来的心刚放下没一会儿，就又提起来了。

今天初父和邓女士都在家，他就这么翻下来了，两个人也都忘了一会儿要怎么出去这事儿。

她环视了一圈，木质书架上面堆满了书，沙发柔软，旁边一张长书桌，上面摆着地球仪和一些小摆件，找不到能藏人的地方，连桌子下面都是空心的。

书房不行，再看看他，身上穿着睡衣睡裤，好像刚洗过澡，头发发梢甚至还有一点潮湿，身上带着清冽的沐浴露味道。

初栀顿时有一种羞耻的心虚感，也不知道从何而来。

她跑到门口，扒着门框，结结巴巴道：“妈、妈、妈我马上就来。”

邓女士也没催她开门，拍了两下门板，说了声“快点啊”就走了。

初栀松了口气，随即又惊慌起来。

她重新跑回到陆嘉珩面前，小脸煞白，唇瓣紧紧抿着，声音压得低低的，试探性问他："你还能翻上去吗？"

"……"

他眉梢一挑，也配合着她压低了嗓子，声线就显得有点沉："能，我一个后空翻就上去了。"

初栀大喜，随即又立刻吞了吞口水，看上去还是很紧张："真的吗？"

"你觉得呢。"

"我觉得你在骗人。"初栀垂眼撇撇嘴。

他轻轻笑了一声："我家宝宝越来越聪明了。"

初栀还没来得及说话，他又立刻道："没有小红，也没有小丽，我的小栀子独一无二。"

初栀小脸不受控制地微微泛红，此时却没那么多心思考虑这个。

她前一天晚上刚和他们说过自己没有男朋友，一觉睡醒了房间里就多出了个男人，还是没见进来只见出去并且穿着睡衣的那种。

这要怎么解释。

爸爸妈妈，实不相瞒，我最近玩了一个养男人的恋爱手游，我也不知道是怎么回事，他突然就从手机里穿越出来了。

初栀抬臂，双手抵着他腹部推着他往前走，陆嘉珩就顺从地随着她的动作一步一步倒退，直到轻轻一声闷响，他被推着背撞到门后墙上。

他任由她小手抵着他腹部把他推到墙上，微垂着眼，似笑非笑："这就准备按在墙上揍了？"

初栀仰头："一会儿你先藏在门后，等我出去，然后跑。"

陆嘉珩调整了一下表情，点点头，认真道："往哪儿跑。"

"往我房间跑。"

陆嘉珩："……"

初栀抬手，动作无比自然地将他睡衣一边的衣角从睡裤里拉出来，还用手扑了扑，弄得平平整整，道："我到时候去吃饭，你就趁机跑过去，等他们吃完饭进了房间，你再偷偷出去。"

陆嘉珩一动不动，看着她落在他睡衣衣角上的指尖，好半天，轻轻嗯了一声："都听你的。"

初栀做了五分钟的思想准备，一切准备就绪，她深吸口气，打开了房门锁，压着门把手开门。

先是脑袋偷偷探出去瞧了一圈勘察了一下敌情，此时初父正坐在餐桌前看报纸，背对着他们，邓女士却刚好视线和她对上："看什么哪，出来吃饭了。"

初栀脆生生地哎了一声，打开房门，手有点抖，动作有点猛，力道不受控制，门板啪地打开，又仿佛想要证明什么似的四敞大开拍回去，到差不多一百五十度的时候仿佛受到了什么阻力似的停住，闷闷一声响起，像是碰撞到肉体或者骨骼什么的声音。

初栀手一抖，匆匆地收回手来，下意识就想扑回去看看门后的陆嘉珩怎么样了。

然而邓女士正看着她，初栀只能装作若无其事地蹦跶出书房，一把抱住邓女士的胳膊，拉着她背过身去，把她拽进厨房："我好饿我好饿，今天吃什么呀？"

陆嘉珩趁机闪身出门，轻手轻脚打开最里面初栀的房间门进去，再轻飘飘地关上门。

他人一进来，就闻到一种很淡的香味，和她身上的味道差不多，清淡微甜，有点像香草味的奶昔。

陆嘉珩转过身来，第一次看见初栀的房间。

整体看起来就很柔软，白色家具，藕粉色窗纱，大飘窗上立着小架子，上面摆着一排排多肉植物。

床很大，看起来就柔软舒适，上面站着一只猫，鼻子上糊着一坨海豹色的毛，此时正龇牙咧嘴地看着他。

"……"

冤家路窄，狭路相逢。

他怎么就忘了这个小色猫了。

特殊情况特殊对待，陆嘉珩决定采用怀柔政策，试图跟它和平相处。

他食指举到唇边，气音低低对着它："嘘——"

你猜："嗷喵喵喵喵！"

陆嘉珩："……"

等到初栀风卷残云一般飞速吃完了早饭冲回房间，陆嘉珩和你猜已经大战了三百回合。

男人双手抓着它举得远远的，你猜在他手里一边拼命扑腾，一边喵喵叫，陆嘉珩手背上已经有了几道通红的抓痕。

初栀匆匆地进来，低低叫了他一声。

陆嘉珩转头，手一松，你猜轻巧地落地，嗖地蹿进初栀怀里，小爪子扒着她的胸口，脑袋在上面蹭啊蹭，叫得绵软而奶声奶气，仿佛受了天大的委屈似的，刚刚那副凶巴巴的猫样完全不见踪影。

陆嘉珩盯着它那两只猫爪子直磨牙："呵呵。"

初栀抱着猫好声好气地揉了一会儿，低声跟它说话，好半天，你猜才不情不愿地跳出她怀里，慢吞吞回到自己的小窝里，蜷起来躺进去。

初栀站起身来，走到床边坐下。

她迟疑了一下，拍了拍自己身边的位置，你猜嗖地又蹿了过来，肥屁股往初栀旁边一坐，整只猫一趴，蜷成一团，不动了。

陆嘉珩冷笑了一声，走过来把它拎起来丢到一边去，人坐下，侧头："叔叔阿姨还在客厅？"

初栀摇摇头："在餐厅吵架。"

他单手撑着床面，身子微侧，斜斜靠在她床尾床柱上："那如果叔叔阿姨一直不进去怎么办？"

初栀张了张嘴巴，皱着眉揉了揉下巴，半天也说不出怎么办来。

陆嘉珩兴致盎然地看着她，耐心地等。

被丢走的你猜在床上不满地上蹿下跳的，钩在床柱上的床幔被它抓下来，淡藕粉色薄纱带着帘子滑落，将两个人罩在里面。

此时是早上九点多，初栀从睡醒起了床到现在都没闲着，衣服什么的更没找到机会换。

窗外的光线被阻隔了大半，两个人坐在床尾，光线昏暗。

此时她面对着他坐在床边，距离很近，该看见的不该看见的都能看见了，女孩子里面甚至没穿内衣，胸前两块圆润的微隆。

初栀根本未觉，眨眨眼，揉了揉你猜的脑袋，站起来重新把帘子钩上，在床柱上挂好。

一瞬间的昏暗被打破，光线重新涌入视网膜。

鼓起的布料上有小小的凸起，透过白色的棉质睡裙，染着淡淡的一点颜色，若隐若现。

陆嘉珩闭上了眼睛。

初父和邓女士两个人在客厅里情感碰撞了半个小时，最终以邓女士的小姐妹一个健身房邀请电话而告终。

临出门前，初父还笑呵呵地给媳妇儿泡了一杯花果茶，用玻璃保温杯装着，细心提醒运动之后别喝凉的，小盒子里面装着冰糖，按着口味放两块。

等初父进了房间以后，陆嘉珩和初栀终于做贼似的钻出来了。

初栀轻手轻脚地帮他开了门，两个人站在楼道里，初栀身上套着刚刚被他强硬套上的长衫外套，扣子也给扣得严严实实，一直到脖子。

她推着他匆匆出去，又赶紧缩回防盗门里，扒着门框看他："你快点走吧。"

陆嘉珩没动，站在门口："下午都在家？"

初栀眨眨眼："晚上和话剧社的前辈出去聚个餐。"

陆嘉珩眼皮子唰地抬起来了："学长？"

"学长学姐都有呀。"

他不动声色："吃什么？"

"火锅，"初栀顿了顿，想起了他那一脑袋油光锃亮的香菜，不好意思地挠了挠下巴，隐晦道，"就是学校旁边的那家……"

陆嘉珩勾起嘴角，缓慢悠长地哦了一声，微微倾身："就是我们第一次有接触的那家？"

初栀没有察觉到哪里不对，点点头。

他笑出声，刚要说话，里面初父喊人的声音传了出来："闺女——来吃水果——"

初栀吓得也顾不得听他说什么，连再见也来不及说，急急地关上了门。

砰的一声响，防盗门重重地在陆嘉珩眼前摔上了。

初父听见了声音，拿着一把水果刀走过来：“谁呀，你妈回来了？”

初栀小手一背，面不改色：“没有，卖保险的。”

初栀提前说过了晚上不在家里吃，邓女士也不回来，初父一个人在家巨无聊，问了初栀要不要他送以后得到否定答案，没辙。

临走前，陆嘉珩还给初栀发了条短信，问她晚上几点结束。

初栀也不知道要到几点，她算了一下吃火锅需要的时间，五点钟开始，延个三个多小时，八九点钟应该怎么也结束了。

保守估计，她报了个九点左右。

她出门准时，到的时候人没来几个，因为人多，“八爪鱼”定了包间，木质屏风掩映，并不完全封闭，中间还有镂空，天花板上吊着火红的装饰灯笼。

初栀路过自选蘸料处的时候不由自主地往那边看了看，有点恍惚。

她九月初认识了陆嘉珩，到现在已经过去小半年，半个学期也已经结束了。

时间真的过得很快。

她抿了抿唇，跟着服务员往里面走。

“八爪鱼”已经到了，初栀一进去，“八爪鱼”朝她招了招手：“我们栀妹妹啊，来来来，坐在哥哥旁边！”

他的另一边坐了人，只有手边一个空位，“八爪鱼”性格一直就大咧咧又爽朗，初栀倒没感觉什么，应了一声，站在门口脱了外套挂在衣架上，再看着服务员在上面套上套子。

围巾是初父帮她打的，绕了好几圈，甚至还从后面打了个死结，初栀两只手背过去解了半天也没解开，正准备把围巾转到前面来解，身后进来了个人。

原辞两步迈进来，将手里的两个蘸料碟子放到桌上，又重新出去，站在她身后，顺手帮她把围巾解了。

初栀原本就站在门口，他此时人已经站出去了，站在她身后，拽着她的围巾摆弄了一会儿，把她拽了好半天的结解开，拉着围巾边缘帮她扯到前面去。

初栀觉得有点别扭，微微侧了一下身子拉开了一点点距离，道谢。

以前这种事情她好像从来没有在意过，也可能是认识陆嘉珩以后防他次数太多，也开始意识到异性靠得太近即使是朋友也不太好。

原辞没注意到似的，笑眯眯地垂手："你刚刚那样拉那边会越拉越紧的。"

初栀想问问他用什么牙膏刷的牙，真是白。

她把围巾摘下来挂在外套旁边，一抬头，愣了愣。

镂空雕花的屏风外，好像有个人影一晃而过，有点熟悉。

初栀以为自己看错了，刚好"八爪鱼"又叫了她一遍，她挂好围巾，就走过去坐好。

原辞也走过来，将其中一个碟子推给她。

里面是干净的花生酱，没加别的东西。

原辞在她旁边坐下："不知道姐姐吃什么，感觉好像只有这个不会出错，女孩子是不是都不爱吃蒜什么的？"

初栀想大声说当然不是了！火锅不吃油碟不放蒜和香菜辣椒油那活着还有什么意思！

人家特地帮她弄了蘸料，她总不能说"你这个不合我口味啊，我不爱吃"。

她看着少年亮晶晶的眼睛，认认真真接过来，还有点感动："我不怎么挑食的。"

没过一会儿，话剧社其他的人也都来了。

大家都是戏精，再加上寒假，热情空前高涨。

"八爪鱼"要了酒，初栀从小到大从来没喝过酒，有点好奇，想试试看，又不太敢。

原辞看着她跃跃欲试地看着他面前的啤酒瓶，抬手啪一下拍在瓶口："姐姐，打住，未成年就别想了。"

初栀实在不太服气："你也未成年，生日还比我小呢。"

"八爪鱼"凑过来笑："栀妹妹，社长混迹江湖多年，心理年龄早就已经奔三了，你还小，等以后有机会再说。"

初栀其实想说，她的生日就在明天。

她没说话，默默地端着自己的果粒橙喝了两口，吃虾滑。

没过一会儿，她的手机振动起来。

手机放在初栀左手边，她当时正在听"八爪鱼"跟她说话，没注意到，原辞低头，不经意瞥见上面的备注，拍了拍她："你哥哥的电话。"

初栀一愣，都不知道什么时候自己多了个哥哥，一垂头，看见上面"陆哥哥"三个字。

她嘴巴里的果粒橙差点喷出来，抽过手机，站起来出门接。

火锅店里气氛高涨，初栀站在门口，喂了一声。

陆嘉珩那边声音也隐隐约约，听起来有点吵，又有点空旷，不知道在哪里。

他沉默了几秒，淡淡开口："在哪儿？"

"在吃饭呀。"

"吃饱了？"

初栀看了一下时间，才五点半。

她手堵着一边的耳朵，想着既然出来了就干脆再弄一份蘸料回去，一边往那边走一边道："我刚吃呢。"

她走到蘸料自助区，蹲下刚拿了个碟子，陆嘉珩突然道："往前。"

初栀不明所以："嗯？"

"站起来，往前走。"

她有点莫名其妙，还是一手拿着手机，一手拿着碟子站起身来，侧头往前瞧了瞧，走了两步。

"再前。"

初栀突然想起刚刚看到的一闪而过的人影，咦了一声："你现在在家吗？"

她虽然这么问，但已经开始边走边瞧了。

又往前两步，初栀左右环顾了一圈儿，还真就看见他了。

他靠站在女厕所门口，拿着手机，看着她的方向。

两个人距离有点远，看不太清楚他的表情。

初栀惊喜地挂了电话蹦跶过去，在他面前站定，笑眯眯的，有点得意："真的是你啊！我刚刚就觉得我看到你了。"

陆嘉珩没说话，沉默地抿着唇。

他的眼沉沉地看着她。

初栀没察觉，手里端着个准备装蘸料的空碟子，仰着脑袋看着他。

她看起来开心得很，乌黑的眼亮晶晶的，唇边的笑容就没下去过，一直喋喋不休地跟他说着话。

让她帮忙挑家具的时候是这样，刚刚期末考考完的时候也是这样。

陆嘉珩发现，她好像高兴的时候就会话特别多，上蹿下跳的，有点像老爷子养的那只小鹦鹉。

只是今天的高兴，是因为别的人。

他想起刚刚，她站在包间门口，男人垂首，站在她身后帮她解开围巾的画面，以及男人注视着她的眼神，那样温柔明亮，她不懂，他却清楚地知道那意味着什么。

陆嘉珩当时第一个念头就是冲上去。

但是这是她社团的聚会。

她今天是要跟她的朋友一起的，学期末，她该跟朋友出去玩，她有自己的社交圈和私人空间，他不能打扰她。

可是他高估了自己的耐心，或者说低估了自己内心阴暗自私的占有欲。

想到她刚刚可能就坐在其他男人身边，而那男人对她也有着和他相同的情绪，这个傻丫头却完全不自知，笑得眼弯弯学长学长地叫，陆嘉珩陷入到了一种近乎狂暴的烦躁当中。

陆嘉珩眯着眼，看着面前的小姑娘嫣红的小嘴一张一合的，低低啧了一声，拉着她就往女厕所里走。

初栀惊呼了一声，被他猛地一拽一个趔趄，跌跌撞撞被他扯着往里走。

他的动作一点都不温柔，扣着她的手腕的力道很重，抓得她手腕生疼，拉着她走到最里面一排的最后一个。

砰一声巨响，隔间的门被人粗暴地踢开又踢上，紧接着是有人抓着她把她整个人托起来。

灼热的手掌托着她的腿根往上一抬，初栀双脚离地，低叫了声，下意识抬手勾住他的脖颈，手里的碟子脱手，瓷白的碟子掉在光可鉴人的大理石地面上，清脆的声音响起，一地的碎片。

面前的男人却恍若未闻，将隔间门落锁，一手托着她的屁股，另一只手扣着她的腿，引导着让她盘在自己的腰上。

初栀嘴唇发白，脸和耳朵却绯红发烫，她的背被重重地压在门板上，硌得骨骼生疼。

她小声呻吟，声音细细糯糯，手臂不由自主地勾紧了他的脖子，人直往他怀里送，想要离那硬邦邦的门板远些："疼……"

小姑娘柔软的身子压上去，主动迎合上来似的。

下一秒，有人捏着她的下巴半强迫地抬起她的头，冰凉的唇瓣贴了上来。

初栀睁大了眼睛。

他的唇瓣冰凉柔软，唇看起来薄薄的，却柔韧得像果冻。

唇齿贴合，他的声音沙哑含糊："这就喊疼……"

初栀跟陆嘉珩在一起以后，有时候也会像每个女孩子一样，不受控制地想到关于亲吻。

她每次想到一半都会面红耳赤地把脑袋深深埋进枕头里，羞耻到想要尖叫。

她想象过很多场面，比如在摩天轮升到最高点，比如夜晚寂静亮着萤火的公园深处，他会轻轻地亲亲她，然后抱抱她，温柔地揉揉她的头。

却从没想到会是现在这种场景。

这种地方怎么能够亲吻。

这种地方怎么能够做这种事情。

初栀羞得几乎要哭出来，长睫猛颤，手臂一松，脊背砰的一声轻响重新撞到门板上，然而没有感觉到痛意，他的手不知道什么时候已经垫在后面了。

唇瓣相贴，她完全傻掉了，像是为了证实自己刚刚的话，他突然咬住了她的下唇，刺刺地痛，她启唇，呼痛的声音却被人堵住。

紧接着是舌尖，他唇瓣冰凉，舌尖却是灼热的，轻缓地舔舐着刚刚被他咬过的唇瓣，然后再次重重地重新咬上去，又温柔又不温柔，乐此不疲地重复着极度反差的动作折磨着她。

初栀唇瓣疼到发麻，甚至不知道唇瓣上是不是被他咬出了血还是别的什么液体，她低低呜咽着，想要挣扎，腿夹着他的腰毫无章法地蹭。

她的举动却仿佛点燃了些什么，他动作更凶了，托着她的腿根的手往上抬了抬，压着她探入口腔，低低的喘息通过唇齿传递，喂进她嘴里："就是因为一直舍不得你疼……"

才连接个吻都拼命忍到了现在。

他没说完，初栀也听不到，她头皮发麻，整个人软绵绵的，浑身都在颤抖，身子很快瘫软下去。

意识有些浑浊，只无意识地紧紧攀附着他，微仰着脑袋任由他不太温柔地索取。

唇舌缠绕，细小的声音混合着呜咽回荡在安静的隔间里。

初栀整片视野里都是模糊的，天旋地转间，清晰的只有他闭上眼覆盖下来的睫毛，和倏地睁开时暗色翻涌的眸。

可能有一个世纪那么长，又好像只过了几秒钟，陆嘉珩放开她。

初栀整个人都软绵绵的，眼睛睁着，眼眶含着水汽，眼角全红了。

他抬手将人扣进怀里，唇凑到她耳畔，呼吸灼热："初初，呼吸。"

小姑娘神情还有一点懵懂，湿漉漉的眼看着他，白皙细腻的脸颊上绯红一片。

闻言，她听话地长长一口气吐出来，然后开始调整呼吸，靠在他怀里缓了一会儿，才推着他的肩膀直起身来。

她的下唇好疼，火辣辣的，不知道是不是破了。

初栀瞪他，表情看起来又生气又羞耻，有点想骂他，又骂不出来。

"放我下去……"好半天，她才憋出这么一句来，声音沙沙的，有点哑，却依旧带着绵糯的柔软。

陆嘉珩没动，只抬手，拇指指尖蹭掉了她眼角溢出来的一点泪："放你下去你是不是就跑了？"

初栀眼睛越来越红，水汽缓慢地在眼眶里弥漫开来。

她吸了吸鼻子，突然捧住他的脸，垂头，一口重重地咬在他瘦削的下巴上。

她这一下用了好大的力气，一点点血腥味道在口腔中蔓延。

陆嘉珩低低嘶了一声，没躲，任由她咬着。

"为什么咬我……"她抽抽搭搭地含着他的下巴咬他，含糊道。

"忍不住。"他低声说。

"……"

王八蛋。

初栀不解恨，松了口，又按着他的脑袋侧了侧，在旁边补了一口。

他一声不吭，任由她发泄报复，也不放她。

初栀一边抹眼睛一边一巴掌拍在他的脑门上往前推："你放我下去！"

陆嘉珩不为所动，稳稳地抱着她，亲了亲她湿润的眼角，声音低柔："碟子碎了，下去扎脚，你别哭了。"

他一说话，初栀的眼泪抹都抹不掉了。

她气得直蹬腿，泪水流得更凶，被他细致地一点一点亲掉。

动作缠绵而温柔，和刚刚简直判若两人。

初栀别过头去躲他，又被他揉着脑袋扣进颈窝："我刚刚看见你那个'骑士'帮你解围巾。"

初栀一愣，不抽鼻子了。

他低低继续道："他知道你有男朋友吗？"

初栀摇了摇头，鼻尖蹭着他脖颈处的皮肤，眼泪也顺着滑进衣领，呼吸间全是他的味道。

"叔叔阿姨呢？"

初栀打了个气嗝。

陆嘉珩抬手，安抚小朋友似的一下一下轻轻拍着她的背，声音甚至带上一点委屈："你看，我都见不得光。"

初栀把脑袋埋进他的颈窝里，不说话了。

他这么一说，她顿时觉得还挺对不起他的。

初栀停了停，抬起头来："那你朋友呢？"

陆嘉珩笑了："我们在一起那天，你好像在跟我朋友吃饭。"

好像是这样的哦。

初栀顿了顿，抬起头来看着他，依样画葫芦地问："那叔叔阿姨呢？"

她没多想，脱口而出，问完才想起上次看到的那一幕，有点后悔。

果然，陆嘉珩沉默了几秒，抱着她的手臂紧了紧。

他微微低头，额头触着她的额头，声音沉缓："初初，我和我爸关系不好，也没有妈妈了。"

初栀愣住了。

她其实想过他父母可能是分开的，但是没有想过他妈妈已经去世了。

初栀微垂着的眼睫抬起，皱着眉，眼神又愧疚又无措，不知道说什么好，感觉自己揭了人家的伤疤，此时说什么都多余。

她垂下眼："对不起……"

陆嘉珩表情倒也没什么太大的变化，甚至还笑了，揉了揉她软软的头发："已经过去很久了。"

初栀没说话，依然垂着眼，看起来好难过。

半晌，她才小声说："没有见不得光……"

她的声音太小了，每一个音都像是含在嘴里，陆嘉珩却听清了。

他凝视着她，等着她下面的话。

初栀不说了，抿了抿唇，深吸了口气，抬起头来，他抱得稳，她两条腿儿晃啊晃啊："你先让我下去。"

有男朋友这个事儿，她不敢跟初父说，虽然初父平时看起来脾气好，从来不生气，但是发起火来特别可怕，初栀觉得自己可能会挨打。

陆嘉珩用脚将地上的瓷器碎片往旁边扫了扫，清出一块干净的地面出来，将她放下。

初栀终于站好，仰起头来看着他。

他看起来有点狼狈，下巴上被咬出两个印子，都出了血，额头也有一点点红，好像是被她刚刚拍的。

隔间外面有女人高跟鞋踩着大理石地面的声音传来，还有说话声。

有人进来了。

紧接着是水龙头打开。

初栀踮起脚，人往上蹿，陆嘉珩见状，配合地弯下腰来凑过去。

借着水声作为掩护，她凑到他耳边，悄声说："我先出去，你十分钟以后再走。"

陆嘉珩："……"

说好的没有见不得光呢。

初栀还很体贴地认真提醒他："记得悄悄的，等外面的人走了再出来，不然你会被当成变态抓走的。"

"……"

不知道为什么，陆嘉珩总觉得他家小姑娘好像学坏了。

往常的寒假，初栀都会陷入晚睡晚起的糟糕作息时间循环。

说是晚睡，其实也只是从平时的十点变成了十二点前，只是早上起床的时间无限拖延了，经常性一天睡一个对时，然后妄想在床上赖个一整天，再被邓女士掀了被子拖起来。

这次，第二天她却起得挺早的。

只是一闭上眼，眼前就全是他抱着她亲她的场景。

唇齿相交，紧密而缠绵，铺天盖地的他的气息。

唇瓣被舔舐、啃咬、吮吸，麻麻的痛感还带着很奇异的别的什么感觉。

她下意识地舔了舔嘴唇，又猛地反应过来，脸通红，两只手啪地捂住嘴巴。蒙上被子，两条小短腿在被子里胡乱地蹬，啊啊啊啊地喊出声来。

神经病一样地叫了一会儿，她又平静下来，看着天花板安安静静地发呆。

她本来觉得自己会生气，也可能会羞得一百年都不想再看见他，可是其实好像也不是这样的。

刚刚过了一晚上，她就开始有一点点想见他。

而且他的味道……她也好喜欢。

除了有点凶，咬得她好疼。

这个念头一冒出来，初栀又开始羞耻地疯狂蹬腿。

她在被窝里蹬了好一会儿动感单车，唰地把被子掀开，转过身来趴在床上，脑袋深深埋进枕头里。随后她抓过旁边的手机，拿在手里看了好一会儿，红着脸又发了十分钟的呆。

她正发呆的工夫，手机消息提示响起。

初栀滑开手机，微信界面弹出一条消息。

陆嘉珩的通讯录备注是他自己填的那个“陆哥哥”，初栀没改过，微信备注却改过了，还是校庆的那会儿，她气得狠，把他改成了“王八蛋”。

后来也一直忘了，而且初栀习惯是以头像认人的，备注这个事儿也就忽略了，就这么跟“王八蛋”谈了半个多月的恋爱也没想起来改。

现在，初栀只觉得这个备注好适合他，永远不打算换了。

“王八蛋”今天正式开始上班实习，昨天晚上送她回家的时候已经跟她说过了，此时他发了一张照片过来，应该是在公司洗手间镜子前拍的，穿着白衬衫，领口松松的没打领带，西装搭在手臂上，懒洋洋地歪着脑袋。

美中不足，下巴上贴了两个创可贴。

“王八蛋：给你一张聊天背景。”

初栀被这个人骚得惊住了。

她飞速点开相册，从一大堆乱七八糟的吃的和各种屏保图片里艰难地找出了两张照片，都是室友给她拍的，她挑了比较喜欢的一张给他发过去：“给你一张屏保！”

陆嘉珩靠在洗手间洗手台前，低低笑了一声。

他把那张图片点开，里面的女孩子站在图书馆前，穿着白色的上衣，黑短裙，手里拿着一支甜筒，转过头来冲着镜头咧嘴笑。

长长的发绑成马尾，鹿眼乌黑明亮，笑得微微弯起，像两弯小月亮。

陆嘉珩静静看着照片里的人，眉眼低垂，神情温柔，其他什么都看不见。

仿佛他此时眼里正看着的，就是他的全部世界了。

他微微偏了偏头，先将那张照片保存了，退出聊天界面。

他现在的屏保是一张很明显的偷拍，只有一个角度很偏的侧脸。背景是教室里，照片里的姑娘坐在前面的一排座位，微微侧着头，笔戳在脸颊上，正在听旁边的人说话。

陆嘉珩将刚刚那张照片设成了桌面，身后突然传来沉沉一声：“女朋友？”

陆嘉珩回过头去。

陆泓声站在他身后，若无其事地走到旁边，拧开水龙头洗手：“都设桌面了，很喜欢？”

陆嘉珩不动声色地把手机锁屏，单手插进口袋，没说话。

陆泓声没得到回应，也不在意，慢条斯理地洗完手，抽了张纸巾：“正经谈个朋友也行，女孩子都需要陪，尤其现在放假了，刚好今天下午都要开会，我也没时间管你，放你半天假，去玩吧。”

陆嘉珩抬起眼来：“我是来学习的。”

陆泓声不耐烦：“就算你去，你能听懂什么？再说，高层会议是你一个实习的随便说听就听说学习就学习的？你是以为你姓陆就有特权？老老实实从底层给我做起！”

陆嘉珩嘴角翘起轻笑了声，眼里却没什么笑意。

他比陆泓声高，此时微微敛着眼睫看着他，漫不经心道：“我肯定有特权啊，毕竟是你未来的老板。”

陆家老爷子也是个很传奇的人物。

生于战火纷飞的二十世纪，小的时候家里从商，也有一点小钱，后来家道中落，从北方折腾到南方，家里就只剩下他一个人活下来了，后来又从上海滩辗转到北平。

那会儿经济萧条，迁都后北平商业衰落，天天都有商铺关门，他却偏偏能够逆流而上，白手起家一手拉起了景恒。

陆嘉珩小的时候在老宅住过很多年，也算是跟着陆老爷子长大，被他手把手带起来的。多年下来看着陆老爷子的行事作风，不止一两次怀疑陆泓声是他从哪里捡来的。

为什么人与人之间差距可以这么大。

比如此时。

陆老爷子不在的时候，陆泓声一向坐主位，陆嘉珩在最角落的位置拉了把椅子，听着他吹皮球似的把一个临市开发区商业用地项目一顿胡吹烂侃，时不时和某几位董事交换一下意味深长的眼神。

怪不得陆老爷子这段时间养花玩鸟没坐镇，景恒连股票都跌了。

陆嘉珩吊儿郎当地瘫坐在长桌角落里的椅子里晃啊晃，垂着脑袋有一搭没一搭地想。

他面前连企划书都没有，摆明了根本没把他当回事儿，陆嘉珩屈指，轻轻敲了下旁边秘书的桌边。

秘书转过头来，很职业化的冷漠样子。

陆嘉珩桃花眼微扬，单手撑着下颌，压低了声音指了指她面前的企划案："那个，能给我看看吗？"

秘书顿了顿，看了一眼远远坐在另一端的陆泓声，递给他了。

陆嘉珩道了谢，接过来。

这申请项目书写得条理清晰，开发区用地价格低，而且紧邻大学城，三四所大学和一所大专都在那附近，看起来完全就是稳赚不赔。

陆嘉珩随手翻了两页，端起咖啡杯喝咖啡。

才发现他连喝咖啡的资格都没有，别人都是咖啡，他杯子里面是水，一口进嘴里还有点生，连凉白开都不是。

晚上差不多八点，陆嘉珩才准备走。

他混了二十多年，赚的钱都是以前炒股玩的，对于做生意的事情一问三不知，突然一接触也有些茫然。

偏偏陆泓声有意不想让他了解，好多东西他根本接触不到，还真是从基层开始做起。

他以为自己大概是最后一个准备走的，放下手里的东西去了洗手间，结果一回来，桌上多了一杯咖啡，醇浓的香味扑进鼻腔，下面还垫了个杯垫。

他抬眼，刚好看见个女人从秘书室出来，职业套装外面裹着件红色的大衣，露出一截小腿。

陆嘉珩侧了侧头，端着那杯咖啡送回茶水间，才回去穿上外套走。

初栀今天十八周岁生日。

生日分阴历和阳历，初栀家里大人从来都是过阴历，也就是农历生日的，初栀分不太出这些阴历阳历农历公历的，她一率过按照星座算的那个生日。

但是在初父、初母看来，她的十八岁生日是已经过完了的，初栀要赖，于是初父又给她订了个大生日蛋糕，做了一桌子的菜，又给她过了一次。

初父和邓女士都不怎么吃蛋糕这些东西的，主要是初栀爱吃，往常嘴巴馋了不管是不是生日都会买个大蛋糕回来吃，这会儿给她买回来，她却一口都没动。

晚饭吃完，她将只捡了上面两个黄桃吃的蛋糕小心地装好，又帮着将一桌子的菜一样一样装进保鲜盒放进冰箱里，然后一头扎进房间里。

她门没关严，虚掩着开了个缝，注意着外面的声音。

她一边撸着怀里的你猜一边跟陆嘉珩发信息。

他上班的时候她不敢跟他说话，怕打扰到他，而且一般好像都是他主动来找她的，初栀就像养成了习惯一样，就一直等。

结果等到八点多，也没等到消息。

她抿着唇，想了又想，还是决定主动发给他："你在干吗呀？"

发完，初栀就觉得自己显得好蠢。

"在干吗"这种开场白，简直一点新意都没有。

她脑袋埋进枕头里呜了一声，正想着现在撤回会不会显得太刻意了，电话就响了。

初栀赶紧一秒钟按了静音，又跳下床去把门关上，才接起来：“喂……”

陆嘉珩那边很安静，偶尔有汽车鸣笛声，他声音依然低沉又温柔：“想我了？”

初栀脸又红了。

她靠着门板蹲下，声音小小的：“哎呀，你好好说话啊。”

他笑了一声，十分听话：“那我想你了。”

初栀像个小猴子一样抓了抓耳朵，盯着地面，吞吞吐吐道：“你没在家吗？”

“嗯，刚下班，快到家了。”

初栀愣住了，现在已经快九点了。

“这么晚呀。”

“事情有点多，好多东西要学。”他声音听起来依然懒洋洋的，只是不知道是不是心理作用，初栀突然觉得他的声音里好像带着一点疲惫。

这才一天呢。

她抿了抿唇，想说“你别去工作了，反正以后你就算每天在家里玩泥巴我也养得起你”。

顿了顿，她低低道：“那你回家以后早点睡啊，明天还要早起。”

电话那头，陆嘉珩顿了顿，突然问：“怎么了？”

初栀坐在床边晃悠腿：“没怎么啊，我要去洗澡了。”

陆嘉珩又安静了两秒：“去吧，洗完打给我。”

“洗完不打了……”

“嗯？”

初栀揪着床单：“我挂了！”

她飞速地挂了电话，安静了一会儿，长长叹了口气出来。

今天她过生日。

她十八周岁了。

初栀本来想要等到晚上偷偷提着蛋糕，上楼去和他一起吃。

他一个人住，又不会做饭，肯定也很久没吃家里烧的菜了，她也将好吃的都用保鲜盒装起来了。

但是他听起来好累，明天还要早起。

初栀不开心地抓了抓头发，丢下手机跑到浴室里洗澡。

初栀本来就是慢性子，平时洗澡慢，这次心不在焉更慢，头发吹了半干擦身体乳，一寸一寸擦，出来正好看见手机屏幕在亮。

她走过去拿起来，陆嘉珩连着发了好多条信息。

“王八蛋：我到家了。”

“王八蛋：你还没洗好澡吗？”

“王八蛋：电话呢？”

还有一通未接来电。

初栀看了眼表，磨磨蹭蹭在里面待了差不多小一个小时，现在还差十五分钟十点了。

她没回，悄悄开了门。

外面果然已经安静了，初父和邓女士回了房间，客厅的灯关着，只留厨房前小吧台上一个吧台灯发出幽暗的光。

初栀决定，她只待一会儿，就吃个蛋糕，二十分钟她就回来。

十分钟，十分钟就回来。

她又看了一眼表，抓紧时间，随便披了件毛衣外套，抓了钥匙和手机揣进睡裙口袋，偷偷溜进厨房。

蛋糕都已经装好了，初栀又开冰箱，随便摸出了两个保鲜盒，提着蛋糕盒子，提心吊胆，轻手轻脚，偷偷摸摸地开门，关上。

楼道里黑漆漆的，寂静无声，初栀怕得不行，轻轻跺了跺脚，感应灯亮起。

她快步小跑着上楼，一下接一下狂按门铃。

陆嘉珩很快开了门，垂头，有点诧异地看着她。

小姑娘手里提着个大蛋糕，怀里还捧着几个保鲜盒子。

陆嘉珩俯身，接过他手里的蛋糕盒子和保鲜盒。

陆嘉珩侧了侧身，示意她进去。

外面有点冷，初栀缩了缩脖子，进屋。

他在后面关门，初栀往前走了两步，回过身来，仰头看着他：“我不打扰你休息的，我就待一小会儿，给你送个蛋糕就走。”

陆嘉珩将手里的蛋糕和保鲜盒放到鞋柜上："生日蛋糕？"

"是呀。"

他垂眼："你生日？"

"十八周岁生日！"他们家暖和，初栀脱掉毛衣外套挂在挂钩上，提了蛋糕就往屋里跑。

她没穿拖鞋，赤着脚，脚面白皙，脚趾莹白，啪叽啪叽踩在地板上。

陆嘉珩抓着她的手腕把人扯回来，在她脚边蹲下，从鞋柜里抽出双拖鞋来，一手抓着纤细的脚踝，给她套上。

初栀脚踝被他抓着，缩了缩，脚趾乱动，有点难为情，小声抗议："你撒手，我自己穿。"

他把两只都给她套上，起身，接过她手里的蛋糕进屋，放在茶几上。

初栀跟着他进去，跪在茶几前的长绒地毯上抽开蛋糕盒子上的带子，摇头晃脑道："我本来想自己做的，可是我不会做，就买了一个。

"我爸妈都不吃蛋糕的，我也没吃，想拿来跟你一起吃。

"你去把保鲜盒拿来，里面有我妈妈晚上烧的菜，你吃没吃晚饭啊？

"我挑了个乳酪蛋糕，你吃蔓越莓吗，其实本来还有黄桃的，但是被我挑掉偷偷吃了。"

"小鹦鹉"看来今天也很开心，一张小嘴喋喋不休。

陆嘉珩在她后面也席地而坐，人往前一蹭，两条长腿前伸，长臂捞着她揽进怀里，从后面抱着她，下巴轻轻搁在她的肩头："十八岁了？"

她刚洗好澡，身上香香的，一抱过来就能闻见，混合着某种类似于牛乳还是椰子的甜香味道。

初栀抽掉丝带，把蛋糕从里面抽出来："是的呀。"

女朋友十八岁生日，他一点都不知道。

他叹了口气，听起来有点懊恼："那好重要。"

"其实也还好，我爸妈都过比较早的那个生日，所以算是过掉了，"初栀侧过头来，笑眼弯弯的，"所以这个十八岁我只跟你过。

"对了，你生日是什么时候啊。

"你过生日之前我肯定就学会做蛋糕了，你喜欢水果蛋糕吗？"

她软绵绵的小身子在他怀里晃啊晃。

陆嘉珩睫毛微垂，安安静静地听着，心脏像是被人浸泡在温水里。

他抱着她安静了好一会儿，才闷闷道："对不起，我不知道。"

"是我没告诉你啊，没事的，"初栀不以为意，又想起什么来，"你以后都这么晚下班吗，我不吵你，我待十分钟就走。"

陆嘉珩抿了抿嘴，长腿微微屈了屈，从后面将她整个人从上到下圈在他的怀抱里，环着她的手臂也收紧："不吵。"

"别走了。"半晌，他低声道。

初栀愣了下，晃悠着身子扭过来。

他的胸膛紧紧贴着她的背，披散着的长发被夹在中间，被蹭得有点乱。

陆嘉珩抬手，食指微弯，钩着她的长发顺到一边去，露出一截白嫩嫩的后颈。

初栀侧身，认真道："不行的，我是偷偷溜出来的，不回去我会被我爸打死。"

"……"

到底是她被打死还是他被打死，陆嘉珩持保留意见。

陆嘉珩把她的身子掰过去，重新抱进怀里："那抱一会儿。"

初栀安安静静任由他抱着，抽出蛋糕摆在面前，才用手肘戳了戳他："你去把菜拿过来啊，拿刀叉。"

陆嘉珩没动。

"快去呀。"初栀催他，他才慢吞吞地松了手，不情不愿放开她站起来，去厨房拿了盘子和刀叉，又拿了保鲜盒，坐在她旁边。

他把保鲜盒一个一个打开，初栀接过刀子切蛋糕，切了一块，倒着装在盘子里，先推给他。

细白的指尖刮到了蛋糕边缘，蹭上了一点点奶油。

陆嘉珩看着那只推过盘子的手，突然倾身靠近，抬手捏住了她的手，小心地抽掉沾满奶油的刀，然后举到唇边，舌尖探出，缓慢地舔掉了她指尖的奶油。

温软滑滑的触感，湿漉漉的，缓慢绵长顺着她的指尖向下，舌尖卷起上面的奶油，一点白色沾在他鲜红的舌尖上，然后被灵巧地带进口腔。

陆嘉珩放开她，舔了舔唇，微眯着眼，像个刚吃完人的妖精，似乎还在回味："甜。"

"……"

初栀面红耳赤，有一种被勾引了的感觉。

她唰地抽回手，背到身后去，指尖被舔过的地方酥酥麻麻的，她偷偷用拇指蹭了蹭，上面甚至还带着一点濡湿："你怎么——"

陆嘉珩垂眼，视线落在那个水果乳酪上。

蛋糕不大，做得却精致，蔓越莓果酱撒满了一层，坠着浅粉色的透明果冻丁，最中间是一个巧克力做成的小巧埃菲尔铁塔，雕刻得精细好看。

陆嘉珩抬手，捏着那铁塔塔尖把那个塔摘下来，铁塔四角沾满了蔓越莓果酱，他举到初栀面前："张嘴。"

他这么一打岔，初栀连刚刚要说什么都给忘了，她有点难受，又不想让其余三个角上面的果酱沾到嘴角，又不能把这巧克力塔的四个角同时吃到嘴巴里。

她费劲地斜歪着脑袋，先是小心地舔掉了上面的蔓越莓果酱。

陆嘉珩垂着眼，眸色有点重。

嘎嘣一声轻响，初栀就着他的手咬掉了埃菲尔铁塔的一个角，纯洁地睁着眼睛嘎嘣嘎嘣嚼着嘴里的巧克力。

两厢一对比，陆嘉珩就感觉自己特别变态，特别无耻，特别王八蛋。

陆嘉珩闭了下眼，将手里的埃菲尔铁塔重新插回到蛋糕上，人凑近，近距离地看着她。

初栀甚至能够看见他的瞳仁里自己一个影影绰绰的小小影子。

三秒钟的沉默，初栀先动了手。

她一手抬起，手死死地捂住了自己的嘴巴，另一只手前伸，啪一下拍着他脑门往后推。

她看着他，眼神有点哀怨，闷闷道："你别咬我了……"

"……"

陆嘉珩低笑了声，抓了她抵着他脑袋的手腕拉下来扣住，人再次倾身靠过去："我不咬你了。"

话音落下的那一刻，薄薄的唇瓣印在她的手背上，落下轻飘飘的一个吻。

四目相接，他舔了舔唇，低声道："初初，生日快乐。"

一连一个礼拜，陆嘉珩天天晚上桌上都会莫名其妙多出一杯咖啡。

一周后，陆嘉珩第二次旁听会议，这次陆老爷子终于在了。

差不多快结束，陆嘉珩才注意到身边那秘书就是上次那个。

垂眼，面前的马克杯里咖啡醇香，他侧头，刚好和小姐姐的视线对上。

陆嘉珩挑了挑眉，长腿一伸，身子往后靠了靠，不动声色地把咖啡杯轻轻往前推了推。

陆嘉珩连续一个礼拜在公司里每天待的时间超过十二个小时，虽然在陆泓声身边受限颇多，但也已经逐渐熟悉一些基本流程，他依然在角落拖了把椅子坐下，听每个部门的负责人汇报工作进度。

上回他屁都听不懂，一声不吭扮演隐形人，此时有陆老爷子坐镇，陆嘉珩觉得会议室的空气质量都变得好了不少。

陆泓声今天也活跃，整个人像一团燃烧着的火焰，用手里的企划案奏响了革命的号角，拥有无限斗志和力量。

陆嘉珩也开心，上头有人的感觉多么愉悦，连带着他的发言也多了起来。

具体基本就是——

陆泓声："开发区那块地多少双眼睛盯着，早拿早好。"

陆嘉珩："嘁。"

陆泓声："那边地价不高，而且没同行竞争威胁。"

陆嘉珩："呵呵。"

陆泓声："周边大学城，以学生群体为主，招商上可以尽量选择一些年轻时尚的小众品牌。"

陆嘉珩单手捂着嘴，吊儿郎当地窝在椅子里，眼神飘到窗外，自言自语似的，声音却大得会议室里每个人都听得见："今天云真白啊。"

陆泓声："……"

下午会议结束，陆嘉珩单独被陆老爷子留下了。

老人家优哉游哉地坐在大椅子里，从容又淡定的样子仿佛最近一路绿的不是景恒一样。陆嘉珩老老实实："爷爷。"

老爷子老神在在："听说你最近工作挺努力的，在学校也用功。"

陆嘉珩没说话，拇指指尖轻轻挠了挠眉骨，等着老人家之后的话。

“天天忙着听大一的课，体育考试旷了去听大一‘思修’，挂到清考。”

“……”

您可真是眼观六路耳听八方啊。

陆老爷子淡淡道：“这一个礼拜你父亲什么样你也看到了，我给不了你几年时间，如果你也不行，景恒就算以后不姓陆我也认了。你是个聪明孩子，玩可以，但是你应该明白什么时候什么事情最重要。”

初栀觉得这个假期好无聊。

差不多小半个月，她每天过着吃饭睡觉打手游的颓废日子，大门不出二门不迈，手机里几个小帅哥的好感度倒是都快刷到了顶。

她又不敢跟陆嘉珩发信息，两个人每天只有晚上九点以后才能联系到，偶尔他会给她发视频。

才半个月，他看起来瘦了一圈，下巴瘦削，眼窝很深，视频看得不太真切，不过依然能够看得出他眼底有淡淡的阴影。

初栀皱眉，催他去洗澡睡觉。

第二天初栀难得没在床上翻滚，她起了个大早，手里相册里面一堆食谱的截图，把邓女士拉起来上教学课程，说是要学烧饭。

其实说是她学，全程也都是在旁边看着，食材下锅，她拿着勺子铲子翻翻炒炒。

即使这样，初栀手上还被烫伤了两小块。

折腾了一上午。中午，初栀翻出保温饭盒，将饭菜一样一样装盒。

她知道陆嘉珩的公司在哪里，打了个车到大堂，结果被拦在前台不让她进去。

初栀原本想给他一个惊喜的，结果还是没辙，翻出手机给陆嘉珩打电话。

此时应该已经到午休时间，写字楼明亮大堂里陆陆续续开始有人出来，女人们穿着工整漂亮的职业装，好些大冬天只穿了大衣，妆容精致得挑不出一丝差错来，头发精心打理，每一个人都散发着成熟女人的独特魅力。

初栀默默低头，看着自己熊一样厚重的羽绒服，上面还缝着小熊的图案，甚至羽绒服帽子上面还带着两个小熊耳朵。

没有对比就没有差距，伤害来得好突然。

一想到陆嘉珩的同事都长这样，在这种环境中要待一整个寒假，初栀顿时有一种十分强烈的危机感。

还没等她细想这种危机感从何而来，陆嘉珩已经从电梯里出来了。

小姑娘实在是太显眼了，穿了一件白色的羽绒服，浅咖色的围巾裹得严严实实，整个人看起来暖洋洋的，像一只小企鹅。

“小企鹅”低垂着头站在门口，远远看起来有点垂头丧气的，不知道又在想些什么。

陆嘉珩勾起嘴角，朝她走过去。

“小企鹅”抬起头来，看见了他。

他看起来和在学校的时候也不太一样，虽然工整的衬衫西装穿在身上也带着一股慵懒散漫的味道，但是好像一下子就跟她不是一个世界的人了。

初栀又垂下头去，忍不住抬起头来偷偷看他，有点小帅。

陆嘉珩站定，俯下身去牵她的手，她没戴手套，好在直接从出租车上下来，也没多冷，只指尖有点冰。

他将她的手圈住，垂眸：“怎么来了？”

初栀眨眨眼：“你平时在哪里吃饭啊？”

陆嘉珩其实很多天没吃过午饭了。

他牵着她往里走：“不一定，”他顿了顿，垂头挑眉，“你来陪我吃午饭？”

初栀笑眯眯地提起手里的袋子：“我做了饭给你！”

陆嘉珩一愣。

小姑娘喜滋滋的，她怕冷极了，整个人裹得小面包一样被他牵着进电梯，高兴地说：“我做了糖醋排骨，虽然也不算是我自己做的，但是是我翻的！

“你吃不吃甜酸这种呀，你尝尝看，我妈的糖醋排骨弄得最好吃！

“不是，不是我妈，我是说我，我！

“我早上七点就起来了，我只睡了七个小时，我好困啊。

“陆嘉珩，你们公司多少层，怎么这么久还没到？”

她像捧着个宝贝似的捧着她的小饭盒，嘟嘟囔囔的，也不知道是在跟他说话还是在自言自语。

电梯里还有几个人，看到这一幕不由得弯起嘴角，只觉得小姑娘软软糯糯的，可爱极了。

初栀注意力没怎么放在别人身上，就着被他抓着的手，用他的手背给自己揉了揉眼睛："陆嘉珩，你有没有独立的办公室啊，我想睡觉了。"

他一路勾唇听着她的话，听到这里，终于顿了顿。

陆嘉珩舔了舔唇，意味深长地垂下眸去看她："宝宝。"

初栀仰头："嗯？"

他空出的一只手食指竖起，虚虚立在唇边，气音丝丝缕缕地嘘了一声："这个就不用在这里说了，一会儿你单独说给我听。"

初栀低估了陆嘉珩。

他岂止有独立办公室，这办公室还挺大，尽头的一间，大落地窗，光线明亮，靠门口的地方有张双人小沙发，一张茶几。

这个公司的实习生为什么工作环境这么好啊。

初栀觉得这人八成是走了什么后门了，没准儿他爸爸是个管事儿的，部门总监什么的。

这群万恶的走后门的有钱人，实在是太让人羡慕了。

其实初栀确实误会了陆嘉珩，就在两天前，陆嘉珩还坐在外面大办公室的豆腐块里，这间办公室也是刚搬进来的，刚好就被她赶上了。

初栀在沙发上正襟危坐，怀里还捧着她的小饭盒。

等陆嘉珩人过来，她才慢吞吞地把饭盒放在茶几上，从保温的袋子里拿出来打开，一个一个小盒子摆在桌面上，三个菜，下面盛着熬得白白的汤，米饭单独放在一个小盒里，晶莹绵软。

陆嘉珩有一种被投喂了的感觉："这都是你弄的？"

初栀捧着脸，老实巴交道："我妈弄的，我不会做饭，我只翻了翻。"

她的手往脸上那么一撑，手背上的创可贴从袖口漏了个边出来。

陆嘉珩视线落在上面，停了停，夹了块排骨放在米饭上："你不用会了，以后我弄。"

初栀显然不太相信的，认真地看着他："陆嘉珩，你是想饿死我吗？"

"……"

陆嘉珩下午要开会，初栀本来想着等他吃完就走的，结果不知道他从哪里抽了块小毯子出来递给她，又把办公室的百叶窗全放下来了："困了就睡一会儿，我今天早点下班，送你回去。”

天光被遮了个干净，办公室里光线昏暗下来，中央空调暖气很足，沙发和毯子都柔软，空气里仿佛都充满了昏昏欲睡的气氛。

初栀靠在沙发里，拽了小毯子盖上，软趴趴地趴下了：“你几点开会啊？”

“下午三点。”

初栀闻言又爬起来了，强打起精神，瞪大了眼睛：“那我再陪你玩一会儿。”

陆嘉珩舔着嘴角笑，走过去坐在她旁边，捞着人把她抱过来，毯子盖好，哄小朋友似的拍了拍：“睡吧。”

初栀也非常上道，迅速在他怀里找了个舒服的姿势，鼻尖蹭着他的衬衫衣料，小脑袋往里拱。

有那么一瞬间，陆嘉珩有点恍惚。

好像一下子回到了几个月前，他们在从苍岩山回来的车里，小姑娘舒舒服服地靠在他身上睡觉，身上香香的，小动物似的蹭着他拱。

那个时候他的心思朦胧又模糊，小心而谨慎，会因为她突然靠近不自觉想笑，自己却也没完全明白是怎么回事。

现在这个姑娘已经是他的了。

脑袋埋在他怀里，整个人像个大娃娃一样被他裹着抱在怀里，从头到脚都是他一个人的。

陆嘉珩无声地勾起嘴角。

下一秒，他又想起之前陆老爷子对他说过的话。

陆嘉珩笑意缓缓敛了，垂下眼，看着怀里的少女长长覆盖下来的浓密睫毛，抬指，指尖轻轻碰了碰，低声道：“初初，你平时晚上要睡几个小时？”

初栀觉得有点痒，用手背揉了几下眼睛：“要睡十二个小时。”

陆嘉珩笑出声来，安静了。

过了两分钟，他又抬手碰了碰她的眼皮。

初栀不高兴地皱起了眉，睁开眼睛含糊地看了他一眼，小脑袋一歪，脸埋进他怀里，往更里面拱了拱，蒙蒙眬眬地发出了一声抗议似的嘟囔。

陆嘉珩舌尖舔了下唇珠，微微俯身垂头，亲了亲她的耳垂：“午安，小懒猪。”

等到初栀睡醒睁开眼，陆嘉珩已经走了。

办公室里静悄悄的，百叶窗拉得严实，光线昏暗略黑，一时间让人有点混沌，分不清楚是白天还是晚上。

初栀打了两个哈欠，打得满眼的水汽，直直躺在沙发上缓了一会儿，才爬起来，抓过茶几上的手机看了眼时间，将近五点钟。

陆嘉珩开会开了差不多两个小时，初栀不知道公司里开会一般要多长时间，她跪坐在沙发上，才反应过来鞋子也被人脱了。

她下地踩上鞋子，走到窗边把拉得严严实实的百叶窗都拉开，天空霞光映照，漫天的血红，往下看是高高低低参差不齐的钢铁森林。

初栀在办公室里晃了几圈，瞧瞧这里看看那里，她没动他桌上的资料什么的，只看了看桌上的小摆件。

初栀坐在椅子里捧着桌上的地球仪玩了好一会儿，澳洲、非洲、大洋洲一块一块看完，终于觉得有点无聊。

她把地球仪重新放回原位，视线一偏，看到桌边有一沓子书。

初栀愣了一下，有点犹豫，还是滑了椅子过去，悄悄看了看。

一大堆 GMAT（经企管理研究生入学考试）的学习资料和教材，还有几张国外顶尖商科大学的表格。

所有的东西全部是崭新的，没有被人动过的痕迹。

初栀高三那会儿，邓女士也想把她送出国去读大学。

她还特地去学了雅思，考了个七分，最后还是初父临时变了挂，死活不答应要反悔，加上初栀也不想离家那么远，最后还是作罢。

那段时间初栀了解过不少留学相关的考试，其中也包括 GMAT 和 GRE，都是出国读研用的。

初栀手指有点僵硬，咬着嘴唇，小心地合上了书，整理好。

她刚要站起来，办公室门把转动的声音突然响起，初栀人一僵，以为陆嘉珩回来了，顿时有一种当了小偷似的心虚感。

眼看着门要被推开了，初栀唰地蹲下，手脚并用地钻进巨大的办公桌桌底。

她刚爬进去，又觉得自己这个行为好像并没有什么实质性的意义。

她刚想从里面爬出来，眼前突然出现一双腿，一双笔直修长，裹着透明丝袜的小腿，脚踝纤细，脚上踩着一双黑色的高跟鞋。

初栀一愣，手撑着地毯，原本想要爬出去的动作改了道，她又往里面缩了缩。

她头顶的桌面上一声轻响，像是什么东西放在上面的声音，初栀瞬间警惕起来，偷偷地低头，试图看一眼她的脸。

她在家的时候也陪着邓女士看电视剧，这种剧情一般是那种什么趁着开会的时候偷偷进来偷资料、工作报告、商业机密那种。

初栀脑海中顿时浮现出陆嘉珩在商战里被对手掌握了全部企划，打了个措手不及，一脸错愕灰败的表情。

然而越往上就是浅色套装的裙边、不盈一握的细腰，剩下的都被桌沿挡住了。

初栀脑袋都快贴在地毯上了，也什么都没看见。

女人转身走了，高跟鞋的声音淹没在地毯里，初栀等了一会儿，才悄悄钻出来，垂头看，桌上什么也没少，而是多出来了一杯咖啡。

下面压着精致的花边杯垫，杯托里面一张纸巾，包着两块方糖。

初栀愣住了，站在他办公桌前，没注意到陆嘉珩进来。

直到他走过来，轻轻敲了敲桌面。

初栀抬头，表情还有点呆："你开好会了吗？"

他办公室没镜子，她睡起来也没整理过，头发睡得有点乱，发梢被压得微微翘着。

陆嘉珩抬手抓了抓她的头发，又顺势揉了揉脑袋："嗯，走吧，回家了。"

初栀没有反应，呆呆地站在那里。

好一会儿，她垂下眼去，慢吞吞哦了一声："那走吧。"

走之前，她回头看了一眼他桌上的那一沓资料和教材。

她揉了揉眼睛，喊他："刚刚有人进来给你送了咖啡。"

陆嘉珩正把她的外套拿过来，抖开："嗯？"

初栀对于他现在的伺候已经很习惯了，乖乖地张开手臂，伸胳膊套上，仰着脑袋看他："你不喝吗？"

陆嘉珩蹲下给她缠围巾："不喝。"

"哎呀，你怎么这样，人家给你煮了咖啡，你要喝的呀。"初栀小眉毛皱起来了，教育他。

陆嘉珩拽着她的围巾边缘往前拽了拽："你给我煮吗？"

初栀眨眨眼。

"又不是你煮的，我为什么要喝。"

初栀想不到还能说他什么，只能干巴巴地说："你这样有点浪费。"

陆嘉珩眼睛微眯，突然凑近："你看见谁来送的了？"

"看见了。"她的大长腿。

初栀垂头瞅了瞅自己的腿，感觉还没人家三分之二长。

陆嘉珩眉梢微挑："有人给你男朋友煮咖啡，你竟然还劝我喝？"

初栀的表情挺迷茫的："这个不是大家都有的吗？"

"……"

陆嘉珩咬牙："不是，只有我有的。"

初栀闻言，表情瞬间变得严肃了起来："陆嘉珩，你如果不喜欢人家，就应该认真地拒绝她，然后道歉。"

陆嘉珩觉得自己可能有点心理疾病，受虐狂倾向什么的，她善解人意地没骂他，也不要小性子，还一本正经教育他的样子，反而让他浑身不舒服："我除了开会见到过她几次，没单独看见过她。"

没想到初栀竟然不负他望，忽然大惊失色，继而愤怒地开始拽围巾往他脸上甩："你还想单独见她？！"

"……"

给她又重新把拽下来的围巾缠上以后两人下楼，正是晚高峰的时间，车子堵得水泄不通，初栀睡了一下午，清醒得不行，安安静静坐在副驾驶，头靠着车窗发呆。

小姑娘中午那会儿还喋喋不休的，此时却安静得悄无声息，陆嘉珩侧头看她："冷不冷？"

初栀摇头。

"饿了？"

初栀还是摇头。

刚摇完，她的肚子轻轻地叫了一声。

"……"

初栀鼓着腮帮子，噗的一下吐出一口气来，眨巴着眼转过身，有点小心的样子："学长，你毕业以后有什么打算？"

这称呼实在是久违了，他已经习惯了她陆嘉珩陆嘉珩连名带姓地叫，听着有点意外，回过头去："打算等你长大，给我生个小小栀子。"

"……"

轰的一下，初栀的脸仿佛要烧起来了。

她两只手抬起来猛地捂住了通红的耳郭，结结巴巴道："你在说什么呀！你羞不羞！我不要生小小栀子！"

陆嘉珩笑着舔了舔嘴唇，懒洋洋道："行吧，那我生。"

"……"

这就开始放月光玲珑闪电屁了。

二月中上旬，春节将至。

腊八的那几天天气极冷，初栀原本冬天就懒得出门，这样就更懒了。

一连好多天，初栀都显得有些心事重重。

就连晚上都睡不太安稳，她梦见陆嘉珩埋首趴在桌上，垂着头，不知道在干什么。她好奇地走过去，看见他桌子上的 GMAT 考试资料。

那些资料都活过来了，长了手和脚，正在桌子上蹦蹦跳跳，得意扬扬地看着她发出稀奇古怪的笑声，一边笑着一边说："分手吧，你不是我们的对手的！"

这个时候，陆嘉珩终于抬起头来，也冲她笑："我爱学习，我生命中最美好的两个字是学习，不是初栀。"

梦里的初栀心道：这不挺好的吗，多积极正面啊。

醒来以后的初栀吓得魂不附体，觉得自己好像魔怔了。

她纠结了好长一段时间，又想问他，又不想问。

出国读研至少也要一到两年才能回来，初栀觉得这算是件很重要的事情了，他明年再开学大四，眼看着也是近在咫尺的事情，他却一点都没跟她说，好像也没有想跟她说一声、商量一下的意思。

他是不想告诉她，还是觉得没有必要？

初栀自己告诉自己他大概是因为还没来得及，反正才大三下学期，他可能还没找到机会跟她讲这件事。

既然他没有说，那么应该就是有自己的考虑和想法，初栀想，那么她就再等等好了。

再等等，如果开学以后，他还是没有说这件事，她就去问。

晚上九点半，初栀坐在床上，垂着眼，发了一会儿呆。

想了想她还是觉得有点气，气鼓鼓地涨着脸颊，噗噗地往外吐气，像个小河豚一样坐了好一会儿，越想越不开心，自顾自地生气。

初栀抬臂，把床头柜子上的手机拿过来，给陆嘉珩发微信："希望你明天便秘！"

可爱多少钱一斤

【下册】

栖见 著

江苏凤凰文艺出版社
JIANGSU PHOENIX LITERATURE AND ART PUBLISHING, LTD

第十章

陆嘉珩的味道

转眼春节，初栀到底跟着父母去了南方过年。

倒是也没去海南，初栀的爷爷奶奶在南方一个二线城市养老，郊区买了块地，前院圈出一块菜地，后院出去走一段有片小湖，不知道是天然的还是人工的。

初栀好久没来过南方了，这边天气阴冷，外面零度屋里面零下一度，初栀又有点娇气，开了空调觉得有点干燥，不开又靠颤抖发热，适应了好几天才渐渐习惯了。

北方那边一到冬天什么江河湖都结厚厚的冰，更别说叶子了，光秃秃屁都没有，上面还压着雪。初栀来的时候还不怎么情愿，来了以后很快就新鲜起来，高兴到把陆嘉珩暂时忘到脑后去了。

三十那天晚上，一家人吃饺子看春晚，初栀才偷偷摸摸地揣着手机跑到屋外，两个人久违地视了个频。

初栀谈起恋爱来其实有一点黏人，平时也是因为他工作感觉时间过得真的好慢，她觉得自己应该懂事一点。

可是懂事久了，心里偶尔还是会有一点郁闷，不怎么严重，就轻轻淡淡的，但是也确实会有就是了。

大年三十晚上九点半，初栀穿了个大衣站在外面，举着手机一蹦一跳的，陆嘉珩一接起来，就听见她高兴地叽叽喳喳：“陆嘉珩！新年了！”

他那边很安静，没什么杂音，背景是巨大落地窗后的夜幕中璀璨的城市街道。

他穿着白衬衫，安静地看着她，唇边带着笑，灯光下皮肤很白，衬得一双桃花眼又清又黑，连带着眼下细细卧蚕下面的阴影也格外明显。

“嗯，新年快乐。”他的声音依旧低磁，只有点哑。

初栀欢快的表情不见了，整个人也安静下来。

她愕然：“你现在还在公司？”

陆嘉珩长睫微垂，敛下了一点疲惫，抬手，中指指尖轻揉了下眉骨：“马上回去了。”

“陆嘉珩——”现在是大年三十。

已经晚上九点多了，你为什么还在公司？

别人家都在一家人高高兴兴吃饺子看春晚放礼花呢。

镜头动了动，他似乎是把手机放在了桌面上，不知道立在了哪里，桌面上一个拆开了的杯面杯子出现在镜头里。

初栀鼻子一酸，开始后悔自己这年没留下来过。

她吸了吸鼻子，原本要说些什么都不记得了，话到嘴边就变了样子：“我好想你啊。”

她声音低低的，她轻轻重复了一遍：“我好想你啊，我想回家。”

陆嘉珩一怔，抬起眼来。

视频里的少女只穿了件大衣，没扣扣子，身后的灯笼火红通亮，映得她脸颊红扑扑的，看起来十分精神可爱，只是那双琉璃似的剔透的眼此时却湿漉漉的，轻轻咬住下唇，微微撇着嘴，像是在委屈地撒娇。

那一刹那，陆嘉珩差点就去订机票。

他真的想把她拖进怀里，亲亲她，抱抱她，听她缩在自己怀里，黏黏糊糊地跟他说话。

想把她藏起来，绑在房间里，每时每刻每分每秒都让她在自己的视线之中。

他敛睫，遮下了一点暗色的狼狈，轻轻笑了一声："想我便秘？"

"……"

他不提起来，初栀都快忘了。

他还挺记仇。

"陆嘉珩，你作为男人，不要那么小肚鸡肠，"初栀很认真地教育他，顿了顿又补充道，"尤其是对女朋友，她无论说什么都是对的，你要大度一点。"

陆嘉珩眉微挑，往椅子里面一靠，似乎想笑："你说得对，是我错了。"

见他态度如此端正，初栀满意了。

然而她当时只是随口一句，虽然已经道出她内心深处最热切的诅咒，但是已经过去一段时间了，他还记得这茬，还跟她提起来了，看起来是非常在意。

莫不是怨念太深，诅咒成真了？

这个念头在脑海中产生，初栀犹疑地看着他，想了想又实在忍不住，有些小心翼翼地开口问道："你后来真的便秘了吗？"

陆嘉珩："……"

挂了视频，陆嘉珩整理了东西，人回了老宅。

陆泓声往年过年都是带着妻儿出国去的，今年也许是感受到压力和威胁，留在了帝都。

或许是因为他终于意识到，即使陆老爷子现在只剩下他这么一个儿子，继承人也不一定就是他，急需一点讨好和孝心。

不过跟初栀待在一起时间久了，陆嘉珩更愿意把人和事都往好的方面想，比如说他没准儿是良心发现了呢。

他几个月没回过家，陆嘉懿看起来比上次又高了一点儿，小朋友噔噔噔地跑过来，脑袋仰得高高的，小手举着想要他抱，又马上缩回去了。

陆嘉懿圆溜溜的眼睛瞪得大大的，皱起了秀气的小眉头："哥哥瘦了。"

陆嘉珩犹豫了一下，试探性地垂手，轻轻摸了摸他的小脑袋。

陆嘉懿愣愣的，有点受宠若惊的样子，好高兴地看着他，乌黑的眼睛亮晶晶的，微微踮着脚，脑袋小心翼翼地蹭了蹭他的手心。

陆嘉珩不自然地别开眼，收手，淡淡道："进去吧。"

小男孩开心得摇头晃脑，像个小尾巴似的跟在他后面奶声奶气、口齿不清道："哥哥今天回来了。

"哥哥想懿懿了吗？"

陆嘉珩没说话，听着他自顾自肯定地点点头，兴高采烈地重复："哥哥想懿懿了。

"懿懿也想哥哥。"

"……"

那一瞬间，男孩子的身影和某个少女重叠在一起，陆嘉珩觉得他身边的小朋友们，是不是一个个都是小鹦鹉？一开心起来就都喜欢说话的？

陆嘉珩停下脚步，垂眼："你想我？"

陆嘉懿点了点头。

陆嘉珩侧头，语气没什么情绪波动："陆嘉懿，我对你好吗？"

陆嘉懿小脑袋点得像小鸡啄米："好的，"他抓了抓自己脑瓜顶上的头发，有些不好意思的样子，高兴地说，"哥哥摸了懿懿的头！"

"……"

陆嘉珩哑然。

他身边的小朋友，也都这么容易满足。

好像很小的一件事情，就可以让他们开心起来，像是人生从来没有阴霾一样，即使遇到不高兴的事情，也很快就会过去，让人不忍心在他们无瑕的灵魂上留下一丝一毫的痕迹，让人想虔诚地把这个世界上所有璀璨美好的东西，全部捧到他们面前。

陆嘉懿在他面前乖乖地站着不说话，陆嘉珩垂着眼在一楼站了一会儿，再一抬眼，刚好看见陆泓声从楼上下来。

他看着他的表情有些复杂，像是第一次认真地审视他一样："刚回来？"

陆嘉珩抬了抬眼皮子，无所谓地勾唇："公司里的电脑性能好，打游戏不卡啊。”

陆泓声没说话了，陆嘉珩上楼，擦身而过的瞬间，他叫了他一声：“阿珩，无论你有多恨我，你我始终是父子。”

陆嘉珩脚步一顿。

男人的声音有点沉，干巴巴的，情绪里带着某种语重心长又意味深长的东西：“我拥有的，以后也都会是你的。”

陆嘉珩垂下眼去，轻轻笑了一声。

还有什么好期待的？

有些人果然是让人没办法往好的方向想。

陆嘉珩背对着他站在比他高两级的楼梯上，漆黑的眼微微挑起，目光锐利冷淡，薄唇扭出一个似笑非笑的刻薄弧度：“你没办法拥有的，以后也会是我的。”

陆嘉珩在老宅待了两天。

大年初二一大早，陆老爷子终于抓到他了。

彼时爷孙二人坐在老爷子的茶室里，一人把着一边儿椅子，老爷子正在逗鸟，那鹦鹉抓着雕花木椅把手，尖利的喙温柔地啄了啄老人的手指，用脑袋蹭蹭他的手心。

老人随手捏了片胡萝卜喂它：“之前跟你说的，考虑过了没有？”

陆嘉珩垂着眼，没说话。

陆老爷子多了解他：“不想去？怎么着，跟我无声地抗议上了？你这两天躲着谁呢？我上哪儿你溜得比二狗还快。”

陆嘉珩眉心微拧，有点无奈：“爷爷——”

陆老爷子单手举起，打断了他的话：“我知道你为什么，你那个小女朋友是吧，宁可体育不清考了也要陪人家上‘思修’那个？”

陆嘉珩还是不说话。

陆老爷子也拧着眉看着他，这个表情爷孙俩一起做起来，有种迷之神似，老人微微眯起眼来打量了他好一会儿，表情看起来又严厉又好像还带着一点奇异的高兴："让你出去读个书，又不是让你跟人家小姑娘分手从此以后老死不相往来了，一两年就回来了，这个节骨眼上，你还分不清轻重缓急？你是打算当一回周幽商纣？"

陆嘉珩垂着眼坐在旁边，良久没说话，半晌，才缓声平静道："不行。"

陆老爷子："……"

陆嘉珩软趴趴地瘫坐在椅子里，长腿大咧咧地前伸出去，手肘撑在椅子扶手上，单手托着下颌："一两年也不行，一两年太久了，她很黏人，三天没见到我就想我想得不行，会想到哭，我心疼，我舍不得。"

陆嘉珩侧头凉凉瞥了旁边的老人一眼："到时候她哭起来我不在，您帮我哄吗，毕竟是您未来的孙媳妇儿，您也是要负责任的。"

陆老爷子："……"

陆家的家庭关系其实说简单也简单，说复杂也复杂。

简单的地方无非就是狗血烂一套，常说电影电视剧都源于生活而高于生活，有些时候狗血剧还真的不一定能高于生活。

陆嘉珩中考那年，陆泓声资助了一个大学生。

姑娘爱学习，成绩又好，名校大学生，文静漂亮。可惜家里条件不好，陆泓声资助她，也就寄宿在他们家，顺便给陆嘉珩做了家教。

陆嘉珩从小就不是个好相处的小朋友，而且那个时候正处于中二期。

刚开始，他对自己这个兼职家教是没抱有什么好感的，结果相处下来，发现她安安静静的，倒也不那么讨厌。

就这么平安无事地相处了很长一段时间，两个人也就差了四五岁，亦师亦友，又经常抬头不见低头见，后来熟悉了，关系甚至可以说是还挺好的。

后来，陆嘉珩母亲去世，这资助生兼职小家教也到了，哭得梨花带雨，我见犹怜，跟面前躺着的是她妈、她媳妇儿一样。

再然后，陆嘉珩休学，他母亲百天忌日没过，兼职小家教怀孕了，孩子八周大。

八周。

他母亲尸骨未寒，他已经有了一个同父异母八周大的弟弟。

在她在葬礼上跪着哭得真情实意的时候。

上一位女主人百天忌日还没过，陆家新的女主人已经光明正大地睡在了她的床上。

陆嘉珩想不明白陆泓声到底有什么可图，值得一个甚至和他年龄相仿、未来无限可能的女孩子绞尽脑汁爬上他的床，除了一副人模狗样的皮囊和钱。

她还不如来勾引他呢，不就是想要钱，他也有啊。

十六岁的少年第一次真切地意识到，人在欲望和金钱面前，原来真的可以丧尽一切良知与人性。

从那以后，陆嘉珩的日子过得一直有点荒唐。

陆老爷子年轻的时候雷厉风行太多年，到了晚年反而变得十分佛系，儿子眼界极窄，能力平庸，老爷子甚至已经做好了以后景恒不姓陆或者十年后破产的准备了。

没想到陆嘉珩突然像变了个人一样，主动提出要来公司。

陆老爷子还是很好奇，这个突然之间出现让他孙子从一个天天醉生梦死就知道炒股和玩的纨绔小浑蛋变成现在这副样子的小姑娘，到底是个什么样的神奇人物。

远在中国南部的初栀打了三个喷嚏。

大年初二一过，初栀迫不及待地开始旁敲侧击问父母什么时候回家。

她一年也见不到爷爷奶奶几次，不敢当着他们的面表现得太急切，生怕伤到了老人家的心，可是她坐立不安的样子，每个人都看得出来。

初爷爷笑眯眯道："我们小公主这是想家了。"

初奶奶笑眯眯道："想什么家啊，小栀也是大姑娘啦，不一定想的是家还是哪个小男生呢。"

初父也笑眯眯的，十分傻白甜地深信不疑道："不可能，妈，初栀说了，她没男朋友。"

"……"

初栀心虚地垂下头去，觉得十分对不起爸爸。

年初四，初栀和父母回了帝都。

小姑娘起了个大早，坐了一上午的飞机，下了飞机人依然生龙活虎的，一点都不累的样子，回家放下东西连衣服都没换，说要跟朋友出去玩，又跑出去了。

当天刚好周六，初栀噔噔噔地跑上楼，按陆嘉珩家门铃，等了好一会儿，也没等到里面的人开门。

初栀站在门口，翻出手机来，刚想给他打电话，里面门开了。

陆嘉珩站在门口，有点错愕地看着她。

他穿着浅色线衫和休闲裤，高挺的鼻梁上架着副眼镜，无框，一双桃花眼藏在镜片后面，敛了丝轻佻，多了一点矜贵。

然而初栀的注意力显然不在这里，看视频的时候就觉得他瘦了，此时这么一看真人，比视频里还要瘦。

初栀撇了撇嘴，想到他大年三十还在办公室里吃泡面，想到他之前说和父亲不太好，母亲也已经不在了，想到之前的那一巴掌和他复杂的家庭矛盾，初栀鼻尖又酸了，她快步往前走了两步，手臂张开环住他的腰，脑袋埋进他怀里。

怀里的小人紧紧地环着他的腰，陆嘉珩下意识将她抱住，垂眸，有点诧异："什么时候回来的？"

初栀鼻子抵着他柔软的线衫蹭了蹭，闻着他身上熟悉的味道，答非所问："陆嘉珩，我好想你。"

陆嘉珩喉结滚了滚，心底一片柔软。

"我不在的这段时间，你便秘了没有？"初栀继续道。

陆嘉珩："……"

初栀抬起头来，手臂还抱着他的腰不放，仰着个小下巴，神情严肃："你跟我说实话。"

"……"

陆嘉珩面无表情地扣着她的后脑把她的小脑袋重新按进自己怀里："过个年你怎么变这么皮了？"

初栀也不挣，顺势重新黏上来，像个小狗似的一直往他怀里钻，鼻子蹭啊蹭，他好笑，揉了揉她的脑袋："你干什么呢？"

初栀继续蹭："闻你的味道。"

陆嘉珩挑眉："我什么味道？"

"就是陆嘉珩的味道。"

"陆嘉珩的味道是什么味道？"

"就是陆嘉珩的味道呀，哎呀你怎么这么烦。"

两个人叠在一起站在门口，像两个二傻子一样乐此不疲地味道来味道去，陆嘉珩轻笑了声，半拖半抱着她把她弄进门，关上了房门。

初栀又抬起脑袋来，刚想说话，人定住了。

陆嘉珩身后，一个老人正背着手站在客厅里看着他们。

初栀僵住了。

老人穿着一身浅色唐装，料子看上去价格不菲，上面绣着精美别致的花纹，整个人看起来精神抖擞，身子骨十分硬朗，此时正没什么表情地看着她，眼神锐利，像X光一样上上下下左左右右将她整个人扫了一遍。

初栀松了手，人想往后退，却仍旧被陆嘉珩抱得紧紧的。

她不敢出声，悄悄地戳了戳他硬邦邦的腹肌。

陆嘉珩终于有了点反应，缓慢地放开她，转过身来，平静地介绍："我爷爷。"

他又转过头来，看向老人："您孙媳妇儿。"

"……"

初栀想立刻转身开门，撒腿就跑。

她眼睛睁得大大的，紧张得浑身发僵，从头到脚都在抖。

陆嘉珩注意到，轻轻牵起她冰凉的手。

初栀吞了吞口水，弹簧被折了下去一般突然低低鞠了个躬："爷爷好。"

"……"

陆嘉珩掰着她的肩膀把她掰起来，俯下身去，凑到她耳畔低声道：“别紧张。”

他声音轻柔沉缓，像是一颗石子，缓慢地沉入水底。

初栀悄悄调整了一下呼吸，紧张的情绪也慢慢平静下来。

她悄悄地看了一眼陆爷爷，老爷爷也正看着她，眼神有点诡异，有点高深莫测，有点一言难尽，有点欲言又止。

好半天，老人家才侧过头去，看向陆嘉珩：“成年了吗？”

初栀：“……”

陆嘉珩：“……”

初栀没有想到，她见到的陆嘉珩的第一个大家长，说的第一句话会是这个。

她刚成年没一个月，好像也没有错啦。

而且他亲她的时候，她好像确实还未成年。

再而且，她刚刚当着大家长的面抱着他黏糊了那么长时间。

初栀回忆了一下刚刚自己都说了些什么做了些什么，有点崩溃，羞耻地红着耳朵垂下头去。

陆老爷子见状，以为真的被自己猜着了，神色复杂地看着自家孙子，没说话。

陆嘉珩被他那眼神瞧得嘴角一抽：“她成年了。”

陆老爷子好像松了口气，喃喃道：“成年了好啊．成年了就行……”

陆嘉珩：“……”

初栀没想到一回来就见了家长，还是爷爷这种重量级的。

她根本就什么准备都没做，直接被陆爷爷拉进书房里去了。

起初，陆嘉珩抿着唇抓着她，神情很严肃地看着老人家，一副坚决不同意的样子：“您要说什么在这儿说就行了。”

陆老爷子优哉道：“怎么着，怕我吓着你的小女朋友？”

陆嘉珩敷衍地勾了勾唇，没什么笑意：“是啊，脆弱易碎，需要小心呵护。”

初栀红着脸，安慰似的捏了捏他的食指指尖。

他皱眉。

初栀仰头，朝他眨眨眼。

他才不情不愿地松了手，后退一步，抱着手臂："十分钟。"

初栀其实心里也没底，七上八下的，她感觉自己刚刚的行为那么轻浮，抱着人家孙子就不撒手了，陆爷爷对她的第一印象肯定是很差很差的。

小姑娘白着一张小脸儿，像是即将被宣告死刑似的，低垂着脑袋跟着老人进去了。

陆老爷子大哥做习惯了，浑身上下都带着一种上位者的威严，即使表情看上去十分佛系，却依然挡不住自身散发出的压迫感。

初栀心里仿佛有一千万个小人在抓她，她忐忑又不安地揪着手指头等着。

老人家也不说话，负手站在窗前看着她，"X 光射线"来来回回地在她身上和脸上扫，就好像她是什么病毒的携带者一样，连空气和呼吸都有感染的可能性，需要一层一层一遍一遍地消毒以后才可以靠近或者跟她说话。

两个人就这么面对面地小眼瞪老眼瞪了十分钟，初栀从最开始的冷汗渗出来好几层，到后面，她已经开始神游了。

有点像小的时候和小朋友玩的那个游戏，一二三四我们都是木头人，谁都不许动。

她用脚尖蹭了蹭书房地面的地毯，又等了两分钟，终于忍不住了，咬咬嘴唇一脸大义凛然地抬起头来。

初栀视死如归地闭上了眼，皱巴着一张小脸，委屈巴巴的，声音听起来快要哭了："爷爷，您给我个痛快吧！反正我是不会和陆嘉珩分手的！"

陆老爷子："……"

最终陆爷爷一句话都没说，反而笑了。

老人闭了闭眼，有点无奈的样子，朝她摆了摆手，叹息一般："去吧，小姑娘。"

直到陆老爷子人走了，初栀都没反应过来，不太明白自己被叫进去，然后对眼看了十分钟是什么意思。

她跟着陆嘉珩送走了陆爷爷，人一走，陆嘉珩反手啪地关上了门，抿着唇："老爷子跟你说什么了？"

初栀本来想说，什么也没说的。

她仰起脑袋来，看着他微微向下垂着的嘴角，有些紧绷，看起来像是在紧张或者担心些什么。

初栀没说话。

她越安静，陆嘉珩反而越不安。

初栀咬了咬牙，深深吸了口气，试探性地道："你要出国吗？"

陆嘉珩一滞。

初栀缓慢地继续道："你要出国读研吗？要几年呀？好不好考的？你还读金融这方面的专业吗？"

从小到大，初栀几乎没有说过谎。

除了初父问到男朋友这种特殊情况外。

她有些心虚，有点愧疚，有种罪恶感，所以她耍了一点小聪明。

明知道陆嘉珩会误会是陆爷爷跟她说的，她就直接干脆问了他，企图通过这种方式让自己的罪恶感变得稍微少一点。

陆嘉珩垂眼看着她，眸色沉沉的，看不出是什么情绪。

半晌，他低声问道："你想让我去吗？"

"你想去吗？"初栀反问。

"你想让我去吗？"他重复问道。

初栀愣了一下，想起刚刚在书房里，陆爷爷缓慢闭上的眼。

鹤发童颜的老人，看起来分明像一把出鞘的剑，锐利又坚不可摧，可是在那一瞬间，眉宇间却带着一种疲惫感。

那个时候他分明是有话想跟她说的，可是他想说什么呢？

她猜不出来。

初栀微微垂下眼睫，等了一会儿，才慢慢摇了摇头："我不想的，我想让你陪着我。”

她的声音软糯又清晰，带着她特有的那种柔软的温暾，种子似的一字一字轻轻落在他心底，然后抽芽，开出花朵来。

陆嘉珩目光微动，没说话。

初栀皱了皱眉，抬起眼来：“但是我已经成年了，是大人了，大人不能那么自私，也不能只顾着自己高兴。”

她鹿眼乌黑明亮，安安静静地看着他：“我想让你一直陪着我，可是我也想你能变成更好的人。”

仿佛沉寂了很多年的心脏再次跳动起来，从她开始，周身蔓延开的一切都变得鲜活了。

她的眼睛明亮又澄澈，真挚地看着他，舌尖卷起放平吐出的每一个字都轻轻落在他心上。

陆嘉珩低垂着眼看着她，突然抬手，将她扯进怀里。

他用鼻尖蹭了蹭她柔软的发顶，声音轻轻落下：“嗯，我也想成为更好的人，为了你。”

初栀脑袋又被他扣回怀里，声音显得有些闷：“那你就去嘛，要几年呀？”

“一两年吧。”

初栀啊了一声，小声道：“那也不是很久。”

陆嘉珩一顿，抬起头来，人往后撤了撤，长眼微眯，他原本眼型就略锋利，眯起来看人时总有种压迫感，此时戴着眼镜看，多了几分别的什么东西。

初栀想了好半天，那个词叫什么来着，鬼畜吗？

她站在那里默默地想着，就听他轻飘飘开口：“你还嫌时间短了？”

初栀仰起头来，表情看上去比刚刚说“希望你变得更好”的时候还要真诚：“你那么笨，期末考试都挂科，一两年学得到东西吗？”

“……”

陆嘉珩觉得他女朋友是不是对他有什么误解。

从小到大拿了无数个第一名也算是个小学霸的少爷觉得应该纠正她一下。

陆少爷挣扎道："初初，我的成绩其实还可以的，期末考试也没有挂科。"

初栀嘴巴微张，茫然道："你贿赂老师了吗？"

陆嘉珩："……"

知道了陆嘉珩要走，两个人之后可能会有差不多两年的时间要异国恋了，初栀也就不拼命克制着维持自己的懂事女朋友形象了。

具体体现在，她给陆嘉珩发信息的次数和频率都变高了。

当然还是会岔开他忙的时候或者上班的时候，中午休息或者晚上她会经常主动找他。

陆嘉珩开心得差点要跳起来，每天心情都很好，上午的动力是等着女朋友中午的视频通话，下午的动力是晚上回家和女朋友视频通话，每天生活的动力是以后养女朋友。

上下楼的恋爱谈得已经像异地了，有时候还会来一场书房阳台上的秘密私会，有点像牛郎和织女踏的那个鹊桥，只不过是上下铺版的。

陆嘉珩倒是没再翻下来了，只是每次一个趴在上面往下看，一个抻着脖子往上瞧，伴随着外面连绵雪景隔空喊话，场面看起来应该还有点怪异。

再后来，初栀中午午休的时候会往他公司跑，晚上有时候也陪着他加班，甚至趁着夜深人静父母睡着了的时候偷偷跑上去几次。

两个人恋爱谈得像偷情，就这么偷了一个寒假，三月初，寒假结束开学了。

陆嘉珩实习的最后一天晚上，初栀去他的公司找他。

小姑娘最近三天两头往这边跑，人又讨喜嘴巴也甜，保安和前台也都已经认识她了，直接就让她上去了。

初栀轻车熟路蹦蹦哒哒地上了楼，摸到陆嘉珩的办公室。

办公室的门虚掩着，初栀还没来得及进去，站在门口手刚握上门把手，就听见里面有女人说话的声音。

"下班以后要一起吃个饭吗？"

初栀一顿，推门的动作硬生生地停住了。

她犹豫了一下，悄悄地从微开的门缝往里面瞧。

女人看起来和林瞳差不多高，依然是一套浅色的套装，包臀裙到膝盖上方一点，肉色丝袜。

脚上高跟鞋倒是换了一双，但也许是女生的直觉，初栀一眼就认出了，这女人是送咖啡的那个。

“咖啡小姐姐”声音也温柔，从头到尾都透出一种成熟女性的魅力，初栀从门缝里仿佛都能感觉到她四溢的雌性荷尔蒙。

初栀从那个角度看不见陆嘉珩的脸，只听见他淡淡道：“不了，晚上要早点回家。”

“整个部门都去呢，大家就等你了，你不去我没办法交代啊。”女人笑了，开玩笑似的试探道，“急着回家是家里有人在等？你妹妹吗？”

他顿了顿：“我没有妹妹。”

女人愣了愣：“那前几天经常会来找你的那个女孩子是？”

初栀贼兮兮地站在门口，只能看见女人的侧面，她往前探了探脑袋，想看见陆嘉珩的表情。

她肩上背着个单肩包，带子细细的，这么往前一倾身，包包也就跟着垂下去，在门缝处轻轻地荡了两下。

初栀压根没注意到，全部注意力都放在里面，只听见陆嘉珩安静了好一会儿，才缓慢开口，声音里带上了一点笑意：“我老婆。”

初栀：“……”

女秘书：“……”

啪的一声轻响，初栀肩膀上的包包滑下去了，掉在柔软的地毯上，声音轻不可闻。

可是里面的人显然还是听见了，女秘书转过头来，看着门口处的那个女式包。

初栀早就已经缩回脑袋，耳根通红地躲在门口，揉了揉脸，又抓了抓耳朵，即使已经被发现了，她还是不太想进去。

初栀心里一边默念着看不见我看不见我，一边蹲下身去，悄悄地拽着包包袋子往外拽。

里面陆嘉珩和女秘书看到的画面，就是一只白嫩小小的手，慢吞吞地伸进门来，钩起了地上的包带子，然后一点一点，缓慢又小心地往外扯，一寸一寸消失在门后，像是叼着什么玩具一点一点拖进窝里的猫咪。

陆嘉珩轻笑了声，懒洋洋道："你看，我老婆是不是很可爱，像个小耗子似的。"

初栀："……"

女秘书："……"

包包拽到一半，眼看着就要出门了，不动了。

等了几秒钟，办公室的门被人缓慢地推开，初栀蹲在门口仰着脑袋，一脸哀怨地看着坐在里面的男人。

陆嘉珩坐在办公桌后面，桌子上是整理好了的东西，他的下巴搁在厚厚的一摞文件上，勾唇看着她。

也许是因为初栀以前没见过他学习时候的样子，最近才知道他也会戴眼镜，薄薄的镜片后面桃花眼狭长，眼角微微上挑，卧蚕细窄，他轻柔道："宝宝，来。"

无论此时面前的人看起来有多么妖孽，初栀依然想直接抄起地上的包包飞过去直接砸他脸上，然后咆哮着冲他喊一句："谁跟小耗子似的啊！"

初栀鼓了鼓嘴巴，瞪着他，又看了一眼站在旁边看着她的女人。

她像个小偷似的鬼鬼祟祟地蹲在门口，穿着很厚的羽绒服和裤子，显得整个人像个又肿又胖的小蛤蟆。

情敌穿着高级套装，衬得腰细腿长，姿态优雅，跟天鹅似的。

初栀好不开心啊。

她唰地站起来，抓着包重新背上，雄赳赳气昂昂地走进办公室，小腰板挺得笔直，非常有气势地走到办公桌前，看着坐在后面的男人吸气。

中间隔着张办公桌，她想了想，还觉得不够，干脆绕过桌子走到桌后，站在他面前："陆嘉珩。"

陆嘉珩看着她有点鼓的脸蛋，忍着想戳戳她的欲望，抬眼，等着她接下来的发落。

一秒、两秒、三秒，初栀瞪了他好一会儿，突然小嘴一撇，不高兴地撇着嘴巴，声音闷闷的："我饿了……"

"……"

陆嘉珩沉沉笑了，终于忍不住拽着她的手拉进怀里放在腿上抱着，另一只手抬指戳了戳她圆润白皙的小脸蛋："我们宝宝饿了，我们宝宝想吃什么？"

初栀已经习惯了，甚至现在开始自发地熟练又迅速地在他怀里找到一个最舒服的姿势。

想想还是不能释怀，她附在他耳边怨气很重地说："你为什么说我是耗子？"

陆嘉珩也配合着她，压低了声音道："因为我觉得耗子可爱。"

初栀想不通耗子到底哪里可爱了。

她依旧气鼓鼓的："一点也不可爱，你竟然当着别的女人的面说我是耗子！"

"……"

女秘书觉得你们这对小情侣快闭嘴吧，当别人聋的呢。

陆嘉珩神色平淡自然："哪儿有别的女人，我的世界里只有男人和小栀子。"

"……"

女秘书耳朵一滑没听清，目瞪口呆地看着他们。

你的啥？你的小侄子？

三月惊蛰，仲春时节开始，天气开始变得不正常起来，乍寒乍暖。

陆嘉珩从公司到学校，并没有清闲多少。

出国读研要准备的东西很多，平时在校四年的平均分、GPA、雅思托福考试成绩、GMAT成绩都很重要，陆嘉珩三年来大小考试的成绩竟然还都不错，除了体育考试自己作了个死，跟院长说了才搞定。

为了丰富自己的履历申请表，显得自己大学社团活动经验丰富，陆嘉珩特地加入了学生会。

大三老兵空降，没两个月，当上了系学生会会长。

初栀觉得好神奇。

她知道这个消息还是薛念南告诉她的，彼时她正在跟陆嘉珩在图书馆里约会，两个人找了个角落的位置，陆嘉珩面前一套 GMAT 试卷，初栀捧着本传播学概论在寝室群里看微信，刚想放下，薛念南的加菲猫头像出现，在群里宣布了这个重大消息。

初栀啪啪拍了两下旁边的人的胳膊，陆嘉珩被她拍得手一歪，笔在卷子上画下了长长的一条。

他侧过头来："怎么了？"

"你做学生会主席了？"

"嗯。"

初栀瞪大了眼睛："你怎么做到的？你才入的学生会吧？"

陆嘉珩的表情挺平静的，淡定地转过头来继续看卷子："因为学生会主席之前是林柏杨。"

"……"

这群万恶的走后门的，真的是太让人羡慕了。

她默默地想着，结果陆嘉珩突然转过头来，似笑非笑地看着她："怎么，你也想来？"

初栀眼睛亮晶晶的，期待地看着他："我可以不干活吗？"

陆嘉珩手指捏着笔熟练地转了两圈，舔了舔嘴唇："可以，你来给我做个秘书，让我潜一下，搞个学生会会长办公室秘密恋情。"

他这话说完，初栀又不满意了，凑近了瞪他："为什么要秘密恋情？"

陆嘉珩眉梢挑起，觉得女生真是个神奇的生物。

明明是她自己表示要保密，并且没告诉任何人的，但是只要他说了一点这方面的话，小姑娘又马上有异议了。

“初栀小朋友，是你不想让我见光的。”陆嘉珩提醒她。

初栀想想好像也是，认真地看着他，喊了他一声：“陆嘉珩。”

“嗯？”

“你一走是不是要走两年啊？”

陆嘉珩一顿，抬眼：“也许不用。”

“那也是也许。”

“假期我会回来，”他顿了顿，补充道，“无论几天都回来。”

初栀却一副很不赞同的样子：“你不要来来回回地折腾呀，你要去好好学习的，别总想着别的事情，不然你还不如不去呢。”

她这副小大人的样子又可爱又好笑，陆嘉珩很乖地点头：“行，那我不回来。”

初栀看了他一眼，继续道：“我们也不要联系了，不然你会分心。”

陆嘉珩掀起眼皮子，没说话。

日子一天天过去，一想到他要走了，两个人要相隔半个地球，初栀就一天比一天郁闷。

虽然这种焦躁郁闷和不开心的表达方式比较奇特，她经常会说一些稀奇古怪的话，有的时候也会天马行空异想天开胡说八道。

小姑娘自顾自地苦恼了一会儿，双手撑着脸：“陆嘉珩，要不然我们分手吧。”

陆嘉珩停住了动作。

他以为自己听错了：“什么？”

初栀其实也就是在皮而已，掰着手指头算了会儿日子，一本正经地认真胡说八道：“你要走那么久，万一你在那边有喜欢的女孩子了怎么办？而且你这样就很挡我的桃花，万一有男孩子喜欢我跟我告白了——”

她摇头晃脑地胡乱扯到一半，一抬眼，对上他黑沉沉的眼。

初栀小嘴一张，啊了一声，话头打住，还眨了眨眼，一副很无辜的样子。

陆嘉珩被她给气笑了，手里的笔往桌子上一丢，抬手屈指，弹了她的脑门一下，声音像是从牙缝里挤出来的：“你这个小没良心的。”

图书馆里很安静，两个人缩在角落的长桌上，声音也不敢太大。

陆嘉珩看起来又好气又无奈，还有一点纵容。

初栀侧着身子看着他，坐在靠窗边的位置，背靠着窗框，滴溜溜的大眼看着他。

毫无预兆地，她突然倾身向前，人靠近过来，抬臂，食指钩着他鼻梁上的眼镜框，缓慢地钩下来。

陆嘉珩垂眼，看着她好奇地盯着他一张近在咫尺的脸："干什么？"

初栀拿过他的眼镜，捏着眼镜腿儿戴在自己的脸上，扭过头来，一脸严肃地看着他，一只手臂搁在桌面，另一只手食指指节轻轻叩了叩桌边："陆同学，学习的时候为什么跟别的同学闲聊？快点做完题，做不完老师要惩罚你啦！"

陆嘉珩桃花眼微眯，情绪莫测地盯了她一会儿，倏地勾起嘴角。

两个人椅子靠得本来就近，他人又往她那边靠了点儿，将面前的试卷一推，长臂伸过去抓过她面前的那本传播学概论，立了起来。

敞开着的书立在两人面前，陆嘉珩一手把着书，另一只手从后面扣着她的小脑袋按过来，伸头凑近。

鼻息相交，他轻轻笑了一声，含住了她的唇。

初栀瞪大了眼，戴着有点大的眼镜也跟着往下滑了滑。

他轻轻咬着她的下唇，按着她后脑的手松了松，伸到前面去拿过眼镜，随手放到桌上。

动作没停，舌尖勾着她唇瓣的轮廓，细细地描绘。

整个图书馆温暖又寂静，她身后暖气的热气暖烘烘的，熨烫着她的背。

两个人藏在角落里的长桌前，藏在书本后，偷偷摸摸地交换了一点点湿漉漉的东西。

他怎么总是喜欢这种地方。

初栀羞耻地红着脸感受着他软绵绵的舌尖探入侵略，呼吸有点不稳，半晌才缓过神来，生怕被别人发现，心惊胆战地抵着他轻轻推了推，唔了一声，力度很小地抗议。

陆嘉珩微微松了松口，声音低沉，吐息间气息紊乱地交缠在一起，字句染着丝丝缕缕的暧昧："老师，你安静点儿……"

称呼出口，她整个人一缩，湿漉漉的眼角红了一片。

她的气息清甜绵软，像棉花糖，像苹果花，像夏天沙滩上冰镇的椰子汽水。

陆嘉珩指尖摩擦着她耳际柔软的发丝，唇舌动作顿了顿，最后又重重地在她的唇瓣上咬了一下。

初栀疼得泪花唰地就冒出来了，脱口而出的声音被她硬生生地憋了回去。

陆嘉珩撤离，身子往后靠了靠拉开距离，放下了手里的书，垂眼看着她。

他这次咬得其实比起上次力气已经不大了，但痛还是很痛，初栀抬手，想碰碰自己的嘴唇看看流血了没有，轻轻点了点，白嫩的指尖沾上了一点点晶莹的液体，倒是没咬破。

陆嘉珩抬手，拇指指尖蹭了蹭她嘴角溢出一点的唾液，被初栀抬手啪的一下打掉了。

她泪眼蒙眬地瞪他，凶巴巴的表情被湿漉的眼和通红的眼角染得诱人又可怜："你又咬我！"

陆嘉珩像是一只吃饱喝足了的狼，饱餐一顿后微眯着眼，心满意足地舔了舔湿润的唇："忍不住。"

初栀揉了揉痛痛的嘴唇，没好气地瞪他，几秒钟后，她两只手把着屁股下面的椅子，搬着往旁边挪了一点，又挪了一点，和他中间隔开了一点点距离，抽过书来准备继续看。

此时已经是晚上八点半，被他这么一折腾初栀也看不下去书了，陆嘉珩也不做题了，单手撑着头侧身看着她。

初栀装模作样地看了七八分钟，浑身上下都不自在，终于放弃了，身子往后一靠："今天不看了。"

陆嘉珩愉悦地勾起嘴角："好啊，那出去走走。"

初栀把书塞进包里："我要回寝室洗澡了。"

“……”

陆嘉珩嘴角不开心地耷拉下去，仿佛有具象化出来的动物耳朵耷拉下来，从大尾巴狼变成了小黄狗：“哦。”

清明过后，又是谷雨。

寒潮结束，气温开始回升，女孩子们脱去了羽绒服、厚棉裤，换了好看的春装大衣外套。

顾涵谈了恋爱，是个隔壁文院的文艺小青年，姓陈，叫陈星辰，相貌清秀且文质彬彬，和顾涵两个人性格简直一个在南极一个在北极，反差极大，特别鲜明。

据顾涵所说，两个人是在某次部门活动相识并且熟悉起来的，也许是缺啥补啥，顾涵虽然性格上颇为大咧咧，其实内心十分纤细且文青，这点通过她天天研究塔罗牌和星座也能看出来。

所以，当陈星辰于万众瞩目之中当场洋洋洒洒作长诗一首，表现出了出尘的气质与非凡的才情时，顾涵对他一见钟情了。

两个月后，顾涵从一个脾气暴躁点火就着的“三字经”女汉子，变成了一个天天在寝室里做美食摆拍出岁月静好的文艺女青年，顾涵和陈星辰坠入了爱河。

虽然又过了一个月，她又变回脾气暴躁点火就着的“三字经”女汉子。

顾涵“脱单”那天，陈星辰请她们寝室里的几个姑娘吃饭，连带着他的室友一起。

八个人吃过晚饭，又去了 KTV，林瞳和顾涵咆哮着唱《王妃》和《死了都要爱》，曲毕，轮到男生组，将李玉刚一首柔情似水的《清明上河图》唱得声情并茂。

初栀觉得汉语言文学的男生真是一种神奇的生物，浑身上下都是文艺细菌，让人毫不怀疑他们会大雨天绕着学校花坛朗诵情诗。

她想象了一下陆嘉珩唱《清明上河图》的场景，吓得手里的小叉子上的西瓜都掉了，整个人打了个哆嗦。

眼看着日子一天天过去，初栀越来越忐忑不安，情绪越来越敏感，并且彻底变成了一团小年糕。天天拖着他往图书馆里跑，要么就是在家抱着书跑到他家里去，强烈要求两个人要一起学习。

虽然最后往往是初栀趴在茶几上睡得又香又甜，陆嘉珩在她旁边看书，偶尔少女不知道在梦里梦见了些什么不开心的东西，微微皱起眉来黏黏糊糊地呜呜两声。

陆嘉珩侧头，俯身轻轻亲亲她眉心，抬手拍拍她的背，一下一下轻柔安抚。

然后，睡梦中的小姑娘就会有感觉似的，小动物一样缠上来，软绵绵的身子一点一点贴过来，拱啊拱，拱啊拱，小脑袋蹭到他怀里，抱着他的一条手臂或者腰继续睡。

每到这个时候，她就会心满意足地翘起嘴角，带起两个浅浅的小梨窝，里面像是盛了甜酒和蜜，让人忍不住想要尝一尝，喝一口。

然后溺死在里面。

陆嘉珩无数次自暴自弃地想，干脆什么都不要了，哪儿也不去了，就这么守在她身边，陪着她哭，看着她笑。

希望她未来的所有日子，身边都能够有他的陪伴。

一分一秒的分离，都让人难以忍受，而他们要分开几乎两年的时间。

两年，730 天，17 520 个小时，1 051 200 分钟，63 072 000 秒。

陆嘉珩轻叹了口气，推开面前的书，黑眼沉沉，静静地看着她。

初栀像有所感觉似的，小脸皱了皱，迷迷糊糊地睁了睁眼。

小姑娘揉揉眼睛，刚刚睡醒，声音有一点点哑：“几点了呀？我要回家了。”

陆嘉珩微垂着眼：“还早，再睡一会儿。”

“不睡了，再睡晚上睡不着了，”初栀撑着地毯坐直身来，“你好好看书了吗？”

“初初。”他突然叫她。

初栀唔了一声。

陆嘉珩倾身靠近，把她重新抱进怀里："我不走了好不好？"

初栀顿住了。

她愣了差不多半分钟，把他推开："为什么呀？"她歪了歪头，"你考不上了吗？"

陆嘉珩靠着沙发侧面坐在地毯上，长睫微敛，嗓音低沉："舍不得你。"

他语毕，忽然抬眼看着她，像是在等着些什么。

只要她一句话，只要她两个字，他就可以不管不顾，什么都不要地为她留下。

初栀眼睛发酸。

她好想告诉他，她也舍不得，也不想离开他，也不想让他走，也无数次很自私地想跟他说："你不要去读研啦！反正我养得起你。"

初栀瞪大了眼睛，一眨都不敢眨，拼命压下眼眶里的酸涩。

直到实在忍不住，她匆匆垂下眼，头低低的："反正就只要两年，"她第无数次给他算日子，"你看，我也要读书，等你回来以后我也刚好差不多要毕业了呀，到时候我们可以一起去公司，一起上下班，我们就去同一家公司，或者离得近一点的，就可以一起吃饭，晚上还可以一起回家——"

她畅想着美好的未来，很自然地随口说，说完顿住了，耳根一点一点地变红。

她抬了抬手，习惯性地捏了捏耳垂，声音细细小小的："就是刚好顺路那个意思的一起回家。"

陆嘉珩勾起嘴角，十分无辜地歪了下头："不然呢？你还想跟我来一个哪个意思的？"

"……"

初栀随手抓起旁边沙发上的靠垫啪叽一下拍在他脸上："我回去了！"

陆嘉珩自从认识初栀一张英俊的脸被拍了无数次，早就已经习惯了，非常轻车熟路地抬臂一把抓住拍过来的抱枕丢到一边，看着她挣扎着爬起来。

她站着，他坐着，初栀微微垂头看着他：“陆嘉珩，你走那天我不去送你了。”

他静静地看着她，半晌，嗯了一声。

“你在那边有女孩子跟你要联系方式你不许给。”

“嗯。”

“也不许和女同学一起玩。”

“嗯。”

“也不要没事情就往回跑。”

“嗯。”

初栀想了想，又试探性问道：“但是假期还是会回来的吧？”

见小姑娘小心翼翼的样子，陆嘉珩轻笑了声：“不会的，我假期不回来了。”

初栀一顿，悄悄地撇了撇嘴，腮帮子鼓鼓的，闷闷道：“噢……”

陆嘉珩沉吟片刻，建议道：“你过来找我的话，可以省下一张机票钱。”

初栀眨眨眼，认真地算了一下：“没有呀，你回国再回去是两张，我过去找你再回来也是两张机票，一样的。”

陆嘉珩一条腿屈起来，单手搭在膝盖上，嘴角勾起，缓声道：“你觉得如果你去了，我还会让你回来？”

初栀：“……”

陆嘉珩临走之前，程轶给他弄了个饯别宴。

浪里白条陆少爷自从家里有了家养小白兔以后变成了个大门不出二门不迈的妻管严，每天最幸福的事情就是陪女朋友去图书馆，陪女朋友玩，给女朋友买好吃的，偶尔跟女朋友闹个别扭就一整天不开心，最后还是可怜巴巴地去道歉哄小姑娘。

于是，那个以陆嘉珩为核心、偏偏群成员里唯独没有陆嘉珩的微信群改名，从“陆少爷遇到爱不懂爱从以前到现在”变成了“女人心海底针早撒手早脱身”，并且把陆少爷奉为负面教材之首，每每谈到他都扼腕叹息痛心疾首。

对此，陆嘉珩持睁一只眼闭一只眼的无所谓态度，而且还十分乐在其中。

程轶痛并快乐着，并且夜以继日为对床的林柏杨的狗命担忧。

因为之前发生的事情，初栀对于和陆嘉珩的交友圈接触这个事儿一直有一点点抵触，除了之前就认识了关系已经很熟悉的程轶、林柏杨他们，其他的人初栀再没见过。

陆嘉珩也没所谓，自从有了女朋友，陆少爷的活动范围疯狂缩减，所有电话打过来全部是“不看”“不去”“不知道”“别烦我”，偶尔程轶叫他吃个饭，他也要问问初栀要不要去。

一般只有程轶他们的时候初栀会去，这天人很多，初栀觉得他走之前确实也应该跟朋友们出去玩一玩，善解人意道：“你去吧，别太晚了，早点回家。”

陆嘉珩那边手里还举着手机，点点头，漫不经心道：“不饯。”

初栀：“……”

程轶挺气的：“陆嘉珩你真是重色轻友的典型，让你栀妹妹一起来，今天没别人，林语惊也在。”

陆嘉珩一听林语惊在，更不想去了。

但是初栀还挺喜欢林语惊的，干脆陪他一起去。

陆嘉珩的飞机在第二天早上，男人被她拖着，不情不愿地出了门，上车的时候还想着往家里跑。

最后一天，他只想和初栀待在一起。

初栀坐在副驾驶上，扣好了安全带，十分忧伤：“陆嘉珩，你马上要很久见不到程轶了，你不会想他们吗？”

陆嘉珩虚虚把着方向盘，懒洋洋地耷拉着眼皮：“我见了他们二十多年了，看见他那张脸就够。”

“……”

初栀：“噢。”

初栀觉得男人真是无情，她眼珠子一转，又回过头来：“那如果我们在一起二十多年了，你是不是就要换个人喜欢了？”

陆嘉珩侧过头来：“换谁？”

初栀靠在副驾驶靠背上，闻言，默默地转过头来，哀怨地看着他：“你看，你就是有这个念头。”

“……”

初栀想了想，郑重地提醒他：“陆嘉珩，我也是很抢手的，你如果这两年敢找别的女生，我就赶在你前面也找男人，然后给你戴绿帽子。”

“……”

陆嘉珩手一滑，车子刺啦一声，在路边停住了。

他转过头来，微眯了下眼：“找男人？”

初栀缩了缩脖子，人也往后挪了挪，被安全带牢牢地绑着，挪不动地方。

这边，陆嘉珩已经倾身靠近。

随着他离开时间的缩短，这个人越来越肆无忌惮，越来越鬼畜，温柔的时候整个人像是能融化了死她一样，有些时候又会突然不安全感暴涨，变着法儿让她换各种称呼叫他，不满意还咬人。

初栀之前看了个漫画，漫画里主人公偶尔会露出和他有点相似的眼神和表情，叫黑化。

陆嘉珩在黑化的边缘徘徊，微眯着眼，单手撑住车门框，把她圈在面前，声音低沉：“我一个你还觉得不够？”

初栀咽了口口水，肯定地看着他：“陆嘉珩，你昨天晚上是不是又看总裁小说了？”她清了清嗓子，冷冷笑了一声，“小妖精，我一个人还满足不了你吗？”

陆嘉珩：“……”

初栀越扯越起兴，开始兴致勃勃地给他推荐：“我前两天看了一个《总裁弃妇》，女主被中国首富甩了以后和亚洲首富在一起了，好好看！”

“……”

陆嘉珩长长地叹了口气，屈指轻轻敲了敲她光洁的小脑门儿：“越来越皮？”

初栀痛得叫了一声，很是委屈地两只手捂住了自己的脑袋，控诉地看着他，那可怜巴巴的表情几乎可以以假乱真了。

小丫头还学坏了不少。

华灯初上，街道上车如流水般拉出绚丽光带，暗色里少女的眼睛显得亮晶晶的，很是惹人疼。

程轶催促的电话又打过来，陆嘉珩直起身来，明明知道她八成是装的，还是怕她真的是觉得疼了，忍不住抬手揉了揉她的小脑袋，语气纵容："你就吃死我了是吧。"

初栀笑嘻嘻地主动伸脑袋，就着他的掌心蹭了蹭："陆嘉珩，你的人设崩了，总裁不说这种台词，你要再霸道一点。"

陆嘉珩吊着眼角瞥了她一眼："先吃饭，吃完再霸道。"

国际惯例，太子和太子妃依旧是最后一个到的。

程轶不停地打电话一遍一遍催他，结果自己其实也没来，他前脚刚刚进门，后脚陆嘉珩和初栀就推门而入。

陆嘉珩接过她的包，动作无比自然熟练地帮初栀拉开椅子，顺手把包包放在自己的椅子后面。

程轶见状，刚抽开的椅子又推回去了，贱兮兮地嘿嘿笑："殿下，椅子好重哦，人家也要你给我拉嘛！"

陆嘉珩扬唇扫了他一眼。

程轶闭嘴了。

说是太子殿下的饯行宴，其实 high 起来了看起来和陆嘉珩半点关系都没有，陆嘉珩明天早上要赶飞机，就跟着初栀一起喝了汽水，剩下的人白的黄的红的齐刷刷，晚上九点，气氛依然十分热烈。

初栀早就想尝尝酒是什么味了，上一次接触到酒精还是话剧社的聚会，因为被原辞拦着作罢，这次看着他们一杯一杯，好奇又有点眼馋。

小姑娘滴溜溜地看着他们面前的酒瓶子，眼睛不眨。

陆嘉珩刚好出去接电话，林语惊侧头看了她一眼，酒瓶子朝她歪了歪：

“来一杯？”

初栀迟疑了一下，有点跃跃欲试，问她：“哪一个比较好喝？”

林语惊笑了，跟服务员要了个杯子，随手抽了瓶伏特加过来，倒了三分之一，又拿了她的橙汁儿，把剩下的都倒进去，最后又倒了三分之一的雪碧。

林语惊端着杯子轻轻晃了晃，递给她，撑着下巴：“这个比较好喝。”

初栀道了谢，接过来，看着里面黄澄澄的液体。

看起来其实和她的橙汁没有什么区别，除了颜色没那么深、那么浓了。

她凑到鼻子下面闻了闻，也还是橙汁儿的味道，混了一点酒精味。

初栀刚想尝尝，陆嘉珩进来了。

她杯子里的东西看起来和果汁没大差距，陆嘉珩也没在意。

初栀就这么光明正大地凑到唇边，舌尖伸出来舔了舔，辣辣的，混着果汁儿的酸甜，还有汽水的刺激感。

初栀皱着眉，适应了一下，小口小口喝了两口。

她就这么捧着杯子喝了一会儿，眼看着三分之一下肚，陆嘉珩侧过头来，轻声问她：“吃饱了？”

初栀放下杯子，吐了吐舌头，转过头来看着他。

一开口，嗝的一声，打了个气嗝儿，还带着酒味。

陆嘉珩：“……”

他愣了两秒，端起小姑娘放下的杯子，凑到面前闻了闻。

陆嘉珩嘴角一垂，侧眼看过去：“谁给你倒的？”

初栀机警道：“我自己倒的。”

陆嘉珩显然没信，也没说什么，把杯子放到一边去，将自己的那杯果汁端到她面前：“喝这个。”

初栀瞪大了眼睛：“为什么？”

“没有为什么。”

“我要喝那个，那个挺好喝的。”

“不好喝。”

初栀不干了，凑近了看着他：“陆嘉珩，你是不是那种大男子主义，不准女朋友沾酒的人？”

陆嘉珩眼皮一跳，看了她一眼：“不是。”

初栀一副不得到答案不罢休的样子。

她只喝了小半杯，此时还没什么反应，看起来也和平常没什么区别。

陆嘉珩静静看了她一会儿，舔了舔嘴唇，表情有点无奈：“你喝醉了，我明天就走不了了。”

初栀愣了一下，快速肯定道：“我觉得我的酒品应该很好的，就算醉了也不会不让你走的。”

陆嘉珩表情有点复杂。

他不知道该怎么跟她解释，单手撑着眉骨，拇指指尖揉了揉太阳穴：“这不是你让不让我走的问题。”

初栀脑袋默默地缩回去了，噢了一声：“那下次吗？”

“下次吧。”

两人声音不大，只有坐在旁边的程轶和林语惊看见了，程轶简直看呆了，默默和林语惊交换了一个不可思议的表情，人凑过去压低了声音感叹道：“殿下真是神了，柳下惠啊，这机会都不把握的吗？一点便宜不占啊，他真把栀妹妹当女儿养的啊？”

林语惊瞥他一眼：“阿珩都做人了，你什么时候能做个人？”

“……”

程轶好无辜啊，怎么他就挨骂了？

陆嘉珩走的那天，初栀起了个大早。

她原本一点也不想去送他，此时又突然有点后悔。

昨晚也很晚才睡着，她顶着个黑眼圈，翻来覆去在床上翻滚，看看时间，他此时应该在机场了。

十几个小时后，他们就要相隔半个地球。

初栀想给他发个信息，想了想，又丢下手机，脑袋埋在枕头里开始蹬腿儿。

不开心地蹬了一会儿，她又重新摸了手机过来，整个人缩在被窝里，一字一字地发信息过去给他："上飞机了吗？"

陆嘉珩那边很快打了电话过来。

初栀接起，停了好一会儿都没说话。

陆嘉珩也没声音。

他那边背景有点乱，空旷又嘈杂，不时有机场的广播通告声音响起。

半晌，初栀慢吞吞地开口："一路平安呀。"

他嗯了一声，停了停，又叫她："初栀。"

初栀身子在被窝里缩了缩，整个人蜷成一团，手机静静地贴在耳边："唔？"

他的声音低低的，语速很慢，吐字又沉又清晰："等我回来，我们订婚吧。"

第十一章

两年

陆嘉珩走了以后，初栀的日子照常过。

一日三餐两餐混在一起吃，上半身被邓女士拽起来下半身还黏在床上，也不怎么跟朋友出去玩。

初父和邓女士觉得神奇，上了大学以后初栀明明是变得爱出去玩了，经常不回来吃饭，一直到晚上才回来。

原本初父还会一遍一遍给她打电话，后来邓女士说女儿长大了，初父也就作罢，只不过每次她太晚回来，初父还是会很不开心。

现在初栀每天不出门，他又不太适应了，变着法儿地想让她出去找同学玩。

大三开学，原辞毕业了，临毕业前，话剧社又聚了一次餐。

“八爪鱼”早就已经退了社团专心去一家外企实习，一拿到毕业证直接转正了，也是那天，初栀第一次正正经经地喝酒。

陆嘉珩不在，她没了顾忌和管束，又对自己的酒量和酒品没什么底，干脆拉上了林瞳一起。

临动手之前，初栀严肃地看着林瞳：“阿瞳，如果我一会儿想做什么不可挽回的事情，你记得要拦住我。”

林瞳警惕又疑惑地看着她：“什么样算是不可挽回的事情？”

初栀回忆了一下电视剧或者电影里的人喝醉时候的样子，很认真地想了想："比如站在桌子上跳脱衣舞？"

"……"

林瞳想了想那画面，感觉还是挺恐怖的。

就算初栀不说，如果她没拦住，估计第二天可能就不会是个完整的人了，陆少爷要飞过来弄死她的。

初栀和陆嘉珩在一起这件事儿只有林瞳知道，刚开始的时候初栀是没找到机会说，后来一直这么拖着，她也就一直没特地讲一声，林瞳知道这件事情也是无意间在图书馆碰见的。

战场从火锅店变成了烤肉店，初栀一丝不苟地接过"八爪鱼"递过来的啤酒，正小心翼翼地往杯里倒，就看见旁边"八爪鱼"擦了擦瓶口直接就对瓶吹了。

初栀惊了，觉得那样子颇有力拔山兮气盖世的味道，杯子往前一推，她也吹。

一瓶啤酒下肚，初栀小脸绯红，开始打酒嗝。

此时"八爪鱼"已经喝了三四瓶了，脸红得像猴屁股，两个人抱在一起痛哭流涕，"八爪鱼"一把鼻涕一把泪地揉着初栀的小脑袋："妹妹，以后我就是你亲哥哥，有什么事儿，受了什么委屈都跟哥说。"

初栀脸红得像个小花猫："哥哥！我会想你的！"

林瞳有点头疼，连忙上去拉人："栀儿，来吃肉。"

原辞像个老父亲一样在旁边给她烤肉，初栀被拉过来，又看见旁边的原辞，一张红扑扑的小花脸凑过去，看起来伤心极了："学长！我也会想你的！"

原辞也两三瓶啤酒下肚了，看起来像喝了两瓶水动力，面不改色没有丝毫喝了酒的痕迹。

他看着迷迷糊糊抱着他的胳膊哭的初栀，一笑，小虎牙白晶晶的："我会找你玩的，反正研究生宿舍楼那边过来也没有很远。"

初栀像是什么关键词被触动了一样，抹着红彤彤的眼睛，看着他打酒嗝。

嗝打了两个，她突然舔了舔嘴角，嘟嘟囔囔地放开了手，像一个做错事情的小朋友，老老实实地垂着头坐在自己的座位上。

原辞和林瞳都没反应过来的时候，初栀开始哭。

除了陆嘉珩以外，大学认识的人里没人见过她哭。

明明是看起来软软的一个小姑娘，看起来又老实又好欺负，好像轻轻捏捏就能把她惹哭的样子，却不爱哭。

此时，跟刚刚和“八爪鱼”抱在一起干打雷不下雨的哭法又不相同，少女像是受到了天大的委屈，先是抽抽噎噎地小声抹眼泪，到最后，泪水珠串似的滚落，她哭得完全抑制不住，纤细的小肩膀一抽一抽的。

“八爪鱼”也惊了，看看哭得止不住的小姑娘，又看看原辞：“我栀妹妹这么舍不得你的？”

林瞳见状连忙拽着初栀过来，她俩身高差了将近二十厘米，林瞳抱着初栀就跟抱女朋友似的，小姑娘抽抽搭搭地环着她的脖子，泪眼蒙眬地看着她，红润的唇就往上凑。

林瞳第一个念头就是还好及时把人抓过来了，不然明天陆姓某男子可能真的会让她身首分离。

林瞳啪啪拍了初栀的背两下，捏着她的脸把人推远：“初栀，你清醒点！”

她小脸热乎乎的，被这么一捏，嘴唇轻轻嘟着，眼泪还在噼里啪啦往下滚。

林瞳第一次见到她的时候，她还像个小朋友。

脸有点肉肉的，小小一只，看起来像是还没长开。

现在大学两年过去，少女从气质上有了些微变化，脸颊瘦了，原本就巴掌大的小脸显得更小，尖尖的下巴，皱着眉，整个人软乎乎地贴过来，还是想亲她。

林瞳第二个念头是还好陆嘉珩不在，不然这个畜生指不定就顺势要吃多少豆腐了。

那一瞬间，她仿佛被什么上身了，整个人都充满了母性的光辉，一边捏着初栀的脸一边像保护着自家孩子一样将她抱进怀里，跟原辞说了一声，带着人先走了。

烤肉店离学校有点远，林瞳半拖半抱着初栀在旁边找了个酒店开了个房，初栀一进门，乖巧地脱了鞋袜，坐在床上，愣愣地看着洁白的床单发呆。

林瞳锁好了门，门把手上面又挂了个杯子，一转过头来，就看见初栀直勾勾地看着她：“瞳瞳。”

林瞳警惕：“我喜欢男人的，你别想非礼我啊。”

初栀安安静静地看着她，嗓子哭得哑了，声音低低的：“时间过得好慢啊……”

林瞳愣住了。

这是第一次，她看见初栀因为陆嘉珩的事情表现出真实情绪。

一直以来，至少表面上，她看起来都是轻松又不怎么在意的，好像他走不走，对于她的影响其实并不大。

包括她从来也不会主动提起她和陆嘉珩谈恋爱这件事，甚至林瞳一度觉得她有些没心没肺，也并没有在这段感情里投入太多。

她发愣，初栀也发愣，半晌，她抬手揉了揉眼睛，抱着膝盖在床上坐成一团：“希望明天就到两年。”

初栀第二天睡到日上三竿才醒，毫无不良反应，一脸精神抖擞，除了有点头疼。

林瞳前一天晚上被折腾得够呛，又被她抱着啃了半宿，小姑娘喝醉了像只小狗，逮着哪儿咬哪儿，还迷迷糊糊嘟囔着些什么，林瞳一句也没听清。

第二天睡醒，她什么都不记得，看着旁边床林瞳一脖子的牙印涨红了脸，大惊失色又欲言又止：“瞳瞳！你这怎么弄的？！”

林瞳没好气地白了她一眼：“狗咬的。”

初栀也反应过来，第一时间惊慌地检查了一下自己身上的衣服还在不在。

林瞳：“……”

检查完，初栀小心翼翼又老实巴巴，盘着腿儿坐在床上，不好意思地挠了挠下巴："我酒品是不是很差？"

林瞳乐了，抬手挠了挠她的下巴："没有，挺好的，哄一哄就睡了。"

初栀松了口气。

林瞳顿了顿，又忍不住强调道："但是下次我不在，不准喝酒了。"

"……"

初栀也不知道自己酒品到底是好还是不好了。

大三以后，课业量开始变大，所有人都开始紧张起来，薛念南每天神龙见首不见尾，经常早出晚归几乎只在寝室里睡个觉。

初栀也忙，忙着做专八的卷子、写策划，学业上的压力只占了一部分，更多的是即将步入社会的压力。

陆嘉珩也忙，两个人本来就有着一个对时的时差，每天她睡觉他起床，互相发信息基本中间都要隔一段时间才会回，每天也都聊不了几句话，每每初栀这边上午的时候跟他视个频美国已经是凌晨。

有好几次，初栀这边一边做事情一边跟他讲着话，安静一会儿再回头去看屏幕，那边陆嘉珩已经睡着了。

他没走的时候，初栀从来没见过他的睡颜是什么样子，现在他人走了，倒是经常能够看到。

他看起来是真的很累，薄薄的唇轻轻抿着，睡颜看起来紧绷又疲倦。

初栀安安静静地把视频挂断，继续找实习信息。

临近假期，班级里大部分同学已经开始找假期的实习，想趁着在学校的时候多积累一些经验。

初父有点想让初栀继续读研，初栀却不怎么想了，大三上学期结束的那个寒假，她找到了第一份实习工作。

公司是个大公司，萧翊推荐的，两个人一起面试了市场部的实习生。

毕竟学校的招牌摆在那里，初栀平时在校成绩不错，外语方面也十分出众，所以没几天，就接到了 HR 的电话。

挂了电话，初栀开心地欢呼了一声，在床上来来回回滚了好几圈，第一反应就是想跟陆嘉珩说。

她看了眼时间，下午四五点的时候，他那边还是凌晨，应该还在睡觉。

初栀心不在焉地看了一会儿书，心不在焉地吃了个晚饭，心不在焉地洗了个澡，然后继续看书。

看了差不多快一个小时，一页还没翻，好不容易等到晚上八点多了，他那边是早上八点多，差不多也应该起床了。

初栀美滋滋地把书丢到一边，趴在床上给他发视频。

没过一会儿，陆嘉珩接起来了。

他正在刷牙，嘴巴里叼着个牙刷，胡子也没刮，头发睡得乱糟糟的，身上睡衣扣子上面好几颗都没有扣，露出锁骨和大片的精壮胸膛，赤裸的肌肤一直蔓延向下，直到消失在屏幕边缘。

初栀挡在头发里面的耳朵有点发烫，但是也顾不得这个，迫不及待地想跟他分享好消息。

她兴奋地喊了他好几声："陆嘉珩陆嘉珩！"

陆嘉珩随手抓了抓头发，把手机立在洗手台旁边的架子上，继续刷牙。

他嘴巴里含着牙膏泡沫，说不出来话，只看着屏幕里的她，含含糊糊地嗯了一声。

小姑娘却愣住了。

她视线定定地看着他，似乎又越过他在看什么其他的东西。

初栀慢慢地抿了抿唇，到嘴边的话忘了个一干二净。

他的手机放在旁边，人站在洗手间，背后是衣架，上面挂着几件洗好的衣服。

一条紫色的真丝睡衣裙挂在靠近墙边的地方，明晃晃的，招摇又刺眼。

初栀大脑空茫茫的，愣愣地看着他，嘴巴微张，好半天没说出话来。

陆嘉珩端起旁边的杯子喝水漱口，咕噜噜地将牙膏沫吐掉，开了水龙头，身子一矮，后面被他遮了大半的东西也全露了出来。

紫罗兰色的睡裙，垂坠感很好的真丝面料，七分袖，V领，领口坠着珠子。

他抬起头来，人重新看向手机屏幕，下颌上挂着水珠，滴答滴答往下滴："怎么了？"

初栀刚刚想说的话，包括所有的兴奋、期待、忐忑和迫不及待，都不见了。

她沉默了一下，一鼓作气，刚想问出口，他那边洗手间门被敲响，有人催促着喊他。

陆嘉珩侧头，隔着门应了两声。

初栀到嘴边的话第二次咽回去，听着他和室友说话，咬了咬嘴唇："你先去吧，是不是有人催你啊？"

陆嘉珩拽了毛巾过来擦脸："没事，你先说。"

初栀不说话。

刚刚她一句话没问出来被打断了，现在再想问，不知道为什么突然觉得有些困难。

不安混杂着什么别的东西，让人想要刨根问底地问清楚得到准确答案，又十分抗拒着想逃避些什么。

初栀深吸了口气，微微歪着头，好奇地看着他："陆嘉珩，你室友有女朋友吗？"

陆嘉珩之前跟初栀提过两次他那个室友，也只是只言片语，也是个留学生，家庭条件优渥，好像两个人关系还不错。

陆嘉珩有点意外，挑了挑眉："没有，怎么突然问这个？"

初栀的表情看起来好像处于某种状况之外，像是遇到了什么超出她理解范围的事情，呆愣愣的，无措又茫然。

陆嘉珩注意着，感觉她的表情看起来不太对劲，皱了皱眉，一边往外走一边道："你怎么了？"

初栀快速地垂下眼去："没有。"

"发生了什么？"

"没怎么……"她低声道，"我寒假找了一个实习。"

陆嘉珩一愣："实习？"

初栀点点头。

不知不觉，他的小姑娘已经长大了。

他有点感慨，又不太舍得她一个人出去实习，想了想，说："其实你现在也还小，不用急，大四再考虑实习的事情也可以。"

初栀皱了皱眉，抿着唇："你大三的时候也去实习了呀。"

陆嘉珩笑了："我是我啊，你跟我不一样。"

他说这话的时候想法很简单，他家庭复杂，很多事情都是不得不去做的，她却不一样，有那么美好的家庭，完全可以随心所欲地生活，他希望她大学时期就尽情地享受学生时光，无忧无虑地长大。

然而他的事情她完全不了解，乍一听，这话就像是对她的一种质疑。

好像他可以的事情，她就不行。

突然有点无名的火气一点点蹿上来，连带着刚刚的某种情绪，初栀语气有点硬邦邦的："我马上就二十岁了。"

陆嘉珩人已经往外走了，他拐进卧室，将手机丢在床上。

屏幕里变成白花花的天花板，旁边有衣料摩擦的声音传来，他应该是在换衣服，轻笑了声："嗯，我记得，我家宝宝长大了。"

初栀想，也许那睡裙是她的生日礼物呢。

虽然感觉风格上和她不怎么符合，虽然是洗过了的。

她下半张脸重新埋进枕头里，声音听起来像憋着呼吸："陆嘉珩，你给我准备了生日礼物吗？"

"嗯，准备了。"

初栀试探道："是什么呀？"

那边响起皮带金属扣的轻微声响。

隔了一会儿，手机被人重新拿起来。

他已经穿好衣服，毛衣柔软，桃花眼微扬，含着笑意看着她："今年这么想要礼物？"

初栀看起来有点心不在焉："嗯，想要。"

她趴在闺房柔软的大床上，刚洗完澡，水灵白嫩的一只，怀里抱着个枕头，脖颈白皙修长，睡衣荷叶的边儿以上露出精致纤细的锁骨。

少女的声音轻软，像是夹了白砂糖做馅儿的糯米团团，绵绵地嗯一声，又仿佛勾着一点点的媚。

陆嘉珩听着动作一顿。

几秒钟后，他抿着唇垂头低声骂了一句什么。

此时美国那边早上九点多，陆嘉珩卧室外面又有人敲门，初栀挂掉了视频，将手机丢到一边，人翻了个个儿。

她平躺在床上，瞪大了眼睛，抬手啪啪拍了两下脸蛋儿，自言自语道：“初栀，你当你拍电影呢……”

实习的第一天，初栀起了个大早。

初栀离这种钢铁大厦写字楼最近的一次还是那段时间天天去找陆嘉珩，此时她是自己上班，不免有些紧张。

为了实习，邓女士特地带她去买了几套衣服，初栀平时穿着都比较学生，轻熟风小衬衫一穿，萧翊差点没认出她来。

萧班长直直地看了她好一会儿，突然笑了。

也许是环境的原因，两个人第一次在学校以外的地方有交流，初栀认领了个空的豆腐块，装好了电脑，领了工作用的邮箱。

主管给了她一大堆公司里的各种产品包括部门等相关的手册资料，初栀看了一上午，下午，她终于被主管叫过去了。

一起的还有萧翊，三个人在小会议室里开了两个小时的会，出来的时候初栀的小笔记本上面内容记得满满的。

她实习的是一家业界颇有名气的广告公司，虽然在学校的时候也有不少的实践学习和练习，但是到这种规模的公司里来还是第一次。

萧翊大一开始就已经接触实习，这方面的经验比初栀要足得多，这次一个客户的广告策划，交给了两个人分别去做，选择相对比较好的那一个。

三个人从会议室出来，初栀人还有点云里雾里，萧翊看着她那副似懂非懂，有点苦恼又跃跃欲试的样子觉得好笑，略微侧着头：“觉得难？”

初栀还在抱着笔记看，点点头：“有点，”她顿了顿，又摇摇头，“在学校的时候其实也做过差不多的专项呀。”

萧翊笑着点点头：“有拿不准的地方可以问我。”

初栀眨眨眼，大眼睛看着他，澄澈又坦然：“我们现在是竞争对手呢。”

初栀知道，这家公司在业内算是屈指可数。

而刚刚主管也已经委婉地暗示过了，虽然两个人现在大三，不过表现比较突出的公司也会考虑长期实习，甚至毕业后直接留用。

彼此心知肚明的事情，却被她不在意似的这么坦荡荡地挑明了，萧翊有点尴尬，笑着摸了摸鼻子：“反正实习的时候最重要的还是学习和经验，结果也不那么重要。”

初栀哇了一声，觉得和萧班长比起来，自己实在是太肤浅了。

广告这个东西，一直是比较难说的，学广告的天天嚷嚷着广告行业是夕阳产业，这就跟学法律的说找不到工作、学会计的说毕业以后只能做出纳、学语言的做个小文员一样，哪个行业都觉得自己前途一片灰暗。

初栀接了人生中第一个广告策划，整个人像打了鸡血一样，从产品的了解到市场渠道媒体，各个方面做了充足的准备和功课。

不懂的地方也多，整个公司里初栀也只认识萧翊一个人，两个人中午也就经常一起吃饭。

他几乎毫无保留地把自己的一点经验说给初栀听，初栀也会把自己的想法告诉他，她总有很多稀奇古怪的想法和问题，经常问得萧翊哑口无言。

到后来，萧翊会主动拉着她做些讨论。

两个人晚上经常很晚才走，初栀觉得萧班长人实在太好了，不仅不介意她的问题多，还非常耐心地跟她讨论。

她做得很细致，时间上也觉得赶，有点吃力地写完又一遍一遍修改，压着最后的死线交了策划方案。

一出办公室就碰见了萧翊，初栀交了作业心情颇好，一看见他连忙去叫他：“萧班长！”

萧翊却一反常态，像是没看见她一样，从另一端绕过去走了。

初栀眨眨眼，有点奇怪。

当天晚上，陆嘉珩发视频过来的时候，初栀正在做面膜。

她愣了愣，好半天都没接。

初栀的精力被分散了大半，意识到自己已经很长一段时间没跟陆嘉珩视频过了。

以前是她空闲的时间比他多，所以会主动找他，后来两个人都忙，再加上本来就有时差，时间上更是很少对上。

没时间是一部分，更大的一部分原因好像是其他的什么，初栀说不清楚，她心底的一点点烦躁和不安。

她一直在等他，不知道在等些什么，她只知道，她没有等到。

初栀手里捏着手机，坐在床上发呆，过了一会儿，视频被挂断了。

她垂眼看着屏幕，慢吞吞地打字："刚刚在洗澡，你起床啦？"

陆嘉珩回得很快："你最近真的在忙？"

初栀愣住了。

她咬了咬嘴唇，不知道该怎么回复他，捏着手机揉了揉鼻子，陆嘉珩那边电话又打过来了。

初栀接起来，轻轻喂了一声。

陆嘉珩没说话，两个人一阵沉默。

安静了几秒，他先开口，声线低沉又柔软，熟悉得让人鼻尖发酸："实习很忙吗？"

初栀安安静静地嗯了一声。

"累不累？"

"还好。"

"领导是不是比老师还可怕？"他含笑道。

初栀顿了顿："也还好呀。"

陆嘉珩闭嘴了，又没人说话。

半晌，他道："你是不是不想理我？"

初栀不说话，沉默了一会儿，低低说："没有的，因为我最近在实习，有点忙。"

陆嘉珩叹了口气，声音听起来有点无奈："初初，我们本来就没办法见面，有什么事情你要跟我——"

他还没说完，初栀轻轻打断了他："不是也挺好的吗。"

陆嘉珩愣住了，没反应过来："什么？"

初栀坐在床上，眼睛瞪大了点，微仰着头看着天花板："我以前找你的时候你也忙呀，只有我闲，每次都是我不停地跟你说话，现在大家都忙起来了，你也不需要累了一整天还要听我唠叨无聊的事情听到睡着。"她咬紧了嘴唇，一连憋了很多天的情绪一股脑地发泄出来，声音却依然轻轻的，"这样，我们各忙各的，不是也挺好吗？"

最开始的时候，初栀觉得，即使两个人异地了，也不会有太大的影响。

哪儿有那么多的别扭和矛盾，他们朝夕相处的时候好好的，没有理由分开了反而矛盾和问题会越来越多。

所以即使林瞳特地来找她说过这件事，初栀也没怎么在意。

现在，矛盾真真切切地摆在眼前，初栀才意识到自己之前的想法太简单了。

原本很多她觉得自己可以不在意的事情全都变成了在意，很多她以前根本不会有的情绪莫名冒出来，包括许多似乎可以顺其自然说出来的话，也变得难以启齿。

想问的有那么多，她却又确切地怕着，担心得到的是让她不想接受的答案，只能像鸵鸟一样，不断地逃避。

她好不容易鼓起勇气，被打断就再也说不出口了。

初栀平躺在床上，手机放到耳边，空茫茫地看着天花板。

鬓角处的头发被打湿了，有液体缓慢地滚进发丝，冰冰凉凉、痒痒的。

她本来以为她大度又懂事，只要他能变得更好，她可以忍受很多事情。

其实不是，她原来也小气又别扭，矫情还任性。

陆嘉珩听着她安静地发了一通脾气，一时间搞不清楚哪里不对，可是又觉得哪里都不对，只得压着声，低低哄道：“初初，我们现在不要吵架，别在电话里面吵。”

初栀小声地吸了吸鼻子：“我没跟你吵架，我们心平气和地说，你学习也很忙嘛，我也不能不懂事，我现在实习也很忙了，没有那么多时间跟你吵架。”她无声地抬起手来蹭了蹭眼睛，“我工作也做得很好，我没那么没用，陆嘉珩，我也不是非你不可，没你就不行。”

她赌气的话珠串似的往外蹦，几乎不经过思考。

这种颇有攻击性的、带了刺的话，初栀平时绝对不会说。

陆嘉珩那边很长很长时间都没说话。

两个人通着电话，一片沉寂，只能听见电流微弱的声音和他若有似无的呼吸声。

良久，他淡淡开口：“你是什么意思？”

声音寡淡，语气平而冷。

第一次，他用这种语气跟她说话。

她之前和他闹小脾气的时候，她不安全感爆棚因为一个称呼跟他发脾气的时候，他也依旧是耐心的。

初栀抿起唇来，不说话。

陆嘉珩低低哼了一声，似乎是被她气得笑了。

他深吸了口气，刚刚开口喊她的名字：“初栀——”

初栀把电话挂了。

“……”

陆嘉珩第一次，话说一半被人挂了电话。

所有想说的全部被堵在嗓子眼里，胸腔里一口气就这么不上不下地憋着，他听着电话里的忙音，整个人像是被按了暂停键一样。

如果换作别人，陆嘉珩大概已经爆炸了。

但这是初栀。

所有事情对象换成她，他就算再怎么生气，依然一点脾气都发不出来。

他看着手机被挂断的界面，深吸口气，再次给她拨过去。

初栀关机了。

第二天大雪，初栀家到公司需要地铁转公交，公交车等了好久也没到。

眼看着快要迟到了，她打了车过去，结果路上又堵车，最后到公司的时候还是迟到了。

好像什么事情都不顺。

初栀出了电梯，想着反正已经迟到了，干脆也没急着去打卡，站在电梯间抖了抖身上的雪花，又跺跺脚，才往里走。

她昨天几乎是睁着眼睛到天亮，早上起来用冰箱里保鲜层的酸奶扣在眼睛上敷了好半天依旧有点肿，眼底一片不健康的青黑，连带着整个人看起来都憔悴了不少。

初栀耷拉着脑袋走进公司办公室自己的豆腐块前，慢吞吞地摘下围巾，脱了大衣外套挂在后面。其间萧翊刚好端着个水杯走过来，初栀无精打采地抬了抬眼，和他打招呼："早……"

萧翊看着她的样子似乎也有点诧异，不过很快就反应过来，笑了笑："早。"

他看起来又变得正常了。

明明昨天还假装没看见她来着。

初栀没什么精力想这件事，觉得他昨天大概是真的没看见她。

她有点颓丧地坐下，趴在桌面上发了一会儿呆，然后长长地叹了口气，慢吞吞地打开电脑。

手机依然没开机，刚开始出于不知道什么原因，说不清楚是赌气还是逃避抑或别的什么，只是到了现在，她已经完全是因为不敢，害怕会看到自己不想看到的消息，也不想跟他吵架。

初栀开始头疼，抱着脑袋低低呜呜地呻吟了两声。

萧翊就在旁边看了她好一会儿，终于忍不住问道："怎么了？今天不开心吗？"

初栀抬起头来。

他抿着嘴，表情看上去有些担忧，还有一点小心翼翼的不安。

初栀还颓丧着，有点无精打采地抬起头来，两只手托着脑袋看他：“班长。”

“嗯？”

“你犯什么错了？”

萧翊愣住了，表情微凝，条件反射似的飞快问道：“什么错？”

初栀微微歪了歪脑袋：“你今天看起来像是怕被骂似的。”

萧翊没说话，抿唇笑了一下：“没有，昨天看了个电影，睡得有点晚。”他顿了顿，垂眼，“你看起来精神也不太好，昨晚熬夜了？”

初栀不知道怎么说，一言难尽，白净的小脸又皱巴起来，大眼睛可怜巴巴地看着他：“班长。”

“嗯？”

“你真是个好人。”

萧翊：“……”

两个人早上聊了一会儿，然后就各做各的事情去了，中午午休初栀也没心情吃东西，对着电脑屏幕发呆，等她回过神来一抬眼，办公室里已经没人了。

萧翊应该也去吃饭了，走的时候没有叫她。

直到下午三点半，之前一直直系带着他们两个的主管走过来。

办公室里一片忙碌又安静的情景，主管走过来，轻轻敲了敲初栀的桌角。

初栀第一反应是，今天一整天心不在焉事情没做好，被抓包了。

她抬起脑袋来，老老实实地叫了一声姐。

初栀他们主管叫赵玫，是个比较典型的职业女性，今年三十岁出头，保养得很好，平时人温温柔柔，很好说话，此时却面容严肃，面无表情地看着她：“跟我过来一趟。”

她看起来不太高兴。

初栀有点云里雾里，老老实实地站起来跟着出去。

市场部几间小会议室，初栀被赵玫领着进了最里面的一间。

一进去，她愣住了。

市场部除了赵玫以外的两个主管都坐在里面，萧翊也坐在旁边，她一推门进去，他抬起眼来看着她。

赵玫先进去，平静地冲她招了招手：“坐。”

初栀有点忐忑，拉开萧翊旁边的椅子，人一坐定，赵玫就拿了两份广告策划书给她，微微仰着下巴：“这个是上次你们两个人的策划，我们都看了一下，你自己看看。”

初栀有点紧张，她虽然知道最后是两个里面取最优，但是没想到会有这样一个会议，她还以为是直接告诉她结果的。

初栀吞了吞口水，翻开了第一本。

是她自己的，每一个字每一句话都无比熟悉，初栀看了一遍，放到一边去，拿起第二本。

她从来没见过萧翊的策划书，但是萧班长在学校里面的时候就成绩优异，每个学期都拿奖学金那种。

再加上他实习经验也比她足，初栀其实心里也根本没底，只能做的时候尽力做到最好。

她深吸了口气，翻开第一页。

会议室里一片安静，除了她在看，其余所有人都看着她，初栀一页一页翻过去，脸色越来越白。

萧翊的这份广告策划，从创意到思路、渠道组合、媒体媒介的选择等，大致的方向跟她一模一样。

初栀猛地抬起头来，侧头看着旁边的萧翊。

他此时也正看着她，又无奈又惊讶的样子。

初栀把策划方案合上，也已经明白叫她过来的目的是什么了。

广告策划这种东西，尤其是创意，是完全个人的，一模一样只是巧合这种事情根本不会发生。

更何况，她的大方向他是知道的。

她毫无保留，所有的疑问、所有的想法，都跟他说过。

萧翊。

他们做了三年的同学，认识第一天的事情仿佛还近在眼前。

她还记得少年穿着一身绿色的迷彩军装，笑得羞涩又干净，对她说："你好，我叫萧翊，高中的时候跟你是校友。"

此时，少年已经长成男人，穿着整洁的衬衫，用完全意料之外的无辜表情看着她。

赵玫十指搭在一起，眼神平静："看完了？"

初栀没说话，抬起头来，张了张嘴。

"这件事情我之前已经叫萧翊过来问过了，我想听听你这边怎么说。"

初栀整个人还是蒙的，愣愣地看着她，张了张嘴："我也不知道……我是自己做的……"

赵玫笑了："谁都没说这个是别人给你做的。"她转过头来，"萧翊？"

萧翊摸了摸鼻子："我也没想到，我之前是跟她说了一点经验什么的，也就在公司里，不少同事都看到了，但是我们俩也是大学同学，我是觉得互相帮帮忙是应该的，也挺好。"

初栀脑子里嗡的一声，血液仿佛从身体各处全部涌上头顶，然后冻结成冰。

她手指冰凉，整个人都开始不自觉地颤抖，一句话都说不出来。

男人看起来和往常没有什么不同，甚至脸色都没变。

初栀难以置信地看着他。

赵玫点点头，转向初栀："这两份策划方案我也都看了，孰优孰劣一目了然，其实从质量上有一点经验的人也都看得出来，叫你过来主要还是想听听你的解释。"

初栀脸色苍白，嘴唇紧紧抿着。

她不知道该怎么解释，又惊慌又无措，急得想哭，又硬生生憋回去了，眼睛微微睁大："可是这个真的是我自己的想法，我也努力写了，我改了很多遍，写了好久，我也——"

我也跟他说过的呀。

自己的东西就是自己的东西，怎么能这样？

怎么在做了这种事情以后，还能那么坦然又无辜地恶人先告状，一副自己才是受害者的样子？

初栀吸了吸鼻子，强压下眼泪，声音里却忍不住带上了一点哭腔：“我没抄袭，这个策划方案我写了很久，这个是我的想法……”

赵玫无动于衷：“可是你的这份虽然创意很好，也看得出对产品认真了解了，却还是有很多漏洞和粗糙的地方在，而萧翊的，除了一点点不太成熟的小瑕疵，可以说是面面俱到，各个方面都很好，”赵玫顿了顿，“更何况，萧翊早了你三天交。”

初栀哑口无言。

她连解释的办法都没有。

她根本就没办法解释。

小姑娘小小的一只，安安静静缩在椅子里，一张漂亮的小脸惨白，大眼睛里含着泪。

旁边一位男主管有点看不下去，叹了口气：“其实你很聪明，学习能力也强，完全没有必要做这种事情，公司也不会只因为这一次的结果就真的定下让你们谁走谁留，毕竟也只是实习期而已。”

初栀低低垂着头，倔强地咬着嘴唇，硬生生地憋着，不让泪水滚下来。

不是的，根本就不是这样的。

她一直知道萧翊成绩好，又努力，她根本没想过自己第一次做这种东西能赢过他。

她只是想，就只是想能够尽自己最大的努力做好而已。

可是发生了这种事，她连证明自己的办法都没有。

恐怕连她刚进来的时候的紧张感，在其他人看来，也只是做贼心虚。

初栀闭上了眼睛，泪水挂上睫毛，啪嗒啪嗒砸在会议室光洁的桌面上。

会议室安安静静，只有那个男主管还在继续说话，说些什么，初栀已经完全听不到了。

她猛地站起来，抬手抹掉眼泪，声音哽咽又清晰：“没做过的事情就是没做过，根本没有确切的证据，你们就凭借着他比我早交了几天、比我的更完善一些，就可以随便断言这份策划的核心是我偷来的吗？这么武断就能够随意下定论，那贵公司也确实没有什么待下去的价值和意义。”

她吸了吸鼻子，手撑住桌边努力站稳，看着坐在对面的几个人。

“这份广告策划是我第一份真正的策划案，每一个字都是我用心写的，所有的东西都是我自己的东西，偷来的即使包装得再好也只是表面功夫而已，我之所以努力做不是因为我想赢，而是因为我想做到我能够做到的最好水平。”

她浑身都在抖，整个人气得眼前一阵红一阵白，却依旧咬着牙强忍着想要夺门而出的欲望，努力地保持着思路清醒，冲着对面几个人低低鞠了一躬，一字一顿道：“十分感谢这段时间大家对我的照顾，也确实是让我受益匪浅，学到了很多不止专业上的东西，我一会儿就去填辞职表格。”

她说完，头也不回地走出了会议室。

初栀的动作很快，出了门直接去找HR填了表格。

HR依然是给她面试的那个，初栀填表格的时候一直哭，豆大的泪水啪嗒啪嗒往下砸，那HR小姐姐完全不知道是怎么回事，安慰地拍了拍她的背，低声道：“工作都是这样的，习惯了就好了啊，别哭了。”

初栀觉得自己习惯不了。

她没有办法理解，为什么在学校的时候关系很好的同学，一旦牵扯实际利益就会变成这样。

而前段时间，他还在跟她说实习只是学习而已，结果不重要。

他就那么想赢，想到即使昧着良心做这种事情？

她抽抽噎噎地抹掉脸上的泪，将表格递给HR：“我永远都不想变成这样的人。”

出了人力资源部，初栀回办公室整理东西。

她只待了不到一个月，东西不多，整理起来也很快，将一些她自己的东西装好，穿上外套出了公司。

正是上班时间，电梯里人不多，大家大多行色匆匆，手里拿着文件忙自己的。

冰冷的金属盒子一层一层降到一楼，初栀低垂着头，不想让别人看见自己哭肿眼睛的狼狈样子。

冬天白日短，北方尤其，四点多的天已经见黑，一出了写字楼，冷风呼啸着灌过来，她围巾没缠好，被鼓得一圈一圈的。

初栀站在大街上，有点茫然。

公司在市中心，永远热闹繁华的地段，周围全是高档写字楼，玻璃幕墙映出落日余晖。

初栀才发现刚刚自己那么低地埋着头根本就是多余的，行人来来往往，每个人都在为了生活忙碌奔波，根本无暇顾及他人，也没有人注意到她眼睛是不是又红又肿，没有人关心她受了多大的委屈，为什么哭。

初栀往前走了两步，口袋里手机一阵一阵地响。

她动作机械地接起来，没看是谁打过来的，也没说话。

陆嘉珩的声音依旧和往常一样，低沉轻缓，尾音柔软多情。

她几乎可以想象到，他吐出这两个字时候的模样。

他只叫了她一声，“初初。”

初栀停住了脚步。

“陆嘉珩……”她哽咽着叫了他一声，声音发哑，低得几乎听不清楚。

电话那边，陆嘉珩安静了。

初栀突然想起之前和陆嘉珩吵架的时候，她大言不惭说出的话。

她其实做得一点也不好，她又笨又没用。

明明是自己的东西，自己的架构，别人却能够做得比她更好。

明明是她自己的创意，却连证明自己能力的本事都没有。

她熬了那么多通宵，看过那么多产品资料，每一个字几乎都能够背下来。

那是她所创造的，描绘出来的第一个独立世界，她却连保护它都做不到。

那种感觉实在是太难过了，那种委屈，那种被污蔑的耻辱，那种无力感，那种不服输。

“陆嘉珩……”

像是受了委屈的小孩终于得到了依靠，初栀拿着手机，一遍一遍叫着他的名字，站在街口号啕大哭。

程轶到的时候，初栀还蹲在街口哭鼻子。

她的手机甚至就那么大咧咧地丢在地上，人靠着街边角落行道树蹲着，脑袋上蒙着条围巾，低低垂着，看不见表情。

程轶麻利地下车，放缓了步子走过去，犹豫了一下，蹲在初栀面前，小心地叫了她一声：“栀子妹妹？”

初栀抬起头来，眼睛哭得有点肿，红红的，湿漉漉的，脸上还沾着一点没擦干的泪水。

程轶愣了愣。

他原本还在外面玩，人刚到酒吧，就接到陆嘉珩的电话。

他当时的语气和声音听起来让程轶觉得，如果他不马上去，下一秒陆嘉珩就会直接从天而降宰了他。

程轶将刚端起来的酒杯推了，人站起来往外走，就听见陆嘉珩那边机场的广播声。

程轶愣了：“你在哪儿呢？

“机场？

“你现在要回来？”

“我已经回来了，大概一个小时后到市区，”陆嘉珩言简意赅，“地址你问林瞳，应该就是她实习公司附近，我不知道她在哪里实习。”

程轶愕然：“你不是连她的身份证号都恨不得倒背如流吗，怎么她在哪里实习你都不知道？”

陆嘉珩沉默了一下，语气里有少见的不耐：“你怎么废话这么多，赶紧去，随便找个地方坐坐，等着我过去，别让她一个人待着。”

程少爷认命，觉得自己认识这么个发小真是倒了八辈子血霉，小的时候要给他背锅，长大了以后还要负责接他妹子。

既然都已经回来了，自己的妹子就不能自己来接吗！

程轶觉得自己简直是陆家最忠实的奴仆、最称职的司机，鞠躬尽瘁，任劳任怨，死而后已。

结果一看见初栀，他也有点蒙了。

他不是没见过女人哭，但是实在没见过兄弟家妹子哭，还是捧在手心里那种。

程轶像个没跟小姑娘接触过的未成年少年，无措又茫然，完全不知道该怎么办。

这哄是不哄？和软妹怎么相处？

就这么任由她哭一会儿陆嘉珩来了会把他打死的吧？

可是软妹到底怎么哄？

程轶觉得陆嘉珩真是牛，这个恋爱能一谈谈这么久，要知道他们以前也都是买个包解决问题的选手，实在不行再加一个。

程轶纠结了一会儿，看着眼睛红得像个小兔子一样的小姑娘，小心翼翼道："外面冷，先上车？"

初栀哭得直打嗝，磕磕巴巴地叫了他一声程学长。

程轶哭笑不得："先上车吧。"

初栀抹了抹脸，人不动。

程轶无奈："你要是不想上也行。"

初栀摇了摇头，苦兮兮地看着他："程学长，我的腿麻了。"

程轶："……"

初栀缓了一会儿才缓过来，慢吞吞地站起来上了车。

程轶根本不知道车子要往哪儿开，路边随便找了一家咖啡馆下了车，顺手给陆嘉珩发了个定位。

咖啡馆里暖洋洋的，装修得小资又复古，晚上正好是下班时间，人不少，古典乐悠扬。

初栀饿坏了，她连午饭都没吃，点了个巧克力松饼、一块红丝绒蛋糕，开始狼吞虎咽。

此时她已经缓过来了，只眼睛仍然红红的。

程轶坐在她对面，手里捏着杯咖啡："慢点吃，阿珩一会儿就过来了，到时候让他带你去吃好吃的。"

初栀愣住了，捏着叉子切蛋糕的动作一顿，仰起脑袋呆呆地看着他："什么？"

程轶也愣了："他没告诉你吗？"

初栀茫然地摇了摇头："他什么时候回来的？"

"昨天的飞机吧，刚刚给我打电话的时候说在机场。"

初栀心里咯噔一下。

昨天她挂了他的电话，今天他就回来了，算算时间，她的手机一关机，他就订机票了。

初栀开始慌了。

她吞了吞口水，慢吞吞地放下手里的叉子，眼神开始往门口瞥："他什么时候过来呀？"

程轶没注意她的小动作，喝了两口咖啡，看了看表："不知道啊，应该差不多快到了，从机场过来一个小时吧。"

初栀点点头，抽了旁边的纸巾擦擦嘴，将面前的巧克力松饼盘子往前一推："程学长，今天谢谢你了，我就先走了，改天请你吃好吃的回礼。"

初栀说着，人站起来，想转身拿外套。

程轶没说话，眼神直往初栀身后瞟。

阴影笼罩，熟悉的味道伴随着沉沉的声音自她身后响起："走哪儿去？"

"……"

初栀低垂着脑袋，不情不愿地转过身去。

他们太久没见，久到初栀感觉两个人已经分开很多个半年了。

她仰起头来看他。

他瘦了一点，下巴尖尖的，还带着一点点没来得及刮的胡楂，头发有点乱，整个人带着一点通宵过后的疲倦感。

可还是很帅。

没见到他的时候，初栀觉得自己太想他了，她幻想过无数次自己悄悄跑去美国，他错愕看着她的样子。

可是现在见到了，初栀一瞬间有些发蒙。

第一个念头是，她现在肯定很丑，眼睛红得像兔子，脸也哭花了。

满脸泪水地蹲在外面吹了那么久的冷风，皮肤摸起来一定也很粗糙。

初栀想漂漂亮亮地见到他，最好能让他觉得惊艳一下。

可是现在不仅没惊艳，她刚刚遇到这种事，那么狼狈，还变丑了。

她匆匆地垂下头去，声音蔫巴巴的，带着哭过以后的哑："你怎么——"

她没说完，就很轻地被人扯进怀里，鼻尖萦绕着熟悉的气息，清冽好闻，带着一点点风尘仆仆的味道。

初栀很没出息地又想哭鼻子了。

她蹭了蹭脑袋，轻轻吸了口气："你怎么回来了呀？"

陆嘉珩手臂环着她，力度大得像是想要把她揉进身体里，或者勒死。

他弓着身，抬手揉了揉她的头发："回来跟你吵架，结果一看见你就发现什么火儿都发不出来，只想抱着你。"

"……"

程轶轻咳了一声，挪着椅背往后靠，看起来十分想要融进咖啡厅的墙壁里，成为背景的一部分。

他终于醒悟，陆嘉珩这货再也不是只会掏钱和买包的傻帽了。

角落的位置虽然有隔断，但是陆嘉珩高高一个站在那里，半个身子露在外面，依旧很是显眼，初栀任由他抱着，人没动，闷闷道："那现在抱好了，你要跟我吵架吗？"

"你都哭了，我怎么跟你吵，你是不是故意的？就是拿定我舍不得你，嗯？"

初栀悄悄抬手，隔着衣服拧他的腹肌。

腹肌捏不起来，初栀换了地方，掐他腰际。

陆嘉珩嘶了一声，放开手臂，垂眼：“干什么一上来就家暴？”

看得出来她是哭得凶了，眼睛还肿着，鼻尖红红的，头发也有点乱，像个小花猫，陆嘉珩想起刚刚电话里，少女濒临崩溃似的哭声，又绝望又委屈，听得人心都绞在一起了。

他低低垂着眸，拇指指尖蹭了蹭她通红的眼角：“我们宝宝这是被谁欺负了？”

他不提还好，一提起来，初栀又想哭。

今天一整天，包括最近一段时间以来，她实在是太丧了，初栀想不到有什么情况会比现在更糟糕。

她长到快二十岁，今天是她人生中最糟糕的一天。

假如真的变得更糟糕一点，好像也无所谓。

初栀撇撇嘴，干脆破罐子破摔，仰起脑袋：“陆嘉珩。”

“嗯。”

“你是不是外面有狗了？”

“……”

陆嘉珩愣了下，轻轻笑了一声：“没有，我对狗毛过敏。”

初栀仰起头来，湿漉漉的眼委委屈屈地看着他：“你骗人，你对猫毛都不过敏，还抱过你猜的，你有别的女人了。”

陆嘉珩还没来得及说话，程轶又咳了一声，清了清嗓子。

两个人齐刷刷看过去。

程轶看戏似的靠在椅子里：“虽然我还挺好奇后续剧情发展的，但是你们俩能别戳在这儿没完没了地黏糊吗？”

陆嘉珩走的时候没开车，从机场打车过来的，回家自然也是程轶送他们回去，两个人下了车，初栀又跟程轶道了谢，上楼。

电梯缓慢上升，里面只有他们两个人，初栀之前那点儿刨根问底的勇气又没了，升到十四层的时候就想往家跑。

初栀计算了一下自己一会儿飞快按下自己家楼层跑出电梯并且在不被

抓回来的情况下顺利开门进屋的可能性。

陆嘉珩忽然揽着她的肩膀，将她整个人扣在怀里，垂头：“想往哪儿跑？”

初栀小声嘟哝：“你在我肚子里放了蛔虫吗？”

陆嘉珩勾起嘴角：“不是，但是我以后可以放蝌蚪。”

初栀低垂着头，没反应。

陆嘉珩挑起眉梢来，观察着她露在外面的白嫩嫩的小耳朵。

电梯一层一层上升，叮咚一声，电梯门开了。

初栀的耳朵慢吞吞地红了。

多可爱。

她听见他笑出声来。

初栀转过身来，气呼呼地瞪着他。

她眼睛还有点肿，嘴巴一鼓，像个肿眼泡的小金鱼，或者小河豚什么的，一吹气，噗的一下就鼓起来了。

陆嘉珩舔着唇抿住笑，垂下头去，轻轻亲了亲她的眼睛，还热乎乎的。

这是哭了多久？

他冰凉柔软的唇贴着她的眼睛，放软了语气：“我的初初今天这么委屈。”

初栀侧着脑袋往后躲，随后垂着脑袋，安安静静地站在电梯门口，可怜巴巴的，又有点像是在赌气。

陆嘉珩轻叹了声：“别生气了，是我不好。”

初栀依然不抬头：“你好久好久都没主动找过我，我跟你说话你也没耐心听了，你觉得我无聊了。”

陆嘉珩过去抱她，环着她转了个圈，一步一步慢吞吞地往家门口走：“没有觉得你无聊，我的小栀子最可爱。”

走到门口，她看着他开门，“你也有别的小栀子了，”她想起那件看起来很性感的睡衣，咬了咬嘴唇，纠正道，“你有小玫瑰。”

咔嗒一声，门锁开了。

陆嘉珩回过头，侧身让她进去：“我对玫瑰也过敏。”

初栀站在玄关处，看着男人俯身弯腰，从鞋柜里抽出拖鞋来放到她脚边，撇着嘴："你对什么都过敏，做坏事的时候就不过敏。"

"只有对栀子不过敏，"陆嘉珩直起身来，表情看上去无奈又好笑，"初初，你为什么这么肯定地觉得我做了坏事？"

初栀又不说话了，踩着拖鞋站在旁边，一只脚还没穿进去，单手抓着围巾边缘，指节泛白，很用力的样子。

隔了几秒钟，她像是做好了什么心理准备："我都看到了。"

陆嘉珩困惑地皱起眉："什么？"

"我都看到了，你家里挂着女人的睡衣，"初栀顿了顿，深吸口气，继续道，"我知道嘛，美国那边好看的姑娘肯定很多的，比我高比我漂亮哪里都比我好。"

她语速很快，看上去完全不想给他机会说话，或者完全不想听到他的答案。

初栀没有看他，不知道他是什么表情，也不敢看，生怕看到他愧疚或者默认的样子。

她垂下眼睫，声音轻轻地道："其实真的有也没有关系，如果真的有你跟我说就好了，我不会缠着你的，这种事情又勉强不来。

"陆嘉珩，你如果不喜欢我了跟我讲一声，我也不要你了。"

说到最后，她几乎快要哭了，努力地盯着地面瞪大了眼睛，视线还是有点模糊。

电影里经常会演那种，女主角失业那天刚好撞见男朋友出轨，事业和爱情双双受挫，女主角痛不欲生。

初栀几乎已经把里面的女主角带入到自己身上来了，顺便想象了一下接下来的剧情，比如她去酒吧买醉，然后遇到了男主角。

但是这一般也只是电视剧里面的情节，现实里一个女孩子去酒吧，遇到坏蛋的可能性比遇到真命天子大多了。

初栀脑内的小剧场正活跃着，模模糊糊听见陆嘉珩笑了一声。

她恍惚地回过神来，抬起头。

陆嘉珩整个人靠在鞋柜上，斜歪着身子笑。

初栀眼里还含着没掉下去的眼泪，表情看上去又难过又不解又茫然。

他笑得开心极了，乌黑的桃花眼里有细细碎碎的光，扬着唇垂眼看着她："女人的衣服？这都被你看见了？"

初栀愣住了。

她其实想象过他的很多表情和反应，但是从来没想到过他会这么轻描淡写地承认。

她反应过来，睁大了眼睛看着他："你怎么……"

陆嘉珩笑着倾身靠近，扣着她的腰把她抱起来放在鞋柜上，慢条斯理地一圈一圈帮她抽掉围巾："初初，我有个室友，之前跟你说过。"

初栀坐在鞋柜上晃了晃腿儿。

陆嘉珩将围巾挂在旁边，捏着她大衣的羊角扣，一颗一颗解开："他的癖好有点特殊，而且性取向跟你是一样的。"他捏着她的外套两端，垂头贴过来，指尖轻轻刮了刮她还挂着眼泪的睫毛，"我这么说，你听懂了吗？"

初栀整个人呆住了，一脸裂开的表情看着他。

女装大佬，晴、天、霹、雳。

很久之前的记忆再次被翻出来，无比鲜活地怒刷存在感——火车站里、高铁旁边，男人悠悠然道："我喜欢女装大佬。"

初栀："……"

这不是更顺了你的意吗？

初栀想过陆嘉珩外面有了小玫瑰、小牡丹、小芍药、小百合，唯独没想过，他身边的那位原来是朵小菊花。

毕竟那件真丝睡裙真是性感得不行，这么出来一手，着实让人完全没有想到。

认识陆嘉珩这么久，日积月累地相处下来，初栀一直觉得陆嘉珩这个人其实还挺男人的，导致她几乎已经把这件事儿给忘记了，觉得这只是他和程轶随口扯的。

只是她没想到，时隔多年竟然还能扯出这茬。

初栀觉得自己的记忆力还挺好的，很久之前的事情竟然还清晰地记着，她甚至还记得他们当时坐的高铁的列车号。

她乖乖地坐在鞋柜上，也没注意到他在干啥，有点蒙地整理了一下思路。

结果闹了半天，她这么多天以来的小别扭和那些说不出口自顾自的脑补，到底是为了什么啊。

初栀长长叹了口气，突然觉得自己像个傻子，谈了恋爱以后仿佛智障，以前很简单的事情现在非要自己纠结一番才好。

那边陆嘉珩继续慢条斯理地给她脱外套。

初栀双手撑在鞋柜边缘，袖子还被她穿着，外套是长款的，一部分被她坐在屁股底下，导致衣服脱不下来。

她回过神来，抬眼看他："你的室友喜欢男生吗？"

陆嘉珩嗯了一声，眼没抬，手指捏着她的外套边缘，专心地拉过肩头。

初栀舔舔嘴唇："那他有男朋友吗？"

"没有。"

初栀的外套被他剥了一半，领子软趴趴地耷拉下去，半穿不穿地挂在臂弯处："那他有喜欢的人吗？"

"有，不过是个直男，喜欢女人的。"

初栀眨眨眼，啊了一声："那怎么办，他不就失恋了吗？"

"所以他现在改变穿衣风格了，妆化得跟专业化妆师似的。"

感情可真是伟大啊，初栀感慨。

一时间没人说话，只有衣料摩擦的轻细声响。

沉默了三秒，初栀忽然开口："陆嘉珩。"

他依然垂着头，低低地嗯了一声。

初栀垂下脑袋，看着他低低覆盖下去的睫毛，抿着唇："你干什么脱我的衣服？"

此时，男人一双修长好看的手就落在她的领口处，指尖捏着衬衫扣子，缓慢地解着。

她的扣子原本是一直扣到最上面一颗的，现在最上面的两颗已经被他解开了，露出优美的脖颈线条和好看的锁骨。

他动作轻缓，指节偶尔无意蹭到她的脖颈，那一块就像是被烫到了一样火烧火燎地热。

初栀缩着肩膀往后躲了躲。

她往后，他就往前，两人跟跳探戈似的，直到脊背贴上冰凉的墙壁，她抬手想去推他，手却刚好被挂了一半的外套卡着，抬了个五十度角，抬不起来了。

陆嘉珩终于抬起眼来，黑漆漆的桃花眼里缠绕了点别的什么东西。

那东西像磁石，有吸引力，幽深地一层层蔓延，初栀一时间甚至反应不过来，就这么直愣愣地看着他，表情有点呆。

他的手指还落在她的领口上，领口扣子已经被解开三颗了。

初栀整个人控制不住地颤了颤。

陆嘉珩沉沉笑了一声，终于放过她的扣子，手指微微上移，指尖抵在锁骨上，倾身垂头，两人几乎是唇贴着唇的距离："问题都问完了？"

初栀吞了吞口水，点了点头，又摇摇头，声音细细糯糯的："没有……"

他的唇片已经贴上来了，声音含糊："那还有什么要问？"

她哪里说得出话来。

唇瓣被他含着，刚微微张开口，他就像蓄谋已久似的吻上来，连呼吸都被攫取了，更别说言语。

初栀微微仰着头，脖颈拉出修长的弧线，生涩又顺从地接受着他的吻。

她手指紧紧捏着鞋柜边缘，身体不由自主地微微向前一点儿。

起初，陆嘉珩还是温柔而克制的，到后面终于绷不住，无意识地开始凶起来。

初栀舌尖发麻，嘴角有什么东西要溢出来了。

她憋红了眼，费力地吞咽了一下。

陆嘉珩轻轻咬了咬她的唇瓣，手上动作停住。

初栀急切地呼吸着新鲜空气，人软下来，被他扣住后颈微微往上抬了抬，下一秒，男人咬上她的脖颈。

这个男人像狗一样，咬人仿佛上了瘾。

初栀怀疑他是不是小时候被狗咬过，忘记注射疫苗了。

她吸吸鼻子，分出精神来跟他皮："陆嘉珩，你小时候是不是被狗咬过，没打狂犬疫苗？"

陆嘉珩没闲心理她，痛感丝丝麻麻，初栀呜咽了一声，感受到自己脖颈处覆盖着动脉的薄薄一层皮肤被他轻轻舔了舔。

像是中世纪的吸血鬼进食前的润滑，而她被当作最新鲜的食物即将献祭给恶魔。

玄关处的空间一片寂静，他的头埋在她的颈间一路向下，轻微的刺痛感伴随着其他什么陌生的感觉，初栀迷蒙地睁着眼，视线散在暗黄的顶灯处。

即使在这个时候，初栀依然能分出一点心思来胡思乱想。

他家玄关的灯，当初好像也是她挑的，她觉得玄关的灯不用那么亮，朦朦胧胧有一点意境就很好。

结果没想到现在，这种意境用在了这个时候，这种事情上。

她发她的呆，陆嘉珩做自己的事情，鼻尖蹭着下移。

男人滚烫的呼吸就贴在她面前，黑乎乎的脑袋低垂着，和他工作敲键盘的时候一样专心。

哎，哎哎，再往下就不太对劲了啊。

初栀回过神来，抬手推他，人费力地往后缩，靠在冰凉的墙壁上，啪啪啪地拍他："陆嘉珩，我还有问题要问你……"

他没抬头，低低嗯了声："你问。"

初栀努力和他较劲儿，清了清嗓子，很认真地问道："你那个小菊花室友，叫什么名字？"

"……"

陆嘉珩停住了，终于抬头，眯起眼来："你这个时候问别的男人的名字？"

"我想让他教我化妆，我真的不会化妆，只会画个眉，一直这样不太好吧。"初栀诚恳地苦恼道。

"……"

陆嘉珩也听出了她是在打岔，笑了声，重新垂头做事情："有什么不好的，别学了，"他的注意力已经转移到别处，声音含糊，"我教你点别的……"

衣料摩擦声窸窣响起，他垂着头，下巴没来得及刮的一点细细胡楂蹭红了一片皮肤，动作缓慢又绵长，像是在凌迟。

初栀睁大了眼，抬脚踹他。

那一瞬间，有什么东西轰然倒塌了，初栀大脑里空茫茫的一片被唰地点燃。

她浑身紧张地僵硬起来，仰着头，不自觉地低低啜泣了一声。

她狼狈不堪地展露在他面前，而他看起来和平常也没什么区别，只呼吸零乱，烫得她像是马上就要烧起来。

不对等的羞耻感，伴随而来的是恐惧，还有一点说不清道不明的陌生感觉。

初栀泪眼蒙眬地去推他，哀求似的叫他的名字："陆嘉珩……我们还是聊点别的……"

面前的男人动作忽然停住了，头埋在她身前一动不动，只留下灼热的鼻息烫着她："害怕？"

她整个人都红了，小身子往后缩了缩，整个人软绵绵的，像一颗牛奶布丁，身上还带着甜甜香香的味道，随着她不老实的动作轻轻地颤。

初栀仰起头来，迷茫的眼寻着他。

安静了几秒，陆嘉珩空出来的一只手忽然抬起，捂住了她的眼睛。

他低低叹了口气，声音沙哑得可怕："别动了。"

视线里一片黑暗，初栀微仰着头，一动不敢动。

视觉被剥夺，剩余的感官仿佛被无限放大，变得格外敏感。

拖鞋早就掉下去了，初栀的声音依赖又无助："陆嘉珩……"

陆嘉珩捂着她眼睛的手背青筋暴起，他紧紧咬着牙槽，喘息声音又重了一分："也别叫我……"

他随手抓了件衣服将她包起来，从那一团缠着的外套里把人抽出来，手臂一脱离出去，她软绵绵的小胳膊主动环住了他的脖子，脑袋埋进颈窝。

即使是此时，她依然是全然信任着他的。

陆嘉珩一边安抚似的拍了拍她的背，一边往卧室里走。

她人还在抖，一小团缩在他怀里，颈侧印子深深浅浅，一直蔓延着向下消失在裹着的衣服里。

陆嘉珩抱着她坐在床边，初栀缓了一会儿，慢吞吞地动了动，小手摸索着动来动去。

陆嘉珩垂下眼去："动什么？"

初栀垂着头，声音像蚊子似的："我的裤子……"

她单手抵着他胸口往后撤了撤，另一只手按着他的腿，刚往后挪了一点儿，就感觉到自己抵上了个什么。

陆嘉珩闷闷地哼了一声，像是含在嗓子里的一声，又低又哑，让人头皮发麻。

初栀僵住了，刚刚才缓过来一点，整个人又是一颤，飞快地重新缩回来，一动都不敢动了，脸上褪了一半的红重新蔓延上来。

她低垂着眼，看都不敢看他，结结巴巴地道："对不起……"

陆嘉珩抱着她的手臂肌肉紧紧绷着，力度却控制得很轻柔，他沉默地站起来，将她放在床上，一手扯了被子把人包进去，转身往洗手间走去。

初栀藏在被窝里，瞪着眼睛看着天花板。

这房子太久没人回来住过，房间里却没有那种久不住人的灰尘味道，应该是有人打扫。

她蒙在被窝里系好了衬衣扣子，脑袋重新探出被窝来。

浴室里安安静静的，磨砂玻璃后只有明亮的暖光灯，还有轻微的一点窸窸窣窣的声音。

安静了片刻，哗啦啦的水流声音响起。

初栀面红耳赤，猛地再次蒙上被子。

她不是小孩子了，当然知道他在干什么。

刚刚的所有事情都那么清晰，甚至她身上还残留着那种细细麻麻的痛感。

他的胡子扎着真的好痛。

初栀撇着嘴隔着衣服揉了揉胸，又猛地反应过来，触电似的松开手。

原本感觉没什么的动作，现在做起来就好像哪里都不对。

初栀翻过身来趴在床上，脑袋深深埋进枕头里，抱着枕头翻滚。

她滚了好久，陆嘉珩才出来。

小姑娘整个人都藏在被子里，只露出一双漆黑的眼睛在外面，惴惴不安又小心翼翼地看着他。

他看起来是顺便洗了个澡，单手抓着块毛巾罩在脑袋上揉，走到床边垂眼看着她："身上难不难受？去洗个澡？"

"……"

唰的一下，被子重新被拽上去高高盖过头顶，初栀在被子里疯狂蹬腿，看起来想直接把他一脚踹飞的欲望非常强烈。

陆嘉珩轻轻笑了一声，拽着被子边缘往下拉，把她的脑袋从里面挖出来。

果然，小姑娘又红了脸，平躺在床上，两只手拽着软乎乎的耳垂咬着嘴唇瞪他："王八蛋……"

陆嘉珩垂眼，很平静地阐述事实："初初，你刚刚湿了。"

初栀："……"

如果她是茶壶，她现在应该已经爆炸了。

初栀仿佛感受到有热气从她耳朵里噗噗地往外喷，她尖叫一声，整个人重新钻进被子里，团成一个鼓鼓的球，声音隔着被子闷闷地骂他："你是变态吗！陆嘉珩王八蛋！变态！神经病！"

第十二章
天长地久之前

初栀害羞得快哭出来了，完全不知道为什么这个世界上会有这种人，竟然能够神色坦然又平静，面不改色地说出这种让人听着就面红耳赤，难以启齿的浑蛋话来。

而且明明都是他的错，他却偏偏像个没事人一样，很是理所当然的样子。

小姑娘整个人团成了一个球，裹紧身上的小被子，低低呜呜地闹脾气，在被子里面滚来滚去，无论陆嘉珩怎么道歉怎么哄，她都不出来了。

陆嘉珩伸手去拽她的被子，她就抬脚去踹他。

过了一会儿，卧室里面安静了，初栀等啊等，等啊等，一点声音都没有。

她悄悄地掀起一点被角，整个脑袋贴着床面，一双滴溜溜的眼睛露出来往外面瞧。

卧室里没人，帘子拉着，陆嘉珩不知道什么时候已经出去了。

初栀掀起被子从里面钻出来，坐在床上发了一会儿呆。身上确实有点不舒服，她红着脸蹭到洗手间想去整理一下，结果刚走到门口，陆嘉珩开门进来。

初栀像个受了惊的小兔子，嗖的一下钻进洗手间并且关上了门。

陆嘉珩走过去，屈指敲了敲玻璃："你的电话。"

沉默了两秒，洗手间门被打开一条缝，一条小胳膊从里面伸出来，伸到他面前，手指头朝他勾了勾。

陆嘉珩把手机放到她手上。

电话是初父打来的，初栀接起来说是晚上要去同事家里吃个饭，初父完全没怀疑，非常痛快地就答应了，并且嘱咐她早点回家去。

初栀带着一种做了坏事以后的羞愧感和心虚感，乖巧地应了声。

美国那边假期早就已经过了，陆嘉珩就这么自顾自地回来，应该马上又要走。

想了想，她迟疑道："爸爸。"

"嗯？"

"我今天可以在同事家住吗，明天早上我们可以一起去上班，她家离公司比较近……"

果然，初父沉默了，顿了顿，他不开心地说："爸爸明天早上也可以送你去上班。"

初栀没说话了，垂着头站在浴室门口："那我一会儿回去。"

听到她这么说，初父又沉默了一会儿道："住吧，早点睡觉，别玩太晚。"

初栀："咦？"

初父好惆怅地叹了口气："唉，我的小宝贝长大了，不能像以前那样了。"

初栀眨眨眼："爸爸。"

"嗯？"

"我爱你。"

初栀笑嘻嘻地撒了一会儿娇，把手机搁在洗手台上，想了想，去锁洗手间的门。

咔嗒一声轻响，陆嘉珩声音轻飘飘地飘进来："初初，门上还插着钥匙的。"

"……"

初栀又扭开门锁打开门，小脸通红地探出来："给我找睡衣穿呀。"

陆嘉珩倚靠着墙站在门口，勾着嘴角故意问道："你今天晚上去哪个同事家睡？"

初栀："那我回家了。"

陆嘉珩垂着眼盯着她看，从秀气的眉到乌亮的眼，娇嫩的红唇微微肿着，从尖尖的下巴到脖颈，再到露出外面一点点的锁骨，全部是深深浅浅的，他留下的印子。

小姑娘要长大了，他从她十七岁时守到现在，看着她的颜色越来越明亮。

陆嘉珩抬手，指尖落在她的脖颈处一串浅红色的印子上："你就这样回去吗？"

他不提还好，提起来初栀恨不得钻进地缝里面去。

她没好气地拍掉他摩擦着一路往下又落在领口处的手。

陆嘉珩玩上瘾了似的捏了捏她的耳垂，又刮刮她的小鼻子，微微倾身，侧头，脖颈凑到她的唇边，含着笑意道："那让你咬回来？"

他的胡子刮掉了，整个人看起来精神了不少，露在她面前的脖颈颈线修长，中间是微微凸起的喉结，说话的时候会轻轻地动。

初栀盯着那块儿她没有的地方看了一会儿，像是着了魔似的，人突然往前半步，指尖搭在他的脖颈上，轻轻侧头，含住了他的喉结。

温热的感觉带着他的体温，轻轻地在她唇间滚了滚，极近的距离，初栀听见了他吞咽什么的声音。

她张口，牙齿咬了一下，像是个开关被开启，他连呼吸都变重了。

初栀一手推着他的肩膀，一手抵住脖颈，轻轻把他推开，人往后侧了侧身子，依然歪头看着他的喉结，那上面小小浅浅的一个牙印，沾着一点点口水，却没有红印子。

半晌，小姑娘皱着眉，一脸挫败，不是很开心的样子："陆嘉珩，它不红。"

陆嘉珩没有答话。

他想问问她是不是想弄死他。

他低低重重地呼吸着，长长吐出口气来，哑着嗓子诱哄她："你吸一吸，它就红了。"

初栀红了脸，又往后退了一步，义正词严："你太色了。"

"……"

陆嘉珩私心比较想看初栀穿他的衬衫，小姑娘个子小，该有的地方却都有，酥胸细腰翘臀，皮肤白嫩细腻得像奶油，想了想穿了好像受苦的也还是他，最终他拽了套自己的睡衣出来给她。

男款的睡衣，袖子长出一大截，初栀晃悠着袖子出来，像是个唱大戏的。

睡衣领口太大，即使已经扣到最上面一个扣子依然露出白花花的一片，初栀将领子拉得很后面很后面，结果又露出一片白嫩嫩的后颈。

不过后面她看不见，也没注意到，看前面没走光，就开始专心地继续玩袖子。

裤子也大，初栀提着裤腰走到床边，一上床就把裤子踢到地上去了，盖好了被子坐在床边："陆嘉珩，你什么时候走？"

"明天。"

初栀噢了一声，不说话了。

陆嘉珩瞥她一眼，俯身把睡裤捡起来，提溜到她面前："穿着。"

初栀耷拉着脑袋，小脚丫在被子里晃了晃："太肥了，我穿不上。"

他把睡裤往床上一丢，坐在床边，没说话。

初栀抬头，坐了一会儿，有点累，便把枕头立起来垫在后面靠在床头，顺手把另一个拽过来抱在怀里，看着他："你明天什么时候走？"

"中午。"

"你带我走吧。"

陆嘉珩一愣："什么？"

她眨眨眼，巴巴地看着他："我反正刚好也放寒假，可以去陪你玩一段时间再回来，"她眼睛亮晶晶地看着他，"我可以给你做饭，我现在会弄一点菜了，还会打扫房间。"

陆嘉珩没发表意见，只突然道："叔叔阿姨那边你怎么说？"

初栀想了想道："出差？"

陆嘉珩笑了："实习生出差？"

"实习生也有出差的，顾涵前两天就去上海出差了。"

陆嘉珩眼一眯，突然道："你实习出什么事情了？"

初栀看着他，不说话，嘴巴一点一点鼓起来。

“被骂了？”

她还是不说话。

“和同事关系不好？”

初栀耷拉着眼角，长睫垂下去，不去看他：“我辞职了。”她皱了皱鼻子，“我做不好，我太笨了，一点志气都没有。”

好像很多时候她都是这样，遇事的时候就这样收场，可是事后想起来又一阵懊恼。

跟别人吵架一定要晚上躺在床上思路才会清晰又连贯，不带脏字儿的骂法花样百出、层出不穷，受了委屈被冤枉也要事后才会觉得自己怎么当时那么没出息，怎么没冲上去甩他两巴掌大骂一声“你放屁”，再按着他的脑袋砸上会议室的办公桌。

初栀终于有地方撒娇了，整个人都矫情起来，眼里又含了泪，她抬起手来抹了抹眼睛，抱着枕头把下巴都藏进去，可怜巴巴道：“陆嘉珩，实习真讨厌，他们都欺负人。”

陆嘉珩轻叹了声，靠过去，将她连着枕头带人拖进怀里，揉了揉她软绵绵的头发：“都有谁欺负你了？”

初栀窝在他怀里找了个舒服的姿势，眨巴着湿漉漉的大眼仰起头来，委屈着还不忘好奇：“你怎么不问他们怎么欺负我？”

他亲了亲她湿漉漉的眼角，吻掉了一点点泪：“都让我的宝宝委屈成这样了，怎么都不行。”

初栀抱着手里的枕头，被他拽出来抱在怀里的时候人就脱离了被窝，白嫩的小脚丫踢着被子一晃一晃：“你要帮我报仇吗？”

“嗯，我帮你报仇。”

“你要‘天凉王破’了吗？”

陆嘉珩愣了愣：“天什么？”

小姑娘长长的睫毛上还挂着泪，上一秒还是委屈巴巴的表情，此时却撑着他的大腿挺直了腰背，眼一挑，眉微扬，像模像样道：“天凉了，就让王氏企业破产吧。”

“……”

陆嘉珩觉得现在的小年轻小词儿可真是一套一套的。

初栀把今天发生的事情详细地跟他讲了一遍，所有人物一律用“实习生 A”“主管 B”来说明，甚至连公司名都不告诉他，摆明了不想跟他说的意思。

不过对方是她同学这点倒是暴露了，到时候让程轶随便问问就知道了。

陆嘉珩抓了被子过来把她多动症似的踢来踢去的小短腿儿盖好：“开学以后还会见到他，你打算怎么办？”

初栀躺在枕头上，认认真真地看着他：“他用了我的创意，却做得比我好。”

陆嘉珩挑起眉来。

“明明是我自己的东西却写得没有人家好，这是不行的，就算我最终证明了创意是我的也不行，我无论是哪一方面都一定要比他好才可以。”

她的一句话，将陆嘉珩所有想暗地里做点什么的念头都打消了。

他坐在床边撑着头看着她，轻轻笑了一声，倾身亲了亲她的额头：“我的初初长大了。”

陆嘉珩直起身来，还没动，初栀突然抬手扯住他的袖子，声音小小的，大眼睛看着他：“你睡哪里？”

“沙发。”

她噢了一声，慢吞吞地把怀里的枕头放到自己旁边，小声说：“可是我想跟你睡……”

陆嘉珩抬起眼来，人有点僵。

初栀的耳朵红了，她往下沉了沉，下巴尖和嘴巴全藏进被窝里：“就是什么都不做那种睡。”

“……”

陆嘉珩叹了口气，露出一个无奈又好气的表情：“你对我要求这么高吗？”

初栀不说话，眨巴着眼看着他。

一秒、两秒、三秒……陆嘉珩败下阵来，再叹一口气，翻身上床，侧身躺在她旁边。

初栀欢快地往床边蹭了蹭，给他让地方，手里的小被子掀起边儿来，开心地往他身上盖，人侧过来，软乎乎的小身子靠近了点。

他抱着手臂躺着，她抓着被边儿，两人躺在床上对视了一会儿。

“陆嘉珩。”

“嗯。”

“你明天带我一起走吗？”

“明天再说。”

初栀眼睛睁大了点：“你不想让我去吗？你还是有狗。”

陆嘉珩眯眼，抬手扣着她的脑袋按进自己怀里：“我想，连猫都没有。”

初栀被他按进怀里，小手抵着他的胸膛，声音闷闷的：“那你为什么还要明天再说？

“今天说吧。

“带我去吧。

“我很乖的，我真的会烧饭了。”

初栀重新抬起脑袋来，虽然知道他那个室友有喜欢的人，可还是不太放心：“我想认识一下小菊花——不是，我是说你室友。”

陆嘉珩没说话，扣着她的后脑勺又把人按回去了，手臂伸到被子外面，隔着被子抱着她。

初栀挣扎着仰头，看了看表，“你要睡觉了吗？可是现在还早呢，我们聊到十点钟，反正你明天中午的飞机，可以稍微晚一点起。

“你要睡觉了吗？

“你真的睡吗？

“陆嘉珩，我睡不着。”

陆嘉珩终于睁开眼睛：“你又被小鹦鹉附体了？”

初栀眨巴着眼："因为看见你很高兴。"

他抿了抿唇，半晌，垂头轻轻亲了亲她的眼睛，气息轻柔又克制："初栀，睡觉。"

初栀像个小泥鳅一样一边在他怀里拱啊拱，一边哼哼唧唧，企图用实际行动来表达自己不想睡觉的决心。

陆嘉珩嘶了一声，隔着被子拍了拍她的屁股。

初栀轻轻叫了一声。

他垂着眼，坏心眼地故意压低了嗓音："小鹦鹉，再不睡觉就吃了你。"

初栀："噢。"

初栀折腾了一整天，事情发生得太多，说是不睡不睡，却很快就睡着了。

小姑娘一只胳膊高高地举过头顶，呼吸平稳睡得香香的，像是小猫咪睡觉的时候仰面朝天，露出自己毛茸茸、软乎乎的白肚皮一般。

醒着的时候睡衣领口拉到后面去，此时睡着了衣服被她拱乱，领口挂在圆润的肩头，胸前的绵软便暴露在空气中，因为紧紧靠着他被挤在一块儿，沟壑深深，露在外面的雪白皮肤上一串串刺眼的红。

小小的一团安稳地睡在他怀里，浑身上下全是他的味道。

陆嘉珩皱着眉闭了闭眼，长长吐出一口气，觉得她真是神奇，怎么会有这种姑娘，黏糊糊地拽着自己男朋友说想跟他睡，勾引完了又要求他什么事情都不能做。

她完全信任着他，毫不设防的样子，殊不知其实他脑海里某些龌龊的念头已经不知道翻来覆去上演过多少遍了，简直就是人性的考验。

最可怕的是，他竟然还觉得挺高兴的。

看着她躺在自己身边，呼吸均匀四仰八叉睡得香香的，细白的小短腿儿挂在他身上，他就有种人生大圆满似的痛并快乐着的满足感。

陆嘉珩拽着她的睡衣领子往上拉了拉，手又伸进被子里去把她移上去的衣摆拉下去，将人抱在怀里，唇凑到她耳边，舌尖轻轻舔了舔她肉肉的耳垂，喃喃低语："真想咬死你，让你祸害我……"

初栀像是在睡梦中听到了似的，低低唔了一声，皱着眉扭了扭身子，另一只手臂随意一挥，啪的一下重重地拍在他的脸上。

陆嘉珩：“……”

初栀早上起了个大早，睡醒的时候陆嘉珩还在睡。

初栀打了个哈欠，迷迷糊糊地半睁着眼，一时间没反应过来自己在哪里。

她动了动脚丫，发现自己的腿还挂在一个人身上。

初栀眨眨眼，侧过头去。

陆嘉珩睡得很沉，清晨的薄光透过窗帘缝隙漏进来，一点点挂在他的睫毛上，漆黑的睫毛泛起了浅浅的金棕色的光，看起来毛茸茸的。

初栀舔了舔唇，抬手，指尖轻轻戳了戳他的睫毛，观察了一下，他没什么反应。

初栀用食指和拇指捏着他的睫毛，想要拔下来一根，和自己的比比谁的长。

她几乎趴在他的脸上，认真又仔细、费力又心机地找了最短的一根，指尖掐住往下拽。

一拽，陆嘉珩的眼皮被她连着揪了起来，露出里面黑漆漆的瞳仁，初栀吓了一跳，以为他被她弄醒了，一松手，他的眼皮又闭回去了。

初栀松了口气，再次靠近。

陆嘉珩闭着眼睛侧身躺着，睡颜看起来安静无声，却突然开口：“好玩吗？”声音微沙，带着晨起时的哑。

初栀悻悻地缩回手，见他还没睁眼，开始认真地胡说八道：“陆嘉珩，刚刚地震了，你感觉到了吗？我想把你叫起来逃命来着。”

陆嘉珩闭着眼，抓着她的脑袋揉了揉，重新将人抓进怀里：“睡觉。”

“我睡醒了。”

“那就陪我睡一会儿。”

初栀正经道：“不行的，我不能睡了，我要起来保护地球。”

男人哼哼了两声，把她搂在怀里，明显没睡够不太想应声的样子。

初栀不满意了："陆嘉珩，你怎么没有反应啊，地震了，你是不是不知道什么是地震？"

陆嘉珩顿了顿，终于睁开眼来垂头看她，狭长的桃花眼像是晕了雾气，微哑的声音听起来低沉又性感："你再胡说八道我就让你知道什么是床震。"

"……"

初栀的签证还没过期，等陆嘉珩终于睡够了，初栀掐着初父和邓女士差不多走了的时间偷偷摸摸跑回家去，把护照什么的都摸了出来，做贼似的偷偷摸摸溜上楼去。

做了十几年乖宝宝的初栀小朋友觉得，自从自己碰见陆嘉珩，坏事做得越来越多，人生道路开始不断地向着跑偏的方向行进。

她昨天甚至为了和他一起睡，骗爸爸要在同事家睡，现在更过分，要偷偷溜出国。

初栀愧疚极了，觉得自己十分对不起初父和邓女士，一脸颓丧地坐在沙发里，扒着沙发背看着陆嘉珩："我爸爸会相信我们公司带实习生出差吗？"

陆嘉珩很认真地想了想："不会。"

初栀点点头，给初父打电话："喂，爸爸。"

她声音小小的、绵绵的，语速很慢，软糯又舒服，带上一点黏音就像是在撒娇，并且天生自带乖巧感，让她无论说什么听起来都像是真的。

此时，小姑娘端正地坐在沙发上，一手拿着手机一手放在腿上，电话打得跟视频通话一样，声音听起来小心又可怜："爸爸，我们主管要出差，说是只能带一个实习生去，她问我想不想去，我觉得这次能够学到很多东西，但是你如果不想让我去我就拒绝掉，虽然我已经快毕业了，但是我都听爸爸的。"

"……"

陆嘉珩觉得初栀有的时候真是挺可怕的。

初父自然是不太愿意也有所怀疑，但是初栀从小到大实在是太乖太听话了，简直让人想不到她会说这种谎，最后还是千叮咛万嘱咐地答应了。

纽约比北京慢十二个小时，初栀正午上的飞机，十几个小时后在一个半球之外的地方落地，出了机场外面还是艳阳高照的正午天，让她有点儿没反应过来。

此时中国已经是深夜了，初栀其实十分疲惫，却依然精神得不行，苍岩山那次以后，她还是第一次和陆嘉珩一起出来，一副很是兴奋的样子，一路上叽叽喳喳问个不停。

“陆嘉珩，你是不是有很多华尔街校友？”

“嗯。”

“那你毕业之后也会去华尔街上班吗？”

“不会，我回国。”

“那你能拿到巴菲特的签名吗，就是那个年轻的时候长得很帅的股神。”

闻言，陆嘉珩挑了挑眉：“年轻的时候有多帅？”

初栀没理他，已经自顾自地发散到别的地方去了：“你以后回来就是名校镀金海归高富帅了，而我，几年过去了还是这么矮，到时候你就会看不上我，会劈腿，会移情别恋，要出轨找小玫瑰、小牡丹去了。”

她忧郁地说到这里，突然想起来，扭头问他：“小菊花今天会在家吗？”

陆嘉珩：“什么菊花？”

“你室友。”

“……”

陆嘉珩这边的房子地理位置也不错，交通方便，旁边就有大型超市，小院弄得像模像样，还架着个大秋千。

初栀第一眼见到那“小菊花”，差点以为他未成年，看起来十七八岁的模样，肤白胜雪，明眸皓齿，漆黑的眼仁灿如星辰，看起来一米七几的个子，身材比例却很好，视觉上整个人都被拉长了不少。

眉目清秀漂亮的少年郎，一见陆嘉珩回来，抱着个泰迪熊飞奔过去，惨痛地号叫："陆哥啊啊啊！他回我消息了啊啊啊！他是不是在暗示想跟我生小孩？可是怎么办？我不能生啊，我一会儿去孤儿院领养一个吧。"

陆嘉珩理都懒得理他，将箱子推进屋，转头看向身后的初栀："进来，穿我的拖鞋？"

"小菊花"这才发现，他身后有一个妹子。

"小菊花"对初栀的第一印象和她一模一样，也差点以为陆嘉珩嫖了个未成年的。

小姑娘长长的头发扎了个马尾，额发软软的，红唇翘鼻，小脸巴掌大，大眼睛清澈明亮，此时正滴溜溜地看着他。

陆嘉珩给初栀套上拖鞋，将人推进屋，唇一弯，朝"小菊花"道："叫小嫂子。"

初栀："哎。"

"小菊花"："咦？"

"小菊花"确定了陆嘉珩的确是个畜生，他真的嫖了个未成年。

陆嘉珩是赶着时间回来的，下午人就去上课了，初栀在他的房间里把自己的东西一样一样翻出来放好，理到一半，开始打哈欠。

她时差还没调过来，无精打采地坐在床上，正想出去倒杯水喝，门被人敲响了。

"小菊花"脑袋从门后探出来，手里拿着杯水："小嫂子，喝水不？"

初栀坐在床边，腿上叠了一堆衣服，"小菊花"见状，直接进屋给她递过去。

她道了谢，咕嘟咕嘟喝了半杯。

"小菊花"好奇地观察着她。

眼看着一杯水见底，他终于忍不住问："小嫂子，你和陆哥认识多久了啊？"

初栀算了算："两三年吧。"

"小菊花"瞪大了眼，心里暗骂了一声。

陆嘉珩真是个禽兽啊，两三年前，小姑娘才多大呢。

他高中的时候就出国读书了，六七年没回过祖国，完全没有想到现在我国男性禽兽已经畜生到这种程度，一时间觉得小嫂子越看越单纯可爱惹人疼，距离感陡然拉近。

初栀看着他，也觉得他和自己想象中的不一样。

眉清目秀的少年笑了，露出白白的牙，看起来有点腼腆："陆哥跟我说过你呢，说你贼可爱。"

初栀红了脸，有点没办法想象陆嘉珩跟别人说她贼可爱是什么样的画面，不好意思地抓了抓下巴："他也跟我说过你的。"

"小菊花"眼睛亮了："说我什么啊？"

"说你有喜欢的男人，但是求而不得。"

"小菊花"："……"

初栀道："你想追他吗？我可以帮你呀。"

"小菊花"眼睛发光。

于是陆嘉珩晚上下课回来，一推门进屋，就看见房子里两个人盘着腿坐在他的床上，初栀面色严肃，手里拿着个衣挂挥舞着，头头是道地讲着课，"小菊花"坐在她对面，手里捧着一个笔记本，认认真真地记着笔记。

他两眼放光地取经，比开着的台灯还亮："小嫂子，你觉得他会喜欢性感一点的女孩子还是清纯的啊？"

初栀不赞同地看着他："小菊花，你不要为了他强迫自己，即使你想让他喜欢上你，也应该是喜欢你的真实样子才对，无论是性别还是什么的你都要坚持自我呀！"

"小菊花"猛点头："嗯嗯嗯呢！"

陆嘉珩："……"

他把书包往旁边椅子上一丢，拽着坐在他床上奋笔疾书的男生丢出门去，垂眼看着挥舞着衣挂的少女："你还不困？"

初栀眨眨眼："本来困的，但是现在忘了困了。"

陆嘉珩食指抵着她的脑袋戳她脑门，初栀啊一声，应声倒在他的床上，马尾辫散了一枕头，眨巴着眼躺在他的枕头上，笑嘻嘻道：“摔倒了，要陆哥哥亲亲才能起来。”

陆嘉珩抬眼，心猛地跳了一下。

他们在一起这么久，她从来没这么叫过他。

每次他哄着，她到最后都羞到发脾气，小巴掌往他脸上招呼。

陆嘉珩喉结滚了滚，走到床边倾身而下，膝盖跪在她的两腿间，垂头咬她的嘴唇。

初栀低低唔了一声，抖着睫毛闭上眼。

直到初栀感觉自己快要憋死了，抬手去推他，陆嘉珩才不情不愿地放开她。

她低低喘着气，手臂被他引导着勾在他的脖颈上，亮晶晶的眼看着他。

陆嘉珩眸色暗沉，抓过她抵着他的手腕扣在她头顶上方，手臂微屈，侧头再次吻下来。

唇瓣相碰，初栀坐在屁股底下的手机嗡嗡地振动起来。

初栀挣了挣，提起膝盖撞了撞他：“电话呀……”

陆嘉珩不满地低低哼了一声，坐起身来，从她身下摸出手机递给她。

初栀看了眼来电显示，“爸爸”两个字晃得她有点心慌。

初栀吞了吞口水，小心翼翼地接起来：“喂，爸爸。”

她嘴角挂着没来得及吞咽的唾液，亮晶晶的。

陆嘉珩撑着床面靠过去，侧头伸出舌尖将其舔掉了，离得近了，能隐约听见一点初父问话的声音。

初栀脸涨得通红，声音有点发抖，却强撑着镇定：“嗯，到了，挺好的呀，今天先休息，明天才开始忙。”

他的唇滑到了她的耳畔，含住了通红发烫的耳垂。

她睁大眼睛往后缩：“没有，和女孩子，对，也有一个女孩子是实习生，跟我关系挺好的，没有男生啊。”

陆嘉珩动作一顿，长眼微斜瞥了她一眼，吮着她的耳垂，突然报复似的轻轻咬了一下。

初栀猛地捂住嘴巴，差点叫出声来，抬脚踹他。

陆嘉珩长腿一勾直接压住她的腿，坏心眼地含着她肉肉的耳垂细细地咬，一路舔到耳尖。

初栀大脑轰轰隆隆像是火车驶过，人开始抖，抓着手机的手都有点拿不住，手机差点掉在床上。

她瞪着他，白皙的脸蛋红透了，通着电话的时候精神高度集中，感官都好像比平时敏锐了许多。

初栀是第一次自己出远门，初父在那边絮絮叨叨地又嘱咐了不少东西，初栀嗯嗯地应声，紧绷着声音，表情看上去快要哭出来了，又不敢太大动作推他，生怕弄出声音来。

初父说完一大堆，顿了顿，突然想起什么了，又道："对了，那个跟你一起出差的小姑娘现在是不是在你旁边啊，你让她接一下电话，爸爸跟她说两句。"

初栀："……"

陆嘉珩："……"

初栀人一抖，差点一脚把陆嘉珩踹下床去。

她惊慌失措地拿着手机，手抖啊抖的，撑着床面坐起身来，后背渗出一层冷汗。

初栀把手机拿离耳畔，给陆嘉珩比了个口型：怎么办?

陆嘉珩手背蹭了蹭嘴角，起身翻身下床，出了卧室往外走。

"小菊花"正端端正正地坐在起居室的老太婆摇摇椅上，手里捧着刚刚初栀给他"上课"的时候记的笔记，认认真真地看。

他清秀的字迹一行行列出了1234点，重点的地方还用荧光笔画起来了，看起来完全就是好学生典范的笔记本，放在国内可以用来参赛那种。

陆嘉珩走过去，站在椅子后面轻轻拍了他一下。

"小菊花"聚精会神，完全没注意到。

"……"

陆嘉珩一巴掌招呼到他的脑袋上，啪的一下。

“小菊花”嗷一声，差点从椅子上蹦下来，捂着脑袋回头瞪他，那副模样简直可以称得上千娇百媚了：“大家都是中国人，你做什么话都不说就打人？”

陆嘉珩单手搭在他的椅背上，斜歪着身子，懒洋洋地朝他勾了勾手指。

“小菊花”警惕地看了他一会儿，还是靠过去了。

陆嘉珩唇一弯，浅声轻柔道：“小菊花，见证你真实实力的时候到了，有没有信心？”

“小菊花”一脸无语的表情，警告道：“陆嘉珩，我可告诉你了啊，小嫂子可以叫我小菊花是因为她可爱，而且还热情地帮我求爱，我喜欢她，你再这么叫我老子把你的脑壳打成菊花，真当我没有点作为房东的尊严了？”

“……”

陆嘉珩眼一眯，又一巴掌招呼到他的脑袋上，语气依然散漫轻柔：“你谁都敢喜欢？”

“小菊花”捂着脑袋嗷一声，秒㞞了，作为房东的尊严简直全无：“陆哥，您说，您请讲，小的听着呢。”

卧室里，陆嘉珩开门走人。初栀看着他咔嗒一声关上了卧室门，目瞪口呆了。

这是什么意思？

要她自己解决的意思吗？

他就这么跑路了？

初栀盘腿坐在床上，就这么看着卧室的门轻轻地关上，觉得自己真是有眼无珠，竟然爱上了这么没有担当一出事情就逃避责任的男人，恋爱还一谈谈了两年。

她清了清嗓子，一边焦躁不安地抠着陆嘉珩的床单，一边忐忑不安、小心翼翼、谨慎地开口：“爸，您找我同事干什么呀？”

初父乐呵呵的：“爸爸跟她聊聊，你第一次一个人出远门，有些注意不到的地方，爸爸妈妈又不在身边，怎么放心。”

初栀：“我上大学以后你和我妈不是已经散养式教育，三天两头各种地方游了嘛，我也是一个人呀。”

初父表示不赞同：“那不一样，我和你妈出去你是留在家里的，这次你是在外面，离家这么远，怎么能一样？”

“……”

初栀懂了，这就跟她高中以前去朋友家留宿不行，朋友来她家住就可以是一个道理。

她低垂着脑袋抠床单：“爸，人家小姑娘跟我也不是很熟呢，你突然找她说话这不是莫名其妙嘛……”

初父不解：“这有什么莫名其妙的，你刚才不是说你俩关系挺好吗？”

初栀垂死挣扎：“爸，您这架势跟我还在学校似的，这不是我同学、室友，也不是学校里组织的活动可以没事儿还给辅导员打电话问问情况的，这是公司呢，您听谁说过有出差上班上一半家长给领导或者同事打电话问问情况嘱咐嘱咐的呀？”初栀不情不愿道，“您这样搞得我好像生活不能自理没长大似的，到时候让我同事怎么想我呀。”

她话音落，初父良久没有说话。

过了好一会儿，初父轻轻叹了口气：“我的初栀长大了。”

初栀愣了愣，心里涌上前所未有的愧疚感和心虚感。

她眨眨眼，突然好想回家，明明是快二十岁的大姑娘，此时却突然想像小时候一样，缩在爸爸妈妈跟前，听爸爸给她讲童话故事，跟他们撒撒娇。

初栀觉得自己罪大恶极，说出这样的谎话简直无法被原谅。

她小声道：“爸，我都快二十岁了。”

初父的语气依然是平和的，带着温柔的笑意：“你就算四十，就算以后嫁了人，在爸爸看来也还是吵着闹着要出去玩的小公主。”

初栀鼻尖发酸，垂下眼去，突然道：“爸爸，对不起。”

初父没反应过来：“突然这是怎么了？”

“没什么。”她轻轻说，“我以前是不是很不懂事啊，我闯过祸吗？”

初父觉得自己家女儿是全天下最乖巧的小宝贝，即使初栀小的时候曾经把他的文件丢进马桶里、撕烂过幼儿园老师的假发、往小学同桌的菊花茶里丢过浓汤宝，她依然是小乖巧。

“没有，我闺女从小听话到大，简直没有比我闺女还乖的小孩。”

初栀快哭了。

于是陆嘉珩扯着“小菊花”一开门，就看见少女一脸泪迹斑斑地坐在床上，手里举着个手机贴在耳边，无声地流眼泪。

陆嘉珩的第一反应是——完了，事情败露了。

第二反应是——如果他现在去帮她背锅，以后进不了她家家门的可能性有多高。

“小菊花”站在他身后，人还没进门，也没看见房间里面的人在哭。

他已经入了戏，一手卡在喉结的位置，龇牙咧嘴地掐着嗓子，声音又尖又细，像是个唱大戏的：“初栀！你洗不洗澡澡呀？”

别说，还真有点声音细细的女孩子的感觉。

初栀一抖，眼泪差点给吓回去了。

初父明显也听到了，回忆往昔被这么一声打断，安静了一会儿，才问：“是你那个同事？”

“……”

初栀犹豫地嗯了一声。

“她催你去洗澡啊？那你快去吧，别让人家等着。”

初栀抹了抹眼泪，跟初父道别。

电话一挂，初栀泪眼汪汪地看着陆嘉珩。

“小菊花”对自己刚刚的表现颇为满意，扬扬得意地往屋里蹦跶：“小嫂子，我刚刚的演技是不是绝了，实不相瞒，我最拿手的曲目是李玉刚的《新贵妃醉酒》，尤其是戏腔那——”

他没来得及说完，就被陆嘉珩按着脑袋推出去了，哐当一声把门关上了。

“小菊花”被人用完就丢出了房间，感觉就像是遇到了一个渣男。

他对着紧闭的门板伤心愤怒了三十秒，想到自己宝贝笔记本上记录的斩男秘诀，又开心地学习知识去了。

卧室内，陆嘉珩走到床边，看着终于忍不住哭出声音来的小姑娘，微微抿了唇。

她声音也不大，低低地抽着鼻子，可怜巴巴的。

陆嘉珩坐在她旁边，动作很轻地揽着她抱进怀里："小哭包，又怎么了？"

初栀小手也环绕过去抱住他，眼泪往他衣服上蹭了蹭："陆嘉珩，我想爸爸妈妈了。"

陆嘉珩一顿，抬手轻轻揉了揉她的小脑袋，顺了顺她刚刚被压得乱七八糟的马尾："那你想回家吗？"

初栀好半天都没反应，隔了一会儿，才慢吞吞地摇摇头："我想我爸我妈，可是我也想跟你待在一块儿。"

陆嘉珩蹭着她软乎乎的发顶，轻声道："叔叔阿姨很爱你。"

"这个世界上不会有爸爸妈妈不爱自己的孩子。"初栀闷闷道。

他没说话。

初栀突然想起他的家庭来，心里咯噔一下，小手不安地蹭了蹭他的腰际，抵着他的腹部微微拉开了一点距离，仰头看着他。

陆嘉珩也垂下眼来，食指微弯，指节蹭掉她挂在眼角的泪。

他不想打破她对于某些美好事物的认知。

她就该是这个样子的。

"嗯，这个世界上没有爸爸妈妈不爱自己的孩子。"他微笑着轻声道。

初栀心脏发酸，皱了皱鼻子，仰着小脑袋："是不是我说什么、做什么你都会说是对的？"

陆嘉珩垂首，和她头对着头，鼻尖相触，两人的呼吸交叠在一起，轻柔缠绕："说两句话算什么，星星都摘给你。"

初栀眼睛睁大了一点，感动地看着他："真的吗？"

"假的，星星太大了。"

"……"

初栀刚刚那点感动的火星灭了个干净，撇撇嘴巴，刚想说话，房门被“小菊花”咚咚咚地敲了三下：“小嫂子！你吃不吃！苹果！派！啊！”

“……”

陆嘉珩：“不吃，滚。”

门外，“小菊花”噢了一声，没声音了。

初栀其实挺想吃的，本来眼睛都亮了，他说完，她不满地用额头撞了撞他的额头：“陆嘉珩，你别这样看着我，我要斗鸡眼儿了。”

陆嘉珩低低嗯了一声，人却不动，反而凑得更近了点：“刚刚被打断了，继续吗？”

初栀脸红了，不好意思地垂下脑袋，没什么力度地推他：“你好好学习，正经一点行不行啊，你再这样我要走了。”

陆嘉珩乌黑的桃花眼微微挑起，懒洋洋道：“你在这里了，我还怎么正经？”

他说着，倾身去亲她。

两人唇瓣相贴，下一秒，敲门声再次响起。

“小菊花”在门外热情地喊：“小嫂子！你吃不吃！蓝！莓——”

陆嘉珩睁开眼来，目光微虚，不耐烦地啧了一声，随手从桌上拽了一本书丢过去，砰的一声砸在门板上：“不吃，滚！”

阿菊遭受到了非人对待，又委屈又生气，隔着门朝里面号：“我问你了吗！我问你了吗？！我问小嫂子！”

陆嘉珩：“你小嫂子也不吃，滚。”

初栀连忙扒着他的手臂伸脖子出去：“我吃的我吃的！蓝莓什么呀！”

“小菊花”：“蓝莓马芬！”

“苹果派还有吗？”

“有啊！”

陆嘉珩：“……”

两个人就这么隔门喊话喊了一会儿，初栀已经迫不及待了，一边推着压着自己的男人一边蹬腿儿。

陆嘉珩觉得一下午没在家自己的地位好像不知不觉就下降了不少。

他垂眼，看着像一条小鲤子一样扑腾着往外钻的少女："你一下午给他灌了什么迷魂汤？"

初栀挺无辜的："我什么都没干呀。"

陆嘉珩长腿压住她往外蹬的小短腿，泄愤似的垂头轻轻咬了咬她的嘴唇："你都快把他掰直了。"

初栀挺惊喜的："那不是挺好的吗，我就可以放心了。"

"……"

"小菊花"一个人在国外待了很多年，厨艺技能满点，平时也尤其喜欢研究着做点甜品什么的，连爱好都充满了贤妻良母的气息。

初栀下飞机到现在只喝了一杯水、一杯果汁，饿得前胸贴后背，蹦蹦跶跶地出了房间进厨房，香味飘散，凑到"小菊花"面前往他手边碗里瞧："这是什么沙拉呀？"

阿菊平时都一个人做饭，此时有个人对他的料理充满了浓厚的好奇心，他也十分开心："梨干酪沙拉。"

初栀手肘撑在流理台，托着下巴看着他忙活："美国有什么特色的好吃的吗？我只知道汉堡和热狗。"

初栀家里初父和邓女士都会烧饭，但是仅限于中国菜，初栀一边吃着苹果派一边听"小菊花"给她科普了美国的各种美食，两个人聊得热火朝天，完全忘记了陆嘉珩的存在。

终于，在初栀将最后一口比萨咽下去的时候，陆嘉珩一把扯过她的手腕把人从椅子上拉起来直接拽进了房间："吃完了吧，陪我学习。"

初栀眼巴巴地看着桌上的水果："可是我还想吃个水果呢。"

"刚吃完饭不能吃水果。"

初栀噢了一声，摸摸自己圆滚滚的肚子，觉得大概暂时也吃不下水果了："我也想洗澡了。"

陆嘉珩侧头："你刚吃完饭就洗澡？"

初栀进了房间，把自己的睡衣睡裤从小箱子里抽出来，板板整整地放在床上，人乖乖地坐在旁边："那我等一会儿再洗。"

陆嘉珩笑了声，拽着他的书包过来，顺手戴上了眼镜。

他的桌子在床旁边，初栀坐在床边往里蹭了蹭，趴在他桌边看着他："陆嘉珩。"

"嗯。"

"你戴眼镜有点好看。"

陆嘉珩眉梢一挑，抬起眼来，一双桃花眼藏在镜片后，尾睫轻扬，看起来禽兽气质尽显。

初栀认真道："像个衣冠禽兽。"

"……"

"好心动哦。"初栀眨巴着大眼继续道。

陆嘉珩："你还是去洗澡吧。"

陆嘉珩的房间里没有多余的枕头和被子，晚上陆嘉珩特地从楼上搬下来一床，等初栀洗完澡回来，床上已经换了新的床单和被套，地上也铺好了地铺。

初栀抓了抓半干的头发，赤脚踩在地毯上："你打地铺吗？"

陆嘉珩看着书，没抬头："床太小了，你睡。"

初栀慢吞吞地噢了一声，手脚并用地爬上床，跪坐在床边，看着他："你今天不跟我睡了吗？"

陆嘉珩抬起头来。

小姑娘穿着娃娃领睡衣，长发披散下来，小嘴撇着，抱着个枕头蔫巴巴地看着他，看起来有点失落。

陆嘉珩探出舌尖，舔了舔唇珠，侧头轻轻嘶了一声："初初。"

初栀歪着脑袋，下巴搭在枕头上："唔？"

"你对我这么放心吗？"

初栀抱着枕头靠着墙坐，莹白的脚趾踩在床单上微微蜷起，露一双眼滴溜儿看着他，声音软软的："不然我会跟你走吗？"

安静片刻，陆嘉珩垂眼，低低笑了一声："你是什么转世的？"

有的时候，陆嘉珩觉得初栀太可怕了，她不经意的一句话，他什么都愿意为她去做。

陆嘉珩放下手里的书，推了椅子站起来，走到门边关灯。

房间里只剩下台灯亮着，他弯腰把地上的枕头捡起来，放在床头。

初栀很开心地把手里的枕头贴着墙边也放在床头，他这张床确实有点小，两个枕头放在一起挤挤的，她躺在里面，盖好了被子，眨巴着眼看着他："陆嘉珩，我以后都不来了，你也不要回去了。"

陆嘉珩垂眸看了她一眼，没说话。

初栀拉着被角玩，没看他，慢吞吞地说："我本来那天看到你这边挂了女孩子的衣服，就好不开心，但是我怕你真的不喜欢我了，也怕自己显得太敏感、小气又缠人，一直都不敢问，"她揪着被子，"可是我们要分开那么久，当时你要走也是我同意的，我不可以这样不信任你，也不能满脑子全是恋爱，我们要在对方不在的时候也变得更优秀、更厉害才行。"

初栀抬起眼来，朝他眨眨眼，手臂从被窝里伸出来，拍了拍自己旁边的床铺教育道："所以你之后的一年多都见不到我了，你要珍惜现在能够看见我的每分每秒，跟我一起睡。"

初栀待了一个礼拜，订了月底的票回去。

直到人走，初栀也没能见到"小菊花"的梦中情人。

"小菊花"和陆嘉珩同校，但是专业不同，他相比陆嘉珩要轻松一些，周末的下午，在初栀的怂恿催促下，他终于鼓起勇气给男神发了信息。

对于他们两个人还没正式聊过天这件事，初栀觉得很是不可思议，瞪大了眼睛看着他："你们俩都没说过话吗？"

阿菊一脸惊慌地看着她："我一开口，我是个男的这件事儿不就暴露了吗？！"

初栀认真地觉得他的声音其实不仔细听还是挺能以假乱真的。

“那你们俩就没有过什么接触吗？”

“有的。”

“什么样的？”初栀好奇地问。

“小菊花”如梦似幻地回忆了一下：“我跟他偶遇了好几次，不过都是女装，他没认出我是男的，”他说完，正色道，“我现在正在习惯女装，我买了好几套女式睡衣。”

初栀呆呆地看着他：“可是万一他喜欢上女孩子的你了，你们俩、你们俩——”她脸颊有点热，不自觉地抬手捏了捏耳朵，“你们俩进一步发展的时候，他发现了怎么办呀？”

清秀的少年看起来有点沮丧：“可是我不这样，可能连让他觉得，我是可以恋爱的对象的机会都没有。”

初栀也很沮丧，她觉得掰弯直男这件事情听起来有点奇怪，又很困难。

人家本来性取向是女，但是非要硬生生地把对方掰成男，这对于她来说有点有罪恶感，除非是对方真的喜欢上了“小菊花”，并且因为对象是他，所以弯了。

在两个人坚持不懈的研究下，“小菊花”第一次主动约了男神见面并且没穿女装，初栀悄悄地跟在后面，身上套了件陆嘉珩的大衣外套，巴掌大的小脸上架着副巨大的墨镜，戴了一顶毛线帽，造型有点像《这个杀手不太冷》里的里昂。

临出门前，初栀前脚刚迈出门去，就被陆嘉珩拽着胳膊拉回来了。

男朋友对于自家“小栀子花”最近的注意力都放在“小菊花”上表示不满，把人抱起来边走进房间边把她的一身行头扯掉，毛线帽、墨镜一路丢在地上，交换了一通口水以后心满意足地抱着她睡午觉。

初栀乖乖地缩在他怀里玩他的睫毛：“陆嘉珩。”

“嗯？”

“‘小菊花’的那个男神到底长什么样子呀？”

陆嘉珩睁开眼来，搂着她的手臂紧了紧：“你对别人家的男神那么好奇干什么？”

初栀笑嘻嘻地拽他的睫毛："你这张脸我看腻了，我要去尝尝鲜。"

陆嘉珩眼一眯，抬手打她的屁股。

隔着衣服，闷闷的一声，力度有点重，初栀啊一声，抬手推他："你现在什么毛病啊，怎么总欺负人！"

他重新闭上眼，低低笑了："以后让你知道什么叫欺负。"

他的手还落在她的屁屁上，初栀红着脸拱了拱，又拱了拱，拉开距离扯掉他的手臂，想了想又觉得他刚刚的动作流氓又带着某种暗示似的，打了他的手臂两下。

男人任由她折腾，静静闭着眼侧身躺着，怀抱和墙壁之间圈出一片空间。

初栀趴在床上，撑着脸，指尖轻轻划过他带着浅浅青色的眼底："陆嘉珩，我明天就走了。"

陆嘉珩掀起眼皮，漆黑的眼看起来有点深。

她的表情看起来不舍极了，明亮的眼底饱含情感。

陆嘉珩心下一动，抱着她的手臂紧了紧，眼神也变得温柔起来，等待着她接下来的话。

小姑娘白皙的食指轻轻抚摸他棱角分明的侧脸，忧伤地看着他："走之前我真的想看一眼'小菊花'的男神到底长什么样。"

"……"

陆嘉珩冷哼了一声，面无表情地扣着她的小脑袋，一点也不温柔地重重按进怀里："再说话现在就让你知道什么叫欺负。"

初栀特地挑了个陆嘉珩要上课的时间走，"小菊花"送她去机场，一把鼻涕一把泪的："小嫂子，你明年还来吗？"

初栀本来不让陆嘉珩来就是怕这样，结果阿菊搞得她也有点伤感了："不来了，你以后回国吗？"

阿菊有点不确定，看了小姑娘一眼，坚定道："我以后会回去找你玩的。"

初栀自信道："那等你回来来我家，我爸妈烧饭也特别好吃，跟你的手艺不相上下吧，等你来了我肯定也学会做饭了。"

两个同属性的天然系小动物在短暂的一个礼拜里建立了深厚的友谊，依依不舍地道别，“小菊花”一直把初栀送到登机口，看着她进去才一步三回头地走了。

十几个小时以后，初栀终于落地，踩上了祖国的土地。

刚刚才调过去的时差又要调回来，初栀迷迷糊糊地打了个车回家，到家以后东西都来不及理，洗了个澡倒头就开始睡。

几个小时以后，她浑浑噩噩地爬起来，缓了一会儿，侧过头去。

巨大的双人床，另一侧空荡荡的，床幔软趴趴地垂下来，满室寂静。

初栀垂着眼坐在床头发了一会儿呆，揉了揉眼睛，慢吞吞地蹭下去继续睡。

开学那天，初栀再次见到了萧翊。

小教室里面班里的同学已经差不多都到了，初栀她们寝室的四个人到的时候辅导员也刚进来，四个姑娘笑嘻嘻地往里进，顾涵还在讲她的那个主管有多么傻，初栀抿着唇笑，一抬眼，就看见坐在倒数第二排的萧翊。

他也正回头往这边看，初栀愣了愣，下意识地别开了视线。

别完她又反应过来，她又没做错什么事情，凭什么要躲他啊。

初栀鼓了鼓嘴巴，又重新侧回头去，眉一扬，明亮的大眼睛直盯着他，盛气凌人的小表情硬生生被她做出了一点点绵软的味道来。

萧翊轻轻弯弯唇，温柔地笑了。

初栀瞪大了眼睛。

他为什么还好意思笑啊?

他为什么能在做了那么过分的事情以后还能坦然地看着她笑?

偏偏只剩下他们后面那里有四个连着的空位了，别的地方都被隔开，林瞳她们走过去，周明跟她们打招呼。

初栀张了张嘴，没来得及说话，只得跟着过去坐在靠旁边的位置。

她不情不愿地趴在桌上，胸口像是堵了一块大石头，沉沉闷闷的，一段时间以来刻意被她忽略淡化了的情绪再次翻涌上来。

少女脸色有点白，薛念南细心注意到，凑过来问她:“阿栀，你不舒服？”

初栀闷闷地趴在桌子上：“吃多了，有点反胃，想吐。”

她前面，萧翊宽阔的背微微僵了僵，只一瞬，很快放松下来。

他侧头，继续跟周明说话，侧脸的线条显得俊逸干净，和往常没什么两样。

如果放在这个寒假以前，初栀会觉得萧翊真是居家良配，读书的时候成绩优异，做事情认真，脾气又好，对人从来都是温文尔雅的，以后谁家的女孩子和他在一起简直要幸福死了。

现在，她只觉得这个男人说不清道不明地可怕。

大三下学期，辅导员依旧是老一套的说辞，下面的人有一搭没一搭地听着，混熟了还不时跟辅导员贫两句。

初栀全程神游天外，结束了以后梦游似的站起来跟在林瞳后面走出教室，前脚刚迈出去，后脚被人叫住：“初栀。”

初栀一顿，侧过头来。

萧翊站在班级门口，表情温和又无奈，有点不好意思似的挠了挠眉尖：“方便跟我聊聊吗？”

顾涵不知道初栀有男朋友这回事儿，闻言发出一阵怪笑。

萧大班长虽然对谁都一视同仁，但是熟悉的谁不知道他对二班小白兔初栀最好，言听计从温言温语，一看见她表情都变得更柔和了，而且高中同校，对少女的注视是从高中直到大学的。

林瞳皱了皱眉，还没说话就被顾涵大咧咧地扯着往外走：“阿栀！我们先回寝室了啊！”

初栀甚至还没反应过来，愣愣地站在原地，没几秒，顾涵她们已经消失了。

教室里的人走了大半，还剩下零星几个走得慢的，初栀和萧翊两个人站在后门，没人开口说话。

体育委员揉着乱糟糟的头发起身，正准备往外走，看见他们俩，嘻嘻哈哈地起哄，把剩下的还没走的人都赶走了，出了教室前还抻着脖子往里瞧，笑呵呵道："萧班长！加油啊！"

初栀垂着眼，悄悄地翻了翻眼睛。

人很快走干净，空旷寂静的教室里只剩下初栀和萧翊两个人。

初栀本来外套都穿好了，此时这么站了一会儿有点热，又一圈一圈慢吞吞地解开了围巾。

萧翊没说话。

初栀拉开外套拉链。

萧翊叹了口气："初栀。"

初栀垂着头，玩外套上的琥珀色牛角纽扣。

她没回话，萧翊也没太尴尬的样子，垂眼看着她："我被卓思留下了，他们希望我能长期实习。"

初栀鼓着嘴巴，舌尖轻轻顶了一下滑溜溜的腮帮子，轻声道："那恭喜你，祝你实习一辈子。"

萧翊噎了噎："你在怪我？"

初栀差点就要笑出声来了，抬起头来，有点奇怪地看着他，连话都问不出来，似乎非常好奇他为什么会问出这样的问题。

萧翊的表情一如既往地温和，无波无澜，好像无论遇到什么样的情况他都是这样如鱼得水。

他感叹道："初栀，我高中的时候喜欢过你。"

初栀一愣。

"每次在考场你都坐我前面一个，年级大榜也十次有九次挨着，好像不知不觉就注意到了，觉得这个女孩子真可爱啊。

"后来发现你大学也跟我一个班，我真的挺开心的，觉得有点像是命中注定的缘分，也很纠结过一段时间要不要追你。"他垂头笑了笑，"我知道你家里条件挺好的，但是我家一点也不好，我真的很需要这次实习机会，甚至做得好的话毕业以后可以直接转正，你不知道这对我来说意味着什么。"

初栀内心五味杂陈，完全不知道要说什么好。

她觉得萧翊这个人真是神奇，做了三年的老好人，仅仅因为一个毕业以后转正的机会就可以做出这种事情，然后还一脸云淡风轻地跟她回忆过去，一副没事情发生过的样子。

初栀好奇地歪着脑袋："转正的机会就这么重要吗？"

她是真的好奇。

萧翊迟疑地看着她，表情也很复杂，似乎对于她会问这样的问题同样十分不解："你不是也一直绞尽脑汁想赢我，得到这个机会吗，你知不知道现在本科应届毕业生想进这样的公司有多难？"

他压着嗓子，低声道："你的想法都很好，但是你的策划书方案写得真的很烂，就算交给你，这个策划也不会合格得以实施，就算我不写，你也只会浪费创意而已。"他顿了顿接着道，"况且，我是有自己的想法和改进的，并不只是在抄袭你的创意，看到了我的策划方案，你难道还看不出来自己的不足之处吗？"

初栀蒙蒙地回到寝室的时候，整个人还是傻的。

她两年多的时间接触下来原本觉得萧翊是个挺正常的人，今天谈话下来才发现他的脑回路真的太让人无法理解了。

她甚至被他说得一愣一愣的，有点反应不过来，整个人完全跟着他的节奏在走，听着他"我能得到这份长期实习转正的机会也是因为我自己的努力，而且这个创意也不完全是你的吧，是你和我不断讨论得出的，也算是我们两个的研究成果"——这种说法，竟然还有一瞬间觉得很有道理。

初栀行走在冬天的冷风中，北方二月底凛冽的寒风将她的脑子吹得清醒了不少，回了寝室，一进门，她就被顾涵拉住。

顾涵一脸神秘兮兮的样子，漂亮的眼一眯，拇指指尖掐在中指指节，神秘道："我夜观天象掐指一算——"

"萧翊就是个垃圾。"初栀幽幽道。

初栀脾气一向很好，认识两年多从来没见到她跟谁因为什么事情生过气，此时听她这么一说，顾涵完全震惊了，下一秒，表情从震惊变成了愤怒。

爽朗的东北女孩一脸愤怒地拉着初栀的手，咬牙切齿、面目狰狞：“萧翊对你做了什么？”

那样子就好像初栀只要说他一个不字，她就能直接冲进男寝把萧翊徒手撕了一样。

林瞳和薛念南听见也转过身来，前者的表情和顾涵差不多，后者皱着眉。

初栀太感动了，觉得自己有这样好的室友上辈子大概是拯救过宇宙。

她抽了抽鼻子，眼眶红了，黏黏糊糊地伸出小手过去就要抱顾涵，小声撒娇：“涵涵……”

顾涵一看她这样，心疼得心肝脾肺肾都颤了，下一秒就爆炸，唰一下推了椅子就要往门外冲。

初栀吓了一跳，赶紧拉住她：“你干什么去呀？”

顾涵冷笑着摩拳擦掌：“我去问问姓萧的，怎么我小姑娘跟他单独说个话回来都委屈得要哭了？”

初栀小脸皱巴在一起，犹犹豫豫地看着她，不知道该不该跟她们说。

大家毕竟都还是同学，而且之前关系也一直不错，这样一说就很像是在背后说人家一样，有些别扭。

她微微皱起眉来，半晌，轻轻摇了摇头：“没什么事的，你别去了。”

初栀想，君子报仇十年不晚，私事还是要私了。

后来很长一段时间，初栀和萧翊没再说过话。

刚开始周明还会在教室里的时候和初栀她们打个招呼，但是顾涵、林瞳她们都十分冷淡，萧翊看起来也不太热情，周明一个人云里雾里，时间久了也就没再叫她们。

A 大虽然比较偏重理科方向，但是瘦死的骆驼比马大，广告专业在全国也还不错，各种大学生广告比赛里斩获不少奖项，萧翊更是活跃在各种广告大赛中，几年下来已经成了小学妹们的男神学长。

初栀参加的广告比赛不多，只零零星星拿过两个奖，她对于广告专业说不上热爱，参与热情不太高，平时课业虽然成绩都不错，也完全是从小到大养成的学习习惯罢了。

然而寒假结束以后，她整个人却像打了鸡血一样，好像临近大四终于对自己的未来问题有所思虑了，开始关注各种广告节、广告大赛。

她也仅仅是关注，然后动手去准备，却从来没有报过名。

清明过后，天气转暖，五月份，初栀去了一个不大不小的私企做文案实习。

每周只需要去三天，并且时间自由可以自己决定，就在她之前那家广告公司对面的写字楼里。

那次被污蔑抄袭以后，初栀再也没来过这一片。

当天去面试，她犹豫了好久，每一个红绿灯、每一个十字路口都清晰得像是昨天，越靠近越想要逃避，怕下一秒迎面走过来的就是和她同办公室的人。

她觉得自己又狼狈又丢脸，像是铩羽而归的将军，雄姿英发地去，打了败仗灰溜溜地溜走，又不甘心地偷偷摸摸溜回来了。

可是她明明什么都没做错。

初栀深吸口气，抬手拍了拍脸，昂首挺胸刚准备走进写字楼，就看见对面两个人走出来。

男人穿着干净清爽的牛仔衬衫，个子很高，细腿，看起来像根竹竿。

他身边的女人一身职业装，包臀裙，丝袜包着细长的腿，染成紫红色的头发烫着大波浪。

两人一前一后出了写字楼的门，拐过街角，前后变成了并排，男人的手搭上了女人的腰。

萧翊和赵玫。

初栀愣住了，很多之前没注意到、忽略掉的细节好像都变得清晰起来。

卓思是很大的广告公司，在业内也是有名气的．即使萧翊的策划方案比她的要全面很多，即使他交的时间要比她早，也不应该会那么武断地直接认定抄袭的人就是她。

之前她被委屈、愤怒冲昏了头，再之后也没有仔细考虑过这个问题，现在这样一看，好像都解释得通了。

初栀站在写字楼门口，一时间有点反应不过来。

她也想找个人吐槽一下，觉得简直不可思议，他们一起来卓思实习，也不过半个月的时间，而且平时看上去两个人也没什么不妥的地方。

女主管和实习大学生这种配对，初栀在小说里都没见过。

她当即现场脑补出了三千个剧本，刚出校门的凤凰男小鲜肉大学生和熟女主管，顺便给男方配了一个一直和他从大学走入社会的贴心女友，上演了一场惊心动魄的年度大戏。

初栀的三观都被震碎了。

大三的最后两个月，夏季大学生广告节，初栀报名了。

夏季的国际大学生广告节规模是一年中最大的一次，是一个学习、参赛、实习、就业一体化平台，有不少国内外公司关注，参与师生过万，大赛奖项在业内认可度也很高。

她没跟别人说，默默交了作品上去，当天下午，初栀在学校食堂碰见了萧翊。

下午三点钟的食堂没什么人，初栀叫了份麻辣烫，耳朵上戴着个耳机，一个人坐在角落里安安静静地吃。

视线里突然出现一只男人的手，手里捏着罐旺仔牛奶，初栀嘴巴里叼着一颗鱼丸，抬起头来。

萧翊微笑着站在桌边，一副好好先生的样子。

初栀眨眨眼，将半个鱼丸塞进嘴巴里，咀嚼，单手摘了一只耳机。

萧翊微笑："这次广告节，你报名了？"

初栀眨眨眼："报了呀。"

萧翊看着她的目光慈爱又欣慰："你终于振作起来了，我还担心你一蹶不振。"

初栀垂头，夹了一颗虾饺起来，突然道："你在卓思的实习怎么样了？"

"挺好的。"

初栀点点头："赵主管和你也挺好的吗？"

萧翊顿了顿，才缓声道："什么意思？"

初栀插着颗虾饺，筷子微微立起来一点："我有一次路过的时候，看到你和她在一起，"她好奇地看着他，"你们在谈恋爱吗？"

萧翊垂着眼看着她，缓声道："我只是跟赵主管谈点事情。"

初栀点点头，将虾饺也塞进嘴里，腮帮子一鼓一鼓的，吞进肚子，淡定道："抱着她谈事情。"

萧翊脸色微变，笑容有点挂不住。

初栀表情很纯真地看着他，微微侧着头，白色的耳机线随着她的动作一荡一荡的："我还拍了照片呢，你要看吗？我发现你的背影还挺帅的，班长。"

萧翊自始至终保持着的笑脸终于消失不见了，他表情微僵："我和她也不是你想的那样……"

初栀此时也吃饱了，手里的筷子戳进麻辣烫碗里，捞了两根豆芽出来夹着玩："其实我觉得现在姐弟恋也没什么的，赵玫姐也才三十多岁，你们俩这个年龄差也挺萌的呀。"她抬头，大眼睛眨巴眨巴，很真诚地看着他，"真的，人家都说女大三抱金砖，这么一算的话，你能抱三四块砖呢。"

萧翊脸色非常难看，好半天才压低了声音说："你想要什么？我知道你对我和赵主管心里有怨，但是你也不用这样跟我说话，你到底想要什么？"

"你别紧张呀，现在恋爱自由，你们谈个恋爱也没什么呀，我还什么都没说呢。"初栀将麻辣烫碗一推，站起身来。

她和他身高上差距太大，萧翊垂着眼，初栀仰着头，气场上却没有丝毫被压制住的感觉。

她软着嗓子，不紧不慢地继续道："你放心好了，照片我也只是随手拍了，我对你和赵玫姐没什么想法，也没想干什么，我跟你不一样，就算没有那些乱七八糟的歪门邪道，自己也可以做好。"

下午的食堂较安静，只有零星的几个人远远地坐着，时不时往这边瞧瞧。

少女逆着光站在窗边，初夏暖阳裹在她身上，她细细软软的碎发纷飞。

萧翊突然想起，他第一次见到初栀的时候，就是在食堂。

那时候还是在高中的食堂，没有那么大，少女手里拿着一个炸年糕，身上穿着对于她来说有些宽大的校服，蹦蹦跳跳地从他面前跑过去，笑容比那天的阳光还要灿烂，叫着她朋友的名字，声音绵软得像游乐园里粉红色的棉花糖：“年糕你吃不吃呀？”

她看起来太快乐了，无忧无虑好像没有任何烦恼，再沉重的课业压力也没办法让她有任何阴霾，她热烈、纯粹而鲜明，衬得周遭的一切都变得暗淡了。

那年萧翊还是别人家的小孩，是所有学生学习的对象，是每科老师的宠儿，是父母眼中这辈子唯一的希望，是他们所有的精神寄托。

那时候的他还心无旁骛地努力读书，坚信着学习是可以改变命运的唯一途径。

那个时候，他还有着明确的目标。

是从什么时候开始，很多事情都变得不一样了？

初栀的新实习工作主管是个笑呵呵的中年男人。

男人看上去四十岁出头，据说大学是计算机系的，现在做起了SEO（搜索引擎优化），常年一张与世无争的笑脸，职业特有的地中海发型，并且异常好说话。

初栀挂着的位置是文案策划的实习生，跟着他也学习了不少以前从来没接触过的东西，虽然每周只去三天，却依然十分充实。

这大概是和在卓思的时候不同的地方，卓思每个人都很忙，东西全靠自己摸索或者偷着学，没有人手把手地去教你要怎么做。

原辞考了本校的研究生，据说在十大不配拥有头发专业中排名名列前茅，然而少年依旧是一副风轻云淡游刃有余的样子，头发茂密得很，甚至每天都有时间来找初栀玩。

他是理科，帮初栀看起策划方案提起意见来却也依然面面俱到，专业到让人怀疑人生。

初栀觉得，这大概就是天才和普通人之间无法逾越的鸿沟。

时间打马而过，好像前一天才开学，第二天初栀就已经坐在了期末考试的考场里。

大学第三年结束，少女正式进入大四。

初栀越来越忙，一分钟恨不得分成十份来用，就好像是两个人之间的默契，她跟陆嘉珩的联系也越来越少，到了后来，就只剩下偶尔的一两条短信，汇报一下最近的情况。

所有人都像是一个旋转的小陀螺，薛念南早早就准备着忙着考研，林瞳在考研和工作之间纠结了好长时间，最终还是决定先工作一段时间再做打算。

顾涵和她的文院文青男朋友陈星辰分手了。

陈星辰比顾涵大一岁，毕业以后回了老家工作，两人谈了整整一年的异地恋，终于输给了距离。

分手的那天，顾涵看起来若无其事，薛念南难得地丢下书本、试题出来，四个女孩子去吃了一串路边摊，一路吃下来，最后找了一家烧烤店。

初栀是知道自己的酒量的，所以即使顾涵嚷嚷着这种日子是姐妹就应该不醉不归，她依旧只喝了两口。

四个女孩子单独醉在外面，怎么想都很危险。

初栀一边撸着串串、啃着烤面包，一边看着她们三个一杯接着一杯地灌，到最后大家甚至直接对瓶吹了。

刚开始的时候，顾涵还是正常的。

五瓶啤酒下肚，她突然开始哭。

毫无预兆，上一秒还在笑的人，下一秒眼泪就顺着眼眶噼里啪啦地砸下来了。

初栀愣住了。

她从第一次见到顾涵，大学三年多的时光，从来没见过顾涵哭。

她似乎永远是大大咧咧的，无所顾忌。

她喜欢颜色鲜艳的衣服，热情得像是赤道上的风，她喜欢大声说话、大声地笑。

她的日子过得欢快又多姿多彩，人生鲜艳而张扬。

无论遇到什么事情，她都会挡在前面，像个姐姐一样照顾着初栀，照顾着所有的人，经常会神神秘秘地拉着她开始看缘分，看到朋友受委屈会第一个站出来。

她看起来好像无比强大，好像没有什么能够将她打倒。

就是这样一个人，这样一个内心仿佛坚不可摧的人，此时却抱着初栀，哭得撕心裂肺，哭得好像世界都塌掉了。

她的话含在嘴巴里，自始至终都是翻来覆去的那么几句，初栀却都听得清清楚楚。

太难了，喜欢一个人那么难。

想要一直在一起那么难。

对不起。

对不起我错了，我再也不会不相信你，也不会抱怨你不理我，你别不要我好不好。

我去你那边工作好不好，我们不要分手。

哀切的、悲凄的，有的时候是歇斯底里的愤怒和抱怨，滚烫的泪水一滴一滴落在初栀脖颈处的皮肤上，烫得她战栗。

初栀听着，鼻尖发酸，眼眶泛红，一下一下拍着她的背，又难过又无措。

她恨不得帮顾涵把那男人从千里之外拽过来打一顿，再把一瓶矿泉水从头到脚浇在他身上，痛骂他一顿为她解气，或者替她难过。

异地恋很多时候大概都是这样，矛盾的产生不是因为不爱，而是孤独、猜疑，是我最需要你的每一个时刻、我想跟你分享的每一个瞬间，你都不在我身边。

我的难过，我的快乐，你都毫不知情。

初栀有的时候会想，自己有多幸运。

有多幸运，她遇到的人是陆嘉珩。

在她最稚嫩、最懵懂、最幼稚、最敏感的时候，他都在她身边，给予她无条件的信任，包容她、理解她、陪伴她，耐心地等待着她长大。

一生那么长，会遇到形形色色的人和事，也要经历无数个分别。

人们在天长地久之前，总是要先学会如何分开。

第十三章

为了我

大四实习的时候，初栀最终选择了陆嘉珩之前实习的那家公司。

即使初父已经几次三番给她抛出亲情的橄榄枝，想要让她去他那边做个小文案、小策划什么的练练手，初栀还是拒绝了。

实习当天早上，初栀穿着某家红绿条中跟小皮鞋、烟灰色长款大衣外套，要风度不要温度嘶嘶哈哈地去上班。

初栀站在景恒集团巨大的写字楼下，看着里面进进出出的人，一时间有点感慨。

她上次来这里找陆嘉珩，好像还是很近的事情，其实已经过去这么久了。

现在，她也来到他曾经实习过的地方实习。

初栀有种时光倒流的感觉。

和她一起实习的人里只有她一个是本科生，名校海归有之，本硕连读有之，各个简历拿出来都是金光闪闪晃得人眼疼的，相比之下，初栀觉得自己能进景恒完全就是瞎猫撞上死耗子，也不知道 HR 是怎么相中她的。

大概是因为大三最后的那次参考价值很高的大学生广告节，她最终拿到了很好的名次。

而萧翊，据她所知，连奖都没拿到。

想到这里，初栀不由得心情舒畅，甚至有点好奇他在卓思发展得怎么样了。

初栀觉得也许等毕业的时候，她就能接到萧翊和赵玫的结婚邀请电话之类的了。

她坐在会议室里，给初父发微信："爸，我是怎么进的景恒啊，你是不是给我走了什么后门啊？"

初父那边秒回："走什么后门？我女儿这么优秀，当然是能力和人格魅力征服了景恒。"

初栀默默地看了一眼旁边坐着的和她一起实习的同事小哥哥金光闪闪的履历一角，犹豫着自己到底要不要和她爸一样就这么自欺欺人下去。

自我催眠了好一会儿，初栀发现自己做不到，继续发微信："爸爸，可是跟我一起实习的人都是硕士、博士啥的，好像还有个剑桥的呢。"

初父自豪道："说明我女儿的能力和硕士、博士、剑桥生的水平相当。"

"……"

初栀默默地把手机收起来了。

刚好会议室门被推开，初栀和另一个市场部的被自家主管领走，领了张桌子。

初栀坐在靠窗边的位置，右手边是窗，前面就是间办公室，透明的大玻璃，百叶没拉，隐约看起来和陆嘉珩当年的那间差不多。

办公室里巨大的办公桌后坐着个男人，微斜着身子，白衬衫黑西裤，长腿伸展，脚上一双皮鞋刷得锃亮，领带时尚的双环结被他打出了一点一丝不苟的感觉来。

初栀的视线停在他身上不过三秒，他抬起头来。

两人四目相对，视线相交。

男人笑了一下，轻轻对她点了点头。

初栀顿时有一种被抓包的感觉，连忙放下手里的东西，唰地站起来，低低地鞠了一躬。

她动作幅度有点大，在安静的办公室里有点突兀，引得旁边坐着的几个人纷纷侧目。

办公室里的男人愣了愣，唇边弧度扩大。

初栀涨红了脸，顿时尴尬极了，感觉自己像个傻子。

她旁边的一个男人轻笑了声，他微胖，滑着椅子往后倾了倾，往椅背上一靠，嘎吱一声：“小妹妹，来实习的？”

初栀还红着脸，此时正缩在自己的小格子间里，恨不得没人看得见她，闻言侧过头去，乖乖地点点头：“还有几个月就毕业了。”

“哪个学校的？”

“A大的。”

“学霸啊，”男人乐呵呵地凑过来，“怎么样，我们总监帅不？心动不？想泡不？”

初栀愣了愣，眨巴着眼：“那个是总监吗？”

少女白嫩嫩的，不施脂粉干净漂亮的一张脸，大眼睛眨巴眨巴地看着他，漆黑鹿眼仿佛会说话，看得人心里一阵发软，让人不由自主想揉揉她的小脑袋。

同事沉寂多年的萝莉控癖被重新激活，差点捧心嗷嗷呼喊好可爱。

他表情一瞬间变得慈爱了，悄悄地看了眼办公室里的人：“是啊，我们总监大大叶康宁，三十不到，颜值担当，单身王老五，就算不是钻石也算个黄金吧。”

初栀很捧场地道：“哇。”

她其实真的也挺意外的，本来以为在景恒可以做到总监级别的，就算没谢顶大概也得三四十岁了。

找到了相对来讲比较正式的实习工作，初栀奉献了自己全部的热情，每天朝九晚五，废寝忘食。

她家离景恒有点距离，初栀没考驾照，不会开车，每天早晚高峰都仿佛是浴血奋战的老将军，地铁挤得奋不顾身、头破血流、撕心裂肺。

一个月下来，初栀甚至觉得自己手臂上都练出了肌肉来。

初栀的顶头老大黄金王老五总监大大叶康宁温柔随和，初栀这种生活在公司底层的小实习生没什么机会和他有正面接触，只是她的位置刚好正对着的就是总监办公室，偶尔她写东西写到眼花，一抬眼，能不经意之间和他视线相对。

直到某次，初栀帮主管去送了份文件。

初栀敲门，轻手轻脚地走进去，声音细细地小心翼翼道："叶总监？"

叶康宁抬头："怎么了？"

初栀递了文件夹过去，男人接过，垂头翻开。

初栀正想出去，叶康宁又抬眼："你叫初栀？"

少女被点名，那种小时候被妈妈叫名字的感觉又来了，她像小仓鼠一样咬了两下牙齿，点点头。

叶康宁笑了："实习生？"

初栀小心翼翼地再点头，回忆着自己这一个月以来是不是做错了什么事情。

叶总监温和道："最近感觉怎么样，忙得来吗？"

"还好的。"

"辛苦？我看你每天都挺晚走的。"

初栀抓抓下巴："也没有很辛苦。"

叶康宁笑了："我刚实习那会儿觉得上班简直难死了，能理解，有什么觉得棘手的问题多问问同事，也可以来问我。"

初栀受宠若惊，小鸡啄米似的持续点头，抬眼，大眼睛眨了眨："那叶总监，我先出去了。"

叶康宁嗯了一声，微微笑道："去吧。"

初栀像个调皮捣蛋的学生，被教导主任叫到办公室去问话，听到这句话如获大赦，赶紧跑了。

她刚出办公室门，手机信息振动声响起。

初栀和陆嘉珩上次的对话还是在两周前，他问过了她实习的事情，初栀兴奋地跟他讲了一堆，包括她特地去了他实习的那家公司。

陆嘉珩当时诡异地沉默了一会儿，没说话，只轻轻应了一声。

初栀当时没在意，只想抓紧时间跟他说话，后来想到，总觉得他当时那声音怎么回忆都好像带着点意味深长的味道。

此时，他的信息发过来，内容简单，只问她在干吗。

初栀眨眨眼，像是躲着老师玩手机的高中生，悄悄地瞧了一眼办公室方向，又看看主管，偷偷背过身去：“在上班呀。”

那边回得很快：“几点下班？”

初栀：“哇。”

“哇什么？”

“我男朋友竟然开始关心我几点下班了。”

她一句话打过去，陆嘉珩没声音了。

初栀撇着嘴巴，嘴角微微下压，腮帮子鼓鼓的，像是吹了气儿的小金鱼。

她哼了一声，重新走回到座位前坐下。

虽然叶康宁说了有什么问题就问他，但是初栀肯定是没胆儿问的，同事看起来也都很忙，初栀不太好意思什么事情都问别人。

所幸她学习能力不弱，之前也有一点实习经验，除了动作稍微慢一点，也没有遇到太棘手完全无法解决的问题。

当天晚上六点半，初栀终于敲下了最后一个字，哀号着把键盘一推，整个人瘫软在椅子上。

旁边窗外是帝都灯火通明的夜景，车流红红黄黄的尾灯拉出一条条长龙。

整个办公室灯已经关了一半，零星几个人还没走，对着液晶电脑屏幕，键盘敲得又轻又快。

初栀站起来伸了个懒腰，跟着打了个哈欠，抬手蹭掉了眼角的泪，拽了椅背上挂着的外套穿上。

她随意抬眼，发现叶康宁办公室的灯还亮着。

初栀之前没注意过，想起今天他跟她说的，才慢吞吞地反应过来。

他知道她走得晚，那不是说明她每天下班的时候，他都还没走嘛。

初栀觉得叶总监每天这么辛苦，还能保持着浓密的发量和健康的发际线，简直是太不容易了。

她理好了东西，穿上外套往外走，路过总监办公室，叶康宁有所感应似的抬眼，隔着玻璃一眨不眨地看着她。

初栀定在了原地，有点犹豫。

这是啥？这是什么意思？

难道是他这个上司还没走，她一个实习生就准备走了，在对她表达不满？

还是说他今天上午问她那些话的时候，就已经在隐晦地表达这个意思了？

初栀站在原地，一脸纠结，觉得自己的分析越想越有道理，职场真是一个高深莫测的地方啊！

可是她外套什么的都已经穿好了，这样一来，一时间走也不是，不走也不是。

她调整了一下表情，淡定地朝叶康宁点了点头，脚步一转，走进了茶水间。

五分钟后，初栀端着一杯速溶咖啡出来，重新走回到位置上，郑重地脱了外套，坐下。

坐之前，她甚至还坚定地看了他一眼，那眼神看起来充满了燃烧的斗志还有年轻人的激情澎湃，热烈地朝他传递着什么。

特地穿好了外套背上包包去茶水间冲了杯咖啡，然后又回来继续加班，初栀被自己打动了。

她有气无力地瘫在桌子上，乐观地想着这样也挺好的，至少避开了晚高峰。

初栀是被电话铃声振醒的，电话是邓女士打来的，问她什么时候回家。

初栀睡得迷迷糊糊的，脸蛋还贴在桌面上，几张空白的 A4 纸被她压在脸下面压得皱巴巴的。

她接起来，反应了三秒钟，才反应过来自己现在在哪里。

抬眼看了眼表，已经将近八点了，初栀匆匆地说了两句话，挂了电话，坐在椅子上揉着眼睛缓了一会儿。

手机铃声又一次响起，是陆嘉珩。

他那边这个时候是早上了，初栀站起来，揉了揉睡得有点酸的脖子，接了电话："喂——"

刚刚睡醒，她的声音黏黏糊糊的，尾音拉长，一个字吐得像是在撒娇。

陆嘉珩那边安静空旷，顿了顿，低声开口："你在家了？"

"没呢，我在公司，现在准备走了，"初栀打了个哈欠，侧着头夹着手机套上外套，"刚刚睡着了。"

"这么累就早点回去。"

初栀心道我本来早就要回去的，被领导一个令人毛骨悚然的注视硬生生地给劝退了啊。

她拿起包包背上往外走，刚好路过总监办公室。

叶康宁竟然还没走！

初栀清了清嗓子，义正词严："加班是应该的，我愿意为了公司奉献生命！"

陆嘉珩："……"

总监办公室的门没关，初栀说完，悄悄地看了一眼大佬的表情。

他看着她笑，那应该还是挺满意的吧。

她松了口气，往外走。

电话那头陆嘉珩也在笑，沉沉的笑声丝丝缕缕地传进耳畔，好听得初栀恨不得把手机塞进耳朵里。

她真的已经有太久没有好好地听过他的声音。

初栀走出办公室，安安静静地听他笑，半晌，才低低道："你怎么这么开心啊。"

陆嘉珩声音含笑："没什么，就是觉得，景恒的老板有你这样的员工肯定很欣慰。"

"我还不是员工呢，我是实习生，转正还要通过考核的。"

陆嘉珩却不怎么在意的样子："我的初初那么棒，什么样的考核通不过？"

初栀严肃道："陆先生，我的竞争对手们的履历都比我的好看，有一个还是剑桥的呢。"

公司里人基本上已经走光了，整个走廊空无一人，初栀加快脚步走到电梯门口，抬手刚要按电梯按钮，突然被人从后面拉住了手腕。

初栀被吓了一跳，惊叫出声来，毫无防备被拉了个趔趄，背重重地撞到身后人的胸膛上。

那人没说话，单手扣着她的腰，半抱着她。

电梯门叮咚一声开了，男人身子一侧，抱着她进了电梯。

初栀脑袋里嗡的一下，变得空白一片。

两秒钟后，她反应过来，像是被抓住耳朵的小兔子一样一边蹬腿拼命挣扎，一边对着电话大喊陆嘉珩的名字。

电梯金属门上带着磨砂的波浪条纹，影影绰绰看不太清楚，她只能看到身后男人大致的轮廓。

那头的陆嘉珩始终不说话。

没人按楼层，电梯就这么停在那里。

初栀心脏猛跳，快要吓哭了，只感觉到男人有力的手臂从后面环绕着她，稳稳的，不让她动。

鼻息间缠绕着男性荷尔蒙的气息，干净又清冽，混合着一点点洗衣液的味道，熟悉又独特。

初栀一愣，微微睁大了眼睛。

直到两道声音一齐传入耳朵，一道顺着电流爬过来，另一道近在咫尺，吐息间热气染上她白皙的耳郭："别动。"

他声音压得很轻，低沉熟悉，语气也很轻柔，懒洋洋的："再动我摸了。"

"……"

"脱了摸。"

北京时间晚八点，公司电梯里，时间地点怎么看都不应该是陆嘉珩出现的地方。

然而男人此时抱着她的手臂，气息熟悉，声音缭绕于耳际，熟悉得让人几欲垂泪。

初栀一只手还紧紧掐在他的手臂里，睁大眼睛看着影影绰绰的电梯金属门，蹬着的两条小短腿儿安静下来，低低喘息：“陆嘉珩？”

男人轻轻笑了一声：“小姑娘现在这么凶？”

她终于确定了是他。

初栀红着眼，紧绷着的神经和身体一点一点放松下来，软趴趴地任由他拦腰抱着。

她刚刚快吓死了，心跳到现在都还不太正常，头皮发麻，甚至已经脑补出无数个画面。

比如说她遇到的是某个变态杀人狂，可能还是连环作案那种，最终几天后，警方在某条河边发现了她。

初栀低垂着脑袋，像一只洋娃娃一样老老实实一动不动，想着想着，含在眼圈里的眼泪一股脑儿冒了出来，啪嗒啪嗒，砸在男人环抱着她的手臂上。

初栀小嘴一咧，哇一声开始哭，声音不大，听起来却难过极了，委屈极了。

陆嘉珩一愣，将手里的手机挂断塞进兜里，人放地上，转了个圈，两只手扣着她的腰又把人提起来了，像举着只猫咪。

小姑娘抽抽噎噎地哭，眼圈通红，眉头皱紧，小嘴可怜巴巴地撇着，声音黏黏糊糊的，带着哭腔骂他：“呜呜——陆嘉珩你王八蛋。

“你一回来就吓我……

“吓死我了，吓死我了……

“我以为我要死了呜呜呜……”

陆嘉珩有点哭笑不得，托着她的小屁股把人竖着抱在怀里，手轻轻拍了拍她的背：“瞎说。”

初栀抬手，小胳膊环着他，下巴搁在他的肩膀上，一边抽鼻子一边往他身上蹭眼泪，抽抽噎噎道：“我以为我遇见变态了。”

陆嘉珩还没来得及说话，她顿了顿，边哭边继续道：“其实我就是遇见变态了呜呜……”

陆嘉珩：“……”

她趴在他身上哭得可难过了，最开始的时候还是真的在掉眼泪，到后面就哭唧唧地往他怀里拱，声音逼真，眼泪却早就不见了。

陆嘉珩纵容地抱小朋友似的竖着抱着她，抬手按了电梯，下到地下停车场，叮咚一声，电梯门开。

初栀还在那边哼哼唧唧地委屈。

陆嘉珩出了电梯往外走，也听出她是在假哭了，垂眼：“再哭我摸了。”

“……”

初栀一瞬间就安静了。

她蔫巴巴地靠在他肩头，手臂软趴趴地垂下去，黏黏糊糊地哼了一声，小声地自问自答骂他——

“陆嘉珩是变态吗？

“是的。

“陆嘉珩是不是个王八蛋？

“就是个王八蛋。”

陆嘉珩低低笑出声来：“对我这么不满？”

“谁让你这么吓人。”

他掏出车钥匙，随手开了车门，将人放在地上。

初栀自觉地爬上副驾驶，关门，扣安全带。

陆嘉珩上车，砰的一声，车门关上，他随手抓了她的包往后面一丢，人倾身靠近，单手托着她的下巴。

初栀刚来得及眨眼，凉凉软软的唇瓣就贴上来了，唇齿相交，男人的气息充斥蔓延。

他托着她的头的手摩擦着向后，轻轻揉捏她肉嘟嘟的耳垂，指尖在耳后细腻的肌肤上摩擦。

初栀还恼着，象征性地推了他两下，被男人一只手抓住手腕，引着往前拉，搭到他的肩膀上，看上去就好像是初栀环着他似的。

她微仰着头，感受到男人的舌尖闯入，蛮横又热切地攫取她口腔中的全部空气，扯着她的舌尖带出。

初栀舌尖发麻，带着轻微痛感，她往后缩了缩，睁开眼来。

同时，陆嘉珩也睁开眼。

漆黑上挑的眼，像是能把人吸进去，大手不知道什么时候已经滑到胸口，掌心热度隔着略有厚度的衣服和外套渗透进去，力度不轻不重。

初栀睁大眼，身子绷紧，含含糊糊地呜了一声，人缩着往后退，想要去抓他的手腕。

陆嘉珩轻轻咬了咬她的舌尖，撤离出去，头一偏，靠在她的颈窝，低低地呵出了两声，像是在喘息着笑："我的初初又长大了。"

他的手还落在她的胸口，力度不大，却存在感爆棚。

话音落，他五指微动，不轻不重地捏了捏，不知道是在指什么。

轰的一声，初栀脑子里噼里啪啦炸成烟花，她退无可退，背紧靠在车门上，小脸涨得通红，眼角也憋红了，唇瓣被他亲得有点肿。

她皱巴着小脸，看起来又要哭了，一副被欺负得很委屈的样子，白嫩小手抓着他落在自己胸口的手腕推他："你把手拿开啊！"

陆嘉珩垂眼看着她。

初栀可怜巴巴地咬着嘴唇，身子不自在地扭了扭，耳根羞得通红。

他低低叹了口气："怎么无论什么时候都有种你还太小的感觉。"

"明明刚刚还在说我又长大了的。"初栀下意识反驳道。

话音刚落，她反应过来。

陆嘉珩眉一挑，似笑非笑地看着她："不用再大了，这样就挺好。"

初栀恼羞成怒，差点奓毛了，很凶地推开他："你好烦人呀！"

他直起身来重新靠回驾驶座椅背上，还在笑，懒洋洋道："再大点我倒是也没什么意见。"

初栀双手紧紧捂着脸，只露出通红的耳朵："你闭嘴啊！"

陆嘉珩提前几个月回国这件事情谁都没告诉，只有程铁知道，因为他要提前到陆嘉珩家去打扫卫生。

陆嘉珩进门的时候，程铁正一脸无语的表情，手里拿着个鸡毛掸子站在客厅中间玩手机。

听见开门声，程铁一抬头，就看见一脸风尘仆仆的陆嘉珩。

他手里拖着个箱子进门，垂头脱了鞋，一屁股栽进沙发里。

程铁爆了一句粗，人走过去："你下了飞机滚哪儿去了？你知不知道老子等了你多长时间？"

陆嘉珩困得睁不开眼睛，却因为时差问题根本睡不着，他懒懒掀起眼皮来瞥了程铁一眼："你不会打电话？"

程铁暴怒，手里的鸡毛掸子直接朝他飞过去咆哮道："你接吗？！"

陆嘉珩抬手一挡，陪伴着程铁驰骋了一下午的鸡毛掸子走到了生命的尽头，啪一声掉在了地上。

他揉了揉眉心，打了个哈欠："我去公司了。"

程铁倒是真没想到，有点意外："你去公司了？怎么回事儿啊，一回来就这么拼？"

"嗯，接我老婆下班。"

"……"

程铁翻了个白眼，一屁股坐在茶几上，用很神奇的眼神上上下下打量他，半晌，轻轻叹了口气："阿珩，你这算不算栽了啊？"

陆嘉珩靠在沙发里，没说话。

程铁说："我是真没想到，你能一个恋爱谈这么长时间。其实你刚出国那会儿，我就跟林柏杨打过赌，赌你多久会分手，当时林语惊还让我做个人。"

陆嘉珩闭着眼睛哼哼了一声："那她总算说了句人话。"

程铁沉默了一会儿，才继续道："那天我们出去玩，林语惊喝多了，一个人坐在路边哭。"

陆嘉珩睁开眼来。

程轶手肘撑在腿上，身子前倾，有点好奇地看着他："我是不太清楚她走这些年都发生过什么，但是像你们这样的喜欢，到底是个什么感觉？"

陆嘉珩看了他一眼："就是你看到的那个感觉。"

笑是因为这个人，哭也是因为这个人。

只要她一句话，他可以去做任何事。

她要他去死，他都笑着把刀递给她。

初栀好几个小时以后，大脑才接受了陆嘉珩已经回来这个事实。

晚上回了家，她洗好澡躺在床上，想到隔着一层天花板和一层地板的房子里他回来了，仍然有些不可思议。

她翻身抓过手机来，想了想，坐起身靠在床头，从床头柜子上摸了耳机过来，给陆嘉珩发了个视频。

那边男人接得很快，也已经洗好澡躺在床上，睡衣穿得松松垮垮，露出锁骨和一片胸膛。

他接起来，初栀突然又不知道要说些什么好了。

他身后是浅色调的壁纸，深灰色枕头，屏幕边缘露出的床头柜和台灯脚，都证明是他家。

两个人就这么在视频里对视了好一会儿，初栀也没说话。

陆嘉珩侧着脑袋看着她笑了："想我了？"

初栀眨眨眼："陆嘉珩，'小菊花'和他男神怎么样了？"

"……"陆嘉珩淡声道，"初栀，我挂了。"

小姑娘哎呀了一声，翻了个身趴在床上，把手机放在床头立住，手肘撑着床，小手托着脸："你这次回来就不走了吗？"

小姑娘这么一趴，睡衣领子垂下来，里面没穿内衣，从上面看过去垂下来的两团若隐若现。

陆嘉珩眼一眯，眸色沉沉，顿了几秒，嗯了一声。

"那你工作找到了吗？"

“找到了。”

“那你什么时候开始上班呀？”

“下个礼拜吧，我要倒个时差。”

初栀啪啪地踢腿，脚背拍着床面，领口垂下来的绵软随着她的动作也不老实地动：“那你——”

“初初。”陆嘉珩闭了闭眼，打断她。

他垂着眼看着视频里的人，舔了下唇珠，低声道：“你这是要跟我深夜激情视频？”

“……”

初栀目瞪口呆，被他的无耻言辞惊呆了，又像是被打开了新世界的大门，噌噌地往后蹭了蹭，想了想，又蹭回来，有点好奇地看着他：“怎么激情视频？”她抬手，攥紧了睡衣领口，红着小脸儿紧张道，“我要……要脱吗？”

陆嘉珩脑壳疼：“别，你别搞我了。”

初栀拽过枕头抱住：“你还想让我搞你。”

陆嘉珩：“……”

初栀：“你就做梦吧。”

“……”

陆嘉珩倒时差睡不着，初栀不舍得睡，最后聊到睡着，视频没挂，斜歪着立在旁边。

少女半张小脸埋进枕头里，长发散乱，嘴巴压得歪歪的，长长的睫毛覆盖下来，睡得四仰八叉，又香又甜，一片寂静里，仿佛能够听见她平稳又均匀的呼吸声。

陆嘉珩想挖个洞直接通到楼下，下去帮她把耳机摘了，把被子盖好。

第二天一早，初栀睡醒，一睁开眼就是手机屏幕上男人一张放大了的侧脸。

视频一整晚没挂，手机只剩下6%的电量，陆嘉珩那边一片昏暗，他安静地躺在枕头上，沉稳入睡。

初栀揉了揉眼睛,欣赏了一会儿男朋友的英俊侧颜,才爬起来挂掉视频,爬下床去。

结果准备就绪出门,初栀一开门,就看见男人低垂着头靠站在电梯旁边。

听见开门声，陆嘉珩抬起眼来。

他穿了件衬衫，外面随便套了件外套，弓着身靠在电梯旁，困得眼角微红，轻眯着眼。

初栀关了房门，走过去，鞋跟踩在大理石地面上，咔嗒咔嗒响：“你怎么起来了呀？”

陆嘉珩随意抓了抓睡得有点乱的头发，声音微哑：“送你上班。”

初栀简直想打他，抬手抵着他的背往楼梯口推，催他上楼：“你快点回去睡觉，我自己也能去上班，等你时差倒过来再送我。”

陆嘉珩软趴趴地被她往前推了几步，突然转过身来，垂眼直勾勾地看着她。

初栀被他那眼神看得有点发毛：“你干什么……”

他抬起手来，微凉的指尖轻轻顺着她的下唇唇线蹭过，落在嘴角：“你涂唇膏了。”

“上班了就是要涂一点呀……”初栀不自在地抿了抿唇，看起来有点沮丧，“不好看吗？”

陆嘉珩勾唇，声音淡淡的：“好看。”

他说着，手指从她的嘴角滑落，捏住尖尖的小下巴微微抬了抬，俯身垂头。

眼看着下一秒就要亲上了，初栀睁大眼睛，反应很快地抬手，啪地拍在他的脸上，抵着他的脸推开。

索吻遭拒，陆嘉珩微微歪了下头：“不能亲？”

初栀摇头：“唇膏会被吃掉的。”

他舔舔嘴唇：“吃掉了再补。”

“那也不行，这个唇膏是林瞳给我买的，你不能亲的，”初栀仰着头，认真地看着他，“谁买的谁亲。”

陆嘉珩："……"

太子殿下第一次索吻失败，原因是女朋友涂的唇膏不是他买的，一时间又好气又好笑，还有点郁闷。

他的小栀子现在已经到了上班涂唇膏的时候了，可是不知道为什么，陆嘉珩总觉得她还是个小宝宝。

他不情不愿地拉着她又磨蹭了一会儿，最后被小姑娘半推半拖着赶回家去继续倒时差睡觉。

初栀费劲地把陆嘉珩撵回去浪费了一会儿时间，等地铁的时候又等了好一会儿，到公司的时候比平时晚了一会儿。

她到的时候，办公室里的人已经来得差不多了，茶水间里面人进进出出，不时有人看见她，和她打个招呼。

不知道是不是初栀的错觉，她总觉得今天大家都格外积极阳光有活力，好像有什么高兴的事情似的。

隔壁几个文案和策划正举着个小镜子仔细查看自己的妆，小姐姐们站在茶水间门口小声说着话，表情还有点小兴奋。

初栀有点莫名其妙，好奇地环视了一圈，往座位方向走去。

她左边坐着的是微胖界的颜值扛把子，兼任办公室八卦小能手，性别男，爱好性别不明，偶尔宅男偶尔 gay，经常空闲期间刷淘宝各种美少女手办，尤其喜欢凌波丽，热爱粉衬衫。

"粉衬衫"姓杜，人热情似火，虽然看起来不太靠谱，但是其实正经起来超乎寻常地靠谱，能力强、效率高，经常帮初栀的忙，也教了她不少东西。

这一段时间下来，初栀也跟他混熟了，开玩笑地叫一句杜老师。

她有点奇怪地歪着脑袋，走到自己的小格子间前，将包包放在桌子上，脱外套的时候，"粉衬衫"就侧过头来盯着她。

初栀将外套搭在椅背上，心情颇好，垂眼笑眯眯道："杜老师早呀。"

"粉衬衫"没说话，意味深长地看着她："我栀，谈恋爱了？"

初栀差点被口水呛着：“什么？”

“粉衬衫”往后一靠，薄薄衬衫下面的肚子随着他的动作欢快地抖了抖：“你今天看起来春风满面啊。”

初栀惊恐地看着他，脸红了：“你、你、你、你才春风满面，你别瞎说啊我还没毕业呢！”

她下意识地抿了抿唇，有点心虚地抬手抹了一下脸颊。

虽然刚刚在她的严厉拒绝下陆嘉珩最后没亲到嘴巴，不过临走之前他还是不太甘心地亲了亲她的脸。

想了想，初栀又觉得她完全没必要心虚的啊，有个男朋友怎么了？她马上就要毕业了！

她又理直气壮起来，一抬眼，就看见“粉衬衫”笑得春风明媚，小小的一层双下巴这回跟着一起欢快地抖动。

杜老师笑呵呵的，怎么看怎么觉得这小实习生可爱，他凑近她，指指旁边的许策划：“看见了吗，她在干啥？”

初栀抻脖子看过去：“补粉？”

“粉衬衫”又指指隔壁的林设计：“她干吗呢？”

初栀又扭身子看：“理头发？”

“粉衬衫”笑眯眯道：“知道为什么吗？”

“为什么呀？”

粉衬衫故作神秘，也不马上说，想要吊她胃口的样子：“好奇不好奇？”

初栀这个小朋友长这么大，最大的优点就是喜欢捧场，并且捧得自然无比，捧得行云流水，捧得诚恳非常毫无痕迹。少女真诚地看着他，大眼睛亮晶晶的：“好奇的。”

“粉衬衫”终于得到满足，嘿嘿一笑，凑近了道：“新官上任，据说是——”他顿了顿，伸出一根食指来，指指天花板，“最上头那位的宝贝孙子，年纪轻轻，还帅得掉渣，真·钻石级的王老五。”

初栀大惊失色：“叶总监要被走后门的挤掉了吗？！”

“粉衬衫”白了她一眼：“目光能放长远点吗？那是未来老大呢，哪儿能回来就做个总监。”

初栀老实巴交地诚实道：“可是我觉得总监已经很大了呀。”

“那是对我们来说，人家以后是要统治景恒王国的男人。”“粉衬衫”也不知道从哪儿掏出了一面小镜子，理了理他没剩几缕的头发，转头看向初栀，“哥哥帅吗？”

捧场王初栀毫不迟疑地拍马屁：“帅死了，像刘德华。”

“粉衬衫”甩了甩刘海，掐着嗓子，娇滴滴道：“你觉得这钻石级是个 gay 的可能性有多大？”

初栀：“……”

下午例行周例会，据“粉衬衫”说，自从叶总监上任，市场部变成了全公司每周开会次数最多的部门之一，总监大大心情好了开一开，心情不好开一开，每周还得有个大的，邀请上下游关联部门共同参加，并且其他关联部门开会他也会派人过去，获得第一手资料。

初栀作为打酱油的小透明，秉承着都行都好都可以的原则，例会上专注于缩在角落里安静地记笔记，听着她的竞争对手——硕士、博士、海归们热情满满唾沫横飞地发言表述想法。

两相对比，初栀自愧不如，镶金海归日常侃侃而谈，第三次抨击当今中国企业集团的经营模式，分析了景恒现阶段发展方向的局限性，并且对此进行了深刻的研究，认为应该先从市场部做起，改变现阶段一成不变的迂腐现状，向国外的企业模式学习。

初栀觉得这人与人真是不一样，这位镶金边儿的海归论文和报告写得一定很好，对事业澎湃激昂的热情和他的学历完全成正比，就是有点爱做梦。

一场演讲结束，初栀叹为观止，咬着笔放下笔记本，抬手啪啪鼓掌。

满室寂静，初栀的掌声显得格外清晰，数十道视线唰唰唰地朝她看过来。

她孤零零地拍了两巴掌，被这么看着有点不好意思，抓抓下巴，讪讪地放下了手。

叶康宁也从长长的会议桌那头看过来，仿佛上公开课时候的老师，点了她的名：“你觉得呢？”

初栀第一次周例会上被老大点名，有点紧张地吞了吞口水，大眼睛眨巴眨巴，小心翼翼地软声道：“我觉得有梦想挺好的……”

一时间，会议室的寂静被打破，不少人忍不住笑了。

“粉衬衫”声音最大，坐在初栀旁边呵呵呵地笑出声来，看起来十分不厚道。

海归精英男从小到大没受过如此奇耻大辱，此时觉得自己受到了极大的、不可饶恕的侮辱，脸涨得通红，愤怒地扭过头来看了她一眼。

初栀被他凶巴巴的眼神瞪得缩了缩脖子，悄悄地缩回椅子里去了。

叶康宁轻轻咳了一声，压下笑意：“我也觉得，对待工作有这种热情挺好的。那今天就先这样吧，下个礼拜新总经理上任，大家也都热情点。”

原本还只是大家私下传来传去，现在官方宣布，整个会议室里的女人们都骚动了，散会后三三两两凑在一起边说话边往外走。

初栀慢吞吞地整理了桌上的文件，觉得这场面和在学校里女同学们研究校草的时候十分相似，只不过学校里她们研究的校草是她男朋友，现在是个没过三十五岁的年轻钻石王老五。

女性生物真是无论什么年龄段都有共通之处，比如对帅哥感兴趣，对有钱的帅哥更感兴趣。

“可是万一他长得丑呢，都说是据说了，哪儿有那么多有钱的帅哥啊，没准儿他长得像卡西莫多呢，那她们不是白期待了吗？”晚上初栀下班，坐在陆嘉珩的车里跟他吐槽今天的八卦。

陆嘉珩把着方向盘的手顿了顿，侧过头来：“卡西莫多？”

初栀点点头：“就是《巴黎圣母院》里面的那个。”

他挑了挑眉，有点好笑地看着她：“你觉得他有那么丑？”

他来接她下班，顺便给她带了好吃的，初栀一手拿着个叉子叉比萨吃，腮帮子像个小仓鼠一样一鼓一鼓的。

她把食物咽下去，才不紧不慢道：“都是骗人的，这肯定是骗局，先用帅哥领导上任来欺骗我们，让女人们为了表现出自己的优异来积极工作，让男同事们感受到压力和差距也玩命加班，到时候来了个丑八怪。”

陆嘉珩：“……”

“这种套路我已经摸透了，就是万恶的资本主义绞尽脑汁用这种歪门邪道压榨我们。”初栀扭过头来看着他，小脸上写满了得意扬扬，“是不是觉得我说得很有道理？”

陆嘉珩轻轻笑了一声，语气愉悦：“你说得好有道理。”

因为新老大要上任，整个礼拜，办公室里紧张期待的氛围浓烈，而这种浓烈的氛围，在星期一新老大上任当天达到顶峰。

初栀虽然是实习生，但是其实也没怎么跑过腿儿，每天的活动范围也窄，直到当天她去财务部送文件，才发现不仅市场部，整个公司这种气氛都很明显。

从财务部回来，初栀垂头翻出手机，正准备给陆嘉珩发个短信，没注意前面。鞋跟踩在大理石地面上声音清脆，初栀余光瞥见前面有人迎面走过来，匆匆侧身，堪堪躲过去才没撞上来人。

初栀连忙道歉，抬起头来。

对方也拿着手机，垂头看她。

男人看起来四十多岁的样子，保养得很好，穿着笔挺的西装，戴着副眼镜，面容看起来严肃又有点僵硬。

他身后跟着秘书，刚刚拿着文件在跟他说话，此时也顿住，抬头看着她。

初栀侧头，和身后那秘书视线相对。

两人同时愣了愣。

初栀觉得她长得有点熟悉，好像在哪里见到过，但是又想不起来了。

初栀皱着眉，想再看她两眼认一认人，又觉得一直盯着人家看实在不太好，最后匆匆地道了歉就走了。

三个人擦身而过，初栀往前走了两步，又忍不住回头瞧。

女秘书穿着职业套装，背影婀娜，一双大白腿又长又细，细高跟走得稳稳的。

初栀啊一声，后知后觉地认出她来。

女秘书、细腰、大长腿，几年前陆嘉珩实习的时候，来给他送咖啡的那个小姐姐来着。

初栀摇头晃脑地回了市场部，给陆嘉珩发微信："我看到情敌了！"

陆嘉珩倒了一个礼拜时差，今天刚好是上班第一天，看起来好像不太忙的样子，竟然秒回了一个问号。

初栀："大白腿！大白腿！你的大白腿女秘书！"

陆嘉珩："……"

初栀咬着舌尖哼哼了两声："你上次实习的时候给你送咖啡那个呢，你这个女秘书腰好像又细了哎。"

陆嘉珩没再回。

初栀等了一会儿，还是没等到回复，刚好走到办公室门口，抬头看了一眼叶康宁玻璃屋子一样的办公室，乖乖地把手机揣进兜里，才走进来。

叶康宁正在打电话，刚巧抬起头来。

四目相对，叶康宁直勾勾地看着她。

初栀被他盯得有点发毛，缩了缩肩膀，轻轻对他点了点头，往自己办公桌那边走。

叶康宁放下手里的电话，突然站起身来，走到办公室门口，拉开玻璃门，低声叫她："初栀，进来一下。"

叶总监极少主动叫人，他声音不大，微沉，存在感却强，一声出来，坐在旁边的镶金边儿海归侧过头来看了她一眼。

初栀回过头来，有点茫然地乖乖走进总监办公室，关上门，乖乖地站在桌前："叶总监。"

叶康宁看着她，眼神带着一点审视的味道，不说话。

初栀被他看得有点手足无措，不知道自己又犯了什么错误，从早上一到公司开始仔仔细细地回忆了一遍，依旧一点头绪都没有。

叶康宁往后一靠，神色莫辨地看着她。

过了两分钟，叶康宁才缓缓开口：“陆总让你上去一趟。”

初栀一时间没反应过来，一脸傻愣愣地看着他：“啊？”

如果说之前被叶康宁叫到办公室里去是被老师点名了，那么现在初栀有一种被校长点名的感觉。

电梯一层层向上，一直升到顶层，叮咚一声，电梯门缓慢打开。

初栀紧张极了，站在电梯里一动不动，看着电梯门开了一会儿，又合上。

初栀哆哆嗦嗦地掏出手机来，给陆嘉珩发信息：“我被校长点名了！”

陆嘉珩：“……”

初栀按了电梯开门按钮，人蹭出去，靠在电梯旁边：“呜呜呜，我现在在公司顶层，我马上要见到‘卡西莫多’了，我好紧张。

“他为什么要见我啊，我又不认识他。

“我做错什么了？我什么都没干！

“他想干什么，他到底想干什么，为什么叫我？我只是个实习生！

“陆嘉珩，我害怕，呜呜呜——你救救我，他找我干吗呀……”

她一连发了一串儿，陆嘉珩那边才慢悠悠地回了一句：“他可能想潜你。”

初栀瞪大了眼睛，手一抖，手机差点没掉地上。

缓了好半天，她哆哆嗦嗦地打字：“好，我会为了你守身如玉的。”

初栀打完字，将手机揣进口袋里，沿着走廊一路往前走，一直走到最里面一间办公室。

她站在门口，闭了闭眼，深吸口气，一脸视死如归，抬手敲门。

安静片刻，隔着厚厚的木门，里面低低传来一声，听不太真切的“进来”。

初栀犹豫片刻，手搭上金属门把，舔着嘴唇，下压推门。

门有点重，她两只手有点吃力地推开，站在门口不敢再往前了。

初栀像个做贼的，轻手轻脚地往前走了两步，视线小心地环视了一圈。

门正对着巨大的落地窗，窗纱垂着遮住天光，窗前沙发造型简约，里侧巨大的办公桌后空无一人，初栀眨眨眼，往前走了两步，回手关上门。

咔嗒一声轻响过后，身后又有轻微的声音接着响起，像是杯子碰撞桌面发出的轻微响动。

初栀转过头去，门后墙角一块凹陷处摆着个巨大的酒柜，酒柜前站着个人。

初栀的目光所及之处是男人剪裁合身的西装裤，塞进西裤里的衬衫，工整打着领带的领口，再往上是滚动的喉结、流畅瘦削的下颌线，以及——一张无比熟悉的脸。

昨天晚上还见到的男人，此时站在她新上任的老大的办公室里面。

初栀的大脑空白了两秒钟，她愣愣地仰起头来看着他，像个小傻子一样啊了一声。

陆嘉珩一边走到她面前，一边抬手懒洋洋地扯了扯领带，动作漫不经心，有点小性感。

初栀吞了吞口水。

陆嘉珩注意到她的小动作，眉梢一挑，垂着眼直直地看着她，搭在领带结上的手指微顿，故意放慢了动作，缓慢地继续扯开。

领带扯松，他将手指探上衬衫领口，不紧不慢解开上面两颗扣子。

衬衫布料微微垂下去，他指尖扯着拉开一点，白皙的颈部肌肤随着他的动作一寸寸露出来。

“……”

初栀的耳朵红了。

陆嘉珩低低笑了声，垂手，轻柔开口：“不是说要为了我守身如玉吗？”

他倾身弯腰，垂头靠近，桃花眼微扬：“怎么，这就把持不住了？”

陆嘉珩其实刚开始没想那么多，他不怎么习惯穿正装，只是觉得打着领带有些闷，结果一看初栀这个反应，好像还有奇效。

小姑娘面红耳赤地看着他，白嫩嫩的小耳朵尖儿通红，微微仰着头，瞅瞅他，又移开视线，游移一会儿，又抬起头来，忍不住看。

陆嘉珩从来没见过她被他的美色诱惑到的样子，一时间兴致高涨，就那么微倾着身凑近她，单手捏上衬衫的第三颗纽扣。

他手指修长，骨节分明，皮肤是带着冷感的白，手背依稀可见淡青色的脉络纹路。

西装外套没穿，倾身动作间白衬衫拉出纹理褶皱，第三颗纽扣被解开，男人流畅颈线下的锁骨露出，紧接着是胸膛。

初栀又吞了吞口水。

陆嘉珩轻笑了声，舔着唇，手指下移，停住。

他衬衫半敞，黑眼直勾勾地看着她，声音低柔，似哄似诱：“还看吗？”

初栀瞪大了眼睛，看着他，停了三秒，两只手抬起，啪地捂住了眼：“不看了不看了……”

她不是没见过他这个样子，之前他刚起，两人视频的时候也见到过，只是从来没见过他在她面前脱，也没见过真人这个样子。

距离近的初栀甚至感觉自己能看清他的肌肉纹路、皮肤质感。

他的一举一动、衬衫带起的褶皱、低浅的呼吸和他的气息，好像都能让人脸红心跳。

男色这个东西，有些时候好像确实有点邪乎。

初栀捂着眼睛，有点羞耻地想。

好一会儿，陆嘉珩没了声音。

初栀清了清嗓子，严严实实合着的指缝悄悄地一点一点分开，从食指和中指之间的缝隙偷偷摸摸地往外看了一眼，正对上一双漆黑微扬的桃花眼。

陆嘉珩似笑非笑地看着她。

初栀唰地又把指缝合上了，后退两步，靠着酒柜旁边的墙站着，结结巴巴道：“陆、陆、陆嘉珩，现在在公司呢，你把衣服穿好……”

陆嘉珩又笑，边笑边直起身来，衣料轻微的摩擦声音响起，过了一会儿，安静了。

初栀小心翼翼地慢吞吞张开手指，一双大眼睛从指间露出来，滴溜儿地看着他。

她脸上的红晕还没消下去，视线不由自主地落在他的脖颈处，他衬衫下面的扣子已经扣好了，只留领口两颗，衣领微微往下堆着，领带松松垮垮象征性系在领口，配合着他那慵懒轻佻的气质，有种奇特的淫靡感。

禽兽衣服穿好了，终于变成了衣冠禽兽，此时西装裤、白衬衫，人模狗样地站在她面前。

刚刚那一下初栀还没来得及反应陆嘉珩就开始脱，此时终于反应过来了。

她转圈又看了一圈整个办公室，除了他以外确实没有第二个人了。

陆嘉珩今天开始上班，新老大也上任，还有刚刚叶康宁好像也说了一句陆总。

初栀当时没反应过来，现在想起来，怎么那么巧就都姓陆了？

而她这几天还跟他吐槽了一大堆，什么没人性的资本主义压榨，什么挂着羊头卖狗肉欺骗员工惨无人道，什么其丑无比卡西莫多。

初栀有点心虚，悄悄地垂头，靠着墙边老老实实地站着，不说话。

安静半分钟后，陆嘉珩道：“怎么蔫巴了？”

初栀舔舔嘴唇，微微鼓着腮帮子抬起头来，眨巴着眼看着他：“你是我新上任的老大？”

陆嘉珩侧头勾唇：“不是，你是我的老大，我只是个卡西莫多，是万恶的资本主义压榨者。”

初栀仰着个小脑袋，一副讨好的样子，眼巴巴地看着他。

陆嘉珩也没反应，就这么垂着眼。

她今天穿着件藕色雪纺衬衫、阔腿裤，露出小半截纤细脚踝，脚上一双小皮鞋，中跟设计，款式简洁，长发利落地梳了个高马尾，发梢带着一点自然卷儿，刘海儿长长了，跟着鬓角的一点碎发一齐软软地分向两边。胸前一个工作牌，上面一张一寸照片，旁边写着名字和岗位，位置不偏不歪，刚刚好垂在胸前正中间，勾勒出凹陷的美好弧度来。

这是陆嘉珩第一次正经地看见初栀在公司里的样子。

自家小姑娘像是石中璞玉，像是绽放在晨露中的花，此时稚嫩和青涩褪了小半，让人看着心里五味杂陈又心痒难耐。

半晌，陆嘉珩磨了磨牙，低声开口：“你以后在公司别戴工作牌了。”

初栀瞪大了眼睛看着他，觉得他这个要求简直不可思议："你是想让我每天被主管骂八百遍，实习工资扣个精光，最后提前被赶出公司吗？"

她说完，陆嘉珩似乎还很认真地思考了一下："那你可以直接来给我当秘书。"

初栀才想起来，刚刚在电梯门口，他回给她的那句"他可能想潜你"。

初栀瞬间态度就端正了，十分认真地看着他："陆嘉珩，你不要天天想着让我吃白饭，我自己也养得起自己，"她想了想，继续道，"你如果哪天不想工作想吃白饭了，就跟我说。"

陆嘉珩挑眉："你就养我？"

初栀一本正经道："我就给你做思想工作。"

"……"

初栀是被陆嘉珩通过叶康宁叫上来的，不敢待太长时间，说了几句话就急急忙忙地要下去。

临走之前，初栀自以为凶神恶煞地把陆嘉珩逼到角落里，似乎想 cos 小太妹，其实像是一只脸上写满了"我超凶"的小猫咪，严肃地威胁警告他在公司里不许把两个人的关系暴露出去。

陆嘉珩觉得很委屈，他这个地下男朋友从女朋友大一开始直到现在，几年来都见不得光。

小陆总闷闷不乐了三秒钟，靠在门板上任由小姑娘"门咚"，看着她小短胳膊吃力地撑在门板上，人靠得很近，仰着小脑袋看着他。

他垂眼，忽然道："你不爱我。"

初栀被他这突如其来的一下打了个措手不及，微张了嘴没说话。

"你不喜欢我。"

他声音很低，有些闷，细细分辨还有一点点不易察觉的委屈感，乖乖地垂着头，像个大小孩。

初栀呆了，好几秒钟才回过神来，看着他那副样子有点蒙，连忙急急道："我没有不喜欢你呀。"

陆嘉珩俯身，脑袋乖乖地搁在她的肩头上，黑发散下来，几缕蹭到初栀的脖颈，有点痒。

“初初，我好几年都见不得光。”陆嘉珩闷闷道。

初栀想到那种毛茸茸的大型犬类动物，亲人又爱撒娇，一不开心就跑到主人身上趴着，毛茸茸的大脑袋往人肩膀上一搁，开始耍无赖。

初栀手足无措。

他们恋爱谈了几年，她身边的人好像真的没有知道的，唯一知道这件事情的林瞳，还是自己撞见的。

她突然有种十分对不起他的感觉。

可是在公司里，这种事情怎么好大肆宣扬。

她原本选择来这里实习只是因为他在这里实习过，所以她也想来，好像这样，她就又能离他更近一点似的。

虽然这个人当时一个区区实习生就有独立的办公室，可是初栀最多也只是以为他家里在这家公司有认识的人什么的，哪里想到过这是他们家的。

初栀心里觉得愧疚极了，好像陆嘉珩跟她谈这几年恋爱受尽了委屈，她抬手小心翼翼地摸了摸他埋在自己颈间的脑袋。

上次扮演这样的角色，好像还是两个人没在一起的时候，他某次生病，家里又没有暖气，大晚上敲响了她家的门。

自那以后，他就一直是纵容着她的那一个。

初栀是第一次摸他的头发，没有想象中男人发质的硬感，他发丝有点软，手感异常地好。

初栀小手落在他的头顶揉揉又抓抓，上瘾似的玩了一会儿。

公司里肯定不行，初栀想了想，决定从别的地方弥补给他。

“陆嘉珩，过两天你要不要跟我朋友一起吃个饭？”

她软声开口，也有点拿不定他到底愿不愿意。

他依然低垂着脑袋，没动，也没说话。

初栀不知道他到底是不愿意，还是依然不开心。

她皱着眉费劲想了好一会儿，想不出个所以然来，干脆放弃了。

顿了几秒，她深吸口气，揉着他头发的手指顿了顿，停住了。

陆嘉珩被女朋友顺毛顺到一半，从未有过的待遇简直美得他鼻涕泡都要冒出来了，开心得想哼歌，结果小姑娘动作突然停了。

他以为她不耐烦了，刚想要抬起头来，脑袋一空，靠着的纤细肩膀往后撤了撤。

陆嘉珩心下一紧，以为她真生气了，正要哄，面前的小姑娘突然抬起手臂，一只把在他的肩头上，另一只轻轻扯住他半松的领带往下拉。

陆嘉珩本来就是俯着身的姿势，还没站直又被她拉下来，她轻轻踮起脚，柔软嫣红的唇印上他的。

一秒、两秒、三秒，陆嘉珩整个人定在原地，一动不动。

她第一次主动吻他。

而在她刚刚轻轻揉着他头发哄他的时候，陆嘉珩以为不会有更好的事情发生了。

几秒钟后，他回过神来，垂下眼睫。

小姑娘看起来紧张极了，死死地紧闭着眼，浓密的睫毛扇子一样覆盖下来，皮肤细腻瓷白，薄薄的眼皮上甚至能看见浅浅的血管纹路。

她扶在他肩膀上的纤细小手轻轻颤抖，拉着他领带的手指也有些僵硬，掌握不太好力度，就那么拉着往下拽，让他不得不跟着她的力度低垂着头。

他像是她最虔诚的信徒，任她牵引，任她摆布。

她简单干净、蜻蜓点水似的一个吻，瞬间就能点燃他心底全部的灼热和渴求。

陆嘉珩最终答应了她在公司里两个人的关系保密，用和她朋友一起吃饭作为交换条件。

男人得了便宜还卖乖，倚靠着酒柜站着，垂眼看着她："那如果我在公司太想你了，忍不住想要见你怎么办？"

第一次主动完又被大尾巴狼捞着啃了一顿的小白兔睁着还水光潋滟的眼，撇撇嘴："不怎么办，忍着。"

"忍不住。"

“拼命忍呀。”

“我可以去看你吗？”

“不可以。”

“那实在太想你了怎么办？”

初栀被他闹得又羞又无奈：“陆嘉珩，你烦不烦呀。”

陆嘉珩舔舔唇，柔声哄着她：“就偶尔去看一眼，当作去了解工作进度的，我假装不认识你。”

初栀想了想，勉为其难地妥协：“那行吧。”

结果祸从口出。

初栀好半天才从顶楼下来回办公室，甚至已经做好了接受叶康宁注视的准备，没想到玻璃房子里面空无一人，总监大大根本就不在。

初栀暗暗松了口气。

倒是“粉衬衫”很关心她，椅子一转，脑袋从格子后面凑过来，颤抖着双下巴好奇地看着她：“你跟我们海归吵架去了？”

初栀一愣：“什么？”

“粉衬衫”笑呵呵地看着她，理解地拍拍她的肩膀：“你前脚刚从叶总监的办公室出去他后脚就走了，他刚回来你也回来了，还瞒着你杜哥哥，没事儿啊，放心吧，我肯定是站在你这边的啊。”

初栀一脸云里雾里：“我为什么要和他吵架呀？”

“因为你们俩是竞争对手，因为你上次例会上让我们海归精英受到了奇耻大辱。”“粉衬衫”掰着手指头，“你没注意他那以后看你的眼神儿都刀光剑影的吗？”

初栀真的没注意到。

她每天跟上布置任务的进度就已经很费力了，哪儿有那个空闲时间去注意别人对自己的注视是充满爱意还是充满敌意的。

见她一脸茫然地看着自己，“粉衬衫”正准备教育教育她，告诉她职场险恶，调研主管突然噔噔噔地跑进来，拍了两下手，清嗓子。

所有人的注意力都被吸引了过去，调研主管站在门口，平日里一张终日郁郁寡欢的晚娘脸完全不见了踪影，容光焕发，气色红润，温柔又和善：“一会儿新上任的陆总要过来视察，了解一下市场部的工作进度和推广计划，大家都注意一点。”

瞬间，整个办公室里骚动一片。

“……”

初栀慢吞吞地抬起头来，看了一眼表。

她才下来不到十分钟，屁股都还没坐热乎。

第十四章
不巧

景恒的市场部很大，分几组，广告、公关等各司其职。

初栀现在实习的岗位是品牌策划，兼任打杂的。

实习生大多这样，部门里什么杂事儿也都需要做，所以一般是累成狗担当。

而关于新老大要“下凡”来微服私访这件事，按照调研主管的意思就是，大家不用太做作，表现得自然一点，优秀一点，要让陆总看到景恒员工的基本素质。

虽然这本身就挺做作的。

初栀坐在椅子里，撑着下巴看着许策划又偷偷摸摸掏出小镜子开始补妆，看起来没什么积极性。

和她一样淡定的，还有镶金边儿海归。

海归其实长得挺帅的，一米八的个子，一张刚正不阿十分正直的脸，浓眉星目，总之一看就是积极向上的未来小树苗。

只不过这根小树苗常年保持着下巴四十五度角上仰，黑眼仁下瞥，或者用眼白看人，用鼻腔一声不屑又轻蔑的“哼”作为回答。

日常口头禅是：“在英国……”“中国现在这个样子……”“在英国就绝对不会这样……”“中国人可真是……”

因此，这位高学历海归在办公室里其实人缘不怎么样，平时只有初栀会热情地和他说话。

“小树苗”的表情看起来对中国这种官僚主义的追捧挺不屑的，轻轻哼了一声，也不顾周围的骚动，头也不抬地咔嗒咔嗒敲键盘。

他俩对着坐，中间隔着磨砂玻璃隔断，初栀能看到他露出来的脑瓜门儿和两道粗黑的眉。

初栀想起刚刚“粉衬衫”说的，时隔几天又想起之前在会议室那次。

她当时也就随口一说，没什么恶意，现在想想，她当着那么多的人那么说，好像也确实不太合适。

再仔细想想，这海归好像连着好几天，连他鼻孔都不愿意瞧她了。

初栀恍然大悟，正琢磨着哪天找个时间，确实应该跟他道个歉或者请他吃个午饭喝个下午茶什么的，发着呆的工夫，陆嘉珩走进来了。

黑发，狭长的桃花眼，开扇的双眼皮，唇瓣削薄红润，唇角微勾。他套上了西装外套，领带也已经板板正正地系好了，白衬衫扣子一直扣到最上面的一颗，整个人看起来轻佻也禁欲，矛盾又和谐。

初栀看见红唇鲜艳的许策划和旁边女孩子交换了一个眼神，那眼神和在学校的时候，小学姐学妹们来跟他要手机号的时候一模一样。

所以说读书的时候小姑娘们讨论的校草是她男朋友，实习上班了以后同事们讨论的年轻钻石王老五也是她男朋友。

初栀撑着下巴，神游天外，再一抬眼，陆嘉珩已经走到她面前。

他遮了光，阴影打下，初栀抬起头来。

办公室里悄无声息，所有人的视线都往这边看过来，神情各异。

初栀坐在位置上，仰起头，手指抓着桌边。

陆嘉珩眉一挑。

初栀瞪大了眼，表情看上去有点惊恐，紧张地看着他。

静了片刻，调研主管凑近两步道：“陆总，这是新来的实习生，才来没多久。”

“实习生？”他始终垂着头看着她，声音低沉，没什么情绪，看着她的眼神也淡，像是在看一个陌生人。

初栀一愣。

陆嘉珩长眼下移，和她的视线错开，顺着她的鼻梁、嘴唇、下巴尖滑到脖颈，最后落在她胸口的工作牌上。

那上面有她的照片、姓名，还有实习的工作岗位。

陆嘉珩微微倾身，保持在合适的距离凑近了点，吐字淡，尾音却软，轻柔的声音无论说什么都像是在说情话。

“初栀，品牌策划——”他缓声一字一字念，微顿，抬眼看着她，“既然是实习生，为什么不是‘实习品牌策划’？”

初栀被他搞得一愣一愣的，有点没反应过来。

陆嘉珩微勾唇，直起身来，居高临下地看着她：“工作牌摘了，过两天重新弄一个。”

“……”

初栀本来以为工作牌这个事儿他已经放弃了，结果没想到原来在这里等着呢。

连着一个礼拜，小陆总新官上任三把火，在市场部串了两三回，搞得整个公司里雌性荷尔蒙乱飞，到处都是各种类型混合在一起的香水味。

初栀在报废了两个工作牌以后，终于忍不住在下班的时候把某个人按在驾驶座上狠狠咬了好几口，才得以保住第三个。

第二天上班，小陆总下巴上多了两个创可贴。

作为此时景恒最受欢迎、关注度最高的人物，这一变化还是很多人注意到了的，公司内部聊天软件上八卦了一上午。

被一群美丽女白领谈论了一上午的创可贴，可以说是非常有牌面的创可贴了。

会议室。

陆嘉珩一进去，就有三三两两的人起身和他打招呼。

他掐着时间来，长桌上人已经坐满了，陆老爷子在主位，旁边坐着陆泓声，另一边的位置空着。

三年前，陆嘉珩第一次踏入这间办公室的时候，还只能在最外侧秘书旁边的角落里随便拉张椅子，连咖啡都没有。

陆嘉珩眼睫微敛，视线扫了一圈，在陆泓声脸上停了两秒。

男人也正看着他，神情有些难看。

陆嘉珩勾唇，眼一侧，看着陆老爷子点了点头。

陆老爷子抬手："来了，坐吧。"

陆嘉珩走到他旁边的空位置上坐下，手臂搭在椅子扶手上，上半身向后靠了靠，神情懒散。

顿了顿，他微微直起身来，翻开面前的文件。

三年前他走的时候，陆泓声相中了临市郊区的一块地，不知道从哪里得来的消息，声称之后那边会作为经济区重点开发，商业价值极高，地产策划写了几份，热情高涨。

一时间那块地价格一路往上飙，水涨船高。陆老爷子也不知是什么心思，对这事儿完全持放任态度，任由陆泓声铆足了劲儿折腾，到底最后以高出正常地价几倍的价格拍下了那块地。

结果直到现在，当初说好的作为经济开发区重点开发的消息还半点没有，风声都没听到。

陆泓声一块地憋在手里，至今没个结果。

结果一波未平一波又起，陆嘉珩提前从美国回来了。

其实陆泓声又何尝不是早就察觉到异常，他当年那么急着想要做出成绩，也是因为陆老爷子动了让陆嘉珩继承的心思，本来花天酒地的少爷被召回公司来实习，一时间他是有些心急。

结果疑似弄巧成拙，祖宗又回来了，也难怪陆泓声最近面色不善，每天看着都愁眉苦脸，好像又瘦了不少。

陆嘉珩指节叩在会议室桌面上，听着各个部门汇报工作进程，陆老爷子有意放慢了速度，让他适应着。

会议结束，等到人差不多走光了，偌大的会议室除了他就只剩下陆嘉珩和陆泓声。

陆老爷子话锋一转，头微偏，还是问到了陆泓声手里那块地上。

陆泓声脸发白："我问过住建部那边的朋友，说是今年应该会有消息，到时候那边地价至少翻个三番儿，现在还有不少人来找我想从我手里买下来。"

陆老爷子听着他又说了一会儿，始终没说什么，最后点点头走了。

陆嘉珩自始至终一动不动，也不说话，只懒洋洋地瘫在椅子里。

此时会议室里只剩下两个人，他单手撑着下颌，似笑非笑地看着陆泓声，拖腔拖调道："其实我是建议你现在赶紧卖给他们吧，省得到时候赔到你秋裤都不剩下。"

陆泓声脸色越发难看，侧头看他，眼一眯："你觉得自己多上了两年学就有能耐教我了？我在景恒几十年了，不用你教！你就这么跟你爸说话？"

陆嘉珩没什么反应，不紧不慢地站起来，整了整因为坐姿而有点乱的西装，垂着头，漆黑的眼直勾勾看着他，眸色幽幽，眼底有瘆人的冷漠："我觉得你还是再去找人问问清楚，别是被什么假消息骗了，地价炒这么高，最后也就你这么一个冤大头信。"

初栀和林瞳她们约了周六，毕设论文交完以后初栀多数时间都会回家去住，平时实习休息日准备答辩，几个小姑娘各忙各的许久没见，这次又是初栀主动约她们出来，一时间大家都很热情积极地回应她了。

几个女孩子约了中午见面，看了电影逛了街，又吃了甜品，坐在甜品店里面研究晚上吃什么，最终决定去吃日料。

初栀手里捏着小叉子，面前一份剩下小半的草莓雪冰，插了颗草莓塞进嘴里，含含糊糊道："确定吃日料了吗？"

林瞳兴致勃勃："就吃日料吧，天天火锅、烧烤、撸串，我们这回吃点高雅的。"

初栀抓起手机，一边啪啪打字发信息，一边垂着眼点点头："那我叫人来接我们。"

顾涵笑嘻嘻地说：“你叫滴滴啊，不用啊，念南不是开车吗，让她今天别喝酒了，给我们当司机吧。”

初栀眨眨眼：“不是滴滴呀。”

林瞳哼哼了两声：“她叫她男朋友过来。”

顾涵：“……”

薛念南：“……”

顾涵扑腾着站起来，眼睛瞪得大大的，指着初栀“你你你”了半天：“初小栀，你行啊你，你什么时候谈恋爱的！都不跟我们说！”

初栀还没来得及说话，林瞳继续道：“她大一的时候。”

顾涵愤怒了，啪的一声拍上桌板，旁边的人纷纷看过来，她视若无睹，就差咆哮了：“初栀！咱们今年要毕业了你才告诉我们！绝交！”

林瞳抱着手臂，一脸“活该吧，活该吧”的表情。

初栀被她吼得小肩膀一缩，委屈巴巴地道：“我也不是故意要瞒着你们的呀，刚开始没找到合适的机会，后来他出国了，就更没机会提起来了，你们也没问过我呀……”

顾涵深吸了口气，冷哼了一声，仍是不解气，探身过来捏着初栀的小脸拉了好半天才松手，重新兴奋起来，又一拍桌，颇有大姐大的气势：“一会儿把你男人叫来！吃什么日料，烧烤摊见，啤酒都备好，你涵姐姐来会会他。”

她说话的同时，甜品店门口清脆的门铃声音响起，男人穿驼色风衣，站在门口环视了一圈。

林瞳坐在面对门的位置，第一个看见他。

上次她见到陆嘉珩还是在两年前，两年不见，男人的气质发生了明显的变化，气场极强，带着某种散漫的威势，只站在那里就能轻易吸引别人的视线。

而顾涵还在那边跟初栀高喊着：“老娘今天不把你男人放倒就是你孙子。”

陆嘉珩已经在店里不少人的注视下径直走过来，在她们桌边站定。

一桌四个女孩子齐刷刷抬起头来。

顾涵反应了几秒，认出他来，表情有些惊奇："'粉水杯'学长，好巧啊。"

陆嘉珩垂眼，先是看了初栀一眼，而后侧头，看着顾涵，微微颔首。

初栀像只小鸵鸟一样，也不说话，就低低垂着头，抓着勺子胡乱搅拌着面前的草莓冰。

陆嘉珩垂眼，看到她这副蔫蔫的小样子微微勾起嘴角。

他站在桌边，抬起手来，揉了揉初栀的头发，懒声道："不巧，我是她男人。"

店是陆嘉珩选的，最终还是吃了日料。

如果说三年前，顾涵还敢和初栀开开玩笑什么的，比如"我选择天才学长"，比如"我不看好'粉水杯'"啊，那么她现在就完全安静下来了。

室友和校草从大一恋爱谈到大四，临近毕业才知道是一种什么样的体验?

顾涵觉得有些伤心，甚至想去知乎发个帖子什么的。

几个人在桌前坐定，陆嘉珩去接电话，人一走，顾涵便用幽怨的眼神直勾勾看着初栀。

初栀也有点心虚，被她瞧得直缩脖子，乖乖地耷拉着脑袋，小声认错："你别生气了，我错了。"

"别说了，你跟本没拿我当朋友。"顾涵哀怨地看着她，举起了手机，"我已经去知乎上发帖子了，你去搜搜看，标题就是'室友和校草从大一恋爱谈到大四，临近毕业才知道是一种什么样的体验'。"

温好的清酒上桌，初栀双手捧着递过去，一脸眼巴巴地讨好，笑嘻嘻地看着她："顾总，喝酒。"

顾涵眼一眯："来交个杯？"

说交就交，初栀捏了两个小杯过来，一人一杯倒好，站起身来。

两人隔着桌子倾身靠在一起，初栀胳膊短，有点吃力，两个人距离拉近，手腕相交，初栀还有点不好意思。

因为顾涵咋呼着要跟陆嘉珩拼酒，几个人也吃吃逛逛一下午都不怎么饿，干脆就选了家居酒屋，这家的清酒口味偏甘，初栀喝完，将小杯子放桌上，吧唧了一下嘴，细细感受了一下。

她第一次喝清酒，觉得比啤酒好喝多了，啤酒又苦，为数不多的几次啤酒喝得她每次都直想打嗝。

三杯过后，陆嘉珩回来了，跟着回来的是几扎冰啤。

顾涵和林瞳都是人来疯，刚刚几个人一小壶清酒下肚，她起了兴，一杯冰扎啤推到陆嘉珩面前，严肃道："学长，你不厚道，我们初小栀这种瑰宝级小姑娘，你不声不响就骗走了，一骗还好几年。"

陆嘉珩接过，指尖蹭过冰啤挂着水汽的杯壁，水珠滚滚滑落。

他轻笑着颔首："是我的错，该罚，这杯我先干了。"

顾涵："……"

林瞳："……"

薛念南："……"

顾涵觉得这个场子找不回来了，她最高纪录是八瓶啤酒，虽然没断片儿但也差不多了，她已经觉得自己算半是个豪杰，结果这"粉水杯"学长上来就要干一扎，看起来和她们根本不是一个级别。

初栀捧着杯梅酒，捏着吸管戳里面的冰块玩，看热闹似的看着陆嘉珩咕咚咕咚一扎就给干了。

他微仰着头，脖颈拉成利落的弧线，喉结随着吞咽滚动。

冰啤扎杯壁上有水滴滴落，顺着他的脖颈流淌，一路蜿蜒着向下，滑进衬衫领口，有种恣意放肆的性感，让人唾液腺不知不觉就又活跃起来。

都说男人抽烟的时候最帅，这么看起来，喝酒的时候明明也很帅。

初栀有一点点脸热，不知道是不是刚刚喝的几杯清酒的效果。

她鼓着脸颊垂下眼去，放下筷子，偷偷摸摸地揉了揉耳朵。

陆嘉珩一杯见底，空杯子往旁边桌边一推，抬眼，笑了一下，面不改色淡定地又拉了一扎到面前。

还没等他端起来，顾涵极其识时务地双手一举，老老实实认尿："姐夫，我投降。”

陆嘉珩笑，抬手揉了揉初栀的脑袋：“别，这小东西不是你们寝室最小的吗？”

林瞳被闪瞎了眼，只觉得他一句“小东西”都像是在喂她们吃狗粮。

顾涵战战兢兢：“那，妹夫？”

初栀听不下去了，小声发言：“我觉得，还是叫学长吧。”

从居酒屋出来已经是晚上，顾涵和林瞳勾肩搭背地高声齐唱国歌，初栀在旁边上蹿下跳地拍手叫好，像个音乐会的指挥家一样抬着手臂画三角。

只有薛念南清醒着，她提前打了电话，薛父开了车来接她们，连哄带拖地把两个姑娘弄上了车，薛念南看着陆嘉珩怀里的初栀：“阿栀交给你了。”

陆嘉珩嗯了一声，看她上车。

顾涵依旧沉浸在情伤里，至今没能成功爬出来，临上车之前，突然停住了，歌也不唱了，转过身来，看着陆嘉珩。

她个子高，又踩了很高的高跟鞋，陆嘉珩人站在马路上，她踩上旁边的马路牙，两人的身高竟然相差无几。

她这么一动作，周围几个人都停住了。

顾涵红着眼睛，还有点大舌头。

“‘粉水杯’。”她叫了他一声。

陆嘉珩没说话。

顾涵抬眼，眼圈儿发红，喝得有点上头，脸也红：“我的阿栀就交给你了。”

她一字一顿，满身酒气，看着他的眼神却很深沉：“你要是敢把她弄丢了，老娘第一个弄死你。”

陆嘉珩抿了抿唇，轻声应道：“我就是把全世界都弄丢了，也不会丢了她。”

薛父的车开走，陆嘉珩垂下眼来，看着怀里的小姑娘。

初栀乖巧地靠在他怀里，看起来完全不知道刚刚发生了什么血雨腥风，垂着小脑袋，掰着手指头背《弟子规》，软软糯糯的声音带着醉意，含含糊糊的，一声一声：

“冬则温，夏则清……

“晨则省，昏则定……

“后面是什么来着，是什么……”

她揉了揉眼睛，又嘀嘀咕咕地说了些什么，然后自己把自己逗笑了，小肩膀颤着咯咯地笑。

陆嘉珩失笑，觉得她喝醉了的时候还挺乖的，就这么老老实实地自己和自己玩。

他抬手，捏了捏她的小脸蛋：“小酒鬼。”

初栀仰起头来，水润的大眼看着他，眼尾微红，神情迷茫。

他抬手，刮了刮她皱起的鼻尖：“回家了。”

陆嘉珩喝了酒，不能开车，车子就丢在那里，两个人打车回去。

夜晚灯光璀璨，陆嘉珩陪着初栀坐在出租车后座，她缩在他怀里，全程都在不老实地动，一个人嘀嘀咕咕地说话，然后咯咯笑，像个小傻子。

出租车里空调开得很足，初栀本身就觉得身体里有火在烧似的，现在更觉得热，坐了一会儿，开始不老实地拽外套。

陆嘉珩拉着她的外套不让她动，紧紧抱在怀里按好。

初栀难受极了，像条小泥鳅似的拱来拱去，想要摆脱他的桎梏，未果，她不开心地噘着嘴，仰起脑袋去看他。

陆嘉珩垂眼，抱着她的手臂收紧，故意压着嗓子：“你乖一点，不然不要你了。”

初栀原本还很不高兴的表情，大眼睛瞪着他，闻言，茫然了十几秒，变得委屈起来。

她委屈巴巴地仰着头看着他，红润唇瓣一撇，眼眶湿漉漉的，下一秒，晶莹的泪含了一圈：“陆嘉珩……”

陆嘉珩心软得酥酥麻麻的。

初栀叫他，可怜巴巴的，眼一眨，就有泪水滚落。

她掉着眼泪胡言乱语：“我教你念《弟子规》，你别不要我……”

陆嘉珩有点哭笑不得，叹了口气，抬手，食指指节轻轻蹭掉她眼角的泪，托着人放在自己腿上抱在怀里：“我逗你玩的，要你要你，初初宝贝这么乖。”

初栀眨巴着眼，侧头蹭他的手心撒娇，又抬臂环住他的脖颈。

脑袋在他胸口蹭了一会儿，又重新抬起头来，发红的眼直勾勾看着他。

窗外街灯和车灯的光线染进她眼里，璀璨闪亮。

陆嘉珩抿唇和她对视。

她手臂蓦地下压，勾着他的脖颈向下，人坐在他腿上直往上蹿，小脖子梗着，吻他的唇。

陆嘉珩措手不及，被她吓了一跳。

她唇瓣滚烫，吐息带出酒气，笨拙地亲他，往里探索。

陆嘉珩侧头，一手扣着她的肩膀，头往后退了退，拉开距离。

两人分开，初栀茫然地看着他。

出租车上，司机视线有意无意地从后视镜上扫过。

陆嘉珩沉着眼，从后视镜冷冰冰地看了他一眼，司机匆匆收回视线。

陆嘉珩抬手，按着她的后脑，将她的一颗小脑袋扣到自己肩头：“趴一会儿，马上到家了。”

“我不要。”初栀嘟哝着，不满地梗着脖子跟他较劲儿，要抬起来。

他力气大，她费了好大劲依然被按得严严实实，初栀快气死了，对着他的颈侧一口就咬下去，不松开。

陆嘉珩嘶了一声，揉揉她的头发，低声哄她：“初初，别咬，我很疼。”

初栀小狗似乎也听进去了，慢吞吞地不情不愿松了口，两秒钟后，温温软软的舌尖抵上之前咬的地方，安抚似的滑过。

陆嘉珩浑身一僵，抓着她后脑的五指收紧。

她埋在他颈间，黑漆漆的小脑袋一刻都不老实，蹭来蹭去，亲吻顺着颈侧一路向上，沿着下颌，停在耳后的皮肤处。

她亲一会儿，就停下来，在他耳边黏黏糊糊胡言乱语地嘟哝，傻乎乎地笑，说够了，唇瓣就又贴上去，笨拙地胡乱咬。

陆嘉珩单手扣在她脑后按着，视线直直看着前面。

不到一个小时的车程，像是过去了一个世纪。

出租车一停，陆嘉珩从皮夹里随手抽了张一百的递过去，没等找钱，直接抱着人开了车门下车。

夜晚风带着凉，初栀缩了缩肩膀，抬起头来，两条小短腿儿悠荡了两下，自动自觉地顺从盘上他的腰。

陆嘉珩抱着她上电梯，她的唇瓣从耳侧寻到嘴唇，像只嗷嗷待哺的雏鸟。

叮咚一声，电梯门缓缓打开。

陆嘉珩单手摸出钥匙，开门，闪身进去。

砰的一声响，房门被撞上，紧接着是碰撞上门板的闷响。

陆嘉珩单手托着她的背，防止她被撞疼，重重地把人压上门板。

被她温水煮青蛙似的慢条斯理地玩了一路，慢吞吞的，却更磨人，神经都快崩断掉了，陆嘉珩抱着她转身进屋，往卧室走。

月光顺着窗倾泻，光线莹润幽暗，深灰色的床单上，少女平躺在上面，皮肤白得通透，长发散开，像被送上祭坛的祭品，又像来吸他的气血、迷他心智的妖。

他垂下头。

酒精发酵，初栀意识模糊，一遍一遍叫着他的名字："陆嘉珩……"

他哑声："我在。"

陆嘉珩双手撑住床面，抬起头来，亲她湿润的眼角。

她叫他的每一声，都像是勒在他心脏上的弦，缓慢地一寸寸收紧。

她是罪孽，也是唯一的救赎。

夜色深浓，卧室里一片寂静。

陆嘉珩重重地喘出口气，没有哪一刻，比现在更加难忍，冲动更加强烈。

可是她醉着，她不清醒。

他希望他们之间是她在清醒状态下的真实意愿，想看她抱着他，亲吻他，好看的眼睛里满是他，感受着他，哭泣着叫他的名字的模样。

陆嘉珩闭了闭眼，又睁开，随手抓了床单一角擦了手指，垂头，亲掉她眼角滑落的泪："好了，初初好乖……"

初栀小口小口喘着气，之前哭了一会儿，肩膀止不住地抽动。

陆嘉珩翻身，拽了被子过来，将她整个人裹住抱在怀里，拍着她的背，一下一下地顺着。

她缩在他怀里一下一下地小声抽泣，整个人被包得严严实实的，只露出一张脸，睫毛紧闭着颤抖着，呼吸缓慢地恢复平稳。

陆嘉珩抱着她，侧身靠坐在床头，伸手拉开了旁边的床头灯，垂下眼。

她睡着了，唇瓣被他咬破了，上面沾着一点干掉了的血液，眼睛哭得有点肿，一副被欺负得惨兮兮的样子。

他抬手把她的被角往下拉了拉，脖颈和胸口上面有干涸的血。

陆嘉珩有点懊恼，轻手轻脚地将她放在床上，翻身下床掀开帘子走进客厅，从柜子里翻出医药箱。

小姑娘沉沉地睡着，他坐在床边，抽了医用棉签和消毒药水，蘸湿了棉签点上去。

消毒药水沾到伤口上有刺痛感，初栀在睡梦中难过地缩着身子，嘤咛着，手臂却被被子裹在里面，动不了。

陆嘉珩下颌紧绷着，捏着棉签的力气很重，手背的筋骨一根根凸出来，下手却轻，小心翼翼地消毒，撕了个创可贴斜着贴上去。

初栀皱着眉，侧头蹭了蹭枕头，吧唧着嘴嘟哝了一句什么。

陆嘉珩将医药箱推到一边，走进洗手间，用温水浸了条毛巾出来，动作轻缓地把人从被子里弄出来，帮她擦掉身上的东西。

毛巾抵上腿，她痒得咯咯咯地笑，眼睛迷迷糊糊地睁了条缝，虚虚看了他一眼，小脑袋一扭，往他怀里拱啊拱，香香地继续睡过去了。

他被她折磨了整个晚上，她却像个小没良心的，睡得不要太安稳。

陆嘉珩恨得直磨牙。

等她下次清醒的时候，他一定，一定让她哭到话都说不出来。

初栀这一觉刚开始睡得还算安稳，后来，她做了个比较悠长的梦。

梦境刚开始的时候还是很正常的，她坐在一个游泳池边，脚伸进游泳池里踢着水玩儿，一回头，一个只穿了条泳裤的男的朝她走过来。

这男人的身材可真是太好了，胸肌、腹肌、二头肌，往下是沟壑很深的人鱼线，长得也帅，眼珠漆黑，狭长的桃花眼上挑，薄唇勾起。

裸男冲她懒洋洋地笑了，修长的手指钩住泳裤边缘，就要往下扯。

泳裤少侠要变成真裸男了。

梦里的初栀尖叫了一声，扑通掉进了游泳池里。

现实里初栀吓醒了，唰地睁开眼，扑腾着坐起身来，惊魂未定。

她视线没聚焦，直勾勾地看着前面十几秒的时间，才缓慢地回过神来。

此时大概是清晨，天蒙蒙亮，阳光穿透厚重的窗帘缝隙，卧室昏暗温暖，隔断后是严严实实拉着的帘子，隔开了卧室和客厅的空间。

初栀反应了三秒，才意识到这是陆嘉珩家。

头有点疼，她揉了揉太阳穴，垂头，身上穿着白色的棉质T恤，里面没穿内衣，柔软的布料刮蹭着左边的胸，带来一阵尖锐的痛感。

初栀拉着T恤衣领子往里看，她身上全是痕迹，左胸上贴着个创可贴。

“……”

初栀睁大了眼，唰地拉高被子，猛地侧过头去。

陆嘉珩侧身躺在旁边，人已经醒了，撑着头面无表情地看着她。

初栀哆哆嗦嗦的，嘴唇煞白，瞪大了眼睛看着他：“陆、陆、陆嘉珩……”

她茫然地坐在床上，思维有点涣散，这画面信息量太大，她一时间有点捋不轻。

男人没说话，依然没什么表情，漆黑的桃花眼沉着，昏暗的光线下看不清他的表情。

过了两秒，他才低声开口：“头疼？”

初栀懵懵懂懂地看着他，依然没从此时的状况里反应过来，闻言，下意识点点头。

陆嘉珩嘴角一勾，哦了一声："活该，以后接着喝啊。"

初栀："……"

不知道为什么，她总觉得陆嘉珩的眼神有些哀怨。

可是他看起来也还挺好的。

初栀上上下下扫了他一圈，他穿着睡衣，只占了个边儿躺着，侧身撑着脑袋没什么表情地看着她。

相比来讲，她才比较惨。

衣服这样，身上这样，胸还破掉了，被贴了创可贴。

初栀一点都不想知道它是怎么破的。

她又侧头，看了看陆嘉珩。

哪儿能这样。

虽然对象是他好像也是可以的，但是——

太亲密了。

那么那么亲密的行为，这种事情，在她毫不知情的时候，在她都不确定自己是不是准备好了的时候，就已经发生过了。

初栀呆愣地看着他，唇微张，眼眶红了，随后连带着整个人都红了。她通红着脸，唰地拉高被子，人钻进去，再重新盖上，整个人蜷成球，鼓鼓囊囊的一团在被子里。

陆嘉珩愣住了，停了停，坐起身来，抓着被子想拉开："初初——"

初栀在里面死死拽住被角，呜呜叫着打断他："干吗！干吗！你别跟我说话！"

她一边拽着，一边转圈把四周都死死压住，像只缩进壳里的小乌龟，将自己裹起来。

陆嘉珩隔着被子，伸出一只食指来，轻轻戳了戳："捂得这么严实，你闷不闷。"

初栀不理他，将被子又拉得紧了一点，一点反应都没有。

他抬手，又戳了戳。

这次，里面终于传出了一点点低低的抽泣声。

陆嘉珩愣住了，完全没想到她会这么不开心，还哭上了。

他深吸口气，压着嗓子柔声道："初栀，你先出来。"

初栀裹着被子，在里面扭来扭去，不出声，光吸鼻子。

陆嘉珩就看着那被子鼓鼓的一团，在里面扭一会儿又停一停，再扭一会儿，无声地抗议着。

他无奈叹息："我昨天什么都没干。"

初栀顿了顿，闷闷出声："你骗人。"

她昨晚哭得太凶了，现在嗓子都有点哑，带着一点鼻音："我又不傻，我都、我都这样了，你还给我贴了创可贴，你怎么不给我绑个绷带！"

她的声音带着一点孩子气的控诉，委委屈屈的，陆嘉珩没忍住笑："本来想，可是把你勒平了怎么办，而且家里也没有绷带。"

"……"

陆嘉珩淡定道："不过既然你的意愿这么强烈，那我今天就去买卷绷带让你试试？"

"……"

初栀恼羞成怒，气到蹬腿，整个人在被子里转了个圈儿，用屁股对着他，伸出一条腿，用白嫩脚丫踹他："你闭嘴！王八蛋！"

她这个动作难度系数还挺高。

陆嘉珩侧了侧身躲开，抓住她的脚踝："那个是我没控制好，但是我昨天最后是自己解决的，真的，我真的什么都没干。"

初栀把脚抽回去，也不说话了。

他抬手，轻轻拍了拍被子里面的小团团："对不起，你如果不愿意，我以后什么都不做，好不好？"

好几分钟后，初栀才慢吞吞地转回来，从被子里探出一个小脑袋。

她小脸通红，黑眼珠乱滚，看看他，又移开视线，又看看他，小声道："我没有不愿意，也跟最后不最后没有关系……"

陆嘉珩垂眼看着她。

她又不敢看他了，羞耻地低低垂着脑袋："我只是觉得这种，这种事情……"那些乱七八糟的词，她说不出来，好半天才嗫嚅道，"那种地方怎么能看……你还……"

还咬破了。

太难以启齿，她说不下去了。

陆嘉珩静静地看着她，突然笑了。

太害羞了，以后她一直这么害羞可要怎么办。

他舔舔嘴唇，手撑着床面倾身靠近，故意道："很漂亮，初初哪里都很漂亮，和你一样可爱。"

这种话他就这么平静地说出来了，初栀要爆炸了，脸红到滴血，睁大了眼睛瞪着他，抬手就要捂耳朵。

陆嘉珩动作比她更快，双手扣住她的手腕，拽着人把她从被子里拉出来。

昨晚的画面历历在目，他眸色幽暗，嗓音微哑："所以一不小心，就咬破了。"

初栀双手被他抓着，脸色彻彻底底涨了个通红，一觉睡起来，眼睛甚至还有点肿。

陆嘉珩含着笑深深看着她，两个人对视了半分钟，初栀从男人漆黑的眸子里看见了里面的自己。

头发睡得乱糟糟的，刚刚又在被子里拱了一圈儿，乱得像是顶了个小鸡窝，可能是昨天宿醉的原因，整个人看起来都有点萎靡不振的感觉，薄薄的眼皮肿起了小眼泡，眼底也有淡淡的青色眼圈。

初栀惊了，盯着他的眼睛直直往里面瞧，脸上羞恼的红还没褪去，新的好奇心就全部燃起来了。

她盯着他，眨巴着眼："陆嘉珩，你的眼睛好清楚啊。"

陆嘉珩没听懂，微微挑了挑眉："什么？"

初栀撑着床面俯身靠过去，脑袋凑得近近的，整个人看起来像是要钻进他眼睛里面一样。

她睁着眼，指指他的眼睛："从这里，能看到我在里面，看得好清楚。"

陆嘉珩：“……”

初栀表情看上去新奇又感兴趣，像是发现了什么好玩的事儿，津津有味，竟然还咯咯地笑了，笑了一会儿，她又皱起眉头来：“不过陆嘉珩，我看起来可真是太丑了。”她给他形容了一遍，“宿醉以后人都会这么丑吗？”

陆嘉珩拖腔拖调地哦了一声，看着她近在咫尺的一张小脸儿。

眼睛红红肿肿的，皮肤白白嫩嫩的，还泛着红，黑眼晶亮。

他舔舔嘴唇，故意道：“不是，只有你宿醉以后格外丑——”

陆嘉珩顿了顿，刚要说“所以你下次不要再喝那么多酒了”。

初栀却警惕地抬起眼来，看着他：“你还见过谁宿醉以后的样子？”

陆嘉珩：“……”

被套路了。

等初栀从外套口袋里翻出手机，已经是一个小时后，她洗了个澡，衣服一件件从外到里散落了一地，她一件一件捡，捡到内衣，耳尖红得滴血。

从外套里掏出手机，上面十几个未接来电和一堆短信、微信，几条是薛念南的，剩下的全是初父的。

初栀手里捏着件蕾丝边儿内衣站在卧室门口，上一秒还通红的脸此时血色一寸一寸全部褪尽。

初栀小脸儿煞白，哆嗦着手指蹲在床边，完全慌了神。

她忘了和初父打招呼了，夜不归宿。

初栀哀号了一声，陆嘉珩端了杯牛奶走进来，垂眼看她：“怎么了？”

初栀仰头，表情看起来快哭了：“陆嘉珩，我要被我爸打死了。”

陆嘉珩一顿。

初栀继续道：“他给我打了三千个电话，我昨天晚上没回家忘记跟他说了。”

陆嘉珩抿抿唇，将手里的牛奶递给她：“拿着。”

初栀乖乖接过来，看着他抬臂抽过她的手机，坐在床边。

初栀以为他打算跟他爸摊牌，紧张地吞了吞口水，端着牛奶杯站起来在他旁边坐下，看着他翻到薛念南的电话号码，打过去。

陆嘉珩淡定又平静：“初栀家里人打了电话过来。

“嗯，好。

“麻烦你了。”

顿了顿，他侧头，看了初栀一眼：“没事，她醒了。”

初栀：“……”

陆嘉珩挂了电话。

全程没用五分钟，初栀目瞪口呆地看着他把手机递给她：“好了，你手机静音，昨天晚上和室友在一起，一个小时后回家。”

初栀接过手机，眨巴着眼看着他：“我以为——”

“以为什么？”他挑眉。

“以为你要和我爸爸坦白了，”初栀清了清嗓子，“叔叔您好，我是初栀的男朋友，昨天晚上初栀跟我在一起，所以没回家。”

陆嘉珩似笑非笑：“我倒是挺想的，自己家小姑娘醉成那样和男朋友单独过夜，你爸爸可能会把我从十七楼直接丢下去。”

他俯身靠近，伸出食指戳了戳她的额头：“你要是我女儿，我就把你按着打一顿。”

初栀瞪他，上半身往后撤了撤：“你有暴力倾向吗？”

她一动，身上白T恤的布料就刮到左胸伤口，疼得她小脸都皱在一起，弓着背缩了缩，抬手拽着胸口的布料拉起来。

她抬头，哀怨又羞恼地瞪他：“陆嘉珩，你是属狗的吗？”

接吻要咬，干什么都要咬一咬。

陆嘉珩舔了舔嘴唇笑了：“我属狼。”

初栀踢了拖鞋，气得坐在床上抬脚踹他，又被他死死地抓住脚踝，她被他抓着胡乱蹬腿，又怕手里的牛奶洒了，不敢动作太大，上半身往后一靠，衣服又碰到伤处。

痛感尖锐，初栀眼圈都红了。

陆嘉珩见状，抿了抿唇，放开她：“很疼？”

她红着眼瞪他，表情可怜巴巴的，眼睛湿漉漉的。

陆嘉珩单手撑着床靠过来，另一只手抓着她身上的T恤就要往上掀。

他的衣服大，她可以当裙子穿，站起来的时候都到膝盖上了，此时坐在床上稍微短一块儿，盖在大腿中上的位置，他一掀，露出白嫩的腿根和一点蕾丝边缘。

初栀吓傻了，啪地按住了他的手："你、你、你干什么？现在白天呢！"

陆嘉珩抬眼，锁着眉："我看看。"

"……"

初栀红着脸憋了半天，骂他："你变态！"

他的手被她死死按着，捏着衣料压在白皙的腿根，明明是微凉的手指，却仿佛带着灼人的温度，烫得她不敢动。

陆嘉珩听话地收回了手，垂头，柔声哄她："那你自己掀起来，让我看看，乖。"

这么难以启齿的话，被他说得平静又理所当然。

初栀摆脱了他的掌控，蹬着床单火速退到床边，甚至想把手里的半杯牛奶都泼到他脸上。

他换了衣服，穿着长袖和休闲裤，袖口一圈一圈卷到手肘，小臂的肌肉线条流畅结实。

反观她，身上还挂空档穿着他的大T恤。

初栀爬下床，将手里半杯没喝完的牛奶放到床头柜子上，光着脚踩在地毯上，脚尖踩在一起蹭了蹭，小声说："你先出去，我要换衣服。"

陆嘉珩扬眉，懒洋洋往后靠了靠，单手背到身后去撑着床面，看起来没有要出去的意思："你换，摸也摸了，咬都咬过了，还有什么好——"

初栀不等他说完，直接拽过床头枕头批头盖脸地砸他："陆嘉珩你是不是流氓啊！王八蛋！"

一个小时后，初栀下楼，没有任何意外地被初父严厉地批评了。

初栀从小到大，初父甚至一句重话都没说过，这次也是一样，说是批评，其实也是无声的——

安静的客厅里，初栀垂着小脑袋站在茶几旁边，初父坐在沙发里，看着她，眼神哀怨又悲伤。

半晌，他叹了口气，听起来有一种疲惫的苍老："算了，女儿长大了，不爱爸爸了，和朋友出去玩留宿都不和爸爸说了。"

做了坏事以后的愧疚感和心虚混杂在一起，初栀觉得自己罪该万死，良心受到了谴责："爸我错了，我再也不这样了……"

初父眼睛偷偷摸摸地抬了抬，语气依然很忧伤："是爸爸不好，管你管得太严了，你都快毕业了。"

初栀快哭了："爸呜呜呜……"

邓女士在旁边嘎嘣嘎嘣嗑瓜子儿，看戏似的："是啊，快毕业了，这女儿太乖了也不好啊，大学这么好的时光咋就没谈个恋爱呢？"

初栀眨眨眼，抬起头来，小心地看了看爸妈，低声道："其实——"

初父冷笑："大学里的小屁孩有什么好谈的？你看看现在那些小男生，一个个跟竹竿似的掐不出二两肉来，一看就弱不禁风娘们兮兮的，一点男子汉的阳刚气都没有！来一个我打一个！"

"……"

初栀闭嘴了。

隔天周一，初栀没等陆嘉珩，早早出门自己去了公司。

她出门比平时早，到的时候公司里没什么人，电梯前只有一个人站在那里，初栀走到一半，刚好开门。

她赶紧快步小跑过去，抬手拦了下门，关了一半的电梯门又重新开了。

初栀抬头，正对上里面的人，是上次她送文件的时候，不小心在走廊里撞到的那个，上次他身后还跟着陆嘉珩那个小秘书呢。

初栀眨眨眼，拉了拉包包，按了办公室的楼层数，靠旁边站了站。

电梯红色的阿拉伯数字楼层数不停往上攀，陆嘉珩的电话打了过来。

初栀忍不住笑，有种小朋友恶作剧成功了的幼稚成就感，接起来，喂了一声，声音听起来就很轻快，陆嘉珩顿了顿："你在哪儿？"

初栀笑嘻嘻的，又敛了敛笑容，一本正经："我在公司了，新的一周新的开始，提前来上班是我的态度。"

陆嘉珩哦了一声："我刚刚在你家门口等了你好久你也没出来，我就敲门了。"

初栀愣住了，张了张嘴，吞吞口水，不安地问："那你还完整吗？"

陆嘉珩应该也料到她先跑了，人已经在路上了，背景有汽车鸣笛声。

他意味不明地笑了一声："一会儿你亲自检查一下我完不完整。"

初栀电话声音不大，电梯里太安静，就让她不由自主觉得他说话的声音会被别人听见。

初栀下意识抬起眼来，看了一眼电梯里面的第二个人。

那男人也正垂着眼看她。

初栀愣了一下。

两人对视两秒，初栀移开了视线。

她有点不自然，不知道为什么，总觉得他的视线里带着一点点探究，还有一点说不上是什么的东西，让人浑身不舒服。

她随便跟陆嘉珩说了两句，匆匆挂了电话，抬头瞥了一眼男人按的楼层数，也是顶层。

初栀愣了愣。

电梯门刚好开了，她来不及去想，出了电梯往办公室走。

身后传来皮鞋的鞋底踩上大理石地面的声音，出了电梯间踩上地毯，变得轻软，那男人跟着她也出来了。

初栀甚至能感觉到，他的视线还落在她身上。

她深吸了口气，微仰着头，往办公室走去。

办公室里还没来几个人，调研主管在和海归说话，初栀进来打了声招呼。

调研主管眼一抬，看见她身后的人，表情瞬间变了变，将手里的文件合上，喊了声"陆副总"。

初栀："……"

景恒到底有多少个姓陆的高层？

她回过头去，有点发愣。

调研主管站在她身后，手里拿着个文件卷成卷，轻轻戳了戳她的背。

初栀反应过来，赶紧出声问好。

这位看起来四十多岁，保养得很好的陆总淡淡嗯了一声，不知道是哪里戳了他的敏感点，脸色变得比刚刚还要难看了一点，没说话，只看着她。

初栀垂着眼，不自在地抿了抿唇。

她刚到，还没来得及戴工作牌，男人皱了皱眉，忽然道：“你叫什么？”

初栀抬起眼来，老实巴交道：“初栀。”

他眯着眼，看起来有点高深莫测：“我以前是不是在哪里见过你？”

这就很惊悚了。

你实习的公司副总，看起来四五十岁的老男人，在公司里对你说出了俗套的搭讪金句。

这也太刺激了。

初栀四下张望了一圈，调研主管刚被销售部的人叫走，此时办公室门口只有他们俩。

她吞了吞口水，低垂着头，悄悄地小声道：“副总，我有男朋友了……”

陆泓声：“……”

当天下班，初栀非常严肃地一本正经警告了陆嘉珩一遍：“陆嘉珩，你对我好一点，我现在超抢手的。”

陆嘉珩在开车，听着也没看她，看着前面懒洋洋嗯了一声：“怎么抢手？”

“我今天早上来上班被搭讪了，有人想跟我搞办公室恋情呢。”

陆嘉珩侧头看了她一眼，不咸不淡地哦了一声，除此之外没有什么过激反应了。

初栀等了一会儿。

他还是没有声音。

初栀凑过去一点：“你怎么没有反应呀？”

陆嘉珩：“我要有什么反应。”

初栀想了想：“比如说危机意识。”

陆嘉珩淡定道：“没事儿，我女朋友不喜欢那种太直接的。”

“……”

“陆学长，”初栀眨眨眼，提醒他，“你当时也很直接的。”

陆嘉珩轻轻挑眉：“我直接吗？”

“你都跑到我家里来了。”

他轻轻笑了声，拖腔拖调地道：“学妹，我那是生病了，有一点校友爱吧？”

初栀点点头：“烧到四十度，如果有下次，我一定帮你打消防电话。”

陆嘉珩：“……”

两个人开出公司没一段儿，陆嘉珩接到程轶打过来的电话。

程轶这个人，读书的时候非常不爱学习，但是性格好，为人处世都比陆嘉珩和林柏杨他们好得多，脑子聪明，经济头脑也是家族遗传，这两年事情做得有模有样。

程少爷升级成程小副总，去年年底买了个会所，翻新装修了一番儿，前两天刚刚正式开张。

会所打着高端、私密性强的招牌，电话里，程轶跟陆嘉珩吹上了天，什么所有食材全是当天空运来的，什么连厨师都玻利维亚皇家主厨挖角过来的。

吹到一半，陆嘉珩懒得听了，直接把手机塞给初栀。

初栀把手机拿在手里，按了免提，于是程轶的大嗓门在车厢里回荡。

程轶那边毫不知情，还在絮叨：“殿下，来不来啊？你自从从美利坚回来以后你自己说我们见过几面？吃过饭？在一起好好聚过一次？殿下你不能这样啊！老子可是你过命的兄弟啊，没有功劳也有苦劳吧？知道你现在有小宝贝了，有老婆了，但你不能重色轻友成这样啊！来吧！来吧！太子殿下！老臣这么多年可是和你一起吃一起拉一起被窝里放屁崩爆米花的交情啊！”

初栀："……"

陆嘉珩："……"

初栀惊了，微张着嘴，有点呆滞地转过头去看向陆嘉珩："这样也崩得开爆米花的吗？"

陆嘉珩："……"

拗不过程轶的苦苦哀求，陆嘉珩最终答应他一会儿过去。

他原本是想带着初栀一起，但是初栀之前刚夜不归宿犯下大错，这两天都要夹着尾巴做人，每天乖乖地准时回家做爸爸妈妈的贴心小棉袄，陆嘉珩把她送到家门口，开车走了。

程轶也不算是完全在吹牛，会所的确私密性很好，在市中心花园旁边一栋独栋洋房，U 形会所楼，花园里是巨大的雕像喷泉，陆嘉珩将车子开到花园门口漆黑的铁门前，被保安拦了下来。

他靠坐在车里，给程轶打了个电话，没两分钟，程轶出来接他。

陆嘉珩下车，将钥匙随手丢给泊车员，跟着程轶进去。

程轶一见到他就往后瞧，瞅啊瞅，看了半天，也没见车上第二个人下来。

他简直惊奇了："我栀子妹妹呢，没来啊？"

陆嘉珩瞥他一眼。

程轶高举双手："对不起，你的你的，你的栀子妹妹。"

陆嘉珩收了视线，轻轻哼了一声。

程轶受不了地翻了个白眼，开始破口大骂，完全没了刚刚电话里的温柔劲儿，一边带着他往里走一边恨恨道："回来这么长时间老子就见到你一面，还是帮你打扫卫生去的，陆嘉珩你是真没良心啊，你心肝跑到哪里去了？"

陆嘉珩手插在外套口袋里跟着他往前走，懒洋洋笑道："在我老婆那儿啊。"

程轶："呸！小爷一点也不嫉妒！八竿子有撇没有就你老婆？陆嘉珩你要点脸。"

陆嘉珩垂着头，也不在意，随口问：“什么活动？”

“批斗陆嘉珩重色轻友有了老婆忘了爹大会。”

陆嘉珩转身就要走。

程轶赶紧过去狗腿子：“哎哎哎哎，殿下，您去哪儿啊，这不是逗您玩儿的嘛。”此时两人上了电梯到三楼，铺着长绒地毯的走廊里十分寂静，暗色壁纸上是大幅油画，十六十七世纪的风格，色调浓郁。

璀璨的水晶灯，灯光略显昏黄，装修风格奢靡而浮夸。

四下无人，程轶和他并排往前走，走到最里侧走廊尽头一个房间，推门而入。

相对于外面的那种装修，里面这房间甚至可以称得上是“寒酸”了，简洁的套间，外面一张巨大办公桌，沙发柔软，里间除了一张大床以外没别的东西，如果忽略掉床上一件半透明的蕾丝情趣内衣的话。

陆嘉珩只扫了一眼，眉梢一挑，转过头来：“干什么？找我来围观你和小姐姐被窝里崩爆米花？”

“新款，陆少喜欢这款？明儿给你也搞一套。”程轶笑嘻嘻地走到桌边抽了份文件递给他。

陆嘉珩抬手接过，垂眸，是临市经济开发区建设规划方案。

他没说话，翻开来看。

程轶随手端起桌上的茶喝了两口：“新经济重点区在江北，你老爹买的那块地废了，其实那旁边有大学城，本来也可以了，但是翻了那么多番拍下来，血亏。”他抬手，指指陆嘉珩，“住建部那边的消息是你找人放给他的吧，你是真狠，那不是你们家钱啊！我想想都心疼。”

陆嘉珩垂着眼看手里的文件，慢悠悠地一页页翻过去：“他花越多越好，就怕他不花，他这几年赔的钱也够多了，不差这一回。”

程轶假惺惺地打了个哆嗦：“你们家老爷子怎么个意思啊，一回来就给你这么大个官儿当，这说不过去吧？老子泥坑里滚了两年还是个副的呢。”他侧头，“算是个下马威？”

“如果单是我爷爷那不就简单多了，也要让董事会松口。”陆嘉珩翻完放回到桌上，撑着桌边背着身一靠，看起来漫不经心，“他和那个小明星怎么样了？”

景恒在娱乐圈也有涉足，这些年陆泓声身边的小明星、小模特也是没怎么断过，只是他始终消消停停安安静静的，不声不响无声无息，也不知道家里那个到底是不知道还是睁一只眼闭一只眼。

程轶绕到桌后，拉开抽屉，从里面翻出一个信封来：“你说的是哪个，老哥，你都走了两年了。”

陆嘉珩撕开信封，抽出照片来，看了两张：“江北那块地什么时候拍？”

“下个月。”

陆嘉珩抬起眼来，看了他一眼，没说话。

程轶冷笑三声：“陆少，您天天跟您娇滴滴的小少奶奶你侬我侬好不自在，什么事儿都让我去帮您忙活？”

陆嘉珩眉眼微扬：“怎么是小少奶奶，那是我小祖宗。”

程轶：“……”

因为知道陆嘉珩今天晚上和朋友出去玩儿，初栀一直没给他发过信息。

一直到差不多晚上十点多，她磨磨蹭蹭地洗完澡从浴室里出来，才接到陆嘉珩的电话。

初栀拿着手机去关好了门，接起来。

他那边应该还在车上，语气懒散：“要睡了？”

初栀踢掉拖鞋上床，趴在床上：“没呢，刚洗好澡，一会儿睡。”

陆嘉珩安静了一下，似乎看了眼表：“十点多了，平时这个时候你都要睡了。”他轻轻笑了一声，压低声音，“在等我？我们家宝宝看来现在没有我的晚安睡不着了啊。”

初栀脑袋砸进枕头里蹭了蹭，很小声地应了一声：“嗯。”

那边又安静了，只能听到他静静的呼吸声。

过了几秒，他才开口，声音里含着笑：“我以为你会否认，然后恼羞成怒地骂我一顿。”

初栀原本还觉得没什么，被他这么一说，她反而觉得有点奇怪，干脆匆匆转移话题："你结束了呀？这么早。"

"我到家就要快十一点了。"

初栀一本正经道："我看电影和电视剧还有小说里说，你们这种有钱人家的公子哥，一般这些集体活动是分好几个阶段的，不到天亮都不会回家。"

陆嘉珩似乎觉得有点好笑："你一天怎么那么多小想法，我这种有老婆的没有这种说法。"

这下，初栀真真正正脸红了。

她抠着床单，声音小小的："你别耍流氓啊，我还不是你老婆呢。"

陆嘉珩没说话，过了几秒，突然叫她："初栀。"

他很少叫她全名。

初栀从枕头里抬起脑袋来："干什么呀？"

他声音很轻，压低了声线说话的时候有柔软的沙质感："想见你。"

初栀掰着手指头："我们分开了也就五个小时，而且这么晚了，我又要偷偷摸摸溜出去吗，你看过香港电影吗？"她说得还挺来劲儿的，"感觉就像那种出轨偷情。"

陆嘉珩低低笑了："那不是挺刺激的吗？"

初栀："……"

初栀家作息时间一向是很有规律的，初父和邓女士都是早睡早起养生派，初栀自从上了大学以后睡觉的时间晚了不少，但是一般也都在差不多十一点多的时候，最晚十二点前。

所以等陆嘉珩的时候，初栀已经有点困了。

直到差不多快十一点，他才到家。

初栀做贼似的将房门开了个缝，往外瞧了一圈。

房子里黑漆漆的，厨房吧台的小夜灯开着，初父和邓女士的房间房门紧闭。

客厅里没人，初栀捏着手机，拉开房门，轻手轻脚地踮着脚穿过客厅，走到玄关门口。

她提心吊胆，小心翼翼地压下门把，轻轻开了防盗门。

走廊里面声控灯亮着，初栀站在门口，柔软的羊毛拖鞋踩上门框，手扒在墙边，伸头往外看。

陆嘉珩靠在旁边的墙边，双手插着口袋，上身微弓，长腿交叠，微垂着头。

他听见声音，微微侧过头来。

初栀眨巴着眼，半个身子藏在门里，只露出小脑袋和脖子看着他。

陆嘉珩没说话。

初栀也没说话。

她这样斜歪着身子有点酸，撑了一会儿，另一条腿也迈出防盗门，站直了身，声音低低地道："看够了吗？"

陆嘉珩垂着眼，勾唇："看不够。"

他直起身来，往前走了两步，将身上的外套脱下来，伸臂靠近，刚想给她披上，房子里响起开门声。

初栀一僵，根本来不及反应。

拖鞋踩在地板上的声音很轻，紧接着是谁走过来的声音，玻璃杯放上小吧台，发出轻微一声响。

初栀汗毛都立起来了，僵在门口，转过身去。

初父手里端着个水壶，站在餐桌旁边看着她。

初栀心跳如擂鼓，一下高过一下，手脚发软。

她身后，陆嘉珩还举着大衣外套。

初父："你在门口站着干啥呢？"

初栀吞了吞口水，哆哆嗦嗦结结巴巴："我、我、我、我下楼丢个垃圾。"

初父没说话，微微歪了歪头，视线落在她身后的陆嘉珩身上，看起来挺好奇："他也下去丢垃圾？"

初栀："他夜跑……"

初父："……"

午夜十一点，初栀家里灯火通明，初父坐在客厅长沙发正中间，邓女士坐在他旁边。

单人沙发上，陆嘉珩正襟危坐。

初栀缩着小肩膀坐得离他远远的。

四人安静了几分钟，初父眼睛一斜，看向初栀，上下扫了一眼："回去把衣服穿上。"

初栀垂头。

她穿着长袖睡衣和睡裤，扣子扣到领口，严严实实，实在不知道哪里需要换了。

但初栀不敢反驳，乖乖地哦了一声，慢吞吞站起来，一步三回头，不安地看着陆嘉珩，不情不愿地往房间里蹭。

她回房间火速套了件长毛衣外套，急匆匆地出来。

客厅里依然没人说话，初父侧着身，面无表情高深莫测地看着陆嘉珩，陆嘉珩也不避不让地和他对视，神情看起来颇为淡定。

初栀感觉自己紧张得快要吐了，生怕下一秒初父就直接掀了桌子揍他一顿。

她脸色苍白地站在沙发后面，朝邓女士投过去一个求助的眼神。

邓女士视若无睹，优哉游哉地盘腿坐在沙发上，端起茶几上的水杯，品茶似的喝了口凉白开。

就在初栀觉得自己真的要吐出来的时候，初父开口了，语速很慢，和他平时说话的时候好像也没什么区别，甚至听起来有点悠闲的感觉："小伙子，经常夜跑？"

陆嘉珩："……"

初栀惊呆了。

陆嘉珩似乎也有点没反应过来，愣了愣，没有见过路子这么野的老丈人，一时间有点措手不及。

他很快反应过来，顿了两秒，淡定道："还行吧，偶尔去。"

初父歪着头，神情看起来甚至有一点点和蔼的味道，只是一双眼仔细瞧，全是戒备和防范，像是防范小偷一样盯着他，好像一眼看不住，陆嘉珩就会从他们家偷走什么东西似的。

初父不动声色："你是不是上次上门来卖被套那个？"

初栀："……"

陆嘉珩也不动声色："叔叔，我是把被子捡上来那个。"

初父："在楼上住？"

陆嘉珩："嗯。"

初父："多大了？"

陆嘉珩："二十四了。"

初父："我看你这小孩长得俊，有女朋友没有？叔叔给你介绍一个？"

陆嘉珩："……"

初栀听不下去了。

这两个人就这么你一句我一句，初父问什么陆嘉珩就答什么，问题却都问不到点子上，搞得初栀觉得自己神经都崩得紧紧的，生怕火山下一秒就爆发。

她深吸了口气，干脆破罐子破摔自暴自弃，两步从沙发后面绕过来，挡在陆嘉珩面前，两只手臂大大张开，像小朋友们玩老鹰捉小鸡的时候保护鸡崽子的老母鸡。

陆嘉珩错愕。

她雄赳赳气昂昂地挡在他面前，十秒钟后，突然肩膀一塌，泄了气的小皮球似的，小脑袋也耷拉下来，蔫巴巴道："爸爸，这是我男朋友……"

初父一脸忧伤地看着她，目光有点恍惚，有点惆怅，有点怅然若失。

好半天，他长长地叹了口气："男朋友？"

初栀低垂着头，不说话，被初父那视线瞧得好像自己犯了滔天大罪。

邓女士那边继续咔嚓咔嚓嗑瓜子儿，看见初父这副矫情样子忍不住翻了个白眼："初云飞你能不能别跟小姑娘似的？你闺女大学快毕业了，再不找个男朋友我都看不过去。"

初父一反常态完全没和她斗嘴，幽幽地看着初栀，视线一转，又看向陆嘉珩，那副表情就像是一个什么宝贝被别人抢走的大小孩。

初栀长这么大，第一次见到他这样，有点不知所措，手指指尖紧紧拽着自己衣服的袖口，也跟着有些难过，小声叫他："爸爸……"

初父没说话，十分忧郁地看着她。

良久，他长长地叹了口气："喜欢他？"

初栀低着脑袋没说话。

初父不太死心，赌着气，有点小心，吃醋了似的："我闺女明明小的时候还说长大以后也不嫁人，不谈恋爱，就陪着爸爸，结果我一个没看住，就被乱七八糟的男人骗跑了。"

初父说着，看向陆嘉珩，眼里闪着怨毒的光。

第一次见到他的时候，初父觉得这小伙儿长得挺帅的，还有点他年轻时候的风采，现在这么一看，初父觉得自己真是识人不清。

那眼睛、那嘴唇、那小白脸，一脸风流薄情花心相。

他闺女这种小单纯，肯定不是他的对手，以后还指不定被怎么欺负。

初父脑海中闪现出一百种让他在帝都待不下去的方法。

陆嘉珩觉得，如果眼神能够具象化，他现在应该已经千疮百孔了。

他脊背挺得笔直，眉眼端得严肃周正，平日里那点散漫的轻佻全数敛去，薄唇抿着，气质也就跟着发生了变化。

他声音微压，郑重道："叔叔，我是真心喜欢初栀的。"

初父冷笑了一声："你喜欢有什么用？我闺女当然我最了解，"他说着，侧过头来，看向初栀，"你喜欢他还是喜欢爸爸？"

初栀想都没想，秒答道："爸爸！"

初父露出了今天晚上以来的第一个笑容，看起来有点窃窃自喜。

四十多岁的男人，露出这种幼稚的表情，却一点都不显得违和。

"……"

陆嘉珩再一次确定了初栀的性格到底像谁。

话题进行得差不多了，已经十一点半了，初栀每天上班起得也早，早就困得睁不开眼。

刚刚精神紧张，她没什么感觉，此时眼看着初父态度有所软化，紧绷的神经放松下来，困意也就跟着上来。

初父摆摆手，赶她回去睡觉，摆明了一副要和陆嘉珩单聊的意思。

初栀不安地看了一眼陆嘉珩，小声道："爸，他明天也要上班的……"

初父又忧伤了："爸爸明天也要上班，你怎么不关心？"

初栀不敢说话了，麻利痛快地滚进房间，但心机地开了道门缝，整个人贴在门板上听。

客厅里悄无声息，过了差不多两分钟，初父才开口："加个联系方式？"

初栀："……"

陆嘉珩也沉默了一下，应了声好，然后就又没人说话了。

客厅里，只剩下微信的提示音此起彼伏。

"……"

初栀有点没反应过来。

这两个男人现在面对面坐在沙发上，然后加了微信，开始用微信交流？

初栀觉得男人的世界可真是不一样。

她火速扑回到床上，摸过手机来，也给陆嘉珩发微信："你们在微信交流？"

陆嘉珩过了一会儿才回："嗯。"

"为什么呀？"

"不知道，怕你偷听？"

初栀咬着嘴唇，依然有点不放心。

之前她几次旁敲侧击提到这方面的事情，看着初父那副样子，初栀完全不夸张地觉得，如果她真的领个男朋友回家，初父真的会把他的腿打断。

她翻了个身，平躺在床上，双臂高举着手机继续问："我爸跟你说什么了？"

等了两分钟，陆嘉珩那边回复："他约我明天下班打架。"

“……”

初栀手一抖，手里的手机没拿住，啪一声，正正好好拍在她的脸上，重重砸上鼻梁。

第十五章
这位小朋友

五月份，论文终稿定下，初栀准备正式开始答辩。

北方的五月天干物燥，烈日高挂，雾霾和沙尘都严重，又是风儿又是沙，出门一趟回来就从一个水嫩嫩的白净小姑娘变成一埃及法老。

初栀在景恒待了也有几个月了，陆嘉珩之前也都每天早晚送她上下班，本来初栀还觉得陆嘉珩这个新老大挺闲的，至少每天下班时间变正常了，比他实习那会儿要轻松多了。

结果邓女士生日那天，初栀上楼给陆嘉珩送蛋糕，自从初父知道两个人谈恋爱以后，承担了每天早晚接她上下班的工作，在公司里两个人隔着十几层楼，各忙各的，饭都没一起吃上过几顿。

初父和他时有碰面，是一点好脸色都没给过他。

虽然初栀是真的挺好奇，那次见面以后，初父到底和他约没约架，不过陆嘉珩也一直不跟她说，被问得紧了，就吊儿郎当没正行地痞两句。

此时，初栀终于有了一个正当理由，蹦跶着不顾初父的反对意见执意给陆嘉珩送蛋糕去，陆嘉珩早给她配了钥匙，初栀手里端着个小盘子进他的书房，才发现男人正戴着副眼镜，坐在电脑桌前聚精会神地做着事。

他的书房门没关，初栀站在门口，只探头进去。

他甚至都没看见她，手里捏着鼠标，点出轻轻的咔嗒咔嗒声音，电脑屏幕莹白的光映在镜片上。

初栀愣了愣。

她本来还以为他都可以准时下班，回家喝喝茶看看电影什么的。

她垂头，有点犹豫地看了眼手里的蛋糕，怕打扰到他，想着要么直接给他放茶几上。

再一抬头，陆嘉珩也已经抬起头，视线越过笔记本电脑看着她。

初栀眨眨眼，站在门口没动。

家里突然就这么无声无息多出个人来，陆嘉珩没什么反应，手臂伸直搭在桌沿，背往后靠了靠，抬手勾了勾手指："过来。"

初栀端着个小蛋糕走过去，蛋糕放在他的电脑旁边，人站在桌边："我妈今天生日。"

陆嘉珩嗯了一声："我知道，我送礼物了。"

初栀不可思议地瞪着他："你知道？"

"嗯。"

"你怎么知道的。"

陆嘉珩笑了声，没答。

初栀心理不平衡了，依然不依不饶，双手撑着桌沿微微倾身，瞪大了眼看他："陆嘉珩，你还记得我第一次过生日的时候吗？"

陆嘉珩挑眉。

"你不记得！那天你都不知道是我生日！还是我偷偷提了蛋糕上来找你的！你对我妈怎么比对我好啊？"

他坐着，她站着，初栀的海拔终于比他高了，此时男人微仰着下巴看她，小姑娘鼓着腮帮子，一脸不平地看着他。

陆嘉珩又笑，抬手捏了捏她的脸："都要毕业的人了，怎么还跟个小朋友似的。"

初栀撇撇嘴，决定不给他吃蛋糕了，抽了盘子到自己面前，捏着上面的小叉子切了一块儿插起来，塞进嘴巴里。

她随意抬眼瞥见他的笔记本屏幕，上面报表密密麻麻的数字看得初栀眼疼。

她坐在桌边，侧着身，端着蛋糕盘子：“本来你天天和我一起下班，我都以为你现在可以不加班了的。”

陆嘉珩视线重新扭回去，他身上的衬衫还没换，领带解了，扣子开着两颗，侧脸的线条从鼻梁到喉结流畅英俊，手指虚虚搭在键盘上。

他一副没怎么把注意力放在她身上的样子，专注地盯着屏幕：“嗯，因为想跟你一起回家。”

初栀眨眨眼，将叉子咬在嘴巴里：“可是你现在都当老大了。”

陆嘉珩放下鼠标，指尖跳跃在键盘上敲字：“所以说，没有哪个老大是比员工清闲的。”

“所以你从回家开始到现在就一直坐在这里吗？”

陆嘉珩不置可否。

初栀就当他默认了。

她想到什么，突然靠近，表情有点严肃：“陆嘉珩，你晚饭吃了吗？”

陆嘉珩手下动作停了，终于侧过头去。

她就坐在他的办公桌边，桌子高，她一双小短腿儿悬着晃悠，压低身子靠过来看着他，手里举着的小叉子上还插着块蛋糕。

陆嘉珩倾身，单手抓过她捏着蛋糕叉子的那只手的手腕，拉到自己面前，就着她的手吞了她叉子上那块小蛋糕。

生日蛋糕上面带着奶油，一点绵软的白色奶油沾到他的嘴角，陆嘉珩没在意，放开她的手，注意力重新放在工作上，舌尖伸出来一勾，漫不经心地将嘴角的奶油舔掉，卷进口腔。

这男人无论做什么事情、说什么话，看起来都像是在无声地勾引。

初栀吞了吞口水，心脏怦怦地跳，像是被蛊惑到一般，将手里的盘子放到桌下，单手撑在他电脑旁边的桌面上。

他余光瞥见她压过来的手，再次侧过头来。

初栀直勾勾地看着他，乌溜溜的鹿眼忐忑又紧张，忍不住又吞了吞口水，舔舔嘴唇。

陆嘉珩缓慢地挑起眉梢，人没动。

女生低垂着眼，长睫覆盖，盯着他红润的唇，一点一点，倾身靠近。

两人几乎是鼻尖贴着鼻尖的距离，初栀红着脸，感觉自己心脏快要从嗓子眼里蹦出来了。

她不敢抬眼，就那么保持着咫尺距离，停了半秒。

一般这种情况，他都会主动了。

可是这次，男人却自始至终一动不动，只看着她，不急不慢地等。

初栀深吸口气，小脑袋往上一贴，柔软的嘴唇飞速地在他的唇瓣上啄了一下，然后很快抬起头来。

她微微红着脸，垂着头，手指扣在他的桌边抠了抠，又觉得有点意犹未尽。

她抬起眼来，悄悄地看了他一眼。

陆嘉珩轻轻笑了一声，人终于舍得动了，他随手把笔记本电脑往前推了点，手臂伸过去，掌心贴在她的颈后，还没使力，门铃声响起，清脆的叮咚声，紧接着是敲门的声音。

外面的人似乎连门铃都不耐烦按了。

两个人同时顿了顿，陆嘉珩抽手，初栀跳下桌子，连跑带颠地跑出书房，手抵着防盗门顺着猫眼往外看。

初父抱着手臂站在门口。

“……”

初栀打开房门，初父站在门边儿：“你送个蛋糕送这么久？”

陆嘉珩刚好出来，眼镜摘了，一看见外面站着的人，很乖地问了声好。

初父盯贼一样盯着他，一把拉过初栀，转着圈前前后后瞧了个遍，确认无异，才又瞥了一眼陆嘉珩：“哼。”

初栀：“……”

六月初，初栀答辩通过，即将毕业。

在此之前很长一段时间里，她跟陆嘉珩即使是在同一个公司，还是上下楼邻居，每天抬头不见低头见，也依然说不上几句话。

她忙得整个人都意识混沌了，每天写文案，想创意，尝试着从网页的专题优化策划方案开始练手，虽然基本上都是废稿。

学校那边又要准备论文答辩，每天晚上上床都已经是深夜，脑子比身体疲惫。

即使这样，无论她几点给陆嘉珩发信息，他都会回。

他好像每天都有做不完的工作，也永远比她睡得晚，而且这个人都不吃晚饭的。

初栀发现以后，开始了晚上吃完饭偷偷摸摸送上去给他，把他从书房里拽出来盯着他吃完再被初父上门拽回去的日常。

毕业典礼那天，初栀和主管请了假，前一天晚上回到学校去。

她们寝室里的东西早就收拾得差不多了，几个女孩子商量着最后再一起睡一晚，原本是打算去初栀家，后来觉得离学校太远，干脆到酒店开了房间，两张一米八的床拼在一起，疯了一整晚，直到凌晨才歪歪扭扭地滚在一起睡着。

初栀还没来得及跟陆嘉珩说她哪天毕业，还是他自己来问的，详详细细，就差精确到几分几秒了，初栀报了时间，觉得他这意思就是一定会来了。

第二天早上，小姑娘洗了个澡，敷了个面膜，郑重又严肃地坐在酒店桌前，头发全别在后面，面前支着一面小镜子，准备化一个惊天地泣鬼神的妆。

可惜，她不太会化妆。

大三、大四的时候，初栀多多少少开始化一点妆，可惜水平有限，她皮肤本来就好，近看跟剥了壳的蛋白似的，小脸上满满的胶原蛋白，底妆什么的从没涂过，更别说眼影什么的了，也就画个眉，涂个唇膏。

于是，等林瞳起床，睁着蒙眬的睡眼坐起来，看着初栀哭丧着脸看着她的时候，实实在在被惊到了。

小姑娘画了眼影，蓝色和绿色的眼影混合在一起蹭在眼皮上，荧光闪闪的白色抹在眼下，棕色眼线粗粗的，整张脸看起来比墙壁上的涂鸦画还鲜艳。

林瞳傻了：“你是想今天跟陆学长分手？”

初栀：“……”

十分钟后，初栀拿了卸妆的东西把脸上的化妆品全部洗掉，重新坐在桌前。

林瞳把顾涵从床上提溜起来，两个人就兴奋地摩拳擦掌跃跃欲试，一人站一边，拿着各种工具各种化妆品在初栀脸上捣鼓起来。

等几个姑娘出门退房已经是两个小时后，几个人紧赶慢赶才赶上时间，一进礼堂，初栀就开始四下找，没看见人。

她们朝广告二班那边的位置走，体委第一个看见她们，手舞足蹈地打招呼：“我们班花姐妹花们！想哥哥不想啊！”

周明坐在旁边，看见她们过来，视线落在初栀身上，微微愣了愣。

初栀现在心思都在别的地方，到处搜寻着找陆嘉珩，没太注意他。

几个人落座，初栀刚好坐在周明旁边。

她上次看见他已经过去挺久了，男生看起来成熟了很多，他本来也是那种阳光活泼款的，经常和体委两个人对着皮，此时却抿着唇，有一搭没一搭地听着别人说话，看起来有些心不在焉。

初栀坐下一会儿，偌大的礼堂没发现陆嘉珩的身影，也收回了注意力，这才注意到周明一直在看她。

初栀侧过头去，和他打了声招呼。

她跟萧翊的事情之前一直没跟别人说过，还是后来某次闲聊，她跟林瞳她们说了，也嘱咐她们要保密，只以后注意点这个人就好。

但是这件事情跟周明没什么关系，即使他跟萧翊关系要好，初栀也不会迁怒。

男人看着她，眼神却有些躲闪，欲言又止的样子。

初栀眨眨眼，心思还有点飘，不时注意着手机有没有消息过来，也没太在意。

毕业典礼开始，校领导们讲完话，往年毕业学长学姐们回母校开始演讲，然后由他们来给今年的优秀毕业生颁奖。

初栀正看着校长唾沫横飞，坐在她旁边的周明开口，声音很低，只有他们俩听得清的音量：“之前有次，你跟萧翊一起去卓思实习，后来是不是出什么事儿了？”

初栀愣住了，侧过头去看他。

他的脸色真的很难看，眼睛一眨不眨地盯着她。

“萧翊跟你说什么了？”

周明仰头，靠在靠背上：“他什么都没说，前天我们出去喝酒，想毕业前最后聚一聚，他喝了很多，就说了好多乱七八糟的话，一会儿跟你喊着说对不起，一会儿又说他没做错什么，说世界就是这个样子，他能有什么办法，他不这样也根本没办法拥有现在的东西。”

“后来，一个女的来接的他，那女的我之前也见过他们俩一块儿，萧翊说是他的领导。”周明顿了顿，脸色有点难看，看着她的目光也变得小心起来，生怕自己说错什么一样，“初妹子，我比你大一岁，这几年大家一起玩得好，我也真是一直把你当半个妹妹看，也是看着萧翊真是从高中就开始注意你，才瞎开你们的玩笑。后来你们俩去了同一家公司实习，我真的挺高兴的，以为这小子终于要修成正果了。开学以后感觉你们闹得僵，我也没多想，以为是相处了一个假期觉得不合适分手了。”

周明顿了顿接着道：“结果那天听他这么一说，我就觉着，他是不是那会儿做了什么混账事儿把你伤了？”

初栀才听明白他的意思。

他以为实习那段时间，她和萧翊在一起了，后来萧翊为了他那个女领导，把她给甩了。

初栀一时间有点儿哭笑不得，又不知道该怎么说，只连忙摆手：“没有，我没跟他在一起过。”她抬手抓了抓下巴，“当时确实发生了一点事儿，但是过去很久了，我不太想提，你可以直接去问他，我们俩没什么感情纠纷，我那时候也已经有男朋友了。”

周明惊了：“你有男朋友？谁啊。”

初栀还没来得及说话，校领导们不知道什么时候已经发言完毕，主持人上台，又下台。

她的另一边，林瞳开始不断用手肘戳她。

初栀正跟周明说话，刚开始没马上理她，结果林瞳越戳越重，越戳越重。

对话被打断，初栀不得不扭过头去看她：“怎么啦怎么啦？”

她话音刚落，台上的人说话了。

“各位学弟学妹，恭喜你们今天毕业，我是早你们两年毕业的陆嘉珩，金融系的。”

即使在这样的场合里，他的声音依然是懒散的，含着一点点漫不经心的笑意，通过麦克风响彻整个礼堂。

初栀：“……”

周明那边还在问：“你男朋友是谁啊，我认识吗？”

初栀扭过头来，看着前面台上站着的男人。

礼堂很大，他们的位置不算太前，隔着很远的距离，看不太真切。

初栀眨眨眼：“你现在就看着他呢。”

初栀这个人，脑回路一直有点惊奇。

她小的时候学习好，初中毕业，老师让她做优秀毕业生代表演讲，初栀很兴奋地答应了，毕业典礼当天脱稿上台，开始唠嗑。

刚开始还挺好的，后来语不惊人死不休，初栀展开论题，和下边的同学们展开了天马行空的欢快交流，比如初中几年学校不合理的规章制度，还有收这么多学费也没看怎么建设，连食堂伙食都没有改善，是不是钱都被贪没了。

那届毕业典礼学生们听了都说好，老师们持反对意见，导致初栀很多年都不敢回初中看老师。

所以高中，老师再让她演讲发言，初栀拒绝了。

到大学，初栀学习十分认真，但绝对算不上刻苦，人外有人天外有天，有更多的人比她刻苦一千倍一万倍，虽然她的绩点也不低，但是优秀的人比比皆是。

比如今年的优秀毕业生代表，萧翊同学。

所以初栀看着此时站在台上的陆嘉珩，心情有些复杂。

她觉得，就算地球毁灭，火山喷发，两极冰川融化淹没所有板块，都没有陆嘉珩会回母校演讲让她感到惊悚。

陆嘉珩这个人从里到外无论怎么看都不怎么适合这种学术气氛浓郁的严肃场合，气质上就会让人忽略掉他读书的时候其实也算得上是个学霸这件事。

莫名地，初栀有点小自豪。

台上那人声音特别，周围也有不少女孩子的声音，初栀声音压得低，周明也没听清，啊了一声。

初栀没说话，眼睛一眨不眨地盯着台上的人。

他没怎么打扮，黑西装白衬衫，没打领带，多了一点恣意随性。

戴了眼镜，那股子懒散轻佻的劲儿又被压下去不少，带上了一点书卷气息，像个文质彬彬的禽兽。

“禽兽”的演讲挺低调的，轻描淡写地吹了几句，为各位学弟学妹献上了美好祝福，人模狗样的时候有种莫名的帅气：“你们现在是最好的年纪，有热血和拼搏的冲动，有骄傲和放肆的冲劲儿。都说人需要打磨，要让自己变得圆滑，要把棱角磨平，要从义无反顾变得冷静淡然，人们把这叫作成长，好像从多边形变成球就是每个人长大的标志。你们离开校园，进入社会，总要学会向这个世界低头是没错，我也不知道两年、三年、四年后的你们都会变成什么样子，但是至少现在，你们还是多边形的，你们就应该尖锐又放肆张扬地度过，即使会有碰撞，会有艰难挫折，但只要未来的某天你们想到当时的自己，是拼搏和奋斗，是热血沸腾，那么这些碰撞磨砺就都是值得的。”

他顿了顿，淡笑了一下：“我虽然也没比你们大几岁，但是我现在都觉得自己老了，我女朋友天天说我头发一天比一天少。”

上一秒还听红了眼一股热血攀升的初栀哑然了好几秒，小声嘟哝：“我才没有天天说你头发少……”

周明依然没听清：“什么？”

“没什么。”

陆嘉珩那边还在说：“而且凑巧，我女朋友也是今天毕业，现在坐在下面。”

礼堂里掌声雷动，起哄的声音也此起彼伏，尖锐的口哨声不断响起，有人高声喊着“是谁啊”“让她上台来”。

初栀：“……”

他远远地站在台上，表情看不太真切，只依稀分辨得出似乎是含着笑，微侧着头，视线远远地望过来，好像是在看着她的方向，又好像没有。

初栀心跳像擂鼓，咚咚地奏响了摇滚乐。

她觉得那鼓声响彻整个礼堂，又仿佛只有她一个人能够听见。

他今天戴了眼镜，不知道这眼镜的效果是不是跟200倍AK（卡拉什尼科夫自动步枪）一样，也许他能够从那么远的距离看清她的脸，连带着看清她心跳声奏出的摇滚乐来。

初栀乱七八糟地想。

台上的人还在继续搞事情：“我出国前，在机场跟她说，等我回来我们就订婚吧。”

背景音抵达了一个新的高潮。

礼堂里起哄声不断，他的声音通过麦克风和音响被扩得无限大，细致得仿佛能从细微的电流声中听清他嗓音中的每一点震颤，连带着她指尖都开始发颤。

初栀第一次觉得学校礼堂的音响设备这么尖端。

“她说不要。”陆嘉珩继续道。

于是尖叫变成了哄笑，有男孩子大声笑：“师兄，你这到底行不行啊！”

陆嘉珩也不在意，低垂着眉眼轻轻笑了一声，耐心地等着他们笑了一会儿，抬手，食指伸出抵上唇畔：“嘘。”

噪声渐小，他才缓声开口，目光看着下面，又仿佛只是看着某一个人。

“恭喜毕业。”

一切结束，初栀和林瞳她们一起走出礼堂。

整个校园里到处是穿着学士服的毕业生，三三两两，聚在一起聊天拍照。

顾涵还在旁边回忆刚刚陆嘉珩上台时候的场面，她一脸自以为温柔帅气其实麻得人一身鸡皮疙瘩的笑容，深情款款地看着初栀，声音里也满含着爱意：“恭喜毕业。”

初栀：“……”

林瞳忍不住笑：“说是恭喜毕业，其实他是想说点别的什么吧，恭喜毕业等于我爱你或者嫁给我吧——这类的，就是不知道这么说我栀会不会害羞得直接钻到椅子下面去哟。”

顾涵还有点遗憾：“其实我本来以为他会深情告白一下的，结果没想到女主角连脸都没露。”

“你不懂，这种场合下，人群之中我望向你，只有我和你知道的带着隐秘感的甜，比你那种大张旗鼓秀恩爱的玩儿法刺激多了好吧。”

几个小姑娘叽叽喳喳地往外走，也是那天，初栀以为自己会是最后一次看见萧翊。

男生个子很高，柱子一样站在礼堂门口，他今天作为优秀毕业生演讲，也看得出准备得十分充分，只不过在陆嘉珩之后，那样学术又一板一眼的演讲就不由得显得有点刻板无趣。

林瞳她们三个先走，初栀和萧翊并排往学校主干道走，起初几分钟，没人说话。

初栀不知道萧翊为什么又叫她，她其实觉得已经没什么好说的了。

最开始的时候，初栀脑子里有很多想法，想揭穿他的谎言，想把自己的东西抢回来。

后来时间长了，她就突然觉得这些事情挺没意思，有些委屈的事遇到了，当时没有解决掉，事后就总觉得力度好像丢了一半。

同学四年最后弄了个鱼死网破，两个人闹得风风雨雨，给别人看了戏。

初栀脾气一向如此，什么事情都去得很快，而且自从她发现萧翊和赵玫的关系以后，不知道为什么，反而平静了。

就好像是多了某种朦胧的自我认可感，或者一点莫名其妙的骨气。

六月天热，法国梧桐郁郁葱葱，日光透过嫩绿的叶洒了满地。

还是萧翊先说的话。

他有些热，摘了学士帽，看着前面开口："恭喜毕业，你今天很漂亮。"

初栀没说话，侧头，有些莫名其妙地看着他。

自从上次的大学生广告节她得了奖，他们没再说过话。

今天，他却拉着她说了很多，无关痛痒，回忆过去，展望未来。

两人穿过林荫，他才终于进入正题："毕业典礼上那个陆学长说的女朋友，是你吧。"

初栀一顿，终于抬起头来，认真地看了他今天的第一眼。

萧翊表情很淡，带着点笑，眼神放得远，像在回忆："我记得他，大一那会儿，他跟在你屁股后面听了好几个礼拜的课，还给你送过——"他想了想，"一捧苹果？"

初栀："……"

优秀毕业生代表的记忆力就是好。

初栀深吸了口气，终于开口："班长，你到底有什么事儿？"

萧翊答非所问："你拒绝了他的求婚吗？"

初栀干巴巴道："这是我的事情吧……"

"为什么拒绝了，他不是景恒的继承人吗？"他突然笑了，虚空比了个手势，"所以你看，集团继承人——"他指尖一转，又指向自己，"和穷人家的小孩的差距就在这里，连女生都抢不过。"

初栀终于觉得有点不耐烦了。

她也摘了学士帽拿在手里，仰起脑袋来，甚至有点惊叹地看着他："你觉得你们俩的差距是在家庭背景上吗？"

萧翊笑着："还有长相吗？"

"也不是这么说，你们两个不是一个类型的呀。"初栀摇了摇头，很认真地说，“陆嘉珩是个男人，但是你，我看不出来哪里像。”她顿了顿，继续道，“不仅不像，脸皮还很厚，我觉得你是不是完全不知道羞耻心是什么东西呀？”

萧翊僵在原地。

此时两个人已经走到林荫尽头，再往前是教学楼主干道，路边停着辆车。

陆嘉珩站在车边，一抬眼，就看见了她。

两个人隔着远远的距离对视，穿着学士服的女孩子跳起来兴高采烈地朝他挥手，像个小兔子一样蹦蹦跳跳地跑过去，黑色的学士袍衣摆翻飞，软软的长发编了个漂亮的鱼骨辫儿，发梢随着她跑过来的动作蹿到胸前，在阳光下泛着一点点细碎的绒毛。

跑到一半，她被身后的人叫住。

她转过身去听他说话，几秒钟后，又转回身来，朝陆嘉珩跑过来。

陆嘉珩就靠站在车边，笑着等她走近。

小姑娘今天化了很精致的妆，一眼看上去有种惊艳感，肌肤瓷白，打了一点腮红，看起来健康红润，这段时间准备答辩和工作熬出来的一点点浅浅的黑眼圈被遮住了，眼线画出去一点点，把圆润的鹿眼勾得微微上挑，带了一点媚气。

她站在他面前，一抬眼，涂了睫毛膏的长睫毛像刷子，扑扇扑扇的，很开心地看着他。

陆嘉珩挑眉：“打扮得这么漂亮，一会儿打算勾引谁去？”

初栀四下瞧了一圈，悄悄地伸出一根食指来，钩了钩他的手指，往前拉了拉。

他垂眼，下意识弯着食指，看着她细白的指尖钩着他：“干什么？”

初栀笑嘻嘻道：“勾引你呀。”

他顿了顿，化被动为主动，钩着她往前拽了拽，拉近距离，俯身垂头凑到她耳畔：“那刚刚偷偷摸摸地瞧什么？怕被正牌男朋友捉奸？”

初栀面不改色心不跳：“挺怕的，但是你对我的诱惑要稍微大那么一点点。”

陆嘉珩轻轻笑了一声，空出手来揉了揉她的脑袋：“小东西毕个业胆儿也变肥了？”

她赶紧往后躲了躲，生怕他弄乱今天早上林瞳帮她编的鱼骨辫儿，人拉开一点距离，只握着他的一根手指晃：“你一会儿是不是要回公司了？”

“嗯，不过可以再待一会儿。”

初栀想了想,摇摇头:“你回去吧,不然你工作做不完,又要熬夜到很晚。”

陆嘉珩还没来得及说话，初栀已经很乖地打开后座车门，钻进去：“我可以偷偷去陪你吗？”她高举双手，“我对天发誓，我一声都不会出，就想看看你工作时候的样子。”

“……”

陆嘉珩单手把着车门框，垂眼，看着车里坐着的小人儿：“初栀，举双手是投降。”

初栀：“噢。”

“还有个事儿。”

“嗯？”

“你刚刚跟那男的一路一起过来，聊什么聊这么开心。”

初栀想了一下，才意识到他指的是什么，眨眨眼：“哪儿有很开心。”

“都看见我了被那男的又叫回去，他跟你说什么了？”

她靠在车座里，慢吞吞道：“他说——‘再见’。”

陆嘉珩眼一眯，神情看起来颇为危险：“你还打算跟他再见？”

“没有的，我骂他了，”小姑娘看起来还挺兴奋的，“我第一次骂人，骂得可凶了，超帅！”

陆嘉珩懒洋洋哼笑了一声：“怎么是第一次？你不是天天骂我？”他拖腔拖调道，“陆嘉珩王八蛋，陆嘉珩变态，陆嘉珩神经病。”

初栀：“……”

毕业典礼结束，第二天刚好赶上周末，初栀得以在家里休息了两天。

周一一早，她准时到公司。

初栀虽然已经毕业了，却还不是正式员工，要等到月底通过考核以后才能够转正。

毕业那天，萧翊特地把她叫回去，说她和陆嘉珩的事情他会保密，还跟她说了再见。

初栀一直搞不懂这人的举动到底有什么意义，毕竟在她看来，他们俩以后都不会有什么见面的机会了。

直到周一早上，她人一到办公室，就看见坐在隔壁市场部会议室里正在和叶康宁说话的萧翊。

会议室的玻璃门开着，叶康宁和产品主管都坐在里面，萧翊旁边坐着的女人则是赵玫。

初栀愣了好一会儿，第一反应是萧翊拖家带口带着赵玫从卓思跳来景恒了。

她回到自己的办公桌前，侧身问旁边的“粉衬衫”：“叶老大这是什么活动呀，那两个是新员工吗？”

“粉衬衫”就喜欢别人问他问题，将键盘一推，热情地凑过来：“不是，卓思你知道吗？公关广告圈挺有名的一家公司，团队好像很牛，据说是副总牵的线，想跟咱们公司建立个长期合作关系。”

景恒的市场部向来以强势著称，市场总监脾气极差，一言不合就大发雷霆，每天不发个三五次火都不会吃午饭。

这是叶康宁前面那位的作风。

到了他这儿，叶总监每天和风细雨，好像没什么情绪波动，笑着看你的时候一双眼却总给人一种毛骨悚然的感觉，语速慢，做事情不急不缓，效率却丝毫不差。

几乎业内所有广告公司都很喜欢和景恒合作。

现在的甲方多数脾气让人不敢恭维，有点知名度的企业集团都是趾高气扬，随便一个刚毕业一两年什么都不懂的小年轻电话里就能喷人喷得唾沫横飞。而在这一点上，景恒作为甲方的素质几乎是挑不出一点儿毛病的，就算有什么意见或者需要修改的地方他们的沟通也是条理清晰客客气气的，让乙方感受到足够的尊重。

而且，他们很少比稿，基本上认定了一家就是一家，没有长期的合作伙伴，随时可以发现挖掘到最新鲜的公司和创意。

所以陆泓声这次的长期合作引荐，叶康宁其实持保留意见，并且之前他们其实已经联系过一家广告公司，这就代表着卓思现在是走后门来，准备横插一脚。

虽然景恒和另一家目前也暂时还没谈妥。

赵玫是一个很会公关的人，也看得出叶康宁的疑虑，她沉着得体，脸上的笑优雅又从容："我们卓思在广告圈五六年也是有一定名气的，不谦虚地说，团队水平绝对可以排在业内前几名，能力上是有保障的，绝对不会自己砸自己的招牌，叶总监如果实在不放心，我们也接受比稿。"

秘书送进去咖啡，会议室的门被打开又关上，初栀将键盘一推，看向"粉衬衫"："一般这种会放在大清早来谈吗？"

"不会，可能是想尽早搞定。""粉衬衫"低声道，"这事儿是副总牵的线，你可能还不了解，知道陆总和副总都姓陆吗？"

初栀摇摇头，随即一愣，眨眨眼："景恒是所有的老大都姓陆吗？"

"不是啊，就这两个，还有最把头的那个。"

初栀白了脸。

她还记得上次在办公室门口遇到的那个男人，主管也叫他陆副总，当时初栀觉得这个人虽然相貌英俊，但是莫名地总给人一种很别扭的感觉，看起来就不是特别正经那种。

再简单一点说，就是从气质上看起来就给人一种很热衷于职场性骚扰的猥琐感。

初栀哆哆嗦嗦地扒着桌边儿："那两个是父子俩吗？"

"粉衬衫"翘着兰花指，怪声怪调道："你这个小鬼精灵。"

"……"

初栀小脸煞白，绝望惊恐地闭上眼睛。

那边“粉衬衫”还在说：“坊间传闻他们俩关系一直不好，儿子从美利坚回来以后直接挤掉了老子的位置，不过这也是喜闻乐见，陆泓声这几年在公司里面评价其实算不上高，感觉他运筹能力不太行，但是毕竟这么多年，董事会什么的和上面应该也还是有点人脉，之前公司里就他一个人，现在他儿子回来了，紧张了呗，急着开始搞事情了，有钱人的世界反正咱们是不会懂的。”

初栀已经听得叹为观止了：“我感觉你挺懂的。”

“粉衬衫”：“吹牛谁不会吹，听得多了也就多多少少知道了呗。”

初栀点点头：“那咱们叶老板是站在哪边的呀？”

“粉衬衫”不答反问：“那你站哪边？”

初栀想说你这不是废话吗？

她顿了顿，很没有诚意地说：“我选择帅的。”

坐在她对面的海归声音很大、很清晰地冷哼了一声。

几个小时后，会议室里的人终于出来，卓思这次一共来了三个人，产品主管将他们送到办公室门口，初栀探出头去悄悄瞧了一眼，刚好对上萧翊的视线。

两人对视了几秒，赵玫的视线也刚好转过来。

她看见初栀，分明有些讶异：“初栀？”

初栀僵了僵，察觉到办公室里数道视线一起投到自己身上。

主管混迹江湖多年，多会察言观色的一人，一眼看出她眼底一闪而过的惊讶、厌恶和一点点类似于妒忌的神奇情绪，顺着她的目光看过来，看见初栀。

主管觉得纳闷，一个是刚毕业的实习生，一个是混迹职场多年的女高管，怎么看怎么都不觉得这两个人会有什么交集。

产品主管笑呵呵道：“赵经理认识？”

赵玫笑笑，转身往外走：“嗯，以前在卓思实习过，”她顿了顿，状似无意道，“发生了一点点不愉快，小姑娘嘛，可能脾气大了点。”

她看起来像是随口一提，也不欲多说，产品主管也没问，把人送到电梯口，回来多看了初栀两眼。

初栀有点不安，被“粉衬衫”拍拍椅背：“怎么回事儿啊，你认识的？”

初栀抓抓头发，这件事情她其实也不怎么想提，只干巴巴道：“我大三的时候在卓思实习过一段时间。”

“粉衬衫”耸耸肩，继续忙活手头的事情去了。

直到下午开会，叶康宁把早上的事情跟他们说了，他没答应，但是毕竟卓思业务实力过硬，也拿出了诚意，又有陆泓声牵线，最终决定先问一下另一家广告公司跃马的意见，如果对方也同意比稿，那么再三方详谈。

无论如何，初栀觉得这件事情做得好像有点不厚道，又觉得自己的想法太单纯了。

她是学广告的，也有一点在广告公司实习的经验，当然知道做广告的有多么讨厌比稿。

比稿会出现各种各样的问题和差错，而一般情况下，但凡最终出现问题，多数是乙方吃亏。

跃马相比卓思来说没那么高知名度，成立时间也短，最开始只是一个小小的工作室，但是贵在小而精，经手的项目极具创意感和个性，近一年多的时间里势头很猛。

没两天，跃马那头来消息，也同意了比稿。

卓思那边都说了不介意比稿，挑衅和自信就差贴脑门儿上了，这个时候跃马如果甩手不干，就好像多了那么点不敢比的味道，怎么想都会有点不爽。

初栀顿时有种广告人不蒸馒头争口气的感觉。

当天晚上吃晚饭的时候，初栀和陆嘉珩说起这件事情。

陆嘉珩当时正在看书，几乎头都不抬，初栀拿筷子末端戳戳他的手背，他就机械地吃一口，等了一会儿，再戳戳，他再吃一口。

就这么如此反复，初栀终于火了，筷子一丢：“陆嘉珩，你吃饭还是看书。”

陆嘉珩这才抬起头来，瞧着她："怎么火气这么大，不开心？"

"谁不开心了，"初栀撇撇嘴，"好不容易今天我爸妈没在家和你一起吃个饭，你能不能理理我哦，我在跟你说正经事情呢。"

陆嘉珩嗯了一声："我听着呢，哪儿有什么厚不厚道的，你当过家家？我们是甲方，当然想挑最好的，而且和另一家广告公司不是也还没敲定，只是有这个意向而已。"

他把书合上，提筷夹了片酱牛肉塞进她嘴里："最近陆泓声手上没什么东西了，也就一个娱乐公司，还有临市那么一块地，过段时间城建局批文下来就没声音了，他以为那边是新经济开发区，其实就一炒上天的破地皮，掀不起什么浪花儿来。"

初栀从他的字里行间完全感觉不到这个人是作为"父亲"这一角色被他所承认的。

她没见过陆嘉珩和他父亲面对面的时候是什么样子，但只是想到，她就觉得非常、非常难过。

都说父母和家庭是一个人最坚实的港湾，如果这些都没有了，那么许许多多一个人无法支撑的困难日子到底要怎么度过？

初栀心里有点酸，却也没表现出来，只是依旧很担忧的样子，甚至依然觉得有点儿无法理解："如果你输了，你爸爸到时候真的会一分钱都不给你吗？"

"可能不会，而且就算他一分钱不给我，我自己也能赚，但是那不一样。"

初栀眨巴着眼，重点放在了"我自己也能赚"上面："你还挺自信的。"

陆嘉珩似笑非笑："反正养你是够了。"

他稍顿，筷子提着悬在米饭上方："怎么，担心我变成穷光蛋？"

初栀夹了根青菜，嚼完吞进肚子，很认真地摇摇头："没事，真的变成穷光蛋我养你。"

她那副样子正经又可爱，圆润的眼亮亮地看着他，引得他轻轻笑了一声，也没当真："行啊，那我在家当个吃白饭的。"

初栀那边已经又提起筷子了，各种各样的菜往他盘子里夹，两个人在他家，陆嘉珩出国这两年也学会了几样菜，加上初栀从小区门口副食店买的酱牛肉、卤翅什么的，两个人凑了四五个菜，倒也还算丰盛。

她一边给他夹菜，一边念叨，又跟小鹦鹉附体了似的："陆嘉珩，工作忙归忙，以后该吃饭的时候你好好吃饭行不行啊，我感觉你最近又瘦了。"

他吃饭很快，没多一会儿一碗饭下肚，侧过头："我天天被你追在后面投喂，怎么可能瘦了。"

初栀抬眼，空出来的一只手捏着他的下颌，转来转去，上上下下地看："黑眼圈又重了，胡子今天早上也没刮，"她露出一个嫌弃的表情，捏捏他的脸，"都扎手，陆嘉珩，你不刮胡子，你好脏哦。"

陆嘉珩挑着眉，意味深长又有点不爽地哼哼着笑了两声，筷子往桌上一撂，脊背后靠，脚踩着地，椅子往后蹭了一点儿："来。"

初栀咬着根豆芽，抬起头："嗯？"

他拍拍大腿："自己坐上来。"

初栀的豆芽掉到桌子上了。

她红着小脸儿，吧唧了两下嘴，小声道："干吗呀……"

陆嘉珩不紧不慢道："不是嫌我脏？跟你玩点脏的。"

"……"

初栀咽了咽口水，做了十几秒的心理准备，眼睛一闭，也放下筷子，人唰地站起来。

陆嘉珩原本还佛爷似的张着腿靠坐在椅子里，被她这个动作惊了，刚想坐直身子，初栀那边已经走到他旁边，细腿一迈，直接跨坐在他身上。

他瘫着往下滑了一点，她就刚好坐在他的敏感部位上。

陆嘉珩本来就是随口逗逗她，没想到她真的过来了，陆少爷受到了惊吓，单手扣着她的腰，往后蹭了蹭坐直身子，让她人往下滑，坐在了他的腿上。

这姿势初栀腿着不了地，就这么悠荡着，细白小胳膊一抬，揽上他的脖颈，咬唇红着脸，仰着脑袋瞧他。

陆嘉珩垂眼看她，目光微虚："小丫头片子毕业了，胆子一天比一天大？"

初栀勾着他脖颈的手臂紧了紧，她有点紧张，腿也跟着夹了夹，手臂甚至都已经开始发抖了。

可是她依然梗着脖子，一副完全不认输“我今天就是要搞点事情”的样子。

初栀舔舔嘴唇，嘀嘀咕咕道：“还能再大点……”

她说着，勾着他仰起头，整个人往上蹿，亲他的嘴唇。

最开始，还是她主动，啄木鸟似的，一下一下轻轻地啄，唇瓣贴一贴又移开，再贴一贴。

陆嘉珩由着她玩儿，好一会儿，他终于忍不住，牙齿咬合磨了磨，抬手按在她脑后，另一只手推开餐桌上的碗。

最后初栀被他压在餐桌上交换了好一会儿的口水，男人才低低笑着侧过头去，埋在她颈间：“有进步，现在会呼吸了。”

初栀红着脸，蹬着腿儿踹他，又被他一把握住脚踝，捏着往上推，膝盖弯曲折起，大腿向身子贴过去。

初栀羞耻，低叫了他一声：“陆嘉珩！”

他不为所动，捏着她的脚踝继续往上压，声音里全是不怀好意：“胆儿还肥？”

她急忙道：“不肥不肥。”

“还故意惹我？”

“不惹了不惹了。”

陆嘉珩终于满意了，放开她直起身来，扣着腰提下餐桌，按回在椅子上，把刚刚被他推到里面去的饭菜重新挪回来，自己也坐下，吃完了的空碗往前一推，翻开书。

初栀还没反应过来，依然红着脸呆愣愣地看着他。

陆嘉珩从书里抬起眼来，又把鸡翅、酱牛肉什么的都推到她面前，筷子尖端轻轻敲了一下她的碗：“看什么，快点吃，吃完下去睡觉。”

“……”

初栀又红了脸，强装镇定：“陆嘉珩，我爸妈今天应该很晚很晚才会回来。”

他垂头，继续看书，假装听不懂：“别怕，有你猜陪着你，实在害怕就给我发视频。”

“……”

初栀觉得自己最近好像突然之间连脸皮都不要了。

怎么回事儿啊。

他们俩的角色为什么好像突然之间就颠倒了？

以前明明都是他这样的，可是她现在都毕业了，也不是小孩子了。

算了，脸皮有什么用。

脸皮有什么用！

初栀涨着脸，深吸口气，也不敢看他，紧紧闭着眼，破罐子破摔一脸视死如归，一开口，声音却细得像蚊子一样：“我是说，我今天可以很晚很晚走……”

他抬眼：“那你刚刚躲什么？”

“餐……餐桌上……”

他终于轻轻笑了一声：“不行。”

她愣愣道：“啊？”

陆嘉珩懒洋洋地捏着书又翻了一页，看起来随意又淡然：“你明天要上班，我需要你一整天的时间全空给我，24 小时那种，”他抬起眼，轻飘飘看了她一眼，“不然不够。”

初栀：“……”

广告公关圈儿有一句话，所有比过稿的公司回去都将它奉作真理名言，恨不得拉横幅镶相框挂在公司门口以此为戒——我再比稿我就去吃屎。

加班加点免费工作，熬到头发掉了一把又一把，最后告诉你“您这个我觉得不 OK，拜拜了您哟”。

而直接被其他广告设计公司扒下来抄袭当作自己的这种事情更是比比皆是数不胜数。

陆泓声知道这件事情以后，亲自来市场部表达了不满。

在他看来，卓思是他推荐的公司，根本没有比稿和犹豫的必要，这简直就是看不起他。

陆副总觉得自己受到了侮辱和轻视，脸红脖子粗地在叶康宁的办公室里嚷了一通，叶康宁温和地看着他，从始至终只有一句话："卓思那边已经同意了。"

陆泓声也没办法，最终愤然离去。

卓思看起来完全一副早有准备的样子，而跃马不知道是不是因为初生牛犊不怕虎，拼劲儿很足，同意了和卓思比稿。

三方第一次沟通时间定在下周一上午十点，跃马的人比约定的时间提前了很久，叶康宁领着进会议室，他站在会议室门口停了停，视线投过来，把海归和初栀都叫过来了。

他一摆手，初栀就屁颠屁颠跑过去，仰着脑袋等吩咐。

叶康宁笑了一下："去拿笔和纸，一会儿进来听着。"

初栀就乖乖折回去，捏了个本子回来，很是小心地进了会议室，悄声在海归旁边坐下。

海归看着她那副刘姥姥进大观园似的样子很是嫌弃地翻了个白眼，椅子不动声色地往旁边移了移。

跃马那边来了两个人，为首的男人此时低垂着头，正在跟他旁边的同事说话。

他语速很慢，声音低，隐隐约约传过来一点。

初栀不知道该怎么形容那个声音。

就好像是一块顺着耳膜滑进去的冰片，寡淡，又带着锐利的冷感。

似乎是注意到初栀这边看过去的视线，他突然停住话头，抬起头，一双长眼看过来。

初栀愣了愣。

陆嘉珩的眼睛也是细长的，略微上挑，瞳仁漆黑，凝视你的时候像是整个人都趴在你耳边说着情话，含了绵绵情意。

这人眼型和他稍微有点像，内凹外翘，眼神却冷淡，瞳色很浅。

只一眼，他重新垂眸，听叶康宁跟他说话。

初栀想，这个世界上的帅哥还真是气质比长相更抓眼一点，陆嘉珩他爸爸也很帅，就让人觉得很猥琐。

等了好一会儿，萧翊和赵玫才姗姗来迟。

赵玫一进来就笑："不好意思，我们没迟到吧，路上有点堵车。"

初栀抬眼，看了一眼表。

人家也确实没迟到，九点五十八，掐着时间来的，还早了两分钟呢。

初栀在心里默默吐槽，结果下一秒，陆嘉珩也跟着进来。

她张了张嘴巴，余光瞥见萧翊看过来的视线。

景恒集团主要以商业运营、CBD建设和地产开发为主，近些年来开始进军互联网以及影视娱乐方向，这次的项目也是地产方向。

初栀从来没见过陆嘉珩开会的时候是什么样子的，而这次的事情初栀跟他说的时候感觉他也没什么热情。

此时他随意拉了椅子坐在桌边，懒洋洋往后一靠，斜歪着身子，漫不经心的样子。

陆嘉珩是学金融的，关于前端开发方面初栀压根没期待他能有什么了解，她很怀疑地看着他，等着他能放出什么屁来。

结果她下巴都惊掉了。

男人全程不紧不慢，话也不多，但逻辑清晰严谨，细节部分一环一环地抠，提出来的问题也往往直击要害，柔软懒散的声音语速缓慢，抛出的每一个点却都尖锐，让人很容易就会跟着他的节奏走。

卓思那边除了萧翊能偶尔插上两句话，基本上一片安静无声，只有跃马的那位冷漠先生跟他有来有回，不相上下。

直到散会，两个男人对视一眼，初栀甚至感觉到这两人眼底蹦出了什么火花。

不知道为什么，初栀突然想起了那位阔别已久的"小菊花"，他提起自己那位心上人的时候，也是这种火花带闪电的眼神。

初栀打了个哆嗦，收拾东西起身，最后一个走出会议室。

她刚把东西放在自己桌上，听着办公室里的小姑娘又开始沸腾亢奋了，一道道如狼似虎的目光投向她们的新目标——跃马那位头儿身上。

此时冷淡先生正在跟陆嘉珩说话，陆嘉珩很高，差不多有个一八七的样子，那男人跟他身高不相上下，两个类型截然不同的帅哥站在一起，跟拍电影似的。

许策划就又沸腾了，拉着一边新来的设计小姑娘："对不起，我不爱陆总了，比起这种一看就很骚的我还是喜欢这种高冷禁欲的款。"

"这是跃马那边来的老大吧？"

"不是老大吧，好像是那边领导的朋友，临时过来帮帮忙。"

"我刚刚在门口听见他跟小陆总说话啊，姓顾。"

"好的，标准男主姓，希望大家下个月来参加我跟顾先生的婚礼。"

几个女孩子躲在格子间后面小声笑，笑到一半，就看见隔断上面冒出来一颗毛茸茸的脑袋，大眼睛眨巴眨巴看着她们，软声问道："你跟顾先生的婚礼我也能去吗？我也喜欢高冷的，我就去凑个热闹。"

"……"

许策划打了个哆嗦，突然觉得怎么周围空气有点儿冷呢。

她再一回头，就看见她下个月的结婚对象不知道什么时候已经走了，一看就很骚的那个正站在旁边，微挑着眉，懒洋洋道："上班期间交头接耳。"

三秒钟后，所有人都飞速回到了自己座位前，悄无声息。

初栀也老实巴交地缩回去了。

后来一连好几天，陆嘉珩跟初栀说话都不太热情，初栀给他发信息，或者晚上见面和视频的时候，他也是言简意赅，惜字如金，能说一个字就不会说两个字。

刚开始的时候，初栀还觉得他是忙得累了，后来终于发现哪里不对。

某次晚上下班，陆嘉珩送她，两个人在车上，初栀终于忍不住问他："陆嘉珩。"

"嗯。"

"今天夜景还挺好的。"

"……"

初栀清了清嗓子，继续道："你看这些路灯，亮得多热情。"

"……"

"就像男朋友对他的女朋友。"

"……"

等了十几秒，初栀绷不住了，哭丧着小脸不开心地转过头来，表情看起来还有点气有点丧。

陆嘉珩终于侧过头来，看了她一眼。

初栀也不说话，鼓着腮帮子，气呼呼地看着他。

陆嘉珩轻挑了下眉："怎么？"

"我要出轨。"

"……"

"我的恋情最近进入了倦怠期，我要去找一个对我热情的男朋友。"

陆嘉珩看起来依然挺淡定的，一副不为所动的样子，哦了一声，轻描淡写道："我这也是没办法，我老婆之前说喜欢高冷的，我得尽力讨她欢心，不然万一被一脚踹了怎么办。"

"……"

你就非得这么小心眼儿是吗？

初栀托上次那位冷漠先生的福，和办公室里几个姑娘越发亲近，以前因为她经常独来独往，位置离得远不说，她们也有既定的圈子，所以初栀跟她们的关系一直不温不火。

直到那次以后，她们从偶尔一起吃个午饭到现在基本上每天中午都会站在旁边催着初栀一起，前后也不过几天时间。

这样的情况维持了差不多三天，事情又发生了变化。

初父之前出了趟差，警惕已经放松不少，再加上工作好像也有点忙，最近一段时间初栀都是和陆嘉珩一起上下班，某天早上她一进办公室，就不断有视线投过来看她。

那种注视，和之前的又截然不同，带着鄙夷、探究、嫉妒和各种各样复杂的情绪。

初栀茫然地回到座位上，将包包放到一边，一抬头，就跟对面的海归对上视线。

海归带着日常冷笑，鄙夷地看着她，冷冷哼了一声，声音很大，响亮得半个办公室的人都能听见。

初栀愣了愣。

海归这个人平时就有些愤世嫉俗，虽然一直是拿鼻孔看她，但是也不至于恶劣到这种程度。

而现在，他看她的眼神，简直称得上是厌恶了。

初栀一转头，对上“粉衬衫”悄悄看着她的视线。

她侧头侧得快，“粉衬衫”还没来得及收回目光，两个人视线撞上，再移开好像就有点不好了。

“粉衬衫”叹了口气，表情有点无奈地看着她，四下看了一圈，压低身子，朝她勾了勾手指。

初栀偷偷摸摸地凑了过去。

“粉衬衫”没说话，只点开电脑屏幕下方缩小了的企业邮件。

初栀捏上鼠标，探头过去看，上面是一段文字，再往下是照片。

滚轮一下一下地翻，初栀大脑轰的一声，指尖冰凉，浑身的血液迅速冰冻凝结，思维呆滞了几秒。

邮件里很多照片，午休时间公司附近餐厅隐蔽的角落、公司地下停车场，男人的车门前，初栀背靠着车门，身子微微后倾，陆嘉珩单手撑着车门框，俯身垂着头跟她说话。

两人之间的距离和姿势看起来暧昧又缠绵，明眼人一看就知道是怎么回事。

下面还有东西，初栀手指僵硬着往下滑，只看见密密麻麻的一些字，还没来得及分辨，“粉衬衫”一把抢过鼠标，把界面缩下去：“别看了。”

初栀还盯着屏幕，唇瓣发白。

“粉衬衫”声音压得很低，近在耳畔：“今天早上我一开邮箱，就收到这个东西，应该是群发，发件的不认识，不知道是谁。”

初栀没什么反应。

“粉衬衫”以为她受了太大刺激，也有点心软，不由得放软了语气：“我说小妹子，你是不是惹到谁了啊？”

初栀缓慢地抬起头来，看他：“下面写什么了？”

“粉衬衫”没说话，摸了摸鼻子，低垂着头，双下巴看起来更丰满了：“反正不是什么好话，你别看了。”

邮件是用公司内部一个员工邮箱发的，而那个员工前段时间刚好辞职了，人早就已经不在公司。

邮件里有初栀和陆嘉珩在一起的各种照片，配字情感饱满，剧情跌宕起伏，具体讲述了某势利眼女人看起来冰清玉洁、纯洁无辜，其实背地里为了钱和工作不惜爬上公司年轻管理的床，甚至还打了码挂出几个月前和她一起面试的几份简历，其中有几份看起来确实比初栀的要豪华不少。

就连初栀自己看完都有种恍然大悟的感觉，怪不得她当时能进景恒进得那么顺利来着。

此时两个人正在陆嘉珩的办公室里，她用他的电脑看邮件，虽然一路上来收到了很多注目礼让人简直寸步难行，但是既然全公司的人都已经知道了，初栀也就没什么好顾虑的，大大方方被陆嘉珩牵着上去。

她滑着滚轮往下翻，动作停了停，侧过头去：“陆嘉珩，我面试通过这件事情真的是因为你吗？”

陆嘉珩的“皇位”被占，抱着笔记本坐在旁边沙发上，挑眉：“不是，我当时都还没回来。”

初栀若有所思：“难道是我的人格魅力征服了面试官吗？”

陆嘉珩：“……”

他沉着眼盯了她良久，也不知道在想些什么，过了十几秒，突然笑了：“你不怕吗？”

初栀眨眨眼：“怕什么？”

“邮件，”他将笔记本放在茶几上，人往后靠了靠，靠进沙发里，依旧盯着她，“这件事情被曝光了，你不怕吗？”

还是以这样的方式，满口胡言，绞尽脑汁地抹黑她，满满的恶意都快扑屏而出了。

陆嘉珩微眯着眼。

初栀看着他的表情愣了愣，推了椅子站起来，走到旁边坐下。

她动作很轻地拽了他的手过来，放在自己腿上，然后用自己的两只手包住。

他的手比她的要大好多，她甚至两只手都包不过来。

陆嘉珩垂眼。

她的手看着瘦，手指细细的，手背上隐隐约约有一点点骨骼的纹路，却极柔软，软绵绵的两团包着他的手，没骨头似的，触感温热。

她的声音也软，语速很慢，不急不缓：“刚开始的时候其实有一点点慌，但是后来也觉得好像没什么了，身正不怕影子斜，我又没做坏事情，为什么要害怕啊。谈个恋爱怎么了，我又不是为了这份工作才跟你谈恋爱的，也不是因为别的喜欢你，我喜欢你就是因为你是你呀，你没钱我也喜欢你，长得丑也喜欢你。”

她指尖轻轻摩擦着他虎口处的肌肤：“我最开始的时候想来景恒就是因为你在这里实习过，所以我也想来，想在你实习过的地方实习，在你工作过的地方工作，因为那个时候你离我好远好远，我们隔着半个地球，我就总觉得这样能稍微离你近一点。

“后来不想公开这件事情，也是希望能够等我能力得到肯定以后，至少也想要撑过实习期，拿到转正的机会，不想到时候被别人说‘啊，你看，原来她是因为这个才转正的啊，老板家属嘛’这种话，我也希望我能够被肯定，只是因为我这个人。”

初栀低垂着头，想起他刚刚在她办公室里的样子，抓着他的手紧了紧。

他刚进来的时候，看起来是真的怒火冲天，唇线抿得很紧，一副极力压抑着的样子。

她当时真的挺怕他发火的。

初栀从来没见过陆嘉珩发火的时候是什么样子，唯一的一次是他们在一起的那天，陆嘉珩让她在包间门口等着，自己关了门进去了。

初栀抬手，倾身靠前，双手环住他的腰，头埋进他的腹间，小猫咪似的蹭了蹭。

他身上有很好闻的熟悉味道，带着一点点雄性气息和干净的清冽，像是柑橘混合了薄荷叶。

陆嘉珩垂着睫，抬手揉她毛茸茸的脑袋。

他低低垂头，唇瓣贴着她柔软的发丝，良久，才低声叫她："初初。"

初栀没说话，抱着他的腰的手臂紧了紧，脑袋跟着蹭了蹭，算是回应。

"结婚吧。"

初栀唰地抬起脑袋来，张着嘴巴，仰头看着他："啊？"

他依然垂着头，长睫压低，声音很轻，带着一点点沙哑重复道："结婚吧。"

初栀整个人都是一副放空的样子，好像完全没反应过来。

陆嘉珩的睫毛垂着，遮住眼底的全部情绪，他吐字清晰而缓慢，又轻又柔，每一个字都像是已经在心里滚过很多遍了一样："我家庭关系不太和谐，没有妈妈了，有一个同父异母的弟弟，你见过。我爸很混账，不是好丈夫，也不是个好父亲，我也从小没感受过什么父爱，刚开始的时候可能会不知道该怎么做好一个丈夫，你给我一点点时间，也给我一次机会。"

他弓着身，伸臂将她抱住："初初，你嫁给我吧，我什么都给你。"

初栀慢吞吞地缓过神来。

她被他抱进怀里，保持着刚刚的姿势，一动不动地看着他。

男人皮肤很白，黑短发下白皙的耳朵泛着一点点红，就异常明显，薄唇抿着，看起来有些不安。

初栀鼻尖泛酸，突然抬手捧住他的脸，仰头吻住他。

她垂下长睫，眼眶湿漉漉的水汽顺着眼角溢出，含糊了声音：“好，结婚吧。”

陆嘉珩屏住了呼吸，眼睛微微睁大了一点，几乎是小心翼翼地看着她。

初栀抱着他，眼睛胡乱在他肩膀上蹭了蹭：“你以后就有妈妈了，也有爸爸，爸爸是很温柔的人，虽然看起来对你好像有点凶，但是你们接触一段时间以后，他就也会很喜欢你。你父亲是你父亲，你是你，你以后会成为全世界最好的丈夫、最好的爸爸。”

她抬头，捧着他的脸，轻轻亲亲他，又拉开一点距离：“我嫁给你，我们交换，我有的也都给你。”

“邮件事件”发生以后，初栀八风不动，每天继续上班，假装没看见那些对她的注目礼。

只不过据“粉衬衫”所说，公司里面的传言已经从“那个靠小陆总上位的狐狸精”变成“那个把陆总迷得五迷三道的狐狸精”。

“粉衬衫”对她表达了敬佩之情，并且尊敬地称她一声——“老板娘”。

虽然初栀压根儿没感觉出来这两个狐狸精到底区别在哪儿。

直到第三天，初栀还没完全缓过劲儿来的时候，第二封邮件准时传到企业邮箱，没有照片，只有详细的文字叙述，内容是初栀大三在卓思实习的时候的“抄袭事件”。

一波未平一波又起，这一次，初栀的反应比之前的“勾引门”要强烈许多，与之前截然不同，这件事情简直是她顺畅人生中遇到的第一个坎儿，是她心里很长一段时间都无法拔除的刺。

初栀看到以后整个人猛地蹿起来，手边杯子摔到柔软的地毯上，咖啡洒了一地。

她手上也洒了不少，刚冲好的咖啡是滚烫的，白嫩的手背烫得通红，浅褐色的液体滴滴答答从手背上往下淌，顺着指尖滴落。

“粉衬衫”连忙抽了两张纸巾：“哎哟我的老板娘啊，您慢着点啊。”

初栀转过头来，茫然地看着他。

她突然觉得委屈，明明她什么都没干，原本就是她的创意，她让了，她被抄袭反而被污蔑成可耻的抄袭者，她也都不打算重提了，不想让自己的精力全部放在这种毫无意义的事情上，想要开始新的征程。

可是不行。

这个世界怎么这样啊。

是不是不去计较就一定会被人当作软柿子欺负？

“粉衬衫”将纸巾糊在她不断往下滴答咖啡的桌面上，又抽了两张递给她。

初栀垂着头，咬紧嘴唇，几乎有点哀求地看着他：“我没有抄袭……”

“粉衬衫”看着他，长长叹了口气：“你到底惹谁了啊？”

初栀抿了抿唇，没说话。

“粉衬衫”椅子一转，掰着手指：“之前的照片、这次的抄袭，其实单纯哪件事情单独拿出来还好，如果这邮件就直接这么一封过来，那甚至可能大家都当垃圾广告看看就过了，掀不起什么浪花儿来。现在，陆总这个事情在前，你本来这两天都快成景恒年度风云人物了，又出来一个什么‘抄袭事件’，大家肯定看热闹不嫌事儿大，完全就是把你往风口浪尖儿上推啊，”“粉衬衫”神道道地搓了搓下巴，“你这小姑娘看起来软乎乎的跟只小白兔似的，没想到还跟别人结下过这么大的仇啊？你惹着谁了？小陆总的前女友啊？”

初栀被他这一顿说得一愣一愣的，好半天都没反应过来。

她原本觉得这件事情是萧翊做的，但是“粉衬衫”的话提醒了她，她跟萧翊其实除了在卓思的那件事情，没结下过什么仇。

而且这件事情是他对不起她，账要算起来，也该是她去找他，就算萧翊是为了这次比稿的事情，他针对的对象也应该是跃马才对。

陆嘉珩有没有前女友她不知道，但是萧翊的现女友，总归是有一个的。

甚至她和萧翊刚去卓思实习那会儿，赵玫还以为他们是男女朋友关系，当时也有公司里的同事小姐姐们开玩笑说初栀和萧翊很配什么的，赵玫也会跟着笑笑。

甚至在初栀以为她人好和善又好相处和她很亲近的那段时间里，赵玫曾经调侃过她，说萧翊看她的眼神一看就是看喜欢的人的样子。

初栀当时完全没在意，她丁点儿都看不出来萧翊哪里喜欢她了，在她的印象里，萧翊对所有的人，无论男女都是那副温柔又耐心的样子。

现在再联想到她和萧翊的关系，初栀突然有种毛骨悚然的感觉。

赵玫跟萧翊是什么时候开始的？赵玫在跟她说那些话的时候，是不是已经开始和萧翊有点什么了？赵玫跟她说那些话的时候也真的只是单纯调侃吗？

初栀想起上次在景恒再次看见他们的时候，赵玫看她的眼神，抬了抬眼，腮帮子一鼓，皱起眉。

手上被咖啡烫到的地方有点火辣辣地疼，初栀随手抓了“粉衬衫”刚刚递过来的纸巾擦掉上面的咖啡渍，忽略掉纸巾摩擦上去的痛感，提了包包转身就要走。

“粉衬衫”在她背后哎了一声，低声叫她：“午休快结束了，你干吗去啊？”

初栀鼓着嘴巴转过头来，一口气噗地吐出来，像只被踩了尾巴很凶的小花猫，龇牙咧嘴：“咬人去。”

初栀提着个包包，风风火火地冲出公司写字楼的时候，陆嘉珩刚好来了电话。

他上午人没在公司里，大概是忙了一上午，这会儿刚听秘书说，劈头盖脸就问她在哪儿。

初栀站在景恒巨大的玻璃幕墙旁边，看着里面的人。

光亮的玻璃幕墙里，女生穿着一字领钩花纽扣上衣，裙子到膝盖上方，手里一个墨绿色包包，头发披散着，中分，露出光洁的额头，举着手机，眼睛亮亮地看着她。

和大学的时候相比，她变了很多。

初栀眨眨眼，平静地说：“刚去买了杯奶茶，准备回办公室了。”

电话那头，陆嘉珩沉默了一会儿，低声道："这件事情，我——"

"不用！"初栀快速打断他，转身重新走进写字楼，"你什么你？你打算干吗？你要干吗？你什么都别管啊你，我自己来。"

他微讶："你知道是谁了？"

初栀站在大厅里，仰着头："大概吧……"

"大概——"陆嘉珩轻笑了声，"初栀，外人不可能有公司里所有员工的企业邮箱，这件事是景恒的人做的，而且不会是普通员工。"

初栀就又茫然了，站在电梯门口："景恒的啊？那是谁啊？"

陆嘉珩就在那边笑："你不是说你大概知道吗？"

初栀哎了一声："我本来以为是……"

"卓思那边吧？"

初栀眨眨眼，没说话。

"你之前的方案被抄袭那次，就是在卓思吧。"

"……"

"你那个抄了你方案的同学，就是卓思前两天来的那个男的吧，毕业那天和你一起走的。"

"……"

陆嘉珩懒洋洋道："嗯？说说看啊。"

"……"

叮咚一声，电梯门开，陆嘉珩举着手机站在里面，视线扫过她手上，而后挑眉："不是买奶茶去了吗？"

"……"

初栀没说话，垂着头走进电梯，按了开门的按钮等。

一秒、两秒、三秒……外面一起等电梯的人全站在电梯门口，没有一个进来。

"……"

初栀转过头去。

陆嘉珩单手抄进口袋，懒洋洋靠站在电梯里，像一个弓背猫腰站不直的门神一样盯着外面的人，那表情仿佛在说：谁进来一个我看看。

初栀：“……”

她放手，按了楼层数，电梯门缓缓关上。

初栀挂了电话，转过身去。

陆嘉珩看起来完全没被打断过的样子，就顺着之前在电话里的话又道：“你一直不让我管，那你想怎么办？”

初栀挠挠下巴：“可是如果是景恒的人，我就不知道是谁了呀……”

陆嘉珩挑眉：“小姑娘想事情真是跟你人一样可爱。”

“……”

你不就是想说我傻吗？

初栀翻着白眼，转过身去：“话都让你说完了，我说什么呀？”

他就又笑：“那这样，你自己怎么想就怎么去做，公司里面的事情就交给我，我们合作，我给你当助手，成不成？”

初栀抬眼，抠门兮兮的：“我不给你发工资的。”

陆嘉珩侧头，垂眼看着她：“我老婆管得真是严。”

“……”

“那零花钱呢，以后零花钱有没有？”他俯下身来靠近她，趴在她耳边，煞有介事地问。

“……”

“结婚以后也没有吗？”

“……”

“老婆这么无情。”

初栀忍无可忍，红着脸在他脸上拍了一巴掌，一把将他推开：“你闭嘴啊！”

下午，初栀先给萧翊发了个信息，下班后直奔卓思。

卓思最近在准备景恒项目的比稿，初栀了解广告公司加起班来有多拼，所以在萧翊准时下来的时候她还觉得挺意外的。

地点选在他公司楼下的咖啡厅，男人衬衫卷着，走到她面前，神情看上去有些疲惫：“没想到你会主动找我。”

初栀轻轻吸了口气，指指对面的位置：“先坐吧。”

萧翊坐下。

初栀推了杯蔓越莓果汁给他：“不知道你喝什么，不过你最近肯定天天加班，估计咖啡也喝腻了。”

萧翊抬起眼来，神色复杂地看着她。

初栀歪了歪头：“你不喜欢吗？”

“没有，”他抿了抿唇，忽然苦笑了一下，“有点受宠若惊。”

初栀愣了愣。

“班长，其实我现在已经不讨厌你了。”

萧翊没说话。

“最开始那会儿，我真的烦死你了，明明是你跟我说输赢和机会都没那么重要，能学到东西才最重要，明明是你跟我说有什么问题可以问你，可以跟你交流，可是你最后拿了我的创意，改了我的方案。我后来就在想，你当时风轻云淡地否认这件事情的时候，有没有哪怕一瞬间，是觉得对不起我的呢？我觉得应该有吧。”

初栀撑着下巴，手里捏着小铁勺，有一下没一下地搅拌着手里的果汁：“最开始的时候事情就那么突然发生了，我太生气了，又生气又委屈，根本没反应过来。后来，是因为我的策划方案确实写得很烂，我只有想法，和你的对比起来让我觉得很丢脸。”她的声音轻轻的，“‘口口声声说是她自己的创意可是方案写得那么难看啊’‘这种东西就算交上去也不会用的吧’‘专业水平比起来根本差太多了吧’，虽然说着我要做得更好，听起来好像很好听的样子，但其实是因为我真的很怕听到这种话。

“所以我选择逃避，我用每个人都会遇到挫折来说服自己，其实我就是不敢而已，我怕没人相信我，怕被别人质疑我的能力，我真的，真的不想，再让自己回到那种难堪的情形里，一个人面对那么多人的指指点点，做一些不知道到底能不能赢的挣扎，那种感觉再来一次我觉得我根本撑不下去。”

萧翊张了张嘴：“初栀……”

初栀没理他，从始至终，她的声音都很平淡，带着她特有的糯软，像是在讲故事似的：“现在我才觉得不行，有些事情是不应该逃避的，是我的东西果然还是应该找回来，也应该承认自己当时选择逃避是不应该的，其实今天景恒的企业邮箱里群发了封邮件，关于上次我的‘抄袭事件’，每一个员工都收到了。”

她说到这里，萧翊明白了。

他皱着眉，抿了抿唇：“你以为是我——”

“我知道不是你，”她很平静地打断他，“你知道我和陆嘉珩在谈恋爱，你需要和景恒的这次合作项目，你这么做对你一点好处都没有。萧班长，你会做对你来说没有好处的事情吗？”

她看起来太理智了。

萧翊突然有点恍惚。

从高中开始，初栀给他的感觉就一直没变过。

这个女孩子心地善良，脾气极好，好像不会生气，谁跟她发火她也完全不在意，整个人都像柔软的棉花糖。

他第一次看见她发火是军训的时候，她的前男友找来，好像是惹到了她室友。

萧翊在还没弄清楚怎么回事的时候就跟着她们一起打起来了。

也是那次，他才觉得，初栀这个人其实和他想象中有点不一样。

她也有自己的小脾气，有自己的底线，有的时候迷糊得很，思考问题的方式也很是特别，但是涉及一些问题的时候，她也会生气发火，被逼急了也会很利落地反击。

萧翊垂着眼，良久才低低道：“你想让我干什么。”

初栀平静道：“我想听一句道歉。”

他一动不动地坐在那里，像是没听见。

“我什么都不要，你公开解释清楚这件事，跟我道个歉。”初栀倾身，手臂撑着桌沿靠近一点看着他，“班长，大三的那个项目核心，是你的东西吗？”

她眼睛一眨不眨地盯着他，清澈的大眼像是温润的泉，仿佛能够洗清别人的一切罪恶。

萧翊张了张嘴，被这样一双眼睛看着，他一句话都说不出来。

初栀依然盯着他，明明是柔和的语气、明亮的眼，却莫名让人忍不住想要退缩。

太过美好的东西，似乎总是让染上污浊的人无法靠近。

萧翊嘴唇开始发白，翕动两下，没吐出声音。

初栀看着他：“你说那是你的，你说如果不是因为你跟我讨论，我根本想不到这些，这些话，你是真的这么想吗？

“还是说，你这么跟我说的时候，也在不停地说服自己呢？说到最后，连你自己也都相信了吧？”

她等了很久，萧翊都没说话。

初栀放弃了，垂下肩膀，叹了口气，微微鼓了鼓嘴巴，又噗地轻轻吐出一声来，像是鱼吐出的泡泡破掉了：“班长，谢谢你之前大学两年半的时间里愿意做我的朋友。”

萧翊肩膀一僵，睫毛颤了颤，抬起眼来。

他还清晰地记得，那天在会议室里的情形。

她看着他的眼神是什么样的呢？

是委屈和愤怒，还有难以置信的失望。

她的眼睛会说话。

开心的时候看着你，眼底就仿佛有光芒跳动着，夸奖你的时候会弯着眼，笑容真诚又可爱。

而那天，少女浑身颤抖着面对会议室里的人，倔强地抹掉了眼泪，看着他的眼神是浓浓的失望和厌恶。

萧翊觉得自己大概永远没办法忘记她当时看他的眼神。

他闭了闭眼，呢喃开口：“对不起……

“对不起，我也不想的，我真的太想要那次机会了，我可能疯了，但是我真的很想赢……

“对不起……”

萧翊睁开眼来看着她，眼睛红了，嗓音开始发颤，重复着差不多的话，像是在教堂的告解室，虔诚的信徒对着神父一遍遍对自己的罪行进行忏悔，仿佛紧绷了无数个日日月月的束缚终于被解开了，也有什么深埋在心底的东西开始缓慢复苏。

初栀长长吐出一口气来，突然笑了，晶莹的鹿眼弯弯的，比夜晚的月牙儿还要漂亮：“没事儿呀，那我就原谅你了。”

是他记忆中的样子，柔软又可爱，带着一点点狡黠，像只机灵的小狐狸。

他不记得她有多久没有对他笑过。

萧翊动了动嘴唇，还想说些什么，忽然定住了，视线越过她看向她身后。

初栀也回过头去，赵玫依旧是一身白色的职业装，酒红色的长发烫着妩媚的卷儿，脸上的妆精致得一丝不苟。

她看了一眼初栀，视线一转，重新看向萧翊，红唇紧抿，发出一声短促而尖利的笑声：“这就是你说的‘一点事情’？什么事儿？和你前女友勾勾搭搭旧爱重燃？”

初栀觉得，赵玫大概是疯了。

她像是个发现丈夫出轨的怨妇，风风火火地来捉奸，几乎是一看见初栀眼神就变得狰狞起来，连表面上的太平和从容知性都懒得再粉饰了，冷嘲热讽说些乱七八糟的话。

萧翊有好几次听不下去，打断她，站起来拉着她低声商量：“我们先出去说。”

赵玫猛地甩开他的手，冷着声音道：“出去说什么？有什么在这里不能说的？你答应过我什么？你当初是怎么跟我说的？现在你跟她偷偷见面？萧翊，你别犯贱了，人家根本就没喜欢过你，你做出那么卑鄙的事情，她恨透你了。”

萧翊脸色发白，沉默了一下，缓慢吐出口气："我知道，"他低声重复，"我知道，你不用一遍一遍提醒我，我们只是谈点事情。"

她步步紧逼："我不提醒你？我提醒你你都时时刻刻不忘了犯贱找她，我不提醒你你会怎么样？农村人就是一身贱骨头！谈点事情？哈，你有什么事情是我不知道的？"

萧翊闭了闭眼："你非要——"

"萧翊，"赵玫打断他，似笑非笑，"你还有什么事情是我不知道的？"

萧翊终于露出一个忍无可忍的表情，有些疲惫地揉了揉眉心："你非要这么说话吗？"

赵玫冷笑："我怎么说话？我哪句话说得不对？你现在这样是谁的功劳？是因为谁？"

初栀撑着脑袋坐在咖啡店椅子上，眨巴着眼看戏似的看着他们吵架。

他们选的角落的位置，中间有绿植隔断，却挡不住争执的声音，不时有人往这边看。

赵玫大概也是注意到了，深吸口气，冷静下来，视线再次转向初栀。

初栀朝她点点头："您好。"

赵玫扭出一个笑来："初小姐客气，我今天找过来就没想藏着掖着，你也别弄这些尊称了，我这个人一向很直接，我听着别扭。"

初栀很认真地看着她："不行的，您比我大了快一旬吧，我爸从小就教育我，对待长辈要懂礼貌。"

赵玫脸色顿变。

初栀笑眯眯地道："先坐吧，本来还想去找您的，既然您自己来了，那我们直接聊聊呀。"

赵玫站着没动。

初栀甚至还温柔地叫了服务员过来，给她也点了一杯咖啡。

赵玫始终眯着眼看着她，像是幸灾乐祸的打量，又像是还有什么不确定地警惕着。

服务员将咖啡端来，放在桌边，赵玫没动，那表情看起来就像是初栀和服务员串通好给她下了毒。

静了半分钟，初栀清了清嗓子：“在这之前，有一个事情还是要澄清一下的——”她指了指旁边的萧翊，一本正经道，“我不是他的前女友，我们也没有发展过任何非同学关系。”

赵玫的表情变得很复杂，嘲讽和轻蔑中掺杂着类似于嫉妒或者什么的情绪，她哼了一声，意味深长道：“当然不会有任何非同学关系，萧翊这样的，你也瞧不上不是吗？”

她盯着初栀，等着初栀露出难堪的表情。

结果等了三秒，初栀皱了皱眉，似乎对她的话有点不赞同和不解：“你觉得萧翊很差吗？那你为什么还会跟他在一起？”

赵玫：“……”

她甚至有点怀疑初栀是故意的了。

身子往后一靠，赵玫抱臂冷冷地看着她：“初栀小姐，我们跟你不太一样，我们很忙，也没时间跟你在这里喝咖啡聊家常，你有什么问题不妨直说，不过你如果想让卓思退出这次比稿那我劝你死了这条心。”她顿了顿，有些得意扬扬，“我们领导和陆副总也是很多年的朋友，即使是陆总，这点面子也不会不给。”

初栀的表情依然挺淡定的，她甚至有点神游，看起来完全没把赵玫上面的一番话当回事儿似的，小手撑着脸，压出软乎乎的印子：“是有个问题想问，”初栀把手机往桌面上一拍，关了机，“邮件那件事儿，是你弄的吗？”

赵玫没想到，初栀会这么直截了当地问她。

当年方案被抄那事儿下来，看初栀的反应，赵玫觉得这个姑娘应该是个性格很软的人，不像是那种会直接来找她说这种话的。

赵玫的第一反应是否认。

这件事情初栀完全找不到证据，景恒的内部邮箱、公司人员，这些跟她一点关系都没有。

她看了一眼萧翊。

萧翊也正皱着眉看着她，那样子就好像是，他也是站在初栀那边的。

赵玫心里的火突然就蹿了起来。

她脖颈伸长，微仰着下巴，像只骄傲的白天鹅，居高临下地看着初栀："什么邮件？"

初栀舔了舔嘴唇，又眨了眨眼，想了想，从包里翻出中午的时候陆嘉珩给她的东西，推到赵玫面前。

赵玫垂头，雪白的信封带着一定的厚度，金色的蜡封，看起来十分骚包。

赵玫没动。

初栀好奇地伸着脖子，等着她拆开。

陆嘉珩给她的时候并没有告诉她这里面装的到底是什么，一脸神秘兮兮的样子，导致初栀现在也非常好奇。

她等了一会儿，也没等到赵玫拆信封，赵玫像是提前预感到，或者惧怕着什么，好半天才拆开，抽出里面的东西。

是照片，男女纠结缠绕在一起，做着无比亲密无间、暧昧至极的事情的照片。

赵玫只胡乱扫了两眼，便难以置信地瞪大了眼睛，唰地站起来瞪着初栀。

初栀茫然地抬起头来，她和他们之间隔着桌子，她甚至都没看到照片上的内容是什么。

坐在赵玫旁边的萧翊显然也看到了，像是受了什么刺激似的，呆滞了好一会儿，才缓慢地回过神来。

他愣愣地抬头，看着身边的女人。

赵玫张了张嘴："萧翊……"

萧翊看了她半晌，突然垂头，然后笑了："恭喜你，愿望达成了。"

他平静地看着她："你不是一直想找个有钱人吗？"

赵玫红了眼睛，抬手去拉他："萧翊，你听我……"

萧翊猛地站起来，甩开她往外走。

初栀以为赵玫会追上去的，但是她没有。

她就坐在那里，视线看起来空茫茫的，好半天才聚焦，重新转回到初栀的脸上。

她刚刚的盛气凌人全然不复存在，看起来像是被人踩了尾巴，声音极低，颤抖又紧绷：“你今天来找我就是为了给我看这个？”

初栀都不知道那里面到底是什么玩意儿。

她摇了摇头，重复了一遍：“我只是来确定一下，邮件是不是你发出去的。”

“是。”

她回答得太利落了，初栀甚至还没反应过来：“啊？”

“是我，我找认识的人要了邮箱，”她嘴唇泛白，“一个是事实，一个是已经过去很久的‘事实’，我说谎了吗？我只不过是让大家都知道了这两件事情而已。从第一封邮件发出去到现在过了三天，你的金主老爷有任何行动没有？他解释了吗？维护你了？”赵玫双手死死地按住桌面上那一沓照片，俯身靠近，突然笑了，“小姑娘，别再做飞上枝头变凤凰的梦了，这个世界上哪儿有真爱啊，你真以为那些有钱人是真心喜欢你的？他只是想睡你。”

她看起来像是魔怔了，残忍又幸灾乐祸地看着初栀，等待着初栀的反应。

初栀和她对视，原本还很平静的样子，随着她的话，表情一点一点出现波动。

赵玫露出了一个得逞的表情。

初栀像是受到了什么冒犯，圆溜溜的大眼睛瞪着她，发火发得很没有威慑力：“你道歉。”

赵玫慢悠悠地挑起眉，灰败的表情终于变得鲜活起来：“道歉？你应该感谢我，我现在是在——”

下一秒，一杯混着冰块的蔓越莓果汁全数泼在她脸上，赵玫尖叫一声。

她身上穿着的白色套装全部被染上淡淡的红，精致的头发上挂着薄荷叶和蔓越莓果肉，果汁哗啦啦地往下淌，顺着下巴尖滑进脖颈领口，有些滴答滴答地滴下桌面。

她条件反射地闭着眼，表情空白了好几秒，完全没反应过来。

初栀也没反应过来，回神的时候，手里是空的玻璃杯。

赵玫睁开眼来，表情狰狞："初——"

她看起来像是要来打初栀一样，初栀反应极快，立马飞速地又将她面前的那杯热咖啡直接抽过来，俯身抬手，轻飘飘再次一泼。

小河流水哗啦啦啦，又是一声淋漓尽致的女高音尖叫。

面前的女人身上混合着蔓越莓的清香和咖啡的醇浓，精致的鬈发湿答答的，脑袋上顶着薄荷叶还有一堆蔓越莓、覆盆子果肉混合在一起的东西，胸口、领口的位置甚至还卡了两块冰块儿。

服务员已经赶过来了，初栀像只灵活的小白兔，提起包包直接闪出卡座，躲在桌边的服务员身后，小下巴一仰，趾高气扬地对着赵玫重重地哼了一声，然后以奥运会女子一百米跑的速度飞速逃离了现场。

会议室。

管理层的人走得差不多了，陆嘉珩靠坐在椅子里，看着面前的男人，有点走神。

背后是巨大的落地窗，云层很厚，下午的日光被稀释得稀薄，挣扎着投向室内。

陆泓声揉了揉太阳穴，声音听起来有些疲惫："什么事？"

陆嘉珩勾起嘴角："怎么看起来这么累，最近没睡好吗？"

陆泓声微微讶异，抬起眼来："嗯，最近有点忙。"

"忙着给你的小情人邮箱账号？"

一瞬间虚伪的父子情谊的涟漪被打破，陆泓声面色一冷："你在说什么？"

陆嘉珩冷淡地看着他："你如果不知道，可以去问问你的小情人。"他顿了顿，拖腔拖调地哦了一声，"不过，你知道我说的是你的哪个小情人吧？"

"我还真不知道，但是你的，我倒是知道了。"陆泓声面露讥讽，"那个实习生叫什么来着，初栀吗？我第一次看见她的时候就觉得眼熟，后来才想起来在哪儿见过她，不就是在我儿子的手机里。”

陆嘉珩嘴角垂了垂，没情绪地看着他。

陆泓声像是终于察觉到自己捏了他的七寸，笑了一下，笑容带着七分得意三分嘲弄：“我本来还以为你会喜欢上一个什么样的，结果没想到就是这种？听说以前在别的公司还犯过事儿，人品好像不太行啊，你就准备带这样的儿媳妇回家来？”

这样反而挺好的，不再像之前那样玩亲情游戏，不再让人抱有任何卑微的期望。这样，反而让人觉得舒服。

我感谢你让我降生于世，也感谢你将情感掐死在襁褓之中的手。

陆嘉珩耷拉着嘴角，垂下眼，无声地笑了：“这个月月底，你会得到确切的消息，你高价拍来的那块地废了，经济开发重点区域在东南那边。”

他没什么表情地抬眸，看着陆泓声的眼神很淡，声音很平，像是在念报告：“你现在应该已经听到一点风声了，所以最近也在打听江南那边的情况，但是我可以很清楚地告诉你，就算你找城建和住建局那边的领导吃再多次饭也没用，你手里没什么钱了，而且，那块地现在已经有名字了，凑巧，这块地跟你同姓，可惜不是你的。”

陆泓声的面色终于变了。

“而你那个影视公司无非也就那几张牌，最一线的那个叫什么来着？乔露？她有什么臭毛病你不是不知道吧？”

陆嘉珩将手里的文件往桌上一丢，啪一声轻响，他散漫地靠进椅子里，张着腿，整个人瘫成一张饼一样：“总经理做了四五年都没能让你眼界宽个哪怕一厘米，老爷子不放弃你放弃谁？爹不亲儿不认，你说说看，活了四五十年活成你这个样子，做人还有什么意思？”

陆泓声咬紧牙关：“这些事情你是什么时候做的，算计自己的亲生父亲，你觉得自己比我好到哪儿去？”

陆嘉珩眯着眼，懒洋洋地歪了歪头：“我什么都没做，有一句话叫自食恶果，所有的事情都没有侥幸，你造下的孽，就算当时不还，以后的日子里它们也会一点一点找上门来让你偿还清楚。”

初栀从咖啡店出来，踩着小高跟一路疯狂逃亡，一直跑出两条街才气喘吁吁地拦了辆车。

在车上初栀接到邓女士的电话，初父工作刚结束，又给自己放了个假，七八月份日子正好，夫妻俩去普罗旺斯看薰衣草了，顺便问她要不要一起去。

初栀沉默了一下："你们现在在哪里呀？"

"在家啊！就等你呢！"在一片机场航班广播的声音中，邓女士这般快乐地说道。

"……"

初栀坐在出租车后排，一路不停地回头，生怕赵玫跟在她后面企图报复，搞得出租车司机看起来也很紧张，大概以为她是什么人不可貌相的正在逃避追捕的犯罪分子。

车子一到地方，初栀给了钱下车，司机就迫不及待地绝尘而去了。

初栀站在原地，揉了揉跑得酸痛的脚，走进电梯，想了想，按了陆嘉珩的楼层数。

电梯门开，她走到他家门口，先按了门铃，等了一会儿没人，才翻出钥匙来开门，结果钥匙刚入锁，门被人从里面开了。

初栀眨巴着眼："你在家呀？"

"嗯。"陆嘉珩垂眼，"事情解决好了？"

初栀含糊道："算是吧。"

陆嘉珩就笑："什么叫算是吧？这个还有算是这种说法的？"

她抽了拖鞋踩上进屋，往客厅走，整个人累垮了，直接瘫进柔软的沙发里，屁股一扭，抬脚，横过来躺："就是，我也不知道我这样的处理方式到底对不对。"

"有什么不知道的。"陆嘉珩轻笑了声，走过来，在她身边坐下，眉眼低垂，抬起手来，微凉的掌心覆在她的胸口。

夏天的衣服薄，掌心和上衣的料子紧密贴合，甚至能够感受到布料底下的内衣轮廓。

初栀僵住了，空气沉寂了三秒。

陆嘉珩长腿舒展着坐在沙发旁边，手覆在她的胸口，捏着那块儿，一动不动，神情慵懒，一开口，声音也淡淡的，没什么不对的地方："这里舒服了吗？"

"……"

初栀脸涨得通红，瞪大了眼睛看着他，扑腾着坐起身来，一把将他推开。

陆嘉珩人本来就只坐了个沙发边儿，而且没怎么用力，就虚虚那么倚靠着，初栀这么一下力道没控制住，又猝不及防，陆嘉珩被她猛地推下了沙发，一屁股坐在了地上。

地上长绒地毯柔软，摔下去没什么声音，只是后面就是茶几，肉体撞到硬物发出一声闷响，砰的一下，茶几都跟着晃了晃。

陆嘉珩疼得皱起眉心，嘶了一声。

初栀也吓了一跳，一溜烟蹿下地，跪坐在他面前，慌慌张张道歉："对不起对不起，我不是故意的。疼吗？"

陆嘉珩皱着眉抬头，弓背缓了一会儿："你是想谋杀亲夫？"

初栀皱巴着小脸儿："谁让你一上来就耍流氓呀……"

陆嘉珩哼了一声，扬眉："我是问你，这样子处理了以后，心里舒服了吗？"

初栀："……"

他手撑着地面侧了个身，慢吞吞地伸直了背，一条腿微屈，手臂搭在膝盖上，凑近了看她，压低了的声音带着一点沙哑的磁性："这位小朋友现在怎么就这么盼着我要流氓？"

"……"

一整个晚上，初栀接到初父的三个电话，她顶着陆嘉珩的视线硬着头皮假装若无其事接起来，最后还有一个微信视频，初栀没辙，跑到楼下回家接了视频。

初父像个刑警队的老刑警，初栀从来没见他眼神那么锐利过，让初栀拿着手机在家里逛了一圈儿，照过每一个角落，磨蹭了半个小时，最后要登机了，才不情不愿一脸不放心的样子被邓女士拉走了去过安检。

初栀松了口气，一转头，对上你猜的视线。

你猜站在她脚边，湛蓝的大眼睛看着她，喵了一声。

那声音、那表情、那眼神，不知道为什么，初栀突然有种心虚的感觉。

她想了想，抽了罐罐头给它，蹲在旁边看着它吧唧吧唧地舔："猜猜，今天给你加餐，你乖乖的好吧。"

"喵。"

"我上楼去玩一会儿，一会儿就回来哦，你到时候不准告状。"

你猜抬起头来："喵喵。"

初栀就当它准了，笑嘻嘻地抓了抓它的脑袋，迫不及待跑上楼去。

晚饭初栀叫了个红油抄手。

这家店店面小，初栀之前去吃过一次，汤汁浓香麻辣，抄手比馄饨略小，鲜肉的馅儿，勺子舀起一颗，带着汤一起吃，又辣又鲜。

初栀吃得一把鼻涕一把泪，欲罢不能，盘腿坐在地毯上扒着茶几擤鼻涕。

她吃饭慢，陆嘉珩早就已经吃完了，捧着笔记本坐在沙发上啪啦啪啦地敲，初栀一边吃一边看电影，看的是《忠犬八公》，呜呜呜地哭。

陆嘉珩侧头，好笑地看着她："鼻涕都拉丝儿了。"

初栀泪眼蒙眬，红着眼瞪他，嘴巴里还塞着抄手，没说话。

陆嘉珩把电视关了："哪儿有哭着吃饭的，吃完再看。"

初栀擦了擦不知道是辣的还是哭出来的鼻涕："陆嘉珩，我想养狗。"

他重新垂头："你不是有你猜了。"

"猫和狗那不一样，"初栀将最后一个抄手吞下去，将碗一推，"我养只狗吧，让它和你猜做伴儿。"

陆嘉珩想起那只色猫，敲键盘的动作顿了顿："养只母的吧，不然那狗得被它欺负死。"

初栀才不信他的，觉得她家你猜是全天下最乖的猫：“不会的，你猜那么乖，会保护小弟弟的。”

陆嘉珩哼笑了声：“色猫。”

初栀护犊子心切：“你才色。”

陆嘉珩终于抬起眼来，瞥她，竟然没反对。

他靠坐在沙发里，单手搭在沙发靠垫上，给她上课：“姑娘，男人没有不色的。”

初栀翻了个白眼，指责他：“你是你，不要以为全世界的男人都跟你一样流氓行不行？”

“行，”陆嘉珩点点头，将笔记本一合，随手放在旁边的茶几上，俯身伸手，提溜小猫崽子似的把她提起来放在自己腿上。

初栀吓了一跳，跨坐在他身上，裙摆翻起，膝盖弯着，半跪在沙发上。

她撑着他的胸膛仰起头来，眨巴着眼看着他。

陆嘉珩抬手按在她颈后，往前一按，初栀的脑袋被他按着砸在他的胸口上，闷闷地撞出声。

她嗷一声，撞得鼻尖发酸，怀疑这男人是铁板做的。

酸疼的劲儿还没缓过来，她就感受到他覆在她腰间，顺着衣摆钻进去的冰凉手指。

指尖贴上腰际的肌肤，初栀像是被他的温度冰到了，打了个哆嗦，小金鱼一样在他怀里扑腾了两下，脑袋却被人死死按在胸口，动弹不得。

他指尖往上，初栀膝盖顶着柔软的沙发，蹿了一会儿，发现毫无效果，在男人绝对的桎梏下，她的力量微弱到可以忽略不计。

初栀放弃了，软着身子瘫在他怀里，脑袋埋在他胸口，声音显得闷闷的：“陆嘉珩，陆嘉珩——”

“嗯？”他鼻腔出声轻声应道，懒洋洋的。

“你的手摸哪儿啊……”

男人闻言，手下动作顿了顿，而后继续。

初栀已经开始抖了。

陆嘉珩垂头看她，声音发哑：“今天回家吗？”

初栀顿了顿，声音小小的：“回的，我刚刚答应你猜了，做人要言而有信……”

他轻笑：“那换种说法，今天吃我吗？”

初栀浑身发软，缩在他怀里蹭了蹭，小脑袋往上蹭，额头靠在他的肩膀上，哆哆嗦嗦的：“你怎么——”

陆嘉珩动作没停，哑声道：“你什么做的，怎么跟布丁似的。”

初栀手软脚软，脸上开始发烧。

她红着脸，脑袋死死埋在他颈间，咬住舌尖，浑身发麻。

不知道为什么，初栀突然就想起刚刚，他捧着笔记本电脑窝在沙发里，专注在屏幕上，指尖落在键盘上噼里啪啦敲着的样子。

此时那双手正顺着衣摆探进去往上移，为非作歹作恶多端。

初栀感觉自己现在像是他电脑上的那个键盘，充分感受着男人修长手指的灵活程度。

她红着眼张嘴，力度不小地咬了他的脖颈一口，吸了吸鼻子，不肯出声。

而他仿佛打定了主意要听到她的声音，下手越来越重。

初栀扣着他的手臂，指尖隔着衣料掐进上臂的肌肉。

胸口衣服被推上去，初栀终于忍不住出声，使劲儿打他：“你能不能关灯……”

“不关。”他哑声，另一只手探进裙摆，“为什么关灯？”

她快哭了，声音拔高：“陆嘉珩！”

陆嘉珩埋着头，低低地笑，胸腔震颤着，柔声跟她商量：“那进卧室去开个台灯？我想看着你。”

初栀气急败坏：“你是变态吗！”

他用了陈述句的语气：“嗯，不就是王八蛋吗。”

初栀愤怒地抬手，一巴掌拍在他脸上把他深埋下去的脑袋推开：“你现在刀枪不入了是吧！”

陆嘉珩没理她，依然抓小鸡崽子似的将她提起来就往卧室走。

初栀被他提着进了卧室，挂在身上的衣服往下滑，她上下拽着，直蹬腿儿：“灯！灯灯灯！”

他依旧不理，将人丢在床上就盖下来，一米八几的大个子压下来，骨骼坚硬肌肉结实，压得初栀几乎窒息，他手臂撑在她的耳侧，垂着头笑：“你英特尔广告？”

而这个时候，初栀甚至还分出一点心思出来认真和他探讨这个问题，她吞了吞口水：“英特尔那个广告有五个‘噔’来着。”

陆嘉珩失笑，手指探进去一抽，将东西丢在地上：“你能不能长点心？注意一下场合？”

她缩着肩膀去拽旁边的被单，整个人像是烧起来了，不知道是气是羞：“你就不能关了灯吗！不关我不做了！”

他垂头，咬住她的唇瓣，抬手捂住她的眼睛，就这么静了好几秒。

初栀视线被遮住，却仿佛能够清晰地感受到他视线的扫射，有种莫名的不安和羞耻感蔓延，整个人都缩着，又被他按住。

陆嘉珩才缓慢开口，声音比刚刚又哑了几分：“这样行不行？”

“……”初栀拽着他的手腕一把甩开，“你滚下去吧行不行啊。”

“不行。”陆嘉珩干脆地拒绝，捏着她的手腕按在头顶，推了膝弯往上压。

这显然已经超过了初栀能够承受的最高限度，她低叫了声，还没来得及反应，他的唇瓣已经落下来。

从额头开始，到眉心、嘴角，一路向下，细密绵长地纠缠，仿佛延绵到世界的尽头。

初栀像是入了锅的虾，整个人都羞耻得变了颜色，止不住地颤抖过后，力道很弱地扑腾了两下。

她咬住指节，呜咽了声。

陆嘉珩大掌完全无法撼动，稳稳地拿着她，扬起眼，漆黑的狭长眼眸里目光幽暗而危险：“再大声点。”

初栀整个人不住地往后缩，被欺负得整个人一点脾气都没有了，眼圈儿通红，声音软糯诱人带着颤：“陆嘉珩，你着急吗……”

陆嘉珩被她气笑了，重新支起身来，扣着她的手腕就往身下拉：“你自己看看我着急吗？”

初栀惊恐地缩着手：“不用不用，我错了我错了。”

陆嘉珩单手捏着她的两个腕子重新扣上去，低声道：“妹妹，陆哥哥等了你四年，手都要废了。”

他偏头，咬她的耳尖儿，声音像是混了细沙和浪，低哑性感：“你别玩儿我了。”

初栀整个人绷着，视线盯着上方昏暗的天花板。

在这个节骨眼上，她毫无预兆地突然就想起他们第一次见面时的情形。

大一新生到校，开学当天，男人站在志愿者临时搭建的棚子旁边，黑衣黑裤，手里捏着一听可乐，举在唇边，听着旁边的人跟他说话。

他也不站直，微弓着背倚靠在桌边，微垂着眼，漫不经心地站在那里。黑色卫衣的袖口撸上去，露出肌肉线条漂亮的小臂。

下一秒，他掀起眼帘，两人四目相对。

那双漆黑好看的桃花眼微微眯起来看着她，阳光透过枝叶，他眼底像是含了光。

初栀闭上眼睛，手腕从他手里挣开，抬起来，抱住他的脖颈。

她颤抖着勾住他往下拉，温热的唇瓣印上男人狭长微扬的眼角，整个人缓慢地舒展开来，无声邀请。

陆嘉珩动作一顿，呼吸变重。

她像绽放在午夜里的玫瑰，带着刺的茎叶环着他的脖颈紧紧缠绕，尖刺穿透皮肤，撕裂动脉，温热的鲜血无声涌出，却依旧让人不愿挣脱。

他想要将玫瑰拥入骨血，想让她离自己近些，再近些。

事实证明，对于衣冠禽兽绝对不能主动迎合或者配合他，因为他会进化成禽兽。

尤其是吃斋吃了四年，日夜与“黄金右手”做伴的那种。

黑夜漫长无边，将所有感官扩大到无限，男人喘息的声音急促滚烫，黑发被汗水打湿，微挑的眼底浓黑一片，几乎淹没了所有情绪。

初栀最后哭得大脑缺氧，整个人混混沌沌，他才翻身，将她抱在怀里。

小姑娘身上一片狼藉，小身子一抽一抽的，好半天才抬起眼来，哑着嗓子抽抽噎噎道："你……是不是……恨我……你想……趁机杀了我……"

"……"

陆嘉珩小心地将她抱在怀里，抽了床头的纸巾帮她擦。

纸巾一碰到，她疼得一颤，哭哭唧唧地往后躲。

陆嘉珩捏着她的脚踝拉开，就要垂眼去看。

初栀腿都蹬不动了，软绵绵地往回抽了抽，挣着并拢。

陆嘉珩抓着她的脚踝，欢愉后声音低哑，柔声哄道："我看看。"

"你看个屁……"

他轻轻拉开，俯身："好像有点破皮了。"

初栀用尽全身的力气抬脚踢他，哭得直打嗝儿，"你自己说你是不是王八蛋……"

陆嘉珩抽手，站起身来，竖着将她抱起，走进浴室，在浴缸里放了水跨进去。

浴室里光线比在卧室时明亮许多，瞬间，像素被提了好几倍，初栀缩在他怀里，脑袋懒懒地靠在他肩头，抬手拍他的背："灯……"

"就知道灯。"他抽了旁边的浴球过来，压了两泵沐浴露，给她打泡沫。

浴球蹭着腿根，初栀就又哭唧唧地往回缩。

折腾了好一会儿陆嘉珩才把她从头到脚洗干净，重新抱回卧室。

被子之前被铺在身下，现在上面湿漉漉的什么都有，陆嘉珩直接掀了被子丢在地上，将人放在床上，从衣柜里翻出一床新的给她盖上。

初栀累得不想睁眼，胳膊都抬不起来，懒趴趴地挺尸在床上，任由他把她塞进被窝，迷迷糊糊地感觉到旁边的位置一塌，紧接着就是一条热乎乎的胳膊横过来，把她抱住。

初栀皱着眉哼唧了两声，终于抬手揉了揉哭得肿肿的眼睛，睁开眼看他。

男人饱食餍足后看起来慵懒又满足，微垂着眼看着她。

初栀一看到他那副表情，就觉得气不打一处来。

他的肩头被她咬了好几个牙印，还有几个指甲的印子，初栀手臂在被子里面动来动去，伸出来，食指往前一探，重重地戳了戳。

陆嘉珩轻轻嘶了一声，抬手去捉她的手指："干什么？"

她身上还疼着，委委屈屈地看着他："陆嘉珩，我再也不跟你——"她憋了半天，才小声道，"不跟你干这事儿了。"

陆嘉珩低笑一声，心情很好的样子："不再给我两次机会吗？"

初栀想了想，又皱眉："行吧，那结婚的时候一次。"

陆嘉珩轻轻揉她的头发："还有一次呢？"

初栀想了想："你死的时候。"

陆嘉珩："……"

她哭哭叫叫了一晚上，声音还哑着，人也疲，耷拉着脑袋枕在枕头上，靠着他小声说话："你听过那个笑话没有，扶我起来试试。"

陆嘉珩亲了亲她的额头，温温柔柔道："你还有精神皮。"

初栀仰起脑袋来瞪他："你现在对我的这股温柔劲儿刚刚哪里去了，像是要弄死我一样。"

陆嘉珩扣着她的脑袋按进自己怀里："你别搞事。"

初栀哼唧了两声，小屁股微微往后拱了拱，调整了一个舒服的姿势，脑袋抵着他的胸膛，小动物似的习惯性拱了拱，又闻闻，不说话了。

她一向睡得快，平日里睡着了就开始开疆辟土，试图霸占整张床将旁边的人驱逐出自己的领地，这次却睡得很熟，好半天不动一下。

这一觉就睡到第二天早上八点半。

她背对着他，整个人被从后面环在怀里，初栀缓了一会儿神，揉揉眼睛，往外蹭，刚挪出去一点儿，他揽在她腰间的手臂收了收，又重新把人带回来。

初栀慢吞吞地转过身去，仰头看他。

他们不是第一次在同一张床上醒来，却总有不一样的地方。

她翻身一动，他就醒了，微眯了一下眼，还没睁开——

“陆嘉珩，”初栀平静地说，“我感觉你变丑了。”

陆嘉珩一顿，眯着眼哼笑了一声，声音沙哑带着睡意：“用完我就嫌我丑了。”

即使昨天已经完全领略见识到了他做那事儿的时候说出来的话有多让人面红耳赤，初栀依然很不禁逗地脸红了：“你能不能，以后说话正经点。”

“不能，”陆嘉珩一副还没睡够的样子，胡乱揉了揉她的头发，“几点了？”

“八点半。”

“睡吧。”

“上班。”

陆嘉珩顿了顿，终于睁开眼来看她：“你还要去上班？”

初栀眨眨眼：“你不去上班了吗？”

陆嘉珩含含糊糊唔了一声，垂头咬了咬她的唇瓣，被子下面的手又顺着衣摆钻进去，握住细腰：“不想去。”

初栀一巴掌拍着他的脸推开：“刷牙洗脸，上班！”

陆嘉珩野马脱缰，仗着自己身体素质好，疯狂折磨身体素质不太行的初栀，趁着初父和邓女士不在的这段时间天天晚上拖着她行苟且之事，一遍不成还要得寸进尺，然后被初栀一脚踹下床。

隔天一大早，初栀人一到公司，就看见站在办公室门口的萧翊。

彼时流言发酵酝酿了几天，两个故事人物再次同框出现，整个市场部的人都在偷偷往这边瞥。

初栀站在门口，手里拿着个保温水杯，看起来十分平静：“早呀。”

萧翊短短几天时间看起来瘦了一圈。

他低垂着头，声音不大，却能让办公室里的每一个人都听见：“之前答应过你的事情，我会做到，”他静了静，眼窝深陷，看着她，忽然俯下身去，“对不起。”

平地炸起一声，办公室里一片寂静，一直偷偷看戏的围观群众们惊了。

初栀没说话。

萧翊弓着身，垂头："我之前将你的核心创意盗窃过来占为己有，还反过来诬陷你抄袭，让你被误会了这么久，也给你带来了很多困扰，对不起。"

初栀咬着嘴唇，有点心软了。

办公室里十分寂静，没人说话，连走动的声音都消失了，只剩下手指敲击键盘的声音。

办公室大概是任何秘密传播最快的地方之一。

良久，萧翊才直起身来："我已经从卓思辞职了，也意识到自己之前的愚蠢，不属于我的东西我不会再要，做出这种事情不奢望我们还能做朋友，"他深深地看着她，"谢谢你还愿意原谅我。"

好半天，她才轻轻地嗯了一声，垂下头。

向她公开道歉，这是初栀那天对他的要求，可是她其实没想过要让他辞职。

初栀皱了皱鼻子，轻声道："其实你不用辞职的……"

萧翊苦笑了一下："我离开卓思，也有别的方面的原因。"

初栀隐隐约约能够猜到是跟那天的事情有关，却不知道具体是为什么。

她抬起眼来，看着面前的男人。

他黑眼圈很重，眼里满是血丝，神情疲惫。

其实初栀对于高中时期的萧翊，也不是完全没有印象。

她偶尔在学校食堂看见过他几次，四目相对，初栀也并没太注意，只一眼扫过去，他和其他擦肩而过的人并没有什么区别。

只是视线对上的次数多了，她也就对这张脸稍微有一点点印象。

温和低调却不掩骄傲自信的少年，这是初栀对萧翊最开始的印象。

时间和世界总是会不动声色地改变一个人。

如果说早上萧翊的道歉是一颗地雷，那么中午陆嘉珩缠着满手的白绷带风风火火地提着个餐盒冲进市场部就是一颗深水炸弹。

最近风头正盛的小陆总两只手缠得像是个残废，费力地提着饭盒走到初栀面前，漆黑的桃花眼专注地看着她：“宝贝，对不起，是我没保护好你，让你这两天受了这么多委屈。”

“……”

初栀再次被他恶心得打了个哆嗦。

她抬眼，看着他被绷带包得严严实实看不到一点皮肤的手，而这双手就在今天早上在家里的时候还捏着她的腿，弹钢琴似的灵活地一路往上摸。

“你的手怎么了？”初栀问道。

太子殿下提了提手里的饭盒，看着她的眼神温柔得不像话：“我想给你做午饭，被油烫伤了一点。”

“……”

你这是塞油锅里炸了吧。

于是，短短一天时间，“抄袭事件”的“受害者”登门道歉这件事情水波一样扩散开来，初栀从“品行不端还勾引高富帅的狐狸精”变成了“受尽诬陷却依然对这个世界充满爱最终收获真爱的灰姑娘”。

热爱八卦的众同事总是这么善变。

初栀就像是媳妇儿终于熬成了婆，感受到了和之前截然不同的待遇，连上个洗手间都有姑娘来要跟她结伴同行，仿佛回到了高中的时候。

跟“疑似”未来董事长夫人一起尿尿！多么刺激！

初栀一向不太擅长处理这种事，她觉得别扭极了，女同事们的热情招呼让人防不胜防，她甚至想邀请“粉衬衫”一起上厕所。

于是几次三番以后，她不顾身边几道友善的注视，扭过头去，热切地看着“粉衬衫”：“前辈，要不要一起去个洗手间？”

“……”

“粉衬衫”面无表情地看着她：“老板娘，您再这样我辞职了。”

第十六章

一眼焚城

萧翊辞职以后，赵玫也没再出现过，两天后，卓思弃权了。

跃马直接拿到项目，当天下午，跃马带了方案过来开会，初栀才知道跃马那位高冷先生叫顾从礼。

卓思当时费尽了心思争这个项目，就这么放弃了，初栀觉得还挺没劲的，晚上跟陆嘉珩吐槽这个事儿，男人依旧没什么热情的样子。

初栀盘着腿坐在床头吃草莓："今天卓思那边来消息，说这个项目不要了。"

陆嘉珩抱着笔记本坐在旁边，手边被子上放着两个文件夹："嗯。"

"他们竟然放弃了，为什么呀？他们都准备这么久了。"

"不放弃怎么着？难道就这么拖着等着输？"

"你觉得卓思会输吗？"初栀问。

"跃马更有创意，敢玩敢想，东西更有趣一点，卓思这几年都不太行了，模式都很套路，"陆嘉珩眼都没抬，"而且卓思今年总监跳槽，剩下的几个管理层没一个像样的，本来暂时是赵玫负责，现在我估计她也没什么心思了。"

他话说完，初栀已经凑到他面前去了。

小姑娘嘴巴上叼着个草莓，手臂撑着床面靠过去："什么心思？"

陆嘉珩抬眼，看了她一眼。

初栀好奇了太久，草莓嚼吧嚼吧咽下去，忍不住问他：“你那天给我的信封里，到底装的什么呀？”

他重新垂头，哼哼着笑了两声。

初栀爬到他身上，抬手拽他的耳朵。

见他没反应，她伸头咬了咬。

陆嘉珩空出手来，拍了拍她的屁股：“你怎么什么都想知道？”

初栀心想谁看见当时那两个人的表情都会想知道好吗？

她眨巴着眼，眼睛亮亮的，回想起当时萧翊和赵玫的反应：“是那种照片吗？”初栀看起来莫名还有点兴奋，睁大了眼，“赵玫出轨了吗？”

他挑眉，将笔记本丢在旁边，手顺着她的臀线往上摸，滑进睡衣裙摆去钩她的内裤，面上不动声色，准备开始干活：“对，就是那种照片，来，我给你演示一遍。”

初栀：“……”

陆嘉珩的好日子没过几天，一个礼拜后，初父和邓女士从普罗旺斯回来了。

邓女士浑身薰衣草味，给初栀带了四五瓶香水儿，也给陆嘉珩带了礼物。

初栀屁颠儿屁颠儿上楼给他送去，顺便把自己这两天的日用品、洗面奶什么的从他家捞出来，偷偷摸摸带回家。

临出门，她又被男人捞了回来，抵在门上：“这就走了？”

“我爸妈回来了呀。”

陆嘉珩想了想，提议道：“要不要来个分居炮？”

“……”

初栀由衷地希望陆嘉珩脑袋里能想点儿别的，她最近这段时间每天都想拄着拐杖出门。

所幸进入八月以后，陆嘉珩比以前还要忙，初栀也开始忙起来，跃马加起班来就像不要命一样，初栀从来没见过比甲方还要拼命的乙方。

“粉衬衫”每天累得像条狗，连着陪着加班两天两夜以后，他躺在桌子上苟延残喘："跟跃马合作，老子感觉自己连性生活都不需要了。"

初栀也瘫在桌子上："前辈您醒醒，您本来就没有性生活。"

"粉衬衫"哼哼："老子本以为叶康宁已经很地狱了，结果没想到跃马这个顾从礼更可怕，然后这办公室里的女人一看到他还都像疯了一样，这个社会还有没有人性了，颜值就那么重要吗？"

初栀说："前辈，我就是之后考核不过我也不要去这种拼命型广告公司了，我就是死了，被钉在棺材里，我也不去跃马。"

"粉衬衫"不以为意："老板娘，您的考核怎么可能不过。"

初栀当时没说话。

"粉衬衫"只是无意一说，她却听进去了。

自从事情闹得沸沸扬扬公开以后，初栀之前所有排斥的事情都发生了。

直到和跃马的合作项目结束，初栀过了个难得的双休日，周日在家里看着电影，门铃就被人按响了。

初栀噔噔噔跑去看猫眼，开门。

陆嘉珩站在门口，没什么表情地看着她。

初栀一脸惊喜："陆嘉珩！见到你真高兴啊！"

"……"

陆嘉珩皮笑肉不笑："宝贝儿，太假了。"

初栀舔舔嘴唇，继续装傻："你今天不去公司了呀？你也双休日啊？"

陆嘉珩靠站在门边，斜歪着身子："听说你昨天给叶康宁写了封信？"

初栀问："什么信？"

陆嘉珩："告白信，情书。"

初栀睁大了眼瞪他："我写的不是告白信。"

"哦，那是什么信。"

初栀不说话。

他抱着臂进屋，居高临下地看着她："嗯？辞职？"

初栀挠挠下巴："这个事情一言难尽。"

“行，”陆嘉珩点点头，“不要我了，你准备去哪儿？”

她埋着头，小声嘀咕：“我周一去跃马面试……”

三秒钟沉默后，陆嘉珩平静地说：“就是那个，你喜欢的高冷的？”

初栀连忙解释：“没有没有，高冷的那个不是跃马的，他只是这段时间帮朋友忙。”

“你连这个都打听清楚了？”

初栀觉得有必要和他解释清楚。

“陆嘉珩，我不是因为这些才要走的，我之所以不想在公司里公开和你的关系，就是因为这个，因为我不想辞职。”初栀深吸口气，“如果说景恒是我们自己创业，我和你一起奋斗打拼下来的，那我一定不走。”

陆嘉珩抿着唇，没说话。

初栀仰着脑袋看着他，瞪大了眼睛，朝他比了个手势：“陆嘉珩，我现在上个厕所都要被三五个人按在台子上聊家常。”

陆嘉珩最终妥协了。

初栀谁都没说，只告诉了“粉衬衫”，临走前被“粉衬衫”一把鼻涕一把泪地挖苦了一番。

“我就是之后考核不过我也不要去这种拼命型广告公司了，我就是死了，被钉在棺材里，我也不去跃马。”“粉衬衫”幽幽道。

“……”

初栀去跃马的第三个礼拜，陆泓声被董事会罢免。

事情闹得很大，首先是不痛不痒的花边新闻，陆泓声被爆出了一串照片，照片里的女人五花八门，初栀认出里面有赵玫，也有最近当红的小花旦、小明星，男人却都是同一个。

这种没营养的出轨绯闻最能够提起吃瓜群众的兴趣。

紧接着就是一系列猛料。

虚报利润做假账，任职期间财报注水，手里的娱乐公司当红女星实锤吸毒，而被抓前一天，还被人拍到和他一起进出某高级会所。

事情发生当天，公关部门很快回应，陆泓声被罢免后景恒召开新闻发布会做出交代以及致歉，陆嘉珩作为新任 CEO 首次在媒体前露面，介绍了临市开发区的新项目建设工程。

初栀当时和初父、邓女士一起坐在客厅里看，男人一身纯黑西装穿得一丝不苟，帅到初栀觉得隔着电视都能感受到他四散的荷尔蒙气息。

邓女士看得心花怒放：“哦哟，这小伙子这么一穿还蛮帅的嘛。”

初父冷冷地哼了一声，表情越来越难看：“这陆泓声是他爸？你是要和这样的人家谈恋爱？”

“他是他，他爸是他爸，他也觉得他爸爸做得不对的。”初栀耐心地纠正他：“爸，我不是跟他谈恋爱，我要嫁给他。”

初父瞪大了眼睛，直指电视屏幕：“你还想嫁到这样的人家去？”

初栀想了想：“那我明天问问他愿不愿意入赘？”

初父气愤地看着她。

初栀乖乖巧巧地垂下头去，抬起手来，捏着他的袖子摇了摇：“爸爸……”

初父不为所动。

“爸爸爸爸……”

初父神情开始松动了。

初栀表面不动声色，再接再厉道：“爸爸，你就是不想让我谈男朋友，所以什么样的你都要反对。”

初父长长地叹了口气：“宝贝，你如果找一个普普通通的男孩子，那也可以，只要他对你好就行，可是你这男朋友，他家里这样，万一以后他也这样怎么办？你真嫁过去我怎么放心？”

邓女士咔嚓咔嚓嗑瓜子儿：“儿孙自有儿孙福。”

初父大怒：“你能不能长点心！这不是你女儿？”

邓女士也怒了：“初云飞你跟我厉害什么你厉害？！你就因为他的家庭就把人家小孩否认得彻彻底底你还觉得自己挺棒的？父母和家庭是孩子能选择的？我看小陆那孩子挺好，对我们初栀也是真心的，我看你是谁都看不上！你就是个女儿奴，希望女儿一辈子在自己身边不嫁人才好！”

客厅里战火飞扬，邓女士嗓门儿一声比一声高，夫妻俩日常刀光剑影。

初栀默默地站起身来溜进房间，任由他们俩从客厅打到厨房，从厨房打到卧室，然后安静下来了。

初栀回房间换了套衣服，又偷偷溜上楼去，准备等陆嘉珩回来。

她刚上去，看见门口站着个少年。

初栀愣了愣，那少年刚好抬起头来。

少年大概十岁的样子，清秀的眉眼，乌发漆黑，长手长脚地站在门边，乍一眼看上去，有点像缩小版的陆嘉珩。

初栀反应了好几秒，一个小小的小男孩从记忆深处蹦了出来。

男孩手里拿着个黄桃果冻，扯着她的手，大大圆圆的眼睛亮晶晶地看着她，声音软糯甜甜地叫她“姐姐”。

初栀不确定地走过去，微垂着头：“懿懿？”

她大概四年没见过他，之前也只见过那么一次，初栀甚至都有些记不清楚他的长相了。男孩拔高了好大一截，看起来甚至也都没比初栀矮上多少，婴儿肥褪去，眉眼也变化了许多。

陆嘉懿愣愣地看着她，眨了眨眼：“姐姐……”

他和陆嘉珩五官脸型都有点像，唯有一双圆润的眼睛，大大的，双眼皮的褶皱很深，瞳仁漆黑，看着人的时候像是会说话。

初栀有点惊喜：“真的是你呀？好久不见了，你来找你哥哥吗？”

陆嘉懿看着她，眨了眨眼，眼圈突然红了。

小少年跑过来，仰着头，紧紧抓着她的衣袖，眼泪啪嗒啪嗒往下掉：“姐姐，妈妈说爸爸养不起我们了，我妈妈疯了，她要带我走，你能不能求求哥哥，求求他让我在这里藏一藏，我不想让妈妈带我走。”

都说十岁的小朋友是最不乖、不讨人喜欢的年纪，陆嘉懿看起来似乎完全不存在这个问题。

陆嘉珩不知道什么时候会回来，他家没什么吃的，初栀也不会烧饭，想了想，她把陆嘉懿带回了家。

厨房里，初父和邓女士结束了今天的日常大战，正相亲相爱做着晚饭，邓女士来帮她开的门，刚要说话，就看见她身后露出个黑漆漆的小脑袋瓜儿。

陆嘉懿藏在初栀后面，只露出半张脸，黑眼明亮地看着她，眨巴眨巴。

邓女士垂着头看他，也眨巴眨巴眼睛。

初栀看着这俩人对视，也没来得及说话，就看见邓女士一脸惊恐地往屋里扫了一眼，又神秘兮兮地拉着初栀出了房门，伸出手指来，抖啊抖啊地指着陆嘉懿："初、初、初、初栀你给我解释清楚，这、这、这孩子——"邓女士脸色煞白，压低了声音，"初栀，你跟我说实话，你和那小陆到底什么时候认识的？"

"大学呀。"初栀有点没反应过来，也垂下头，看着小少年笑嘻嘻道，"他小时候我见他还是个小包子，长大了和他哥哥还挺像的啊，除了眼睛。"

小少年圆溜溜的大眼睛看着她，似乎是因为说了他和陆嘉珩像，他看起来挺高兴的，露出了一个有点羞涩的笑容。

邓女士看起来还有点惊魂未定："他这眼睛和你长得一模一样。"

初栀想了想，"我不记得他妈妈长什么样了，我只见过一次。"

而且黑灯瞎火，又是那种特殊情况下，初栀也根本没注意到那个上来就打人的女人到底长什么样。

邓女士长长地吐出一口气来。

初栀领着陆嘉懿进屋，初父刚好拎着个马勺转过身来，马勺里的红烧肉装盘，一抬眼，看见初栀手里领着的小朋友，手一抖，马勺差点掉了。

下一秒，初父嗷的一声大吼："初栀——"

邓女士赶紧走过去："这是小陆他弟弟。"

初父这一嗓门儿把陆嘉懿吓了个激灵，脑袋唰一下又藏回到初栀身后去了，又好奇，偷偷摸摸看，对上初父好凶的视线。

陆嘉懿很茫然地看着他，黑溜溜的眼眨巴眨巴，乖乖巧巧地朝他点点头："叔叔好。"

初父被萌到了。

初父被打了个措手不及。

初父放下手里的马勺，表情僵硬了一下，抿了抿唇：“他弟弟你领回来干什么？”

初栀也跟着眨巴眼，一大一小两个小人儿瞧着他：“带回来给您玩玩儿，我感觉您会喜欢他。”

初父冷哼了一声，“我喜欢什么？你少跟我来这些歪门邪道！你现在和那小子在一块儿都学坏了。”

半个小时后，陆嘉懿坐在餐桌前，餐桌上满满的菜，初父把红烧肉和糖醋排骨都放到了小朋友面前，人折回到厨房，忙活了一会儿，又端着个盘子出来。

初栀一看，拔丝苹果。

邓女士乐了：“初云飞，你女儿上高中以后就不爱吃这个了。”

初父没搭腔，将盘子放小朋友面前了。

陆嘉懿捏着筷子，乖巧地吃饭，安安静静也不怎么说话，吃相干净又斯文，瞧着那盘拔丝苹果，小心翼翼地伸了筷子去夹。

浅褐色透明糖浆裹在苹果上，夹起来一块儿拉出丝来，越拉越长，越拉越长，陆嘉懿瞪大了眼，手臂举得老高这个丝也没拔完。

小朋友吃饭慢，初栀和邓女士都吃完走人了，初父还始终没走，就坐在餐桌前和他聊天，起初的时候还板着脸，后来不知道小朋友用了什么办法，把初父逗得和颜悦色笑靥如花，阴沉了几天的脸色终于转晴。

晚饭过后，陆嘉珩上门接人，初父站在门口瞪了他好半天，突然开口问道：“什么时候再来？”

初栀：“……”

陆嘉珩：“……”

门关了，陆嘉珩垂眼，看着他：“你来干什么？”

陆嘉懿看着他，眼圈红了。

他垂下头去，干巴巴道：“哥哥……”

“干什么？”

“妈妈要带我走了，她今天发了好大的脾气，把家里的东西全砸了，她是不是疯了……”陆嘉懿红着眼，又仰头，大眼里含着泪，“哥哥，我不想走，她说她要和爸爸离婚，我以后会没有爸爸吗？爸爸会不要我吗？”

陆嘉珩没说话，微微俯身，拽着他的手腕拉过来，领着他上楼。

走到门口，他开门，淡淡叫了他一声：“陆嘉懿。”

少年抬起头来。

陆嘉珩垂头看着他，嘴角耷拉着，没什么表情地看着他：“别怕。”

他转开视线，推门进去：“别怕，你有哥哥在这儿。”

陆嘉珩带着陆嘉懿回陆宅的时候，蒋阮正在收拾东西。

她看起来完全配得上她儿子“快疯了”这个形容，往日的精致不复存在，长发凌乱，偌大的房子里空荡荡的。

她神神道道地来回走来走去，门口放着四五个大箱子，一看见陆嘉懿，疯了似的冲过来。

“懿懿！”

蒋阮喊了一声，看见陆嘉懿后面走进来的陆嘉珩，猛地停住了脚步。

隔着明亮的大客厅，陆嘉珩安静地看着她。

蒋阮愣了一下，表情变得歇斯底里，眼睛里布满了血丝：“陆嘉懿！上楼！”

陆嘉懿站在旁边缩了缩，没动。

她尖叫：“上去！你现在马上给我上楼！”

男孩回过头来，看向陆嘉珩。

陆嘉珩没说话，垂眼拍了拍他的肩膀。

陆嘉懿跑上楼，房门关上的声音响起，蒋阮惊恐又愤怒地看着他：“你要干什么……

“你带他去哪儿？

“你抢走了我的家、我的老公，你现在还要抢走我儿子……

“我现在什么都没有了，我什么都没有，你还要抢走我儿子，陆嘉珩，你为什么对我这么狠？”

陆嘉珩一直没说话，就这么看着她，突然笑了。

“你在逗我？”他侧着头，眼神仿佛在看什么神奇的又陌生的生物，“我本来以为你只是不知道什么叫廉耻，没想到你还真不是啊，你根本没有。”

陆嘉珩微微仰了仰下巴，眯着眸看她：“不要说得这么理直气壮，你，才是偷东西那个。”

蒋阮对上他的视线，又像是被什么东西烫到了一样匆匆移开：“你在说什么……我是真心喜欢他的，我没偷东西……”

陆嘉珩挑眉：“陆泓声一出事，你就这么急着找下家了，你这个真心还真是让人毛骨悚然啊。”

蒋阮唇瓣发白，颤了颤：“那你让我怎么办？我能怎么办，陆泓声现在一无所有了，他连房子都是他爸的，现在出了这种事——”她抬起眼来，自嘲似的笑了笑，“你会给我们母子俩活路吗？”

陆嘉珩勾起嘴角：“我倒是没想到你会带着陆嘉懿走，毕竟你一个人比较好找下家。”

蒋阮目光空茫地看着他：“我今年三十多岁了，我跟了陆泓声十年，整整十年，哪儿还有——”

哪儿还有那么好找下家。

陆嘉珩面露嘲讽。

这女人在家里靠别人养了十年，现在出了事，首先想到的不是怎么养她儿子，而是她找不到另一个愿意养她的男人。

陆嘉珩发出一声“呵”，轻声道：“你废了。”

蒋阮没听见，表情还有点恍惚。

他垂着眼看着她，嘴角耷拉下来，表情无波无澜：“你想去哪儿就去哪儿，我不管你，但是陆嘉懿姓陆，老爷子不可能让你带他走。”

蒋阮恍恍惚惚地看着他，缓慢地消化了一下他的话，微微睁大眼：“不行——嘉懿是我儿子，我的孩子……没有他我以后怎么办……”她突然反应过来，怨毒地瞪着他，“你恨他，你恨他，因为你没有妈妈，所以你也想让他没有妈妈！”

陆嘉珩淡淡地看着她：“我不恨他，我以前嫉妒他，现在，我甚至有点同情他了。至少我知道我的母亲是怎样的人，而他的母亲其实是个什么样——”他笑了，“你敢让他知道吗？”

蒋阮不敢。

她不敢让自己的儿子知道自己是个私生子，也不敢想象他知道这些以后对她会是什么样的反应。

她希望自己在儿子心目中永远是值得尊敬的人、最温柔美好的母亲。

三天后，陆嘉懿再次出现在陆嘉珩家门口。

他一开门，男孩就抱着他哭得泣不成声。

蒋阮走了。

陆嘉懿站在他家门口，抱着他的腰，眼睛又红又肿：“哥哥，其实我知道我是怎么出生的，我也知道你为什么讨厌我，有一次爸爸和妈妈吵架我听见了。对不起。对不起，哥哥，对不起……”

男孩儿抽噎着，声音沙哑，带着浓重的哭腔：“我希望我从来没被生出来过。”

十一月初，陆嘉珩关于临市开发区的CBD工程建设召开新闻发布会，月底，景恒集团五十周年庆晚会，初栀被陆嘉珩以家属的名义拉过去参加。

在被告知陆老爷子也会在场的时候，初栀陷入了前所未有的紧张情绪当中。

她上一次见到陆老爷子，还是几年前。

老人家将她拉到书房里去，前前后后仔仔细细地瞧了好一会儿，最后一句话都没说，把人放走了。

初栀也不知道自己当时合格了没有。

现在想想，她当时又呆又不会说话，嘴巴也不甜，就那么跟老人大眼瞪小眼地对着瞅，能被喜欢就怪了。

初栀欲哭无泪，觉得时隔几年以后的第一次亮相，她怎么也应该好好表现才是。

当天上午，她很焦灼地给林瞳打了十几个轰炸电话，很焦灼地跟着她去做了头发和美容，并且由据说从什么米兰回来的造型师给她化了个比毕业典礼的时候不知道精致多少倍的妆。

虽然初栀自己看镜子觉得好像也没有什么变化。

然后，就跟童话故事和电视剧里面一样，当初栀穿着大红色花瓣儿裙摆抹胸长裙出现在陆嘉珩面前的时候，陆嘉珩被她的美貌惊呆了。

他沉默了三秒钟，忽然垂头，轻轻笑了一声。

初栀有点儿紧张，也有点儿期待，大眼睛滴溜儿地看着他，像是只讨奖励和夸奖的小哈巴狗，眼巴巴地等着他的评价。

陆嘉珩抬手，指尖轻轻落在她右边眉尾的地方："妆化早了吧，下午偷偷睡觉了？眉毛被你蹭掉了半截。"

初栀愤怒地用她的八厘米高跟狠狠地踩了他一脚。

会场选在程轶家的酒店，初栀跟着陆嘉珩去，自然也就早到，程轶一看见她，扒着门框子爆了一句粗。

他一边领着他们上楼，一边目不转睛地看着初栀，十分不雅地爆了句粗："不是，栀妹子，许久未见，你到底发生了什么？"

初栀眨眨眼，贴得长长的假睫毛扑闪扑闪的："我变化很大吗？"

"我也不太形容得出来，"程轶顿了顿，眼一眯，上下扫了她一圈，摸摸下巴神秘道，"五官明明好像没什么变化，气质上完全不一样了，感觉像是从一只小白兔，变成了白兔精。"

初栀："……"

陆嘉珩拉着初栀往自己身后一藏，阻隔了他扫视的视线，顺便抬手推着他的脑袋往外按："行了。你哪儿那么多废话，滚吧。"

他把人按出去，关门转身。

程轶给他们准备了临时休息的房间，不小的一个套间，大落地窗，装修风格偏向奢华，欧式的家具加上大礼服裙让初栀有种错觉，仿佛给她加个皇冠她就真的能变成公主了。

而陆嘉珩小王子，此时正垂眼看着她。

程轶刚刚看着她的时候初栀没觉得有什么不对，被陆嘉珩这么上上下下一瞧，她却突然莫名生出了一种不太自在的感觉。

她有点害羞地缩了下肩膀，含了含背，垂下眼去："我们什么时候下去呀？"

陆嘉珩没说话。

半晌，他突然没头没尾道："程轶说得对。"

初栀愣了下，抬起头来："嗯？"

他已经走过来了，站在她面前，指尖顺着修长的脖颈滑到纤细的肩膀上，锁骨的线条流畅好看，往下是大红色礼裙包裹着的胸和细腰。

而那下面的风景，他已经看到过了，却好像怎么都不够。

他指尖落在她胸口滑腻的沟壑上方，停在裙子的抹胸边缘，声音很低，带着情动时的沙哑磁性："我们晚一个小时下去？"

初栀见到过他这个样子很多回了，秒懂了这个人的意思。

她缩了缩肩膀，往后躲开他的手指，开始狂摇头："裙子会乱，妆也会花。"

陆嘉珩抿了抿唇，微眯了下眼看着她："小栀子，你自己算算你又让我吃了几个月斋了。"

初栀轻轻拽了拽耳垂，声音小小的："你能不能别每天就想着这些事儿……你工作这么忙，还有精力干这个呀？"

陆嘉珩挑起眉来，凑到她耳边故意压低了声音恶劣道："有啊，精和力都给你留着。"

初栀："……"

下一秒，初栀八厘米的高跟鞋再次招呼到他的鞋面上。

离晚会开始还早，初栀在陆嘉珩的房间里睡了半个小时。

等到她起来的时候，陆嘉珩已经下去了，初栀爬起来缓了一会儿神，又跑去洗手间补了个妆，才慢吞吞地穿上鞋子下楼去。

周年庆晚会已经开始了，领导们大概也已经讲完话了，宴会厅里衣香鬓影，能看到有当红的男女明星端着香槟聊天。

初栀走进去，看见了不少熟面孔，旁边侍者立刻端着托盘过来，初栀随手捏了杯颜色最好看的酒，偷偷找了个靠窗的角落，悄悄喝了一口。

她知道自己酒品烂，不敢多喝，只抿了一小口尝个味道，有点像水蜜桃混杂着什么热带水果的起泡酒。

站了没一会儿，许久未见的“粉衬衫”和许策划看见她，“粉衬衫”瘦了一圈，五官都英俊了不少，欢快地跑过来和她叙旧，后面还跟着叶康宁。

初栀一边跟他们说话一边小口抿着酒，还没来得及喝几口，一抬眼，就看见一个人朝自己走过来。

一个男人。

一个穿着一身浅色正装的男人。

一个看起来四十多岁依然保养得很好，相貌英俊温和的男人。

初栀一口起泡酒差点吐了。

因为那男人也看见她了，正朝她走过来。

初栀清了清嗓子，站直了身子，将手里的酒杯悄悄地放在旁边的小桌上，往甜品的盘子后面推了推藏起来。

男人刚好走到她面前。

初栀老实巴交地仰着头，一脸惊讶：“您怎么也来了。”

初父看起来受伤极了，一副伤心得很真实的样子：“你之前跟我说，你要去参加公司的晚会。”

初栀反应快极了，一本正经地看着他，眼睛都没眨一下：“跃马和景恒之前有过合作，现在也有长期合作的意向，景恒五十周年当然也会邀请我们。”

初父哦了一声，点点头，看起来是暂时信了，停了一会儿，又道：“我刚刚看见你在喝酒？”

“没有的，我不会喝，我这么乖。”

旁边的“粉衬衫”他们听着这越来越诡异的对话有点蒙，一时间没反应过来，也没插话。

这怎么回事啊，这两个人什么关系啊，这发展方向有点不对劲啊喂！

许策划仿佛看见了她英明神武的总经理头上有雨滴落在青青草地上。

初父看起来还想说什么，视线微侧，顿了顿，转过头去。

初栀也跟着转过头去，然后脸白了。

“粉衬衫”他们也跟着转过头去，脸也白了。

陆老爷子穿着一身浅色唐装，头发花白，看起来却精神抖擞，背着手逛大街似的走过来。

陆嘉珩跟在他后边儿，目光和初栀对上，看到她面前的初父，也愣了愣，似乎没想到会在这里看见他。

而此时，陆老爷子已经走过来了，初父迎上去，很熟练地跟他打招呼，顺便聊了一会儿家常。

陆老爷子笑称初父“初总”，初父很自然地叫了声“陆叔”。

“您好，您身体也好吗，您养的鹦鹉怎么样了，花花草草呢？”

陆老爷子晚年性格孤傲，成天养花逗鸟，基本上不是以前相熟的人不会交谈理睬已经众所周知，所以见他此时聊得脸上褶子都笑开了，注意到这边动静的人都有些意外。

初栀目瞪口呆，她没想过她爹和陆爷爷是认识的，甚至从来没听初父提起过一丁点来。

她站在初父身后，安静地看着这两个人像是相识多年一样寒暄了一会儿，陆老爷子终于侧了侧头，看了她一眼：“这姑娘你也认识？”

初父听着那个“也”字顿了顿：“认识，您也认识？”

陆老爷子笑呵呵道：“是我孙子的小女朋友，也是我未来的孙媳妇儿。”

初父也笑呵呵的：“那您说巧不巧，这是我闺女。”

陆老爷子：“……”

陆嘉珩：“……”

算起来，初父和陆老爷子也有很多年没见过面了，他们认识那年初云飞只是个小少年，景恒集团那时候也还不叫景恒，两家住得近，初云飞小时候就笑呵呵的，长得清秀又讨人喜欢，大眼睛眨巴眨巴地干坏事，最爱去旁边陆老爷子家蹭饭吃。

后来初云飞全家搬去南方搞房地产开发，一晃二三十年没有联系，再回帝都他只身回来，父母都留在南方了，于是只私下和陆老爷子吃过两回饭，两个人大概是只叙旧，不谈其他。

对此，初栀完全不知情。

而陆嘉珩在看到初父的时候，本来以为他是来带女儿回家的，即使因为陆嘉懿，初父对他甚至可以称得上友善了，他心下还是做了一顿思想准备工作。结果老爷子一看见他，手一背，面无表情的脸上露出了一个高兴的表情，走过来，开始了唠家常。

"……"

陆嘉珩觉得这画面有点惊悚。

他几次见到初父的场合都不算正式，初父都是穿着睡衣睡裤，配上他温和的五官，即使是很凶的表情看着陆嘉珩依然有种柔软的感觉，而此时，男人一身正装，气质和以前都大不一样。

初栀像个小鸡崽子一样站在初父身后，微张着嘴巴，表情也有点呆滞。

她很快缓过神来，看着陆嘉珩，眨眨眼，偷偷摸摸地后退了两步，往外走。

陆嘉珩意会，跟着她出去。

晚秋风凉，中央空调的温度不算高，两个人出了宴会厅一进大厅初栀便缩了缩脖子，陆嘉珩随手脱掉西装外套给她穿上。

他们像偷偷摸摸私奔的年轻小情侣，初栀跟着陆嘉珩上了车，他开着车在市中心漫无目的地转了两圈，最后停在灯火通明的路边。

初栀坐在后座，伸过脑袋来，趴在他驾驶位的靠背上，也不说话，就这么看着他。

她大概是穿不习惯这么高的高跟鞋，此时脱了鞋子，脚丫踩在座位上，脚面藏在裙摆里，只露出白皙的脚尖。

陆嘉珩侧头，轻声问：“干吗这么看着我？”

街灯斑斓，在她脸上流水一般滑过，时而魅惑如鬼魅，时而如昏黄般温柔。

“想看着你。”她轻声说。

陆嘉珩心下酥软：“累不累？回家？”

“周年会你提前退席了也可以吗？”

他重新转过头去，打方向盘，侧脸看起来有一点漫不经心的漠然：“没事，该说的都说完了，之后不需要我在场也可以。”

初栀才点点头：“那回家吧。”

两人到家，一进门，初栀就踢掉了高跟鞋，赤着脚啪叽啪叽踩在地板上进去，你猜躲在窗帘后面探出个小脑袋，一看见她，喵了一声，踩着优雅的猫步走过来。

初栀随手把它抱起来，长长的猫毛黏了一裙子。

陆嘉珩跟在她后面，抬手把她身上的西装外套拽下来，搭在一边。

初栀抱着猫瘫坐在沙发里，累得长长呼出一口气来，撩起裙摆，身子一横，横躺在沙发上，大大的裙摆垂落在地上开出花儿来。

陆嘉珩看着她软趴趴瘫着的样子好笑，走过去坐在她脚边，捏起脚踝来给她揉了揉：“就这么累？”

初栀睁大眼，表情夸张地看着他：“那个鞋跟有那么高、那么细。”

陆嘉珩垂着眼，没说话，修长的手指捏着她的脚踝，一手托住脚跟，看起来专注又认真。

客厅里很安静，你猜窝在初栀怀里，舒服地发出咕噜噜的轻叫声。

初栀享受着帅哥的按摩服务舒服得整个人开始发困，她靠进沙发靠垫里，蹭了蹭，又打了个哈欠：“我爸和你爷爷原来认识啊……”

陆嘉珩动作一顿，抬眸看了她一眼。

初栀想揉眼睛，想起自己脸上还有妆，又忍住了，用指尖轻轻戳了戳眼角：“我都不知道哎，他从来不跟我说这些事情，可是他也不认识你。”

他还是没说话。

初栀也不知道说什么好了。

她仰着脑袋，直起身来，抬手戳戳他的手臂："你怎么不说话呀？"

陆嘉珩看着她："我有点没反应过来。"

初栀愣愣的："啊？什么？"

"女朋友是个公主殿下这件事儿。"

初栀啊了一声，有点不好意思道："也没有呀……"

陆嘉珩微眯了下眼："所以你家到底是干什么的？"

初栀抓了抓下巴，慢吞吞道："卖房子的，不过我爸好像不怎么管，他都交给我叔叔的。"

卖房子的。

陆嘉珩用这么多年对初栀的脑回路和了解判断，她这个卖房子的应该不是开房屋中介那个意思。

陆嘉珩一口老血差点呕出去。

他认识她这么久，两个人从来没对彼此的家庭有过太多过问，他看得出她家境殷实，从小到大都被父母保护得很好，没有吃过什么苦，快快乐乐地长到这么大，陆嘉珩觉得这些就够了。

他垂着眼，指尖轻轻揉了下眉心。

原来人家小姑娘一直挂在嘴边的"我养你啊"就是字面上那个意思，发自肺腑地准备养他，不是在跟他说情话来着。

陆嘉珩突然有点忧郁，不知道该怎么形容的感觉，就好像他本来只能靠他那么点臭钱来拴住女朋友的心，结果发现人家根本不稀罕。

陆嘉珩陷入了谜之少年的微妙心情里，危机意识突然暴增。

他凑过来，双手撑着沙发撑在初栀上面，一把抓起还黏糊在初栀怀里的你猜丢在地上，垂眼看她："初栀，结婚吧。"

初栀："……"

陆嘉珩简直太不放心了："结婚吧。"

初栀蒙了："现……现在吗？"

陆嘉珩抿着唇："我明天去和叔叔阿姨说，你想要什么？"

"……"

初栀茫然了，不确定地看着他："我不知道呀，我应该要什么？"

陆嘉珩也茫然了："我没结过。"

于是两个人保持着暧昧的姿势一上一下叠在沙发上，陆嘉珩扶着靠背直起身来，初栀也跟着坐起来，翻出手机，开始百度。

她一边百度，一边还在跟陆嘉珩分享，兴致勃勃地拍他的大腿："你看他们还送了头牛，牛太大了我就不要了，陆嘉珩，我要鸡，还要鸭子，你给我弄两只过来。"

陆嘉珩温柔地摸了摸她的头发："乖，你不用那些，不健康，你有我就够了。"

初栀盯着手机屏幕瞪大了眼睛："还要准备礼金，可是也没说要多少钱，"她扭过头来，笑嘻嘻地看着他，"陆嘉珩，你准备给我多少钱？"

小姑娘眼睛都放光了，陆嘉珩轻笑了一声："都给你，我的钱都是你的。"

初栀被他感动到了。

之前她在寝室群里面和林瞳她们聊天的时候，还被一顿疯狂教育，想要握住男人的心就要先握住他的钱包，看他愿意给你多少钱，那就是有多爱你。

初栀觉得，爱是相互的，既然对方愿意付出，那么自己也一定要有所表示才行。

初栀抽了抽鼻子，眨巴着眼，感动得眼眶都红了，仰着小脑袋，巴巴地看着他："陆嘉珩，我没有那么多钱给你。"

陆嘉珩挑眉："你不是卖房子的吗？"

初栀点点头，认真道："所以我可以给你房子，你自己挑，我还有几套四合院。"

陆嘉珩："……"

哦，又多出了四合院。

还没等他反应，初栀舔舔嘴唇，摇头晃脑地蹦下沙发站起来，扯着他的手把他也扯起来，拉着他走到书房，推开阳台的门。

晚上外面冷，她冷得小肩膀直缩，一直领着他走到护栏旁边。

小区里一排排楼房，绿化极好，鹅卵石铺成的小路上地灯光线幽暗，蜿蜒着往前是昏黄的路灯，小花园中间白色的雕像喷泉在夜色中沉寂。

初栀大红色长裙在黑暗里显得更为艳丽，像个小女王。

她肩膀一放，指着下面，仰起头来看着他，声音软糯："你可以在这个小区里选，爱妃，这是朕为你打下的江山。"

陆嘉珩："……"

想娶媳妇儿不是那么容易的事儿，尤其是当你有一个不太好搞的岳父大人的时候。

陆嘉珩决定还是先缓冲一下，把关系搞搞好。

一月份，陆嘉懿寒假，男孩二话不说，大包小包搬过来敲陆嘉珩的家门，用小鹿斑比一样的眼神滴溜儿地瞅着他，一副求收留的样子。

三天后，陆嘉珩发现他弟弟开始不着家了，成天往楼下初栀家跑。

于是某次，他把人提溜回来，和他促膝长谈。

陆嘉懿简直太上道了，他哥都还没开口说话，少年一脸"我知道我了解我明白"的样子，熟练道："哥，你放心，我懂。"

陆嘉珩眉一挑，没说话。

少年笑嘻嘻道："你是不是想娶初栀姐姐过门儿，但是初叔叔不喜欢你？"

陆嘉珩不爽地眯了下眼，抬手狠狠给了他一个栗暴。

他这一下下手不轻，少年嗷的一声，捂住了白皙的额头，可怜巴巴地看着他。

陆嘉珩敛了笑，垂眼。

蒋阮刚走的那段时间，陆嘉懿的状态很不好。

男孩子沉默了很长一段时间，陆泓声出事情后不知去向，偌大的宅子里只有他一个人，直到某次夜里，保姆给陆嘉珩打电话，说陆嘉懿不见了。

他出去找到后半夜，回家看见陆嘉懿蹲在他家门口，抱着膝盖哭。

那是他第一次把陆嘉懿留下，等他洗澡出来少年已经打好了地铺，有点不安地怯生生抱着枕头和被子看着他，生怕他会临时改变主意把他赶出去一样：“哥哥，我睡地上就好。”

陆嘉珩形容不出来当时他心里是什么滋味。

他无声叹了口气，走过去，拽过他的枕头丢到床上：“你跟我睡。”

那孩子就露出了一个受宠若惊的表情，又紧张、又开心、又害怕。

陆嘉珩第一次考虑，陆嘉懿这十年来是怎么过的。

这种小心又谨慎，极其会看人脸色，胆怯自卑又早熟的性格到底是什么样的成长环境造就的？

他开始缓慢意识到，也许在这个家里，最可怜的孩子不是他，而是陆嘉懿。

他太小了，懂事得又太早，他过早地知道了不应该知道的事情，所以从小到大，陆嘉懿每次看着他的时候都是小心翼翼的、讨好的，每分每秒都在因为他觉得不属于自己的东西而煎熬。

他是个好孩子，却偏偏因为这份好，而受到了惩罚。

陆嘉珩突然觉得自己这么多年对他的敌意幼稚而残忍，像小孩子无处发泄的迁怒。

陆嘉懿那边没注意到他的走神，兴致勃勃地帮他出谋划策，他寒假这段时间天天去初栀家吃饭，又是正长身体的时候，饭量惊人，身高也又往上蹿了很多，脸上虽然还带着一点点圆润的婴儿肥，五官却又立体不少，面部轮廓和陆嘉珩有一点点相似。

也不知道他到底用了什么办法，初父对陆嘉珩的态度以肉眼可见的速度发生质变，直到年前，两个男人甚至能够饭后心平气和地坐在沙发上一边看着电视一边聊足球和财经新闻。

和往年一样，初栀的新年还是回南方陪着爷爷奶奶一起过，除夕夜当晚，两个人通电话，她那边是家里大人打麻将的嘈杂声响，陆嘉珩那边很安静，没什么声音。

初栀突然想起他们在一起以后的第一个新年，她也是在爷爷奶奶家，和他视频，他人在办公室里加班，镜头所及之处是高高的文件和泡面杯。

那个时候，初栀无比地想要飞回去，回去找他，和他一起过年。

想到这里，她心下一动。

陆嘉珩过年的时候带着陆嘉懿回了陆老爷子那儿，爷孙三个没一个会包饺子，除夕夜当天晚上，一老一少盯着陆嘉珩，一个负责拿着手机查包饺子的步骤指导他，一个负责拄着拐杖在旁边看热闹。陆嘉珩围着个围裙，很生涩地剁饺子馅儿，一边被嫌弃着一边包饺子，不仅要被陆老爷子嫌弃包得丑，还得给陆嘉懿这个小兔崽子包什么太阳花，里面塞红糖的。

陆少爷哪儿干过这活儿，乱七八糟搞了一通，煮出来以后爷孙三个看着里面那一锅肉丸子和饺子皮儿，沉默地选择下馆子。

三个人穿戴整齐，一出门，就看见站在门口的陆泓声。

男人似乎也没想到会有人出来，原地愣了好一会儿。

还是陆嘉懿先反应过来，喊了他一声“爸爸”。

陆泓声突然垂下眼去。

自从他出了事情以后再没露过面，毕竟是亲生儿子，陆老爷子没说什么，房子也还给他空着，他却像是人间蒸发了一样，从没回来过。

陆泓声穿着黑色的羽绒服，围了一条围巾，脸看起来瘦了很多，却干净整洁，像是特地打理过的。

他手里提着一袋子水果，反应过来以后匆匆地往前走了两步，塞到陆嘉懿怀里，转身要走，又顿了顿，转过身，抬眼看着陆嘉珩，舔了舔嘴唇，轻轻开口：“我——”

陆嘉珩静静地看着他，漆黑的眼无波无澜。

陆泓声有些恍惚。

陆嘉珩小的时候，陆泓声抱出去，逢人看见都会说，这孩子长得真是漂亮，尤其那双眼睛，和他妈妈长得一模一样。

那时候陆泓声还有点不服气，想着这么小能看出什么来，长大了肯定像我。

结果随着陆嘉珩越来越大，五官果然开始和他相似，除了那双眼睛，像是照着他妈妈的模子刻出来的。

有的时候陆泓声会不停地想，究竟是从什么时候开始，他们父子之间的关系变得越来越糟糕，甚至到了最后非要有个你死我活的程度？

他甚至都想不起来。

陆泓声垂下眼，狼狈地躲开视线，转身逃似的跑了。

不仅是作为父亲的资格，他大概连说一句对不起的资格都失去了。

老爷子家保姆回家过年，陆嘉珩带着家里一老一少下了一个礼拜馆子，大年初六晚上，陆嘉珩接到初栀的电话。

电话里小姑娘的声音有点空荡荡的，吸了吸鼻子："陆嘉珩……你在哪儿啊……"

陆嘉珩看了眼旁边小桌前教陆嘉懿下围棋的老爷子："我在家，怎么了？"

初栀可怜巴巴拖腔拖调、黏糊糊道："你骗人，我现在在你家，你家根本没有人。"

陆嘉珩愣住了："我现在马上回去。"

一个小时以后，陆嘉珩一开房门，就看见初栀撅着屁股蹲在地上，手里捏着块抹布在擦地。

小短腿噔噔噔来，噔噔噔去，一排一排擦，身边放着个水盆，加个榻榻米背景，可以去拍日剧。

陆嘉珩没动，站在门口倚靠着门框看了她一小会儿，手一抬，指着旁边角落："那块儿，擦了吗？"

"……"初栀愤怒地转过头来，将抹布啪叽丢在他脚边，"你自己擦啊！"

陆嘉珩笑着弯腰捡起抹布，走过去丢在水盆里，扯着她的手将她拉进怀里抱着："今年回来得这么早。"

往年，初栀都要在那边待上几天才会回来，今年她毕业上班，不再有寒暑假了，自然也就回来得早。

初栀笑嘻嘻地回抱住他，顺便把自己刚才捏了抹布的手往他衣服上抹，抹完手心抹手背，报复完才爽了，心满意足道：“想你了呀。”

陆嘉珩没动，垂头抱着她，任由她一颗脑袋在他怀里拱来拱去，小狗一样闻。

她似乎特别喜欢他的味道，尤其是每次好久没见面，一见到以后她都要抱着他蹭一会儿，小地鼠一样往他怀里钻。

他喜欢她所有靠近的举动、拥抱他时的温度、亲吻的瞬间，也喜欢她偶尔不自觉地轻飘飘的一句话，却带着雷霆万钧的力度，又像温热的静流注入心脏，酸涩又柔软得一塌糊涂。

只要是她，什么都可以。

只要是她，他就心甘情愿做任何事情。

初栀好半天没等到他的反应，终于从他怀里仰起脑袋来，下巴尖抵在他的胸膛上，笑嘻嘻地看着他：“陆嘉珩，你知不知道明天是什么日子？”

他抱着她，垂下眼，神情温柔：“嗯？什么日子？”

“明天是初七。”初栀提醒他。

陆嘉珩点点头：“上班的日子。”

初栀：“……”

她似乎无语了一下，抵着他腹部微微扯开了一点点距离，不满地瞪了他一会儿。

陆嘉珩无辜地眨了眨眼。

初栀依然瞪着他，半晌，一副操心的样子叹了口气，朝他勾了勾手：“过来。”

陆嘉珩勾唇，很乖地探身，把耳朵凑过去。

初栀前倾着身，语速很慢：“明天是初七——”

她顿了顿。

陆嘉珩垂眼，目光落在她通红的小耳朵上。

下一秒，小姑娘很小声地说：“是民政局开门的日子。”

正月初七，宜嫁娶，早上八点半，民政局门口。

初栀扯着陆嘉珩的手，欢欢喜喜地等着，面色红润有光色，叽叽喳喳地跟他说话。

陆嘉珩站在她旁边，反而异常沉默。

初栀说了一会儿，意识到问题，侧过头去看他：“陆嘉珩。”

他垂眼：“嗯？”

“你在紧张吗？”

陆嘉珩：“……”

初栀眨巴着眼，突然露出了一个很知心大姐姐的表情，踮起脚来拍了拍他的肩膀：“没事儿，你别怕，等会儿进去了一切都听我的。”

陆嘉珩：“……”

他们刚好在门口，门口站着两个工作人员，一听就乐了。

初栀没注意，还在扒着他的肩膀说话：“你别紧张，听说这个很快的，就排队的时候慢了点，等会儿你就眼睛一闭，咔嚓，咔嚓咔嚓咔嚓，就过去。”

陆嘉珩：“……”

旁边的工作人员乐不可支了，初栀和陆嘉珩进去，就像初栀说的，两个人填表格拍照交钱，印上钢印的时候，初栀还在发愣，扒着柜台眨巴着眼，好一会儿都没反应过来，好奇宝宝一样看着工作人员：“这就好了吗？”

工作人员也笑：“对，好了，祝您幸福。”

直到两个人拿了小红本，陆嘉珩领着她往外走，走到门口的时候，初栀突然站住了。

陆嘉珩也停下脚步来，回头：“怎么了？”

初栀仰着头，愣愣地看着他，表情有点呆：“陆嘉珩。”

陆嘉珩很耐心道：“嗯。”

“我们是结婚了吗？”

他嘴角略弯，一笑，好看的桃花眼也跟着勾了勾：“嗯。”

初栀恍惚地看着他，慢吞吞地反应过来，嘴巴一撇，表情突然有点可怜巴巴的："我怎么能结婚了呢……"她看起来简直快要哭了，"我才二十二岁，大学刚毕业呢……我怎么就跟你结婚了呢呜呜……"

陆嘉珩："……"

怪不得这小家伙儿这两天这么省心，原来都在这儿等着呢。

旁边的工作人员大概是从来没见过这种的，笑得止不住。

陆嘉珩低低呵了一声，直接把人扛麻袋一样扛起来就往外走。

初栀尖叫一声，生怕自己被他摔下去，赶紧抱着他的脖颈："你干吗，你干什么？"

陆嘉珩没理她，将人扛出民政局，丢进车里，自己也上车，回家。

一路上，初栀都在看着手里的小红本，人还有点儿恍惚。

他开车，她突然侧过身去，歪着脑袋看着他："陆嘉珩，你以后会不会后悔嫁给我？"

陆嘉珩连纠正她的想法都没有了："不会。"

"你怎么知道不会？一辈子那么长，万一你以后遇到更喜欢的人了怎么办？"

陆嘉珩想了想，觉得她说得有道理："那就不一定了。"

初栀怒了："你想得美！"

陆嘉珩舌尖舔了下唇珠，笑："你这是什么，结婚恐惧症？"

初栀像只小怪兽，龇牙咧嘴地看着他："陆嘉珩，我这下整个人都是你的了，你要是敢对我不好，我就——"

她绞尽脑汁想了好一会儿，也想不到什么有力的威胁。

陆嘉珩却突然安静下来了。

车子停在小区停车场，他手搭在方向盘上，侧过头来看着她："不会。"

初栀眨眨眼："啊？"

他垂眸，声音平淡温柔，像是在说着什么最普通不过的事："我以后遇不到更喜欢的人了。"

初栀怔住。

“你还记不记得大一的事情？

“那个时候我总觉得，你其实对我有点好感，想让我注意到你。”

他似乎想到了往事，突然垂下眼眸，轻轻笑了：“后来才发现，其实你根本不需要，只要你看我一眼，我就跟你走。”

骄阳似火，烈日当空，十七岁的初栀形单影只，拖着个大行李箱走进A大校园，站在原地，茫然地四下张望，像是一只在森林里迷路的小动物。

陆嘉珩懒洋洋地站在志愿者棚子旁边，手里捏着听可乐有一搭没一搭地喝，神情慵懒漠然，看不进万物。

她隔着校园的主干道和人群，毫无预兆地突然朝他望过来。

两人视线相撞。

女生瞳仁漆黑，又清又亮。

对视三秒，她朝他眨了眨眼。

陆嘉珩愣住。

法国梧桐枝繁叶茂，云层很薄，阳光焦灼明亮，校园里柏油马路被烤得几近融化。

只要你看我一眼，我就跟你走。

番外
丈夫

高大壮最近发现他们幼儿园里有欺凌事件。

中午午睡的时候，他睡不着，偷偷摸摸溜出来玩，就看见不远处的小角落里，一堆小朋友都围在那边，不时发出笑声。

高大壮觉得挺好奇的，就走过去看了看，发现墙角蹲着一个小朋友。

她穿白色的裙子，蓬蓬的，头上别着蝴蝶结，亮晶晶的，像个小公主。

只是她的裙子有些脏了，手里抱着一只小白兔，头埋得低低的，整个人蜷缩成一团，轻轻地抖。

她面前站着一个小男孩，笑嘻嘻地踢了她一脚，又去拽她怀里的兔子。

小公主不撒手，抬起脑袋来，圆圆的鹿眼哭得红红的，鼻尖也红，头发有点乱了，白净的小脸上全是泪，被欺负得可怜巴巴的样子。

小小年纪的小朋友，现在已经开始会组团邪恶势力了。

高大壮觉得简直太不像话了，当即飞快地跑过去，像电视里演的，大喝了声："住手！你们在干什么？"

于是围了一圈的小朋友停住了，转过身来，看向高大壮。

高大壮有些紧张，却还是执着勇敢地看着他们，仿佛披荆斩棘的勇敢将军，那一瞬间他觉得自己威风八面，有凛然不可侵犯之势。

然后高大壮被打了。

高大壮之所以叫高大壮是因为他长得又高又大，比别的孩子高上大半个头，一般是没人敢欺负他的，可是此时他面前站了五六个人，高大壮一个就显得势单力薄。

小朋友们的注意力确实从墙角的小公主身上被转移了，高大壮被按在草地上揍得一身泥，他奋力反抗，虽然也让对方挂了彩，甚至还把两个给打哭了，但是双拳难敌四手，还是落了下风。

打够了，领头的那个哭兮兮地把他的外套扒了，威胁他："我妈妈可是校长，明白吗？你告老师也没用！"

高大壮没听见似的，脏兮兮地躺在泥巴草地上，没说话。

一群小朋友趾高气扬地走了。

高大壮身上好几块破了皮的地方，他疼得咧了咧嘴，垂着头去挽裤脚，就感觉到一片阴影投下来。

他以为是那帮人又回来了，抬起头来，没想到是小公主。

小姑娘眼睛里的泪还没干，红得像个小兔子，白裙子脏兮兮的，就变成落难公主了，但还是很漂亮。

童话故事里的仙度瑞拉应该就是长这个样子的，高大壮想道。

"仙度瑞拉"蹲下身来，细细白白的小手还带着婴儿肥，抬起，轻轻碰了碰他脸上被抓破的地方。

他疼得一缩。

小姑娘像是被吓到了一样，小心翼翼地缩回了手，小嘴一撇，眼睛里的泪水又活跃起来，噼里啪啦往下砸。

高大壮被吓到了，手足无措："哎，你别哭啊，我不疼的，真的不疼了。"

小姑娘也不知道听见没听见，也没有反应，就抱着兔子蹲在他面前哭。

高大壮忍着疼，爬起来，坐在她面前，又急又不知所措，想拍拍她，手刚伸出来，又发现自己一手的泥巴，停在半空。

想了想，反正她的裙子已经这么脏了，回去还是要洗。

小小年纪，竟然已经如此直男了。

高大壮想着，小手就拍下去了，哄小孩似的道："哎呀，你别哭了，女子汉大丈夫，怎么总哭鼻子。"

小姑娘哭得抽抽噎噎的，脑袋埋在小兔子玩偶里蹭了蹭，声音软糯，带着黏糊的哭腔："我没有丈夫……"

高大壮觉得这不算什么大事儿，小胸脯一挺，还挺自豪："没事儿，我也没有丈夫。"

小姑娘闻言抬起头来，带着泪的大眼眨巴眨巴，又抬手用手背抹了抹，吸吸鼻子，声音细细的："我可以当你的丈夫。"

高大壮："……"

他再有一年就要上小学了，总感觉好像哪里不太对劲。

但是眼看着小姑娘眼泪止住了，好像还有点奇效，于是他很豪迈地挥了挥手："好啊！以后你就是我丈夫。"

小姑娘点点头："那你也是我丈夫。"

高大壮很大方地答应了。

想想第一天来上幼儿园，虽然妈妈告诉她幼儿园很好，有很多小朋友一起玩，但是她觉得妈妈是骗人的。明明这里一点都不好，一来就有人欺负她。

不过她做了"丈夫"，有一个朋友了。

这个人看起来还挺厉害的，刚刚跟五六个人一起打架，他还能把人家按在地上揍。

晚上，想想和高大壮一起走出幼儿园，就看见初栀站在门口等着。

想想裙子上的灰尘被拍掉了不少，只肩侧两个黑乎乎的手印子格外醒目，初栀本来看着她和一个小男孩一起出来还挺高兴的，等女儿走近了看见她有点脏的裙子和红红的眼睛，皱起了眉。

想想一看见妈妈就委屈了，小步跑过去扑进她怀里，吸了吸鼻子，可怜巴巴地喊她："妈妈，妈妈。"

初栀摸摸她有点乱的头发，再看看她白色裙子和长筒袜上的浅浅鞋印儿，就觉得八成是被欺负了，心疼得不行。

她再一抬头，小男孩已经走到她面前了。

想想抬起头来，小眼圈儿红红的，朝高大壮挥了挥手："丈夫，再见。"

高大壮像模像样地给初栀问了声好，也摆摆手："明天见，丈夫。"

初栀："……"

她觉得这个场面问题很大啊。

初栀领着女儿回去，路上问她："你为什么叫刚刚那个小哥哥老婆？"

想想抱着兔子，仰起头来："因为我是他的丈夫。"

初栀："你为什么是他丈夫？"

"因为他没有丈夫，我也没有，所以我们互相做对方的丈夫。"想想认真地说，"我丈夫打架很厉害，只要不是五个人以上，他应该打得过。"

"……"

初栀不知道该怎么解释这个情况。

坐在前面驾驶位的陆嘉珩轻轻笑出声来。

初栀头疼，从后视镜看他："你笑什么？"

陆嘉珩笑着舔了舔嘴唇，也从后视镜看过来，一双眼含笑："我笑这小东西的脑回路好像跟她妈妈一模一样。"

初栀愤怒地瞪着他。

陆嘉珩自觉地收敛了一下笑容，轻咳了两声，板起脸来，对女儿道："想想，不可以那么随便就喊别人丈夫。"

想想皱起了小眉毛，很困惑地问："为什么不行？"

初栀也严肃地看着她，耐心地说："因为丈夫是要妈妈叫爸爸那样才可以，你要爱他，不然他能打赢五个人也不行。"

她这么说着，前面开着车的男人无声地弯起嘴角。

想想抱着兔子缩在后座，看起来不太开心，哭丧着小脸："五个都不行，那要打几个？"

初栀想了两秒："十个吧。"

陆嘉珩："……"